在阅读中展开，人生的可能

CONTENT
肯特文化

扬州美女

申维 江源 ——著

江苏凤凰文艺出版社
JIANGSU PHOENIX LITERATURE AND ART PUBLISHING, LTD

小说纯属虚构

落日余晖

花港观鱼

烟花三月

船娘

民国佳丽

扬州湖夏日
辛卯年

扬州夏日

迎春

鹂厅

清秋阮声

赏梅

民国佳丽

何日君再来

午后的等待

推荐序

葛红兵

长篇小说《扬州美女》以“清明上河图”式的长卷手法，描写了民国及日伪时期，扬州盐商后代汪氏姐妹、书生学子、侠女伶人、车夫船娘、土匪兵痞等各式市井人物的生存百态，讲述了在风云动荡年代的豪门恩怨、家国情仇、正邪相争，歌颂了以汪若梅为代表的扬州美女的忠贞气节和对道德良知的坚守。

小说以民国初年军阀徐老虎遇刺作为引子，引出盐商汪家因受此案牵连卷入政局纷争。汪家小姐汪若梅和进步青年周觉民相爱，与梅曼、康鹏等产生误会，又与姐姐汪琼、姐夫顾伯龄产生冲突。家里遭遇一连串变故：哥哥汪天佑涉案进了大牢，父亲汪春遭遇强盗丧命，梅瓶失而复得，汪琼与顾伯龄私奔成亲……日本人占领扬州时期，汪若梅的丈夫周觉民牺牲，她承担起家庭重担，孝敬老人，抚养孩子，办私塾收留失学儿童和街头流浪儿，最后迎来民族解放的曙光。

故事两条线索：明线是汪家小姐汪若梅与进步青年周觉民、少爷康鹏、小资女梅曼这四人之间的恩怨情爱；暗线是汪琼、顾伯龄、董大嘴、康九海、小滑子这些权势人物争夺梅瓶。两条线索相互交织，惊心动魄，矛盾重重。

作者以鸿篇巨制的笔触，再现民国时期扬州的风土人情、历史文化、人文地貌和地方民俗。作者立意新颖，对语言把控自如，塑造人物形象生动，对话诙谐幽默，情节跌宕起伏，内容感人泪下。

这部小说对历史文化名城扬州民国时的重大事件，皆有叙述和反映，特别是对船娘、戏子、艺人、民间手工业者的生活的描写，有史料价值。小说“七分史实，三分虚构”，以章回演义体的传统故事结构，使读者读之如在教场听扬州评话，很值得一读。

作者为著名文学评论家、上海大学博士生导师

目录

引子：观音山老尼堪命 徐老虎命赴黄泉 001

1 南北相争起硝烟 汪家有女初长成 013

2 商人重利轻国策 才子佳人难遂意 026

3 明谊正道传梅瓶 若梅月下“捉放曹” 041

4 镜中天各奔前程 启旧祸引灾灭门 052

5 救兄行医怜落单 少爷小姐充奸细 063

6 党军浴血扬州城 联军东关杀义士 076

7 屋漏逢雨遭黑头 光复喊街寻汪琼 086

8 承祖业行医救人 防不测兄妹分家 093

9 汪宅张灯唱堂会 若梅斥兄护玉珠 106

10 早春二月弄风情 雨打牵牛含泪痕 116

11 西洋裸画起风波 志同道合办学刊 124
12 崇节堂舍粥赈灾 贪富贵凤入火坑 135
13 沈越熊园撒传单 佳人月下颂梅花 145
14 雷塘踏青识旧闻 男儿投军报不平 155
15 师母搬进五福巷 两个姑爷同登堂 162
16 瞎子算命判姻缘 专员河底捞月亮 173
17 才子佳人结良缘 洞房花烛难同眠 184
18 抵制日货总动员 捉拿忠良失姑爷 193
19 小滑子贼上贼船 叫花子汪门拜寿 204
20 汪太太进愿生寺 沈福元投古运河 215
21 大舞台进新班主 琼花观出旧画师 222
22 汪若梅喜得贵子 俞冉芳怒报父仇 230
23 梅花书院当园丁 闲话扬州惹风波 235
24 姐妹情深共度难 师生相逢又添烦 246
25 瓜田李下招闲言 洁身自爱斗淫贼 256
26 女侠托孤下南洋 二女情真救周郎 267
27 大年三十“八大样” 正月十五“上花灯” 275
28 分道扬镳自主张 同仇敌忾共救亡 291

29 周郎抗日赴前线 梅曼托孤崇节堂 302

30 换会长商人保命 生杏儿途中遇险 312

31 万福闸劳工丧命 南门街玉珠投井 327

32 苟且偷生当良民 劫波犹在报平安 337

33 梅花香自苦寒来 屠刀底下难教书 348

34 出城报恩土地庙 绿杨精舍慰安妇 362

35 哭夫君为国捐躯 恨姐姐认贼作夫 370

36 小翠逃婚当船娘 强征民女下南洋 379

37 承志堂烈女爱国 都天会汉奸献媚 391

38 中元节杏儿中邪 东圈门若梅剃头 402

39 若梅崇节助孤儿 伯龄敛财留后路 412

40 小运河上屋揭瓦 夏公公入地归西 420

41 裁缝铺楦房言祸 康少爷街头撒钱 429

42 半夜鸡叫诳城门 杀鸡儆猴闹鬼宅 441

43 俞冉芳滴血除奸 汪若梅踹门发丧 452

44 小盘谷邋遢杀敌 小洞天若梅证婚 459

45 盂兰盆节祭亡灵 西门菜场迎光复 468

46 甄汉奸琼花凋谢 传梅瓶母子相会 477

引子：观音山老尼堪命 徐老虎命赴黄泉

1913年5月的一天，家住小苎萝村的船娘巧云，一早上打扮得六角铮铮*，上身青布夹袄，粉色灯笼裤，绣花粉底鞋，头上搭了块蜡染花布巾，头发里斜斜地插着两朵栀子花。巧云长得瓜子脸，杏眼，樱桃小口，颧骨上有两朵玫瑰红。这两朵玫瑰红像两朵羞涩的朝霞，像是涂了鸭蛋粉、拍了胭脂，其实是娘胎里带下来的。大凡扬州土生土长的女孩子都有这两朵玫瑰红，这就成了扬州美女的标识。

小苎萝村出美女，远近闻名。一方水土养一方人，小苎萝村紧挨着瘦西湖，秀丽湖水滋润着村里的姑娘。村里男人种花，女人当船娘。船娘船头卖花，各式盆景都是自家栽培。他们世世代代靠着瘦西湖和绿杨城郭的交叉水网生活。巧云起来，梳妆完毕，去屋后小土地庙里上了一炷晨香。她对着庙里喊："老太爷，皇帝没了。"她从船客嘴里听说宣统皇帝去年退位了，当今天下是袁大总统的，天下共和了。

"老太爷"是扬州人对黄大仙的称呼，黄大仙就是黄鼠狼。去年巧云撑船在观

---

* 六角铮铮：扬州方言。此处指的是一本正经的意思。如今这个词是个中性偏贬义的词，常用来形容装模作样。——编注

音山脚下蒿草河芦苇丛里捡到一只让雷劈得晕头转向的黄鼠狼，她把黄鼠狼捡回来供养在屋后的土地庙，时不时地送些鸡架子、猪杂碎。她有什么心思，有什么说不出口的，就来对老太爷说，求老太爷保佑。前些天巧云行船过钞关码头，请打铜巷老瞎子算命。老瞎子说她和丈夫是半路夫妻，命中要嫁给个少爷。这个命就差把巧云给吓死，迭口连声地说“不可能”。

巧云丈夫叫张邋遢，比她大二十来岁，人长得壮实，手上有功夫，练过铁砂掌，一巴掌能把石头打碎。张邋遢虽说有功夫，但为人憨厚老实，他对巧云更是百般宠爱。巧云没有父亲，或者说不知道父亲是谁。她母亲也不知道。等到她懂事的时候就总跟母亲闹着问父亲是谁，她母亲是船娘，告诉她有一天下雨在船上睡着了，从瘦西湖里面爬上来一只大乌龟，后来就怀上了。说这个故事，就是叫巧云不能在船上睡觉，在船上睡觉就出豁子。

巧云家在城里有个远房亲戚盐商汪家。汪家对她们母女一向很照顾，家里大大小小的事都喊她们去帮忙。汪家大少爷汪天佑和巧云年龄相仿，两个人青梅竹马。女孩子到十三四岁情窦初开，巧云暗暗地喜欢上汪天佑。她的心事被母亲知道后挨了一顿骂，她才知道两家门不当户不对。后来巧云母亲喝醉酒掉到万福闸淹死了，她母亲死后亲戚张邋遢来照顾她，又过了几年，也就由人撮合和张邋遢结婚成了家。巧云想，当姑娘时没有能嫁给少爷，都结婚成家当了大妈妈，还嫁什么少爷呢？

巧云今天赶早要去的正是南河下汪家。汪家太太要去观音山上香。她长橹一摇，小船像一叶柳叶滑过水面，蹿出去几十米远。十里长堤，瘦西湖风光秀丽，湖水像一面碧绿的镜子。湖两岸杨柳飘摇，绿草鲜花，争奇斗艳。巧云对着湖水照镜子，投在水中的影子像蛇一样蜿蜒游动。她想，今天不知能不能见到大少爷呢？

汪家大少爷留学东洋，去年他老子把他从东洋逮回来结婚，娶了城北雷塘吴家富家的姑娘吴玉珠。这个吴玉珠长得眉清目秀，皮肤像雪一样白，裹着一双小脚。到了民国已经不作兴裹脚了，多数女孩子家都放脚，吴家想给姑娘嫁个好人家，还是给玉珠裹了脚。左邻右舍都夸汪家媳妇玉珠贤惠，虽说没上过学，种花、绣花样样在行。城北风俗“千家养花先教曲，十里栽花算种田”，玉珠把汪家前后院种满花花草草，窗台上摆满各式各样盆景。如果说有什么缺陷，那就是结婚一年多了没能给汪家添丁增口。老爷汪春和汪太太急着想抱孙子，就定好今日去观音山上香，拜送子观音，给全家求子求福。

巧云划着小划子到南河下汪家的盐仓码头，接上汪太太、玉珠、用人大脚和汪家两个小千金汪琼和汪若梅。汪琼是姐姐，今年五岁。妹妹汪若梅四岁。汪琼是汪太太所生。妹妹汪若梅是二太太夏小姐所生。夏小姐是东圈门老中医夏风的独女儿，留过洋，回来跟着汪春搞洋务，在南通办纱厂，后来纱厂倒闭，夏小姐积劳成疾，在汪若梅两岁的时候就去世了。汪若梅从小没有母亲，但是汪太太视她为己出，也是百般疼爱。

汪琼和汪若梅两姐妹站在一起，若不细细分辨，以为是一对双胞胎。她们同进同出，同食同眠。这两个孩子从没有出过远门，今天坐船游瘦西湖，就恨眼睛不够用，东张西望。汪若梅文静，双手握着船栏，一声不吭看着前方。汪琼船头跑到船尾，看见游船、水鸟，就大惊小怪地叫……

船从护城河过卷石洞天和大虹桥，到二道河，划到了小金山。这时候汪琼闹着要解溲，汪太太就叫巧云撑船靠岸。岸上有个很大的私家园子徐园，这是扬州都督第二军军长徐老虎的宅子。汪太太说："我们到了这个门口，不如进去。这也是缘分，顺便看看若梅的干妈。"

大脚说："大太太，也没招呼一声，忽然就上门？我看还是赶路吧。"

汪太太说："自从若梅妈妈走了，我也几年没看到孙居士了。到了门口，顺路拜访，让她看看若梅。孙居士和若梅妈妈是同学，关系胜似姐妹，我们走到她门口不进去，将来她知道要说我的不是了。"

汪若梅盯着园子门上面两个大字问大脚："大脚妈妈，这个上面写的什么？"

大脚悄声说："这个有故事呢。上面写的'徐园'，主人家姓徐。你干妈就住在里头呢。"

汪若梅说："这个字，不像字，怪头怪脑的。"

"是啊，写字的叫吉亮工，人称疯先生。徐都督要他写园名，他不肯，装疯卖傻，都督就把他灌醉了，让他写'清风徐来，春色满园'八个字。都督就从八个字里头挑出'徐园'两个字。后来卖古董的孙铁嘴看出字的毛病，说'徐'字中间的一竖出头了，‘园’字中间是一个‘虎’字。徐都督绰号徐老虎，疯先生是骂都督是笼中虎。徐都督就把疯先生抓起来了。”

汪若梅担心得眉头紧皱，问：“后来呢？”

“后来啊，说好话。疯先生说，‘徐’字出头，说明你不是人下人，有出头之日。圈中之虎，是夸你是扬州的一头猛虎……”

门口扛枪站岗的看见他们这群女眷，问他们找谁，巧云说找孙阆仙。一会儿，孙阆仙就出来，见是汪家太太，十分高兴，又见到汪若梅，一把抱起来，惊呼道：“哎呀，一眨眼的工夫，都能走能跳了。”

汪太太说：“岂是能走能跳，都要上小学了。”

孙阆仙说：“我这个干妈不称职，一直没去看孩子。夏妹妹要是知道还不怪我！”说着话，就引着众人往园里走。

一进园门，有一个大荷花池塘，塘边上砌着黄山石。池塘和湖水相通。过了荷花池是一个宽敞的馆轩，取杜甫“两个黄鹂鸣翠柳，一行白鹭上青天”之意，叫“听鹂馆”，又有春草、池塘、吟榭、疏峰馆等。园子后头是小红桥，又有小金山耸立在侧。徐园规模虽不大，但庭院起承转合，错落有致。

汪琼喊：“快看，大锅，大锅。”

汪若梅从孙居士怀里挣脱，去看听鹂馆前的两个大铁锅。

孙阆仙说：“这个不叫锅，叫铁镬，镇水的宝贝，那边有《铁镬记》碑文，距今一千三百多年了……”

众人在孙阆仙的斋堂里坐下，喝茶。孙居士给两个孩子拿出零食，有上海大白兔奶糖、大麒麟阁桃酥。两个孩子一人啃着一个桃酥。因为要赶到观音山上香，孙阆仙也不挽留。孙阆仙说：“汪太太，今晚上是大都督的小生日，家里有客人，要么，我就跟你一道去山上上香了。”

汪太太说：“菩萨在心里，何时上香都来得及。我们这么多年吃素，菩萨不怪这一刻。”

众人称是。巧云把船划到徐园后门的小红桥，众人又登船离岸。他们刚上船，就看见岸上跑来几匹东洋大马进了徐园。巧云指给众人看，说那马上威武的军人就是扬州大都督徐老虎。

徐老虎名字叫徐宝山，是有名的“江枭”。后来被两江总督刘坤一招安得到五品顶戴。到了宣统三年，革命党人说服他帮助光复镇江。镇江光复后，徐老虎回师扬州，杀了扬州革命党首领，取而代之，革命军封他当了扬州都督和第二军军长，驻守扬州，威震一方。

众人随船由小金山向西，有一个堤坝延伸到水中央，上头砌了个圆门洞亭子。汪琼问玉珠：“嫂子，这是什么亭子？”

汪太太抢着说：“这个我来说说。这个和你祖上有关系呢。这个亭子叫钓鱼台。当年乾隆皇帝下江南，这个亭子叫吹台。一天，皇帝想钓鱼，可是钓了半天，也没鱼上钩。你爷爷的爷爷陪同皇帝，就派会水的潜入水中，把龙鱼挂在皇帝的钩上上。皇帝有些怀疑，大臣和珅在一旁说：‘凡夫岂敢朝天子，万岁金钩只钓鱼。’乾隆皇帝大喜，就把吹台改名叫钓鱼台。”

汪若梅远远地看着莲花桥和白塔，兴奋地喊：“这个桥和塔可有故事？”

“这个故事可大了。”汪太太接着说，“这个莲花桥，又叫五亭桥。桥上头有五座风亭，中间的亭子最大。亭顶覆黄色琉璃瓦，檐漆为绿色。远看就像五朵出水的莲花。全世界就这一座莲花桥，在我们扬州。亭上四边飞檐上挂着风铃，风一吹，铃子就叮当响。桥底下有多少个卷洞？你们两个给我数数？”

汪若梅和汪琼就挤到船头，掰着手指头数，数了半天，也没数出多少个。两个人七个八个地争论起来。

巧云说：“你们俩不要争了，大人也数不过来。这里头有十五个桥洞呢。”

汪琼拍手说：“我说八个，妹妹说七个，我们七个八个一加，不就十五个吗？”

汪太太说：“也是，这就算你们数出来了。”

汪若梅指着白塔问：“塔呢？怎么上下都是白的？”

汪太太说：“盐砌的塔。盐是什么颜色？”

汪若梅答道：“盐是白色的。盐也能弄个塔，哪不是要咸死人了？”

大脚说：“这个，我也知道，我家小同说给我听过。说一天乾隆皇帝早上游船到五亭桥，指着白塔的地方说，这里像京城的北海，只可惜差一座白塔。这个话就给旁边的祖爷爷听到了。第二天早上，乾隆皇帝又来游船，忽然就看这块平地多出一个白塔来，原来是几个盐商听了皇帝的话，回家当晚就用家里的盐包堆了个白塔……”

船又向前，就到了从熙春台，这儿又叫二十四桥。船从这儿拐弯向北。二十四桥因为唐朝诗人杜牧的诗“青山隐隐水迢迢，秋尽江南草未凋。二十四桥明月夜，玉人何处教吹箫”而出名。

一路向北逆水而上，一会儿就到了观音山脚下。众人下船，仰头看观音山。山在蜀岗东峰，扬州城最高的地方。据说当年隋炀帝在山上建迷楼，有第一灵山之称。两个孩子听说爬山，都很兴奋，她们也不要大人抱，争着往山上爬。

道路逶迤而上，青砖铺的山道，道两旁女墙陡峭。爬了一刻钟的工夫，众人来到山顶。山顶有许多香客上香。观音山香火旺。寺庙砌在山顶，红墙灰瓦，殿堂随着山势而建，四周是古树蔽日、楼殿参差。

汪太太和玉珠在庙门口请香。汪若梅和汪琼急着往庙里去。庙门门槛有她们半人高，她们爬进去，抬头一看，门两侧各站着两个面目狰狞的巨人。两个孩子哪见过这些，吓得“哇——”哭着就往门外跑，汪若梅一头扎进大脚怀里。原来是庙门口泥塑的四大天王。众人笑着哄两个孩子半天。

两个孩子受到惊吓，老实多了，也不讲话，也不乱跑，小手紧紧抓住大脚。大脚一手一个，把她们又领进庙里。汪太太和玉珠在山门殿、天王殿和圆通宝殿依次上香。汪太太对玉珠说：“这个殿里的送子观音极灵验，只要心诚，有求必应呢。”

玉珠也不讲话，就往殿前蒲团上一跪。玉珠跪着，汪太太就领着众人去后边斋堂见寺院掌门老尼姑。老尼姑九十多岁了，一眼就认出汪太太，喊道：“沈家丫头，你什么时候来的？”

众人不知老尼姑跟谁说话，直到汪太太向老尼姑请安，才知道原来老尼姑是喊汪太太。汪太太姓沈，老尼姑和她爷爷奶奶有交情，汪太太小时候，老尼姑还抱过她，当然喊“沈家丫头”。

汪琼和汪若梅听老尼姑喊大妈妈“沈家丫头”，笑得前倾后仰。时间到了晌午，老尼姑留她们去后院斋堂吃素餐。众人随着众香客吃过素餐，就又去老尼姑的小四合院里喝茶。小尼姑送上新出的绿杨春茶。

老尼姑和汪太太说话。大人说话，两个孩子觉得无聊，老尼姑就叫小尼姑领着众人去各院里转转。汪太太有意把众人支走，想单独向老尼姑请教。汪太太说："菩萨奶奶，我这忙得一晃下子，好多年没来看你了。你看，我何时出家为宜呢？"

"夫在，在家当居士。夫去，你再出家也不迟。"

"菩萨这么说，我当家的在我前头先走了？"

老尼姑不吭声，过了半天说："扬州到了多事之秋了。人活在世上啊，就是受苦遭罪。我们修道之人修得'清静'二字。刚才两个孩子，我看极有灵性，将来是个美人坯子。你不如送给我当徒弟吧。"

"大的是我生的，叫汪琼。小的是夏姑娘生的，叫汪若梅。当家的让她们接受新式教育。女孩子家，接受什么教育，将来还不都是嫁出门。"

老尼姑又沉默了半天说："红颜薄命，这两个孩子若在尘世间，不知要受多少苦呢。"

汪太太见老尼姑如此说，神色有些慌张，问："你说这两个孩子长不大？"

老尼姑摇摇头，给汪太太打了个哑谜，就不再吭声。

再说玉珠，先是跟着众人转着，自己悄悄放慢脚步，又独自一人跑到圆通宝殿。中午时候，僧尼都去了斋堂，圆通宝殿里就她一个人。她扑通往观音菩萨面前一跪，两行泪水哗哗地往下淌。原来玉珠隐瞒一个心事，没有告诉任何人。大少爷汪天佑和她结婚到现在，竟然没有和她同过床。这些天，她夜里尽做噩梦，梦见一个大头鬼，血淋淋地立在她床前，对她说："还我命来……"

玉珠仰面看着观音菩萨，心说："我是个烧香拜佛的。我父亲又是个老实本分的农民，哪有什么血债呢？怎么有大头鬼来向我索命？"她倒是越来越担心起丈夫汪天佑。这个世界上，离她最近的人就是丈夫，而离她最远的人也是丈夫，她不知道汪天佑的脑子里想的什么东西。

汪太太领着玉珠在观音山烧香拜佛求子。到了下午，太阳斜到西边大明寺栖灵塔塔尖上时，就告别老尼姑下山回家。老尼姑送她们到山门前，忽然的，天上一记响雷。

汪太太说："太阳堂堂的，怎么打雷了？"

老尼姑看着烟雾升腾的扬州城说："要出大事了！"

在一旁的玉珠听得心惊胆战。就在这工夫，她丈夫大少爷正干着一件灭门灭族的事。

汪天佑有个发小叫顾伯龄，是南河下顾家船行的少爷。顾伯龄这几年在东洋留学，加入了国民党。这几天，顾伯龄悄悄回到扬州来找汪天佑，劝说他参加革命。顾伯龄说什么北方袁世凯背信弃义准备称帝，南方孙中山、黄兴在组织二次革命准备北伐……扬州东边是上海，又是运河漕运的交通枢纽，战略位置十分重要，成为南党、北党的必争之地。顾伯龄讲一通革命道理的最终目的，是要汪天佑跟他一道刺杀徐老虎。

顾伯龄说："天佑弟，若是行刺成功，你就为革命立了天大的功劳，一劳永逸，用最小的代价赢得最大的胜利。若是行刺失败，也名垂青史，将来就同英烈熊成基葬在一道。"

顾伯龄对他吟诵汪海田的两首绝命诗。一首是当年他刺杀清廷摄政王载沣未遂入狱后所写：

慷慨歌燕市，从容做楚囚；
引刀成一快，不负少年头。

另一首是《自嘲》：

心宇将灭万事休，天涯无处不怨尤。
纵有先辈尝炎凉，谅无后人续春秋。

顾伯龄说："在中国历史上，将来二汪必然载入史册。"

汪天佑问："哪二汪？"

"汪海田和汪天佑啊！"顾伯龄看着他说。

顾伯龄说得大少爷汪天佑热血沸腾。这个徐老虎是青帮扬州帮头子，又是洪门中的人物，自从他当上扬州都督后，附庸风雅，舞文弄墨，四处搜罗古玩字画。他曾经多次向汪春打听汪家祖传的霁蓝釉白龙纹梅瓶，汪春假说在南通办纱厂时资金链断了，讨债的堵在厂门口，梅瓶抵押给了上海宁波商行。汪天佑就给顾伯龄出一个主意，用假梅瓶，里头装上炸弹，在徐老虎过生日时作为生日贺礼送上。两人都拍手叫好。

恰好顾伯龄认识专门替孙大帅收罗古董的孙铁嘴，就行贿孙铁嘴，让孙铁嘴从中引荐。孙铁嘴在右府街上开古董行，爱财如命，只要有钱赚，死人能被他说活过来。假梅瓶瞒不过孙铁嘴，孙铁嘴拿着放大镜在瓶底一看，就说包浆不对，年份有问题。顾伯龄就把一个小黄鱼往案子上一拍。小黄鱼就是小金条，孙铁嘴一见小黄鱼，立马堆笑，答应引荐。

那天上午，汪太太前脚刚离开徐园，后脚徐老虎就领着部下从镇江江防工事赶回来。他骑着高头大马，把马拴在园门前的石狮子上。到了下午，前来祝贺生日的人陆续登门，有镇江的、泰州的、盐城的、上海的、北平的……徐园里是高朋满座，孙阆仙忙前忙后，忙着应酬。

孙铁嘴引着顾伯龄和汪天佑进来，介绍说上海客人前来贺寿。顾伯龄和汪天佑清一色长衫，宽边礼帽，墨镜。孙铁嘴指着案上的梅瓶说："都督，乾隆皇帝所赐的霁蓝釉白龙纹梅瓶，价值能抵上半个扬州城。"

徐老虎是江湖人物，见多识广，只见他眼睛一翻，假意推辞："无功不受禄，哪能受如此重礼？"

顾伯龄就谎称要在扬州开商行，请徐都督从中帮忙。徐老虎就立马叫来弟弟徐宝珍和徒弟张仁奎。张仁奎后来成为上海滩上的风云人物，黄金荣、杜月笙、张啸林都是他的晚辈，是位甚至蒋介石、韩复榘都买账的大佬。徐老虎叫他们给上海客人多行方便，然后众人进徐园内堂。内堂十分精美，红木桌椅，条几，墙壁挂着精美字画，多宝壁橱里摆着瓷器杂件，梁柱两侧有吉疯子写的对联：从来名士多耽酒，自古英雄不读书。

顾伯龄进内堂，小心翼翼地把箱子打开，掀开一块黄绸缎，露出梅瓶。他把瓷瓶拿起端放在八仙桌中央。孙铁嘴在一旁帮腔当媒子，他大呼："妙，妙！霁蓝釉白龙纹梅瓶，都督看，通体施霁蓝釉，釉质肥厚莹润，釉面匀净……瓶腹部一条龙追赶一颗火焰宝珠。白龙环绕瓶身一周，龙首上仰，颈部细长，长鬣飘拂，有大气磅礴之势……"

徐老虎前后左右看着。其实也看不懂，他佯装欣赏。

孙铁嘴继续道："这个梅瓶产于元代景德镇御窑场，清朝时藏于皇宫。当时若稍有瑕疵，督窑官都会当场砸碎。乾隆南巡，汪家是盐商，祭酒，皇帝御赐一只，天底下知道扬州汪家有一只……"

汪天佑听孙铁嘴提到汪家，心一惊，手中杯子一抖，水泼到衣衫上。

孙铁嘴又继续道："君子之泽，五世而斩。汪家到了汪春辈上丢了祖传的梅瓶，汪春的儿子大少爷，又是个坐吃山空的败家子，气数日渐衰弱。所以最后汪家把梅瓶抵押给了上海宁波商行。现在终于大海捞针，物有所归。看这釉色，白中微闪青，莹润透亮，摸在手上有糯米粽子的感觉，黏人……"

徐老虎说："让老子摸摸。真是这回事。"孙大帅伸出手指前后左右抚摸着，像是摸一个刚纳入内宅的小妾。

孙铁嘴翻着白眼向天说："梅瓶底下有'乾隆御制'四个字。"

"我倒要看看。"老虎托起梅瓶，看梅瓶底下，口里嚷着，"狗日的，真有这四个字。"

徐老虎托起梅瓶时，触动了瓶里的机关，藏在瓶里的炸弹爆炸，"轰"一声巨响，一股浓烟升起。屋子里硝烟弥漫，徐老虎的肠子都炸出来了，当场就被炸死了。

这件事就是轰动民国的扬州徐老虎遇刺事件。

扬州城风云突变，剑拔弩张。顾伯龄和汪天佑趁乱跑了。事后徐宝珍捉拿了孙铁嘴，孙铁嘴咬出了顾伯龄。顾伯龄行刺得手后，知道脑袋已经不在头上了，他顾不得老父亲，自已先逃命。他喊汪天佑一道儿跑，汪天佑说："我跑了，我老子怎么办？我两个妹妹怎么办？汪家盐铺怎么办？"

顾伯龄跑到上海，亡命天涯。子债父偿，顾家船行贴了半尺宽的大封条，顾伯龄老子顾春元给关进打铜巷的大牢。孙铁嘴并不认识汪天佑，所以汪家暂时保了下来。

徐老虎遇刺的当天晚上，扬州城就传开了。汪春听说顾家船行被封，事情是顾家少爷做的，就发疯似的冲到儿子房里。只见汪天佑额头上有火药烧焦的一块疮疤，玉珠正在一旁给他上药。汪春一看就明白了，他什么也没有说，第二天就把儿子关进了后花园片石居里，在门上闩上大铜锁。

汪家盐号在南河下街，一条沿着大运河的东西走向的老街，青石板路面，一路边的深宅大院、挂着幌子的各式铺面。盐铺的大门正对着运河边私家码头，大门口一副对联：万商日落船交尾，一市春风酒并垆。盐铺东边是住宅，朝南的八字大门，门前有石兽、屏风。进里，一进楠木大厅，大厅正面有一面齐墙壁大小的漆器屏风，屏风上刻着《朱子家训》。屏风后面有侧门，再往里是二进、三进。二进与客厅之间有一个很大的院子，院子里有石头砌的水池，四水归堂。

汪家两个姑娘就住在二进的二层楼上。三进是汪春和汪太太居住的地方，侧房有小四合院、天井，后面有一个后花园，垒着西湖石假山。汪家大院为徽派建筑风格，青砖青瓦，砖雕木雕，表面上看低调，内里精致，边边角角都透出文化。

汪家掌柜汪春年轻时接受新派思想，搞实业救国，用家里的多年积蓄去南通开办纱厂，和康乐钱庄的老板康九海合伙办商行，结果血本无归。汪春这一番折腾差点儿搞得倾家荡产，好在家大业大，总算挺了过去。搞洋务最大的损失是搭上了二房媳妇夏小姐的一条命，也有人说，汪春是为了追求夏小姐才搞洋务的。

夏小姐去世时，女儿汪若梅才两岁，天生的美人坯子，汪春视若掌上明珠。女用大脚对邻里街坊们说："若梅这孩子到什么地方，许多小动物安静地围绕在她的周围，从不伤害她。若是别的孩子出现，小动物就会四散逃跑。"她说得活灵活现，识文断字的都知道，她这是把二姑娘比作中国古代的四大美女，是说汪若梅有沉鱼落雁和闭月羞花之貌。

据说汪太太去琼花观给后土娘娘上香，回来就发现怀孕了，这怀的便是若梅的姐姐汪琼。琼花观原为供奉后土娘娘的后土祠，宋徽宗赐名"蕃厘观"，后世叫琼花观，观内有一株天下无双的琼花，有诗云，"维扬一株花，四海无同类"。汪琼既是后土祠求的，也就预示着将有着不平凡的身世。

汪家两个女儿年纪虽小，却让街坊们说得神乎其神。汪家的孩子自然上最好的学校，她们小学是开明桥边上的江都县学。江都县学是清朝时供秀才读书的地方，学校东西院墙界限处有过街石牌坊，行人只能从它下面穿过，有“文官下轿，武官下马”一说。县学南边是四望亭，又叫文奎楼，后名魁星阁。学校里有明伦堂、大成殿。

县学里的同学都是扬州的富家子弟，有东圈门“天下第一高才”黄裁缝的女儿黄小凤和扬州办报纸办学校的社会活动家俞蔼如的女儿俞冉芳、北门桥古籍刻印社的杨宝琴、康乐钱庄的少爷康鹏、镜中天照相馆少爷周小松、福元布庄的少爷沈越等。上小学时，男孩子一个个像顽皮猴子，而女孩子到五年级时就已经露出美人胚子，一个个如天仙下凡。

学校里舞文弄墨的孔剑秋老师专门在《扬州新报》上写文章评价过这群女孩子，说她们就是一群新式扬州美女。自古就有扬州出美女、绍兴出师爷、苏州出状元、山东出响马、关东出大汉这种俗语，但是扬州美女并不能就只因为漂亮、生在扬州就可以称为扬州美女的。若能称得上扬州美女，须有两个特性：一是耐性，对生活的忍受力，安贫乐道，如梅花凌霜傲雪；一是任性，有鲜明的个性，也就是大小姐脾气，绝不人云亦云，亦步亦趋。

我们故事说的就是汪家二小姐汪若梅，看她能否称得上民国的扬州美女。

且听我慢慢道来。

1 南北相争起硝烟 汪家有女初长成

时间一晃就是十四年，汪家姐妹已经是十八九岁的大姑娘，若清水出芙蓉，更加美丽。1927年夏天，汪若梅在长江的小火轮上认识了影响她一生的周觉民。

那年暑假，汪若梅去上海帮助照应在中医堂坐诊的外公夏风。北伐的火药味已经在上海弥漫，一到晚上打黑枪，工人搞武装暴动，黑帮争码头抢地盘，洋人巡捕到处抓人，东方乐园上海风雨飘摇。外公见形势不妙，就向中医堂告长假回扬州。他托上海滩大佬张仁奎买的小火轮二层一等舱的票。张仁奎是徐老虎的徒弟，徐老虎死后，他在上海成了青帮大佬。

当时上海到扬州一周有两班小火轮对倒着开。小火轮是上海长江航运公司的，船员说着宁波腔。船舱分上下两层。底层大铺舱，挤满乘客，没有座位的就人挨着人站着，有的席地而坐，地上大包小包，竹笼里鸡鸭吵闹，又夹着小孩子的哭闹。从过道楼梯向上是一等舱，有舒适的座位，可以从舷窗看长江风景。

汪若梅上身穿白短袖衫，下身黑裙，一副时髦的学生装。她站在二层舷窗前，看一片白茫茫的江面。江风从过道里吹来，吹动着她的短发，也撩动着少女的心事。

船快到镇江时，周觉民扛着个柳条箱从底舱上来。他是中途补的一等舱的票。

周觉民见他们对面有一个空座位，对夏风鞠了个躬坐下。周觉民是城北雷塘人，父亲周义云是个私塾先生，人称周夫子，创办过双忠祠小学。他家祖上有点积蓄，拿出全部财力培养他这根独苗去震旦大学读书，在学校里，他接受了新思想，加入了共产党。他回扬州就是想搞教育，办刊物，宣传新文化。

汪若梅见对面坐着一个读书人，就悄悄打量，见此人梳着二八分头，戴着圆边镀金眼镜，中山装，上衣口袋里别了一支墨水笔。这种装束在当时很时髦。汪若梅这一看走了神，就痴痴地盯着。周觉民见对面坐着个如花似玉的美女盯着自己看，“噌”地脸红到脖子。

夏风怕客人尴尬，用胳膊推推汪若梅，指着远处江面上一座小山说：“若梅，快看，到镇江了。那是焦山。”

汪若梅回过神来，盯着远处说：“真美，像个感叹号，立在江心。”

周觉民笑着说：“比喻真形象，可以写一首诗。”

夏风听客人扬州腔，就相互攀谈起来。他们这一谈对对方都有所耳闻，东圈门的夏神医、双忠祠小学的周夫子，都是扬州有头有脸的人物。汪若梅见外公和客人拉家常，就拿出在码头上买的《良友》杂志翻看。夏风看一眼杂志上面一个新派的女人头像，就用胳膊碰碰她，示意她收起来。

夏风说：“收收好，回家别让你爸看见。”

“爸爸就是封建。清朝结束快二十年了，他还夸皇帝好。书上说了，我们将来的生活不是回到清朝，而是像《良友》上的生活。”

夏风眯起眼睛，捻着山羊胡子，摇头晃脑地说：“那是洋人的生活。洋人没开化，没读圣贤书，哪有我们知书达礼？我们有祖上传下的四书五经，他们有吗？我们有周易八卦，有《女儿经》。”夏风看一眼周觉民，继续说：“我在上海行医，给洋人号脉，洋人气重，命属金火。我们中国人，命属木土。金克木。若论到动枪动炮，船坚剑利，中国打不过洋人；若论到长寿养生，阴阳调和，那洋人可不及我们。西洋女人全是香水、花粉化妆的，卸下妆就没了人形……”

周觉民说：“夏先生，洋人的科学知识讲究实证，推动了世界进步。时代在变化，四书五经可不够用了。中国的旧俗就得革去，一根裹脚布、一条辫子害了多少人？”

夏风叹口气说："我只相信董仲舒的那句，'天不变，道也不变'。人，人心，不会变。"

周觉民笑着说："天在变，道也在变，人也会变。世界就是变化中的世界。孙文先生说'世界潮流，浩浩荡荡，顺之者昌，逆之者亡……'你看，乘火轮回扬州，就比从前帆船便捷。若是到镇江乘火车，又更快捷了……"

夏风有些不屑地说："洋人的这玩意儿，古人称之善假于物也。当初诸葛亮的木流星马没传下来，要是传下来，可不比这船更快？神行太保戴宗有神行法，拴上金钱甲马，日行千里，夜走八百……"

汪若梅说："外公的这套全是教场里听的说书，王少堂说《水浒》，康少华说《三国》，张少南说《说唐》……外公一场也不缺。人家听书出钱，外公听书还赚钱呢。"

"听说书怎么赚钱？"周觉民好奇地问。

"外公去听书，说书的讲打麻将，说：'秀才、郎中、和尚、收元宝灰的往牌桌上一坐，秀才面朝东，郎中面朝西，和尚面朝北，收元宝灰的面朝南……'这时候外公站起来了，把收场子钱的大青碗里铜板往兜里一灌。说书的就问了：'老先生，我有什么说得不在理？'外公说：'麻将桌子向来都是斜着摆，哪有脸正对着东西南北的？'说书的一拍脑袋，赶紧下场子打招呼，双手一拱，说：'你老说得对，今年我的场子不收先生一文钱。'"

船上乘客听汪若梅讲笑话，也都立着耳朵在听。听到这里，众人哈哈大笑，船舱里欢乐起来。

"我这孙女，没上没下，在生人面前，出我洋相。"

汪若梅一向拘束，只有在外公这个最亲的人面前时常顽皮。她见外公责怪，一吐舌头，忙低头看她的杂志。周觉民看眼前这个女孩子天真活泼，目光清澈，也很是喜欢。他指着《良友》杂志封面上的影星说："影星胡蝶。"

汪若梅忽然找到知音，好奇地问："你也知道她？"

周觉民侃侃而谈起来："胡蝶今年才18岁，上海中华电影学院学生。这本《良友》创刊号一出来，引得风波不小，旧派的认为是黄色书刊，而新潮的认为在引导新女性新生活。胡蝶勇敢地走出家门拍电影，是一种对自由的向往和追求。你想她能走上杂志封面，需要多大的勇气？将来男女平等，女性像男人一样工作，参加选举，当医生，当教师，甚至当兵……”

“女人还能当兵？”

夏风插上来说：“这有什么奇怪？古代有花木兰替父从军，有梁红玉击鼓退金兵……”

一个报童上来喊：“《申报》，《申报》，最新消息，北洋军汉阳守军刘佐龙部阵前起义，投降北伐军，转而反攻吴佩孚。吴佩孚腹背受敌，仓皇逃往河南信阳……六省联军司令孙发奎在扬州急调军，准备从侧翼向两湖北伐军进攻……”

众人听到与扬州有关，都吃了一惊。夏风买了份报纸，叹口气说：“想回扬州老家图个清静，‘普天之下，莫非王土；率土之滨，莫非王臣’，看来扬州也不太平啦！”

一声汽笛长鸣。船到了瓜州港靠岸，有客人下船。码头上站满全副武装的兵丁。北伐军进逼，扬州作为孙发奎六省联军总部，所有的道路码头严防死守，捉拿南方乱党。

瓜州是扬州南大门，亲兵团长绰号叫侉子*的亲自带队盘查。这个侉子是淮安人，从前是徐老虎的手下，徐老虎遇刺后，他们归随了徐老虎弟弟徐宝珍。徐宝珍投靠了孙发奎，手下的人也都归六省联军指挥。侉子镇守南大门是个肥差，名义上捉乱党，其实趁机敲诈来往旅客。

一行人冲进船舱，高喊着“捉拿南方乱党”，翻箱倒柜，抢鸡抢鸭。船舱里鸡飞狗跳，哭声一片。一个戴眼镜的学生，兵丁从他包里搜出一本书，书上有孙文的头像，就被抓起来。学生争辩说：“我不是南方乱党。”侉子说：“我说是，就是。我说不是，才不是。叫你家人送钱来，否则就枪毙。”

---

* 在方言里，“侉子”是一种带有歧视性的说法，大多和鲁莽、野蛮、贫穷、暴力犯罪、不讲卫生等联系在一起，还常用在指扬州以北的人。当下的扬州年轻一辈，还有将淮安、连云港人称作侉子的。——编注

侉子一脸横肉，肉泡眼，光头，头上还留着一个半尺长的刀疤。他走到夏风面前，斜着眼睛看汪若梅问："这位学生，从哪来？"

夏风站起来说："这是我孙女，不是学生。没念过书，女子无才便是德。"

汪若梅鼻子一哼，轻蔑地看侉子一眼。侉子哪里受过这样的冷眼，眼睛立马就瞪圆了，想发作。夏风察言观色，急忙站起来，递上帖子，高声说："扬州东圈门中医夏风。这是上海张爷张仁奎的帖子。"

侉子听到提起张仁奎，一惊。他接过帖子一看，立马脸上堆笑，拱了拱拳，说："夏先生，张爷的客人，打扰了。"随后低首退着离开。

张仁奎黑道白道通吃，孙发奎都让他几分，夏风在上海坐诊中医堂，就是张仁奎把他请去的。侉子和扬州青帮等都是张仁奎的徒孙辈，所以见了帖子，不能不礼让。一点世故都不懂的汪若梅忽然问起周觉民："周先生，你说孙文先生说，世界潮流，浩浩荡荡……"

侉子听不明白她说的，但听得懂"孙文"两个字，他转过身来盯着周觉民问："这位先生，你是从哪里上的船？"

"我从苏州上的。"

侉子盯着周觉民脚边柳条箱问："箱子打开，我们要检查。"

周觉民站着不动。侉子就越发狐疑。

夏风赶紧站起来说："官爷，这箱子是我的，里头有些药品。"

周觉民反应过来，把箱子往夏风那边一挪说："我没带行李，回家探亲。"

"哪有探亲的不捎行李？你跟我们走一趟，要盘查盘查。"侉子一招手，后头几个兵上前把周觉民拖着往舱外去。

侉子把箱子拎起摆放在夏风脚边，点头哈腰说："见到张爷给我美言两句，就说侉子问张爷好。小弟我多有得罪，打扰，打扰！"

侉子一走，汪若梅碰了一下夏风，悄声说："外公，你老糊涂了，这箱子不是我们的。"

"你闯祸了……"

汪若梅吓得不敢吭声。她从舷窗口看见周觉民被兵丁押下甲板。汪若梅的那句问话害了周觉民，夏风保住周觉民的那只箱子，也算是尽了最大努力，如果箱子里有重要的东西，他保住箱子也算帮了那个年轻人，算对汪若梅刚刚的冒失的补救。

船驶进古运河大水湾，水面开阔起来，文峰塔高高地立在岸边。船上人忘记刚才检查时的不愉快，忙着收拾行李。前头就是钞关码头。钞关码头又叫龙头关，后面的埂子街、南柳巷、北柳巷人称龙脊，龙尾巴在城北的龙尾田。钞关码头泊着帆船，小划子在大船中间穿梭往来。码头工人扛盐包、粮食下船。码头上堆放着货物，木材、盐包、沙石像一座座小山。

打铜巷老瞎子在码头唱《道情》：

春夏秋冬，早春二月时，平地里一声雷，惊破奴家，院里小鸟鸣得心儿慌……

汪若梅见行李多，又多出一只柳条箱，正在甲板上着急，拉黄包车的皮六眼尖，一眼就认出夏风，他跑上搭板帮着扛箱子。管家丁小同和女用大脚夫妇俩早早就来码头上来接他们。

丁小同笑嘻嘻地上前说："外公，家里饭菜都准备好了，老爷吩咐让我请你去回家随个方便。"

夏风脸一沉："你叫他不用操这份心！"

大脚对汪若梅说："二姑娘，你劝劝外公。"

"外公脾气你们不知道吗？"若梅高声喊，"外公，过两天我就去看你。"

夏风说："不要耽误上学。"

汪若梅目送着外公坐上皮六的黄包车，才回过头跟着丁小同回南河下。

那只周觉民的柳条箱子早就让丁小同搬到车上，随着汪若梅进了汪家，又被大脚摆进了她的闺房。大户人家的姑娘是不作兴把陌生男人的东西带进家门的。汪若梅盯着这个柳条箱发怔，后悔自己太莽撞，一句话害了周先生。她担心起周先生来，不知道他的吉凶祸福。若是因为自己祸从口出，周先生被杀了，这辈子又如何能安心？

她正忧虑着，忽然眼前多出个冰糖葫芦，一回头见姐姐汪琼站在背后。汪琼大声问："替我买什么好东西了？快快交代。"

汪琼见汪若梅吞吞吐吐，哪里顾及许多，上前就把大柳条箱子呼啦打开来，汪若梅想阻止已经来不及，箱子扑面而来的是男性的气味，里头有剃须刀、毛巾、茶杯、洋墨水、手电筒……有鲁迅小说《彷徨》《呐喊》和几本旧的《新青年》杂志……

"姐姐，这不是我的箱子。"

汪琼一怔，赶快把箱子合上说："我没看见，什么也没看见。"

"这是船上船客的箱子，误拿了。过些日子得送还人家呢。"

"好妹妹，我不问行吗？快说，替我买什么好东西了？"

汪若梅只得去床边拖出自己的红皮箱打开，拿出一只胸罩。汪琼高兴地把它扎在头上，去照镜子。汪若梅哈哈大笑，笑得汪琼一怔。汪若梅把胸罩抢过来，在胸口一比画，汪琼笑得不好意思了，说："洋玩意儿。洋女人想的就是不同，弄上这东西，喂奶怎么办？"

"羞不羞？"

从汪琼在汪若梅闺房发现男人的箱子，就认为妹妹有一个天大的秘密瞒着她。姐妹俩表面上疯疯打打，她却多留了一份心。她们闺房在正屋二楼，有一个木楼梯上去，东边是汪琼的，西边是汪若梅的，从前汪琼想什么时候就什么时候往汪若梅屋里闯，现在妹妹不叫她，她就绝不贸然进去。

自从汪若梅回家后，两姐妹的闺房朝南的窗户里悄悄伸出了两根竹竿，竹竿上各晾着一个粉红色的胸罩。粉色胸罩像小三角旗，在窗台上飘飘荡荡着。汪太太把媳妇玉珠叫到跟前问："玉珠，竹竿子上的粉红布条是什么东西？"

玉珠看了半天说："洋玩意儿，可能是龙旗。"

"我就怕若梅把洋人不吉利的东西带进门，坏了风水。"

"洋人的东西又不是从坟里挖出来的，哪有不吉利？"

汪太太始终不放心，要玉珠上楼去问问。玉珠去问，两姐妹只是一个劲地笑，就没有一个肯告诉她，直到腊月里，东圈门的黄裁缝大虚子*上门来做年衣，汪太太才问出个究竟。黄裁缝说这布条子叫胸罩。至于胸罩起什么作用，黄裁缝也不知道，谁也说不清了……

暑假一过，美汉中学就开学了。美汉中学在扬州城的西北角，靠着老城墙，东边是便益门大街，南边是大草巷。学校里环境优美，进门是一片草地，一排排红顶教学楼。西南边是圣公会教堂神在堂。姐妹俩在一个班，读中学四年级，也就是说到过年就毕业了。

美汉中学的校长是社会名流俞蔼如，他是“五四运动”的骨干分子，北大校长蔡元培的学生。他推崇蔡元培的“思想自由，兼容并包”的办学方针，学校里男女学生不分班，学习西洋知识，开设了音乐课、美术课，学校老师是从北京、上海等地聘用的新式教员，各种新思想、新知识在学校里广泛传播。

汪若梅早上起来，漱洗完毕，去家里的水场看放水。打短工的大喉咙和呆头鹅打开一道小闸门，运河水就流进汪家院子里的地下水库，然后再关上闸门。大喉咙高喊“下药了”，丁小同就把石矾抛进水里。水池里有一转盘，靠人力推动杠杆，让转盘旋转。大喉咙和呆头鹅沿着水池奔跑，转盘里划板搅动水，搅拌出一个大旋涡来。丁小同看着水，上层漂着浮物，下层淀着杂质，等到水转得恰当时，他就迅速打开中间一道小木门，水只取中间部分，水哗哗流入另一个清水池里，汪家一天的用水就取自这个清水池。

汪若梅为什么要一早上来看水场呢？清水取走后杂水里有许多鱼、虾、龟、鳖、黄鳝、青蛙，这些就成了用人们的盘中餐。汪太太是个居士，关照若梅早上负责监督，监督丁小同和大喉咙放生。看水场放生就是汪若梅早上的工作。

看完水场，她就去屋里吃大脚准备的早饭，这时汪琼也起来吃早饭了。吃过早饭，她们在门口搭康鹏的马车上学。康鹏是康九海的儿子，他上学有专门的马车接

---

* “虚子”也是一种带有歧视性的贬义的叫法，常与爱说大话、性格急躁、办事不牢靠联系在一起，类似江南一带“苏空头”的说法，所以有时也把“苏州空头，扬州虚子”联系在一起说。——编注

送，马车经过汪家顺路捎上两姐妹。康鹏和她们青梅竹马，两小无猜。她们坐康鹏的马车另有一个好处，有零食吃，康家的大麒麟阁食品厂，生产各式点心，有金刚脐、麻饼、精果、蜜三刀、松仁月饼等。

有一回，她们去康鹏家玩，偷吃京果粉，后来口干，康鹏弄了一盆水来给她们喝。结果回到家，两姐妹肚子胀得疼，汪太太把她们送到大德生药店，外公夏风盘问了半天，才知道两个吃货嘴馋，就给她们开泻药。汪太太不放心，怕她们吃了什么乱七八糟的东西，就去康家询问，结果一问，才知道康鹏也是少一窍，给她们喝水的盆子是个猫食盆子。这成了两家经常说起的笑话。

班主任是音乐女教师梅曼。梅曼是梅家巷染坊的大小姐，梅家染坊生意好，她老子就送她去留洋，去法国学习音乐，她回来后就当美汉中学的音乐老师。每天早课时同学们都能听到梅曼的钢琴声。钢琴在同学们眼里神秘、高贵、典雅、洋派，俞蔼如说美汉中学听到梅曼老师的琴声就是一个洋学堂。

学校开学后，汪家姐妹就天天忙于学校的毕业会演，到时候教育厅厅长、县长、各校代表、社会名流都要来看汇报演出，会演就成为学校的形象，也是一届学子报答学校的培养。汪家姐妹是出名的校花，自然就是会演的主角。

学校大礼堂里，梅曼弹奏钢琴伴奏，汪琼打拍子，同学们列队唱《毕业歌》。

汪若梅唱：青青校树，萋萋庭草，欣沾化雨如膏；笔砚相亲，晨昏欢笑，奈何离别今朝；世路多歧，人海辽阔，扬帆待发清晓；诲我谆谆，南针在抱，仰瞻师道山高。

周小松唱：青青校树，灼灼庭花，记取囊萤窗下；琢磨几载，羡君玉就，而今光彩焕发；鹏程万里，才高志大，肩负起中华；听唱离歌，难舍旧雨，何年重遇天涯。

全体学生（合唱）：青青校树，烈烈朝阳，宗邦桑梓重光；海陆天空，到处开放，男儿志在四方；民主共和，自由平等，任凭农工兵商；去去建树，前行后继，提携同上康庄。

排练一结束，汪若梅瘫倒在地板上，梅曼上前拖她起来说：“若梅，诗朗诵要加紧练。有停顿，要表现出画面感。”

“梅老师，怎么能增强画面感？”

“《春江花月夜》，孤篇盖全唐。诗人张若虚生活在扬州，江景，月景，融于精神。你要学会体验，去江边月下朗诵，就能提高了。”

汪琼在一旁插科打诨说：“梅老师，好是好，我爸不会肯，怕她被江枭掳去，当了压寨夫人。”

班上登记同学毕业后就业动向，填家庭情况，两姐妹犯了愁，一时间不知道怎么填写。大户人家的小姐是不出来工作的，小姐出来工作，抛头露面，丢家里的面子。同学们围着她们鼓劲，出主意。

沈越说：“大小姐，你们不能拖全班后腿，我们都决定自己找工作。”

俞冉芳说：“我爸已经同意我去报社当记者。记者在国外是时新职业。”

杨宝琴说：“我当老师。”

沈越说：“我当兵。”

周小松说：“你当谁的兵？好男不当兵，好铁不打钉。”

“时代不同了，当兵是男人最好的职业。”沈越压低声音，“等党军*打过来，就去报名当党军。我才不当联军，不给军阀卖命！”

同学们都在自谋职业，走向社会当新青年，而她们难道要重走大妈妈、玉珠的老路，锁在闺房里，嫁鸡随鸡，嫁狗随狗，相夫教子？她们心事重重地回到家，吃过晚饭就向父亲提出想出来工作。汪春请汪太太和玉珠轮流发表意见。

汪太太说：“家里不愁吃不愁穿，女孩子家在外头抛头露面成何体统？汪家是大户，你们出去工作要让街坊邻居笑话，以为汪家败落了。”

玉珠说：“我有妹妹这么大已经嫁过来了。在外头，什么五二歹鬼**的男人都有，我说赶紧说亲成家。不是我心狠撵两个妹妹出门，‘男大当婚，女大当嫁’，女大不中留，谁让我们是女人呢？”

---

* 党军：当时扬州人对北伐军的称呼。——著注

** 五二歹鬼：方言，指人不规矩、不上路子。关于这几个字到底应该怎么写，十多年前在老南京们之间曾有过很热烈的讨论，有的认为应写作“无儿歹鬼”，也有人认为应为“忤儿歹鬼”“吴二逮鬼”等。——编注

两个姐妹被大妈妈和嫂子这么一数落，脸苦着，嘴噘得多高，一个个低着头，心想完蛋了。没想到父亲说出了另一番道理。

汪春说："1911年，辛亥革命，皇帝没了，扬州城剪辫子，我是商会会长，大家都看着我。我第一个剪辫子，沈福元、梅尔宜、顾春元都在我后头剪的。康九海一直没有剪，后来在上海让革命党抓住在大街上剪了。两个姑娘七八岁的时候，高妈上门要给两个姑娘裹小脚，我没有同意，太太为这个事跟我几天不说话。要是裹了小脚，上学都没得办法上，在学堂得被同学笑话……"

汪太太说："上学怎么没得办法上呢？"

汪琼说："妈妈，学校有体育课，跑步，跳体操舞，走独木桥。小脚，怎么走独木桥？"

汪春说："当然没法上学。人家走到学校个把钟头，小脚要走上半天，走到学校，已经放学了。"

众人哈哈大笑。

汪春指着太太和玉珠的小脚说："你们看看，怪我不带她们上街，这个脚能上街吗？若梅的妈妈就没裹脚，去留洋，回来跟着我办厂……"

汪太太站起来说："玉珠，让他一个人说，我们去佛堂敲木驴子去。又嫌我们小脚，又嫌我没留过洋……当初到你汪家来，沈家一船大米的陪嫁……扬州有几家？"

汪太太生气走了。玉珠和两姐妹想拉她，没拉得住。玉珠说："妈妈生气了，我进去陪她。"

汪春说："由她去，这个家，我说了算。你们姐妹两个就去参加工作，将来的女性都要参加工作的，又不是哪一家。"

她们听父亲同意出来工作，高兴坏了，跑上楼，一个敲背，一个敲腿。

第二天，她们告诉同学们家里同意出来工作，同学们都说要庆祝一下，想来想去决定放学时候去游瘦西湖。扬州是个水上城市，出门乘船，人称"东方威尼斯"，城里纵横交错的河网湖泊，有运河、汶河、小秦淮河、保障河、头道河、二道河，有瘦西湖、保障湖、邵伯湖等。

她们从东关码头上花船。巧云摇橹，船进保障河，往大虹桥去……船中摆着茶几、椅子，茶几上有古琴，摆着各式各样的糕点和时令水果，船头摆着古筝，供客人雅兴。汪琼好卖弄，一屁股坐下来，弹起古筝《高山流水》。康鹏见船头挂着箫，摘下和汪琼相和。

游船在瘦西湖转了一圈，过小金山，行到徐园时，汪若梅记起小时候大妈妈领着她们去观音山上香她们去徐园里看干妈孙阆仙的往事。那天恰好就是乘的船娘巧云的船。她问巧云是否记得当年的往事。

巧云说："怎么记不得？老扬州都记得那天，徐老虎归西。我们在观音山上，就听到徐园里'轰隆'一声，像是打个响雷。那天，汪琼闹着要小便，就靠的岸。大妈妈要顺道看看孙居士……"

汪琼耳朵尖，停下弹琴的指头，回头说："你们又在我背后说我鬼话了。"

巧云说："大姑娘，我们在说你们小时候去徐园的事，你还记得吗？"

"我是一点也记不得。"

"难怪，一晃就十四年了。二姑娘记性好，记得呢。我那天一早起来就眼皮子跳，就知道要出事。我们前脚走，后脚徐老虎就被炸死了。徐老虎弟弟徐宝珍接了他的班，就是现在的城防司令。炸他的顾家少爷跑到上海去了。线人孙铁嘴到现在还关在大牢里……"

"巧云姐姐，我想知道我干妈现在怎么样了？"汪若梅问。

"你干妈好着呢。我前两天还见了。她在辕门桥开了药店叫大德生，又在新北门外办了个崇节堂，专门收留孤儿寡妇。徐老虎杀人，孙阆仙救人。扬州人都称她大善人。现在的城防司令小叔子徐福珍就听孙阆仙的话……"

她们一路闲话，船到了扬州城西门，又叫通泗门，城门楼高大，矗立着，插着北洋军阀的五色旗。

俞冉芳在船头上喊："考考你们，那五色旗，五色代表什么？"

周小松说："孙大帅的旗子能代表什么？也就五种颜色。"

俞冉芳说："你这就外行吧，我说给你听听，五色旗，红、黄、蓝、白、黑，表示五族共和。不过，五色旗快完蛋了，将来城楼上飘扬的青天白日旗，底色是红色。"

"我作个法，现在就把这旗炸掉，叫改旗易帜。"沈越嘴里念念有词，用两个指头指向五色旗，“天灵灵，地灵灵，太上老君来帮忙，炸……”

众人看他演得认真，正在发笑，忽然，“轰隆”一声，通泗门的城门楼炸塌了，那面五色旗摇晃着掉到河里。众人惊得目瞪口呆。

沈越吓得问自己：“是我炸的吗？”

这时，又听见“轰隆”一声，从城里传来，众人看见天上一架小飞机。原来这是党军的飞机在扬州城上空扔了炸弹。

第二天《扬州新报》上登了一则消息：东关街一户朱姓人家，听到天上嗡嗡地响，全家跑到天井里看天上的小飞机，朱某用旱烟袋对着飞机指指戳戳，飞机扔下炸弹，落到屋顶上，把朱家炸死一人、炸伤三人。

2 商人重利轻国策 才子佳人难遂意

西门楼子被炸，五色旗倒地，城砖乱飞，砸到一个人的脑袋。这个人就是汪春。他抱怨出门没有看老皇历。老皇历上写得清清楚楚，“诸事不宜”。

中午，他吃过饭正准备睡午觉，大舅子沈福元来喊泡澡堂子。扬州人有“早上皮包水，晚上水包皮”习俗。城里有32爿半浴室，他们去的是富春茶社南面的永宁泉。门口有个灯笼写着“浴”字。里头是矾石砌的池子，分头池、二池、娃娃池，水也分烫、热、温。永宁泉的特色是地龙，一个大锅底下烧火，浴客们在锅里煮。当然水温不能高，水温高就煮熟了。浴池里水雾朦胧，讲究蒸，朦胧中只能看见赤条条的人影。池口有一副对子：濯清泉以浴德，涤旧垢而澡身。

他们从池子里蒸过上来，躺在大堂里一路排睡椅上，抽烟、喝桂圆汤、吃兰花干、剥瓜子，有的人在修脚、捏脚、刮脚。泡浴室也是泡时间，在浴室里听新闻，家长里短，流言蜚语。耳边时不时传来跑堂的吆喝声：“上水喽，下水喽。”上水是从池子里上来，用干净毛巾擦身子；下水是那木筒里湿漉漉的毛巾，浴客拿到水池里去用的。上水毛巾要干净，下水的不讲究，到水里都是高温消毒。

汪春恰好碰到老澡客亲家公康乐钱庄康九海。汪琼和康鹏上小学时，汪太太喜欢康鹏，两家就互换帖子，瞒着孩子定了门娃娃亲。证人是沈福元。汪春对康九海叹口气说："亲家，活着就好。"

康九海说："亲家，不死也脱层皮。"

他们裹上大浴巾，心事重重。原来党军打来，扬州城要打仗。商人最怕打仗。打起仗来，老百姓出命，商人出钱，得好处归当官的。孙发奎天天拿枪逼着扬州商会出钱，商人也晓得出了这个钱，党军打进来，给你个支助叛军的罪名，那可是掉脑袋的。

报童跑进来卖报纸，喊："新出的《扬州新报》，北伐军攻占武昌，前线告急！……"

汪春要了份报纸，拿着放大镜看了起来，侧着头对康九海说："这回，党军攻势凶猛，形势不妙啊！"

康九海仰面朝天问："你说，孙大帅能挺得住吗？吴佩孚吃了大败仗，北伐军从东西两线打过来，估计过不了今春，就要打到城门口了。"

沈福元掏出烟枪，放了一炮，说："年年打仗，我倒盼着早点儿打出个结果。"

汪春说："哪是他们在打仗？拿着我们钱打水漂……"

康九海说："就是大运河的水也让他吸干了。昨日孙大帅登门，荷枪实弹，说拿盐司衙门抵押兑现二十万银票。这分明是抢。衙门谁家的？党军进城，就是党军的；宣统皇帝来了，就是大清的。我说大帅要再逼我，一拍屁股跳进大运河……"

汪春说："上回，我对孙大帅说了，扬州自古无险可守，你要打仗去镇江，去南京。他倒说得好，说舍不得我们这帮商人，说他要尽到保护商会的责任。"

康九海起来擦身子，一张座位空着，他往上面一坐，然后又跳起来，坐到汪春边上。汪春指着空位置说："那边空着，你不坐，挤到我跟前热烘烘的。"

康九海说："哪个敢坐？顾胖子的。有人说在衙门里断的气，有的说抬家去断的气。"

汪春说："在家里断的气，让他孽子害的。关在牢里十多年，瘦得不成人形，我去牢里看他，皮包骨头，都认不出来了。唉，死对他就是一种解脱。"

沈福元说："顾家少爷敢炸徐老虎？到现在我都不相信！都是娘老子生的，哪来的豹子胆？"

康九海说："这年头，年轻人全疯了，一个个红了眼，什么事做不出？"

汪春说："我家那个孽子，去东洋学了几年，回来嘴一张跟我谈天下大事，谈共和立宪。我一个大巴掌，把他往家里一关，大门不许出一步。皇帝万万岁，小人天天醉，天下事有天下人管，关你个屁事！"

沈福元说："让他给你生个孙子，就有事做了。无事佬，闲着就生出是非。年轻人都让洋书给毒害了。"

跑堂的跑进来喊："上水喽。"到他们跟前悄声说："有生人，讲话留些神。"

跑堂的扔条毛巾把子喊："上客！"

大堂门布帘子掀开，进来两个大汉。高个子是侉子。他们脱了衣裳，把两把盒子炮亮出来，要跑堂代为保管。跑堂的说："大爷，这个东西小的不敢碰。"

侉子说："不要你碰，你就替我拎着，等我们洗完澡上来再还给我。"

跑堂的说："我不敢，我看到这个家伙，手就抖，裤裆里尿都下来了。"

侉子骂了句"没用的东西"，把枪往跑堂的肩上一挎，道："你只管站着，不许动。"

跑堂的就当真像泥塑似的站着不动，嘴里喊道："大爷，我不动，出了事，就不关小人的事了。"

侉子脱得赤条条地下水池，过一会儿，从水中上来洗擦干净，又从跑堂的肩上拎起盒子炮，撂在茶案上。

跑堂的喊："乖乖隆地咚，韭菜炒大葱，我小便都唬下来了。"

跑堂的想走，侉子的亲兵一把抓住说："不要忙，团长有话要问呢？"

跑堂的说："大爷，说啊，有什么吩咐。"

侉子问："康九海认得吗？"

跑堂的说："我不识字，不认得。"

康九海吓得把毛巾毯子往头上一罩。

侉子说："听人说，他天天就到这块洗澡，你不认得？"

跑堂的说："我们不认客人姓名，老板吩咐，只看肉有没有垢、有没有皮肤病，其他不作兴看、不作兴问。"

侉子问："脸也不看？"

“不看。”跑堂说。

侉子说：“康九海来就报告一声。”

沈福元胆子大，问：“客官，你们找他什么事？”

侉子说：“什么事？大帅找他。他躲得了和尚，躲不了庙，捉到就地正法。”

沈福元问：“什么叫正法。”

跑堂的说：“大爷妈妈，正法就是砍头。”

刚才还闹哄哄、杂语喧哗的浴室大堂，一下子就安静下来，静得针掉下来都听得见。康九海把头裹在毛巾毯子里直哆嗦。

侉子挎着盒子炮，大摇大摆出门了。这边前脚走，后面呼啦，浴室里的浴客全跑了。康九海跑得最快，洗澡毛巾和一副假牙套还落在茶案上。

汪春和沈福元出了永宁泉，去蒋家桥吃了碗饺面。他们商量起来。孙发奎盯着康九海，康家在扬州最有钱。康乐钱庄跟上海和宁波的钱庄都有汇贷。康九海是出名的老甲鱼，弄得不好，把钱庄关门打烊跑掉。康家钱庄里有汪家和沈家的份子钱，他们决定去康家探个究竟，若是情况不好，就赶紧提兑。生意归生意，亲家归亲家，一码归一码。

钱庄就是私人银行，扬州人叫银楼。民国扬州出名的银楼有天宝、同丰、老宝盛、宝成，最大的在达士巷宁波人开的四明会所。银楼最讲信誉口碑，人们把钱存进去由银楼放贷、拿利息，若是听说那家银楼钱庄要关门，就上门要求兑现，取款的人蜂拥而至，钱庄若一时时拿不出钱又串不到钱，就要破产。

康九海深明此道。他见汪春和沈福元上门，主动迎上前，像澡堂里什么都没有发生。他领他们参观他的西洋小院。康乐钱庄在西门外大街，西洋院子有足球场面那么大。院里停着辆崭新的美国道济轿车，康九海领他们到汽车跟前，劝他们买洋汽车。康九海说：“美国道济，价格也就一万两千块大洋，比四匹马跑得还快，烧洋油，美孚洋油。一升大洋一角五，在上海买油，用洋铁桶运回来……”

民国时扬州已经有汽车。江北汽车公司，后改名镇扬汽车公司，在福远门南李官人巷，前后有十几辆车，六座，座位四周是上等丝绒装饰，车的后备厢设活动的座椅，既可放物也可坐人。有一条杨圩土质公路，沿途设虹桥、施家桥、六圩、镇江五个站点。

康九海说：“将来出门全开汽车。哪家没得汽车，哪家就寒碜。”

汪春听得出这话在挤对他们，说：“你买这个车子，也是做做样子。你开给我们望下子？”

康九海说：“我为康鹏买的。人一生奋斗为的什么？不就是为了养儿防老吗？那么多钱你能带到棺材里？”康九海用参观洋汽车这一招，已经应对了好几拨客户。汪春看了半天汽车，看不出康家有拔腿走路的意思，就喊了几声“亲家”，找借口回家。

他们在西门外大街拦了辆轿子。轿子刚好走到通泗门底下，就听“轰”一声，西门城门楼给炸塌了。一块飞砖恰巧砸在汪春脑门上。西门街尘土飞扬，砖石乱飞。轿夫吓得丢下轿子，喊声“大爷妈妈，不得命了”，把汪春和沈福元扔在灰土堆里。

汪春挣扎着从砖头堆里爬出来，一脸土，一头血，形象狰狞恐怖。他向天伸出双手，高喊：“乱世啊！乱世！”

梅曼领着学生排练时激情高涨，把高跟鞋都踢飞了。几个女孩子鬼精，私底下议论说梅曼怎么从淑女忽然变成悍妇了，肯定发生过化学反应，肯定谈恋爱了。她们在校园里跟踪刺探了半个月，也没有找到梅曼的恋爱对象。

梅家染坊生意一直红火，到梅尔宜手上是赚足了钱。而梅曼一向为人低调，她最近之所以激情澎湃、心浮气躁，是收到从上海寄来的信，她日思夜想的周觉民近日将返回扬州。近日到底是哪天？信上没有说。这就等得她夜不能寐，整夜失眠，早上五点就来学校弹琴，比晨鸟起得还要早。

上回在船上，周觉民被侉子扣在瓜州船闸，盘查半天，没问出名堂，只好放人。周觉民知道若是他的箱子落到这帮当兵的手里，箱子里的书籍就会成乱党的证据，联军就不会这么轻易放人。他从心底里感谢老中医夏风，生姜还是老的辣。箱子在夏中医手中自然是少不了，也不急着这一时，他就先回城北雷塘探望老母亲，又在家里住了一个月才回到城里。这一个月对于梅曼可就是度日如年，就快变得疯疯癫癫。

他们有三年没见面了，但通信从没有中断。爱情这个东西，有时两人不在一起，比在一起更加相爱。他走到学校门口，想忽然进去找梅曼有些唐突，就托传达进去叫人。他坐在传达室里喝开水。梅曼听说校门口有个人找，以为是学生家长，就蓬头垢面，一脸粉笔灰匆匆赶来。她见到周觉民，羞得就差找个地洞钻进去。梅曼说："你先走，一放学我就去冶春茶社。"他们之前在冶春茶舍约会过，虽然这是许多年前的事了，周觉民当然会意。

学校两节课下，梅曼去辕门桥做头。

穿上束身旗袍，戴上流苏披肩，脸上涂了谢馥春鸭蛋粉，打扮得漂漂亮亮，眼见太阳快落山了，梅曼就叫了辆黄包车去冶春边上的御码头。

冶春在丰乐下街，名字取自王渔洋的诗"江楼齐唱冶春词"。冶春是几座临河水阁组成，北城河清溪翠柳，阁顶铺了金色稻草，各间用木板作壁，南北通透的玻璃窗，十分雅致。游船从小秦淮河过来，就像一幅古老的画卷。茶社由水绘阁、香影廊、餐英别墅、绿杨邨组成，中间由朱栏曲廊相连。

周觉民早早就到了，找了香影廊坐下喝茶。"香影廊"三字为重宁寺高僧海云所书，"香影"两字寓意清风徐来，游人往返，暗香浮动，疏影横斜。梅曼进来找了一圈，一眼看到周觉民正望着窗外发呆，她就上前坐下。周觉民就点了冶春的特色"四色锅饼"，有稀沙、枣泥、水晶、葱油，又叫了两盘麻油拦干丝。

两人边喝茶边聊天。梅曼问周觉民回扬州的打算，周觉民说想到美汉中学当教师，梅曼答应引荐给俞蔼如校长。他们又谈起当今时局，周觉民侃侃而谈。梅曼对什么北伐军又叫党军、什么北洋军阀又叫联军，一无所知。她渴望过平常日子，早点结婚成家、生儿育女。两人通信时，周觉民总是大谈时局，谈国家、民族、实业救国、文化救亡，什么"死去的旧我，唤醒新我"，而梅曼只谈扬州的天气，平山下了毛毛雨，高邮湖刮了龙卷风，辕门桥有什么美味小吃……

周觉民谈政治时，梅曼没有打断他，佯装饶有兴趣。这反而让周觉民觉得有些奇怪。女人在恋爱时，变得不可捉摸，梅曼听周觉民谈时局，投其所好，她要让周觉民觉得他们俩有着共同语言。这是她的恋爱小计谋。她喜欢看周觉民讲话的样子，那副认真劲，言简意赅，气韵生动，丰富的词语，变化的表情。

他们聊天，谈兴正浓，不知不觉天就黑了，茶社要打烊。冶春老板驼子一颠一颠地走来向他们打招呼，说跑堂的要下班了。他们出了冶春，向东走到天宁寺门口御码头，又坐到青石台阶上大谈起来，聊到月亮东升，挂在杨柳梢头。梅曼见时间不早，毕竟女孩子矜持，心有不舍，也只得匆匆告别。

周觉民叫了一辆黄包车送她回学校。天宁门，一队兵丁吹着哨子来换岗。黄包车夫告诉他们，再过一会儿就要宵禁了。因局势紧，扬州城晚上8点关城门，10点宵禁，宵禁后所有在街上走动的人都要关到局子里去盘查。

黄包车夫对宵禁恨之入骨，讲有一回接生婆高妈半夜出来接生，让关进局子；东圈门拉黄包车的皮六的老婆蛋黄子，家里马桶坏了，出来找粪坑，也让关进局子里，蛋黄子有软骨病，最后在局子里撒了一泡尿……

梅曼和周觉民坐在黄包车里，从没有挨得这么近。多少年前，他们上小学时同过座，现在再同坐在一起肌肤相近，一种异样的气味，竟然生许多奇妙的幻想。两人也都心跳加速，紧张得一声不吭。梅曼幸福地闭着眼睛，把脸扭在一边。她希望周觉民在车里有些特别的动作，但是只有拐弯时，因为离心力的作用，周觉民挤到了她身上，但很快像触电似的分开。

梅曼进校门时，终于说出这一晚上她一直想说的一句话。她隔着铁栅栏对周觉民说："觉民，你支持哪一方，我就支持哪一方。"

后来，梅曼把周觉民引荐给俞蔼如。俞校长思贤若渴，广纳人才，就聘周觉民当教务主任。这样，周觉民和梅曼成了同行。有一天，周觉民对梅曼说，北伐军节节胜利，上海已经被工人纠察队占领，北洋军阀失败是早晚的事了。他们决定编排话剧支持北伐。剧本由周觉民来写，写北伐军打土豪分田地。梅曼当导演，让学生们演。他们计划把这个话剧作为学生的毕业会演。

北伐军的临近，让扬州城气氛格外紧张。孙发奎*命令徐宝珍加强城里巡查的同

---

*　此人在文中的身份为某军军阀首领。——编注

时，自己亲自督查学校。自从“五四运动”以来，闹得最凶的都是学生娃。小市民多数是过日子的，造反可是杀头，株连九族，一般人顶多在茶楼浴室里搞搞口头革命。孙大帅认为党军的奸细就隐蔽在学校里。

扬州最出名的两所中学是省立第八中学和美汉中学，教师组成也复杂，来自全国各地，孙大帅亲自督查，他佯装来学校慰问师生，实际上是对学校进行全面搜捕。校长俞蔼如听说孙大帅要来督查，忧心忡忡。

梅曼少一窍，以为联军司令来督查给了她表现的机会，她通知学生们把文娱会演的节目提前表演给孙大帅看，准备隆重推出周觉民编的话剧《打土豪分田地》，她领着同学们布置礼堂，在四周墙壁上贴上标语：“打倒土豪，分田地！”“工农一家！”“打倒列强除军阀”……

礼堂中央的大舞台上，用竹子和纸糊了个大老虎。这个老虎象征着北洋军阀。道具有高帽子、红缨枪、木头枪、地主瓜皮帽、长胡子、白发头套、一大堆小红旗等。

汪琼打拍子，全班学生合唱北伐军军歌：

打倒列强，打倒列强，除军阀，除军阀，努力国民革命，努力国民革命，齐奋斗，齐奋斗。打倒列强，打倒列强，除军阀，除军阀，国民革命成功，国民革命成功，齐欢唱，齐欢唱。

这首军歌是周觉民悄悄唱给梅曼听，梅曼一听就会。原来梅曼在法国留学，这首歌本是一首法国歌曲叫《雅克快跑》，她不用记谱都能钢琴弹奏。孙发奎派荷枪实弹的士兵冲进学校，把四个门各个路口全站满。用他的话说，“先把对方掼到地上，再来讲理”。看门的正在校门口嗑瓜子晒太阳，忽然军队冲进来，吓得话都说不出来，一个劲地磕巴着。大批军人把学校包围得里三层外三层，箍得像个铁桶。

孙发奎从一辆黑色轿车上慢吞吞下车，戴着黑眼罩，拐着腿。团长侉子在校门口迎候，孙大帅后面跟着个细眼睛、山羊胡须、长得像个干虾的民国江都县教育科科长余小奇。

俞蔼如听说孙大帅上门，急急忙忙往校门口赶。他经过大礼堂，听到里头传出歌声，皮都发麻了，冲进大礼堂。梅曼正领着学生们热情高涨地合唱，俞蔼如大喊："停！"汗像雨从额头上直往下淌。

"俞校长怎么啦？"梅曼问。

俞蔼如推推近视眼镜，以绝望的表情看着梅曼说："快，把这些标语、东西全藏起来。打倒列强？谁是列强？孙发奎就是列强。打倒军阀？谁是军阀？孙发奎就是军阀。你出来看看……"

俞蔼如把梅曼拖到门口，往校园里一指，只见路上站满了荷枪实弹的兵丁。俞蔼如压低声音说："孙发奎这杀人魔王上门了，你在这儿让学生唱打倒他，他把我们俩枪毙了算是小事，把学生都打死了，你怎么对得起这些孩子？"

梅曼这才醒悟过来，吓得脸色发白，腿都迈不动了。俞蔼如一见她这样，知道没有指望了，再看见女儿俞冉芳和一帮同学神气活现的，就对俞冉芳说："赶快，把道具藏起来，标语全撕掉……我去校门口先拖住孙大帅。"

俞冉芳领着学生一齐动手，人多手快，一会儿工夫，把标语、道具全藏进了礼堂后面的杂物库，最后，大家看着礼堂中央的纸糊的老虎发怔。这个老虎有两人高，如何藏得起来？正当大家一筹莫展的时候，汪若梅想出一个主意。

再说孙大帅在俞蔼如的陪同下进了礼堂，学生列队欢迎。俞蔼如走到舞台上对学生说："各位同学，欢迎六省联军司令孙发奎元帅来训导。孙大帅尊师重教，信奉教育救国。我们欢迎大帅上台来训导！"

众人鼓掌。但是孙大帅立着一动不动，瞪着大眼睛，盯着台上的纸老虎看。孙发奎有个绰号叫笑面虎，他听说过特洛伊木马的故事，他怀疑这个纸老虎里藏着刺客，当年徐老虎就是被藏在花瓶里的炸弹炸死的。孙发奎掏出手枪，指着俞蔼如说："人称我为笑面虎，笑面虎也是虎！"

侉子领着兵丁冲上台，几杆长枪齐对着纸老虎。偌大的礼堂里登时剑拔弩张。梅曼到这时才缓过神来，高喊："误会，误会！同学们，演出开始！"

汪若梅领头唱，同学们齐声和着唱：

两只老虎，两只老虎，跑得快，跑得快，一只没有眼睛，一只没有耳

朵，真奇怪！真奇怪！两只老虎，两只老虎，跑得快，跑得快，一只没有尾巴，一只没有嘴巴，真奇怪！真奇怪！

在歌声中，康鹏、沈越、周小松几个男同学，抬着纸老虎在礼堂里转圈子，转到礼堂门外去了……孙发奎见纸老虎抬出大礼堂，收起枪对俞蔼如说："误会，兄弟，误会……"

孙发奎拄着拐棍，一瘸一拐上台，清了清嗓子说："同学们好，巴掌就不要拍了。兄弟我这条腿前些日子挨了党军的子弹，破了些皮，就有人说我孙大帅死了。死人能来跟你们说话？有人想让我死，我一想到死了，谁来保护扬州的百姓，谁来保护你们学生娃？就死不了啦……"说到这里，台下响起附和的鼓掌声，他没有停顿地接着说，"你们都是中学生，社会栋梁，老子只会打抢。"他拔出枪，对顶上就是一枪，打得灰往下落，"乱党猖獗，国家正当用人之际。诸位学子当报效国家，热爱父母，万事以孝为先。孙某人支持教育可不落在嘴上，我肯花钱。俞校长说学校经费什么的？"孙大帅看着俞蔼如。

俞蔼如在底下喊："捉襟见肘。"

孙大帅接着说："桌子现丑。我今天特别支持一百只皮球。上球。"

底下学生们笑得东倒西歪。侉子等送上许多皮球，扎包的绳子一松，球四处乱滚，从讲台上滚到底下大厅。

孙大帅骂道："滚球，谁抢到，球就是谁的。"

这一声刚说完，底下学生抢起球来，欢声笑语，地下滚的爬的。汪若梅抢到一只彩色球，康鹏、周小松、沈越等男同学抢球，打成一团。

孙大帅继续道："你个俞蔼如办个学校，不让学生有球。同学们，今后有什么屌事，对我说。食堂伙食不好，教师偷懒，校长贪污，妈了个巴子，告诉我一声，老子把他们拖出去毙了……"

底下学生又笑倒一大片。

第二天上课，汪若梅脸色苍白，眼袋发青。黄小凤和杨宝琴套在她耳朵上问：

“来大姨妈了？”

“没有，几天没睡好。”

“一定是想周小松了。”黄小凤说。

汪若梅用力打她一拳，嗔道：“胡说。碰到一件烦心事。”

汪若梅就把在上海回扬州轮船上碰到周觉民的事说了一遍。她说自己多嘴多舌，结果那个周先生被抓起来生死未卜。如果周先生平安无事，应当打听到外公的住处，上门来讨柳条箱子。这事快一个多月了，也没有人来领箱子，她越来越担心周先生因为她的一句话把命丢了。这件事折腾得她无法安睡……

杨宝琴说：“人好好的就消失的事多呢。我看什么周先生全是假的。你没看《聊斋》？那个男的肯定是江里龙王的小王子变的。”

黄小凤说：“这么说，若梅在船上碰到鱼仙了。”

汪若梅经她们这么一说，一时也弄不明白。她怀疑自己是不是小说看多了，碰到狐仙、鱼仙、鹤仙了。

“经你们一说，我都害怕了……”

黄小凤说：“怕什么？这说明这个鱼仙跟你前世有缘。有缘千里来相会，无缘相逢不相识……”

汪若梅说：“我真害怕了。那个箱子在我屋里呢，我怕他从箱子里钻出来。”

杨宝琴说：“从箱子里钻出来就是神仙，好妹妹嫁给神仙多妙啊！”

“活嚼舌头了。”汪若梅用力打了杨宝琴一拳。

黄小凤说：“好了好了。告诉你们一个好消息。昨天我爸爸去缎子街，见福元布庄进了苏州绸缎，价格便宜，就扯了几丈回来。我们马上就毕业了，女孩子找工作，穿旗袍时髦……你们想不想做上一套？”

杨宝琴说：“好啊，我回家跟我父亲要钱，就说工作了就还他。”

汪若梅说：“好，我们星期天去你家试，把我姐也叫上。”

星期天早上，黄小凤来喊她们去试衣裳。她们就出南河下，从砖街往辕门桥街、东圈门去。辕门桥原来叫道桥，是清朝教场驻军军营通往民居的一道桥，后来驻军撤了，把军营门口的沟也填了，军营门口有辕门，人们就叫辕门桥。桥下有教场街和运司街两条南北向街道，四围还有新胜街、三义阁街等十几条东西向小街。城里的老字号集中在辕门桥街。有谢馥春香粉铺，谢馥春鸭蛋粉和鹅蛋粉曾经进贡慈禧老佛爷，得过巴拿马国际金奖；还有戴春林香粉铺；景吉泰茶叶店，经营蜀岗绿杨春茶；大麒麟阁的小吃刮子，京果粉、云片糕、金刚脐、寿桃被誉为四大名品；富春茶社；“四美”酱菜铺；有亨德利钟表店、光明银镜店、大德生药店、菜根香饭店、九如分座茶社、小林觉素餐店、惜余春茶叶店、梁福盛漆器店等。

恰逢周末，街上车水马龙、人山人海。几个女孩子眼睛顾不过来，东张西望。迎面过来一辆黄包车，车上坐着一男一女。男的中山装，头上戴着顶礼帽，戴副眼镜；女的旗袍，头发烫的大花卷。黄小凤眼尖喊：“梅老师，喂……”

汪琼急忙捂住黄小凤嘴巴说：“你没看见梅老师边上坐着个男的？”

黄小凤说：“坐着个男的怕什么？”

汪琼说：“梅老师谈恋爱，就怕学生知道。”

汪若梅先黄小凤看见，就觉得梅老师旁边坐的这个男的眼熟，在哪里见过，一时又想不起来，她就发怔站着。那边黄小凤不吭声了，她却发疯似的去追……汪琼和黄小凤急得直跺脚，汪琼骂道：“八级货*，哪知道我这妹妹更八级！”

黄小凤说：“若梅怎么少一窍？”

黄包车跑得快，她哪里赶得上？她追了两条街，追到苏唱街头上也没有追上。她恹恹地往回走。她看清梅曼旁边坐着的正是那天船上的周先生，这么多天压在心头的石头总算放下了。汪若梅回来，让汪琼一顿奚落，她笑逐颜开，也不辩解。

原来这个星期天梅曼约了周觉民回家探望她父亲。黄包车从苏唱街到丁家湾，绕过何园就到徐凝门桥。远远看得见梅家染坊的大门楼子，后面还砌了两层楼。门口高悬着染坊的五色幌子，在风中如同经幡般飘动。他们走进正门，染坊里立着十米高

---

* 八级货：骂人的话，意思说这个人白痴，脑子转不过弯。——编注

的晾布架，挂着各式各样的彩布，在阳光下五彩缤纷，十分耀眼。彩布多为百姓机织的土布、夏布，有青蓝红三色，多以土靛为染料。院子里又有几十口大染缸，有两台蒸锅，冒着白烟水汽。

梅尔宜在堂屋里焦虑不安地踱步。他不赞成女儿这门亲事，但女儿一根筋。他怕粗暴的阻止会搞得父女反目，佯装答应女儿，同意星期天见一见周觉民。当年周觉民的父亲在世时两家定了这门亲，周父去世后，周家门庭冷落，而梅家兴旺发达，像他们这样的门户没有几家，上门说亲的踏破了门槛。再说周觉民在上海读书期间又传出闲话，说他参加学生运动，上街游行。梅尔宜就后悔这门亲事了。他合计着如何应对，如何了断这门亲事，又不能让人说闲话，说梅家势利，嫌贫爱富。

梅尔宜一见周觉民就说："周先生，几年不见，越发英俊了。"哪有岳父喊女婿先生的？看似平常的一句，其实已经是拒人于千里之外，周觉民当然听得出来。梅曼听不出来，她甚至以为父亲看周觉民满意才夸英俊。梅曼高兴得又是泡茶，又是拿点心。

正堂上悬匾"守仁"，底下一行字：知及之，仁不能守之，虽得之，必失之，两旁对联：邗上时花二月中，商翁大半学诗翁。

周觉民把手中拎的礼品放在桌上说："伯父，我从上海回来，匆匆忙忙，没什么孝敬老伯。这是洋酒，尝尝是否适口。"

梅尔宜说："我要批评你了，来还带什么酒。学生在外求学不容易！我和你父亲深交，记得当年红桥修禊，我们写诗词也算是'后冶春诗派'的代表人物，一时名满江浙。唉，自你父亲病故后，我也没了兴致写诗了。现在世面上行的什么新式诗，狗屁不通，竟也大行其道。若这是这样下去，后世学诗写诗的人，不是疯子，就是蠢货。"

周觉民说："写诗是戴着镣铐跳舞，若是全无约束，就难登大雅之堂，与街头粗俗俚语何异？"

周觉民话说得文乎乎的，想给梅尔宜留个好印象。梅尔宜既是诗人，又是精明的商人。商人看实力，看发展潜力，他综合判断认为周觉民只是清高文士，在现实的舞台上难有作为。读书人能伸不能屈，放不下清高的架子，大染坊虽说粗鄙，但衣食住行之首，粗鄙的东西能带来钱财，大俗就变成大雅。

梅尔宜说："诗歌是远方的东西，而生活才是眼前。觉民啊，在我眼里一直把你看作侄儿，你到我家也别见外，就当着是自己的家吧。"

周觉民说："是啊，记得那年发大水，我们两家住在一块儿好长时间。我小时候就听见你和家父探讨诗词歌赋，对我们影响很大。"

梅曼插上来说："发大水时住了两年。在双忠祠小学，我们又坐一张桌子，班上学习头两名不是你就是我。现在，你在上海念大学，学有长进，我不能跟你比了。"梅曼这几句话说给她老子听的，那意思就是："我和觉民青梅竹马，他又如此优秀，我不嫁他嫁谁？"

梅尔宜听出女儿话中有话，沉默了一会儿说："听小曼说，你这趟回来，在美汉中学工作？"

"俞校长赏识。俞校长是蔡元培的学生，信奉蔡先生的'思想自由，兼容并包'的办学理念。他委我承当教务主任，我当尽心尽力。"

"上海多大的发展空间，你回来岂不是耽误大好前程？"

"爸爸，我和觉民恋爱两三年了，他是为我回来的。他一个人在外生活多有不便。我们想早点把婚事定下来。"梅曼接话道。

梅尔宜支吾着说："这个，不急，不急。觉民，听说你在上海参加学生运动了？"

"是的，伯父。国家处于危难之中，年轻人以国家兴亡为已任。清末以来，一系列不平等条约，国家遭受各国鲸吞蚕食。国民革命虽说推翻皇帝，而各地军阀割据，年年混战，人民生活于水深火热中。打倒军阀，废除不平等条约，解放劳工大众，是中国前途所系……"

"老朽跟不上形势了。梅家正道经商，周家从你爷爷辈起正道教书。当年小曼爷爷在京城赶考，恰好赶上康梁变法，公车上书，他在菜市口亲眼看见谭嗣同剁了脑袋。从此，梅家就定下族规，家中后辈不允许在朝当官，不允许参与政论。"

"爸爸，时代不同了。"梅曼说。

"时代不同，祖上定的规矩不可变，否则是不孝。进我家门就得远离官场、政治。梅家后人可以经商、教书、务农、行医，但不得为官从政。天掉下来，有天下人顶着，天底下，不是梅家一个姓。来来来，周先生初次上门，我们不谈这些，中午去菜根香酒楼给周先生接风洗尘。”

梅曼说：“爸爸，讲好在家里吃的，怎么去饭店了？”

“哎呀，我马上还得去商会开会，你妈一早上就出去打麻将，家里乱七八糟的，你陪周先生去饭店吧。”

周觉民说：“伯父，不用费心了，今天，学校还有事，我看改天吧。”

“也好，改天。我可是你长辈，老伯的话，你得考虑啊。”

梅曼气得眼中含泪，悄声说：“爸爸，昨天说好了，怎么又变卦？”

“你懂什么！”梅尔宜脸一沉。

3 明谊正道传梅瓶 若梅月下“捉放曹”

汪若梅再次见到周觉民是在早间训导上。周觉民在讲台上训导学生，她在底下目瞪口呆。俞冉芳推了推她，骂道：“傻子啊，怔什么啊？新来的教务长，梅老师的对象。”

黄小凤说：“俞冉芳，你哪知道若梅的心事？这是她日思夜想的扬子江龙宫鱼仙。”

杨宝琴笑起来：“天啊，这就是汪若梅在船上碰到的鱼仙？天底下有这么巧的事？”

汪若梅羞红了脸骂道：“你们活嚼蛆，烂舌头。”

早间训导一结束，她就拖着黄小凤、杨宝琴在教室走廊里拦周觉民。周觉民正和梅曼走在一起，汪若梅喊：“周老师。”

周觉民看见汪若梅，一眼就认出来了，指着她惊讶地问：“你也在美汉？”

“是啊！”

梅曼见周觉民和汪若梅熟悉，说：“周主任，你新官一上任，就这么多学生崇拜你。你们谈，我先走了。”她挟着教案匆匆离开。

汪若梅想对梅老师解释，但见梅曼已经离开得只剩下背影。汪若梅说：“箱子在我家呢。”

“谢谢了。一直忙，本来想去东圈门找你外公去拿箱子，没想到这么巧，在学校里碰到你了。”

汪若梅羞涩地说：“是啊，我也正四处找你呢。我改天给你拎到学校，免得你再跑一趟。”

“那怎么好意思？我应当登门谢礼！”

“谢什么？上回都怪我不好，笨口笨舌，惹出这么大的事……”

三个女生嬉笑着，追逐着跑开。

杨宝琴说：“若梅，我看得出来，梅老师吃你醋呢。”

“你胡说什么？!”

这时候，周觉民的柳条箱正在汪家引起轩然大波。

大脚给汪若梅打扫屋子，见这个大柳条箱放的地方碍事，就搬到墙角。她一不小心，把箱子的门给扭开了，箱子里男人的剃须刀“咚”掉到地板上，她吃一惊，想怎么有男人的东西在汪若梅屋里。

汪若梅从小没有母亲，大脚十分疼爱，看成自己的姑娘。会不会若梅谈恋爱了？这可是件天大事。但是若梅谈恋爱，一点儿风声也没有？她平常见若梅也没有什么变化。大脚不担心若梅谈恋爱，担心若梅遇到坏人。女孩子婚姻大事，可不是儿戏，她思前想后，决定还是告诉大妈妈。

大脚陪着汪太太和玉珠到若梅屋子里打开大柳条箱。箱子本来没有锁，她们看着一箱子的男人物品发怔。大妈妈想，若是汪琼的东西，她就直截了当找汪琼问个究竟，该骂就骂，该打就打。而汪若梅是二太太所生，这就有了分别，不能管得太多，管得太多，闹出什么事，外人要说闲话。

汪太太想想事情重大，就叫玉珠把汪春叫来。这个事不能瞒当家的。恰好这些日子汪春大门不出在家里养病，他上回在通泗门挨了炸弹，受了惊吓。玉珠去书房里对他支支吾吾了半天。他压根儿就不相信汪若梅屋子里会有男人的东西。汪家的三个孩子，他最信赖的就是汪若梅。

汪春把众人撵出书房，看着这个柳条箱陷入沉思。儿子大少爷本是家中的希望，不惜花大钱培养，把他送到东洋留学，可他学业没完成，自已回来了，回到家中，自闭起来，躲在屋里琴棋书画、吹拉弹唱。他听大太太的话早早给大少爷娶了城北吴家富的女儿玉珠，玉珠十分贤惠，孝敬公公婆婆，对丈夫唯命之从、百依百顺。本想娶个媳妇对汪天佑有一个约束，可是一点效果也没有，大少爷游手好闲，好吃懒做，嘴大锣舌大鼓。他教训儿子，儿子满不在乎地说"玩的"。他布置儿子做什么事，儿子就总是"再说"。"再说"，就把事情丢到脑勺后头。

后来有人告诉他，大少爷和花局里的唱戏的成天在一块儿。他暗中安排管家丁小同监视。原来大少爷在花局里认了两个师傅，一个是教场名间艺人老瘪子，一个是拉二胡的小四扣子。他又在花局里包养了名角苏小杨。苏小杨跑过码头，见过大世面，是上海同兴茶楼维扬文戏科班毕业，又在永乐社学过戏，回到扬州自开门户，成了大舞台的名旦，她拿手剧目有《好一朵鲜花》《数花名》《大相公嫖院》《孟丽君》《祝英台楼会》等。

大户人家的公子哥包养个把戏子，在风月场上司空见惯，不足为怪，汪春也就睁只眼闭只眼，总比吸福寿膏、赌博、嫖娼好吧。可是，到了1913年丁小同报告的情况把个汪春就差吓个半死，大少爷和顾家少爷混在一起……到了徐老虎被炸死，顾家被封，顾春元下了大牢，汪春就知道这个儿子是来讨债的讨债鬼。他担心灭族灭门，就把汪天佑锁进后花园的片石居，大门不许出一步。

汪琼和汪若梅相差一岁，长得如花似玉，极讨他喜欢。如果用水来形容两个女儿，汪琼是小溪，弯弯曲曲，脑子动得快，性情也多变；而汪若梅就是岩洞里水滴石穿的泉水，微弱，但是坚硬无比，能把石头都凿个洞。他就让这两个女儿接受新教育，上新学校。

新式教育什么都好，就是有一个最大的弊端，倡导恋爱自由。孩子年纪小，又没有社会阅历，一个恋爱自由，岂不是拿婚姻当儿戏？这世界上有自由吗？人活在世上，就是接受管束的。今天竟然从汪若梅房里搜出男人的箱子，他最担心的事终于出现了。如果说这个箱子是汪琼的，他信，是汪若梅的，他就不相信了。

汪琼做事胆大，性格热情奔放，骨子里有反骨。汪若梅谨小慎微，虽说有些任性，但行为循规蹈矩。她难道吃了豹子胆？汪春提醒自己，和若梅谈话时，要耐着性子。他装着若无其事的样子。

汪若梅放学第一件事就是兴冲冲回屋里找柳条箱。这么多天悬着的心终于落地。可是，她把卧室上上下下寻个遍，也没看见箱子。箱子在自己卧室怎么会没了呢？大脚在厨房里烧中饭，汪若梅上前悄悄问：“大脚婶，你看见我屋里的大柳条箱吗？”

“在老爷屋里。老爷正找你呢。”

汪若梅听说箱子在父亲屋里，就匆忙往父亲书房去。她轻手轻脚推开书房门。汪春正在屋里练字，他头不抬就知道是汪若梅进来了。若是用人都在门口喊一声，直接推门进来只有两个女儿，汪琼是人未进声先闻，汪若梅是进来也没有一点声音，像一只小兔子，一有声音就钻进草丛里。

汪春书房正中悬挂着一个匾，写着“正谊明道”四个字，这是扬州第一书法家、疯子吉亮工的手笔。汪春头也不抬地说：“若梅啊，快来，你看爸爸这几个字写得如何？”

汪若梅觑上前看，汪春正写“正其谊不谋其利，明其道不计其功”。

“爸爸，你快成大书法家了。”

“哎，书法家不敢当，练字，修身养性。这一句是汉代大儒董仲舒的名言。董圣人在江都为相，提出‘罢黜百家，独尊儒术’。你爷爷在盐运使井旁竖起‘正谊成仁’的石碑，你记得吗？”

“记得，在北柳巷董子祠里……”

汪春写这几个字在暗示女儿，做事要“正其谊不谋其利，明其道不计其功”。他知道汪若梅是明白人，看到他在写这几个字，就当明白父亲的意思。

“若梅，这几个字，你喜欢，爸爸就送给你。”

“好啊。你可得摁上印。”

汪春在纸上写“给爱女若梅题”。

若梅拉开抽屉，拿出父亲的朱砂印，自己印上。她收起字，端一盆水，给父亲洗手。她端水盆时，看见大柳条箱就摆在书桌旁边的地板上。汪春用毛巾揩手，装着若无其事说：“若梅，这个箱子，我没有打开看，你屋里的，你叫大脚拿走吧。”

汪若梅就把箱子的来头，一五一十说了一遍。她说出箱子的主人是学校的教务长，这两天就准备还去……汪春轻松地出了一口气。这种解释符合他的判断，汪若梅安分守己，绝不会如此莽撞。

汪春转移话题，问起学校里学生对时局的看法、学校如何看待党军北伐，汪若梅就找了个板凳坐下来打开话匣子，把她在上海看到的、在美汉学校听到的，把孙发奎到学校督察的事全告诉父亲。汪春只是听着。

若梅问：“爸爸，你说女儿该怎么做？”

“若梅，你父亲就是一个商人。商人只懂得做生意，懂得生活，懂得做人。我们祖上得享皇恩，扬州盐业商总以布衣得交天子，成为一时佳话。当下时运不济，汪家盐铺算是继承祖业……”

汪春没有说对时局的看法，只说他怎么做人，说欲成事先成人的道理，说维持家业的艰辛。汪若梅听得两眼含泪，她多么希望自己是个男孩子，能操持起家业，替父亲分担起家业的重担。

晚上，汪若梅刚准备睡觉，汪春又来敲门，要她到书房去。她很诧异，不知发生了什么。汪春听了女儿讲学校发生的事，想来想去觉得生逢乱世，有必要把一个秘密告诉女儿。岁月不太平，要让家里第二个人知道秘密，这个人一定是他最信赖的人，配得上知道这个秘密。

汪春受到炸弹刺激，总觉得自己命不长久，经常半夜里惊醒，梦见死去的徐老虎和顾春元，顾春元血淋淋地站在他床边，喊他“亲家公”。汪春吓醒了。汪家和顾家何时做过亲？怎么来喊他“亲家公”？

有一天，汪太太说夜里看见老爷梦游了，深更半夜，站在院子里的枇杷树下，一动不动，汪太太听人说梦游的人不能打搅，就没敢叫他。第二天汪太太问他梦游的事，可他什么也记不得了。

汪若梅进了父亲书房。汪春关上门，侧着耳朵在墙上听动静。他确认没有外人，竟灭了屋里电灯，点上洋油灯，示意若梅不要发生声音。电灯是去年刚安装的，全扬州就南河下街有钱人家有。扬州发电厂叫振扬电厂，厂里有一座英制的1500瓦派生司汽轮发电机。电灯的出现对扬州人的生活影响极大，他们怎么也弄不明白，两根细线接上就能让若干个灯亮起来，而且还不会烧掉。老百姓从电灯认识到科学，他们渐渐觉得西洋科学要比老祖宗和阿弥陀佛更加神通广大。

汪若梅见父亲灭了电灯，举着小油灯，吓得有些迟疑起来。汪春回过头向她招手，叫她跟着。只见汪春走到书案后面一排书柜前，用力一推，书柜竟然转动起来，开出一扇门。进门有一个台阶，往下有一个地下暗室。她透过昏暗的灯光，看见暗室很雅致，四周墙壁上挂着字画。中间有一个香案，香案上供着皇帝像。

汪春说："若梅，来拜一拜，这是光绪皇帝。皇帝若变法成功，现在世道就不会这么乱了……"

汪若梅跪下磕了个头。香案旁边有一个台子，台子上有一个梅瓶，插着梅花，梅花早已干枯。汪春指着梅瓶说："再来拜一拜。这梅瓶是乾隆皇帝赐给汪家的，多少代了，汪家高贵和荣耀的象征。"

若梅拜了拜，上前看梅瓶，情不自禁地赞叹："真美！"

"你妈在世时，最喜爱这个梅瓶，每天临睡前都给梅瓶上香。生你时，她说若生个女儿，就叫若梅。"

汪若梅上前，用一布轻擦花瓶上的灰尘，一擦，青花瓷闪着幽幽的蓝光，瓶身是美丽的线条、精美的龙纹和梅花图案。

"我想了再想，将来这个梅瓶传给你。"

"父亲，应当传给哥哥。"

"不，不。传给你哥哥就害了他的命，招来杀身之祸。你哥哥就是玩角，汪家迟早要败在他手上。我考虑再三只有传给你最适合。若梅，我传给你的不只是梅瓶，而是责任。这个梅瓶是汪家家族的荣誉，也是当年扬州繁华的见证。你全力存好梅瓶，将来或传给后人，或等到开明盛世交给国家吧。财富是天下人的财富，可不是我们一家的财富……"

汪若梅泪水一下子涌了出来，说："爸爸，责任如此重大，女儿如何担当得起？"

"人逢乱世，如何能够免受灾祸呢？佛学说，动一念即是罪恶。如果你能够不起念，就可以免灾。”

“女儿不明白。”

“父亲讲个故事给你听。六祖慧能来到广州法性寺，听到了两位和尚在寺前的旗幡旁争论。一个和尚认为这是幡在动，一个和尚则坚持这是风在动，慧能则指出，不是风动，不是幡动，是你们的心在动。人活在世上，万事万物因缘聚会，月有阴晴圆缺，人有悲欢离合，世事无常，乱世，心不乱，可度一切厄！”

汪若梅胳膊撑在父亲腿上，手托着下巴，瞪着大眼睛聆听父亲教诲。“心不乱，可度一切厄！”这句话多年后一直萦绕在她的脑子里。

深秋时节，天空变得高远清冷，她感到了深秋的寒意。天空一轮朗月。扬州城素有月亮城之誉。若梅想，已经好多天没进后花园了，那些树木、花草，该在秋风中潇潇落下，平添出淡淡的忧愁。

她回屋加了一身单衣，轻轻下楼，去后花园对月吟诗，身临其境地练习。后花园经过汪家几代人的经营，打造得极有特色。花园里有一个池塘，本来是死水，汪春用新式水泥管道通到运河里，引运河水就把池塘就变成了活水。水中有鱼有虾，蛙声虫鸣。池塘里长满荷莲。塘中央搭了个亭子，亭子里是个戏台叫“水中天”。四周院墙砌了回廊，廊壁间镶嵌着砖雕石刻。

早几年，汪春爱听昆曲，常请戏班子到家中“水中天”唱堂会。那时家人围坐在回廊里，从高处看戏。汪家鼎盛时，名家高朗亭曾经来过家中唱戏。高朗亭艺名叫月宫，是三庆班班主。三庆班最早进京，给乾隆皇帝祝寿，后来才有三庆、四喜、和春、春台四大徽班进京，四大徽班进京后来发展成京戏。

花园一侧垒了假山，假山里砌了密室，密室起名叫“片石居”。“片石居”几个字是石涛真迹。密室里冬暖夏凉，生活器具一应俱全。汪家人曾在密室里闭关修禅、读书纳凉。

密室里关着大少爷汪天佑。他被汪春一关就是十四年。汪春心里有本账，他若放出儿子须两个条件，一是徐老虎弟弟徐宝珍离开扬州，二是党军攻占扬州。否则，杀人偿命，仇家徐老虎的势力在，只要汪天佑出去，就会引来灭门之灾。汪天佑当然也懂得其中的利害，顾家的下场他也全知道，所以这么多年来，他在山房里安心读书，研究戏曲，郁闷了，就拉二胡、弹古琴。每天到点时，玉珠来送饭送菜，把换洗衣裳拿出去洗。

汪若梅站到“水中天”的戏台上，对着水中月朗诵起《春江花月夜》。这首诗扬州家喻户晓，有孤篇盖全唐之誉。全唐诗写扬州的诗不少，若论扬州诗人就只有张若虚一人。相传他是瓜州汊河人。

春江潮水连海平，海上明月共潮生。
滟滟随波千万里，何处春江无月明!
江流宛转绕芳甸，月照花林皆似霰;
空里流霜不觉飞，汀上白沙看不见。
江天一色无纤尘，皎皎空中孤月轮。
江畔何人初见月？江月何年初照人?
…………

忽然，从山房里传出优美的二胡曲《春江花月夜》和她相应和。汪若梅太投入，也没有觉察，朗诵到一半，忽然想到半夜三更哪来人给她伴奏呢？一想就吓了一跳，浑身汗毛子都竖了起来。难道有狐仙来和自己伴奏?

汪若梅高声问：“谁？”

山房里有一个声音：“若梅。”

声音熟悉。汪若梅这才缓过神来，她想到哥哥一直被父亲关在后花园。汪春对她们姐妹解释，要让哥哥考取功名，在后花园读书。但是，汪若梅也一直很疑惑，民国已经取消科举考试，如何能关起门来读书考取功名呢?

她走到片石居门口。这是山石垒起的一个石屋子。一扇铁门，门上一个洞，从洞里透出山房里微弱的灯光。若梅就隔着这个小洞和哥哥说话。

“哥哥，这么晚怎么还不睡觉？”

“唉，睡不着啊。好妹妹，你有所不知，这个石屋子里阴暗潮湿，又不见阳光。我身上起了跳蚤。你放我出去，我去古旗亭浴室泡个澡。”

“这个，父亲责问怎么办？”

“好妹妹，我去泡个澡，泡过了，就回来睡觉。你看我胳膊。”汪若佑从窗洞伸出胳膊给她看，胳膊上果然有好些个红窠子。

“哎呀，这怎么办？我去药店买酒精棉球你擦。”

“好妹妹，去浴室里，水高温一泡，虿子、跳蚤就全跑了。”

汪若梅看铁门上一个大铜锁，问：“我没有钥匙……”

汪天佑悄声说：“在我妈妈香堂里的香案后面。你去取来，再把钥匙放回原处。我去泡过浴室，回来自己开门睡觉。”

就这样，汪若梅月下“捉放曹”，把哥哥汪天佑放了。

汪天佑没走正门，从后院墙翻出墙头，跑出家门去浴室泡了个澡。他在浴室里一觉睡到第二天下午。按理说他这时候要回家吧，但他直奔大舞台去看苏小杨唱戏去了。

说来也巧，苏小杨在大舞台演扬剧《上金山》。苏小杨演白素贞。演小和尚的演员家里死人，回家奔丧去了，苏小杨一见大少爷，当场捉差，让他演小和尚。就这么，汪天佑在大舞台演了三天小和尚，也不归家，一不做，二不休，直接住进了花局的苏小杨戏班子里。

玉珠去后花园送饭，见丈夫跑了，吓得告诉大太太。大太太心想，大少爷关得太久，跑出去玩几天，也是正常的。她们就把这件事瞒着汪春。

1927年秋天的几场雨下得稀奇古怪，深秋了，下的都是雷暴雨。几场暴雨一下，几条河的河水全满了。小秦淮河涨水塞满桥洞，把小东门的石码头给淹了，老城区家家户户忙着排水。

当晚电闪雷鸣，一道闪电，一记响雷。一记雷打在汪家隔火墙山头上，一只黄大仙从墙头摔下来，重重摔在汪家大院里。天一亮，大脚起来倒马桶，她看见门口地上死一只黄鼠狼，手中的马桶摔在地上，滚了八丈远。

大脚不敢碰，去喊汪太太和玉珠。汪太太看了一眼，就差吓昏过去，拖着玉珠赶紧去给观音菩萨上香。

直到做早工的大喉咙来，才把死黄鼠狼给弄到运河边上埋掉。扬州人看到死黄鼠狼不吉利。大脚当天就病倒，在床上哼哼了大半年，后来去观音山烧了几趟高香，才勉强能够下地。

当天下午，汪春领着丁小同检查盐仓是否漏雨。他用尺量了量墙根的水位说："外头水比里头高。"

丁小同说："要用石粉沿墙垫土。"

"垫土只能救一时，排水不畅了。"

"往南，下水从顾家屋后走，下水堵塞了。顾家这么多年地面也没人打理。"

汪春沉思了一会儿说："多少年邻居了。明天找大喉咙去捅一捅。"

汪春在仓巷和院里各处库房巡查半天，看看天色将晚就回屋里，拖着丁小同在堂屋喝茶，谈盐号铺面上的生意。大堂里高悬"存志堂"横匾，两侧对联：淡泊明志，清白传家。

汪太太正打扫香案。她早上看见死掉的黄鼠狼，磕了一天的头，额头上起了一个大包。她见汪春额头上全是雨水，抱怨道："下这么大的雨，还出去，不问问自己多大周年了？玉珠，快给老爷上茶暖暖胃。"

汪春喝了一口茶，说："我不知道自己多大周年吗？你儿子能管事吗？能替上一把吗？"

汪太太说："我儿子，也是你儿子。子不教，父之过，怎么怪到我头上了？"

汪春忽然想到片石居这么大雨，屋里会不会积水。毕竟父子情深。他站起来对丁小同说："走，去看看后花园山房里汪水。"

玉珠听到，吓得脸色苍白，急忙扯汪太太。汪太太说："我刚去看过，不汪水。你儿子在弹琴呢。"

汪春看到玉珠神色慌张，感到不对劲，问："玉珠，有事吗？"

玉珠支支吾吾。

汪春说："走，去看看……"

汪春和丁小同跑到后花园，只见片石居门半敞着，里头空无一人，一把大铜锁挂在门上摇晃。汪春把锁拿在手上看，锁完好无损，气得把锁砸在地上，"讨债鬼！

讨债鬼！谁把他放出去的？”汪春吼道，“你们谁把这个害虫放走的？”

汪若梅从没有见父亲发这么大的火。父亲把手中心爱的紫砂壶都摔了，她见大妈妈和玉珠吓得瑟瑟颤抖，知道这个事瞒不过，也不能连累别人。她恨哥哥不守信，说好洗过澡回来，这都出门半个月了也没见个影子。汪若梅站出来正色说：“爸爸，哥哥是我放的。”

汪春骂道：“你，你天大的本事！”

汪若梅说：“哥哥出去，又不是不回来。”

汪春气得咳嗽起来说：“我这条老命总有一天要送到你们手上……”

有些话汪春说不出口的，其中的利害只有他自己知道。汪若梅怎么也不明白放哥哥出去洗个澡会产生如此严重的后果，她更不明白父亲想让哥哥读书，竟然采用如此封建野蛮的关禁闭的方式。汪若梅从小到大没受过父亲如此严厉的责骂，母亲去世后，汪春总觉得亏欠她母女，对她是分外宠爱。现在一下子上了小性子，她转头哭着就往门外跑。一旁的玉珠一双小脚，哪里追得上？追到头道门，早就不见了汪若梅的影子。

汪若梅使小性子，她唯一可以撒娇的地方是外公家。她绕道从小东门桥沿小秦淮河岸边北行，从南柳巷去东圈门。走在岸边的青石小路上，人像河边的柳枝，在雨中飘动着凄婉动人的身姿。细细的雨丝在她面前拉上朦胧的细网，少女的心事比巷子格外幽曲漫长……

她正低头走着，忽然路边蹿出一个老乞丐，眯着眼盯着她看。汪若梅吓得连连往后退。老乞丐用筷子敲打着碗，吟诵道：

> 娉娉袅袅十三余，豆蔻梢头二月初……夜市千灯照碧云，高楼红袖客纷纷。十里长街市井连，月明桥头看神仙。春风十里扬州路，卷上珠帘总不如……

汪若梅打了个寒战。

4 镜中天各奔前程 启旧祸引灾灭门

老中医夏风家住在东圈门五福巷。明代正德年间，盐运使司在东、南、北三面修建了三个门楼。东门楼被称为东圈门。从东圈门向东的一条街道叫东圈门街，住着扬州的老住户。五福巷是从东门楼子向北一条窄巷。从五福巷进里走五十米就是夏宅，门口有两个石磡子。

夏宅有一扇老木门，门两侧有楹联：良医济世，治病救人。推门进去一个小庭院。庭院里有小水池养鱼，有半亩空地种着瓜果蔬菜。靠墙根的地方稀稀落落有几株湘妃竹。地面上由鹅卵石、砖条、瓷片拼嵌松、鹤、鹿图案。三间正屋，青砖，黛瓦，杉木结构。夏风卧室在东间。西间是若梅母亲当年的闺房。汪若梅来看外公就住在母亲的房间。正屋对面是厢房、侧房。侧房是厨房和吃饭的地方；厢房是夏风的诊所，有病床、药柜和工具台等。

这几天下雨，夏风风湿病犯，没去大德生药店坐诊，在家里熬莲子汤调养。汪若梅冒着毛毛细雨忽然赶回来，外公吓了一跳。夏风追问了半天，汪若梅守口如瓶，只是说心里想外公就回来看看。

汪若梅看厨房里冷锅冷灶，就给外公生火做晚饭。夏风劝她搬回来住。汪若梅就想晚上陪陪外公，怕外公夜里有头疼脑热。她烧好饭，去巷口皮六家，托皮六去汪家报信，说当晚她不回去了，住在东圈门陪外公。

东圈门街上她有许多熟人。街头上是黄小凤家，黄小凤父亲黄大虚子是裁缝，人称“天下第一高裁”，母亲老八级给人扦脚。她母亲少一窍，人称八级货。再东头有胖大厨开了半片门脸的小吃部叫“小洞天”、有剃头刮面的牛老三、姜奶奶的酱行等。五福巷里有拉黄包车的皮六，皮六老婆蛋黄子是软骨病，长年卧床，好些时就在家里织灯草花卖钱。巷尾是成天游手好闲赌钱的小滑子。巷北通到东关街，住着媒婆兼接生婆高妈等。

汪若梅跟家里人作气，就在外公家住了下来。过了几天，父亲气消了，就让大脚来喊她回家。大脚看到夏风躺在床上咳嗽，没好意思开口，她回去把情况对汪春一说，汪春就要汪若梅留在东圈门照顾外公。她这一住就是几个月。

班上同学忙着找工作，忙着写毕业纪念册，忙着拍合影照。周小松家在辕门桥开镜中天照相馆。大家约好了去他家拍照。同学们拍照，周小松不好意思收钱。他就趁他娘老子去乡下走亲戚，自己动手给同学们免费拍照。

大家逮到这个不花钱的机会，约好就一起去镜中天。汪家姐妹、俞冉芳、黄小凤一个个打扮得花枝招展。她们勾肩搭背，摆出各种姿势，焦急地等着。周小松头扎在照相机的幕布里，喊着“一二三，茄子”，镁光灯一闪，就算拍好了一张。

黄小凤摆出一个金鸡独立的姿势，周小松调试照相机调了半天，黄小凤问：“快点，站不住了。”

周小松头在挡阳布里喊：“再坚持两分钟……”

一个个拍了十几张。最后要拍合影，可是杨宝琴迟迟没到。黄小凤跺着脚骂道：“这个死胖子，丑人多作怪，在家里打扮呢。”

大家正说着，杨宝琴欢天喜地推门进来，高声说：“告诉大家一个好消息，我有工作了。”

“什么工作？小茅山埋死人啊，拖到现在。”黄小凤抱怨道。

杨宝琴从包里拿出一张纸说：“梅花小学录用，当国文教师。”

黄小凤骂道：“死胖子，这么好的事也不拖我去。”

“别急，还有几个名额。我问过了。明天报名也不迟。”

周小松说：“我也去，这几天，待在家里拍照、洗底片，头都晕了。”

沈越说：“我不去，我要去当兵。我要投奔党军。周小松，你不是说跟我去当兵吗？”

周小松说：“我娘老子不同意，说当兵就是吃枪子弹。”

汪琼说：“你去教什么？误人子弟。”

周小松说：“教画画。我可以教学生画画。若梅，你也去吗？”

汪若梅说：“这个，我要回家问问爸爸。”

众人嘴里发出嘘声。

黄小凤说：“大户人家的千金，工作要问爸爸，找丈夫要问妈妈。”

汪琼说：“你不问？你瞒着你妈，你妈不闹翻天才怪呢！”

黄小凤说：“明天一早就去应聘。我可不能再像我妈，给人家捏臭脚，我爸为他人做衣裳。我要当走哪儿都受人尊敬的女先生。”

杨宝琴纠正说：“是女教师，不是先生。”

周小松说：“若梅，你回去问问你爸，你去不去？你去，我就去，你不去，我去当兵……”

黄小凤说：“若梅去不去，关你什么事？你拿当兵吓唬谁？”

杨宝琴说：“当兵就是吃炮子，周小松这是想为若梅去殉情。”

若梅骂道：“你个死胖子，嚼你的大头蛆。姐姐，你去当教师吗？”

汪琼说：“我不想当教师。我看见孩子就烦心，没有耐心。你们知道康鹏去哪？”

俞冉芳说：“毕业这几天，人影子都没看到。”

汪琼说：“他爸要他去东洋留学。我说你去找个东洋女人当老婆，就不要再回来缠我……”

黄小凤说：“琼姐姐，康鹏去找东洋女人？你怎么办呢？”

“怎么办？嫁人。我的工作就是嫁人。”

众人哄笑起来。

汪若梅刮鼻子说：“不知羞的。”

周小松喊："拍照，拍照。"

几个女孩子站成一排，钨光灯一闪，一帖黑白相片出来，接着又出来一帖。从此镜中天照相馆门口的玻璃橱窗，多出一幅民国扬州美女的相片：汪若梅、汪琼、黄小凤、俞冉芳、杨宝琴五个女同学。五个美女紧紧地站成一排，上身一色白衬衫，下身黑裙子，脸上抹了鸭蛋粉，涂了鲜艳的口红。这张扬州美女的合影照上的着装、精气神，吸引了许多路人。

南河下街商铺林立，热闹非凡，但是街上一条南北向的小街却是十分安静。大人小孩走过这条街上都要绕道而行。这条街叫引市街。引市街是有皇上的时候倒卖盐引的地方，相当于最早的华尔街证券交易市场。清末盐业萧条，取缔盐引，引市街也就安静下来。这条街上有两个显眼的地方：一个是街尽头的四岸公所，指湖南、湖北、江西、安徽四省的驻扬州的办事处；另一个是孙发奎的私宅，门口挂着"五省联军司令部"牌子。现在北伐战事渐紧，孙发奎亲兵团驻扎在引市街，扬州人哪个敢去这街上找触霉头？

五省联军是1925年在南京成立的浙、闽、苏、皖、赣五省联军，拥兵数十万。现在前方战事不利，一早上孙发奎就摔杯子骂人。他绸缎马褂，手捻着大佛珠串子，在屋里焦虑地来回踱步。城防司令徐宝珍进来，给他递上张大帅的求援信。

孙发奎读信："玉帅新挫，武汉已失。东南半壁，全赖我兄支柱。弟以大局为重，微嫌小隙，早赴东流。倘有所需，敢不黾勉……"

孙发奎挠挠光头皮，指着徐宝珍骂道："这个张胡子跟我一个粗人文绉绉的。你就给我回他一句：愿追随左右，共挽颓局。"

徐宝珍说："大帅，前方告急，军费紧张，没有钱，谁给我们卖命？"

"我是民国任命的五省联军司令，又是民国上将，总不能像你哥哥徐老虎，明火执仗地去抢吧？扬州商会这些商人，死猪不怕开水烫，一个个哭穷。我不知道他们是真穷还是假穷。党军来了，杀土豪分田产，有他们好日子过吗？"

徐宝珍想想也是，一时也不吭声。他见孙发奎近日心情有郁闷，想出个主意，约他晚上去大舞台看戏。他一说，孙发奎竟一口答应下来："去看戏，一个大活人不能让尿憋死。”

当天晚上，孙发奎和徐宝珍去大舞台。大舞台在南城根，两根台柱上挂一副对联：舞台小天地，天地大舞台。舞台木结构，上下两层，上面是抄手楼座。底下大厅散座。票价分一、二、三等。一等的可以泡茶。门口的戗牌写着：《上金山》，苏小杨演白素贞、大少爷演小和尚……

他们到了大舞台就见不到任何战争的气息了。大姑娘小媳妇，人山人海，十分热闹。烧老虎灶的张三上来给他们添茶上水。楼底下卖瓜子、香烟、小吃、抛热毛巾把子，吵吵闹闹。后台化妆间汪天佑正神气活现地吊着嗓子，他戏瘾上来，就像大烟瘾挡不住。

苏小杨清嗓子，干咳一声叹口气说：“岁月不饶人啊，这几日，就觉着嗓子发干。从前一天三场，不作兴合一下眼，现在才唱半天，就嗓子干涩了。”

汪天佑说：“改天，去买个姑娘回来调教。唱戏吃青春饭，也到时候了。”

苏小杨用戏腔唱：“官人，嫌我老了？”

汪天佑用戏腔答：“正当时。”

苏小杨戏腔问：“也到时候了，就是说，我到了退场时候了？”

汪天佑戏腔应答说：“说你到了收徒的时候。”

苏小杨戏腔说：“你真坏，真会骗人！”

保姆进来端上一碗银耳桂圆汤。苏小杨把汤端到汪天佑手边。汪天佑喝了汤。苏小杨梳着他的头发，一脸深情。一个跑龙套的进来说：“苏姐姐，快上场了，小鼓打了三圈。”

苏小杨一脸不快说：“再打三圈。”

跑龙套的退下悄声说：“两情若是长久，又岂在这后台一时？”

扬剧有讲究，开锣戏是“大开口”，敲“十字锣鼓”，一长锤，一短锤，“赵钱孙，孙钱赵，赵钱孙李，周吴郑，郑吴周，周吴郑王……”

苏戏班子的搭档小四扣子一把二胡，拉得回肠荡气。汪天佑不急，只要小四扣子的二胡不停，就是再迟观众都不会砸场子。

苏小杨虽是老角子，但也要有后台柱子，后面要有老板捧，没有老板棒就红不了。她在花局里有个两三个人的小班子苏唱班。她刚出道时，汪天佑为她一掷千金，两人情投意合，这十多年大少爷被他老子关在家里，就成了棒打鸳鸯。

孙发奎坐在楼上的望月厅，两个眼睛一下子就被苏小杨给吸引了。苏小杨年轻貌美，举止端庄，浑身上下透着股成熟的女人味。他是江湖中的人，阅人无数，一眼看出唱小和尚和这个白娘子关系不一般。

徐宝珍问："大帅，这白娘子如何？"

"不错，不错，有味道。"

"大帅要喜欢，兄弟负责送到大帅府。"

"那个唱小和尚的是什么来头？"

"有来头。南河下汪家盐号的大少爷，留过洋，家里银子花不完。"

孙发奎摸摸光头，笑着指着台上说："我人也要，钱也要。你别给我捅出什么娄子，现在报纸坏得很啊！"

戏还不没收场。孙发奎就先离场。徐宝珍当然明白他的意思。戏院响起一声枪响，一队兵丁冲进来，捉拿乱党。台上台下的观众乱成一团，作鸟兽散。呼啦啦，戏场里的从两边过道往门外挤，人挤人，人推人，人压人，骂爹骂娘，花钱看戏，没想到受灾。人从大舞台窄门里就像是弹出来，在门口石阶上屁滚尿流，地上跌跌爬爬的全是人。

恰好小滑子正坐在石阶上跟个要饭的砸铜钱。他没钱买票看戏，就等着砸铜钱赢上两文，可以进去看戏。这时就听一声响，"大爷妈妈"的叫得一条声，戏场里的人像潮水一般往外涌，一个个喊道："不得了，杀人了，杀人了……"

小滑子对面的要饭花子让人撞了一个跟头，滚出去八丈远。小滑子赶紧起来避让。抬头只见从大舞台里五花大绑押着汪家少爷和苏小杨出来。

小滑子认得，看得心惊肉跳。这边兵丁前脚走，看戏的又像潮水拥回来，拥到门口喊退票，一个个抗议道："退二文钱，才看个开头，就砸了场子……"

小滑子喘了半天气，等魂定下来，又赢了要饭的两文钱，转身拔腿就跑。他去埂子街找小广鸡。埂子街聚集着一排边的妓院，一家家挂着红灯笼。时常有醉汉、嫖客走过，东倒西歪。小广鸡在埂子街租了个单开门，门口挂一个小灯笼，写着名号“小广鸡”。妓女都有名号，写在灯笼上，给回头客和酒鬼看，不要跑到别的屋里去。

小滑子滑进来，小广鸡正在屋里掸床。她一看见小滑子就骂道：“晦气，我才把床掸干净，你就来了，像是为你掸的。”

小滑子笑嘻嘻唱起黄梅戏：“你耕田来，我织布……”

小广鸡说：“去去去，老娘伺候你一个子儿也弄不到。你个倒门星这么早回来，弄得大生意不上门了。”

小滑子笑道：“我就是大生意。”从怀里掏出在两个铜板，往桌上一扔。

小广鸡手快，一把抢过来往怀里一塞，拿出柜里一盆花生米，往桌上一放。小滑子扔个花生米进嘴里说：“呸，今天在书场听书，说书的说了，埂子街是风水宝地，让窑子给坏了风水。”

“说书的穷嚼蛆。最穷的就这条街，隔几步远南河下引市街，往北头是缎子街小东门街，哪条街都是有钱的人家，就埂子街穷得埂在这儿了。”

“王少堂说，当年朱元璋得了江山，最怕有龙地，怕人抢他江山。他派刘伯温来扬州一看，钞关向北三十里是龙地。朱元璋就下令把龙挖出来。刘伯温说不能挖，一动土，蛟龙翻身就坏事了，不如在龙头上砌座城关来锁住它，另在龙心、龙爪、龙尾打一眼水井钉住龙。这钞关又叫龙头关，埂子街是龙背，天宁寺、小弥陀巷是龙尾。”小滑子指着坐的床铺，“我现在坐的地方，就是龙背。我坐在龙背上，能不发大财？”

“做你的大头梦，”小广鸡骂道，“龙都让锁了、钉了，不锁不钉也轮不到你小滑子。”

“也不一定。我小滑子什么时候缺过钱？你要不相信，我现在就出门弄块大洋让你看看。”

“你要是能出门弄块大洋进来，今晚上我给你洗脚，把洗脚水喝下去。”

“说话当真？”

“当真。”

小滑子套上破衣裳出门，直奔南河下的汪家大院。半夜里，汪家大门敲得咚咚响。丁小同以为来了土匪，操上家伙来开门。他见是小滑子，骂道：“小滑子，有什么事？”

“重要事，要见汪老爷。”

“老爷休息了，有话对我说。”

“只能当面对老爷说。”

“老爷见不得你这种五二歹鬼的人。”丁小同关门。

“大少爷性命休矣！”

丁小同一听，吓得手上的粗木门闩掉到地上。他赶紧把门打开问：“你说什么？”

“我说大少爷小命让你耽误了。”

一会儿，汪春和汪太太披着衣裳匆忙从屋里出来。小滑子说：“汪老爷，不要讲我来报信，我是冒死来报的信。”

丁小同说：“有话就快说吧。”

小滑子说：“大少爷让孙大帅关进牢里了……”

汪春问：“什么时候？”

“今天晚上，从大舞台的舞台上抓下来的，动了枪。”

汪春扑通一个跟头栽倒在地。汪太太和丁小同赶忙扶起。

小滑子问：“老爷，可有赏钱？”

这边，汪太太用力掐汪春的人中。汪春一口气还过神来，看看众人，从怀里掏出一块大洋给小滑子。小滑子拿着块大洋去找小广鸡，他要让小广鸡喝他的洗脚水。

汪家第二天就打听到情况。城防司令部给大少爷立的罪名是涉嫌包藏“乱党”，“乱党”没抓到，算是没坐实。又一个罪名是有伤风化。良民演戏都可以立为有伤风化的罪。

大少爷的罪名不大。大家都明白就是想敲两文。孙发奎本来想把苏小杨弄到府上，没想到第二天报纸上登了头条。他想想战事又紧，这个联军司令私抢民女，让报纸一捅，岂不是动摇军心。孙发奎笑面虎，大事不糊涂，他叫徐宝珍审他们几天赶紧放人，大舞台市民等着看戏呢。

徐宝珍忙了半天，吃力不讨好。他想不敲上几文没法交代，就把汪天佑和苏小杨往打铜巷的牢监里一关，等着汪春来交钱赎人。汪春让大舅子沈福元去找徐宝珍谈价钱，讨价还价，最后谈好五十大洋。本来他们走到引市街去联军司令部把钱一交就完事了。汪春走到街头上，见到一个卖报纸的，他买了份《申报》，报纸上一则消息吸引了他："北伐军攻克南昌，孙发奎主力被歼……"汪春这时又反悔了。他舍不得这五十块大洋。他想联军主力被歼，还能挺多久呢？党军打来，联军能不放人？他改变主意，转身回家。沈福元在后头喊不住他的脚步。

哪知道这赎金一耽搁，出了大事。汪天佑在牢里碰到一个人。那天牢头小仁子要听戏，要大少爷在牢里唱两段。他们唱戏，有瓜子水果茶侍候。唱到中途，一个长头发脏兮兮的人进来服务。这个脏人忽然盯着他脸看，一把抓住他喊叫："终于来了，你终于来了……"

大少爷以为碰到疯子，推开脏人问："放开我。你是谁？"

"大少爷，哈哈，我怎么想不到是你？我是右府街的别宝回子*孙铁嘴。"

徐老虎被炸后，孙铁嘴引顾伯龄上门，因此受连累，在狱中一关就是十四年。他当时不认识汪少爷，只认得顾少爷。但他是识古董的，记性好。他进来扫地上的瓜皮果壳时，一眼就认出眼前这个人。这不就是那天和顾伯龄一起去徐园的那个穿长衫的吗？徐宝珍到现在没抓到顾伯龄，同案犯汪天佑竟送上门来。孙铁嘴双手抓住铁栅栏门大喊："来人啊，来人啊，快叫大老虎来……"

孙铁嘴揭发有功，终于出狱。审讯室的大梁上，吊着汪天佑和苏小杨。苏小杨本来都已经放回花局里，又从花局里给抓了进来。

苏小杨说："大少爷，我只求早点儿死，死罪好受，活罪难挨。"

汪天佑说："唉，我只恨连累了你。我对不起你……"

苏小杨戏曲腔："命中有一劫。小时候，打铜巷算命瞎子对我说命中多劫，跌跌撞撞。有的姐妹去了南京夫子庙，有的去了上海城隍庙，有的进了京城八大胡同，

---

* 别宝回子：即回族珠宝商。——编注

我就待在扬州花局里，唱戏在大舞台，行走在辕门街。今天，该还债……大少爷，你要是活下去，当你的少爷，别当戏子。戏子苦命。台上是疯子，台下是狗子……”

汪天佑哼起清曲。苏小杨对面对唱。两人竟在刑训室里，脚悬空吊着，“吱吱呀呀”深情投入地对唱起来。

汪春没肯花五十块大洋去救人，当晚回家，汪太太又哭又闹。他没法子，第二天又叫上沈福元，拿了钱票去引市街。沈福元先进元帅府找徐宝珍，没一会儿，神色慌张地跑出来说：“大爷妈妈，天佑这条命没了。”

大家聚到汪家大厅商量营救大少爷。沈福元瘫坐在椅子上说：“这回不是五十块大洋，五千块大洋怕都保不住命了……”

汪春说：“一人做事一人担。我和儿子断绝关系。现在是民国了，民国有民国宪法，你不能像朱元璋对方孝孺株连十族。这个儿子与汪家没有关系。”

汪太太说：“老爷，你糊涂了。你的儿子，怎么与你没有关系？难道是我不检点跟外人私养的？”

汪春说：“儿子保不住，干脆就不保。保得不好，人财两空。联军上门抄家，汪家几百年的家业就毁了。”

汪太太哀求道：“老爷，求求你了，汪家就这么一点血肉……”

汪春牙齿咬得紧紧的，骂道：“都是你惯出来的。现在受报应了……”

丁小同说：“老爷太太，你们在这儿斗嘴也不管事，也救不了大少爷。我倒是有个主意，有一个人能救大少爷。”

“谁？”

“孙阆仙。你们忘了？徐老虎的小妾孙阆仙。她和若梅母亲是同学。汪若梅满月时认了她当干妈。”

汪春说：“你糊涂啊，别的事找她肯帮忙，这个事怎么开得了口？大少爷刺杀的是她丈夫。虽说是妾，徐老虎也是她丈夫。你杀了她丈夫，要她出来替你说情？世上有这种事吗？”

沈福元叹气道：“是啊，这个事就不好开口了。”

大脚说：“老爷，我是妇道人家，讲一句话不知在不在理？”

汪太太说：“你说，说错了没人怪你。”

“孙阆仙可不是一般人，孙居士，大善人。她开药堂治病救人，又办崇节堂，救护多少孤儿寡母。徐老虎人死不可复生。大少爷活着，救他一命是功德。孙居士念佛之人，晓得这个理。眼下就是老爷和太太要上门求一个人，求夏公公和若梅出面。夏公公在孙居士的大德生药行坐诊。孙居士视他为父。只有这条路，或许能有点儿希望。徐宝珍和张仁奎都喊孙居士嫂子。孙发奎也喊她大姐，对她十分尊重。孙居士若是放大少爷一马，按理说孙大帅要给这个面子。毕竟人心都是肉做的……”

沈福元说：“我看大脚说得也有理。”

汪春面有难色说：“这么多年来，夏公公一直因若梅母亲去世的事记恨我，多少年不上门，我也没上门，忽然间……”

汪太太说：“有多大的仇？都是家里人。你去求他。你不去，我去。”

汪春说：“大脚先去打个头阵，先要说服若梅。这个事也是若梅惹出来的。她要不把他哥哥放出去，就不会惹这个灭门的事。”

5 救兄行医怜落单 少爷小姐充奸细

救人的事不敢耽搁。大脚立马出汪家直奔五福巷。她把汪若梅拽到巷子里，把大少爷的事一五一十地说了。汪若梅急得哭出来。大脚说："二姑娘，不要哭啊，大妈妈哭了两天了。这块有个办法，要托夏公公和你出面。"

汪若梅哭着说："大脚婶，你们糊涂了。我们出面有什么用呢？"

大脚说："你们出面求一个人，求你干妈孙大善人出面说情，或许能保住你哥哥这条命。"

汪若梅明白过来，想想救哥哥也就只有这一条路了。

一过晌午，汪春和沈太太拎着一扎子茶食上门。茶食用荷叶包着，散发出甜甜的香味。汪春低着头，汪太太抹泪。汪家人多少年不上门了，夏风本来就没有好脸色，但是碍于外孙女汪若梅，勉强坐在堂屋里陪客。汪若梅在一旁沏茶，小心侍候着。

汪太太一见夏公公，往地下一跪，吓了夏风一跳。

夏风说："大太太，你这是什么意思？难不成我什么地方得罪了你？"

汪太太哭泣着说："夏公公，哪里的话。你大恩大德，活菩萨。我求你救汪天佑。你不救，我不起来。"

夏风说："我昨个才知道这个事，我在小洞天吃早茶，胖大厨说的，我怕若梅受惊瞒着她。大少爷给关进牢里了，我一个郎中，有个病啊疼的，我救得，这官司如何救得呢？"

汪太太说："你不救，我就一直跪着不起来。"

夏风说："你跪在我堂上，成什么规矩？"

汪若梅把汪太太扶起来说："大妈妈，不要着急，把事情跟外公说说清楚。"

汪若梅就把父亲想托夏公公去求孙阆仙救人的事一说。夏风听到大少爷当年参加刺杀徐老虎，吓得"哎呀"一声。他没有想到成天吊儿郎当的大少爷竟有这本事，把当年威镇润、扬两地的徐老虎给刺杀了。夏风低头沉默不语。他想大少爷是若梅的亲哥哥，为了孙女，理当要救大少爷。徐老虎是大少爷刺杀的，那汪家少爷可就是名垂青史的人物。但是，他不能立马答应，汪春一向高傲，他哪能这么轻易地答应。他要跟汪家好好理论理论。

"汪家的事，我早就说过不管。汪春是商会会长，有头有脸，以他的人脉这个事情应当能够摆平。"

汪若梅说："外公，天佑……是我哥哥。"

"是你哥哥，不见得是我外孙。你哪回子见过这个外孙上过门？他知道不知道有我这个外公呢？"

汪若梅撒娇说："外公，你希望若梅将来没有哥哥？"

汪春说："爹，孩儿不孝，没能给晚辈放个好样子。"

汪太太才坐起来，又扑通一跪哭着说："若梅妈在，就没有这个事了。她妈人好啊，我们比姐妹亲。那年老爷在南通办厂。我叫她别操这个心。她说不放心这个家，非要去陪着他，哪想到劳心了，唉，我妹子命苦啊！……"

夏风有一个心思，这么多年一直没有说得出口。眼前就是个机会。夏风说："我老了，也没人当个帮手，也没有晚辈在跟前转。若梅孝顺，时不时来看看我。夏家中医世家，祖上几代人传下医术，总不能被我带进小茅山……"

汪春一听，知道夏公公的意图，顺着话说："这样吧，让若梅过来。她也毕业了，来跟外公学习医术，又照顾外公。外公身边不能没有人。"

汪太太听明白了，霍地站起来说："若梅早就该来了。当初孩子小，不是我不肯。若梅妈去世，要是让若梅出门，外面传出去以为我欺负孩子，不把孩子当亲生骨肉，你让我脸怎么摆？观音山的观音菩萨也要怪我啊。"

众人目光一齐对着汪若梅，意思要她表个态。汪若梅反而犹豫起来。

之前，她和周小松、黄小凤相约去梅花小学报名当老师。他们这群同学希望能在一起工作，年轻人在一起，打打闹闹，充满朝气。她若是跟外公学医，外公是个体行医，她就落了单。还有一个说不清道不明的原因，这么多年大家都说她和周小松，双方都没有点破。那天在镜中天照相馆，周小松说若是汪若梅不去梅花小学当老师，他就去当兵。这话不论真假，算是当着同学们表态。现在跟外公行医，就不能够和周小松常在一起。这里面有些苦楚，她一时也说不清。但是，救哥哥是大事。她犹豫了一会儿说："外公，我哪儿都不去，就跟你行医，一直陪着你。"

夏风听到这话，眼睛笑得眯成了一道缝，汪春和汪太太也都放下心。

夏风说："若梅，去你妈屋子里，把我在'康山草堂'淘的宝贝拿出来，给你父亲看看。他好舞文弄墨，玩古董，鉴宝贝。"

汪若梅进屋，拿出一匣线装古书。封面上写着：杂剧《中山狼》，康海著。

汪春凑上来看。夏风指着书说："在'康山草堂'门口地摊上淘的，不知值上几文？"

汪春看了看，又看了看纸质说："外公，这是乾隆年间广陵刻印社刻的。现在可以值十块大洋。康九海在小红园地摊上，淘了一套曹寅在天宁寺编的《全唐诗》，也是广陵刻印社刻的，但是不值钱，影印本，真本早就进了皇宫。"

夏风说："你给我带了这些茶食，来而不往非礼也，你要喜欢，这套书我就送给你。"

汪太太说："哪里的话。外公是我们的长辈，我们上门孝敬长辈，哪能再拿夏公公的东西？"

汪春说："外公，这套书我就拿走了。你送我这套书的意思我知道，你放心，我汪春不是这种人。"

汪太太瞪着眼睛，不知道夏风和汪春葫芦里卖的什么药。

汪若梅送父亲和大妈妈出门，回过头来问："外公，你送套书给我爸爸，两个人像是打哑谜，不知道什么意思？"

夏风得意地笑着说："我是教训你老子。"

"怎么教训呢？我怎么没看得出来？"

"让你们看得出来就不算高明了。我是用典故。这套书叫《中山狼》，你知道中山狼什么意思？"

"知道一点，《石头记》里有一句诗叫'子系中山狼，得志便猖狂。金闺花柳质，一载赴黄粱'。"

"对的，我孙女有才啊！我是骂他中山狼。"

原来"康山草堂"有来历。康山叫康海，明朝陕西人，状元及第，任翰林院编修。他和李梦阳、何景明等是"前七子"，主张"文必秦汉，诗必盛唐"。康山有个同乡是明朝专权的太监刘瑾，他们关系好，后来李梦阳得罪刘瑾要杀头，从狱中捎出一张纸条："对山*救我。"康海救了李梦阳。后来刘瑾倒台，康海反被李梦阳列为"阉党"，株连罢官隐居在扬州。他建的草堂就叫"康山草堂"。康海把明代作家马中锡小说《中山狼传》改编成杂剧《中山狼》，讽刺李梦阳恩将仇报、忘恩负义。

再说汪天佑在孙阆仙和夏风的周旋下，终于保住一条命。孙阆仙亲自上门劝说孙发奎和徐宝珍。夏风又请上海的张仁奎出面打招呼。孙发奎知道张仁奎在上海青帮的地位，祖师爷的辈分，不能不给面子。最后答应汪家出五千大洋作为资助联军军资，赎了汪天佑一条命。

汪春悔恨当初五十块大洋舍不得，现在五千大洋，立马就送到了引市街孙发奎府上。他明白无论联军胜负，杀他儿子只需分分秒秒工夫。大少爷再不争气，也是汪家唯一独苗、香火根，保住祖上这点血脉比什么都重要。

徐宝珍想到哥哥被杀，这个仇恨始终难平。现在孙大帅发话放人，他不能不执

* 康海字德涵，号对山。——编注

行，但是又心有不甘。他要让大少爷留下难忘的教训。大少爷是个小白脸，英俊小生，风流倜傥。徐宝珍亲自动手。他端上一锅滚烫的猪油，命令小仁子把汪天佑脸摁在油锅上，用皮布蒙上眼睛。他往热油上浇一杯凉水，滚烫的油碰到凉水，顿时炸起来，飞溅起来，炸到脸上就落下一脸麻子。这一招有个好听的名字叫“天女散花”。

汪天佑抬回家时，脸破了相，变成个大麻子。麻子就麻子，总算保住一条命。

年前，同学们返校拿毕业证书、合影。听说党军已经打到南京。他们准备了一年的毕业会演草草了事。观礼嘉宾只来了商会汪春、梅尔宜、沈福元以及社会名流扬州九老、书画家吉亮工、黄宾虹和鲍柳先等。台上议论，问孙大帅怎么不来，有人说，准备逃跑了……

俞蔼如亲自上台打拍子，同学合唱《毕业歌》。

女唱：青青校树，萋萋庭草，欣沾化雨如膏；笔砚相亲，晨昏欢笑，奈何离别今朝；世路多歧，人海辽阔，扬帆待发清晓；诲我谆谆，南针在抱，仰瞻师道山高。

男唱：青青校树，灼灼庭花，记取囊萤窗下；琢磨几载，羡君玉就，而今光彩焕发；鹏程万里，才高志大，肩负起中华；听唱离歌，难舍旧雨，何年重遇天涯。

合唱：青青校树，烈烈朝阳，宗邦桑梓重光；海陆天空，到处开放，男儿志在四方；民主共和，自由平等，任凭农工兵商；去去建树，前行后继，提携同上康庄。

学生表演结束后，扬州文化联合会慰劳，请民间艺人老瘪子和拉二胡的小四扣子上台演唱扬剧。新式学校的学生对扬剧没多大兴趣，再说他们唱的曲子有些晦气，什么《小寡妇上坟》和《秦雪梅吊孝》，唱到一半，学生都溜了，只有台上那些老人，摇头晃脑地品味着扬剧阔口和昆曲水磨腔。

1927年春节，扬州人都知道要打仗了，没有往年热闹。从前过年俗话说“小东门，人碰人”，现在才腊月半，小东门街上的鞋帽店、旧书店、箍桶店、花圈店、扎花店、雀笼店、灯笼店、棺材铺、车旋店、铜匠店、秤杆店、西医门诊、白铁皮店、油漆行、米铺、玻璃店、五金店、南洋鞋店、文魁堂、耀文堂书店等，全都早早打烊，上了木板铺面，直到年后正月十五上灯，都没有开张。

汪若梅在东圈门跟着外公行医。汪琼一个人在家里待不住了，天天闹着要出去工作。汪太太劝她赶紧把跟康家婚事定了。

汪琼说："妈妈，美汉中学毕业生十分抢手，出去应聘都抢了要。有的同学去了上海、北平、南京。俞冉芳在报社。周小松、黄小凤、杨宝琴去梅花小学，月薪十五块大洋。妹妹亏了。"

"怎么亏了？"

"若梅照顾夏公公，名义上跟外公学医，其实照顾老人，又不拿一分钱工资。她要这样怕是对象都找不到。"

汪太太在佛堂里上香说："菩萨跟前不作兴讲这种话，掌嘴。汪家扬州城数一数二，汪家姑娘不愁嫁。"

汪琼出了门就想，新时代了，要主动，不能再像过去一个个待在家里守株待兔，等媒婆上门。她不知道康鹏在做什么。她将来嫁给康家，康鹏干什么工作，对她很重要。她就找了辆黄包车，去西门外大街康鹏家。

康鹏正在院子捣弄汽车，见汪琼来就给她讲解说："道济车是美国货，全扬州就这么一辆，比孙大帅的车子好。车子这四个轮子全跑起来，比四匹马还快。"说着他摁了声喇叭，吓得汪琼一大跳。

汪琼说："瞎吹，听人说你家洋车子就摆在院子里做样子，从来没有跑到街上。"

"汽车就是跑的，怎么不能跑到大街上？"

"那你跑给我看下子？"

"看下子就看下子。你上车。"

汪琼坐上车。康鹏发动了半天，也没发动起来。"想起来，没有加洋油。"他去车库里，拿了一铁皮筒子的汽油，"这汽油也是美国货，叫美孚洋油，一升要花大洋一角五，在上海买，用洋铁桶运回来。"

"我还是下来吧，我担心车子烧起来。"

康鹏是个没魂大帝，哪经得起汪琼一刺激。他果真把汽车开出大门，开到西门街上。街上行人哪看过这玩意儿，吓得四处奔逃。汪琼坐在车上笑得前倾后仰。汽车出西门街，往南就绕到镇扬公路。镇扬公路是一条土质汽车路，专门为镇扬汽车公司开的。最近党军打到镇江，这条路车子就停运了，一路只有他们一辆汽车。

“你这是开到哪儿？”汪琼问。

“这条路通到长江边。我们到江边上玩。”

汪琼高兴得直嚷：“好啊，好啊！”

早春时节，田野里才有些绿色。汽车奔跑在乡间土路上。农民没有看过汽车，跑到路边看这个怪物，有的跑着追着看。一个赶牛车的看到汽车过来，吓得丢下牛车，滚到路边上，伏在地上一动不动；有一个推独轮车的，车上架起一张帆，看到小汽车，一晃，车子翻倒路边沟里；一群农民看到汽车过来，吓得往麦田里跑……

汪琼一路上哈哈大笑。车子一路向南，一会儿就到了汊河高旻寺。汽车在窄路上找不到地方掉头。迎面一匹拖稻草的驴车。驴子见汽车受惊，发出长鸣。康鹏一惊，车子失去控制，一头扎进驴车拖的穰草里。

再说侉子正指挥人在高旻寺三汊河构筑防御工事。他歪戴着帽，手拿皮鞭，在马上耀武扬威。那马看见汽车一头冲过来，以为来了什么大猛兽，一受惊，扬起前蹄，把侉子摔了下来。侉子破口大骂。

康鹏和汪琼一头稻草从车里出来。兵丁上来把他们押到侉子跟前。汪琼嚷着：“为什么抓我们？”

侉子说：“私闯军营，党军奸细？”

“奸细你个头，我是汪家盐铺小姐，这是康乐钱庄的少爷……”

侉子听说汪家盐铺和康乐钱庄。他翻着眼睛想想，认为是个赚钱的买卖，故意骂道：“什么小姐少爷，这是军事重地。抓起来……”

联军把他们扣押在高旻寺的柴房里，门口派兵丁看守。侉子派人给孙大帅报信，又叫兵丁去报社刊登新闻。当天《扬州新报》头条：“**康乐钱庄少爷和汪家盐铺小姐私闯军营，被联军扣押……**”

再说大妈妈见汪琼一夜未归，吓得魂飞魄散。这还了得，大户人家小姐彻夜未归，汪家碍于脸面，不敢声张。汪春急得像热锅上蚂蚁。丁小同拿了早上刚出的报纸，指着头条版面给他看：“汪家大小姐充当党军奸细被擒……”汪春的心这才落了下来，嘴里骂道："想钱想疯了，笑话！"

汪春上门去找康九海商量。康九海一听，大骂孙发奎忘恩负义。他们俩坐上轿子到军政司衙门去要人。军政司衙门在三元巷两淮盐运使衙署旧址里。门前一棵数百年银杏树。两人走到衙门口的朱红大门前。门口蹲着两个石狮子，门槛有半尺高。

"康大爷，你先进。"

"汪会长，你先请。"

"你家抓的是儿子，我家是姑娘，当然你前头走。"

"兄弟，不是我不想前头走，昨天泡澡堂子水温不够，晚上又没睡好，肚子像虫子咬……你先进去，我去古旗亭蹲个茅坑，即刻就回……"

汪春望着康九海的背影骂："老甲鱼。"

康九海走了，汪春在老白果树下踱步，日影移动，树梢子也在动。他急得一头汗。过了一会儿，康九海过来。

康九海说："我这肚子，屙了半天。你进去过了吗？"

"我怎么进去？你不来，我怎么进去？"

"你是商会会长，是个官，怎么就不能进去？"

汪春叹了口气说："这回进去，保证开口又要钱。我为儿子才送了五千块大洋，总算保住这个孽子。孙大帅跟我要钱，我哪里拿得出呢？不如你进去，认罚罚一个，也可以省下两文，下午泡澡的钱我来。"

"你说得好，泡澡能花几文？徐宝珍这畜生上门，说我府上在西门外，北伐军打来会利用我的房子作攻城的炮楼子。他要我把房子拆了。不拆也可以，给五万银票。不得办法，枪顶着脑门子。我去钱庄承兑了五万。现在我进去，孙大帅再开口，哪里拿得出来呢？"

"那，怎么办？总不能就这么耗着。"

他们就蹲在衙门口石狮子底下抽水烟。恰好汪若梅和夏风坐着黄包车从辕门桥坐诊回来经过，汪若梅眼尖，远远看见父亲，就上前询问："爸爸，你们怎么坐到衙门口？"

汪春叹口气说："为你姐的事，这个讨债的！"

夏风劝道："你们俩都回去。我保证两个孩子没事。你们想想《扬州新报》头条怎么写的？'康乐钱庄少爷和汪家盐铺小姐私闯军营，被联军扣押……'一个少爷，一个小姐，闯什么军营？若是说他们是北伐军奸细，可有什么凭证？联军是保护扬州工商业者的，现在没有凭证，凭空抓人，必然造成人人自危。大战在即，人心有个背向。孙发奎外表粗，内里细，他不会不懂这个道理。你们听我的回家待着，没几天保证就放人……"

汪春和康九海面面相觑。康九海说："夏老说得在理。我们进去求情，像是我们孩子真的是党军奸细了。"

汪春说："康大爷，我丫头迟早是你门上媳妇。你当公公不急，我急什么？我去古旗亭泡澡了……"

再说侉子本以为干了件漂亮的事，结果孙发奎发来电报，一顿训斥，骂道："你抓个人，敲上几文也就算了，登什么报。你往报纸上一登，一文钱也敲不到。联军是仁义之师，你一弄，弄成个敲诈勒索。"

侉子收到大帅电报，讨个没趣，只好叫兵丁去放人。兵丁打开柴房，吓了一跳，回来报告："人没有了。"

柴房里只有灶台上的灶台神，哪有康鹏、汪琼的人影？原来，康鹏进禅房找了一堆稻草，倒头就睡。汪琼喊他想办法。他说不用想办法，等他老子来交钱赎人。汪琼女孩子家，哪有他这么镇定，早已是心急如焚。她眼看着天黑，抱着腿，蹲在柴堆里望着屋顶犯愁。忽然，屋顶漏出丝丝星光。她奇怪，仔细一看，原来柴房里有一个老式炉灶，上面烟囱坏了，一个洞通到屋顶。

汪琼赶快叫醒康鹏，两人爬上灶台，还端了木凳子，一个托一个，从屋顶的烟囱洞爬了出去……他们从屋顶又跳到院外的草堆上，竟然就出了高旻寺的后院。院墙边是环绕着的三汊河，他们就沿着河边奔跑，分不清东西南北。

天亮时，忽然前面有一队兵丁跑过来。康鹏以为被发现了，就跟汪琼商量，说："你像个小脚老太，跑起来慢吞吞的。兵丁一会儿就追上了。"

"那怎么办呢？"

“你不如先躲到草垛里。等没有人时候再出来。我先撒腿跑，把那队兵丁引走。”

“也只好这样了。”

汪琼就躲进草垛。康鹏撒腿跑起来。可是，那队兵丁另有公务，也不搭理他，康鹏跑了一阵看看没人追他，回头再找汪琼，路走错了，绕了半天，也没有回到原路。他只好搭了艘早上进城送菜的船先回城。

再说汪琼躲在草垛里睡了一觉，到了下午肚子饿得叫。忽然，她感到有个东西在脸上蹭，一看是个猪鼻子。她吓得赶紧钻出草垛。原来占了猪窝。她见一条土路，就往前走，结果方向相反，南辕北辙，往江边上去了……她越走，河汊越多，沟沟岔岔，有许多比人高的芦苇。忽然，“轰隆”一声，像天塌下来。炮声大作，一阵枪声，子弹把芦苇秆打折断了，叶片纷纷落下。

江岸上发出沙沙响声，对面驶来无数小船，一队队士兵冲上岸。汪琼吓得拔腿就跑，哪知高一脚低一脚，陷在了沼泽里动弹不得。几个戴红巾的党军战士用衣裳打成结，让她抓着像拔萝卜一样把她拔出来。她被带到船上，小船驶往长江对岸。

船到了对岸，士兵把她带到军营。无巧不成书，这支北伐军团长是顾伯龄。顾伯龄刺杀了徐老虎先跑回上海，后来又去了广州，被任命为第一军一师一团长。他领着部队一路北上，一夜的指挥使他显得有些疲惫。

卫兵报告在对岸瓜州抓住一个女学生，顾伯龄头也不回说放掉，卫兵才出门，他又把卫兵喊道：“把人带来。”顾伯龄想问问江对岸的情况。

汪琼押到他面前，一脸泥，像从泥里钻出来的泥猴子，就剩两只大眼睛眨巴着。

顾伯龄说：“你不要紧张，北伐军不乱杀人。”

汪琼看着顾伯龄。她记忆好，一眼就看出是邻居顾家少爷。但是，她不敢认，毕竟那时她才六岁。直到顾伯龄开口讲话，一口扬州腔，汪琼想先喊一声试试，喊错了也不要紧。

“顾少爷。”

吓了顾伯龄一跳，手中的笔都吓得掉到地上，问：“你是谁？”

“我是汪家小姐！”

顾伯龄上前看了看，才看出是个女的。问：“你是大的小的？”

“大的。”

“哎呀，汪琼？我在家时你们才五六岁，几年不见，一蹿就成大姑娘了。你怎么能认出我的？我离家十多年了。”

“你救过我一命！我哥哥领着我去你家玩过。”

顾伯龄这才想起来，当年汪家姐妹在运河码头上玩水，大的见水里漂浮一个宝莲灯，就去够，一脚滑进水里，他恰好从河堤上过，跳进河里救了这个姑娘。汪天佑为这个事，特地请他去菜根香酒楼喝小酒。

顾伯龄什么也不问了，赶紧叫一个女兵进来，领汪琼去洗澡。这个女兵是广东妹，她把汪琼带出帐篷，到水井边，叫来许多女兵，大家围成一圈，不让男兵靠近。广东妹从井里打水，泼水，水从汪琼脸上头上往下流淌……洗过澡带去吃饭，给她穿上一套灰布军装。

汪琼被安排在卫生连。卫生连全是女兵，汪琼就这么稀里糊涂成了北伐军的战士。

当晚，北伐军组织文艺演出。战士们席地而坐，中间用八仙桌搭的台子，台子四周燃起一堆堆篝火照明。顾伯龄站在台上，给战士们介绍汪琼说：“兄弟们，你们一直想往扬州，‘腰缠十万贯，骑鹤上扬州’。自古扬州出美女。今天，让你们就见识一下扬州美女……”

底下吹口哨、叫好声一片。

汪琼羞得低着头。顾伯龄又说：“我和美女商量好，给你们表演一个节目。”

顾伯龄拉二胡《春江花月夜》，汪琼给战士跳舞，优美的舞姿，赢得战士们一阵阵喝彩。

汪琼跳舞时偷眼往底下一看，黑压压的人。从这一刻起，她打心眼里喜欢上这个邻居大哥，他是那么威武，一呼百应，像常山赵子龙。北伐军的生活充满了刺激，充满活力，世界原来如此之大。

再说康九海见到儿子，一问情况，立刻领着康鹏去汪家。他们赶到汪家听说汪琼没有回来，傻了。康鹏只得把汪琼和他走失的事说了一遍。汪春听了半天，只问一句话：“汪琼现在在哪？”

康鹏也就一句：“不晓得。”

这时候，外头传来轰隆隆的声音。汪太太说：“正月里哪里打雷？”

康鹏说：“哪里是打雷？是打炮。北伐军要进城了。”

门口大脚拎着个空篮子进来，惊慌失措地嚷道：“老爷太太，翠园桥卖菜的都收摊子了。党军要打来了。”

大脚就向他们讲起教场里发生的事。

教场里乡下卖菜的农民听说要打仗，躲得远远的，躲在乡下不进城。大脚看到老八级也拎着空篮子，又碰到卖臭豆腐的王奶奶忙着收摊子。老八级问：“王奶奶，这么早就收摊子啦？”

“你真是八级货，没听见？天上打雷了。”

烧茶水炉子的张三挑水走过来插话说：“老糊涂。这哪是打雷，这是打炮。”

“做你的大头梦，毛子早就没有了，哪来打炮？”

“跟你说不清，党军要打过江了。要打仗了。”张三说着走了。

老八级喊：“张三，慢点，有话问呢。怎么好好的就要打仗？孙大帅的兵到哪里去了？”

“孙大帅的兵在城北黄金坝。党军打过来，让你家大虚子先顶上一阵子。你个八级货不要外面乱窜，当心被毛子抢去当压寨夫人。”

“嚼舌头根子，我这么老，哪个要？抢我家姑娘倒是真的。”

老八级见张三挑着水走远，就对大脚说：“这个毛子打进来，我就担心我家姑娘。哪回土匪进城都要抢姑娘的。”

大脚说：“你没看扬剧《拉郎配》？赶紧趁毛子没进城，先把姑娘找个人家给嫁了。”

王奶奶说：“大脚啊，你也是八级货啦？她家姑娘才多大？”

“王奶奶，小凤十七了，高中都毕业了。”

“都十七了，就一晃一下子。我记得在我摊子上吃葱花油豆腐干时，才上小学。”

大脚和老八级在教场转了几圈，没买到菜，又去翠园桥底下转了一圈，也没有看见卖菜的。她们往回走，刚走到辕门桥大街，见前头吵吵的，上前一看，一队人在游行，为首的是五福巷的小滑子。

小滑子癞头上抹了油，锃亮。他破衣破裤，趿拉着拖鞋，胳膊套了红榜套子。他后头跟着要饭的、小广鸡、呆头鹅、李四、张城隍、李土地等一帮子人在游行，喊口号："光复了，革命了……"

汪太太连连跺脚说："大脚啊，打住，打住。不要说这些没用的。兵荒马乱的，我们正愁到哪里去找姑娘呢。"

大脚一看汪春和康九海板着面孔，就一头钻进厨房。

6 党军浴血扬州城 联军东关杀义士

1927年3月的一天，“轰隆”一声，利津桥对面的东关城门楼子给大炮给轰塌了半边。扬州城地动山摇。就听见有人喊：“党军进城喽——”

商会、学联、青帮组织市民和学生，站在东关街马路两边，欢迎北伐军进城。党军进城和联军进城各有讲究。党军也称学生军，都是年轻人，草绿色军帽军装，矮帮子绿球鞋，又叫平等鞋。进城的路线，从东关街进，经财神庙，运司衙门，向南拐往辕门桥，然后再向西拐，走多子街，一直到南门街。党军进城擎青天白日满地红旗，一路唱：“打倒列强，打倒列强，除军阀，除军阀；国民革命成功，国民革命成功，齐欢唱，齐欢唱！……”联军年龄相差大，老兵油子、少年愣头青都有，衣裳各式各样，不统一。联军进城是打“红黄蓝白黑五色旗”，一路唱：“红黄蓝白黑，欢迎孙大帅，阿弥陀佛张宗昌……”

党军走在最前头的是骑在高头大马的顾伯龄，他总算威武还乡。党军进城的队伍聚到文昌阁跑马场，黑压压地挤满了人。扬州名流俞蔼如代表社会各界致欢迎辞，然后是顾伯龄讲了一通话。人群散去，大家见没有杀人，也都欢欢喜喜。

再说顾伯龄骑大马进城，让小滑子一眼就认出来了，他终于知道北伐军为什么要打扬州。原来顾少爷带兵回来报仇了，当年他刺杀徐老虎，后来冲了家，船行被封，他老子顾春元给关在打铜巷关到死，顾少爷打扬州为报杀父之仇。小滑子就想到了一个人孙铁嘴。

孙铁嘴在右府街有“铁嘴当铺”，当时许多人以为要打仗，就把家里东西拿来兑现，他三文不值两文地坐地起价，收得财源滚滚。孙铁嘴祖传做古董，到了他这一代，替大户人家看货、收货。他傍上徐老虎，没想到受刺杀案牵连，坐了十四年大牢，直到鬼使神差，汪天佑误闯误撞进了牢房，他才找到替死鬼得以脱身。一大早，门敲得“咚咚”响。孙铁嘴知道送货上门，他在屋里头喊：“莫作忙啥，一早上，财神爷上门也没得这么急。”

他卸下门板一看是小滑子，骂道：“小滑子，大清早送生意上门，又在哪块挖人家祖坟？”

小滑子说：“今个生意大了，你看我头上、胳膊上。”

孙铁嘴一看，小滑子像是从戏台上下来的，头上扎红布，胳膊上套了红布，问：“你到哪块演戏去的？头上这块红布我认得，小广鸡的裤头吧。”

“哪里的话？这是党军发的。我今天不是来送东西的，是来赎东西。”

“你说笑话了，我这块的哪样东西你能赎得起？”

小滑子把一块铜板往柜台上一扔说：“赎我的狗皮帽子和长杆大烟枪。”

“小滑子，你到大爷这儿玩白儿大啦？一块铜板就想赎啦？你拿一百块铜板来，我就让你拿走。我替你看这几样宝贝，贮藏费也不止一块铜板！”

“孙掌柜，你知道党军这趟攻城的五虎大将是哪个？”

“哪个？你在这块说书呢。”

“有万夫莫挡之勇，百万军中取上将首级，如探囊取物。”

“胡说八道，难道是燕人张翼德？”

“张翼德再世，南河下的顾伯龄顾家大少爷。”

“小龄子当团长？那都是我磕头拜把子弟兄。”

“你老记性好。上回顾伯龄行刺徐老虎威震天下。你把事情往顾伯龄身上一推，官兵来捉拿他，他弄得亡命天涯，可怜顾家老爷命丢了，大铁船也给锁了……”

孙铁嘴一听，有些慌了，说：“小滑子，这个要说说清楚，抓顾家的是徐老虎弟弟徐宝珍。我为这个事坐了十四年大牢。”

“你坐大牢是真，你出卖顾家也是真。你就不能像王佐断臂，就不能取义成仁？顾伯龄领军回来报杀父之仇，说进城第一事，除奸杀叛徒。你趁早把门关起来躲得远远的。”

孙铁嘴吓得脸色发青，两腿直哆嗦。他行走江湖，见多识广，小滑子说的话样样在理，就像小刀子剐他的心头肉。孙铁嘴低声下气地说：“老子，我跟你扯不清，算了，这些话你不要在外头往我头上栽，嘴上积点德。一个铜板我也不要了，你把东西拿走吧。”

再说汪家，大脚在码头淘米，一抬头，两匹高头大马过来。大脚一看骑在马上的人，吓得淘米篓子“扑通”掉到河里。她喊一声“大爷妈妈”，拔腿就往汪家大院跑。

汪春领着家人匆匆跑出来，只见高头大马上耀武扬威地骑着女儿汪琼。汪琼一身戎装，腰里插了盒子炮，得意扬扬。汪春没正眼看她，对另一匹马上的顾伯龄说：“顾家少爷，小女回来就放心了，感谢你救命之恩！”

顾伯龄说：“老伯客气，小侄分内事。”

“快，屋里用茶。”

顾伯龄进门，朝楼上喊：“天佑，天佑。”

阁楼上，汪天佑脸上戴了假脸儿，心情正郁闷，听见底下吵闹，问玉珠什么事，玉珠说：“汪琼平安回来了。顾伯龄当了北伐军团长，来拜访你。”

汪天佑气愤地把门一关说：“回他，说我不在家。”

底下，汪春让大脚上茶，陪着顾伯龄在客厅说话。汪春说：“叫天佑下来，顾家少爷来了。”

玉珠上前说：“天佑一早就出去下棋了。”

汪春一怔，对顾伯龄解释说："你知道他，不是唱戏，就是下棋。"

"老样子，伯父，先捎个信给他。我改天再来拜访。"

汪太太在一旁磕头作揖说："谢谢啊，顾家少爷，小女平安回来，菩萨的大恩大德……"

汪春示意丁小同，丁小同捧上一托盘的银子。

"什么意思？"顾伯龄问。

"小女平安归来，表达的一点心意。"

"老伯，我如何能收这份礼？家人写信告知，家父下葬，多亏老伯相助，小侄正无以为报呢！"

"桥归桥，路归路。这回送小女平安归来，这个是我们汪家的点滴心意。"

"老伯，我现在是北伐军战士，北伐军纪律严明，不允许收啊！"

汪春竖起拇指高喊："党军纪律好！几千年来头一回啊！"

汪春目送着顾伯龄出门，回头对丁小同说："扬州城啊，要起风浪了。"

"老爷，此话怎讲？"丁小同问。

"顾家这个少爷，可不是省油的灯！有得折腾呢！"

汪琼跑到自己屋里，离家这么多天了，一切都变得新鲜。她穿着军装，跑到梳妆台前照镜子，见自己十分威武，像换了一个人，自己都认不出自己。她正暗自得意，汪太太上楼来说："快脱掉，像个小伙头子。你爸爸脸色不好，不要惹他作气……"

汪琼说："爸爸刚才蛮高兴的……"

汪琼风风火火地下楼，想去东圈门找汪若梅。她要在妹妹面前显摆一下这身衣裳。没想到汪春堵在楼梯口，阴沉着脸高喊："给我脱下来……"

汪春看着女儿这身军装，早已是强压着怒火只是一直碍于顾伯龄在，不好发作。

汪琼只得回转身上楼，把门关上，一个人关在屋子里。

汪若梅听说姐姐回来，当晚约了黄小凤和俞冉芳回家来看汪琼。俞冉芳带了一份《扬州新报》，上面有汪琼骑着高头大马进城的照片，说汪琼是扬州第一个北伐军女战士。三个女孩子羡慕得不得了。她们踮着脚，推开房门。屋里静悄悄的，汪琼穿着花夹袄，套了个小绣花鞋，正低眉顺眼地在灯下剪纸绣花。这个出乎她们的意料。

汪若梅问："姐姐，太阳从西边出来了，你怎么做起女红了？"

"妈妈关照了，今天要剪三朵芍药花，给玉珠绣到缎子上。"

俞冉芳说："剪什么花啊草啊，走，我们报社楼下开了个洋咖啡馆，我请你们去喝咖啡。"

汪琼叹口气悄声说："父亲让我在家里压性子，哪里都不许去，不许出门。"

几个女孩子没法子，就陪着汪琼在屋里聊天。大脚见汪若梅回来，又领了客人来，就去厨房里弄点心茶食，又弄了葵花子、西瓜子、蕃瓜子来给她们剥。汪琼就讲了这些日子的所见所闻，她怎么成了北伐军，怎么碰上顾伯龄，北伐军里有许多女兵……

黄小凤尖嘴薄舌，哪壶不开提哪壶，问："汪琼，你是不是和康鹏去江边上亲嘴，给当兵的捉住了？都是好姐妹，老实交代……"

汪琼脸一沉说："别提他了。他好意思？自己跑了，叫我一个人躲到草垛里，那个草垛是个老母猪窝，里头一窝小猪。我差点让猪亲了嘴……"

众人笑翻了。

俞冉芳说："我见到他，要好好骂他一顿……"

"我懒得提他。他跟我没半点关系了。"汪琼一脸不乐。

黄小凤说："我看得出来了，另有意中人？"

"我倒是蛮喜欢顾家少爷。你们千万别往外头说，替我保个密。"

汪若梅说："顾家少爷比哥哥还大两岁呢。大妈妈要知道，非把你嘴撕了。"

"我算过了，他就比我大十岁。我们属相合。"

汪若梅悄声说："别做这个梦了。父亲对顾家少爷印象不好，不会同意的。"

俞冉芳说："只怕到时候，你父亲做不了主。新女性自由恋爱，婚姻自主。听说南方国民政府正起草《婚姻法》呢，父母干涉婚姻是犯法……"

黄小凤问："父母之命，媒妁之言，这还能犯法？"

她们正聊得起兴，忽然，外面传来一阵阵枪声。

汪琼问："半夜里，哪来枪声？"

俞冉芳说："什么枪声，城里放爆竹，欢迎北伐军。"

汪琼说："不对，是枪声……"

一会儿，又传来隆隆的炮声……

顾伯龄进城并不如小滑子所想的报杀父之仇。他先去古旗亭泡澡，又约了几个老友去教场月明轩喝花酒。扬州是温柔富贵之乡，享受生活的地方，他早已把报仇雪恨忘到九霄云外。他喝得东倒西歪，熟门熟路晃到小苎萝村。美人桥桥墩两边有一副对联：柳绿桃红昼掩门，美人家住苎萝村。

顾伯龄对着河对岸喊："巧云，巧云……"

桥下张邋遢正就着一盏小油灯喝酒，巧云问："哪个没得魂，大晚上喊冤？"

张邋遢笑道："听不出来？小龄子。"

巧云说："小龄子啊，不得了，乖乖有出息了，当了团长。人呢？"

顾伯龄跑到张邋遢跟前，看见地上的大石锁，龇牙咧嘴想提起来，提了半天没提动。

张邋遢说："小龄子，来陪我喝一杯。"

顾伯龄说："去去去，我来陪巧云喝酒。"

巧云说："乖乖，来啊，船上有河豚。邋遢啊，弄两盘猪耳朵来。"

张邋遢把猪头肉、猪耳朵送上船说："巧云，当心点，小龄子是团长，弄醉了，当兵的来找麻烦。"

顾伯龄摇晃着上船。

"晓得，我就领他转一下大虹桥。"巧云头上插朵栀子花，香喷喷的，摇起橹来屁股一扭一扭。顾伯龄坐在船头，看得如痴如醉。

"小龄子，河豚要趁热吃。味道好吗？"

顾伯龄挟了一筷子说："鲜！"

巧云把船划到大虹桥，往桥边亭子上一系绳子，从船尾到船头来陪顾伯龄喝酒。两人碰杯，顾伯龄几杯下肚，浑身发烫，敞开怀，斜躺在船头，举起杯子对着月亮吟道："星分牛斗，疆连淮海，扬州万井提封。花发路香，莺啼人起，珠帘十里东风。豪俊气如虹。曳照春金紫，飞盖相从。巷入垂杨，画桥南北翠烟中。追思故国繁雄。有迷楼挂斗，月观横空。纹锦制帆，明珠溅雨，宁论爵马鱼龙。往事逐孤鸿。但乱云流水，萦带离宫。最好挥毫万字，一饮拼千钟……"*

船下传出"哗哗"的流水声。

再说孙发奎可是久经沙场，老奸巨猾，他把主力藏在城北黄金坝，北伐军一过江，他就弃城而出，将扬州城拱手相让。顾伯龄毕竟是书生，论打仗远不及孙发奎。半夜里，联军杀个回马枪，从城北三个城门同时进城。这时候城里的党军被胜利冲昏头脑，正在睡大觉。枪声四起，党军的教场军营被围住，战士倒在血泊中。军营里大家四处找团长，哪有顾伯龄人影？团长失踪，群龙无首……

顾伯龄撑着船舷问："哪来的枪声？"

巧云说："胡说，西门街放爆竹。"

第二天，巧云花船停在翠园码头，顾伯龄在船上睡觉，她去九如分座买早茶。一会儿，她慌慌张张拎着竹篮子回来，叫醒顾伯龄说："不得了啦。孙发奎又打回来了，城门口重兵把守，拿枪对着人，我以为是党军，一看，红领巾没有了，胳膊上一圈红箍子也没有了。我正疑惑呢，看到侉子凶神恶煞骑着高头大马，我就知道孙发奎打回来了。"

"我们的部队呢？"

"我碰到烧茶炉子的张三，一打听，说党军吃了大亏，死了许多人，教场那边尸首堆成小山……"

---

* 出自秦观《望海潮·星分斗牛》。——编注

顾伯龄脸都吓白了，他拔出枪说："我冲出去……我部队丢了，反正都是死。"

巧云一把拖住说："乖乖隆地咚，你安稳些，不要连累我。"

联军进城后，城门口全副武装的士兵，拿着枪对着过往行人盘查。顾伯龄试了几次，都出不了城，他在巧云的花船上躲了一个星期，最后还是张邋遢想到了他徒弟收马桶的李四。

扬州人家家户户用马桶，李四早上从城北进城收粪，一角钱一马桶粪。收粪负责刷马桶，把马桶洗干净，沿着墙根一路边摆好晾晒，远看就像老墙根蹲着一排大蛤蟆。收粪车是个独轮车，车上一个大木桶，巧云就把顾伯龄藏在粪桶里，李四推独轮车出西门大街。

顾伯龄进城时高头大马，出城时躲到粪桶里，真是此一时彼一时。

孙发奎杀回扬州城，第一个要杀的就是俞蔼如。党军进城时，俞蔼如代表扬州市民在跑马场欢迎，他大骂孙发奎是封建军阀，是骑在扬州人民头上的作威作福的纸老虎。孙发奎要扬州人明白纸老虎也是老虎，要以此来立个下马威。

一早上，太阳从运河对岸升起。花旗所城墙根挤满了人，运河河滩上，码头垒起的小山上，是一张张呆滞的面孔。洋牧师约翰也扛着照相机，这边照一张，那边照一张。

墙头上贴着布告：俞蔼如，勾结乱党，妖言惑众，扰乱人心……

砍头时，俞蔼如穿着白衣，被五花大绑。行刑的是侉子。据说行刑前，俞蔼如和侉子有一段对话：

"侉子，有出息了。当年在运河边，你乞讨，我们每年都送救济粮。记得你有个瞎子老母亲……"

"俞先生，我不识字，没文化。小时候，我妈领我到城里讨饭，我妈说，侉子，谁你给饭团，你就喊谁爹……"

侉子举起鬼头刀。人群涌动，发出惊呼。俞蔼如的头滚得多远的，血喷得一丈高，像一道彩虹。头砍下来，眼睛睁着。扬州人都说俞蔼如是个好人，办报纸，办学校，说他的怨气重，不肯闭眼睛。

一早上，太阳堂堂的，到了上午杀人时候，天就下起雨，像是在哭泣。

汪若梅和同学们在雨中狂奔，他们四处寻找俞冉芳，最后在南门街响水桥桥洞里找到了她。众同学上前和她并排坐在石阶上，手拉着手，沉默地看着汶河泛绿的河水。响水桥桥下，水发出“哗哗”的响声，像是在诉说着……

俞先生被孙大帅杀了。扬州城巷子里的孩子唱起了一首童谣：

扬州城，新旧十二门。九月十八日，出了个俞白袍。鼓三更，进衙门，库银元宝四下分，放走监牢众儿人，宣统江山坐不成……

汪春听说俞蔼如被杀，万分恐慌。城里谁不知道汪家大姑娘参加了党军？汪琼穿军装骑大马的相片印在《扬州新报》上，有人传言，孙大帅第二个要杀的，是汪家大姑娘。

汪太太一把眼泪一把鼻涕说：“这怎么好？这怎么好？”

汪春说：“孩子，你走吧，走得越远越好。”

汪天佑说：“跑得了和尚，跑不了庙。他们找上门来怎么办？”

汪春说：“她加入党军，是她的事，任杀任剐，你许大帅看着办，她与我们汪家没有关系了……”

汪琼听父亲这么说，只得含泪告别父母。全家人和她作生死别。大脚把汪琼化装成一个卖菜的乡下女人，头上扎了个花头巾。丁小同负责护送她出城。汪琼从砖街到福运门，坐渡船到对岸的汽车站，又坐上镇扬汽公司的汽车到了瓜州，在瓜州坐渡船过江。

汪琼前脚走，孙发奎没有上门，康九海却上门了。康家上门来退亲。康九海见孙大帅杀了俞蔼如，又知道汪琼参加了北伐军，他怕连累康家，就上门来退亲。

汪家在扬州有名望，哪里丢得起女儿让人上门退亲这个脸？康九海坐在客厅，汪春一脸笑容，等到康九海一出门，他一个踉跄，差点儿跌倒。汪若梅上前扶父亲。

汪春咳出一口血来。

运河水面涌起薄雾，老瞎子和他的闺女坐在河边石码头上唱曲：

一会儿东家，一会儿西家，小奴家不知孝敬哪一家。兴也苦，亡也苦，这是急煞了小奴家……

7 屋漏逢雨遭黑头 光复喊街寻汪琼

汪春天天催汪若梅去模范马路对面的邮局，看汪琼有没有信回来，汪琼若是平安无事会写信回来的。若梅每天下班都跑一趟邮局，杳无音信。全家人急得团团转，她安慰父母说："汪琼不写信回来，是怕连累家人。联军毕竟还在扬州呢。"

汪春想想也有道理。联军4月份反扑占领扬州，到5月份传出北伐军再次北伐，从南京出发，攻下镇江，准备再次攻打扬州。又有传闻，孙发奎主力纷纷倒戈，江西、湖北、浙江，全投降了党军，孙发奎见扬州无险可守，把主力撤出扬州北上与山东军阀张宗昌会合了。

汪家就等着党军二次进城，左等不来，右等也不来，一等竟等了一年。原来北伐军二次北伐，刚刚开始就发生"清党"，也就是国、共分家。上海杀了许多共产党和工人纠察队。国民党队伍里为清理共产党闹内讧，这一闹也就影响到北伐。这一年里，扬州就成了一个不驻防的城市。

扬州城有钱人多，又没有军队驻防，周边土匪捡到便宜，盗贼趁机混入城里偷盗、抢劫。城接边发生了好几起盗案，商户们日子过得提心吊胆。

上回康家上门退亲，汪春咳出一口血来，汪若梅陪父亲去医院一检查，说得了肺结核，也就是痨病。她白天在大德生坐诊，服侍外公，晚上下班就回家给父亲煎中药。她把药店里夏公公配好的药抓回家倒进砂锅，加上水摆在小火炉上熬。大脚在一旁添柴火，给炉子扇火。若梅见火苗往外蹿，说："大脚婶，文火，不用扇。"

大脚放下扇子，招手叫若梅到跟前，用手指指汪太太房里悄声说："今天陪太太去旌忠祠上香，一路上嘀咕要去庙里出家。我说：'老爷百年后，你再动这个念头。'"

"又为什么事？"

"大户人家只为两件事烦心，一是婚配，二是子嗣，我猜是为大少爷和玉珠那头也没个动静。老话说'不孝有三，无后为大'，老爷和太太心里明白，大少爷是跟家里较劲。太太今天在路上跟我说的话，吓我一跳，她问我能不能给老爷再续一房。"

"你怎么说的？"

"常言说，'要娶小，扬州讨'。续一房，在大户人家，也不是什么大事，但是老爷好像没有这个意思。老爷这个身子也续不动啊。"

"大脚婶，你们思想是封建，将来社会男女平等，生儿生女都一样。我们女人活在世上为什么？就是为生孩子？就没有别的？我去年在上海，女人和男人一样在洋行里上班、在学校教书。姐姐这回投党军，就是当女兵。男人能做的，女人也一样能做……"

"说是这么说，男女什么年头平等过？哪家不是男人说了算？"

"噗——"中药瀑出来了，翻着白沫子，若梅赶紧把药端下来，揭开盖子，屋子里顿时弥漫着药味。

"大脚婶，外公关照再三，药渣子要倒到路边上。"

"我就不懂啦，为什么药渣子要倒路边上？"

"外公说有出处。说神医华佗行医走到扬州，在荒郊看见一只老虎，心想这回没命了。哪知道老虎往他跟前一跪，张开大口，一根骨头戳在虎嘴里。华佗就用串铃撑住虎口。后世把行医的串铃叫着虎撑。华佗把虎嘴里骨头拔出来，关照说：'你的伤没有好，以后我要叫人把药渣子倒到路口给你吃。'老虎摇头摆尾表示感谢。药渣子倒到路边上是行医的祖师爷华佗吩咐的。"

"原来这么回事。只顾说话，快给老爷送去。"

汪若梅端药进屋，扶起父亲喝药。

汪春问："你姐有信吗？"

"爸爸，不会有事。"

汪春长叹一口气说："若梅啊，我就不放心你姐姐。我担心你姐姐跟顾家的弄到一块儿了。"

"你说姐姐嫁给了顾伯龄？"

汪春点点头。

"不会的，爸爸，你想多了。姐姐喜欢康鹏。"

"不对头。康家上门退亲，他老子不可能不征求儿子意见。我看靠不住，汪琼从小好自作聪明，她一个女孩子去投党军，是去投顾少爷。若是待在家里，就没有这一段孽缘。若是出去闯天下，她不靠顾家少爷靠谁？顾家也配得上和我们家做亲？当初他祖爷爷在我汪家打杂，后来老爷赏了些银两让他单出去，做起水上运输。汪家的盐托给顾家运，我们汪家罩着他们……这个顾少爷从小就上房揭瓦，不安分守己，听人说在东洋逛窑子，娶过东洋老婆。我就觉得他就是我们汪家的倒门星……"

"爸爸，你忘了，姐姐小时候掉到大运河里，顾少爷救过她一条命呢。"

"这就是孽缘啊……我看了风水，顾家宅子在我们汪家东面，他家隔火墙飞檐高出一丈多，那飞檐的头朝着我们家正堂，从风水上看，不吉利，克我们家。什么时候好天，请个风水先生来看看有什么解法。"

"爸爸，你就宽心些。顾家老爷死了，家里人全散了，人财两空。他自家风水败了，哪有力量克别人家？"

"问题就出在这儿。如果他家旺，反而能带上我们家；如果他家灾，我们就要连带受灾。金木水火土相生相克……"

汪若梅照顾父亲睡下，把痰盂倒掉，换上新的，又把夜壶摆到床肚里。她看看窗帘，拉拢起来，出门泡了一杯杭菊花，摆在床头柜上。她把这些事做完，就走出屋子。她经过正屋天井里，往东南方向看，果然看到顾家飞檐，像一只黑色大鸟的头朝向她家。

大脚在扫地，抬头见她站在院子里发怔，就问："老爷好些吗？"

“好多了。大脚婶，天不早了，你就睡我屋里，我睡汪琼屋里。”

“我哪能睡小姐屋里。我去厢房里搭个铺。”

“小时都是你带大的，像母亲，怎么见外呢？”

大脚激动得抹眼泪说：“好，我就听你的，今天睡你床。”

汪若梅收拾好药罐子，拢起一堆药渣子，用盆装着。她出门往运河码头上去，把药渣子倒河边大堤上，给生病的小动物吃。河坝上，一辆马车迎面疾驶而来，她赶紧避到一旁。

深更半夜的，哪来的马车赶得如此急促？汪若梅有些不安。这几天在药房里听人说扬州好几家遇黑头了，有小盘谷、吴道台府、卢氏盐馆、四明公所、达士巷都挨抢了。她回到屋里，闩上大门，又四处检查了一回，就回到自己房里收拾一番，拿着睡衣去隔壁汪琼屋里睡觉，一会儿对面听到大脚上楼进了自己屋里。

到了下半夜，汪春听到响动，他以为是汪若梅进屋来看他，问：“若梅啊？”

没有人答应。他一下子紧张起来，坐直身子。只见屋顶天窗上伸进来一根大毛竹，一个人从毛竹上滑了下来。这个人黑头，脸上蒙黑布，身上黑衣黑鞋。汪春刚想吭声，一把刀架在了脖子上。

黑头说：“识相点，姓汪的，把你家里梅瓶交出来。”

汪春剧烈咳嗽起来，说不出话，半天说出：“你，你，你们……”

黑头用刀背狠狠击打他的头，骂道：“老东西，少废话，快些！”

汪春坚持着爬起来，去抱多宝阁的梅瓶。这个梅瓶是汪春为防范土匪准备的，花十文钱在教场景德镇陶瓷店里买的。黑头哪里想得出许多？他又不是别宝回子，又不是卖古董的，见汪春舍命起来抱这个梅瓶，一把夺过来，把汪春推了个大跟头。汪春一屁股坐在床踏脚板上，说：“求你，这是我们祖上传下的。”

黑头上前，胳膊给汪春头上重重一击。汪春一闪，但毕竟年老，他扶着桌子，拿起桌上石砚往黑头砸去，黑头一闪，石砚砸在书房里的“正谊明道”横匾上，那横匾“哗啦”掉下来……

黑头一看出了人命，抱着梅瓶，一脚踢开房门，从正厅往外跑了。

再说这伙黑头是分两头行动，另一路听说汪家小姐漂亮，两个土匪拿了麻袋去楼上厢房里捉人。土匪在厢房门口，耳朵贴在木板上听动静。汪若梅睡觉没有声音。大脚发出呼噜声，土匪就冲进去。大脚一惊坐起，土匪上前把袜子往她嘴里一塞，把麻袋往她头上一罩，两个人抬着往楼下跑。土匪这趟来的人不少，有四五个，另有人跳墙进来，打开院门接应。

汪家院里躁动起来，喊声，哭声……汪天佑从里屋追了出来，追到院子里，见对方四五个蒙面人，就吓得不敢上前。

汪若梅听到声音，知道家里遇匪了，吓得赶紧钻到床肚子里。

只有汪太太嘶哑的喊声："观音菩萨啊，看啊，造孽啊！"

扬州人称土匪叫黑头。黑头活动范围在仪征、大仪、安徽天长一带，小打小闹，敲敲乡下土财主的竹杠，毕竟案子弄大会引来官兵的围剿。联军一撤，镇江小茅山的黑头、瓜州江心洲的江枭纷纷潜到扬州城里来作案。黑头白天在码头上打零工、在大水湾讨饭、在大街小巷子里叫卖土产品、收废品，其实是在踩点，看好了，就晚上动手，做上一单，息上一些日子，再做一单。

黑头打听到汪家盐号祖上是盐业商总，家大业大，特别是家中乾隆御赐的梅瓶价值连城，汪家二姑娘是数一数二的美女，就动了歹念，在汪家附近踩点了好些日子。

黑头抱着梅瓶，抱着汪春在教场地摊上十文钱买的"稀世之宝"，对手下兄弟说："有这个瓶子，我们兄弟就去买地，当地主。"

一个土匪说："大哥，钱好分，这个美人怎么分？"

黑头看一眼蜷缩着的麻袋，从麻袋里露出的一双大脚。黑头盯着脚看，有些怀疑，用手捏捏，大脚用力一踹，踹到他脸上，疼得他大叫。哪有这么大脚的美女？黑头扯开麻袋一看，是个老妇女。

黑头骂道："妈的，这是你们抢的压寨夫人？"

几个土匪面面相觑。他们把大脚扔下马车，大脚像西瓜似的滚到路边上草丛里。

“扬州商会会长汪春遭黑头，打劫，身亡。家中祖传御赐梅瓶丢失……”第二天，《京报》《申报》《新民报》《扬州新报》都头条刊登了这则消息，就像一记响雷。

汪家遭此横祸，汪太太和汪若梅伤心欲绝，一个个全瘫在床上，家中丧事由大少爷和丁小同主持料理。汪春的尸首在家里照旧规矩停尸三日，棺木前焚烧香纸锡箔，高妈领着众人执着扫帚“守尸”。亲属缝白布、戴黑纱，按长幼尊卑顺序排列，三跪九拜。

三日停尸毕，高妈一声喊：“出丧。”八抬扛棺材，一路上有“拦路祭”。送葬的人依次排着队，汪天佑在队伍前头打“引路幡”。火纸作“买路钱”，走一段路，丢下一张。幡后是金童玉女各撑一面“引魂幡”。队伍边走边放爆竹，遇到岔路口燃烧纸钱。发丧的队伍从北门出，经凤凰桥，往城北走。

汪春人缘好，送丧的人排成长队，缓缓行进。他的墓地在城北小茅山。扬州人不管生前身份地位多么悬殊，死后一律葬在小茅山，一家一个小墓穴。队伍到了小茅山，入葬。棺椁到，移棺入穴，再“封金”，三敬酒，撒“五谷”，做“钉脚”。大脚领人焚烧死者床上垫的稻草和其他遗物。道士选好的“风水池”，摆香、果子盒、酒杯……

汪春安葬的同一天，孙发奎在北京的报纸刊登声明，宣布向党军投降，退出政坛。

1928年4月，北伐军二进扬州城。听说党军进城，一早上，汪太太就领着玉珠和大脚跑到小东门桥，站在桥头上等。党军队伍四人一排，扛着枪，穿过街道驻扎到西门外的念四桥。汪太太看党军进城是要找汪琼。进城的队伍走了几个钟头都没有走完，她累得站不动了，眼睛顾不过来。先是男兵，中途过来一队女兵，她想汪琼一定在里面。再一看，这女兵长得都一个模样，齐耳短发，灰布军装，眼睛分辨不出来，她就让大脚对着队伍喊：“汪琼乖乖，你在哪块啊？大妈妈想你啦……”

大脚喊，玉珠也跟着喊。

有个戴眼镜的女兵过来问大妈妈喊什么。

终于有当兵的跟她们说话了，大妈妈说：“姑娘，我是找我大姑娘。”

“你大姑娘在哪里？叫什么名字？”

“大姑娘叫汪琼。去年投奔党军去的……”

“阿姨，我们队伍里没有叫汪琼的。她们都是南方人。你还是去别的部队找找吧。”

汪太太一听有别的部队，像泄了气的皮球。汪太太在街上看了半天，看得站不动了，玉珠扶着她回到家。她摇晃着去给菩萨上香，嘴里念叨着：“今年不顺啊，得罪了黄大仙。”

第二天，老八级上门来给大妈妈修脚。老八级好多嘴多舌，说：“大妈妈，听人说当兵的要是不跟家里联系，打死了，吃枪子弹，你找官府就能拿到一笔钱，你要是不去找，这个钱就给当官的贪污了……”

汪太太一听立马就瘫在椅子上，吓得老八级又是掐人中，又是捶背。从此家人再也不敢在太太面前提汪琼。

8 承祖业行医救人 防不测兄妹分家

党军进城后，一切都是老样子，“早上水包皮，晚上皮包水”，大街小巷小麻将。男人们晚上喝杯小酒，剁半夹老鹅，“扬州白，天天咕，皇帝没有我的福”；女人涂谢馥春香粉，扯缎子街布料，逛辕门桥大街，看大舞台唱戏，听教场说评书……

汪若梅一门心思跟外公学中医。夏风传授她祖传医术和中医“夏字门”的秘诀。夏家规矩，传儿不传女。若梅母亲就没有学到的，夏风传给汪若梅，也是不得已，他希望她把这套医术继承下去。中医书籍都是古文，有的上百年古线装书，看的时候要十分爱惜，要做笔记，等于把书又手抄一遍。她看四大医书，有《黄帝内经》《难经》《伤寒杂病论》《神农本草经》，另加一本专治瘟疫和各种疑难杂症的夏门祖传《瘟经》。

夏字门专治瘟疫痢疾、湿疹、妇科儿科疑难杂症。夏风给人号脉，望闻问切，汪若梅在一旁侍诊，抄方子。庸医杀人，行医一点儿也不能马虎。夏风教她养阴扶正法，对于瘟疫、内湿、清热败毒、散风透疹，用升麻葛根汤加味等。她也一一记在心上。

5月份，苏北“入梅”，紧接着几天暴雨。淮河泛滥，兴化、高邮、宝应等里下河地区一片汪洋。高温梅雨引发了瘟疫和痢疾，孙阆仙组织店员站在店门口义务给市民宣传防病知识，店门口戗了个大牌子，上写：夏日防病，阿弥陀佛！汪若梅一早上就站在门口，给顾客们讲防病知识。刚开始，她不好意思，毕竟是大户人家的闺秀，人群里有些二流子趁机吹口哨。后来孙阆仙让她戴了个口罩，只露出两只眼睛，演讲效果好多了。

汪若梅说："入梅，又发大水，病从口入，饮水卫生最重要。不能喝生水，要喝老虎灶的水……"

药店隔壁是张三的老虎灶，教场附近的人多到这儿来打开水，张三听到十分高兴，以为若梅帮他推销生意，把湿毛巾往肩膀一搭，唱道："**老虎灶，生意好，各家要把开水泡；一文一勺不许添，宛是仙汤全是宝……**"

张三把开水舀到木桶里，汪若梅拿出荷叶包的板蓝根倒入桶中。台子上放着一摞碗。孙阆仙过来舀给大家喝。一人一碗，有病治病，无病的防病，来喝板蓝根药汤的人，排成长队。

有人问："先生，淘米煮饭烧菜，总不能用滚烫的水吧？"

"淘米煮饭的水也要卫生。现在发大水，运河的水不能喝，上游泛水，脏东西进去了，喝了会屙肚。"汪若梅示范，"看见了吗？把水先倒进桶里，然后，"她把手中拿着的一块矾放进桶里，弄棍子搅动，明矾一会儿就融化了，水中有一圈沉积物，"过上一晚，这水就能喝了。也要烧熟了喝。"

有人说："小姐太太，我们哪有桶？哪有矾？"

"喝井水，也不能喝河水。"

有人说："井水，精贵。"

"扬州城八百口井，够你喝的。"

小滑子一头癞疮，咬牙着蹲着，夏风给他配了药，汪若梅用棉球给他涂抹。小滑子嘴里"嚯嚯"叫，汪若梅问："怎么啦？"

"有点激人疼。"

"皮破了，酒精杀毒，肯定疼。"

涂完，小滑子起来要走，一旁的大喉咙喊："小滑子，药费没给呢。"

“我没得钱。”

夏风说：“让他去吧。过两天还要来杀毒，别再复发了。”

小滑子说：“夏公公，你就是活菩萨！”

汪若梅说：“回去不要沾生水，要讲卫生。”

“大小姐，你哪知道，我住狗窝，怎么卫生得起来？”小滑子苦着脸。

轮到大喉咙，夏风让汪若梅来号脉，望闻问切。

大喉咙说：“屙肚，屙了几天了。屙出来的像水冻。”

“你是患痢疾了。喝了不卫生的水。阴沟里厕所里的脏水浮了上来，和人畜使用水的混在一起，就造成了病菌泛滥传播……”

那场瘟疫在苏北地区泛滥，肆虐，但病情在扬州受到控制，扬州人都夸大德生药店和汪家二小姐治病救人。

这期间，汪若梅旧日的好友只有周小松上课下课经过店门口，偶尔进来和她说说话；门口一阵自行车铃铛声，就知道是周小松来了。民国有两种职业最受尊敬，一个是教师，一个是医生。周小松走到哪里，大家都很尊敬他，喊他“先生”。他进药店，药店伙计过来给他沏茶。周小松告诉汪若梅，他想去上海美术专业学校学西洋绘画，说扬州一个童养媳叫潘玉良，被卖去杭州当歌妓，在上海学西洋绘画出了名，去法国留洋了，这个女的已经成了大画家。

汪若梅问：“多大的画家？”

周小松说：“比扬州八怪名气还要大。”

汪若梅吓了一跳。

周小松经常在外头走动，消息灵通。汪若梅的生活两点一线，枯燥乏味，她喜欢听周小松讲社会上的新鲜事，什么梅花小学门口剪纸剪菊花的张三麻子最近发财了，剪个菊花二角钱；来了一个日本人宫奇，在扬州做盐生意，一块大洋一张来收他的剪纸带回日本；还有梅花小学校长诗人孔剑秋，古诗写得了得，代表后冶春诗派公开叫板朱自清，辩论白话诗和古诗的优劣，朱自清都对他十分佩服，这个孔剑秋也曾经在江都县学教过他们……汪若梅感叹自己没有去学校做教师。她最大的愿望就是教书育人，在她心目中，学校是一个纯洁的地方。但周小松说学校不像想的那么纯洁，学校也是个小社会。周小松谈黄小凤的笑话，说老八级给小凤说亲，要嫁给有钱人家，一会儿是麦粉厂的少爷，一会儿是蛋厂的少爷，一会又是振扬电厂留洋的工程师，结果人家嫌她妈妈是扦脚师傅，不肯做亲。介绍人是小凤妈妈，吹掉也是小凤妈妈。

周小松常来聊天，夏风和孙阆仙看在眼里。他们私下商量，不看好周小松，觉得这个男孩子有点华而不实，不稳扎。但是，若梅又到了恋爱年纪，不能因为店里事耽误了孩子。最后商定让他们先处处，看他们自己是不是处得来。

一天，汪若梅正忙着给病人看病，周小松跑来说同学们在冶春茶社搞诗会。汪若梅说这么多病人走不开，夏风在一旁听到说："若梅啊，你就去，病人天天有，这边有我呢。"

汪若梅为难地说："外公，这么多病人，我怕你忙不过来。"

孙阆仙也过来说："若梅，有文学活动，你就去吧。店里有人手。"

汪若梅见外公和干妈都催她去，就赶快进屋里，把白褂脱下来，梳头，洗脸，跟周小松去参加诗会。路上周小松问她行医一个月多少钱，汪若梅说在学医，没要钱。

周小松不以为然，说："那干得多没劲。你看我。"他从怀里掏出一沓法币，"我们一个月工资四十元。"

汪若梅一惊，问："哪来这么多钱？警察小李子一个月才十二块钱。"

"你这就不知道了，民国初孙文大总统就宣布免费义务教育，初小、师范、高等师范免收学费。教师的钱是由国家财政支付。俞冉芳在报社一个月二十元。江都县县长也是二十元。若梅，你不当教师可惜了。"

汪若梅叹口气说："各人是各人的命。"

一路说话，一会儿就到了冶春茶舍。初夏娇阳艳丽，花团锦簇，香影廊里聚集着一群文艺青年，大家喝茶聊天。窗外，小鸟鸣唱，蝴蝶翻飞……冶春老板驼子是个老文艺青年，"后冶春诗社"的成员，和周义云、梅尔宜、孔剑秋这帮老诗人是诗友。虽不赞同新诗，但是茶楼里来的都是客，他抱着一种宽容的态度看这些年轻诗人。他提着大铜壶亲自来给大家续水。茶社有个规矩，只要来搞诗歌活动，茶水一律免费。

黄小凤见他们进来，喊得吵吵的，说："若梅，多少天看不见了？想死你了。小松来了，买单的来了。小松刚拿过工资，请客。"

"好好好，我请客，每人一碟干丝，两个三丁包。"周小松说。

沈越说："茶费我来。"

俞冉芳说："好意思说的？老板都说了，诗社活动，茶水全免。"

驼子来给他们续茶，说："汪姑娘，这是清明前的捺山茶。你们诗人雅聚，我拿出最好的茶，能否让我驼子也吟诗一首？"

周小松说："知道你是老资格，来吧。"

驼子来了精神，吟道："红桥重泛木兰船，一片闲愁入管弦。薄命桃花春雨后，断肠芳草夕阳边。三生杜牧曾游处，前度刘郎再到年。惭愧旗亭歌板好，美人犹唱三百篇。"

众人喝彩。

俞冉芳拖汪若梅坐她旁边，悄声问："汪琼有消息吗？"

"没有。音信全无。"

"照理说，要写一封信，报声平安！"

"走的时候，跟父亲闹得凶，挨了骂，不知是不是记仇。"

"我看不会，她不是这性格。要是不写信，我担心有意外。怎么说要给我写封信吧？"

她们说着悄悄话，梅曼进来，说："我来迟了，学校有点事。"

沈越问："梅老师，朱自清老师的文章带来了吗？"

"带来了。哎，汪若梅在，找到朗诵的了。"梅曼把朱自清文章的手抄本交给若梅。

若梅说："我一点准备也没有。"

梅曼说："你先看一遍。"

汪若梅认真看起来。

沈越问："周觉民老师怎么不来？"

梅曼说："学校有个会。他最不放心俞冉芳，来时要我告诉冉芳，俞蔼如校长是革命英雄，学校里准备塑一尊俞校长塑像，立在学校图书馆楼前面，让后世学子纪念英烈！"

众人说："太好了。"

周小松说："这个塑像，我来做。"

梅曼说："太好了，我回去转告周老师。"

汪若梅看是一篇写父亲的散文，朱自清的散文《背影》。

汪若梅站起来给同学朗读：

我与父亲不相见已有二年余了，我最不能忘记的是他的背影……我看见他戴着黑布小帽，穿着黑布大马褂，深青布棉袍，蹒跚地走到铁道边，慢慢探身下去，尚不大难。可是他穿过铁道，要爬上那边月台，就不容易了。他用两手攀着上面，两脚再向上缩；他肥胖的身子向左微倾，显出努力的样子。这时我看见他的背影，我的泪很快地流下来了。

我赶紧拭干了泪，怕他看见，也怕别人看见。我再向外看时，他已抱了朱红的橘子往回走了。过铁道时，他先将橘子散放在地上，自己慢慢爬下，再抱起橘子走。到这边时，我赶紧去搀他。他和我走到车上，将橘子一股脑儿放在我的皮大衣上。于是拍拍衣上泥土，心里很轻松似的……等他的背影混入来来往往的人里，再找不着了，我便进来坐下，我的眼泪又来了……

先是俞冉芳"哇"地哭了起来，汪若梅也哭了起来……

汪天佑要替苏小杨物色个徒弟，发大水给了他这个机会。里下河农民一碰上发大水闹饥荒，就出来逃荒要饭，等水落下去，农民急等钱买粮种子回家种田，有的手上没钱，就只有卖家里女孩子，这时候正是画舫戏班子买徒弟的机会。大水湾是闻名的人肉市场，也是灾民聚集的地方。

女孩子一般五六岁、七八岁最佳，买到花局里画舫去调教，学习琴棋书画、吹拉弹唱、待人接物，等过几年，到十三四岁就高价出售。这就是著名的“扬州瘦马”。从前有蛇头专门贩卖人口，到民国禁止买卖妇女和儿童，“扬州瘦马”生意弱下来，只能跑到大水湾农贸市场私底下交易。

大水湾旁文峰寺和尚在门口施粥。码头上拥挤着灾民。河堤上灾民搭起临时棚子，这里成了农贸集市，各类水产、农副产品、日常用品，小贩吆喝声此起彼伏。一边卖鸡鸭鱼肉，一边卖人，一排女孩子站着，头上插着草等候买家。

汪天佑出门就戴着假面。挑徒弟这个事非得他自己亲自出马，这要凭眼力。女大十八变，小时候胖，不代表长大了胖。眼力好，一眼能看到这女孩子将来的形状、脸盘子、气质，是否有戏路；眼力不好的，就把钱往水里送。

一个脏兮兮的农民挑着担子，前面筐里被子裹着一个男孩，后面筐里挂着一口铁锅，手上牵着一个七八岁的女孩，女孩头上插一把稻草。一对老年夫妻在这个插草女孩子跟前停下。老年夫妻要给儿子找童养媳。插草女孩长得清瘦，略显得单薄。

农民说：“行行好吧，没办法，家里遭了大水，养不活人，只想找个人家讨碗饭吃……”

老两口商量着说：“看这单薄的身子骨，下不了仔。买个稚鹅子，亏本买卖啊！”

农民说：“没病的，多少日没得吃啦。有的吃，身子一催就发啦。”

旁边是一个圆脸的插草女孩子，一个老年妇女上来抢生意，捏着她的圆脸蛋喊：“大爷妈妈，你看看我家丫头，才十二这胯就发啦，这身子骨。我家里生得太多，一年一个，实在养不下去了……”

老两口转向那个圆脸丫头问：“没病吧？”

老年妇女说：“看你说的，我家前面五胎，全生男娃……”

老两口就给了钱，领着那个圆脸女孩走了。这边老农有些着急，喊：“便宜卖了，一袋黄豆……”

他们这一闹，吸引了汪天佑。他一看这个瘦女孩，大眼睛，吊眉梢，小细腰，尖腿，刚才一闹腾，生出许多表情，可见是个有灵性的孩子。汪天佑要女孩子抬起头，一看，细长脖子，雪白的皮肤。

“喊一嗓子听听。”

小女孩子也不怯场，叫了一声：“大爷好！”

就这一嗓子，汪天佑就知道是个唱戏的料。这一嗓子，惊动了瞎转悠的小蚊子。小蚊子胳膊上雕龙画凤，跟着青帮万把钩混，在码头上和埂子街收场子费，他今天随万爷到人肉市场来转转，想捡些便宜弄些女孩子卖到埂子街窑子里。

他们刚才就看到这个女孩子，太小，又单薄，没放在眼里。后来听喊一袋黄豆，这个价就是把人当着小青菜和萝卜卖了，小蚊子拎着一袋黄豆往老农脚下一扔说：“这孩子，我带走了。”

市场里的人都知道小蚊子是干什么的，也知道他是来买人送到窑子里。农民见小蚊子要买，慌了神说：“不卖了。不卖了。”

小蚊子拦着不让走说：“公平买卖，你喊的价。不卖插什么草？”

农民说：“只想找个规矩人家讨碗饭吃。”

小蚊子把手伸进袋子里抓出一把黄豆说：“看到了吗？卖给我，你还愁女儿没饭吃？一个星期保证吃一趟荤。”

一群人来围观。一个老太太擦着眼泪说：“缺德啊，卖到堂子里，弄一身黄霉大疮……”

汪天佑对小蚊子说：“这孩子，我谈在先，我要了。”说着从兜里掏出五块大洋。

小蚊子看来人一出手就是五块大洋，又戴着面具，不知道对方什么底细。他吃黑道的，察言观色，欺软怕硬，咽了一口吐沫说：“大爷，你请。”

卖女孩子的父亲从没见过这么多钱，哆嗦起来说：“官人，孩子送给你，给她一碗饭吃。孩子不值这么些钱，你们只要对孩子好些……”

汪天佑说：“钱你拿着，回家买种子种地。将来年头好了，你到花局里找苏小杨师傅，就能看到你家女儿了。”

农民哭了，说：“碰到活菩萨了。”下跪，磕头。

汪天佑刚要领女孩子走，忽然，听一声：“不好走。”

万把钩敞着怀，手里玩着两颗大核桃站在一旁。小蚊子对汪天佑介绍说：“喂，听说过弥陀巷的万爷吗？”

“失敬，扬州弥陀巷，专打小梁山。谁人不知。”汪天佑拱拱拳。

万把钩没拿眼睛看小蚊子说：“做人怎么这么仄？把我们青帮牌子砸了。这个客官有钱，我们也不差钱。”

小蚊子说：“对，你有钱，我们就没有钱吗？”

万把钩说：“这孩子，我们要了，我出十块大洋。”

一下子，呼啦围上一圈看热闹的，围了里三层，外三层。

汪天佑说：“好，我出二十块。”

万把钩伸出一巴掌说：“五十块。”

双方抬起杠子。人肉市场竞价是常事，像这么头面人物出大手笔竞价的不多。汪天佑直接就抬到一百块。万把钩不吭声了，盯着汪天佑看。汪天佑戴着面具，如此出手阔绰，他探不到深浅。

小蚊子不服气了，撸起胳膊，露出胳膊上的青龙白虎，说：“万爷想要什么，扬州还没有人敢跟他争。”

汪天佑说：“如果万爷强要，我可以让出。大家都是扬州人，低头不见抬头见。这么多人看到的，你既跟我竞价，我们就按行规走，你若是说要抢，我早就退出了。万爷，你要抢，我就退出，人不要了。”

万把钩说：“佩服，这位兄弟说得合情合理。想问兄台尊姓大名？”

“汪家盐号少掌柜。”

万把钩哈哈大笑，拱拱拳头说：“原来是大少爷。我说谁会这样出手如此大方，一百块大洋买一个丫头。得罪了，得罪了。”

这人群里谁没听说过汪家大少爷呢？大少爷大舞台唱戏、刺杀徐老虎。

大少爷在大水湾花一百块大洋买了个丫头，很快传遍城里大小茶社、酒楼，一直传到城北雷塘，传到他丈人吴家富耳朵里。

吴家富知道汪家的底细，当家老爷不在了，家产落到大少爷手上，估计没几年就要败掉了。汪家败了，女儿玉珠怎么办？他思前想后就进城找沈福元商量。沈福元想出的主意是汪家必须分家。他们去找汪太太，说明分家的必要性，如果再不分家，将来汪家就要败得只剩骨头渣子了。

汪太太听说汪天佑拿一百块大洋买一个丫头，买得送到苏唱班子里，就差气得一口气上不来。“这个败家子。他老子在的时候，有个人管着，老子走了，这个家怎么办？”汪太太看着沈福元说。

“分家。分了家，大少爷只能败他分到的那一块，败不到老姐姐和两妹妹头上，这样至少给老姐、给汪家留下一块。”

汪太太抹着眼泪着说：“分家不难。老爷子在时就立下遗嘱。”

“姐夫一世精明，看来早有安排。”沈福元叹道。

分家是件大事。先祭祖宗，供案上供大猪头。家中长辈、证人、兄弟姐妹要全到场。汪天佑和汪若梅在大堂给祖宗上香、磕头，夏风、沈福元等长辈坐太师椅上主持公道，警察局小李子和管家丁小同在一旁画押。

汪太太从香案底下搬出一只坛子，摆在供桌上。丁小同和小李子检查封口。这是一个红色的陶罐，口上封了泥，贴着封条，封条上印了汪春的印。小李子上前查看，喊：“封口封得呱呱叫！”

汪太太说：“各位亲戚朋友，今天请你们来主持公道。老爷才走了一年，大姑娘没有回来，按理说不该这么早分家。老爷在时，我就有个心思，下半辈子搬到庙里去住了。老爷在，为陪老爷，一直在家当居士。我在庙里修行，为汪家后人祈福求平安，家里有个人侍奉观音菩萨，全家得福！去庙里前，我就合计着要把家给分了，这样在庙里就一心供佛，少了牵挂……”

众人听汪太太讲得通情达理，一个个点头称是。大家肚子里明白，分家是怕大少爷败家，但是这个话抬不到桌面上。

汪太太讲完，就履行程序。

汪太太说：“这块辈分最高的是夏公公，就请夏公公取我家老爷的遗嘱。遗嘱里有不当的地方，夏公公有权说话。你们两个孩了有什么意见？”

汪天佑说：“我不得意见。”

汪若梅说：“一切听大妈妈做主。”

汪太太说：“两个孩子都说话了，汪琼没有回来，她的那一份，记在我头上，等到大姑娘家来，我再悉数还给她。”

众人点头。夏风就从堂屋中央的太师椅上起来，走到供桌旁拿出一块小金砖，在祖宗供案前砸碎坛子，坛子里有个紫檀木的小首饰盒子，打开盒子里面有一张金纸。金纸上写着遗嘱，丁小同读遗嘱：

汪家列祖列宗，亲戚朋友：

本人体悟人命无常，故未雨绸缪，预留遗言，以防舍报之时，眷属意见相左，衍生纷争。今将心愿嘱咐清楚，则吾心能安，了无牵挂。……汪家祖宅，南河下及后花园，及城北水田二百亩，归长子汪天佑；长女汪琼得南河下盐铺的六间门面房和里头两进八间房，经营盐号生意，负责奉养母亲；汪家祖传御赐梅瓶归次女汪若梅承继。汪氏可随长女汪琼生活，一切奉养送终由汪琼承担……一切丧葬祭品、出殡宴客，全用素斋；禁止杀生，增我罪业。丧祭从俭，不可铺张，不图排场，撙节费用，济难救贫。本人希望土葬于小茅山公墓……上列心愿，万望遵从，感恩祝福，家道兴旺，门祚发达。

立言人：汪春

中华民国十年 春日

众人大吃一惊，汪春原来早早就立了遗嘱。但这个遗嘱有不公平的地方。若是汪春在还好协商，人走了，一个协商的余地都没有。几个长辈议论起来。

沈福元说：“这个遗嘱有些地方我弄不清楚。按理说家业传男不传女。女儿将来嫁人是泼出门的水，跟着男方家姓了。汪春一世精明，怎么就把盐铺传给大姑娘了？若是大姑娘嫁人，这汪家的盐号岂不是成了他姓？”

汪太太说：“老爷这么分，有老爷的道理。大少爷得祖宅，就不愁住。城北的田有房租，得了祖田就不愁吃不愁穿，老爷就是让大少爷不用愁。”

汪天佑说：“父亲曾经问过我将来经营盐铺的事，我说我只会唱戏，不会经营。母亲当由我来奉养。家家母亲都由儿子来奉养，现在反而让妹妹来奉养，分明是骂我不孝，这让我如何做人？”

汪太太说：“你不要说这个话。我自己生的儿女我知道，都孝顺。我不要你们奉养，我去庙里。我就是觉着对若梅不公啊，家里梅瓶让土匪抢了，孩子得什么？等于若梅什么也没争到。”

汪若梅说：“梅瓶在。”

众人吃惊。

夏风说：“孩子伤心糊涂了。”

汪若梅说：“大妈妈，外公，你们跟我来。你们几位前辈，烦你们坐在这儿等一下子，我和大妈妈和外公进里屋说话。”

汪若梅领着汪太太和夏公公进到汪春书房，打开暗室，让他们看到汪春一直藏着的祖传梅瓶。汪太太见梅瓶在，高兴得抹眼泪，夸老爷为人想得周到。他们出来，只对众人说梅瓶在，别的也就不多说了。

沈福元见汪太太笑嘻嘻的，就知道汪春把一切后事安排得妥当。他们正喝茶，忽然门口有人喊：“大奶奶，我来迟了，我来迟了！”只见亲家吴家富和他的儿子癞宝子赶来。癞宝子患小儿麻痹症，走路一瘸一拐的。

汪太太说：“亲家，来得不迟，赶上吃个团圆饭。”

吴家富跟众人鞠躬作揖。他叫儿子小癞宝叫人，一个个叫。吴家富要小癞宝叫汪太太奶奶，大家也没介意，他又要小癞宝叫汪天佑爸爸，众人就警惕起来。

沈福元说：“吴老爷，你是不是糊涂了？小癞宝应当叫汪天佑姐夫，怎么叫起爸爸？”

吴家富说：“我就是为这个事来的。我女婿、女儿到现在也没有孩子，都怪我女儿不好，我们乡下人到现在也没给汪家添丁，对不起汪老爷。汪老爷对我们多好，城北的二百水田一直租给我家耕作。我没有什么报答，想把小癞宝过继给天佑，给天佑和玉珠当儿子，这样，也算是汪家有后了……”

沈福元说：“吴老爷，这个要把扬州人大牙笑掉了。癞宝子是玉珠的弟弟，现在喊姐姐喊妈妈，这就乱辈分，使不得，使不得……”

汪若梅说："吴老爷，大妈妈昨天还说了，城北的水田继续租你家。你就不用做这种关目，你拿我哥哥当什么了？"

吴家富给众人说得不再开口，只一劲地抽烟。

9 汪宅张灯唱堂会 若梅斥兄护玉珠

1928年8月，张学良在东北宣布改弦易辙，12月，北伐战争结束。小东门街的面馆为纪念，把面馆的名字改作“共和春”。这家面馆最拿手的是虾仁煨面。董大嘴在省会镇江拿了“江都县专员”的委任状，省教育厅老乡易君左前来祝贺，告诉他江都县衙大门斜对过就是吃虾仁煨面的共和春。易君左说他宁可教育厅的职务不当，也想换一个能吃到虾仁煨面的差事。

董大嘴咂咂大嘴巴里的口水，匆匆来扬州上任。他渡船过江，到瓜州坐汽车，通过扬霍公路，到福运门汽车站下车。商会会长梅尔宜和教育科科长余小奇在汽车站搞了个欢迎仪式。福运门车站很气魄，有个大水塔，有毛竹搭顶的候车大厅，有十几辆方头汽车。欢迎仪式结束后，又从福运门码头渡船过运河，走砖街到缺口，轿子从缺口向西一拐。缺口是十字路口，向东是左卫街、右府街、蒋家桥、江都路，向西是多子街、小东门街、甘泉街、汶河和河对岸的毛牌楼。

江都县衙门在甘泉街上，明清风格的门楼子，进里一座小木楼，亭台楼阁，是从前的寺院改的。董大嘴上任没进府衙，先进共和春吃虾仁煨面，老板亲自服务。他要了三大碗虾仁煨面，把案子上的半瓶红辣椒浇到面汤里。他举着碗，把面条往脖子里灌，就差把站在旁边的老板鼻子气歪；淮扬饮食讲究细品慢偿。董大嘴吃出一头汗，用行巾把子揩脸说：“淮扬味道不行，细汤细味，不及我家乡的腊肉熏肠。”专员下的第一道命令，是扬州所有吃食店的桌子上都必须备辣椒。

那天下午，康九海手里托着紫砂壶，准备去双桂泉泡澡。警察小李子站在路边上给董大嘴开道。康九海一问是新上任的专员，仔细一看面相，大失所望——一个矮胖子，小眼睛，稀秃头，长着一张阔嘴，满嘴里黄板牙。在澡堂里，他告诉沈福元和跑堂的说：“新来的专员面相不好！”

跑堂的问：“康老爷，专员面相怎么个不好法子？”

康九海说：“这个嘴，比徐老虎的嘴大，嘴大就贪。徐老虎是虎嘴，专员是狮子嘴，弄得不好，他就跟你来个狮子大开口，躲得远远点好……”

经康九海这么一说，新上任的董专员的尊容就传开了，扬州人就给他起了个绰号叫“董大嘴”，他的名字“董德才”却绝无人知。他上任后要体验民情，在扬州的大街小巷六处乱转。今天小山园泡澡，明天三义阁搓背；今天吃富春包子，明天喝冶春花茶；今天教场听说书，明天大舞台看戏。警察局的小李子负责保卫，一刻不停地跟着。

小李子跟厌了，就哄他：“专员，你的身份，不应该到这些下三流的地方，应当到雅面点的地方。”

“小李子，你说说，什么地方雅面？”

“要说雅面，南河下汪家盐号的后花园‘水中天’雅面。你想，乾隆皇帝都到他家听戏。徽班进京的三庆班高朗亭，在汪家水中天唱过三天戏。那是什么派头。”

董大嘴一听就动了心。他是湘西人，先当土匪，后来革命参加北伐军，现在混了个专员。他听人说扬州是历史文化名城，文化底蕴深厚，至于怎么个厚法，雅面是个什么东西，他要来体验一把。董大嘴托商会的梅尔宜安排这件事。

梅尔宜来找大少爷。这个是专员点的牌，不能马虎。梅尔宜说：“自从汪老爷走后，人家都说汪家败了。现在专员上任，点名要到汪家听戏，这是汪家的荣耀。今后扬州城哪个不买汪家的账？”

大少爷一听，觉得有道理，就同意把看戏的时间定在中秋节。汪家为迎接董专员，请工人把后花园的水中天修修补补，上油漆，在回廊里装上电灯。苏小杨戏班子也早早来练戏，小四扣子的京胡一拉，南河下一条街都听得到。

眼看到了中秋，大脚把汪若梅喊回家帮忙。小李子派了两个警察在汪家门口站岗。汪家人来人往，一派繁忙，门口红灯笼，里面是电灯泡，把南河下一条街都照亮了。汪家又成了南河下众多商铺里最耀眼的明星。

太阳一落山，看戏的嘉宾、左邻右舍、亲朋好友、票友戏迷，纷至沓来。汪天佑一身蚕丝戏服行头，立在门口恭候。康九海，沈福元和太太，吴家富领着小癞宝，日本人宫奇一家，老八级、大虚子、皮六、胖大厨、张三、王奶奶等，也全赶来了。

董大嘴哪里见过这种排场？高大门楼，青砖灰瓦，一条边的徽派建筑，内堂有楠木柱梁，挂着的中堂和横幅。他竖起拇指夸道："好啊，大户人家。"

汪天佑见主客来，安排进内堂喝茶。

水中天戏台子搭在池塘中央，上面是一座亭子，两侧回廊。亭子上挂横幅：海上生明月，天涯共此时。戏台底下燃一炷高宝塔香。客人坐在回廊里看戏亭子里演戏。戏台上，锣鼓咚锵……

董大嘴坐在主位。大脚上茶。桌上摆着五仁和上素月饼、绿豆糕、米糕、邵伯湖菱角和高邮湖鸡头米子，梅尔宜介绍说："专员用茶。扬州产绿茶，有捺山茶、绿杨春、广陵红、淮左青、竹西醇。汪家为你准备的是明前茶，清明前的茶，最上品……"

董大嘴喝一口说："茶虽好，但不及我们家乡黑茶……"

梅尔宜说："禅茶一味，茶中有禅，禅中有茶。"

这边正说着话，汪若梅陪玉珠来看戏，从他们桌旁过。董大嘴一见汪若梅，看得眼睛直了，把个"禅"字忘到脑勺后头。他用胳膊捅梅尔宜问："那个小姐是谁？"

梅尔宜低声说："汪家二小姐。"

董大嘴就对汪若梅喊："扬州美女名不虚传。二小姐，来，坐到这个主位来。"

汪若梅和董大嘴隔了一张台子，听得清楚，她故意把脸避向一边，装着没听见。董大嘴讨了无趣。汪天佑套上戏袍，脸上化好妆，踏着云底鞋，匆匆上楼来，拱手道："专员大人，小生今天献丑，给专员奉献一曲。"

董大嘴一指汪若梅问："能否让你妹子也献上一曲？"

汪若梅听到了，把茶杯里的水往地上一泼，站起来就走。汪天佑一怔，赶紧赔笑说："得罪！我这个妹子，大小姐脾气。她不会唱戏，她是中医。"

梅尔宜赶紧问道："汪大少爷，今天你唱哪一曲？"

"先保密。"

当晚，戏牌子，汪天佑先上台唱一段《八段锦》，然后苏小杨演了《黛玉葬花》，再后头苏小杨和汪天佑同台演出的《小尼姑下山》和《双珠凤》。

汪若梅本来想陪嫂子看戏，毕竟家里多年没办堂戏了，可碰见董大嘴这类俗物，受了一回气，戏也不看了，独自回到厢房。她在灯下翻开商务印书馆印的刚出版的王国维的《人间词话》。

后窗户正对着后花园，她眼睛看着书，耳朵里只听得见台上一阵"咚咚锵咚咚锵……"

一段：小小仙鹤一点红，一翅飞在半天空。张生拿弹打，红娘来拉弓，被莺莺小姐搂抱在怀中。张相公，张相公哎，人生何处不相逢？

二段：小小鱼儿粉红腮，上江游到下江来。水底多自在，头摇尾巴摆，香饵金钩钓将起来，小鱼儿来，小鱼儿来，不喂香饵不上来。

三段：小小紫竹瘦苗条，送与我郎做紫箫。我唱双蝴蝶，郎奏凤还巢，今只习《满江红》何必相思调。俏人儿来，俏人儿来，引得凤凰离九霄。

…………

后头苏小杨唱。唱完退场，中间就有一个间隙。梅尔宜站起来对着台下高声说："今天，有一个贵宾来看戏——我们扬州的父母官董专员。他给我们扬州办了一件大好事，让扬州振扬电厂扩容了。从前我们只能发1500千瓦的电，董专员这趟向江苏省申请，增加了一台2000千瓦的西门子发电机，我们发电总容量就增加到3500千瓦。这样，我们全城就可以用上电了……欢迎董专员致辞！"

董大嘴站起来，清一清嗓子说："董某来贵地为政，服务一方。民国新面貌、新气象，沾了蒋总司令的光……此次电厂扩容，将来城里家家有电灯，我们可以灯下看戏，灯下打麻将，在灯下看女人……"

众人鼓掌。

董大嘴继续说道："兄弟南征北战，早就听人说过，燕赵佳人，吴越娇娃，洛阳女儿，大同婆娘，米脂婆姨，秦淮粉黛，西湖舞姬，苏州姑娘，但名头最响的，流传最广的，就算扬州美女……”

底下有人喊：“好学问！”众人一阵哄笑。

又是一阵“咚咚锵咚咚锵”，汪天佑和苏小杨演《小尼姑下山》。众人正看得津津有味，忽然董大嘴站起来叫好，拍巴掌。台上台下吓一跳。董大嘴说：“好，唱得好，有赏！”

董大嘴一挥手，叫卫兵托盘子上台，盘子里放着一堆铜板。

汪天佑在台上答：“专员大人，汪某表演，不求赏。”

董大嘴说：“那就分给众人吧。”

卫兵把盘子托到看戏客人面前，那些有头有脸的戏迷，哪有眼睛看这几文小钱？冶春驼子等鼻子哼哼，始终没人取。

康九海说：“沈老板，专员赏的银圆，你就拿几个吧。”

沈福元说：“康老板，你什么眼神，这是铜板，不是银圆。”

“铜板赏要饭花子的。他这个是嫌我们穷啊！”

董大嘴要梅尔宜去台上请苏小杨来陪酒。梅尔宜明知道不妥，但碍于面子，也不好不去。他去台下转了一圈回来说：“这个苏姑娘说了，扬州梨园有规矩，只献艺，不陪酒。陪酒的在下街和花船。改天，我陪你去逛花船。”

董大嘴不乐了，骂道：“妈的，老子走南闯北，没有见过戏子装娘的。不看了……”他站起来拂袖而去。

董大嘴离开，台上没人理，戏照唱照演，只有梅尔宜一个人跟着离开，不停地向众人拱手作揖……

台上一阵锣，唱起扬剧《双珠凤》。汪太太指着台上的苏小杨问玉珠：“玉珠啊，那就是天佑养在外边的？”

玉珠不吭声。

汪太太骂道：“败家。玉珠，戏一结束，就打发走……”

汪太太关照戏结束赶苏小杨出府，哪个敢出这个头？也就是嘴上说说。自从汪春走后，大少爷就是少掌柜，也就是汪宅当家的。汪太太虽说当妈妈的，辈分高，但是几千年来的规矩，男主外，女主内，家中大事小事都是男人说了算。

戏结束了，汪天佑戏兴正浓，留苏小杨在家里喝花酒。苏小杨抱着琵琶，没来得及卸妆，迈着碎步，在门廊与玉珠迎面碰见，两个女人也不打招呼，各走各的。

玉珠喊天佑："天佑，我有话说。"

汪天佑和玉珠走到院子里园林山石处，皓月当空，小盘谷里传出二胡凄婉的《江湖水》。玉珠说："天佑，你不能让她留在家里。妈妈刚才发火了。"

"我的家，就是她的家。"

"你让我怎么做人？妈妈今天要领我去大德生拿药……我没敢说我们不同床……"

"你应当说。我们婚姻是父母安排的旧式婚姻，现在民国了，婚姻自主，感情这东西怎能强求？"

"感情？到你汪家这么多年来，我做错什么？我任劳任怨，一心想得到你的感情。"玉珠哭泣着，"那你就娶个小，把她娶回来。"

"我也这么想……从前唱戏的还进宫呢。我知道怪不得你，要怪，只能怪父母之命。天凉了，你早点息着吧。"

天佑转身离开。

玉珠站在山石边，望着月亮，流了会儿泪。她进屋，拿出一个大月饼，又点上高香，跪下，拜月。忽然，侧门打开，胖大厨送消夜进来，担子里挑着菜。玉珠赶紧起来说："胖大师傅，你把菜放这块吧。"

胖大厨叹了口气，把菜挑子放在院子台阶上。玉珠对厢房里喊："小洞天胖大厨把消夜送进来了。"

汪天佑喊："叫他把菜送进来。"

玉珠知道让胖大厨进汪天佑厢房里不妥，这个闲话要传出去，让她怎么见人？但是，她又不能亲自送进去，苏小杨在里头。玉珠说："你出来端下子。"

"你叫他送进来……"

恰好汪若梅下楼，经过前院。汪若梅一见胖大厨，问："胖师傅，送什么好吃的？"

胖大厨叹口气，往台阶上一坐不吭声。汪若梅再看玉珠。玉珠在一旁抹眼泪。玉珠说：“那么，我送进来吧。”

这时，厢房里传出苏小杨的笑声。

汪若梅顿时全明白了，说：“嫂子，你不要宠他们。这个消夜别吃了。”她上前一脚，把一个菜挑子踢翻，就听见“咣当”乱响，碗子盆子全打碎了，油汤、菜肴泼在院子里台阶上……

胖大厨吓得不敢吭声。

汪若梅说：“胖大厨，账记在我头上，你先回去……”

胖大厨见二小姐发怒，吓了一跳，他边往外跑边说：“好的，好的，二小姐，我先走一步……”

汪若梅踢翻菜挑子，转身拖着玉珠去汪太太屋里。汪太太正在佛堂敲木驴子念经，她推开门喊：“大妈妈，又在阿弥陀佛了，你快去看看哥哥……”

玉珠听她声音高，吓得把佛堂的门关上：“若梅，别说了。”

汪太太叹气说：“阿弥陀佛……”

汪若梅上前把门打开，高声对着屋外骂道：“半夜三更的，人不人，鬼不鬼，吊什么魂，要吊到你们戏台子上去吊……”

大少爷公开把苏小杨引到家里，汪若梅一气之下，搬到东圈门去住。她给外公烧三顿饭，在大德生助诊，天天忙得团团转。这段日子，去大舞台看电影成了她唯一的乐趣。

她先看的无声电影。有一个烧木炭的发电机，放映员手摇放映机，放的是《孤儿求祖记》《姐妹花》《孝女复仇记》等。后来有声电影逐渐多起来了，有《珍珠塔》《唐伯虎点秋香》《古都春梦》等。

汪若梅每回看过电影，很难从电影中人物角色里走出来，看到动情处，哭声一片。别人在影院里哭，哭哭就算了，汪若梅不是这样，能哭上三天，上班时，想到电影中的情节，也会莫名其妙地哭上半天。

大舞台放《火烧红莲寺》，场场爆满。汪若梅被电影中行侠仗义的侠客们感动。这个电影兴起了练武热，沈越和俞冉芳看过电影，就去拜张邋遢为师，天天一早去天宁寺门口练功。沈越他们甩石锁、舞大刀，俞冉芳舞剑。

有一回，汪若梅看一部美国电影《救火大观》，电影讲的是消防人员在扑救一场火灾中赴汤蹈火、出生入死。在放映的时候，出了大笑话，因为失火太逼真了，汪若梅和那些观众拼命往电影院外面跑，等他们跑到外面，才知道是一场虚惊。

当时扬州最时髦的运动是骑脚踏车。文昌阁的跑马场有租骑脚踏车的场地，车子摆了一排，两个铜板骑一次，骑车人在场子上绕圈子。戗牌上写着广告语：东洋脚踏车，骑上如洋马，摔倒自爬起，伤了不负担。

她们先学掏螃蟹，屁股不坐在车座上。后学上大扛，上了车座。沈越和周小松车技好，车后头捎人，还能双撒把，不用手扶也能骑。他们骑得像杂技团玩杂耍的。女孩子去骑车，都叫上男生作陪。沈越教俞冉芳，周小松教汪若梅。汪若梅看到沈越骑在车上，俞冉芳坐在后座，双手箍着沈越的腰，羞得脸红心跳。

周小松扶她骑车时，用手来扶她的腰，汪若梅感到腰上触了电，一惊，跌了个大跟头。她就躲着周小松，不要他教。她知道周小松趁机摸她的腰，闷闷不乐，又有些喜欢，七瓶八味的，说不出来。

男生骑脚踏车打架差点儿出人命。原来沈越去报社找俞冉芳玩，把自行车搁在报社楼下，俞冉芳弟弟叫俞泽，上初中，他顽皮，骑着沈越的车子去龙头关码头玩，撞到一堆棉花上。你说撞到棉花上有什么事呢？偏偏碰到小蚊子。小蚊子敲诈俞泽赔钱，俞泽没钱赔，就吵起来，小蚊子打了俞泽一耳光，把车子扣下来，要俞泽回家拿钱来赎。俞泽哭回来。沈越约了周小松，拿了根短铁棍子，去码头上找小蚊子。沈越在学校好打架，暴脾气，又跟张邋遢学过武功。小蚊子是青帮，谁敢惹？没想到沈越这个没魂大帝上前就往头上一顿乱棍，把小蚊子就差打死，抱头鼠窜。

俞冉芳见弟弟被人打了，一打听是青帮干的，就在《扬州新报》头版头条以醒目标题“青帮占据扬州码头，搅乱市场，欺行霸市”写青帮收保护费、占据扬州南大门码头、贩卖人口、卖淫嫖娼、欺压妓女，等等。报纸的影响力多大？一登出来，影响比打一百个小蚊子厉害。万把钩指使小蚊子领了二十多个人去砸报馆。

省教育厅编审室主任易君左从报纸上看到关于扬州青帮的报道，电报给董大嘴，要求严查。易君左和董大嘴是湖南老乡，易家在湖南威望极高，又是北京大学和日本早稻田大学的才子，董大嘴早就想攀附，接到易君左信后，他亲自带着警察局的人，围剿小弥陀巷，万把钩吓得躲到上海张仁奎张爷那里去避风。

董大嘴把小蚊子等二十多个黑道打手捆绑起来，上身脱光了游街。花巷、柳巷、埂子街的小妓院全部贴上封条，皮市街、引市街的赌行、大烟馆也都封了。社会风气为之一清。青帮也从此和报社结下了梁子。

1929年龙年的早春二月，俞冉芳约汪若梅去瘦西湖踏春。报社组织冶春诗社活动。俞冉芳从头到脚的海派装束，烫发，刘海儿盖在额头上，衣裳是最时髦的上海鸿翔女子装，一种短衣的女式西装。而汪若梅一年到头的学生装，淡蓝色的布上衣，旗袍式领口，衣长不过臀，喇叭形露腕的七分袖，圆弧衣摆收腰，下身搭配黑色百褶裙。

汪若梅骑着新从上海买回来西洋脚踏车，英德合制的凤头牌。她穿裙子骑车不方便，特地回家取了一条小腰小西裤。两人专捡街上人多的地方骑。当时最热闹的有“金东关，银西门，热热闹闹便益门”一说。东关街、西门街、便益门街，一阵清脆的铃声，两个美女骑车而过，还没有看清脸，就只见袅娜背影。

小巷子里，竹竿上晾着衣服，从头顶飘过。巷子里飘过她们清脆的铃声。青石板路上，车子超过了独轮车和黄包车。

她们骑到长春柳堤。冶春诗社活动在四桥烟雨，四桥指瘦西湖四座名桥，有虹桥、长春桥、春波桥和莲花桥。

云淡风轻，十里长堤，烟雨朦胧。男生比她们早到了，烟雨楼前，一个个自行车歪倒在草坪上。大家兴味盎然，唱起苏北民歌《杨柳青》：

河东的哥哥去(啊)远方(袅)，(嗬嗬咿嗬嗬)，

河西的妹妹来送郎(呀)，杨柳叶子青儿虐，

七打七虐崩儿虐，杨柳叶子松儿虐，

松又松虐，崩又崩(虐)，送送(么)有情人(虐)，

哥哥(哎)，杨柳叶子青儿虐。

冷(啊)热(啊)我不多讲(啊)远方(袅)，(嗬嗬咿嗬嗬)，
送一双新鞋表心肠(呀)，杨柳叶子青儿虐，
七打七虐崩儿虐，杨柳叶子松儿虐，
松又松虐，崩又崩(虐)，送送(么)有情人(虐)，
哥哥(哎)，杨柳叶子青儿虐。

南通的大布做(啊)鞋底(啊)远方(袅)，(嗬嗬咿嗬嗬)，
苏州的贡呢做鞋帮(呀)，杨柳叶子青儿虐，
七打七虐崩儿虐，杨柳叶子松儿虐，
松又松虐，崩又崩(虐)，送送(么)有情人(虐)，
哥哥(哎)，杨柳叶子青儿虐。

这一双鞋子好(啊)不好(啊)远方(袅)，(嗬嗬咿嗬嗬)，
不胖不瘦不长又不短(呀)，杨柳叶子青儿虐，
七打七虐崩儿虐，杨柳叶子松儿虐，
松又松虐，崩又崩(虐)，送送(么)有情人(虐)，
哥哥(哎)，杨柳叶子青儿虐。

10 早春二月弄风情 雨打牵牛含泪痕

瘦西湖上，一排花船驶过湖面，巧云等船娘敲锣打鼓。

汪若梅和俞冉芳躺在瘦西湖白塔下草坪上，仰望蓝天白云，风吹起了头发。民国了，共和了，一个新时代新生活开始了。

俞冉芳坐起来，从坤包里掏出一把手枪，在若梅眼前晃晃，得意地说："勃朗宁手枪。"

汪若梅吓了一跳，嚷道："要死了，快收起来，这个杀人的东西哪来的？吓死人了。"

"我要杀一个人，要杀孙发奎，我要替父亲报仇！"

"我羡慕你。我也想替父亲报仇，但我不知道那天抢劫的土匪是谁……"汪若梅一脸的忧伤。

"去年一年，我们都失去了亲爱的父亲。"

汪若梅眼睛湿润了，说："冉芳，不提这些。这些日子心情才稳定，又提起这些了。父亲去世后，我有半年晚上睡不着，后来吃中药才好些。"

"我到现在都睡不着。我不杀了孙发奎，这一辈子不会幸福。我告诉你一个秘密，就你一个人知道——沈越向我求婚了……"

“哎呀，就知道你瞒着我们。我早就看出来了。你坐在沈越的车子后面，用手搂着他的腰，羞不羞？”

“你的思想太落后了。外国人在大街上亲嘴呢，上海男女走在街上还手拉手呢。你给我保密，我告你个秘密。”

“好，讲出去是小狗。”

“沈越特坏，什么都会，弄得我一摊血。我吓坏了。”

“天啊！弄出孩子怎么办？”

“结婚呗。这有什么大惊小怪的，每个女人都要经历的。”

“那有什么感受？”

“一开始挺讨厌的，现在过几天就想了。你说奇怪不奇怪？”

“羞，我哪里知道。”

“我看出来了，你暗中喜欢周小松，对不对，老实交代。”

“胡说。我才不喜欢他呢。”

“若梅，我不该拨弄是非，你是我最好的朋友，我又怕你受伤害。我告诉你，周小松和黄小凤走得蛮近的，他们晚上在一起画画。你想，周小松画画的，我们哪见过黄小凤画过画？她一定是想和周小松待在一起才画画。”

汪若梅一怔，脸上一阵红一阵白说：“不关我的事。我哪有闲情管人家的事。”

“你啊，可别煮熟的鸭子弄飞了。”

汪若梅得知周小松和黄小凤好上，心里很失落，苦苦的说不出的滋味。天下着小雨，点点滴滴，细腻地落在路面，像是温柔的抚摸。她撑着纸油伞，皮鞋敲打着青石路面，发出清脆的响声，独自行在古旧的小巷里，幽深，漫长，像少女的心事。

屋檐下避雨的路人和门洞里孤独的老人，一张张茫然的面孔看着她。

挑水的大喉咙迎面走过，跟她打招呼。大喉咙一年四季穿着草鞋、裸露胳膊的搭肩。门洞里看得见里面小院里打麻将的人，“哗哗”的麻将声。顽皮的孩子在巷道里奔跑、打闹……

当年学校刚毕业时的朝气蓬勃，那股子激情，像一阵风刮过，又平静下来。生活就是这样，平淡而又真实。有好几天，她吃不下饭，晚上也睡不好，失眠。外公看出这个变化，给她把脉，也找不出病因，眼看着她一天天消瘦。

孙阆仙把夏风叫到旁边说："夏先生，你看不出来，我做女人的看得出来，若梅这是得了相思病。你看，从前天天上门的那个姓周的，好几天没上门了。"

"哎，你这一说，还真是的。"

"夏先生，女孩子恋爱，就像中了魔，弄得不好，就弄出病来。这个病吃药吃不好呢。你要关心些孩子，她父亲母亲都不在了，哪个管她呢？"

夏风一听，就有些儿慌了。他就去找东关街做媒的高妈，托高妈给若梅物色人家。高妈知道这是大户人家的事，不敢马虎，当晚就上门看看若梅。高妈推开房门，露出一张满是皱纹的笑脸，若梅吓了一跳。

高妈是个老寡妇，四爪白*，家家熟，替人梳头、做媒、接生，红白喜事包办。若梅看高妈，头梳得油光黑亮，头上插着花，脸上涂脂抹粉，问："高妈，你来做什么事？"

"乖乖啊，高妈来给你做媒，你跟高妈说，喜欢上哪家的相公？"

汪若梅大羞，嚷道："高妈，你瞎说什么啊！"她把高妈推出门，从里头闩上门。

她自责自己心胸狭窄，听人说登高可以开阔心胸和眼界。从三元路向西是文昌阁和四望亭，这两个地方在城里最高，可以俯瞰全城。文昌阁也称文昌楼，有三层楼的圆形建筑，建在文津桥上，取名"文昌"，底下是南北向的汶河。汶河上自南而北建有星桥、太平桥、通泗桥、文津桥和开明桥等。文昌阁最下层的中间是桥身，车马行人通道。正北面内檐挂一匾写"邗上文枢"。天顶上彩绘二龙戏珠，有一个和尚居住在里面。她登楼就给和尚两文香火钱。第二层供弥陀佛，三层供文昌帝君。

* 扬州方言里，把爱串门的人叫作四爪白。——编注

从文昌阁推窗远眺，南见运河、大水湾的文峰塔，东见五台山*、长生寺，北见宝城、蜀岗、瘦西湖的白塔，西见二十四桥、双桥子。

那些日子，她一下班就去登文昌阁，在阁顶一坐就是半天。一天，天下着毛毛上雨，她独自登上文昌阁，坐在阁顶看烟雨朦胧的城市，忽然听到北柳巷方向传来枪声、哨子声。警察在追人，有人奔跑。下楼时，和尚告诉她，街上警察抓赤党。

她看看天已傍晚，就打纸油伞回家。从三元巷去五福巷，七弯八绕。夏家院子的牵牛花爬满外山墙，把一面墙裹在绿色里。细雨打在粉色的牵牛花上，如美人含泪。她每回回家都要摸一摸牵牛花的藤蔓。这种关不住的绿色生命，追求着自由，翻墙入院。

今天，牵牛花底下竟站着一个人，上前一看竟是梅曼。她穿着紫色旗袍，打着黄纸油伞，脸上满是雨水和泪水。

“梅老师。你怎么站在这儿？”

“若梅，你也住这儿？”

“是啊，外面有雨，进来坐坐吧。这是我外公家。”

“不用了，我等人。”

“梅老师，进屋里等吧。”

“不用了。”

汪若梅一头雾水。她刚进门，外公夏风慌慌张张跑来把门闩上，小声问：“外面没人吧。”

“梅老师站在外面，不肯进来。”

“噢，不进来就不进来吧。”夏风戴着胶手套，手上有血，匆匆进了厢房。

汪若梅进堂屋放下雨伞，听见夏风急促地叫：“若梅，快来！”她赶忙跑进厢房。板床上一个男的大腿内侧在往外涌血，夏风用白布条勒着那人的大腿，用纱布堵伤口，说：“快，把上面抽屉打开，把鱼骨碾成粉。”

---

* 这个五台山是扬州的一个地名。——编注

汪若梅赶紧开抽屉，拿出鱼骨磨成粉，用纱布包着。

“快，堵在伤口上。”

她手在不住地颤抖。她从没有见过男人流这么多的血，也从没有见过陌生男人的大腿。她陪外公坐诊的多数是内科病人，外科也就最多纱布缠个伤口等。她颤抖着用力把纱布和鱼骨粉堵上去，很快鱼骨粉就被血水染红，夏风用纱布裹在鱼骨粉上勒紧。

病人脸仰着，额头上遮着白毛巾。若梅看见盆子里有一颗闪亮的子弹头。病人的头抬了抬，汪若梅看见病人的正面，吃了一惊，这人竟是周觉民。周先生脸色苍白，额头上满是汗珠，全身在轻微颤抖着。她看了一眼盆子里的子弹，子弹上沾着血珠。

夏风说：“让他休息一下吧。”

夏风往院门口走，打开院门，对门外招手。梅曼走进来，夏风用毛巾揩手说：“病人得在这儿住几天，伤口不能发炎。”

梅曼说：“夏先生，我和他单独待一会儿。”

夏风点头说：“不要多说话，出许多血，要休息。”转身去屋里煎药。

汪若梅出来，到隔壁房间洗手，梅曼进屋，两人擦肩而过，点了点头。

汪若梅悄声对夏风说：“外公，梅曼老师是我班主任，男的你见过，就是我们上回在船上碰到的周先生。”

“哎呀，我这脑子，我说怎么这么面熟。我以为在药店里见过的。”

“周先生是我们学校的教导主任。外公，他怎么会有枪伤？”

“若梅，医生有个行规，只管治病，不管病人怎么得的病。治病是我们医学范围，怎么得了这个病，那可复杂了，那是一个社会问题。有的事，你知道得越少越好……”

他们在堂屋里说话的工夫，厢房里，梅曼跟周觉民嘀咕起来。梅曼从包里拿出一张纸说：“退党声明，我已经替你写好了，只要在上面签个字。”

周觉民激动起来说：“国民党背信弃义，多少同志牺牲了！这时候你让我退党？！”

“觉民，我们只想安稳过日子，哪个党得天下，对我们老百姓都一样。我们教书，画画，生儿，育女，有必要冒着生命危险吗？”

“梅曼，你怎么这么糊涂？我们为着信仰而活的，不是为一口饭活着……”

梅曼沉默了一会儿，知道一时也说不通，再说周觉民这时候是病人，需要休息，就说：“那……你好好休息吧。我先回学校，过两天再来。”

周觉民提醒她说：“学校里，你就说我回家探母了。怎么说你知道的。”

“我知道，你安心养伤。”梅曼走出厢房，到隔壁来看汪若梅。汪若梅正忙着洗药盒子、手术刀。她把药盆、手术刀洗净，摆在盆里，然后在放大锅上，烧热水高温消毒。

梅曼说：“汪若梅，没想到你当医生了。”

“梅老师，我帮外公行医。”

“若梅，今天的事，不要对外人提起。”

若梅笑着说：“梅老师，我会保密的。”

原来周觉民是扬州共产党小组负责人之一，他们在北柳巷聚会走漏风声，逃跑时他挨了一颗子弹，他坚持着回到学校，梅曼发现他受伤，又不敢送他去大医院，就送到了东圈门夏风家。

扬州大规模“清党”，梅尔宜见女儿心事重重，一顿追问。梅曼直肠子，什么都说了，梅尔宜才知道准女婿是共产党。他要女儿去跟周觉民摊牌，要么退党，要么分手。梅曼写了《退党声明》，要周觉民签个字，拿到报社登报。周觉民一口拒绝。周觉民把他的党摆在她之上，让她伤心不已。

周觉民在夏风家养伤，一待就是一个月。梅曼时常来看他，送些吃的，送些书来。家里多了个男病人，汪若梅就搬回南河下居住，每天过来给周觉民换药。他们都是文艺青年，周觉民文学功底好，是新文化运动的积极分子，给她讲了许多新文学，这些知识是在课堂上听不到的。

汪若梅受益匪浅，对周觉民无比敬重，就渐渐把周小松给忘到了脑勺后头。后来周觉民在院子里作康复训练，扶着墙，四处走动。有一天，他走到内堂，走进汪若梅屋子里。墙上挂着汪若梅母亲的相片，一个穿着学生装的女孩子。有一张相片是汪若梅母亲抱着汪若梅拍的，上写“若梅两岁生日快乐”，沿墙有两个藤书架，书架上摆满了书。

周觉民上前细看，都是些鸳鸯蝴蝶派的小说，《广陵潮》《玉梨魂》《啼笑因缘》《江湖奇侠传》等。他觉得私闯女孩卧室不礼貌，就没敢碰书架上的书，匆忙退出来。到了下午，汪若梅来给他换药，他们就阅读谈起文学。汪若梅领他看她书架上的书。

周觉民说：“这本《海上花列传》写得不错，但是这些小说是旧小说，没有脱离才子佳人趣味的鸳鸯蝴蝶派。1915年，陈独秀在《青年杂志》上提出德先生与赛先生、科学和民主，这才是中国将来的文学方向。中国传统文学有许多局限性，难以适应今天的时代。我们要吸收外来的文化，改造我们的文章，建设国民文学……”汪若梅哪里听得到这么高品位的话，听得大眼眨都不眨，觉得天底下竟有如此有才华有学问的人。汪若梅问：“先生，你认为我应当读些什么书？”从那天起，汪若梅不喊周觉民周老师、周主任，而开始喊“先生”，后来一直这么叫。

“你应当读些新文化运动后的新小说、诗歌、散文。中国正发生着翻天覆地的大变革。古代的变革只是变皇帝，今天我们要变的是世道人心……你应当读鲁迅先生的《呐喊》《彷徨》、散文诗《野草》，读郭沫若的诗《女神》《凤凰涅槃》……”

周觉民在夏风家看病，汪若梅等于把老师请上门。她爱好文学，苦于没有高人指点。她周围的女性，玉珠、大妈妈、黄小凤、杨宝琴、梅曼、孙阆仙等，她们多数是小家碧玉，苦中求乐，小富即安，女子们的思想也就是修身养性，四大皆空、因果报应、念佛吃斋等。周觉民给她描述了一个崭新的世界。

有一天，周觉民带给她一本上海刚邮来的《小说月报》，上面有丁玲的小说《莎菲女士的日记》。这书是周觉民给梅曼的订的，上面写着：“赠送给亲爱的梅曼女士！”他让汪若梅先看，看完再还给他。若梅捧回家，挑灯夜战，看了一晚上，爱不释手。

难道这就是新女性？她觉得莎菲像汪琼，像俞冉芳。她觉得自己成不了莎菲那样的女性。她带着一肚子的疑惑，在纸条上写上一堆问题。她要找周先生问个究竟。

汪若梅急匆匆地赶到五福巷，推开小院的门，外公在屋檐下喂鸟。外公告诉她，周先生走了。

“哎呀，他有一本书在我这儿呢，才刚看完。”

“周先生走时说了，他回乡下老家探望老母亲，等过些日子，你把书送到学校就行了。”

“唉！”汪若梅有些惋惜，“周先生走也不事先说一声。事先说一声，我给他捎些茶点。他给我上了这么多天的课。”

夏风悄声说：“周先生走得匆忙。梅老师来了，两人闹别扭。我看得出来，这两个将来走不到一起。”

“外公，你别瞎说，你又不是打铜巷的算命瞎子。”

11 西洋裸画起风波 志同道合办学刊

一天，汪若梅正在药店给人抓药，杨宝琴的大脸蛋子贴到玻璃门上，向她招手。她赶忙出门。杨宝琴一把抓住她说：“若梅，快跟我走，出事了。”

汪若梅不知发生了什么。杨宝琴绰号叫慢木头，没有急事她不会这么慌忙。她就跟着杨宝琴后头走街串巷。她们一边赶路，杨宝琴气喘吁吁地说：“老八级在校门口闹事。”

“她去学校闹什么事？”

“唉，说来话长。周小松和黄小凤谈恋爱，黄家不同意就找了个借口跑到学校闹事。老八级跟你家熟，你去劝劝。你再不去，黄小凤没脸见人了，快跳河了……”

汪若梅听说周小松和黄小凤谈恋爱，一怔，放慢了脚步说：“人家家里的私事，清官难断家务事，我们外人掺和进去不太好吧？”她停下脚步，心情变得复杂起来。在学校这么多年，同学们都知道周小松在追汪若梅，现在黄小凤和周小松两人好上，汪若梅再插上去，就很尴尬。这是躲也躲不及的事。

“我的大小姐，现在是救人命要紧，哪里想这么多！”杨宝琴说。

汪若梅被杨宝琴死拖活拽，只得往前走，一会儿就到了梅花小学门口。学校门口聚着一群人，老八级举着一幅牌子，牌子上画着女的裸体，一把鼻涕一把眼泪喊：

“看看啊，来看看啊，为人师表，师道尊严，教师耍流氓，画流氓画画到我女儿头上啦……”

看热闹的小滑子问：“哪个是你女儿？”

老八级指着油画上的裸体女人说：“这个就是。”

小滑子说：“有点像，但这个身子，谁能证明就是你女儿？”

老八级说：“我养的，能不知道？我从小看着长大的。你们看看，流氓不流氓？把我女儿画得一丝不挂，光屁股啷当……”

门口聚的人越来越多。扬州家家都有中堂、画屏，多数是梅兰竹菊、花鸟山水的国画。家里挂老字画，以表明家底子的厚。西洋画很少有人涉及，看到自然就大惊小怪，一传十，十传百，多远的路赶来看，在他们眼里，老八级手上举的不是画，而是光身子的女人，像是老八级家当堂捉了奸，要扭送到衙门大堂受审。

老八级所以叫老八级，脑子里少根弦。她到学校门口举牌，就是想把事情闹大，见人多了，就格外来了精神，告诉众人画上光屁股的是她的女儿。一些无聊的男人就把头凑上去，有的还用手摸画布上的人体。

小滑子说：“乖乖隆地咚，画得蛮像的，毛都画出来了。”

高妈说：“大爷妈妈，这个画，哪家敢挂在中堂？到你家一进门，堂屋里挂个女人光屁股的画，客人吓跑掉呢？”

大喉咙说：“洋人不穿衣裳，难道老八级家的小凤也不穿？”

梅花小学校长孔剑秋匆匆跑出校门，一把拽住老八级说：“黄大奶奶，这样闹法子印象不好，让你女儿怎么见人？你女儿怎么嫁人？”

老八级说：“她能光着身子给周小松看，我就能让大伙评个理，我把她养这么大，竹篮打水一场空……”

孔剑秋老婆疯子头上沾着草，跑来看热闹，嗷嗷叫：“画画，画画……”。

孔剑秋一边赶老婆回家，一边说老八级：“你这样闹，学校的形象就没了，这儿都是小学生，儿童不宜看这个画。先生们的脸面让你闹没了。你回去，我们找周老师和黄小凤问问清楚。”

老八级说：“他把我女儿骗到他家照相馆，拍我女儿光屁股，说什么人体艺术。你们说说，扬州八怪名头大不大？看到过谁画过光屁股？郑板桥画竹子，石涛画石头，也没人画过女人奶子……”

疯子一听光屁股，一把抢过老八级手上的画，飞跑起来，跑进校园，喊道：“噢，光屁股，光屁股……”

孔剑秋把眼镜扶正，说：“对不住了，我去追。”他在后面追过去……

汪若梅跑来，对老八级喊：“黄妈妈，听我一句劝，你先回。”

老八级说：“二小姐，你跟小凤同学，你替我评评这理。女儿长大了，娘老子就不要了，我一把屎一把尿，呜呜……”

汪若梅悄声说：“你这样，小凤还有脸见人吗？”

远处，黄小凤从学校里跑出来，捂着脸，拼命跑……

王奶奶说：“要死了，你个八级货，你丫头要去投河了……”

老八级一听，一怔，忽然明白起来，就在后头追，边追边喊：“小凤，妈妈都是为你好……”

督学肖珍跑出来，幸灾乐祸地喊：“哎呀，这么下流的都画得出来？”

杨宝琴说：“肖老师，这是人体艺术，西洋画。”

肖珍说：“我才不信呢。哪有男的看到女的光身子不上的？哪有公狗看到母狗叉腿不爬的？”

汪若梅气愤地说：“这位是教师？人不是狗，你当教师，怎么能用狗来形容教师？”

肖珍一怔，问杨宝琴：“这是谁啊？”

疯子举着油画跑来。若梅上前一把夺过画，砸在地上，对看热闹的人骂道：“有趣吗？好玩吗？”

众人见二小姐发飙，也就怏怏散去。

老八级这么一闹，大家就担心起黄小凤的安全，怕她一时想不开去投河。人命关天，若梅也就不想她的小心思了，她和杨宝琴发动同学各处找黄小凤可，哪里还有她的人影子？

他们找到天黑，又聚到右府街学校门口。街头一盏昏暗的路灯亮着，风刮得梧桐树叶乱飞，汪若梅和周小松坐在长凳上。周小松羞愧地低着头，讪讪地说："事实，不像小凤妈想的。"

"这件事一闹，你就要对小凤负责任。"汪若梅说。

"学校说我们有伤风化。这是艺术，西洋画重要的是画人体，人体是很完美的，中国古代绘画这方面有欠缺。"

"我不懂画，我最担心的小凤会不会有什么三长两短。"

周小松气愤地说："小凤她妈真是个八级货，拿女儿名声开玩笑。"

"小凤妈的绰号就叫老八级。你的丈母娘就是个八级货。"

周小松叹息："唉，天啊！"

孔剑秋和杨宝琴从一旁的崇德巷里走来。

杨宝琴说："大大小小巷子，螺丝结顶巷都找过了，人影子都没有。"

孔剑秋垂头丧气说："教育科已经做出决定，双开除。"

周小松说："上海、杭州开西洋画课了，上海美专有人体女模呢……"

孔剑秋说："说了，都说了，嘴皮子磨烂了。人家要肯听啊！教育科长余小奇，本来就不懂教学，再加上肖督学从中挑拨，这帮老朽们见风就是雨了……"

杨宝琴抱怨说："小松在学校里清高，恃才傲物，看不起人。他还给肖督学丈夫起绰号叫'二姨娘'*，肖珍肯定跑到余小奇那儿上你的烂药了……"

汪若梅瞪大眼睛说："唉，什么乱七八糟的，男盗女娼也办教育，教育怎么教书育人？"

孔剑秋说："现在找人要紧，大家分头找，谁找到，告诉大家一声。"

杨宝琴问周小松："你老实讲，你跟黄小凤经常约会的地方，去找找看看。小说上写女孩子殉情，都会在约会的地方哭上一晚上。"

汪若梅说："你当黄小凤是林黛玉，黛玉葬花？他们约会的地方，刚才小松都

---

* 扬州方言里称男像女、说话嗲叫"二姨娘"。——编注

带我去过了，大水湾，笔架山。他们净找没人的地方约会，特别是笔架山，把我吓死了，多荒凉的地方，全是坟地。”

杨宝琴说：“我就看到他们在教场的旧城根底下和花旗所。花旗所那是杀人的地方。这些地方跑多了，遭了邪。”

汪若梅又讽刺起来：“周小松，你约小凤，能不能去些光明正大的地方、美的地方，像大舞台、教场、富春、冶春、瘦西湖四桥烟雨楼，你分明是不安好心！”

杨宝琴帮腔说：“周小松上学时我就看出花心，幸好汪若梅没搭理你！”

汪若梅骂道：“你个死木头，扯上我干什么？”

孔剑秋说：“大小姐，找人要紧。你们在这儿磨嘴皮子，小凤往河里一跳，这一生就没了……”

汪若梅说：“提醒我们了。我们沿着运河边上找。”

他们就沿着运河、护城河、码头上、桥洞里，一路找过去。大家找了一晚上，也没见黄小凤的影子。

第二天中午，成衣铺里乱成一团。老八级坐在门口哭哭啼啼。黄大虚子指着她鼻子叫骂。汪若梅走到铺门口。老八级见到汪若梅，像看见救命稻草说：“若梅啊，小凤有消息吗？”

汪若梅摇摇头说：“昨天找了一晚上。今天下班后再去找找。”

黄大虚子骂道：“一天一夜了，让这个八级货逼的！我要你赔我的女儿！”黄大虚子操起量衣裳的尺子要打。老八级慌忙往门外跑，大虚子从后面追，一边追一边骂：“你个八级货！”

正骂着，皮六在门口喊：“大虚子，大虚子，不得了啦，东关码头那块漂了具尸首。”

大虚子顿时跌倒在地，大哭：“不活啦，不活啦。”

汪若梅说：“你不要虚啊，你怎么知道尸首就是小凤的呢？”

大虚子一怔，不哭了。老八级也呆了，站着不动。

汪若梅说：“还不赶快去东关码头看看。”

几个人往东关码头赶。这时东关码头聚满了人，一个个踮着脚往运河里望。河中央，漂浮着一团黑色物体，在码头上做零工的呆头鹅正撑船过来。呆头鹅经常替汪家盐铺扛盐包，做零活，汪若梅认得，就喊："呆头鹅，过来下子。"

呆头鹅把船撑近问："二小姐，什么事？"

黄大虚子上前说："麻烦你去帮我把水里尸体打捞上来。"

呆头鹅说："我不弄，晦气呢。"

老八级说："求求你了，那是我女儿啊。"老八级的哭泣引得许多人围观。

孙铁嘴上前说："老八级啊，原来你家小凤啊，漂在那块一晚上了，早没得命了。"

小滑子说："她女儿让她逼得跳了河，她拿着女儿光屁股画四处给人看，哪个受得了？男的也得跳河啊。"

汪若梅骂道："嘴上积点德好不好？"

黄大虚子掏出一块银圆说："麻烦你了，替我捞上来吧。"

呆头鹅跳上岸，拿了钱，撑船去河中央，用船钩钩住尸体，拖了过来。众人一看，原来是一头泡得胀起来的死猪。

岸上人大笑说："老八级，看看，这是不是你女儿？"

老八级一看，也笑了起来。

黄大虚子对皮六骂道："皮六啊，你想出主意来消遣我啊！"

皮六说："怪不得我，哪个叫你虚的？"

码头上洋溢起一片欢笑。

徐凝门桥洞里，黄小凤抱着双膝坐在里面避雨。雨从桥上落下，像个水帘子。运河两岸，灯影朦胧，远处传来若隐若现的呼唤："小凤，小凤……"

运河边，黄小凤独自走着。汪若梅打伞，上前。两人抱在一起。她们合打一把伞，走在毛毛雨中。

"小凤，你和小松的事，要拿定主张。"

"爸妈不同意，说小松家没钱，要我嫁个有钱的。"

“自己做主。在学校里，老师不是说吗，新时代，新女性，有选择婚姻的权利……”

“我不能不听我爸妈的。我想让这一切过去。”

“那……受伤会很深的。”

小凤说：“我们家做小本生意侍候人，爸爸妈妈指望我哪一天嫁个有钱人家，能让他们过上好日子。我不能让他们失望。记得上小学，有一天，康鹏告诉我我妈去他家了，我问去干什么，他说给他爸扦脚。有一回，我走在街上，一群孩子对着我唱：‘扦脚扦脚，矮凳一只，见官见府，末等行业，头等阔绰，老研鸡眼，脚丫臭气……’我就发誓，我将来一定要有钱，不能像我爸妈那样，在同学里抬不起头来……人要是不长大，多好。”

她们正说着话，迎面那个老文乞丐迎面走来，认识汪若梅，知道遇到好心的主，他停下又要吟诗，黄小凤赶他走说：“去，去，一边去。”

汪若梅拦着说：“让他吟诗。”

乞丐吟道：

琼花芍药世无伦，偶不题诗便愁人。曾向无双亭下醉，自知不负广陵春。月影西斜夜色清，乘凉女伴坐深更。张生不至红娘恼，瞎子先生唱道情……

裸画风波闹得满城风雨。老派人物认为伤风败俗，新派人物认为西洋艺术。汪若梅看完《莎菲女士的日记》，再加上发生了周小松和黄小凤的事，有一肚子疑惑。她想去还书给周觉民，听听周先生怎么说。

汪若梅去学校还书，周觉民正在办公室开会。俞冉芳眼睛尖，一眼看到她：“若梅，你怎么来了？”

“我来还书给周先生。”

周觉民赶紧拿椅子叫她坐下来：“你不来，我们还想去找你呢。”

沈越说：“说到曹操，曹操就到。”

原来周觉民正在筹划办刊物《新写作》，指导学生和青年写作，他们计划两个月出一期，分开发行，发往江苏、浙江、上海、安徽等地。周觉民有许多同事在学校里教书，已经开始征订了。办杂志缺人手，正为这件事发愁。汪若梅文笔好，又是文艺青年，周觉民就想让她来杂志当编辑。

周觉民说："许多青年，有很好的语言功底，但是思想落后，抱着封建主义不放，逃避生活，人生观消极。我们办杂志目的宣传新思想，塑造新人格，完成文化革命的启蒙。《新写作》要培养新的文学青年，参加胡适先生、陈独秀先生、鲁迅先生发起的新文化运动……"

汪若梅支吾着："周先生，当编辑，我怕我不能胜任。"

俞冉芳说："若梅，你一定要参加，我也有个伴。"

沈越说："若梅从小就崇拜李清照，又爱好文学，这是实现文学梦的一个机会，不要错过……"

周觉民说："若梅，你办杂志对你提高写作水平也是一个锻炼……"

汪若梅见大家都这么说，内心也很想做这件事，就答应下来。

他们相约一起去沈越家聚餐。沈越骑脚踏车回家准备美味佳肴，俞冉芳和汪若梅去校门口叫黄包车。

俞冉芳在车上悄悄说："若梅，告诉你一个秘密，你要替我保密。我这些天烦死了，我肚里有沈越的孩子了。"

汪若梅吓了一跳，说："天啊！你不要吓人，你们还没有结婚呢。"

"没办法，我只能挺着大肚子结婚了。"

汪若梅觉得俞冉芳就像丁玲小说《莎菲女士的日记》中的莎菲女士，大胆，狂野，追求自由，她们追赶着时代的潮流，而她只能是一个看客，她成不了莎菲，她总是被动地接受生活……

沈越是沈福元的独子，福元布庄在多子街粉妆巷头上。粉妆巷是明朝大将常玉春女眷住的地方，常玉春老婆是大将蓝玉的姐姐，常玉春对她十分宠爱惧怕，东征时带回香粉给她抹搽。常胜将军常玉春怕老婆出名，扬州人都知道粉妆巷怕老婆的典故。她们进店里，沈太太正扯着沈福元的耳朵往外拖，看到她们，脸一红，赶紧放手。

沈太太说道："俞姑娘，若梅，来了？小越在后花园里等你们呢。哎呀，若梅啊，你舅舅店里什么事不问，泡澡堂子泡了一个下午。"

若梅笑道："怪不得舅母扯舅舅耳朵呢，哪个叫他不听舅母话的。"

沈福元笑道："你们不要笑话，入乡随俗，粉妆巷的爷们怕婆娘。"

布庄后面是一个四合院的住宅，一个偏门通往院子后面一个小花园，花园里别有洞天，有假山，有池塘。花园里有雅室，雅室里两边全是红木的桌椅、红木橱柜，中间有台案和卧榻，台案上摆着茶具。窗户上摆着水仙花、腊梅花，各式各样的盆景。

一张小圆桌，几个圆木椅，沈越正和胖大厨从菜笼里往桌上布置菜，有红烧狮子头、鲢鱼头烩豆腐、鸡汤煨干丝、湾头猪头肉、黄钰老鹅……这都是扬州的特色菜。

汪若梅和俞冉芳在长椅上坐下喝茶。汪若梅一看墙上，挂着上海的月份牌，各式各样的美女。汪若梅在上海看过这些月份牌，挂在洋行和商店里。沈越把月份牌子挂在家里挺时髦的。

俞冉芳说："月份牌子是我和沈越去上海买的，上海现在兴这个。我和沈越去上海看到康鹏了。"

"康鹏现在干什么了？不是说出国的吗？"

"没出国，在上海宁波商行里当小K。他老子给他做主，要娶商行老板的女儿。康鹏惨了，被他老子当商品抵押了。康鹏看到我们来上海，充面子请我们去锦江饭店。他跟老婆请示，挨了老婆婆一顿骂。沈越说他听懂一句，'江北佬'。康鹏灰头土脸跑到徐家汇船码头请我们吃了一碗汤圆……"

沈越听她们谈康鹏，插话说："康九海视钱如命，把儿子的幸福也毁了……"

"我怕汪琼在等他，汪琼就亏了。"

她们正说着话，周觉民和梅曼进来了。梅曼手中拿着刚刚汪若梅还给周觉民的《小说月报》，她看着汪若梅说："若梅，你看觉民多偏心，从上海给我买的书，我还没有看，他先送去给你看。"

汪若梅脸噌地红了。

周觉民说："梅曼，你别跟若梅开这个玩笑，她会当真的。"

"她是我的学生，我能不知道她？若说班上的才女，汪若梅可是第一才女。"

"梅老师，你又笑话我了。"汪若梅羞得脸通红。

梅曼说："觉民跟我几次谈到丁玲的这篇小说。我没来得及看，你看过了，就给我们说说吧。"

汪若梅说："前些日子，给周老师看病，听他讲文学，受益匪浅。其实，我最喜欢冰心女士的《致小读者》。丁玲的这个小说，没看得下去。我们女性哪有这么大胆呢。莎菲的日记里全记的个人隐私，隐私当小说出版吗？"

周觉民说："这就是传统小说和现代小说的区别。传统小说讲故事，讲故事的人与故事没有关系，讲的是别人的精彩人生。我们教场说书的，王少堂他们就是这一类，讲《三国》《水浒》《武松》，跟我们的生活有关系吗？新小说写人生，写作者的内心感受，怎么想就怎么写，真实的人生。丁玲大胆地写出当今女性苦闷和彷徨，这是新女作家的勇气……"

周觉民正说着，从外头进来一个工人，把一包纸往地上一放。沈越把这包纸搬进来摆到墙角。工人要走，周觉民说："老宋，一起吃饭呢？"

老宋说："周先生，不了，厂里有事呢。"

俞冉芳告诉若梅，工人是报社印刷厂的。周觉民拿出几张纸看了起来。俞冉芳和梅曼也拿了看，汪若梅看俞冉芳手上一张，上面有个标题，**"封建忠孝节烈是新时代的敌人"**，这个标题让汪若梅一惊。

周觉民说："董大嘴大搞封建复古，搞祭孔，把程舜仪抬出来。熊成基烈士是英雄，是扬州的骄傲，但是程舜仪抱牌位成婚是封建贞操观、封建的贞德牌坊。中国女性几千年受封建主义毒害，从一而终，嫁鸡随鸡，嫁狗随狗，这是对妇女的摧残，对人性的扭曲……"

汪若梅问："这么说，程舜仪不值得我的崇敬？"

沈越说："当然。她是封建思想的牺牲品。"

俞冉芳说："那，那我，将来你有个什么三长两短，我就改嫁。"

众人一惊，不知俞冉芳为何说出这样的话。

俞冉芳自知失口，忙说：“哎呀，掌嘴。”

周觉民说：“程女士没有问题，问题是封建遗老遗少想借此做文章，给女性套上枷锁。中国革命就要从女性思想解放开始。这几年，革命也好，革新也好，改良也好，都是洋枪洋炮逼出来的。八国联军打进京城，老佛爷觉得不改革不行了，颁布的第一条改革法令是放足，女子告别了又长又臭的裹脚布……新女性面临着人生的选择走向社会，还是宅在闺阁？是服务于社会，还是相夫教子？……”

沈越激动起来：“我给大家朗诵苏联作家高尔基的《海燕》。‘……暴风雨！暴风雨就要来啦！这是勇敢的海燕，在怒吼的大海上，在闪电中间，高傲地飞翔……’”他往桌子上一跳，张开双臂，高喊：“这是胜利的预言家在叫喊：让暴风雨来得更猛烈些吧！’”

12 崇节堂舍粥赈灾 贪富贵凤入火坑

1929年夏天，扬州发生百年不遇的大水灾，里下河地区数万人死亡。大批灾民拥进城里，市民自发组织起来救济灾民。孙阆仙组织人在新北门崇节堂门口舍粥。堂门口搭起一个竹棚子。灾民们排着队，拿着碗，等着吃粥。扬州社会各界，商会，学联，都发起了捐款捐物。

汪若梅到崇节堂来当义工。她像个家庭主妇，裹着个大布兜子，一早上就在大锅粥边上舀粥。张三烧火，大喉咙挑水。老乞丐跑来凑热闹，对着众人吟道："夜市千灯照碧云，高楼红袖客纷纷。如今不是时平日，犹自笙歌彻晓闻。"

皮六说："老书呆子，都吃不上饭，还红袖客纷纷，还笙歌彻晓闻？嚼你的大头蛆。此诗不应景，罚你再说一首。"

老乞丐又说道："商胡离别下扬州，忆上西陵故驿楼。为问淮南米贵贱，老夫乘兴欲东游。"

皮六嚷道："最后一句改着，老夫乘兴欲东游，只坐皮六黄包车。"

众人欢笑。夏风说："皮六也会写诗了，太阳从西边出来了。"

巧云头插野花，打扮得像赶集，撑小船靠岸，拎了一捆青菜喊道："弄点小青菜，让大家喝茶粥。"

夏公公笑道："巧云，你这是相亲去啊，打扮得花枝招展？"

"相哪门亲？误嫁中山狼，嫁给张邋遢。"

吴家富赶着牛车过来，瘸腿癞宝子从车上爬下来，一时没站稳，跌了屁股座子。癞宝子急忙爬起来，从车上拖出一小袋米嚷着："夏公公，米是送的，不要钱。"

大喉咙接过米说："上回你家米里有沙子，把我的门牙崩了半边。"

吴家富骂道："活嚼蛆！我家米里掺了沙子，天打五雷轰……"

这边正吵吵闹闹，那边周觉民、俞冉芳、沈越领着美汉中学的学生过来。汪若梅高兴地迎上前说："周先生，你也来啦？"

周觉民说："这种好事，你也不叫我。"

汪若梅悄声问："梅老师呢？"

周觉民脸上闪过一丝不愉快说："她，有些事。"

周觉民打开包，拿出一沓法币对孙阆仙说："孙居士，你做善事，大家都很感动。学校组织师生自发捐款，这点钱表示学校师生的心意……"

孙阆仙说："学生的钱不能要，孩子正长身体。"

"学校师生的一份爱心，你不能不收。"

正说着话，汪太太和玉珠也来捐钱。汪太太一见汪若梅就怪她好些日子不归家。汪太太说："孙居士啊，听说你办了个崇节堂，我也想进去。"

孙阆仙说："奶奶说笑话。这里都是穷人，你儿子女儿满堂，福满堂。"

汪太太说："儿子，不争气。女儿，就指望若梅了。"

周觉民看见汪若梅忙得脱不了身，招呼俞冉芳等同学一起动手，大家忙着给灾民舀粥。周觉民和汪若梅站在一起，手帮手地忙着。汪太太一看留了神，问："玉珠啊，那个和若梅在一块儿的是个什么人？会不会是她的男朋友？"

玉珠说："要留神打听，站在一起像一对掌柜。"

吟诗的老乞丐讨了碗粥，给周觉民作揖，说："谢谢老板。"对着若梅作揖，说："谢谢老板娘。"

汪若梅弄个大红脸。沈越和俞冉芳大笑。

汪若梅见周觉民的长袍脏了，说："周老师，把袍子脱下来，脏了。"

周觉民说："不碍事，回去洗一洗。"

汪若梅说："洗啊，看，后面开口子了。快脱下来。"

周觉民不好意思地脱下袍子。

"围巾也解下来，一道洗。"汪若梅用布包起长袍围巾，"教师衣裳脏，学生会笑话。洗好我给你送去。"

汪太太偷眼看见，就起来喊沈越："小越乖乖，过来姑姑有话说。"

沈越上前喊："姑妈，什么事？"

"跟若梅站在一块儿的戴眼镜的？"

"噢，美汉中学周老师。"

"噢。可曾成家？"

"单身。"

"看相貌，周正。"

"姑妈，你托我，我就给你多这个事。但你要先给我一个红封子。"

"你跟姑妈还拿桥，汪若梅是你妹妹，她的事就是你的事。"

"好的，好的。"沈越笑着走了，他回过头来告诉俞冉芳，"姑妈人老眼花，要我把周主任介绍给汪若梅。梅老师知道，还不骂死我？"

俞冉芳大笑，拿着勺子就敲沈越的头骂道："乱点鸳鸯谱，棒打薄情郎。"

同学们在崇节堂门口赈灾舍粥，黄小凤百无聊赖地嗑着瓜子逛街。多子街商铺林立。杨宝琴恰好迎面来，喊："小凤，若梅她们在寡妇堂门口赈灾舍粥呢，你不去吗？"

"没兴趣。"黄小凤懒洋洋地说。

"在想周小松吧？"

"不想，忘了。"

"你啊，周小松可没忘了你，天天借酒消愁愁更愁。"

"去去去，别说他。"

黄小凤从多子街走到小东门街，在南洋鞋店门口停下来。鞋店从南洋弄来一批高跟鞋，几个月卖不出去。扬州女人喜欢穿绣花平底布鞋，她们怕高跟鞋站不稳，走路跌跟头。鞋铺想出主意，把鞋子乱七八糟摆着地上，旁边戗一牌子，上写“压仓货三文不值二文”。

黄小凤一眼看见肖珍为一双高跟鞋正与商店讨价还价，就挤上前去看。

肖珍说：“老板，再便宜些，你家将来总有孩子要上小学吧，到时候我对孩子关照些。”

老板叼着支洋雪茄说：“大爷妈妈，不就是买一双鞋子吗，又不是买洋房。送你一双也不得什么说相。”

肖珍看见黄小凤，喊：“小凤，快过来。”

黄小凤上前说：“肖督学，逛街？”

“价格便宜，买一双吧，式样上海最流行的。”肖珍说。

老板喊：“这娘们识货，货运到重庆去，船坏了，鞋老板是故交，就托在店里折价买。在上海地头双倍价钱也买不到……”

黄小凤和肖珍各买了一双。肖珍把把黄小凤刚脱下来花布鞋一扔，扔到旁边的小东门桥下，就听水里“扑通”一声。

“我的鞋！”黄小凤喊道。

“还你的鞋呢，老土，现在时髦女性都穿高跟皮鞋了，谁穿这个？”

“给留着备用啊。这个高跟鞋走路一扭一扭。”

“走走就适应了，屁股要用力扭。小凤，我跟干爹说说，再把你弄回学校。”

“这么一闹，哪有脸回去。”

“这件事就怪周小松，头发留那么长，一看就不是好人。我给你介绍个有钱的。我们女人图什么？就图个过好日子，有好的吃，有好的穿，是不是？”

“我妈也这么说。”

“我年轻时相信什么狗屁爱情，嫁了个二姨娘。”

“肖督学，我哪能跟你比，你是全城出名的大美女。”

肖珍听得高兴，说：“我老了，我要是你这个年纪，早就玩得飞起来了……小凤，今后你跟着我能接触上层人物。你又年轻，又漂亮，要学会利用女人优势。女人只要活得滋润，甭管别人说什么。走，我干爹过生日，跟我去讨个喜寿面？”

“他也没请我。”

“他没请，算我请，走。”肖珍招手喊了辆黄包车，挟着黄小凤上车。

教育科长余小奇从前家里在砖街卖扫帚，民国初年兴办学校，他就入股进了梅花小学当校长。他当校长不抓教学，当然也不懂教学，只是想着弄钱和睡女教师。他在校门口又开了扫帚店，不忘他的老本行。孙发奎来扬州，要求学校里多写新文章。学校里教师二姨娘、肖珍、孔剑秋写文章就都捎上他的名字。孙发奎一看，这余小奇是个通才，虽说长得像个虾子，一脸媚态，但是个国文、数理、外文什么都懂的全才，就让他当了教育科科长。

民国革命换汤不换药，除了军政部门的官员有更换，像什么教育、农业、卫生等部门官员都原班人马。余小奇又善于见风使舵，这么多年教育科长就一直当着，国家总统和江都县县长换来换去，他这个教育科科长就一直不换。今天他门口挂着大红灯笼，进门是一个大红的“寿”字，堂屋堆着寿桃。余小奇摆了五桌寿宴，在内堂的福寿厅，董大嘴、梅尔宜、宫奇夫妇等官员和富商名流前来祝寿，五张桌子坐得满满的。

大门口，一群讨饭的得到风声，蜂拥而至。讨饭的只要喊一声：“余老爷千岁！”磕个响头，就可以得赏一碗长寿面。就这么，门口就像集市。

肖珍和黄小凤推开要饭的直往内堂。福寿堂屋里的人见肖珍领了个美女进来，一个个眼睛都看直了。肖珍娇滴滴地喊声“干爹”，坐到余小奇腿上撒起娇来。董大嘴眼睛盯着黄小凤，一刻不离，肖珍就怂恿黄小凤坐在董大嘴边上。董大嘴一听，忙着站起喊：“美女，坐这儿，坐这儿。”腾出一张座位。

酒宴上，董大嘴不停地给黄小凤夹菜，给她添酒。黄小凤酒量小，哪里经得起桌上人闹，才喝了几杯，就感到天旋地转、头重脚轻。她推开董大嘴递来的酒杯，说着“不能喝了，不能喝了”，起来上厕所。

董大嘴佯装送她，也跟着出来。黄小凤摇晃着在前头走，董大嘴见旁边没人，上来就抱着要亲嘴。

黄小凤大惊，拔腿就跑，高跟鞋跟子跑掉下来了，骂道：“怪不得便宜，便宜没好货……”

董大嘴又扑上来，黄小凤捡起地上的高跟鞋，砸在董大嘴头上。这一砸，高跟鞋的鞋跟子尖把董专员额头砸出一个洞，血顿时流了出来。黄小凤一看，知道闯了祸，酒也吓醒了，拔腿跌跌撞撞跑出大门。

董专员的头让一个女的砸个洞，在澡堂子茶馆里传开了，这个女人让人们描述成神秘女侠。董大嘴头上缠着绷带，没得脸去衙门上班，就待在家里养伤。他在绿杨旅社有包房。绿杨旅社是扬州头牌旅社，名字取之王渔洋的诗句“绿杨城廓是扬州”，民国的高官来扬州都住在这儿。旅社门朝北，四层楼，法国建筑风格，每间屋里都是红木家具，站在房间的阳台能俯瞰全城。

旅社中央是个大舞池。董大嘴闲着没事，就叫门房去喊老八级来给他扦脚。董大嘴问：“老八级，你说扬州哪家最有钱呢？”

“扬州的商户，这年头都藏富，看不出。从前沈福元家、顾春元家、汪春家、康九海家、梅尔宜家都有钱，不分上下。自打上海开了租界，火车从镇江过，扬州大商户都去了上海。来扬州的为官的都看《儒林外史》，作者吴敬梓就是个园大盐商的门客。书上说大盐商万雪斋把冬虫夏草当菜吃，第七个小妾生病花三百两银子买一味中药蛤蟆。早几年最有钱的数周扶九，小气得不得命，说出来能把专员吓住。”

“你说的是在上海做黄金搞地产的周扶九？”

“哪有第二个？说几段你听听。一回，周扶九去康九海家吃酒，回来时天黑，就点了个灯笼照路。忽然，前面出现一大轿子，四转挂着灯笼，灯火通明，周扶九就赶紧跟上前，吹灭手中的灯笼，跟着轿子走。恰好也是顺路，他心想，蛮好的，省了蜡烛。跟到家门口，轿子停下来，他一看气得要死，原来前面点四个灯笼的轿子是他儿子的。周扶九到扬州浴室洗澡，爱贪小便宜，偷浴室里的毛巾，毛巾藏在胳肌窝里，他以为神不知鬼不觉，其实浴室里跑堂都晓得，让他偷，不抓他，抓他不要吓到那儿？澡巾由他家里统一赔偿。”

董大嘴哈哈大笑说：“天底下有这么小气的？”

“好玩的还在后面。周扶九舍不得吃早点，在家里吃稀饭，搭蚕豆瓣。一天，看见用人拎一大桶进来，他问是什么，用人说是开水。天天这样，他起了疑心，有天把大桶抢过来一看，里面是富春早点，老婆、太太、媳妇偷买家来吃的，周扶九气连声说：‘你们浪费，我也浪费。’他狠了狠心，一筷子夹了两个蚕豆瓣。”

董大嘴哈哈大笑说：“肚子笑疼了，替我揉揉小肚子。”

“我们扦脚的，只敲腿，不揉肚子。”

“开个先例，人家敲两条腿，你替我敲三条腿。”

老八级把董大嘴的腿搁在腿上替他揉起肚子，董大嘴趁机在老八级身上乱摸，吃豆腐。老八级问：“董大人，可曾成家啊？”

“革命工作，南征北战，没得工夫成家。”

“怪不得穷急吼吼呢。”老八级把他的手推开说，“老豆腐有什么好吃的？专员，求你个事，把我女儿弄到衙门里吧。听人家说，衙门里也用女的啦。”

“衙门里用的有文化的。”

“我没文化，可是我女儿有文化呢，美汉中学高中毕业。”

董大嘴惊讶地说：“看不出来，你女儿竟然是中学生？”

“全家省吃俭用培养这个丫头，巴望着她能发财呢。董老爷，衙门里当官的多，有钱的多，给我女儿找个好婆家。”

“长相要好，像你这水桶腰，母猪似的，谁要？你把她领来给我看看。”

第二天，老八级把黄小凤带到董大嘴跟前，两人都怔住了。董大嘴头上的洞就是黄小凤鞋跟子砸的。黄小凤羞得就差想找个地洞钻进去，上回脸打得高高的，用鞋跟把人家头砸个洞，今天又主动送上门来。她想怎么摊上这个八级货的妈妈呢。

董大嘴喜欢叛逆女性，他到扬州上任碰到的第一个钉子就是在汪家后花园看戏挨了汪若梅的白眼，第二个就是眼前这个黄小凤了。

肖珍送上门，他都看不起。他刚来上任接到举报信，说教育科科长余小奇趁民国之乱，贪污办学款项，余小奇听到风声，把肖珍半夜里送到旅社里，说来给董大嘴叠被子。董大嘴喝了些酒从外头回来，肖珍已经光条条地钻在他被子里。他一看，虽是个老货，但也别有一番风味，问：“你来叠被子，怎么钻被子呢？”

肖珍说：“我看你差个垫子，就先临时给你当个垫子。”

董大嘴得了余小奇的性贿赂，也就放了他一马，把举报信锁进了保险柜。后来肖珍天天要来当垫子，他就失去了兴趣，把她赶出门。现在他眯着眼睛看黄小凤——年轻漂亮，拿十个肖珍也抵不上。董大嘴摸摸头，假装记不得挨打的事，问：“叫什么名字？”

黄小凤羞羞答答地答道：“黄小凤。”

“多大了？”

“二十一。”

“许配人家了？”

老八级答道：“没有，还没有。”

董大嘴赞道：“晚婚好。国家正是用人，年轻人要为国家做事，把青春献给政府。那，你就到政府里来当个秘书吧。”他咽了一口口水。

黄小凤高兴地说：“谢谢专员提携！”

老八级在一旁，就差要下跪磕头，教训起黄小凤说：“到衙门里，要知道眉高眼低，要听董老爷的话，董老爷就是再生父母。”黄小凤要走，老八级拖着，“问一下专员，多晚子小凤来衙门里上班呢？”

“多晚子？马上就跟我去衙门。现在起你女儿就是政府的人了。”

黄小凤摇身一变成为专员机要秘书。当天，她就负责接待省里来的两个风流人物，教育厅易君左和《南京日报》记者子墨。易君左绰号“龙阳才子”，是个风雅人物；子墨写些豆腐块子和狗屁不通的新诗，他会下围棋，靠陪南京的官员下棋，混得人脉关系，竟混成个《南京日报》记者。

黄小凤陪他们逛何园、个园、大明寺、瘦西湖。当晚，董大嘴在教场的三六九饭店设宴款待客人，黄小凤陪酒、劝酒。

易君左说：“有扬州美女相伴，老夫吟诗一首。”当即铺下纸墨，挥毫写下：“绿杨城廓绿杨村，彩鬟如云古韵存。天下兴亡都不管，辕门桥上看花灯。”

众人夸好。他们喝酒划拳，玩到半夜。黄小凤是平民巷子里的姑娘，哪经历过这等场面，董大嘴要她喝，她就喝，最后喝多了，当场就伏在桌上人事不知。董大嘴不怀好意地叫人把她扶上车，车上，黄小凤歪倒在董大嘴怀里。黄小凤迷糊着问：“专员大人，我何时上班？”

“你已经上班了，专员秘书。”

“上班就是陪人喝酒游玩吗？”

“衙门里的工作就是陪人喝酒游玩。陪得领导高兴，就是工作成绩优秀……”

车子到了绿杨旅社，董大嘴扶着黄小凤上楼。黄小凤嘴里说着：“我要回家了，这是什么地方？”

董大嘴说：“这，这就是你的家，党国官员，四海为家……”

第二天，黄小凤酒醒，一看自己脱得光光地睡在陌生的床上，吓了一跳，赶紧用被子捂着身体。这时董大嘴正对着镜子梳头，身材肥胖臃肿，头发稀稀落落。他从镜子里看到黄小凤醒了，就摇头晃脑地读屏风上的一首诗：“衙斋卧听萧萧竹，疑是民间疾苦声。些小吾曹州县吏，一枝一叶总关情。好诗啊，好诗。”

黄小凤“哇”地哭了。

“黄小凤同志，别哭了，你是政府的人，就要把什么都交给政府。董某一心为三民主义奋斗，天南地北，枪林弹雨，至今没有成家。找个好日子，我们把婚事办了。这也是你父母的意思。”

“不会吧？你这么老了，没有成家？”

“我老吗？事业有成，就是永葆青春的良药。你父母一心想让你嫁个有钱人，你跟着我，嫁了专员，专员就是县太爷，你也就是扬州第一夫人……”

黄小凤掀起被子，大喊：“我不要当第一夫人！”

再说黄大虚子和老八级见女儿一夜未归，一夜担惊受怕。她半夜里起来上香。

黄大虚子骂道：“夜里上香，招鬼。你就不能等到天亮再上香吗？”

老八级说：“我给治公老爷上香，哪路小鬼敢抢？”

黄大虚子家香案上供的和各户人家都不同，别人家是观音菩萨、财神赵公明、弥勒佛、关帝老爷，而他家供有是治公。治公是给周文王修脚治百病的，是扦脚师傅的鼻祖。两口子各怀心事，一夜没合眼。

天亮了，起来下店铺的门板，门口就听见胖大厨喊："大虚子，你家有贵客来了。"

皮六从巷里出来倒马桶，拎着马桶在门口看呆了，说："新姑爷上门吧。"

老八级骂道："哪个嚼舌头的，一早上拎个马桶站到人家门口，有多远死多远……"

董大嘴和黄小凤乘小汽车停到裁缝店门口，卫兵下来站岗，看热闹的街坊邻居一个个探头探脑。老八级一见董大嘴和女儿，立马眉开眼笑喊："花灯儿爆，眼皮儿跳，猫儿洗脸，茶叶棒儿漂，就知贵人上门……"

黄大虚子低头顺目站立，一点儿也没有岳父泰山的威武。董大嘴一挥手，跟班的警察小李子从车上搬下放大的董大嘴的相片，挂在裁缝店正中央，又去门口哄赶一群孩子。

老八级美滋滋看着堂屋中央的相片说："这相片挂着，就没人敢上门欺负人了。"

大虚子点头说："小滑子就不敢上门偷东西了。"

董大嘴让小李子抬出一箱礼品说："黄小凤是国家的人，这点礼品是国家报答你们，为国家培养出小凤。"

老八级说："小凤进了衙门里上班，是不是就像戏上说的，算着选进宫里？"

董大嘴说："皇帝没有了，但官还在。"

老八级说："原来这样。小凤，还不快谢谢董专员。"

黄小凤苦着脸说："妈，选进宫里，侍候皇上一人；进了政府衙门里，不知道要侍候多少人呢！"

13 沈越熊园撒传单 佳人月下颂梅花

“五四运动”反传统，打倒孔家店。到了1914年，蒋介石倡导全民“尊孔复古”。扬州在瘦西湖边上建纪念熊成基的熊园，横幅写“熊园落成典礼和程舜仪与熊成基灵位成婚十五年庆祝”。汪若梅也在人群里看热闹。忽然从熊园门口的假山上飞下许多传单，像雪片乱飘。她看见一个蒙面人身手矫捷，跳过假山，跳上一艘停在瘦西湖边的小船，小船拐一弯就不见了，往小金山方向划去。

人群里骚动起来，有人喊：“共产党……”警察小李子吹口哨，组织警察抓人。他们见人乘船跑了，就喊船，等船过来时，那艘小船早就远去，消失在二十四桥烟雨中。

汪若梅捡起地上的传单，上面印着“封建忠孝节烈是新时代的敌人”的标题。她大吃一惊，想起那天在沈越家聚餐时印刷厂老宋送来的传单。刚才那个散传单的没魂大帝是谁？她把传单折起来放进口袋。

她去美汉中学给周觉民送衣裳。周觉民正埋头校对文稿，桌上堆着杂志的校样。汪若梅进来，把洗干净补好的袍子送给他，袍子上有一条大红的围巾。汪若梅说：“周先生，你围巾一洗，没想到洗坏了，拉线了，我就给你重买了一条。”

周觉民一怔，但也没客气，就围上新围巾，在镜子前照照，说：“太漂亮了，就是太显眼，看上去，太年轻。”

“你本来就年轻……今天我去参加熊园典礼了。”

周觉民一怔：“典礼上有什么情况？”

汪若梅把传单给周觉民看。周觉民看了不吭声，转身给若梅沏茶，趁机转移话题说：“汪若梅，你来得正好，这期《新写作》专栏谈到瘦西湖船娘，我组到两个重量级人物的稿件，朱自清和郁达夫的。”周觉民把这份稿件给汪若梅，让她读读。

汪若梅坐在周觉民对面，用扬州话读起郁达夫的《扬州旧梦寄语堂》：

> ……还有船娘的姿势也很优美。用以撑船的，是一根竹竿，使劲一撑，竹竿一弯，同时身体靠上去着力，臀部、腰部的曲线和竹竿的线条配合得异常匀称，异常复杂。若当暮雨潇潇的春日，雇一容颜姣好的船娘，携酒与菜，来瘦西湖上游半日，倒也是一种赏心的乐事。……

周觉民说：“你再读读朱自清的。”

汪若梅读道：

> ……你们也可想到的，女人撑船总要贵些；姑娘撑的自然更要贵啰。这些撑船的女子，便是有人说过的“瘦西湖上的船娘”。船娘们的故事大概不少，但我不很知道。据说以乱头粗服、风趣天然为胜；中年而有风趣，也仍然算好……

汪若梅正专心读着，一个人悄悄进来，站在她后头。她回头一看是梅曼，赶紧站起来喊：“梅老师。”

梅曼一身时新打扮，拿着一幅画进来。她对汪若梅说：“巧了，汪若梅，你也在。”

汪若梅脸一红说："我给周老师送袍子，上回舍粥，弄脏了。"

梅曼拿起袍子说："唉，我真粗心，一直记着替周先生把袍子补一下，到现在都没补。汪若梅，你看你补得多好。"

汪若梅脸一红说："周老师，梅老师，我先走了。"

梅曼送走汪若梅到门口，回来看到桌上传单，眼泪"哗"就淌了下来。

"小曼，你怎么啦？"周觉民问。

"父亲给我们下最后通牒了，你如果不退党，他就送我去上海。"

"共产党是我的信仰，你们应当尊重我的选择。"

梅曼掏出一份《中央日报》，摆在桌上说："你看，共产党大势已去，你不脱党会招来杀身之祸，识时务者为俊杰也。哪个父亲不为女儿考虑？觉民，你应当替我想想，替我家庭想想。你如果脱党，我可以放弃去上海，我们结婚成家，生儿育女……你让我没有安全感了……"

周觉民站起来走到窗口，推开窗户。窗外是东关码头和古运河，远处，是城北平山起伏绵延的蜀岗。他对梅曼招手说："小曼，你过来。小时候，我们在双忠祠小学。那天父亲给我们上语文课，你举手提问说我们学校为什么叫双忠祠。"

梅曼抹着眼泪说："记得。"

"南宋时，扬州两淮制置使李庭芝和都统姜才，抵抗元兵入侵。李庭芝坚守一年多，最后率七千人突围。在海陵守将叛敌，李庭芝和姜才被俘。他们坚决不投降，就义在茱萸湾。扬州人民怀念这两位忠烈，把他们葬在广储门外。乾隆皇帝也被这两位英雄的事迹感动，赐额'双忠祠'。记得教室墙上的塑像吗？文官就是李庭芝，武将就是姜才……"

"但时代不同了，没有谁侵略我们，民国了，共和了，我们应该听从政府的，过我们的日子。"

"民国了，共和了，但是，老百姓民主了吗？自由了吗？平等了吗？国民党的统治是假民主、真专制，他背叛了孙先生的遗嘱'联俄联共，辅助农工'！……"

“觉民，这与我们有什么关系？你再把我的学生也拉下水。沈越撒这个传单，是拿生命开玩笑……”

周觉民脸涨得通红说：“梅曼老师，你的学生比你更有觉悟，他们知道为理想和信念奋斗，而不当行尸走肉……”

“难道过正常的生活就是行尸走肉？”

他们对峙着，红着脸，很长时间不再说话。最后，梅曼转身离开了……他们知道，他们谁也不能说服谁，谁也不能改变谁。梅曼不再是那个周觉民拥护谁她就拥护谁的恋人了……

沈福元把紫砂壶摔在地上，砸得粉碎。地上散落着油印传单，沈太太慌里慌张地把传单往火炉里塞。沈福元挥着大烟枪，指着沈越骂：“冲家，要杀脑袋的。”

沈太太哭泣着说：“讨债鬼，家里没得吃？没得喝？你干这种不要命的事！”

“我没有干见不得人的，一人做事一人当。”

“你干的事，杀脑袋冲家，知道吗？”

“没有强大的国家，没有老百姓的幸福，小家又算什么？国家不强大，人民只能当亡国奴。沈家一家有钱，看看大街上多少要饭的！”

“放屁！国家，人民，关你屁事？沈家家业，福元布庄，才是你的。”

沈太太说：“你疯了，说什么乱七八糟的。家里家业你不继承，谁继承？”

“我自食其力，绝不做剥削人民的寄生虫！”

“混账！”沈福元拿烟枪砸过去，烟锅砸到沈越头上。烟枪砸断了，沈越额头上流出血来。

沈太太一看，大惊，赶紧上前给儿子擦伤口，骂道：“你个老不死的，下手不知道轻重。”沈太太一边给儿子擦拭伤口，一边说：“我看，俞家姑娘不可靠，女孩子成天在外头疯，办什么报纸。我表兄家多有钱，在高邮地就八百亩，稻子堆到仓顶，女孩子又白又胖，进门就能给你生个胖儿子。”

“这么好，你让爸爸娶她回来当小。”

“你这说的什么？是人说的话吗？”

“天底下，我非俞冉芳不娶。”

“你就是跟她学坏的。她爸爸让孙发奎杀了，俞家早就败了，她陪嫁能赔什么？表兄家说了，陪一船米，够我们沈家吃十年！”

“想拿我做生意，没门！”

沈太太把沈福元拖到旁边，两人商量着。商量结果，赶紧成家吧，俞家姑娘就俞家姑娘，成了家，抱了孙子，心就收了。

沈太太说：“你爸爸同意了，就俞冉芳。婚礼宜早不宜迟，摆在春节。”

“结婚可以，我有条件，婚礼必须请周先生主持，冉芳得由若梅当伴娘。”

沈福元说：“若梅当伴娘，再好不过。婚礼主持，我答应了商会梅会长。我们做生意的，商会就是我们的家，梅会长才压得住阵。周先生就一个穷秀才。”

“扬州城，没有人在我心中的地位高过周先生，只有周先生才是我最敬重的。”

“这孩子，喝了迷魂汤了。”

沈太太说：“没什么大不了的，全答应了。你早点让我抱孙子……”

“唉，福元布庄，这回要败了！俞家能拿出多少陪嫁呢？”沈福元说。

沈太太说：“再多回门礼，进了你沈家，也让大烟枪给败了。当初我八抬大轿进了你沈家，八大箱陪嫁到你家，过得好日子吗？没有我娘家人撑着，沈家早败个锅底朝天了！”

沈越听到说家里吸大烟，劲上来了：“家业，家业，家业就是吸大烟！生活在这种肮脏的家庭是种耻辱！我们这财主的儿子，只有忍着眼泪，烧毁财主的家园，才能烈火中重生……”

“儿子，你说什么？你说要把家给烧掉？”

“对，只有砸烂一个旧世界，才能迎接一个新世界！”

沈福元看着老婆说：“你听，你儿子说的人话？”

沈太太瞪直眼睛，看着儿子，嘴里嘀咕着：“大爷妈妈，要冲家了……”

1930年春。小秦淮河里的冰融化了，两岸柳枝爆出绿芽，地皮开始松动起来。

汪太太参加过沈福元家的婚礼，回来就着急，派大脚来夏家来跟汪若梅说亲。大脚劝汪若梅相亲，说有好几家要上门说亲呢。若梅推说忙，没工夫相亲，汪太太也催过几趟，都被她推辞掉了。

有一天，她正在店里忙，玉珠跑来拖她去对过九如分座吃个早茶。玉珠说大妈妈在。九如分座就在大德生药店斜对过，几步路，汪若梅自然不好推辞。她进包厢，吓了一跳，包厢里一屋子的人，汪太太、沈太太都是家里人，还有几个人陌生面孔。

一个从乡下上来的年轻人，头戴瓜皮帽，一身绸缎子的长袍马褂，尖头洋皮鞋。他看见汪若梅进来，就站起来迎接，咧开大嘴笑。这一笑，吓了汪若梅一跳——一口的大金牙。

汪若梅坐下。沈太太介绍，说这个后生叫元宝，家里有五百亩地，家里的元宝多得用笆斗装。汪若梅心想，他家钱多，与我有什么关系呢？再一想，知道是大妈妈和沈太太给她设了局，说来吃早茶，其实相亲。

汪若梅这种新女性哪里看得上这个俗物呢？她大大方方喝茶，吃包子和烧卖，从头到尾一句也不吭声，吃到一半，忽然站起来说："大妈妈，忘了，刚才有人来抓药，药摆在柜台上。药抓错了，人命关天，不是闹着玩的。我先走了……"这个理由在情在理，大妈妈也不敢留她。

1930年扬州人的生活平和、安稳。这期间若梅心事放在行医和编《新写作》刊物上。她还陪外公去南京参加中医学大会。当时有一种声音要取消中医，扬州的老中医联合全国几个名医，上书给国民政府，要求恢复中医的地位。他们去厦门开会，特地参观了华佗庙。汪若梅看到华佗像旁边站着一个书生，不知道是谁，夏风告诉她，这个书生叫吴普，是广陵医脉的祖师爷，留下一本书叫《神农草本经》。回到扬州后，她就把这书找出来研究。书上按药物效用按使用目的，分上中下三品，"上药为君，主养命以应天。中药为臣，主养性以应人。下药为佐使，治病以应地，不可久服……"

夏风半天在大德生坐诊，半天在家里行医，他开药方子，若梅就替病人抓药。

一天，汪若梅吃过晚饭，在灯下看医书，忽然，有人敲门。她以为是急诊的病人，急诊病人一般去红十字医院，但有的就信中医，非先来夏家讨个主意。

她打开门一看，吓了一跳，门口立着周觉民。周觉民披着长风衣，戴着一顶洋礼帽。

“周先生，你怎么来了？”

周觉民说：“托他们捎信给你，要你去领稿费，你不去，我不能贪污吧，就送上门了。”

“哎呀，最近外公这里病人多，把这件事忙忘了。”

夏风听到外头有人讲话，出来一看是周觉民，就喊进来坐。

周觉民说：“夏先生，今天月亮很好，我想约若梅出去走走，有些事谈谈。”

汪若梅犹豫起来。夏风抢口答应：“好啊，出去走走。我孙女天天窝在家里……”

汪若梅见外公一口答应下来，自己若是拒绝，有些不妥，就只好硬着头皮说：“我进去披件衣裳。”

汪若梅进里间，对着镜子梳妆打扮一番，涂了点谢馥春鸭蛋粉。他们出门，走出小巷子，汪若梅就犯愁问：“我们去哪里呢？茶社这么晚都打烊了，早一点来约就去喝茶了。”

“我们就逛逛史公祠、天宁寺吧。”

他们说着话往城外走。月亮升了起来，挂在墙垛上。一出广储门，就到了梅花岭，梅岭上梅花开放，在月光下，也能辨出颜色，散发扑鼻的香味。

周觉民吟道：“墙角数枝梅，凌寒独自开。遥知不是雪，为有暗香来。”

汪若梅吟道：“晨起开门雪满山，雪晴云淡日光寒。檐流未滴梅花冻，一种清孤不等闲。”

“是啊，梅花就是一种清孤不等闲。汪若梅，我看你就有这种梅花的品质。”

“周先生，你又在笑话我了。”

梅花岭上的史公祠两扇黑色的大木门紧闭着，大门两侧有对联：时局类残棋杨柳城边悬落日，衣冠复古处梅花冷艳伴孤忠！横批：梅花冷艳。他们默默地看着，品味着对联中的深意。

围墙西侧有耳门开着。他们进里，守祠的老人正在月下扫落叶，见他们进来，对他微笑着说："岭上月亮好呢……"

他们绕过回廊，有几只夜鸟在树上啼鸣。正面是祠堂的门楼，两侧又有一副对联，上写：数点梅花亡国泪，二分明月故臣心。

再往后有一土山，高出平地数十米，就是梅岭。岭上种梅花。他们上去，有一个亭子。两人在亭子间坐下。广储门门楼上栖息着一轮朗月。从亭子里可以俯瞰外城的万家灯火、鱼鳞瓦脊。

"周先生，有句话不知该不该问？"汪若梅问。

"我听着呢。"

"你是共产党。我没猜错吧？"

"你怎么知道的？"

"上回给你取出子弹，我就猜到了。"

"报纸上，广播里，说共产党是妖魔鬼怪，你看，我像吗？"

"不像。"

"共产党人就是要消灭剥削，消灭压迫，让全世界劳苦人全过上好日子。共产党人就是要为国家兴盛、人民过上好日子而奋斗。苏联就是人民当家做主，消灭了剥削，消灭了人与人的不平等。多么美好的人间天堂啊！"

"什么叫剥削？什么叫压迫？我们家开盐铺，家里用了丁小同、大脚、大喉咙，我们算是剥削压迫吗？"

"算。他们干活，你哥不干活，但你哥钱比他们多，对不对？"

"对是对，这是我祖上的家业啊。"

"将来共产主义社会就没有什么家业了，一切都是国家的，人人享受平等……"

"真会有这种社会吗？"

"当然有，北边的苏联就是这样。'十月革命'取得了胜利，建立了苏维埃政权……"

两人出史公祠，沿着丰乐上街西行到了天宁寺禅寺。这里有康熙乾隆南巡的行宫、御花园和御码头。御花园内有御书楼叫文汇阁。南边北城河边上就是冶春茶社。扬州的名胜景点不大，集中紧凑，一个挨着一个，就像评书里的故事，一环扣着一环。

汪若梅说："人家都说是天宁寺是谢安的别墅，大妈妈说是唐代柳毅的宅子，唐代传奇《柳毅传书》中的柳毅，是吗？"

"这是传说，不太可靠。可靠的说法是始建于武则天证圣元年，以年号为名最初称为证圣寺。宋徽宗政和二年，全国重要州府均建天宁寺，就更名叫天宁寺。"

"周老师，说到《柳毅传书》，我想起来了，你的小龙女梅老师呢？"

"她去上海了。"

"哎呀，她走怎么不说一声，我们也可以给她践行。"

"心情不好。"

"为什么？"

"我们俩分手了。"

"周老师，这不能开玩笑。你们那么般配，又好了这么多年，哪能说分就分？"

"没有办法。若梅，社会变革时代，人会选择不同的人生道路。我和梅曼就选择了不同的人生道路。诗人裴多菲写说，'生命诚可贵，爱情价更高，若为自由故，两者皆可抛'，她要我为了爱，为了小家庭，放弃自由，放弃信仰……"

"周老师，在恋爱婚姻中，理想、信仰真的那么重要吗？我们父辈，父母做主，有许多不同的文化信仰，不也好好地走过一辈子？"

"从前这样，但是，现在青年人有了选择的权利。"

"周老师，我想回去了。"

"刚出来，怎么就回去？"

"我有点怕！"

"怕什么？我又不是大老虎。"

“你看，梅老师刚走，我就和你晚上在外头散步。我还是早点回去吧，万一碰到熟人都难看……”

汪若梅回家进院子，关上门，背贴着木门，心怦怦直跳。她听见周觉民转身离去，脚步声在巷子里渐行渐远。

14 雷塘踏青识旧闻 男儿投军报不平

《新写作》刊物畅销，许多学校都上门来征订。周觉民慰劳大家，请众人去他老家城北雷塘玩。一早上，大家在文津码头乘船。艄公特地从乡下赶来接他们，船从古运河插到保障湖，沿着一条小河汊，往黄金坝和平山方向行去。两岸一望无际的花田，正是芍药花盛开。

大家有说有笑。平山北边是满山茶园，采茶女边采茶，边唱采茶歌。古人在《茶谱》中说扬州蜀岗茶可与四川蒙顶茶相媲美，龚自珍有诗，“春灯如雪浸兰舟，不载江南半点愁。谁信寻春此狂客，一茶一偈到扬州。”

一会儿，小船驶入小河道。河坡上水牛吃草。河网里的群鹅像白云涌进河里……汪若梅高兴地把脚摆在水里……一条水蛇游过，她惊叫起来，周觉民手快，把水蛇捉住说：“水蛇不咬人。”

汪若梅喊：“放生啊，放生啊。”

艄公说：“你们像白娘子和许生呢。”

周觉民笑说：“我不是许生，是周生。前头到雷塘了。”

船拢岸。众人上岸，沿着田埂，走了一里路，只见前面一个农家小院，周觉民的母亲立在篱笆门口等着，邻居小翠老远地喊：“回来了，回来了。”

小翠跑上前接过周觉民手中的包裹。周觉民见了母亲，跪下喊："妈。"

周师母打量着汪若梅和俞冉芳说："姑娘啊，乡下苦地方，又委屈你们了。"

汪若梅赶紧上前扶着周师母。她们一道走，进了一个竹篱小院，里头是三间草房。院子里摆了木桌木凳。周师母进厨房去舀热水。汪若梅把手上一包红线扎着的茶食给周师母说："师母，这个是素油的茶食。"

周师母责备道："姑娘，又带什么东西，你上回带的京果粉子，到现在还没吃光呢。"

汪若梅一怔。她第一次来，怎么有上回带的京果粉子的事？

周师母回过头对周觉民说："觉民，家里乱的，城里大小姐都是精贵人，快让她们坐下息息……"

汪若梅说："不用了，一路坐船，又没走路，想动动。"

沈越说："走，让周先生忙，我们去竹林里钓鱼。"

俞冉芳说："我和若梅不会钓鱼。"

沈越说："不会就学。周先生刚回家，让他跟母亲说些话。我们去竹林里玩。"

她们觉得有道理，就去小院子后面的竹林里。竹林后面有一小河。沈越钓鱼，汪若梅和俞冉芳在一旁看。一会儿，沈越提竿，钓上一条鲫鱼，汪若梅和俞冉芳高兴得又蹦又跳。沈越熟练地折下一根柳树枝，用树枝穿过鱼鳃，把鱼放入水中，把树枝的一端插进土里，鱼就跑不掉，又不会干死。

汪若梅坐在河岸边看水里那条穿着柳枝的鱼。忽然，她吓得惊叫起来。原来她坐的地方蹲着一只癞蛤蟆。

沈越哈哈大笑，伸手就抓起癞蛤蟆。俞冉芳也尖叫起来。

沈越说："要轻轻地抓，癞蛤蟆的浆就不会喷出来沾到手上。浆有毒，能毒死一头牛。"

俞冉芳对汪若梅说："你这个表哥，哪里像是城里人，就是个野人。"

汪若梅说："你等着后悔吧。他就是个没魂大帝。"

周家小院子里有一棵大枇杷树。周师母端上大盘的枇杷，让他们当零食吃。一会儿，桌上摆上大盘小盘，一看，全是老鹅。城北的老鹅很出名。周师母说："乡下比不得城里，没有别的，今天就请你们吃特色菜老鹅，有盐水鹅、红烧鹅、鹅八件。”

汪若梅高兴地说：“我最喜欢吃鹅了。”

俞冉芳就要动筷子，周觉民拦着说：“等等，等我大哥。”

小翠端鱼上来说：“沈先生钓的。”

一会儿，从田埂上走来一个戴破草帽的农民，赤着脚，脚上沾满泥巴。周觉民喊：“老哥，就等你了。”

大成子拍拍手上的泥说：“脏，刚从地里上来。”

周师母说：“都是家里人。大成子，一道吃吧。”

大成子说：“我在厨房里吃，有客人呢。”

周觉民上前拖他坐下说：“全是自己人，就等你啦。”

大成子怯怯地坐下。周觉民给大成子逐一介绍。介绍到汪若梅，大成子赶紧站起来磕头，喊：“东家小姐。”

汪若梅吓了一跳。

周师母说：“起来，起来。小姐是觉民的学生，按辈分低你呢。”

大成子怯怯地坐下说：“二姑娘是我东家。我给吴家富家种花，租三十亩花地。吴财主家里地是汪家地，转租给我的，所以要喊二小姐东家。”

汪若梅说：“噢，原来这样，你租的吴家地，这就说得过去了。周先生，这么说，我们汪家就是剥削阶级，大成子就是被剥削阶级吧？”

“按道理是这样。”周觉民说。

“噢，大成子，将来不要革我的命吗？”

大成子听不懂什么是革命，说：“我乡下人，没文化。”

沈越说：“按道理要革你的命的，你要是参加革命，就是同一个战壕的革命战友，就不革你的命了。嗯，经组织决定，放你一条命。”

俞冉芳说：“别说那么吓人。若梅别让他吓住！”

周觉民说：“今天放假休息，不谈革命，只谈生活。我这个大哥一肚子故事，我小时候跟在大哥后头听他讲故事。今天城里大小姐们来，你就给他们说一段吧。”

大成子说：“兄弟，城里人在，我不敢讲，他们会笑话。”

沈越说："没人笑话。你能让我们听得笑起来，我就喝光这半瓶酒。"

大成子说："好，为了让兄弟喝个痛快，我就讲一段。我们这一片叫雷塘。上头人传下来说，隋炀帝下葬那会儿，天上五雷轰顶，把棺材都炸开了，炸了三回，炸出上雷塘、中雷塘、下雷塘。这边是下雷塘。后来来了一个和尚，拿出一个铁佛，天上雷就停了。和尚把铁佛留下来，就是北边的铁佛寺……"

周觉民补充说："唐朝诗人罗隐写'君王忍把平陈业，换取雷塘数亩田'，就是指这儿。"

汪若梅说："我听外公讲，隋炀帝叫杨广，汉代扬州称广陵，杨广的陵，杨广在扬州称帝犯名讳，说诸葛亮死于五丈原，诸葛亮号卧龙，龙离开水，到平原上，哪能不死？庞统号凤雏，命丧落凤坡……"

周师母听得直点头说："是啊，头顶三尺有神灵。"

大成子给汪若梅敬酒，跪着敬，把若梅吓了一跳，一时不知所措。

周觉民说："老哥，你这么客气，若梅会不自在呢。"

大成子叹口气说："前两年大水，花收成不好，差着吴老板租金。吴老板来要过几趟，求二小姐方便时说说，等来年收成好了就还清……"

汪若梅说："我回去见我哥、嫂子一定说。"

晚上，汪若梅陪着周师母睡一张床。周师母告诉她，周觉民父亲早年去世了，她这几年风湿病，又咳嗽，怕影响觉民学习，瞒着。家里五亩地靠大成子照看。周觉要把她带到城里生活，她说城里生活不习惯了，舍不得家里养的几只鸡和鹅。

周师母又开始数落起周觉民，说乡下男孩儿到二十岁就娶婆娘，觉民都快二十五了，"他不娶婆娘，我去他父亲那里要挨骂……"周师母抹眼泪，说觉民哪天讨了媳妇，苦日子算到头了……

她们正在床上谈话，周觉民在门口敲门，要汪若梅出去一下。汪若梅赶紧套上衣裳，到堂屋里。

周觉民悄声说："若梅，沈越刚才说到屋后头上厕所，我左等右等不见他回屋里，我怕他掉到树坑里，去屋后茅房看了，没见他人。"

汪若梅说："我去俞冉芳屋里看看。"

周觉民说："万一……你先敲门。"

汪若梅脸一红，忽然想到那件事。原来周觉民安排他和沈越睡到大成子家，俞冉芳睡周觉民的房间，若梅和周师母睡。大成子家也就在东头五十米远，汪若梅知道俞冉芳的性格，他们不会在周老师家做那个事的。

汪若梅佯生气地说："周先生，你想多了。"

汪若梅也不敲门，直接推门进了俞冉芳屋里，一会儿，慌里慌张跑出来说："俞冉芳也不在屋里。"

"外头黑灯瞎火的，我怕他们俩出去，走得不认得家。"

周觉民和汪若梅就出门找沈越、俞冉芳。他们想他们不会走远，就又回大成子家找，没有。来的路上一路找，也没有。周觉民说："他们不会瞒着我们回城里了吧，在乡下过不习惯？"

"不会的，他们走，俞冉芳会跟我说的。"汪若梅忽然想到一个地方，"周先生，我知道他们在哪了。"

汪若梅领着周觉民到了屋子后头的竹林里。远远的，在月光下，他们就看见竹林边上，下午沈越钓鱼的河岸上，两个人正站成一个人——俞冉芳钻在沈越的怀里。

周觉民想喊他们，汪若梅赶紧捂住周觉民的嘴。周觉民明白过来，一怔，顺势抱住了汪若梅。

汪若梅吓坏了，也不敢吭声，怕让沈越和俞冉芳听到。她从没有在哪个男人怀里过，紧张得全身颤抖，但是一点儿也不害怕。

周觉民抱紧她。在宽大的怀抱里，她忽然觉得自己像是被一股暖流融化了……

在药店里，来敷药的皮六眉飞色舞讲黄小凤的故事。皮六说得有鼻子有眼，夏风和孙阆仙听得面色凝重。孙阆仙嘴里不停念"阿弥陀佛"。汪若梅不敢想象黄小凤怎么会和董大嘴扯在一起，她问皮六有没有周小松的消息。皮六跑黄包车，在外头转，消息灵通。皮六说听教场卖臭豆腐的王奶奶讲，黄小凤在大光明跳洋舞，和董专员胳膊挽着胳膊走路，碰巧碰上周小松。周小松喝得醉醺醺的，酒壮人胆，一看见黄小凤也不管旁边有人，上前就拉，董大嘴问什么人，黄小凤说是个疯子，周小松一听大骂黄小凤堕落，指着董专员骂“寄生虫、剥削者”。董专员说这是共产党的话，说周小松是共产党，掏出枪就要把他枪毙掉，黄小凤死拽着董大嘴的胳膊，周小松才保下一条命来。卫兵上前一顿拳打脚踢，可怜周小松牙都被打掉了……

“后来呢？”汪若梅问。

“后来，后来就不知道了。”

皮六前脚走，沈福元两口子后脚就到了，他们隔着玻璃往店里招手。

夏风把门推开说：“沈老板，在门外头做什么？有话进来说。”

沈福元苦着脸说：“我们找若梅有点事。”

“找若梅有点事，也进来说啊。”

沈太太眼屎巴巴的——两口子刚从福寿堂里出来——她对夏风说：“夏先生，我们不是来看病的。我们找若梅，家里亲戚，话只能在一边悄悄说。”

夏风听他们这么一讲，就喊汪若梅出来。其实，汪若梅刚才就在玻璃窗里看到舅舅、舅母向她招手，她装着看不见，以为他们又来给她介绍对象，约她去相亲。现在外公喊她，她就不好不出去。

汪若梅出门，故装惊讶地问：“哎呀，舅舅、舅母，你们来怎么不进屋里去？”

沈福元说：“二姑娘，见不得人的事。见得了人的事，我们就进屋里说了。”

“舅舅说笑话，有什么见不得人的事？”

沈太太拖她到旁边，眼泪淌淌地问：“二姑娘，我家沈越到哪里去了？”

汪若梅大惊说：“前些日子，我们还去乡下玩的，这几天没见了。沈越怎么了？”

“多少天不归家了。城里都找遍了，鬼影子也没见一个。”

“舅舅、舅母，你们去报社找俞冉芳问问啊！”

“我们找她问了，她也说不知道。你说这不是骗鬼吗？他们结婚了，哪个新娘子不知道新郎去向的？”

汪若梅想，沈越去哪俞冉芳不可能不知道，这两个人情真意切、感情融洽。俞冉芳说不知道，一定有她的道理。

她悄声问：“沈越有什么事吗？”

“这个讨债鬼，吃了豹子胆，上回在熊园门口撒传单，让董大嘴知道了，警察局的人在抓他。抓你也不能跑啊，跑到哪儿也要跟娘老子说一声啊。董大嘴那边，我托余小奇、梅尔宜上过门，送了一根大黄鱼，董大嘴当着他们面拍胸脯，说既往不咎。现在他这么一跑，这个事情弄得复杂起来了……”

汪若梅一听，明白了，安慰他们说：“沈越机灵着呢，保证没有事。”

沈太太问：“二姑娘，你们从小一起长大的。沈越一跑，俞冉芳会不会变心？”

“舅母放心，不会。他们感情深着呢。”

沈福元说：“你这么一说，我也就放心了。”

沈福元走后，汪若梅不放心，下班后一脚去报社找到俞冉芳。俞冉芳挺着个肚子，抹着眼泪悄悄告诉她，弥陀巷的万把钩跟沈越有仇，从前沈越打了小蚊子，青帮冲报社，是董大嘴封弥陀巷的旧怨，他们告密说沈越撒传单，董大嘴这边就准备抓人，组织上为保护他，秘密派他去了南通……

“为什么去南通？”

“这是组织机密，沈越都没告诉我。”

汪若梅盯着俞冉芳的肚子问：“几个月了？”

“六个月了。比结婚早两个月。结婚那天，我用绸子把肚子束起来，没看得出来吧？”

“你穿的西洋落地白婚纱裙，里头就是钻个人也看不出来。”

“我就是怕人笑话。”

“生宝宝的时候提前告诉我，我来照顾月子。”

“唉，也只有你一个亲人了。告诉你一个秘密，这趟沈越走，把周小松也带走了。”

“这两个没魂大帝一起走肯定要闯祸。”

“我去福运门码头送他们，沈越口封得紧，什么也没说。周小松留下了话，要我转告黄小凤，他去参加红军，要领着人马杀回扬州，要杀了董大嘴，血洗江都县。他要把黄小凤从虎口里夺回来。这个信，你让我怎么捎呢？”

“这个话不能带。黄小凤是自愿入虎口。”

15 师母搬进五福巷 两个姑爷同登堂

5月份，周觉民母亲病重，他赶回雷塘老家把母亲接到城里看病。先到红十字医院，洋医生拍片子，诊断出肺气肿，住了半个月，打针挂水，炎症消下去了，但天天咳嗽得厉害。汪若梅去周觉民办公室送校对稿子，听到周师母在屋里咳个不停，就劝周觉民把母亲领去让外公看看。

周觉民叫了黄包车，汪若梅扶着周师母坐在车上。黄包车从便益门大街出来，走大草巷向西行。周师母哪见过如此繁华的街道，一路上直咂嘴。旁边又坐着个如花似玉的城里姑娘，周师母抓住若梅的手不放，夸着娇嫩。

周师母说："城里姑娘和我们乡下的就是不一样。我这两天在觉民的学堂，一看，都是天上神仙，王母娘娘身边的童男童女。"

汪若梅就差笑岔了气。他们进了五福巷，进门先喝一会儿茶水，去夏公公诊病的厢房里坐定。夏风闭着眼睛，捻着山羊胡子，给周师母号脉，清了清嗓子说："这个病要慢慢调理，要喝中药。肺的炎症是消了，要根治须润肺养肺……"

汪若梅说："周先生又要上课，又要编刊物，肯定照顾不过来。"

夏风说："要么就先在我们家住下来，若梅帮着照顾，如何？"

周觉民说："夏先生，太麻烦了。"

周师母却抢着说："好啊，我在城里又没有人做伴，有汪姑娘照顾，我这病就好了一半……"

周师母自从上回见到汪若梅，一直误以为汪若梅是周觉民在城里谈的媳妇梅曼，她想跟儿媳妇在一起，可以照顾儿媳妇。城里姑娘娇贵，自家人就不要分个里外，所以她一口答应下来。

周觉民见母亲抢先答应下来，只好硬着头皮说："夏先生，这就麻烦了，一并费用，我来承担。"

夏风说："你是若梅的老师，也不要客气了。抓药的钱，你出，别的，我就不收了。"

周觉民说："食宿费用，一并要给。"

第二天，周觉民找了辆牛车，载着周师母的生活用品，搬进了五福巷。夏家前一天晚上把南边一间闲置的屋子收拾了出来，里头搁床。汪若梅扶着周师母下车，周觉民拎着生活用品。他们在屋里刚刚收拾停当，忽听得门口一阵笑声，俞冉芳和杨宝琴买了一株雪梅送来，雪梅底下托着一个花盆。

俞冉芳说："巷子口碰到平山来卖盆景的，三文不值二文买的。"

"这是去年的新梅，栽在盆子里好看，但是花盆嫌小，根系张不开。我找个空地埋下去。"周觉民看了看，就去找铁锹。

汪若梅说："埋在我窗台底下吧。"

周觉民说："好，又晒得着太阳，窗户一开，屋里就是梅香。"

俞冉芳看到院子里墙根底下有几盆盆景，大赞说："若梅，这盆景多好看……"

周觉民挖着土回过头说："这是扬派盆景，特色讲究瘦、奇、灵……"

杨宝琴问："谁手艺这么好？若梅，你啥时会弄盆景了？"

"我哪里有空弄，我嫂子玉珠的手艺，她家祖传种花，一天到晚就忙盆景……"

周觉民那边一会儿挖好了坑，汪若梅上前把梅花移到坑里，手扶着，周觉民填土。院子东墙角有个鸡窝，他又去用锹掏些粪便掺在土里，鸡吓得四处乱飞。

汪若梅说："井旁边有桶，再浇点水……"

周觉民就去井旁边用压杠压水。

杨宝琴说："咦，周先生怎么全听若梅的？"

众人笑起来。夏风出来说：“哪个嘴尖啊？”

汪若梅说：“外公，你看，他们欺负人。”

夏风说：“这么大了，外公保护不了你，你应当请周先生保护。”

杨宝琴说：“我看，周先生栽了花，这里就是周先生的家……”

汪若梅嗔说：“我撕了你的嘴。”

两个女孩子在院里追打起来。

周师母搬进夏家治病，在巷子里引起议论。夏家忽然多出一个老太太。

众人在大虚子裁缝铺里头聊天。老八级说汪若梅这孩子孝顺，替外公找了个老伴。众人也都认可这个说法。几个邻居一商量，平常都欠夏风人情，有个病啊疼的找先生看病，夏公公不提钱字，大家就合计着要给夏风热闹一场，但这个话又不好说出口，想来想去就先让老八级探底。

老八级最热心，她打扮起来，上门找夏风闹着要喜糖。话一说出口，把个周师母臊得就差钻进洞里。夏风骂道：“你个八级货，这个是若梅的师母，来看病的。”

这就闹了个大笑话。后来周师母的身体日渐康复。一天，她和夏风在院里闲聊，周师母说：“夏先生，我在乡下生活习惯了，这会儿病快好了，也想回乡下去了。”

夏风问：“乡下有人照应吗？”

“有亲戚大成子。我就一个儿子，忙到现在，也没成个家。夏先生，我没什么文化，有一句话在嘴边上，不知当讲不当讲？”

“周奶奶，自家人，有话直说。”

“你孙女若梅，我怎么看怎么喜欢。她每回去乡下都给我捎京果粉、金刚脐子、小麻酥……也不嫌乡下脏。城里大户人家闺女哪有这么贤惠，打着灯笼也找不到啊！”

“唉，若梅母亲去世得早，父亲前两年扬州闹匪，让黑头吓了也去世了。我把她要到身边来防个老。那边，汪太太一直不放。前些年他家里出事，汪家才不得不放人，就来学医，照顾我。儿女婚事都是上人说了算，现在讲新式，年轻人自己处，处得差不多了，领了见上人，上人看了也满意就成了。他们是新派人物，洋先生，他们若有这个意思，就不用我们操心，让他们自己先处处。”

“觉民，我自己养的自己知道，水瓶外冷内热，脸皮薄，他开不了这个口。”

“师母的意思？”

“夏先生，你要是看上觉民，从中撮合一把？”

夏风点头说：“我知道火候，这跟我们中医下药一个道理。让我当一回药引子。”

再说梅曼和周觉民闹得不欢而散，梅尔宜就找关系把梅曼送去上海震旦学院当教师。震旦学院是1903年神父马相伯创办，“震旦”在英语中有黎明曙光的意思，马相伯把震旦学院比作旭日东升，以教育开启中国的黎明。

梅曼到学校后，心里总是放不下周觉民。学校放暑假，她回扬州探亲。她听说黄小凤在政府里工作，就去看黄小凤，顺便打听周觉民的情况。黄小凤脑子少一窍，见到梅曼就一个劲倒豆子。

黄小凤说周觉民和汪若梅好上了，两家并着一家，汪若梅把师母接到家里去住了。梅曼想不到在自己的学生中认为最清高的汪若梅会做出这种事来，她回到家，心潮起伏。她想去看看周师母，一探究竟。自己真是小看汪若梅了，最没有心计的学生竟是最有心计的。

傍晚，梅曼去大麒麟阁买上茶食，往东圈门去。去年周觉民受伤，她把周觉民送到夏家来医治，她认为那时候他和汪若梅好上了。报纸上天天有共产党人宣布脱党，周觉民就为什么不能脱党呢？肯定是汪若梅的力量在诱惑他。

走近夏家，她的心情格外不能平静。她在夏风家门口站着，看着门口挂的红灯笼，看着大门上贴的对子“良医济世，治病救人”。她没有敲门，在巷口徘徊，希望能在巷口碰到周觉民，那样更好，那样尴尬的是周觉民。可是，她等到天黑了，也没看见周觉民的影子。

汪若梅下班回来，在巷子口看到一个穿旗袍的女人。她见是梅曼，主动喊：“梅老师，你怎么在这儿？”

梅曼没想到汪若梅竟这般从容镇定，一点儿也不像做了亏心事。她支吾着说：“我是来看看周师母的。”

“好啊，周师母好多了。”

汪若梅引着梅曼进屋。梅曼看周师母时，周师母一脸的迷茫。早先梅曼曾经去过周觉民家，捎的点心都是周师母爱吃的，周师母也一直看她是周觉民的女友。上回汪若梅去周觉民家，周师母误把汪若梅看着是梅曼了，也正因为如此，她才一口答应住到夏风家。现在她面前同时出现两个女孩子，她才想明白自己认错人了。

周师母通人情世故，装着糊涂，一脸迷茫，心中骂自己老糊涂。梅曼看过周师母，见师母病情好多了，也不咳嗽，就说了些安慰的话。她觉得周师母一脸迷茫，可能是老年痴呆或者药物作用。

梅曼看过周师母，就主动约汪若梅去河边散步。她们边走边聊，谈分别后各自的情况。一会儿就走到了大虹桥，两人坐在桥头看月光下的瘦西湖。

梅曼吟道："扬州好，第一是红桥。杨柳绿齐三尺雨，樱桃红破一声箫。处处系兰桡。"

若梅接道："扬州好，秋九在江干。接得黄花高出屋，抬来紫蟹大于盘。香腻共君餐。"*

"是啊，共君餐。我不能陪觉民共君餐了。"

"为什么？"

"我要去美国留学。这回震旦学院推荐的，好容易才争取到名额。想到离开扬州，离开周觉民，我就有些伤感。"

"噢，是这样。"

"汪若梅同学，希望你们能理解我。我看周老师很喜欢你。"

汪若梅惊慌起来说："啊？"

"我这一走，不知何时回来。我和他在一起总是吵，吵得他不开心。我们从小同学，在学校时，我跟他总是班上前两名，一会儿他在前，一会儿我在前。后来我去法国留学，他在震旦读书。他很固执，总是革命啊，国家啊……唉……我走后，你多关心周老师，他一个人，也不容易……"

---

* 梅曼与汪若梅对话中所吟诵的词，出自清初康熙年间费轩的《扬州梦香词·调寄望江南》。——编注

“梅老师，这，我不知怎么办。”

梅曼若有所思，继续道：“扬州好，年少记春游。醉客幽居名者者，误人小巷人兜兜。曾是十年留。”*

“扬州好，评话晚开场。略说从前增感慨，未知去后费思量。野史记兴亡。”汪若梅接道。

“汪若梅，我这趟走，就不去看觉民了。免得相见生出伤感。”

“梅老师，你去国外，不知道什么时候能回来，你们还是见上一面吧。”

“不了。你替我向他问候一声吧。”

汪若梅一时茫茫然。她似乎感到梅曼对她有些抱怨，但是她也不知如何是好。从内心深处讲，她越来越喜欢周觉民，周觉民这儿有父爱，有师长之爱，有大哥哥的关爱，这种爱那么平稳，但是坚实，而当初周小松的爱就像烟云，飘逸不定。

梅曼见汪若梅低头不语，说：“若梅，我理解你，这一切不是你的错。”

每天，周觉民来看母亲，就在厢房小桌子上看稿子，校对稿件。《新写作》杂志办得红红火火，供不应求。编辑部的人手不够，沈越去了南通，俞冉芳又怀孕了，好在汪若梅就成了他重要的助手。他们天天见面，时间一久，自然就生出感情。

周觉民有个习惯，吃过晚饭要出去散步。那时散步的人不多，人要是在外头走路，一定是忙事情。周觉民散步拖汪若梅一起，汪若梅怕让熟人看见，不好意思，周觉民就找了个借口，要汪若梅陪他去看扬州城门，每个城门写一篇散文，散文的大题目就叫《寻门》。

汪若梅问：“为什么要寻门呢？”

周觉民说：“寻找到生活的门，人生就不会迷茫。”

这句话太有诗意、太有想象空间了，汪若梅一下子就被吸引了，后来只要周觉民到五福巷吃晚饭，晚饭后，她一定会陪周觉民去寻门。他们去看广储门、便益门、

---

* 同上，出自清初康熙年间费轩的《扬州梦香词·调寄望江南》。——编注

文津渡口的东关门、以写“天下三分明月夜，二分无赖是扬州”的徐凝命名的徐凝门、福运门及福运门边上专门取运河水的葫芦门、钞关又叫挹江门，还有大东门桥、小东门桥、南门、新南门，西门、北门、新北门、天宁门……

那时扬州有一首儿歌：扬州城呀十二门，四水关来六吊桥……周觉民对门特别有兴趣。

他们每找到一个门都特别兴奋。有一天晚上，他们到了挹江门。他们坐在小秦淮河边上看月亮。周觉民说：“钞关又叫龙头关。哪一天，我的头挂在上边，我就变成了一条龙。”

汪若梅慌忙站起来往地上吐吐沫：“呸，不吉利！”

周觉民拉住她的手。她想挣脱，哪里挣脱得了？周觉民把她抱在怀里。汪若梅用力推开他说：“我可不想像俞冉芳，没结婚就让你们弄个大肚子。”

周觉民抱着她说：“好吧，那我们就结婚后弄个大肚子。”

…………

“周先生，没有人像我们这样，寻遍扬州所有的门？我不知道你为什么对门这么热衷？”

“若梅，我小时候在乡下，到十几岁才跟父亲进城。我没进城时，就总做一个梦，梦见我在城市的上空，这座城里有许许多多的城门，后来我到扬州之后，才肯定我梦见的城市就是扬州。你说奇怪吗？”

“这没什么奇怪的。这就是说你前世是一只大鸟，在扬州的上空飞啊飞啊……”汪若梅站起来，表演鸟飞翔的动作，顺着小河边往回跑。周觉民嬉笑着从后面追赶……

他们俩打得火热，这些夏风和周师母都看在眼里乐在心里。一天，周觉民来送茶食，夏风就留着一道吃晚饭。小院子里，小板桌，小爬爬凳。夏风抿一口“扬州白”酒，说：“你们两个天天在一起，剃头挑子两头热，街坊邻居都看在眼里，一个个闹吃喜酒呢。”

周妈妈说：“是啊，你们也到了谈婚论嫁了。”

周觉民说：“外公，妈妈，你们不是看到吗，天天忙。”

周妈妈说："再忙，能大过婚姻？"

夏风说："周妈妈说得有理。婚姻大事，事有大小，轻重缓急，我看这事不要等了……新社会讲婚姻自主，你们拿个主见。"

周觉民说："男主外，女主内，这个事，若梅说了算。"

汪若梅羞红了脸，一推饭碗说："我说的不算，外公说了算。"

夏风说："若梅啊，我看，这个事，我说了也不算，要一个人说——大妈妈说了算。我毕竟是外公。你是汪家的女儿，婚姻大事，要大妈妈那头做主。"

周妈妈说："这个作兴，汪太太那头说了算。"

汪若梅见大家谈论起他们的婚事，羞得躲进里屋。她坐在床上，仔细一想，两位老人讲的也都有道理，自己好长时间没回娘家了。婚姻大事要回去和大妈妈嫂子她们商量，这也是个礼节。

汪太太知道汪若梅谈男朋友，全家高兴。大家商量定在中秋节汪若梅把准姑爷带回来给大妈妈看看。姑爷第一次上娘家门马虎不得，周觉民去黄大虚子家定制了一套西服，又去缺口街的大上海商场买了洋领结。汪若梅新做了一身绸缎子旗袍。

一早上，他们去辕门桥街，买了月饼、米糕、薄荷糖等，周觉民又拎了两瓶桂花酒。到晌午时，大脚报信，准姑爷上门了。长兄为父，汪天佑穿着旧式长袍马褂出门相迎。大家在正厅"存志堂"坐下喝茶。

大妈妈关照再三，要天佑询问周觉民家里的情况，结果汪天佑大谈昆曲和扬州清曲。他们两个谈得投缘，把该问的话一句没问，他只顾着说戏，一会儿唱几句，什么大开口、小开口，一会儿又摆身段……到了吃午饭的时候，汪太太领着全家敬祖宗上香，汪天佑跪在父亲灵位前磕三个头，上香。

汪太太上香时嘴里念叨着："老爷啊，若梅把男朋友带回来给你看看，你满不满意？显个灵啊！你保佑大姑娘能平安回来，家里就团圆了……"

忽然，门口有人高声喊："妈……"

大家回头一看，门口阳光下站着一个人，这个人喊"妈"。汪若梅眼睛尖，大喊："姐姐回来了。"

汪太太喊道："若梅啊，不能喊，这是老爷显灵呢。"

汪琼走进屋里说："什么显灵，我，你女儿回来了。后面是你女婿。我给你添孙子了。"

众人这才回过神来。只见汪琼头上戴着插满羽毛的猎帽，披着皮披风，里头是中山夹袄，小西裤，高跟鞋。后头顾伯龄二八分头，头上涂得油光锃亮，一身黑色的燕尾服长与膝齐，后面像燕子尾巴开了叉，里头白色短衣背夹，上兜里挂出金亮亮的怀表链子……

大脚抱着个孩子，一惊一乍地说："我出门倒水，门一开就看见大小姐了。这儿还添了个千金。"

小女孩有两三岁，手里抱着个洋娃娃，睁着大眼睛好奇地看屋里的人。汪琼说："莎莎，喊奶奶，喊姨……"

汪太太上前抢着抱莎莎说："大姑娘啊，快给老太爷上香！"

汪琼走到汪春灵位前，"哇"地哭了下来。

汪春去世半年后，汪琼才得到消息，独自跑到珠江边，在江岸上祭奠父亲。当年孙发奎反扑，她怕受到连累，跑过江找顾伯龄，在南京找到了他。扬州城失守，顾伯龄玩忽职守，中统把他们押到广州监察院受审。这时也巧了，他们遇到了贵人叶秀峰。叶秀峰是扬州人，是中统干部调查局局长。叶家和顾家在扬州相熟，叶秀峰找到陈乐夫才保住了顾伯龄一条命。叶秀峰要他们隐姓埋名几年，等风声过了再说。就这样，汪琼一直没敢给家里写信。

顾伯龄失去公职后就去洋行上班，汪琼忙着生莎莎，在家带孩子。前段日子，叶秀峰从南京去广州，劝他们回扬州发展。叶秀峰还写了一封信让顾伯龄捎给董大嘴，要各方面给顾伯龄行方便。叶秀峰托顾伯龄把叶家瘦西湖边上的老宅子扩整，留待他将来退休后居住。

因为这层关系，他们匆忙赶回来，先去了上海，买了两条小火轮，准备回扬州办船业公司。大脚刚才在码头上洗衣裳，听到小火轮的汽笛响，两艘小火轮停到汪家的盐码头，大脚心想："轮船怎么停到我私家码头呢？你不停到福运门和龙头关去？”再一看，大姑娘正从甲板上下船。

汪太太抱着莎莎，亲个不够。

玉珠来给她擦眼泪，说：“婆婆，你把眼泪弄到莎莎衣裳上了……”

汪太太笑了起来，赶紧擦拭眼泪骂道：“大姑娘啊，你也太不作兴了，结婚生孩子，这么大事也不告诉家里一声……”

汪琼指着顾伯龄的鼻子骂道：“结婚？他乘人之危。我心里有气呢，等莎莎大了，我们就分手……”

顾伯龄尴尬地笑着说：“好说，都是我的错。”

汪太太说：“说的什么啊，都当妈妈了，还像小孩子。”

汪若梅笑着说：“噢，莎莎也是乘人之危跑出来的……”

众人笑，汪琼拿了手帕抽汪若梅骂道：“妹妹变得油腔滑调了……”

这边几个女人讲话，另一边几个男人闲聊。顾伯龄拿出雪茄，递给周觉民，周觉民说不会抽烟。汪天佑因为当初顾伯龄鼓动行刺徐老虎，后来让徐宝珍弄个大麻脸，所以他就不想见顾伯龄，现在顾伯龄成了家里人，成了妹夫，他也不得不硬着头皮在这儿陪坐着。

顾伯龄问周觉民：“周兄在哪里高就？”

“哪谈得上高就，在美汉中学教书。”

“留过洋吗？”

“没有，早年在省八中毕业后去上海震旦念书。”

“唉，人才，可惜没留过洋就有缺陷。我当年在日本，多少同学都是党国元老。蒋中正、汪海田，我在广州，也经常和他们有交往啊……”

汪天佑见顾伯龄谈得兴起，借口盐铺有事，领着丁小同去店铺。顾伯龄谈得密不透风，周觉民也只是听着。一会儿，大脚喊开饭了，所有人进内堂用餐，按辈分坐定，一张团圆桌，坐得人满满的。

大妈妈又哭了一会儿，说：“多少年没这么团圆了，这是老爷显灵……”

吃过饭，堂屋的大西洋钟敲了几响，到了下午一点。周觉民借口学校有课，起身向众人告辞。

周觉民一走，顾伯龄夹在一群女人中间觉得没味，就出门绕到盐铺里找汪天佑。汪天佑正跟丁小同在柜台后面盘点生意，他要丁小同把账做出来，汪琼回来了，盐号的事要交给汪琼。

丁小同为人忠厚，汪春去世后，盐铺生意并没有受什么大影响，客户都是多少年积累下来的老主顾，生意往来上也很放心。但是，有几笔账还是引起了汪天佑的注意——日本人宫奇收购了汪家一船的盐。

汪天佑说："日本按理说不缺盐啊？"

丁小同说："我派人打听了，日本的盐是海盐，我们的盐有池盐。宫奇在我们这儿收的是池盐。据说弄回去这盐里有什么元素，他们工业上用得着……"

"如果他们工业上要用，也不会只收一船吧？"汪天佑问。

丁小同说："要得多呢。现在全国都在抵制日货，学生娃闹得凶，我怕和日本人做生意引来麻烦，所以后头的生意没敢做。宫奇上门过好几趟。他在我们这儿收不到盐，去了四岸公所和卢氏盐商，跟他们做了……"

汪天佑说："不做也罢，免得引麻烦。日本人还是少打交道好。"

他们正说着话，顾伯龄进门，说："天佑兄，生意做得不错。"

汪天佑说："哪里，盐场的盐都涨价了。"

丁小同见顾伯龄进来，就避让出门，说："两位少爷你们聊，我去看着船上卸货。"

顾伯龄坐下来，对汪天佑说："大舅子，看到码头上停的两艘小火轮吗？我花大价钱从东洋买回来的，功率大，可以拖十条泊船。我想一条往南，跑瓜洲、镇江；一条沿运河往北跑，江都、高邮、宝应、淮安。你看如何？"

"好是好，现在这两条线路由苏北船运公司的船在跑，有青帮撑着，我看你最好别往里插。"

"他们跑的都是老式木板船，全要淘汰。当年福运公司在我爹手上，虽说只有一条大铁船，那也是扬州首屈一指。我这趟回来，要重振家业。民国就是全民经商……"

16 瞎子算命判姻缘 专员河底捞月亮

汪琼平安归来，再个姑爷同时登门，一天里汪太太悲喜交加。晚上，她把几个女眷叫到屋里商量。汪太太说："从前老爷在时，家里的大事小事，老爷说了算。现在按理要听天佑的，可他天天在外头下棋、唱戏，也不能指望。我们几个一起把家里事合计合计吧。大脚妹子，你先说个开头。"

大脚说："这回好了，大小姐平安归来，生了个宝贝女儿。多可爱啊。这一边，若梅姑爷上门，品相不错，是个先生，底下就该把若梅婚事办了。这也是双喜临门。"

汪琼说："我那时候跑出去当兵，也是没得办法，人生地不熟，只好嫁给了顾伯龄。他比我大八岁，我现在后悔也迟了。若梅的事，不能作忙，要考察考察。我就这么一个妹妹。"

汪太太说："我看你和顾家少爷是前世姻缘。不过，男怕选错行，女怕嫁错郎，这个事情，还就是要找个明白人拿主张。问问两个人的生辰八字？"

大脚说："都说打铜行算命瞎子算得准，我看不如去给两个小姐算算。"

"早就想去了。大脚啊，你替我跟巧云约个日子，一道去请瞎子算算。"

汪琼说："去给若梅算算吧。我都生米煮成熟饭了，八字有两撇，还算个什么倒头命？"

大脚说："汪琼和顾少爷是琼花观后土娘娘定的姻缘。大妈妈在后土娘娘庙上香，家来就怀上了。你不在家时，大妈妈想你想得哭，我就劝，哭什么呢，有后土娘娘保佑着呢……你看，现在不就应验了？"

"是啊，早知道今天，也就不白白流那么些眼泪。"

汪若梅说："大妈妈，你们这一说，我心里发慌。"

汪琼说："给若梅算算，跟周先生将来生儿生女？"

众人笑。

汪若梅追着要打汪琼，骂道："八级货！"

玉珠说："我看，周先生文质彬彬，人忠厚，不错。"

汪太太说："婚姻天定。明日去瞎子那里算一算，就明白……"

第二天一早，巧云早早地来，把船系在码头老柳树上，拎着一篮子菱角进了门。汪太太正在喝银耳汤。大脚给若梅端来一碗鸡蛋汤，汤里放了姜糖，巧云陪着汪太太也喝了一碗。

巧云说："老瞎子现在挪地方了，从前在徐凝门桥，现在挪到了文峰寺。"

玉珠问："好好的，挪地方干什么呢？"

巧云说："算命有讲究，不是什么人都能给人算命。算命泄露天机，要受报应。但是，老天爷仁慈，给瞎子一碗饭吃，只许了瞎子算命。老瞎子闺女说了，如果生意好，算的人多，得了几文，就拿出几文在文峰塔底下烧高香……"

汪若梅说："外公说文峰塔是考举人的学子烧香的，怎么成了算命的烧香的塔了？"

汪太太说："菩萨保佑，这个不分。"

她们说了一阵话，就上船。巧云摇橹，橹桨发出"吱吱呀呀"的声音，像是唱小曲。古运河绕着扬州城，像母亲的胳膊挽着宠爱的孩子，两岸风光秀丽，杨柳婀娜多姿，小桥流水，青砖灰瓦。他们沿着运河往南到宝塔湾文峰寺。

文峰寺码头的歪脖子老柳树下，老瞎子敲打着竹筒唱《道情》。老瞎子声音嘶哑沧桑，面前有一张台子，罩块黄布，画着八卦图案。汪若梅虽说受过新式教育，对老瞎子还是肃然起敬，毕恭毕敬地站着。

巧云一直等老瞎子唱得停下来，就喊：“老瞎子，生意上门了。”

瞎子停止唱歌说：“巧云，哪趟水把你流过来的？”

巧云说：“阿弥陀佛，大财主家的水。”

巧云端个小凳子，让汪太太坐下来。

瞎子问：“观音奶奶，问什么？”

汪太太说：“问婚配。”

瞎子问：“生辰八字带来吗？”

“带来了。”汪太太从怀里掏出一个红布包，打开一张黄纸。

“你报来听听。”

汪若梅从大妈妈手里接过黄纸，报汪琼的生辰八字，再报顾伯龄生辰八字。瞎子掐着指头算了起来。

瞎子说：“巧云啊。”

巧云应了一声：“在这块呢。”

“我是有好说好有坏说坏，命是天定，由不得人。我收了你的钱，就不能瞎说。”

汪若梅扑哧笑了起来。瞎子不就是瞎说吗？

汪太太说：“有好说好，有坏说坏，不要紧的。”

瞎子说：“好的。这个女娃子是个火命。她妈妈生她时去拜过后土娘娘。女娃是后土娘娘跟前的火娘子，点火烛，偷着下凡，后土娘娘上灶的时候，她就要回去服侍后土娘娘。”

汪太太一惊，瞎子真有两下子，竟把她怀汪琼去琼花观上香的事说出来了，又没什么人告诉瞎子。汪太太问：“回去上香是个什么意思？”

“这个是命，你就不该问了。那个男的是水命，流年水运，不得长啊，待在家里不会长，待在外头要起水浪。”

汪太太说：“你就是说，他们相生相克吧。”

瞎子说：“水克火。”

巧云问：“就是说，这两个命相不配？”

瞎子说：“配倒是配的，半路夫妻，不得久！”

汪太太和汪若梅吓得说不出话来。汪太太说："若梅，巧云啊，这个话，不能让大姑娘晓得。我回去庙里给菩萨上香，让菩萨改改她的命。瞎先生啊，你给我二姑娘算算。"

瞎子说："好的。生辰八字报一下。"

汪若梅报道："阳历1911年10月10日。"

"我替你换成阴历时辰。"老瞎子拌手指头，白眼球乱翻一阵子问，"男方家的？"

汪若梅解开一个红包，报了周觉民的生辰八字。昨天汪若梅说要来算命，跟周觉民要生辰八字，挨周觉民一顿批评："你们都是'五四'新青年了，还信这个迷信？人要信自己，哪能信个瞎子？"汪若梅没法子，等晚上周觉民回学校，她到周师母屋里要了周觉民的生辰八字。周师母从怀里掏出个红纸包，里面是周觉民的生日。汪若梅借的这个红纸包，答应算过了今晚就拿回去还给周师母。

瞎子掐指一算，叹了口气，伸出五根指头，不说话。

巧云说："五根指头，什么意思啊？"

瞎子说："夫妻的年头。"

汪太太问："这个五，是五十年，还是五百年？"

瞎子不吭声。

巧云说："你说个准数啊！"

瞎子说："命理上就是五根指头，往好的想啊。人遇事要往好处想，命都是天给的。"

汪太太微笑起来说："巧云，若梅一脸福相，一巴掌，就是五十年啊！"

她们把一个红包塞给瞎子，说："瞎子啊，这个是观音奶奶给你的香烛钱，你有空啊，替我们家两个小姐烧烧香，往天上说说好话……"

瞎子说："好的，观音奶奶，巧云啊，慢些走。"

巧云扶着汪太太上船。回去的路上，巧云给汪太太和若梅唱起扬剧《王瞎子算命》：

你姑娘二八一十单六春，三月初三黄昏戌时生；你姑娘问喜星，嫁得早是不讨好，必定要做个望门娇；你姑娘嫁得迟是正当时，好比六月里的荷花开满池；你姑娘只宜小娶小带小过门，不能呜里哇啦点红灯；你姑娘要把喜星动，是茶壶碰酒盅，抓住个媒人不要放松，乖乖一谈就成功。你姑娘二八一十单六春，三月初三黄昏戌时生；你姑娘莫着急，休烦闷，该派你三十八岁才能嫁人；你姑娘二八一十单六春，三月初三黄昏戌时生；你姑娘是今年喜星当头照，必定要坐花花轿。花花轿，真热闹，妈妈忙陪嫁，舅舅抱上轿，诸亲六眷闹吵吵。你姑娘是嘴里哭，心头笑，这个日子找也找不到。什么话，老实话，欢欢喜喜到婆家，恭喜你来年抱个胖娃娃……

汪若梅坐在船头。运河水拍打堤岸，水流缓缓流淌。她想着瞎子竖着的五根指头，人生若有五十年婚姻也该满足了。

顾伯龄一回到扬州就去县府拜访董专员。门房说董专员去邵伯湖视察水利，有什么事找黄秘书。顾伯龄去办公室一看，黄秘书竟是黄小凤。他托黄小凤捎信给董大嘴，约了当晚在教场三六九饭店共进晚宴。

黄小凤说：“顾大哥，约专员吃饭的都排到明年了，哪能说约就约。”

顾伯龄一笑说：“你只需说是CC系的朋友。”

黄小凤问：“CC是什么？”

顾伯龄看看门外，从包里掏出一沓钞票，往黄小凤手上一塞说：“CC就是CC。汪琼回来了，你们老同学也不聚聚？”

黄小凤把钱反塞给顾伯龄说：“我和汪家姐妹情同亲姐妹呢。顾先生见外了。”

顾伯龄笑逐颜开说：“有情后补。”

黄小凤听不懂CC是什么，等到傍晚董大嘴回来，她如实说了。董大嘴一听到CC，脸色都变了，办公室没进，立马往教场赶。原来CC系是国民党内部的派系。CC是“中央俱乐部”的英文简称，由国民党元老陈乐之和陈乐人掌控，控制着国民党中央党务部门组织部、地方各级党部和大学。董大嘴万万得罪不起。

当晚，顾伯龄拿了两瓶茅台酒，跟董大嘴称兄道弟。顾伯龄说：“董兄，今天也不多喝，就这两瓶，一人一瓶。”

“顾兄客气了。兄弟早就听说顾兄传奇经历，行刺徐老虎，攻克扬州城，只是后来怎么抱上汪家美人归？你可不能保留，要一五一十传授……”

“好说。扬州最不缺的就是美女，若是专员在扬州没有风流浪漫，也枉了此生。十年一觉扬州梦，赢得青楼薄幸名。”

董大嘴仿佛找到知音，连声道：“好好，相见恨晚！”

顾伯龄和董大嘴觥筹交错，胡吹海谈。

“……汪主席叫我到他办公室，说：‘伯龄弟啊，这麻烦大啊，参政两院都要参你，你把军队一丢，主帅失踪，这在世界战争史上也绝无仅有……’你猜，我去哪了？”

“钱庄！你进了扬州城，还不得捞上一笔？”

“No！兄弟那会儿还不知道钱是个好东西。我去找美人，英雄难过美人关，不爱江山爱美人！”顾伯龄仰脖子喝了一杯，口齿不清，“我说，那就卸了这一身吧。汪兄劝我：‘伯龄弟，不要冲动’……”

“顾兄这趟回扬州，一定大展身手。兄弟，我这个专员让给你。”

顾伯龄脸一沉，说：“董兄，你这是赶我走。我这趟回来，冲着这个来的……”他掏出一沓法币，接着说“我是来拖着董兄一道发财。”

“唉，兄弟我只想以天下为公，服务人民！”

顾伯龄压低声音说：“有钱不就可以更加天下为公了？有人让我捎封信你。”顾伯龄掏出叶秀峰写的推荐信。董大嘴接过来一看，大惊，连忙起身，恭敬地接过信：“顾兄人才，何劳叶公亲自致函？！”

“老哥给我一份财路，我福运船行打通南北两条运输线路，股份你占两成如何？”

董大嘴伸出三根手指头。

“董兄爽气人，三成就三成！一言为定！”

两人喝到半夜，摇晃着出酒楼。顾伯龄说：“董兄，月色正好，我们去游船如何？”

“顾兄，你酒多了吧，哪有半夜游船的？”

顾伯龄哈哈大笑说：“你还没有领略到扬州的妙处。天下三分明月夜，二分无赖是扬州。月下游船，树影婆娑，美人婀娜。”

“哪来的美人呢？”

“船娘。船娘最风骚的，当数大娘，三十来岁。月下寻芳，水中捞月，人生美事。我领你去见识苎萝村第一美娘巧云……”

他们摇摇晃晃着往北门桥去，走到城墙根下，让巡夜的警长小李子拦着，以为碰到酒鬼想敲上几文，再一细看，竟是专员和顾少爷，吓得连声喊“得罪了，得罪了”，躲到一边。

小李子讨好地问：“老爷，我给你们叫辆车？”

董大嘴说：“滚蛋！俗，一个俗人！”

顾伯龄骂道：“去，一边去！我们赏月吟诗，乘月而归。”

小李子正巴不得，立马跑了。

他们走到小苎萝村对面的美人桥，见巧云小船靠在对岸。顾伯龄就学蛙叫。巧云出船舱骂：“哪个弄鬼？深更半夜。”

张邋遢在草棚子里翻个身说：“声音听不出啊，小龄子，还能是哪个？”翻个身继续睡觉。

巧云骂道：“小龄子，深更半夜装鬼，小心我去告诉大小姐！”

顾伯龄和董大嘴只好从柳树丛后面钻出来。顾伯龄说：“不可不可，她要是听得半点风声，非把我杀了。巧云，我来报答你上回救命之恩，今天特地给你送个财神爷。”

巧云把船划过来。河也就几尺宽，一搭竹竿就撑过来。顾伯龄指着董大嘴介绍说：“董大老板，做盐票生意的。”

巧云骂道：“活嚼蛆，都民国了，哪有做盐票的？”

顾伯龄笑道：“你不管做什么，船钱不会少。董大老板夜游瘦西湖。”

巧云看看董大嘴说：“这个大老板好面熟。”

董大嘴害羞地说：“大众脸。嗨嗨。”

顾伯龄对巧云说：“巧云，客人陪陪好，钱，我加倍给。”

“好的，你上船啊。”

“我要回家陪老婆了。巧云，人就交给你了。”

“你回家当心跪搓衣板。”

巧云吃这一行饭，心领神会，她知道顾伯龄是让她哄哄船上的这位。巧云就开始撩骚，细声细气地说：“大老板，我们就开船了……”

董大嘴喝了酒，看巧云看得眼睛发直，想入非非。船一过大虹桥，他就往巧云这头爬，小船摇晃起来。

巧云说：“官人，你要做什么？船一头重一头轻，还不翘起来？”

“小便。”董大嘴说。

“你慢点，等我船到岸，你再上去小便。”

“不用了，我就站在船头小便。”

“这个不作兴，晦气呢。”

董大嘴上前对巧云动手动脚。

“官人，你小便就小便，怎么手上往我身上乱拽？船上不作兴做那个事，船翻了，弄个洞，生意就不做啦。”

“船娘生意多大的生意，不做了，我让你当女官。”

“我不识字，能当官？”

“能，衙门里不识字的多着呢。”

“我今天眼皮子跳了一天，知道要遇贵人，你看这就碰上了……”巧云掉转船头，又往苎萝村去。

“这是去哪里？”

“去我家。”

“刚才那男的是什么人？是你丈夫吧？”

“什么丈夫，这是官话。我们船娘叫相巧的。”

“什么叫相巧的？”

“相巧的，就是合在一起过个日子，各过各的。”

“我和你进屋，你相巧的不问？”

“问不过来呢，在门口给我们看门。”

董大嘴笑逐颜开。船划到岸边，巧云催董大嘴上岸小便，董大嘴脚刚一迈，巧云故意把船往后一撑，“扑通”，人掉到河里，董大嘴在河里扑腾了半天。

巧云喊：“张邋遢，客人掉到水里了。”

张邋遢懒洋洋过来，一只手一拎，把董大嘴从水里捞了上岸。董大嘴吓得张大嘴。

巧云催他说：“我们进屋里啊。”

董大嘴喝了几口水，喘着粗气，不说话。

“不碍事。我相巧的不问。我做好事，他在门口把风。”

张邋遢见起早了，就在河边玩起石锁，一个几十斤重的石锁，在他手上玩得飞了起来。董大嘴吓得张大口合不拢。张邋遢看着巧云说：“别让人家冻出病来。”他一只手一拎，把董大嘴放在辆独轮车上，车的另一边捆着头猪。

董大嘴问：“怎么弄头猪在车上？”

张邋遢说：“一早上送到西门菜场，进滚刀行。”

独轮车“吱呀呀”上路，张邋遢心地善良，一早上把董大嘴送到绿杨旅社。门房认识专员，就慌忙喊楼上黄小凤下来。黄小凤把董大嘴扶进屋，嘴里抱怨个不停：“这一早上，你怎么掉到河里了？弄得一身臭。”

董大嘴说：“不谈了，我学李白，到河里捞月亮的。”

黄小凤明里是专员秘书，暗里是小妾。在衙门里，两人工作关系，出了衙门，就是床上关系。本来她跟董大嘴住绿杨旅社，后来旅社里人来人往，人多嘴杂，传出风声不好听，董大嘴就搬到何园。

这何园十分了得，又名“寄啸山庄”，由光绪年间任湖北汉黄道台的何芷舠所造。“寄啸山庄”取自陶渊明《归去来兮》中“倚南窗以寄傲，登东皋以舒啸”。后来何芷舠归隐扬州，用西方建筑特色，吸收中国皇家园林和江南诸家私宅庭园之长，广泛使用新材料，建成此“晚清第一园”。与之毗邻的“片石山房”，称为“天下第一山”，由清代大画家石涛在叠石腹内藏有一座石屋。石屋和山石体现石涛诗中“四边水色茫无际，别有寻思不在鱼；莫谓池中天地小，卷舒收放卓然庐”的意境。

何芷舠有两个孙子在上海，叫何世桢和何世枚。这两人都是民国法学大家。他们回扬州探亲，请地方父母官董大嘴在何园船厅用餐。船厅厅似船形，四周以鹅卵石、瓦片铺地，花纹作水波状。廊柱上有木刻联句：月作主人梅作客，花为四壁船为家。

董大嘴哪里见过这个排场？就如刘姥姥进了大观园。恰好何家有官司缠身，又担心祖业何园遭遇破坏，就托他照应园子。他一口答应。何家作为报答，就把后园闲置的桂花厅三楹，暂时给他做居所。这样他们在扬州也算有家了，不用住旅社。

董大嘴过上富裕的生活，不忘糟糠之妻，马上就写信叫他老婆女儿一起来扬州享福，信中说："革命图什么？脑袋系在裤腰带上，还不就图个享福……"

黄小凤对董大嘴家里有老婆的事一无所知，大虚子和老八级天天催她跟专员成亲。董大嘴想家里有老婆，民国了，又不许纳妾，他就找借口拖一天算一天，等得黄小凤火冒三丈。

有一天，董大嘴从外头喝酒回来，摇摇晃晃，黄小凤骂道："又在外面喝你的马尿，婚期拖来拖去。扬州就这么大，你让我怎么见人？我怎么说也是个中学生，你这么老，我都不嫌弃，还磨磨蹭蹭想拖到什么时候？"

董大嘴说："我是党国专员，一方老百姓要养，小凤同志，要以国务为重。"

"狗屁的国务，就是吃喝玩乐！"黄小凤骂道。

"小祖宗，声音小些，传出去影响不好。我以国民党党员身份保证娶你为妻。"董大嘴从怀里掏出党证，"我可以把党证押到你这里。"

黄小凤接过党证，疑惑地问："这东西，管用吗？"

"管用，用途大了，没这个东西，一天官也当不成。"

黄小凤就把董大嘴的党证摆在兜里，心想这也算是抵押品，至少顶半个结婚证。

一天，董大嘴喝多了，黄小凤服侍他上床，沏茶，洗脚。她推开桂花厅格子门出去倒洗脚水，忽然门口站着一个肥胖的乡下女人，后面跟着一群女孩子。黄小凤心里骂门房怎么让街上要饭的混到何园里，问："你们找谁？"

肥胖的女人没理她，冲着屋里高声道："老东西，给我出来……"

董大嘴在里屋听得声音，吓得张大口说："来了。你们这么快就到了，怎么不说一声，我也好派人去接……"

胖女人说："听人说你弄了个城里姑娘，我就是领着大花、二花、三花、四花、五花来捉拿……"

一群女孩子冲上前，抱着董大嘴喊爹。

董大嘴说："这是造谣，哪有这种事？"

黄小凤在旁边看傻了，洗脚盆掉到地上，滚得多远。她扯着头发大叫："这些是什么人？"

肥胖的老女人看着她说："我是他老婆。"

"我才是专员老婆。党员证还在这儿呢。"

肥胖女上前一巴掌，打得黄小凤转了一圈，只见她手叉在腰上，对着董大嘴骂道："怎么回事？就算纳个妾，也得喊我大妈妈。这点规矩都不懂？"

董大嘴吓得结结巴巴说："误会，误会……"

黄小凤急得骂道："你，你……"

黄小凤冲出屋子，外面下着小雨，她顾不得打伞，跌跌撞撞往家赶。她冲进家门，老八级和黄大虚子在正在做衣裳，吓了一跳，黄小凤也不搭理，把墙壁上挂在正中的董大嘴的相片摘下来，扔到大街上，"咣当"，玻璃碎了一地。

17 才子佳人结良缘 洞房花烛难同眠

顾伯龄的举荐人是扬州叶秀峰，中统干部调查局局长。董大嘴不敢怠慢，暗中支持，没几天福运船行开业，两个小火轮，一路跑瓜洲、镇江、上海，一路开江都、高邮、宝应、淮安。福运船行抢了苏北航运公司的生意，青帮来码头上捣蛋，寻衅闹事。董大嘴亲自带警察局的来，把小蚊子等几个绑到桅杆上，在码头上吊了一天，青帮知道碰到硬后台了，只得服软。

顾伯龄为报答叶秀峰，自己掏钱把叶家的旧园子翻盖一新，起名叫叶园。叶园就在瘦西湖边上，完工后，叶秀峰从南京回来住了几天，他把董大嘴叫进园里，直截了当要董大嘴安排顾伯龄和汪琼职务。1931年春天，顾伯龄当上江都县又叫江苏省第九行政区参政议长，汪琼当上了妇联主席。

汪琼想汪若梅的婚事临近，托顾伯龄打听一下姓周的来历。顾伯龄在扬州没打听到什么——也就是一个教务主任，办了份《新写作》刊物。但是，他从省党部得到惊人的消息，周觉民有可能是共产党。

顾伯龄回来和汪琼商量，要是周觉民是共产党，这门婚事不能答应，否则要冲家。按理说小姨子婚姻，姐夫没有多少发言权，但是这种事情会涉及家族利益，他们知道事情重大，就让汪太太把汪若梅叫回家开家庭会议。

汪琼说："妹妹任性呢。她任起性来，九头牛都拉不回。"

顾伯龄说："冲家的事，任性也不行。若梅要是嫁给周觉民，坑害了若梅，也把整个家族拖下水。"

汪太太说："等若梅回来，有什么话就台面上说。"

大脚把汪若梅喊回来。汪若梅以为家里出了什么大事，一进门就觉得气氛反常，汪琼把脸歪到一边不看她，大妈妈头低着手捻念珠儿，汪天佑两眼看天，只有顾伯龄正襟危坐，像是汪家当家的。

顾伯龄说："若梅回来就好。我说说形势，国共两党分家后，捉到共产党要砍头。南方正在剿共，赤党分子闹暴动，国共已水火不相容。周觉民办的刊物《新写作》思想反动。这个话不是我说的，上面有人交话给我。汪若梅，你嫁一个危险分子，往火坑里跳，你要想明白。"

汪若梅说："选择夫婿，只看人品。什么这个党那个党、这个主义那个主义，我一个妇道人家，怎么懂得？我只要他人品好，忠于爱情，对家庭负责任。"

汪琼说："周觉民是共产党。共产党就要杀头，家里亲戚也要受连累，这叫对家庭负责任？我们喊你回来，就是要你回了这门亲事。"

"亲事哪能说回就回？我和周先生也谈了一年多，他的为人，我很佩服。我怎么好回人家？"

"没有不好回的。现在结过婚还有离婚的呢。"

"我的事情，我做主。姐姐，姐夫，你们还是操好你们自已的心。我不用你们操心。"

汪若梅和他们针尖对麦芒，一句顶一句。顾伯龄气得不吭声了，他看着汪天佑。众人的眼光也齐齐地盯到了汪天佑。长兄为父，得由汪天佑最后定。汪天佑见众人盯着自已看，清了清喉咙说："若梅，伯龄也是为你好。婚姻大事，慎重。父亲在，不用我们兄弟姐妹操这个心，父亲说了算；父亲不在了，我们不能不替你想想。"

汪太太说："唉，要是老爷和若梅妈在，也不用我们操这个心。"

汪天佑说："但话也说回来，这么多年，这国家变来变去，城头变幻大王旗，世事难料。这个天下还不知是谁的呢。是国党的，还是共产党的？是中国人的，还是日本人的？是大清的，还是民国的？哪个看得清……”

顾伯龄说：“你就说个明白，你是赞成不赞成这桩婚事？你是家中的当家。”

汪天佑说：“我是既赞成，也不赞成。”

顾伯龄说：“你等于没说。大妈妈放个话。”

汪太太说：“新年代了，讲个新潮，我看这个事是若梅自己定的，将来是好是坏，怨不得别人。”

汪若梅说：“不怨别人。我自己的选择，好坏自己认了。”

顾伯龄说：“你们既然这样定，我一个外姓，不作兴说什么。汪琼嫁给我，就是我顾家的人。汪若梅嫁出去，就是周家的人。周家与顾家，互不相干，不往来。我丑话说在明里，你们给我做个证。”

汪若梅说：“姐夫，这你放心！我们也攀不上你顾家，知道天高地厚！”

“伯龄，你这说的什么？”汪琼骂道。

顾伯龄叹了口气道：“忠言逆耳啊！天上要下雨了。”他拎起台上的黑皮包，转身出门。

汪太太说：“别吵了，这个家，我也待久了。若梅嫁出去，我就到庙里去了，愿生寺的徐老尼喊了我几趟……”

汪天佑说：“无儿无女才去庙里，妈，你这不是骂我们吗？”

汪太太说：“最先该骂的就是你，整天和戏子待在一块。玉珠姑娘跟着你，那是造孽！”

汪天佑说：“讨论妹妹婚事，怎么骂到我头上？”也转身出门。

汪琼说：“他们走得好。他们走了，我们姐妹在一起更好说话。我这儿刚回来，我在南方时，你们家里分了家，我回来才知道，也接受，都是父亲在世时做的主。若梅分得家里祖传的梅瓶，我想问下子，梅瓶不是被黑头抢去了吗？”

汪若梅说：“黑头抢的是假的，真的还在家里头藏得好好的，大妈妈和外公都看过了。”

“这么着就好。梅瓶是汪家祖传。我作为姐姐，也要为汪家考虑。汪若梅嫁到周家，什么都可以带走，梅瓶暂摆在家里。若是他们夫妻生活个十年八年，风平浪静，再搬过去不迟。周觉民身份特殊，万一出什么事，可别把我们传家宝也充了公。”

“姐姐也是为我考虑。摆在家里和搬到我那儿没什么区别，就摆在家里吧。”

他们正说着话，外面院里传来阵阵敲打声。众人赶忙走出内堂，向南边院子里去，只见几个木工正往一侧厢房门上钉牌子，上写“南局”。

汪太太问：“这是做什么？”

汪天佑端着个茶壶站在一旁，回过头来说：“前些天，清曲班子坐下来议事，唱清曲的分出北局和南局，北局唱乡下场子，南局唱城里场子。我当了南局的会长。家里屋子多，闲也是闲着，就把南局设在家里。”

汪太太大号：“你要气死我啊，我想图个安静，你把戏班子弄得住到家里来……”

汪天佑说：“妈，你怎么这样说？清曲是艺术。”

汪太太号：“医什么术？医你的大头鬼。老爷啊，你把我领走吧……”

汪天佑喊：“小心！”

一块匾升了上去，一歪，又差点儿砸下来。大喉咙手快接住匾，又在旁边廊柱上挂上副对子：谁知竹西处，歌吹是扬州。

1931年秋，秋高气爽。一早上，一阵锣鼓。唱麒麟队伍停在汪家门口，唱道：

锣鼓一打就咯噪噪，汪家奶奶大鱼大肉挂得高，早上唱起有赏钱，唱到晚上就成担挑……

周觉民戴一顶黑礼帽，挂红绸，插红花，新郎官上门迎亲。巧云喊得吵吵的，放爆竹，给喜钱，请新娘子上船……

汪家大门缓缓打开。汪若梅头罩红巾，大脚搀扶着上船。汪太太，玉珠在大门口哭泣相送。汪太太喊：“姑娘啊，早点个回家！”

巧云答：“第二日就回，大妈妈在家上个香，扒着指头算，满十个月就抱个胖娃娃。”

高妈喊：“新郎新娘行了，水上颠了，滑过去了……”

船起航，过龙头关，沿小秦淮河北行。两岸看热闹的，有淘米的、洗衣裳的、刷马桶的……一对新人站立船头，一派水上风情。

船行到教场的翠园码头。码头上挤上看热闹的、要喜糖的。皮六、大喉咙轿子等着。新人上轿，往东圈门去。一路唢呐吹、小曲唱、锣鼓敲，后边跟着独轮车，呆头鹅等推着八大箱礼品。东圈门门楼底下，黄大虚子、老八级、蛋黄子、牛老三一个个伸着脖子望。

黄大虚子说：“不简单，八大箱，四辆独轮车……”

老八级说：“大户人家嫁闺女，就是不一般。”

牛老三说：“二小姐母亲去复旦早，汪太太又是菩萨心，对二小姐比亲女儿更亲。”

老八级说：“大小姐没有陪嫁，在广州跟了顾家少爷。这回也是给两个小姐一个排场。”

牛老三说：“周先生好人，就是家底薄了。这回赚着了，二姑娘单陪嫁就够这辈子花的了。”

…………

夏风家的大堂上，香烛，红布，红纸。新人上堂拜父母，周师娘坐在太师椅上，等着一对新人拜堂。孙阆仙、沈福元夫妻、康九海等前来祝贺。汪家全家出动，独缺了顾伯龄，汪琼对客人们解释说顾伯龄去省会镇江开会了，汪若梅也不计较真假。

同学里只来了黄小凤、杨宝琴。康鹏在上海，沈越和周小松跑出去当兵了，梅曼老师在国外。汪若梅在人群里找俞冉芳，找了半天没找到，有些失落。去年俞冉芳结婚，她是伴娘，她结婚这么大的事，俞冉芳怎么没来呢？

周觉民好友、在北京教书的朱自清，特地赶回来证婚。朱自清说：“今天，是周觉民先生和汪若梅小姐大喜之日，我与周觉民是扬州中学校友，我在扬中教书期间，与周觉民相得益彰。我代表教育界同仁，前来祝贺。今天，嘉宾盈门，风和日朗，新郎新娘皆为最合理想的现代人物，品学兼优，年轻有为，报国爱家。一对新人良缘夙缔，佳偶天成……”

吴家富拖着小癞宝等前来祝贺，送来一担米。皮六老婆蛋黄子送上她精心织画的灯草花。

洞房花烛夜。屋里焚香点烛，汪若梅披着红盖头坐在红木龙凤床上。周觉民送走客人，回到屋子。汪若梅听到他的脚步声，催促道：“快点个，盖着红布，高妈说我不作兴掀，我憋坏了。”

周觉民赶紧替她掀了盖头。汪若梅急急跑到屋里八仙桌上，喝银耳汤，嘴里嚷着：“饿坏了！”

周觉民说：“今天来的人真多。唉，有两个重要的人没来，梅曼和俞冉芳。”

“你送过帖子了吗？”

“送过了。俞冉芳的帖子寄到报社的。梅曼的寄到上海，她若收到，不方便来，也当给个回函。”

汪若梅放下碗，盯着周觉民看说：“你是不是还想着梅老师？”

“你瞎吃醋。有你啊，我谁都不想了。”

汪若梅用力钉周觉民两拳，撒娇道：“骗人，你真坏。你谈过恋爱，我可是从没有谈过，就你一个人。不公平。”

周觉民笑道：“那，大小姐，我要怎么补偿你呢？”

“算了，只要你一辈子对我好！”

周觉民点点头，上前深情地把汪若梅抱在怀里说：“也许，这是天意，你说我回扬州的船上碰见你，箱子又摆在你一个姑娘家的厢房里，再后来受伤又偏偏来你这儿医治，我妈看病又住到你家里……这一切，像是做梦，老天就这么安排着。”

“这是缘分。我瞒着你去找老瞎子算过命了。”汪若梅张开手掌，竖起五根手指头，“人家说我们能在一起这么多年。”

“五十年？”

“嗯！”汪若梅幸福地把头倚在周觉民怀里。周觉民捧着她的脸说：“若梅，你真漂亮。”

汪若梅羞涩地低下头说：“会老的。听人说，女孩子结了婚，生了孩子，就老得快了。”

“你啊，不同年龄段会有不同的好。”

“花言巧语，我才不信呢。到时候，你就看不上我了，又要想着纳妾了。”

“纳妾是封建社会对女性的摧残，将来社会男女平等，婚姻自由。”

屋外传来一阵雷声。

若梅说：“外面打雷，要下雨了。”

屋子里点了三盏油灯，她起来吹灭两盏。忽然，一个惊雷，油灯的火苗乱蹿，汪若梅吓了一跳，隐隐地听见有人敲窗户。

“觉民，你听，有人敲窗户？”

“这么晚会是谁？会不会闹洞房？”

“不会吧，都说了，不搞封建的一套。”

窗户又响，外面有声音：“若梅……”

“谁啊？”觉民问。

“开门。”一个女人低沉的声音。

周觉民披衣起来，出厢房到院子里打开院门，汪若梅也跟着出来。门一打开，一个女人跌跌撞撞冲进来……

“你是谁？”周觉民问。

“你找谁？”汪若梅问。

“你们真的不认识我了?”觉民和若梅正疑惑着，那人说，“我是冉芳。”

觉民和若梅大惊。周觉民赶忙关上门，汪若梅扶着她进了洞房。俞冉芳进了屋里坐下，把头上的花头巾扯下来。她一脸疲惫。

汪若梅说：“今天就等你了。我还要骂你呢。”

周觉民推了一下若梅，示意她不要再说。周觉民把桌上的黄桥烧饼给俞冉芳，说：“吃吧，别饿着。”

俞冉芳像是饿极了，拿起烧饼就啃。汪若梅就去厨房里盛红枣桂圆汤端进来，俞冉芳端起来一口气吃了。

周觉民悄悄对若梅说："别跟她说话，让她吃。"

俞冉芳吃完了，揩了揩嘴，抽泣起来。汪若梅从厨房里又端了一碗桂园汤过来，吓得不知所措。

周觉民说："别哭，慢慢说。"

俞冉芳断断续续地说："沈越……牺牲了……"

汪若梅手中的汤碗掉到上，碗碎了，汤泼了一地。

原来沈越和周小松去南通参加农民暴动，刘瑞龙组织红十四军，建立了根据地，沈越当了师政委，周小松当参谋。俞冉芳接到沈越的信挺着个大肚子赶到南通和沈越会合，他们生了个儿子，起名叫沈红旗。部队天天行军打仗，他们就把孩子托给了农民家抚养。

红十四军在国民党的腹地受到疯狂围剿，他们寡不敌众，就想突围去江西和中央主力红军会合。打了三天三夜，许多人都牺牲了。沈越和战士们一起睡地铺，他的身子骨哪受过这个苦，患上了重感冒，天天咳嗽……突围时，他骑着马过河，战友们回头，看见马上空的。师长说一定要找到政委，就回头找。周小松在河里找到沈越，人浮在河岸边，已经死了。他可能是睡着了摔到河里淹死了。他们匆匆埋了沈越，敌人的追兵又来了，一阵激战，队伍就被打散了。俞冉芳先躲在农民家，装扮成村妇，等部队过去，她就独自往扬州跑。她搭农民的牛车，刚刚逃回扬州，没处落脚，就只能到这儿。

汪若梅问："周小松呢？"

俞冉芳说："是死是活，都不知道。"

俞冉芳讲了事情经过，就站起来要走。今天是若梅大喜的日子，她不作兴来扫他们兴。周觉民和若梅拦住她，说她出去就有危险。他们又不敢让周师母和夏公公知道，老年人讲究。新婚之夜，俞冉芳和若梅睡新婚大床，她们哪里睡得着呢？俞冉芳哭了半天，汪若梅又陪着哭了半天。

周觉民自称在灯下改稿子。其实，他坐在灯下，心中难以平静。沈越是他最好的学生。虽然革命就会有牺牲，但是，他还是难以接受沈越的噩耗。他写道：

孤灯夜雨和泪眠，壮志未酬热血干。绿杨城廓十二门，少年轻骑无蹄声。红旗翻卷蹈旧浪，黑手泥腿举新天。男儿空遗美人泪，不负苍生负故人。

…………

半夜里，汪若梅起来催周觉民休息，周觉民紧握住她的手，眼含泪水说：“沈越，多好的兄弟啊！”

18 抵制日货总动员 捉拿忠良失姑爷

1932年春天，随着一场倒春寒，扬州城又呈现出冬天景象，雪厚厚地压在城垛上。报童踩着雪地叫卖新出的报纸："重大新闻，日本人轰炸上海……"

上海"一·二八"抗战爆发。城门口、码头上都设日货检查站。政府衙门悬挂"抵制日货协会"牌子。市民们排队捐款、捐物。

汪琼家卧室里美国产的飞歌收音机像一个大木桶，细声细气地报道战况：

……宋女士亲临前线，慰问浴血奋战的第十九路军爱国将士。宋女士发起捐制棉衣运动，五天内赶制三万套棉衣送往前线。在宋女士的感召下，各种慰问品源源不断送往前线……

顾伯龄穿着条纹睡衣，坐在沙发上看报纸。汪琼正往金鱼缸里撒食，她停下手中的滤网说："国母宋女士真了不起，我们扬州的女士也应当行动起来。"

顾伯龄抖一抖报纸说："日本人打上海，没打扬州。你还是多留心些码头上的事吧。"

"你这说的什么话？上海不是中国的？"

“是中国的。所以国母都出动了。你不是国母。”

“我看你现在全钻进钱洞里了。国家兴亡，匹夫有责。别忘了你是第九行政区参政议长。”

汪琼是扬州妇女联合会主席，组织扬州妇女走上街头游行，高呼抗日口号，号召市民抵制日货。妇女游行是个稀罕事，引得许多市民驻足围观。游行队伍走到彩衣街，恰好和前面一队学生游行队伍相会合。学生队伍的领头人是周觉民。

周觉民和汪琼两人打个照面，也都一怔，相互对视，稍稍点了点头。之前因为汪琼和顾伯龄反对周觉民和汪若梅的婚姻，两家已经心存芥蒂。现在共同抗日，汪琼竟和周觉民并排走在街上游行，好像一下子拉近了双方的距离。

大家齐声歌唱：

同学们，大家起来，
担负起天下的兴亡!
听吧，满耳是大众的嗟伤!
看吧，一年年国土的沦丧!
我们是要选择“战”还是“降”?
我们要做主人去拼死在疆场，
我们不愿做奴隶而青云直上!
我们今天是桃李芬芳，
明天是社会的栋梁……

文津桥上的文昌阁，设了日货焚烧站。汪太太和玉珠抱着家里的东洋钟送来，人们欢呼。大喉咙一锤，把钟砸了。文昌楼东边的马场，专门给市民们焚烧日货，从毛牌楼摘下的巨大日本仁丹广告牌，堆在马场上烧毁，熊熊大火映红了汶河两岸。

小洞天小吃铺里孙铁嘴呷了一口酒，斜眼看着隔壁桌子说：“东洋人，在明朝时打到扬州，那会儿东关城门口架了大炮，小秦淮河上大小东门设了机关……那时候叫抗倭寇。都督大将军捉了几个倭寇，弄到西北边蜀岗西峰砍头，后来听说砍错了，不是日本人，也不是个好人，是镇江丹阳的江枭，在长江上抢劫过往船只，他们冒充倭寇。”

黄大虚子说：“日本人打到上海，上海离扬州才多远？各位回家，晚上睡觉门要封封好。”

孙铁嘴说：“第一高才说的是，家里的大黄鱼小黄鱼，摆在保险柜里也不保险，最好弄个铁箱子，到乡下埋到地里。”

吴家富说：“埋到地里，就不能挖出来吗？摸金校尉，盗墓成风，地底下死人的东西都敢拿，活人的东西不敢拿吗？我看啊，最好有钱就买地，地在地上又不长腿，日本人总不能把地扛到日本去。”

众人点头说：“吴老板讲得有道理。”

胖大厨来上菜说：“对不起各位，今天菜钱酒钱要各加五文，全涨价了。”

“进门时你不说涨价，菜上桌了，说涨了。”黄大虚子说。

胖大厨说：“你问问吴老板，他店里米涨没涨？这年头只有下街的娼、钞关的鸡没涨价，别的都涨了。”

孙铁嘴把五文钱往桌上一拍说：“钱，身外之物，日本人一来，头顶上炸弹一扔，什么是你的？”

沈福元说：“我担心日本人一来，日本货就进来了。东洋布便宜，东洋布进来，我们的老土布就卖不动。”

孙铁嘴说：“那你就见好就收，早点把老土布清仓卖了，等日本货进来，再进日本货，就不亏了。”

沈福元说：“我们生意人，爱国捐款没少捐，做生意就得讲赚钱，不赚钱做什么生意呢？东洋布便宜，我不进东洋布，我呆啊？”

黄大虚子把桌子一拍说：“这么讲，生意人还盼着日本人进来？”

胖大厨来上菜说：“国事，有委员长操着心呢，各位掌柜喝酒，讲些快活话，远的不烦心。”

沈福元说："在理。我家炮子子*跟媳妇儿去上海洋行，一封信都不得。你说这日本人打上海，我为他操了多少心……"

忽然，"咣当"一响，冲进来一群学生，为首的是美汉中学学生俞泽、杜燕，他们进门就往墙壁上贴标语，"抵制日货！""支持十九路军抗战！"

胖大厨说："学生们，我小店，没有日货。"

杜燕就说："你店里用的味精'味之素'是日货。"

胖大厨说："我只晓得买家来，没想到是狗日本的。我马上不用这个，我用湾湾鸡的老鸡汤。我一勺子老鸡汤，味道鲜美。"

俞泽说："在座的各位客人，中国人生产的'天厨'味精，我们民族品牌，我们用国货。你用日货，日本人把从我们这儿赚的钱用去生产飞机大炮和杀人枪弹，回过头来杀中国人……"

沈福元站起来说："学生娃讲得有理，我们坚决不用日货。你们给我宣传一下，福元布庄的布，中国老土布，爱国低价促销，抵制洋货。"

杜燕喊声"好"，众多学生鼓掌。

俞泽和杜燕出了小洞天酒店，就看见巷子里汪若梅挺着大肚子倒马桶，俞泽喊："姐姐好！"

汪若梅一看俞泽说："小炮子子，带个信给你姐姐，说想她了。"

俞泽把一面写着"抵制日货"的小旗子往马桶上一插说："我一定把信带到。"

汪若梅回到屋里，周觉民坐在书案前校稿。汪若梅看见炭炉里火小了，加炭通风。炉上一只铜壶烧水，水开了拎起来给周觉民续茶水。周觉民抬起头看着窗外，说："若梅，你看看院里的梅花，才头一年，就开了。"

"看了。我一早上数过了，一百零八朵。"

"好，梁山一百单八将，花也要造反了。"

---

* 炮子子：方言，中性词，戏谑语，很多时候意思类同于现在我们讲的"熊孩子"。——编注

“不要说造反，我心慌得很。这几天右眼皮跳个不停，听人说，‘右眼跳，祸来到’，心就悬着。”

“封建迷信。你啊，怀孕，累着了。我的毛线衣就别打了，请蛋黄子去织，给皮六点手工钱。”

“别人织，我不放心。”

“外公的毛衣，在她那儿打的，我看蛮合身的。”

“听人说，我姐姐代表扬州妇女联合会去上海支前了。我有点担心她，她就爱出头。上海打仗，炮弹又不长眼睛。”

“事情不要往坏处想，汪琼是妇联主席，她不出头，谁出头？我正赶写一期抗日专刊，同学们写了许多抗日稿子要校对，错字别字太多。”

“你息着吧，我来帮你校。”

周觉民抚摸着若梅隆起的肚子说：“早点休息。若梅啊，我为党做工作，你也为党做了不少工作。我介绍你加入党组织吧。”

“大家都去搞革命了，谁来烧饭、做家务？我不加入党，我只服侍你。”

周觉民笑笑说：“好吧，你做一个革命的同路人。”

“什么同路人、陌路人，我就做个群众。”汪若梅往周觉民旁边一坐，“觉民，我怀孕了，就觉得你冷淡我了。”

周觉民一惊，放下手中的笔问：“你怎么这么想？”

“你看吧，谈恋爱的时候，你领我天天晚上出去寻门、散步，访扬州十二个城门。现在呢，你已经好长时间不领我出去了，让我天天窝在家里。你啊，是怕我挺着个肚子，走在你旁边难看吧。”

“你这么一说啊，是我的错了。我只顾着工作，忽略了对你的关心。我的错。这样，今晚上我们出去寻门。”

“扬州的门都被我们寻个遍了。‘扬州城呀十二门，四水关来六吊桥……’周先生，听人说南京大戏院上演《火烧红莲寺》……”

周觉民笑了，刮了若梅一个鼻子说：“太太想看电影了，就直说，绕这个弯子，吓了我一跳。”

南京大戏院是扬州最早的一家电影院，在小秦淮河畔小东门附近的北城根，建于1930年，先叫“公园戏院”，后改名南京大戏院。他们去看的是无声电影《火烧红莲寺》。票价分成人、军童两种，卖出去的票当日有效，不分场次，随到随看，不对座号，还可加座。振扬发电厂白天不发电，所以只有每晚放映两场。

汪若梅是个电影迷，后来周觉民不在跟前时，她只要有空，也会来看电影。她在这儿看过《孤儿救祖记》《狼山喋血记》《渔光曲》《迷途羔羊》《十字街头》《一江春水向东流》……

汪太太听说汪琼去了上海支前，又听高妈和大脚说日本人从天上往地下扔炸弹，炸死的人用牛车拖出来，一车一车的，她就怕炸到大姑娘。汪大妈妈就约了汪若梅到旌忠寺去上香，她们请了两炷高香烧，又往功德箱里塞了钱。

烧过香，她们从寺院里出来，在南头的糙米巷碰到老八级和高妈，两人笑嘻嘻，胳膊里挟着一捆布料。汪太太问：“老八级，你来上香，把家里的布料拿来捐善缘啦？”

老八级说：“大妈妈，我们来上香的路上经过福元布庄，大降价，清仓卖，门前排长队。”

高妈说：“拦腰价。我捎信儿给老八级，她才捡了这么大便宜。”

汪太太说：“什么事啊？我兄弟大烟抽得倾家荡产了，把布料降价着卖？布庄不开啦？”

老八级说：“你兄弟头脑比哪个都精明。家大业大，哪里能抽大烟空了。听沈老板说，日本人要打进来了，东洋布价格低，你兄弟怕到时候土布卖不动，趁着这时候，赶紧把土布卖了……”

汪太太说：“我有些不放心，日本要是打不进来，我兄弟家不就是亏得一干二净？”

老八级说：“沈老板说去过上海，毛子都打不过东洋人。日本人说了，这趟子要到扬州来看他家老祖宗。”

汪太太说：“老八级，你说说就没谱了，扬州怎么成了东洋人老祖宗？”

老八级说：“我在衙门里修脚听的，唐朝平山堂大明寺鉴真大和尚东渡日本，那会儿，日本人不识字，光屁股啷当的，大和尚教他们识文断字，教他们穿衣裳。大和尚事儿多，也不好好教，就叫他们把被子往身上一裹，这么一和，带子一系，日本人穿的衣裳就叫和服，被子后头挟个枕头。”

汪太太说：“日本人的事后头再说。我要去福元布庄看看……不放心，毕竟是我娘家人。”

她们沿仁丰里向南走，没多远就到了粉妆巷头上，远远就看见福元布庄门口排长队买布。汪太太和若梅往里走，伙计认得，与她们打一声招呼。进里头，碰到沈家的老管家。

“我家兄弟呢？”汪太太问。

管家答：“去福寿行了。”

“什么时候去的？”

“一早上就去了，要到晚上才回来。”

“这个家也就不要了，干脆搬到福寿行去。”

她们进了里屋，只见空荡荡的。汪太太惊问：“这块从前一套楠木家具呢？”

管家说：“当了。”

再往里走是沈家家庙，又是空荡荡的，墙壁上挂着沈家列祖的画像，供桌没了。

“祖宗的供桌呢？”

“也当了！”

沈太太号啕大哭，骂道：“败家的，把祖宗供桌香案都当了……”

顾伯龄打着实业救国的招牌，当起民族资本家。这几年的经商经历告诉他，在中国，商业资本就是依附在政治这棵大树上的藤。民国内部党派纷争，他是汪海田线上的人，自然就得不到老蒋和CC系的重用。他韬光养晦，等待机会东山再起。

前些天，汪海田托人捎信，邀他去广州共谋大业，他又得知美惠子到了广州。原来他在日本留学时瞒着家里悄悄娶了一个日本艺妓美惠子做老婆。这几年，虽说汪琼时常要点大小姐的脾气，他们也算夫妻恩爱。汪琼过于强悍，女汉子，缺少小女人的温存，有时候他也会想起美惠子。他得到南方来信后就试探汪琼，抱怨怀才不遇，在扬州只当个江都县的议长，他的革命理想和抱负没有实现。

汪琼冷冷地问："这么说，你有什么好想法？"

"汪主席已回国，我想去南方找汪主席……"

汪琼骂道："呸！你少跟我来这一套。我看你是嫌我了。你一走，把船行丢给我一个人？你少动这个歪主意。"

汪琼口气坚决，他就知道没有商量的余地。男人只有用事业成功飞黄腾达来证明自己，女人永远只是崇拜者。他心中暗作主张，准备悄悄南下，迟了怕要职就让别人捷足先登。

顾伯龄要孙铁嘴帮他收罗一些古玩字画。现在扬州八怪的字画很抢手，但是降一个档次的扬州民国画家的字画、受八怪影响的海派画家，市场也看好，他准备低价购一些带到南方去送人。他上回从何园收了几张黄宾虹的，一块大洋收十张，黄宾虹在何园寄宿时画的。他就觉得这些画不平常，可是扬州藏家又不看好。前些日子民国元老于右任来扬州游玩，他把黄宾虹的画拿给于老看，于老一百大洋买了五张。于老是书画大家，不会看走眼，他这才知道黄宾虹的画珍贵。

顾伯龄把办公室里收罗的字画打成一个包，准备随时走人。他把余下的五张黄宾虹的画也捆在一起，搁在柜子顶上。这些字画带到南方送人，用来疏通人脉关系。他环视办公室，见墙上还挂着两张仿画，就爬上台子取下来摊在桌上。这时，一个人闯了进来，把他吓了一跳。顾伯龄抬头见是董大嘴，脸色都白了，他以为自己潜往南方的事情暴露。董大嘴闯进来是另有图谋。原来董大嘴得到省党部的密电，说美汉中学教务主任周觉民是共产党，周觉民办的《新写作》宣传赤化思想。抓周觉民对他来说是轻而易举，但周觉民和顾伯龄是连襟，他要是抓周觉民，必然触及顾家和汪家两家利益。顾伯龄是参议院议长，汪琼是妇女联合会会长，福运船行里有自己的股份，这两年没有少分钱。再说抓共产党，并不能给他带来什么实惠。他再三想了，决定把这个球踢给顾伯龄，由顾伯龄来处理，他既做了人情，又可以用此事控制住顾伯龄。

董大嘴一见顾伯龄就说："顾兄，什么宝贝画？在哪淘的？"

"挂在墙上的，觉得不妥，就取下来了。"

董大嘴凑上去一看说："好啊！郑板桥的竹子，汪士慎的梅花。顾兄，你可不能一个人闷声大发财，见者有份儿。”

“专员大人，不要说兄弟骗你，这两幅是仿画。八怪的画早年全让盐商带到上海了。你不要以为仿画就不值钱，要看什么人仿的。”

董大嘴在他对面坐下，跷起腿来问：“你给我说说，我也附庸风雅，扬州什么人的仿画值钱？”

顾伯龄点起一支雪茄说：“晚清时，扬州书画家有‘邗上五朱’和‘扬州十小’最为著名。除了他们，还有吉亮工、梅鹤孙、高老伺、林雪岩等数十人，造诣了得……我的这两幅仿画，是后起之秀林雪岩仿的。”

“这种画，能值几文？”

“这个不好说。乱世收黄金，盛世玩字画，若逢了盛世，这些也就值大价钱了。”

董大嘴哈哈一笑，把仿郑板桥的竹子赝品卷起来，“我学到了不少。我也不白拿你的画。”他从皮包里抽出一份文件往顾伯龄桌上一摆，“你看看就知道了。这件事，你负责处理，我就袖手。”

董大嘴狡猾，站起来在屋里转一圈，眼睛骨碌碌一扫，看到柜子卷了一筒字画。他拿下来，嘴里不闲：“好东西在这个里面吧？”打开一看黄宾虹的画，“哈哈，我不懂画，也能看出，这一卷是废画，画的什么东西，难看死了……”

“因为难看么，就卷在柜子上的。”

顾伯龄一头雾水，他拆着文件嘴里说：“什么好事，让我摊上？”

董大嘴出门，回头丢下一句：“蒋总司令说，宁可错杀一千，不可放过一个。”

顾伯龄打开文件一看，是省党部密件，上写“抓捕共产党周觉民令”，他大吃一惊，早知道是这个文件他就不能接手，董大嘴扔给他的是一颗定时炸弹。他躺在藤椅上，吐着烟圈，脑子电光火石般地动着，耳朵里全是密件中的内容：

委员长指示，攘外必先安内！各处严防共党借抗战名，搞赤色宣传。近日，省八中、美汉中学有人利用抗日之名，宣传赤化思想，各学校督学，当加强督导，严防共党分子……

顾伯龄挨到下班时间，挟着公文包出了县府大门。有黄包车问他要不要车，他没搭理。又有路边擦鞋的问他擦不擦鞋，他也懒得理，从前那种从容大度的风范不见了，忧心忡忡。他想到一个跑往南方的好借口，一举两得。

他步行到东圈门，看到牛老三的剃头挑子，就坐下让牛老三替他刮胡子。他打听汪若梅住在哪。牛老三认得他，心想，自家亲戚都不认识自家门？牛老三指着五福巷子，告诉他往里走五十米墙上有牵牛花的院子。

当初，顾伯龄反对汪若梅的婚事，怕这门婚事连累到自己，没有参加他们的婚礼。他刮过胡子，去夏家敲门。周师母开门，她不认识顾伯龄，问："先生，你找谁？"

"周先生和汪若梅在家吗？"

"我儿子在学校。若梅在黄大虚子成衣店。你进屋坐坐，我去给你叫。"

"不用了。我自己去店里找她。"

"你留个名号，等他们回来，我也好传话。"

"也是。我是顾伯龄。"

周师母大惊道："哎呀，贵人，你怎么上门说走就走呢？自家亲戚，在这儿吃个晚饭。"

"公务在身，改天吧。"

顾伯龄走到黄大虚子成衣店门口。店门敞着，汪若梅挺着个肚子，看着几件小孩子的服装。

老八级说："要看先开花，还是先结果。要人家孩子旧衣裳，孩子好养。"

黄大虚子一边裁衣，一边说："二小姐是什么人家，怎么好要人家旧衣裳？"

老八级说："图吉利。"

汪若梅说："顾莎莎的旧衣裳留着呢，要到一两岁才好穿……"

正说着，顾伯龄在门外向她招手。汪若梅赶紧出门来问："姐夫，什么风把你吹来了？"

顾伯龄悄声说："周觉民是共产党，马上就要抓捕。你通知他赶快跑。"

汪若梅大惊，瞪着个大眼睛说不出话来。顾伯龄看看四周，恰好看到小滑子歪戴着礼帽，从巷子里出来。小滑子走到顾伯龄跟前鞠躬，喊："顾爷好！"

“小滑子，你怎么在这儿？”顾伯龄问。

小滑子说：“顾先生，我家就住在这儿。警察局里喊加班，我这就走，改天给爷请安！”

顾伯龄没正眼看他，对汪若梅高声说：“大妈妈的生日别忘了。”

汪若梅这才回过神来。她知道顾伯龄这个话是喊给小滑子听的，就高声说：“晓得了，我去翠园桥订熟食……”

第二天，董大嘴接到美汉中学校党部报告，说周觉民失踪了。

他吃了一惊，想这件事是顾伯龄负责的，就去顾伯龄办公室找人。办公室门开着，感到有些异样，他进去，拉开抽屉一看，抽屉空空的。董大嘴疑惑起来，难道顾伯龄也跑了？顾伯龄为这么个屁事跑了？

董大嘴想不通顾伯龄会为这么一点儿事失踪。周觉民与顾伯龄并无牵连，顾伯龄当初是中统叶秀峰举荐的，再有什么事，也不能出乱子，否则叶部长那里不好交差。

董大嘴就叫来黄小凤说：“听说汪若梅大肚子了，你们同学，你要多去看看她。”他想利用黄小凤去汪若梅这儿打探情况。

再说那天汪若梅接到顾伯龄报信，知道情况紧急，否则姐夫不会亲自上门。她就叫了黄包车，赶往美汉中学。到了中学门口，看门的认得她，告诉说周先生跟一个女的乘黄包车外出了。汪若梅没碰到人，回到家把周觉民的衣裳整理好，摆在那个柳条箱里，准备等他回来出门躲一阵子。可是，晚饭都等凉了也没等到人。

她一夜担心，没睡好，第二天，头疼得厉害。大脚跑来，问她知不知道顾伯龄去了哪。

汪若梅又是一惊。一天之间，汪家两个姑爷失踪了。

19 小滑子贼上贼船 叫花子汪门拜寿

周觉民失踪，汪若梅受到惊吓，患起头疼病。她躺在床上，头上扎着白布巾，正哼哼，黄小凤进来。她是来探听情况的，但嘴没上闩，见了汪若梅就是一阵噼噼啪啪倒肚子。黄小凤告诉她，周觉民是共产党，人跑了……

汪若梅佯装什么都不知道，说："觉民一心教书，办刊物，不是什么共产党。"

"你妇道人家懂什么，我在政府上班，才知道男人的事情复杂呢。周觉民是省党部通缉，董大嘴抓不到周觉民，省党部要追究他责任。"

汪若梅的心放了下来，从黄小凤的口中至少知道他们没有抓住周觉民。汪若梅问："你知道顾伯龄去了哪？"

"董大嘴对我说，姓顾的外头有相好的，私奔了……"

"活嚼蛆，你不要跟在后头瞎说，汪琼会信以为真。"

"你想想，顾伯龄又不是共产党，他莫名其妙跑掉，瞒着老婆，外头没有相好的跑什么？男人花花肠子多着呢……"

汪若梅叹了回气说："小凤，我们从小同学，有什么说什么，你现在跟董大嘴到底什么关系？外头传得疯起来，说你是他小老婆。"

"董专员有老婆，民国政府不许娶小老婆。再说我也不会当他小老婆，我们是工作关系，我是他的秘书。”

“我觉得周小松对你蛮好的。”

“现在想想周小松好，这事情就怪我爸爸妈妈，他们非要我嫁个有钱的。人要那么多钱干吗？女人啊，没有爱情，要钱有什么用？”

“黄小凤啊，你这个想法和从前不同。我想你是见多了，悟出来了。”

“跟头跌多了。若梅啊，你看见周小松捎句话给他，就说我在等他，等他在外面当大官回来，光明正大娶我……”

“这像戏里的，周小松考上状元，来扬州当钦差，再与你寒窑相认。”

周师母端着鸡汤进来说：“鸡汤来了。胖大厨亲手烧的湾湾鸡。”

黄小凤扶汪若梅喝鸡汤，屋外又有人敲门，夏风开门，警长小李子领着小滑子进来。

小李子说：“夏公公，对不住，查户口。”

“我家几口人，小李子不知道？查你个魂啊！”

小李子苦笑说：“衙门里当差，上头要你吃屎，你就得吃屎，上头要你喝尿，你就得喝尿。我有什么法子呢？”

小李子一掀帘子，看见汪若梅和黄小凤，笑着说：“二小姐，没办法，公务。家里几口人？”

汪若梅说：“只有我，先生不在，其他都在了。”

“你先生呢？”

“上班没回来。”

“你先生回来，到警察局报个到，学校里也四处找人呢。”

周师母问：“这太阳堂堂的，查什么户口？”

夏风说：“城里不同于乡下，怕闹黑头。”

周师母半信半疑。小滑子东张西望，警帽歪戴着。看见堂屋里挂的中堂，侧壁上有一幅山水人物画，他弄个小爬爬凳，站在上面，觑到画上看。黄小凤出来放鸡汤碗，骂道：“小滑子，你爬到上面看，是想偷啊！”

小滑子一吓，见是黄小凤，不敢得罪，赔着笑脸说：“哪个说的，我现在不是从前，我在警察局当差了。”

“狗改不了吃屎的本性。”黄小凤骂道。

再说小滑子去汪若梅家查过户口，下班回家，想到兜里有几文钱，手痒，有好些日子没赌了，心里虫子爬，他就绕了弯，奔丰乐下街。下街沿着护城河边的桥洞里，青石板路上摆着许多赌博摊子，这些地方是他从前天天光顾的。他走到老槐树底下，看见小蚊子用石灰圈了一块地，开场子斗蟋蟀，孙铁嘴、大喉咙、呆头鹅、皮六等人看热闹，下赌注。

小蚊子喊：“滑爷，钱生不带来，死不带走，来玩两圈。”

孙铁嘴说：“滑爷当了警察，转运了。我不敢跟他赌，赌输得认不得家了。”

小滑子说：“玩两手就玩两手。”

小滑子从兜里掏出几文钱，往地上一扔，上前赌了起来。就一会儿工夫，他把钱输光了。但是赌瘾上来，一时间下不去，小滑子就跟小蚊子借两文。小蚊子当然乐意，要他打借条。

小滑子说：“打什么借条，我两下子就翻过来了。”

小蚊子说：“我知道你马上就翻过来，但是各行有各行的规矩。”

小蚊子立个字据，小滑子签字画押。他又赌了起来。没一会儿工夫，又输了个精光。小滑子心中骂起小广鸡来，霉鸡，一定是小广鸡给他带来了晦气。他抖抖衣裳，灰头土脑想走，小蚊子在后头拽住他衣服领子。

“放手，干吗？我是警察局的人。”小滑子说。

“管你哪里的人，欠债还钱。有字条借据在。”

小滑子立马堆出笑脸说：“蚊大爷，能否宽限些日子？”

“你去跟万爷说。”

小蚊子就把小滑子拖到天宁寺对过的弥陀巷。弥陀巷的人不好惹，自古民风强悍，有“弥陀巷专打小梁山”一说。扬州青帮设在这儿，帮主万把钩从小在巷子打架斗殴出名，后来有仇家来杀他，他就跑到上海投奔张仁奎张爷。张爷从前是徐老虎手下，在上海成了青帮大佬。没几年，在张爷的支持下，万把钩杀回扬州，成了扬州分舵舵主。

他们进门时，万把钩正躺在仰椅上喝茶、逗鸟。小蚊子押着小滑子进来，小滑子上前喊："万爷。"万把钩看他一眼说："小滑子，现在警察局当差了，长本事了！"

"万爷，你这就是见外了，我小滑子的那点本事，都是万爷赏的。"

小蚊子把小滑子的欠条给万把钩看，问："爷，你发个话。"

万把钩看着他说："小蚊子，按行规办。"

小蚊子说："好的，来了。"往屋里一招手，一圈打麻将的壮汉过来，把小滑子摁住，把他的手摁在桌子上，让他伸出手指，小蚊子举起刀，就要砍手指头。

小滑子哭喊："万爷，饶命！"

万把钩看了看，犹豫了一会儿。这一会儿对于小滑子，比出娘胎的时间还要长。万把钩说："放下他。怎么说吧，小滑子也是警察局的人。小滑子，你就加入我们帮会，拜在小蚊子青风堂，这笔钱，也就算了。"

小滑子说："万爷抬举！小人听从吩咐！"

万把钩对小蚊子说："摆在你堂口下吧，把帮规念给他听听。"

小滑子磕头说："谢万爷再生之恩！"

其实这些都是万把钩给小滑子下的套。他们知道小滑子当了警察，就想把他弄进来入伙，这样青帮在警察局里安插了内线，有什么事可以通风报信。当即，小蚊子领着小滑子参拜青帮入会仪式，拜"后三祖"和"前三祖"。他诵读十大帮规："一，不准欺师灭祖；二，不准扰乱帮规；三，不准蔑视前人；四，不准江湖乱道；五，不准扒灰放笼；六，不准引水带跳；七，不准奸盗邪淫；八，不准以卑为尊；九，不准开闸放水；十，不准欺软凌弱"。

万把钩亲自领着去后堂，拜神案。神案上摆着十七位祖师的牌位，正当中的一位是"敕封供上达下摩祖师之禅位。"

万把钩念道："历代祖师下山来，红毡铺地步莲台；普度弟子帮中进，万朵莲花遍地开。小滑子，你进帮，出于情愿，还是人劝？"

小滑子说："出于情愿！"

万把钩喝道："既是自愿，要听明白，本青帮不请不带，不来不怪，来者受戒，进帮容易出帮难，千金买不进，万金卖不出！”

小滑子加入了青帮后，万把钩布置他一个任务，打探俞冉芳的动向。当初小蚊子在码头上被沈越打过，后来俞冉芳在《扬州新报》上揭青帮的短，扬州两次打黑，弄得青帮好长一阵子抬不起头，这个仇记着，君子报仇十年不晚。

周觉民出事一走，汪若梅就一下子六神无主，魂不守舍了。早上，她去翠园桥菜场买菜，到了菜场发现钱包忘带了。她正要回家拿，一个人拍了她肩膀，把她吓了一跳，一看竟是俞冉芳。

汪若梅说：“上回碰到你弟弟，叫他捎信你来玩。捎了没有？”

俞冉芳说：“信是捎到了，就是太忙。上海抗战，我们一天一个版面宣传抗战。上回一个整版报道了汪琼去上海支援十九路军。若梅，什么时候写写你，给你也宣传一下。”

“汪琼是汪琼，我是我。我不爱出风头，我怕上报纸，我投给你们梅岭专栏的散文，都用笔名。”

“我说文章写得这么好，原来是你写的。我都看了。”俞冉芳摸着汪若梅的肚子，“估计还要多久？”

“快了，六个月了。就是担心觉民。”

“我们女人，没办法，在这个年头嫁一个好男人，好男人属于国家的，我们只好认命。”

两人相视，露出苦笑。她们说着话，往回走。走到东圈门头上，俞冉芳忽然问：“你拎个空篮子干什么？”

“哎呀，只顾说话了。我去买菜，忘了带钱。刚才跟你说话，又忘了借钱买菜了。你说我这个脑子，是不是怀孕了就变得丢三落四？”

“你啊，是想周先生了。也不要买菜了，我们俩下馆子。”

若梅叹气说：“下什么馆子，没胃口，嘴里吃什么都没味。前三个月，吃什么都吐，闹心，现在好了，就是没味。”

“小洞天的鸡汤干丝不错，我怀孕时就天天喝鸡汤……”

俞冉芳拖汪若梅进小洞天，找个空位置坐下来。旁边孙铁嘴和余小奇在喝酒，另一桌上，几个进城卖菜农民在吃饭菜。

胖大厨上前笑着说："稀客。二小姐，说一声，给你送家去。"

"店里是店里的味道，菜送家去就是家里味道。"俞冉芳说。

她们就点菜，点了红烧狮子头、鸡汤虾仁煮干丝、鲢鱼头脍豆腐和一盘湾头的猪头肉……

胖大厨说她们菜点多了，吃不下去这么多。胖大厨进屋里去做菜，屋里跑出一个三四岁的小女孩子，扎着个小辫子，圆脸。小女孩看她们衣裳漂亮，就痴痴地看。

汪若梅喊："小红，过来。"

小女孩过来，看着俞冉芳。俞冉芳就把女孩抱在腿上说："唉，我要是哪一天能有这么一个女儿就好了。"

小红喊："妈妈。"

俞冉芳吓一跳说："这孩子，我可不是你妈妈。"

汪若梅悄声说："她妈嫌胖大厨穷，跟个当兵的跑了……"

隔壁桌上，有两个人在聊天。一个说："想不到吧，孙大帅又回来了。他把我们这些老朋友请到翠园聚了聚。他退休了，头上还有一顶民国参议员帽子。他说'浮生又得半日闲'……"

另一个说："听人说，他投了张胡子。去年，九一八事变，日本人占了东北，张胡子投了日本人。日本人要孙大帅出山当华北主席，他坚决拒绝。有骨气！"

"也为这个事，大帅遁入空门，他回扬州拜了天宁寺弘元和尚为师……"

俞冉芳听得明明白白，眼睛发红，手中的筷子就差折断了。

汪若梅只忙着注意小红的小棉袄，也没注意到隔壁桌上说什么，也没注意到俞冉芳的表情变化。胖大厨来上菜说："小红，爬到阿姨身上，把阿姨衣裳弄脏了。"

"没关系。多可爱啊，下回来，阿姨捎玩具给你。"

她们吃过饭，刚出店门，俞冉芳碰到一个最不想碰到的人——黄小凤的妈妈老八级。

老八级问了一声："二小姐，俞姑娘，你们到我家坐坐，店里刚从苏州进了绸缎料子。”

汪若梅说：“黄家妈妈，不去了。”

老八级走了两步，回过头来问：“俞姑娘，沈越有些日子没见了。听说他老子四处找他呢。警察局小李子讲沈越是闯了祸才跑掉的，要是不跑就咔嚓了……”

汪若梅说：“黄家妈妈，怎么这么说话呢？不吉利。”

俞冉芳说：“哪个俞姑娘，你认错人了。”

老八级说：“你真当我是老八级啊？你瘦了，黑了，脸型没变。你小时候到我家玩，跟小凤爬到布案子上……”

“黄家妈妈，你就不要搬话了。”汪若梅说。

老八级说：“我对外人多说一句，天打五雷轰。俞姑娘，我听小凤说你怀上沈越的孩子，这个事说了有头两年了，怎么没见过孩子呢？什么时候带到我这儿玩玩，我送他小布兜儿……”

俞冉芳知道再多说更加惹是非，她告别汪若梅，匆忙跑了。

到了4月里，汪太太过七十大寿。汪家门口摆了一条边的红灯笼，写着“寿”字，大门、二门贴着蛋黄子剪的金粉纸“寿”。

皮六一早上把蛋黄子拉到汪家来剪纸，剪出各式各样的吉祥图案。蛋黄子拜了剪菊花的张三麻子为师，剪出来的纸样儿越发好看了。

玉珠把花园里培育的各式各样的盆景搬到前院，把前院也变成个小花园。丁小同指挥着开闸放水、取水、沉淀、打矾。张三推水车来买一车水，喊：“衙门里要两箱水，老虎灶要两车水，城里就汪家水场的水干净。”

汪天佑手端紫砂茶壶说：“那我们家干脆开个自来水场。”

汪天佑看见门口皮六的黄包车，就跑去往车上爬。玉珠从屋里出来，上前一把拽住说：“今天，哪里都不能去，大妈妈大寿。”

“就下一盘棋，下过了就回来。”

“下棋哪就这么重要？”

“晚上唱戏安排好了，保证不误事。”

玉珠摇头叹气，只好放手让他去。

屋里，汪太太穿上大红寿衣。汪若梅把她推到镜子前说：“大妈妈穿上寿衣，就像个土地婆婆。”

汪太太对着镜子脸苦着说：“若梅啊，大妈妈不图什么，过个寿啊，图个子孙团圆、儿孙满堂。汪琼跑到上海这么多天，又没个消息了。听人说日本人的炸弹把一条街都炸塌了。她这不是让人揪心吗？大姑爷、二姑爷，又不知跑到哪里去了。我前天就对玉珠说这个寿不过了，让邻居们笑话，哪个过生日女儿女婿不上门的？”

汪若梅撒娇说：“大妈妈偏心了，我不是在你旁边吗？”

“你爸爸活着时说得对，将来几个孩子若梅最孝顺。若梅啊，今个你不要太忙，不要动了胎气。”

“大妈妈，昨晚我睡觉，感到他在肚子里动呢。”

“是啊，那年汪琼在我肚子里，脚动个不停，我以为是个男孩子，生下来才知道是丫头。你看，你姐姐整天跑东跑西的不安稳，她在肚子里就不安稳，好动……”

外间大堂，吴家富和夏风坐在太师椅上喝茶。

吴家富说：“夏公公，小癞宝的病好多了，自己能走走动动。从前一动就摔跟头，骨头像面团。明年春天给他买一房媳妇，做个喜冲冲。”

“吴老板，这个使不得，你这个是害了人家姑娘！”

“我花钱买，公平买卖，愿买愿卖。”

“小癞宝行不了房事的。”

“我就当着买个丫头。”

“你买丫头就买丫头，小癞宝也没这个娶马马*的意思。”

“哪个说的，我领你去看。”

吴家富拖夏风到运河边。小癞宝正拿着钓鱼竿乱舞，他看着上学放学的女孩子

---

* 娶马马：扬州俗语将娶媳妇儿叫作娶马马。——编注

傻笑，口水挂在腮帮子上，鼻涕拖了一尺长。吴家富指着小癞宝笑逐颜开地说：“弄得好，还能给我添个孙子呢。”

“做大头梦。这个，外国医学上有个名词，叫条件反射。”

吴家富嘴里叽咕着：“反射？能射就行。”

汪家过寿的消息传到衙门里，董大嘴认为是抓捕周觉民和顾伯龄的好机会，他安排警察局的人暗中监视，南河下忽然多出许多警察。

中午吃长寿面，晚上是主宴，天佑安排了苏家戏班子来唱扬剧，南院的戏迷早早来汪家的水中天搭戏台子。

小滑子最近高升为特务科科长，他领着几个黑色长衫、戴圆顶帽的，守在汪家大院门口。他昨晚上赌钱，赌了一夜，就倚着门口的石鼓打瞌睡。

康九海走到门口喊：“小滑子，把眼睛睁下来。”

“康老爷，什么吩咐？”小滑子问。

“你是来给汪太太祝寿，还是来看门的？”

“哪里，警察局接到通知，要在寿宴上捉拿汪家二女婿。”

“难怪没有客人上门呢，成了鸿门宴啦！”

沈福元和黄大虚子也凑上来听。

小滑子说：“保险些好，马上共产党拔枪，双方一打，不管你康家钱庄和沈家布庄有多大的家私，子弹不长眼睛……”

众人一惊说：“我们进去，把个寿礼摆下来就走。”

祝寿的客人都听到风声，也就不敢上门。外间门房放着客人的寿礼，没有人肯留下来吃寿酒，找出各式各样的借口，五花八门。

大脚挽留说：“吃过酒再走啊！”

客人说：“不了，今天家里有急事，有人病了。”

客人说：“算命的说，今天我不作兴出门，替我们说一声，祝寿星奶奶一百岁！”

“屁股上生痔疮，坐不下来。”

“出门走得着忙，家里大门忘了关。”

"送银子到门上，回家收了银子再来……"

…………

晚上，院里摆了十几桌酒席，孤零零地空着，只有一个没魂大帝张邋遢，一人吃一张桌子，狼吞虎咽，喝得大醉。皮六不管三七二十一，早让灌得睡到桌肚里。胖大厨闲着没事，坐在台阶上抽烟。

苏小杨在台上唱《贵妃醉酒》《凤还巢》，汪天佑和小四扣子在底下拉二胡伴奏。一个观众都没有。

到了上灯的时候，门口守着的小滑子见汪家没有客人上门，哪有周觉民的影子？就都撤了。特务科的人一撤，躲得远远的叫花子就拥到门口。叫花子是吃百家饭的，哪家有红白喜事，他们就往哪家去。

叫花子在门口探头探脑，东张西望，他们跑遍扬州城各家的红白事，从没有见过像汪家的，一个客人没有，院子里摆着几十桌酒席。

张邋遢摇晃着走到汪天佑跟前，一指满桌子的菜说："我说，大少爷，图个喜庆，我看就放门口叫花子进来……"

汪天佑说："好，都是天底下的老百姓，汪家有钱也是赚得百家姓的钱啊！"

张邋遢点点头，到门口喊："听着，汪家老爷说了，今天，老太太生日，免费进来吃，还可以听戏……"

一群叫花子高兴得就要往里闯，张邋遢一手拎一个，像拎小鸡似的举着说："吃完了，要高声喊，祝老太太百岁！"

叫花子喊"好"，呼啦冲进院里来。顿时，酒桌上的菜，如风卷残云，一会儿就只剩下锅碗瓢盆。小要饭的抢一个鸡腿坐在地上看戏，老乞丐一时兴起，喝了几杯酒，也跳上台助兴。老乞丐用筷子敲打着碟子唱：

画册乘春破晓烟，满城丝管拂榆钱。千家养女先教曲，十里栽花算种田。雨过隋堤原不湿，风吹红袖欲登仙。词人久已伤头白，酒暖香温倍悄然。廿四桥边草径荒，新开小港透雷塘。画楼隐隐烟霞远，铁板铮铮树木凉。文字岂能传太守，风流原不碍隋皇……

再说屋里，家里人陪着汪太太吃寿面。

汪太太说："这个寿不讨人喜欢啊。老爷，怪我了……"

夏风说："这说的什么话？"

汪若梅说："大妈妈，不要这么说，等你过八十岁，汪琼他们全回来了，一个也不少，还会多上几口呢。"

汪太太说："若梅啊，你别瞒我。外头说觉民是共产党，抓到要杀头，我为你担心呢！当初你姐姐和姐夫就不同意你做这门亲，我也想劝你，知道你的性子，我也就没劝了……"

汪若梅说："大妈妈，外头的话不能听。我不是好好的吗？"

这时候，就听见外头吵吵的，人声鼎沸，忽然间，只听得声若洪钟、地动山摇："祝汪家老太太长命百岁，寿比南山！"

"若梅啊，我耳朵生病了，刚才可是幻听？"汪太太问。

"我也听见了。"

"上百号的人，哪来的？"

玉珠说："出去看看。"

众人走到院里，一看吓了一跳，黑压压全是人，众叫花子一齐跪下来，对着屋里喊："祝老太太长命百岁，寿比南山。"

汪太太就奇怪问："玉珠啊，哪来这么些人？"

大脚说："天上神仙下凡的。"

"大脚，你也胡说了。"

丁小同过来说："汪太太，你的福分啊，这都是七乡八壤赶来的。"

汪太太再睁眼看，都是穷人打扮。她眼睛笑得成一条缝，说："哪受得了这个福分！阿弥陀佛！"

20 汪太太进愿生寺 沈福元投古运河

汪太太寿宴没人敢上门，结果弄了一群叫花子来祝寿。汪家关起门来商量，汪太太说这些年家里一直不顺，要请人来看看风水。大脚说家里不顺是当年老爷改门楼子时撞客了。撞客就是指撞了黄大仙。砖头掉下来，砸死了一个，后来就一直不顺，前年打雷，也打死一个在院子里。黄大仙，哪个敢得罪？接着就是老爷走了，大姑爷失踪，二姑爷有官司跑了，天佑又丢了魂，到现在不添丁……

扬州人家里有什么不顺，就请小东门桥北城根关帝庙的道士来家里捉鬼。大家就商定端午节请道士上门捉鬼驱邪。一转眼就到了端午节，家家门上插艾草、包粽子。汪若梅走过小洞天门口见胖大厨捋着袖子斩火腿，桌上垒了一箩筐粽子，她进去买了火腿粽子和豆沙糖粽子，用荷叶包起来，回南河下捎给大妈妈。

一进家门，大脚就说："今天端午节，关帝庙的道士忙，跑三家。我说汪大奶奶家的事，顺风道长答应八更八点都要来。"

汪太太从屋里出来说："大脚，到时候多给点份子钱。"

大脚说："顺风道长一般人请不来，法力最强。他一对牛蛙眼，什么妖魔鬼怪都逃不掉。"

"顺风道长来，我也就安心了。"汪太太说。

大脚请的顺风道长是小东门街关帝庙的当家，人高马大，脸长得像关公，一双眼睛不像。关公是卧蚕眉、丹凤眼，他长着一对往外凸的牛蛙眼。当初老道士看上顺风，每年三月十九三茅会和五月十五关帝会，让顺风扮关公，套个长胡须，拿把木头大刀，立在庙里接受香客。老道长仙逝后，顺风就成了当家，主持日常斋醮、拜忏、做道场。关帝庙里有两口古代传下来的铁铸的飞来钟和飞来剪，是庙里的镇邪之宝。

天黑时，顺风道长领一群黑衣道士，拿着各式各样的法器进门，在屋里四处插上黄三角旗，墙上贴上道符。顺风用碗盛水，喝上一口，喷出来，喷一个天女散花，对大脚说："家里女眷要回避。"

"你看，避到哪间屋子？"大脚问。

道士进门转了一圈说："就进东厢房吧。"

一群女眷进东厢房。

外间，道士作法，敲铜锣，舞拂尘，打杏黄旗，四处插姜太公令牌……

厢房里，大脚、玉珠、若梅陪着汪太太说话。

汪太太说："跟道长说说，捉鬼，不要把家里老祖宗赶出门。"

玉珠说："人家进来一望，就说家里有黄大仙。"

外头，道士敲起锣喊："关前门，封后门，老太爷请入瓮……"道士一个一个房里跳着鬼舞，舞桃木剑，画符，喷水，撒石灰。顺风正往大门上贴符，忽然，门从外头推开，门口站一白衣人，顺风没见过，以为是女鬼，就把一把石灰往白衣人撒去。

白衣人一闪身，但白衣裳撒上了一层灰，上前就给了顺风一个耳光。众人一细看，白衣人是穿着白西装的汪琼。

汪琼骂道："什么人在这儿装神弄鬼？"

大脚听得外头吵，跑出来一看是汪琼回来了，忙说："大小姐，大妈妈请来捉鬼的道士。"

"捉你个大头鬼。"汪琼把脖子上挂着的洋十字架一举，"有上帝保佑，魔鬼早跑了。"

门口停着一辆白汽车。两个印度人，替汪琼把箱子拎进院里。道士从来没见过印度人，瘦高个，大红胡子，黑脸，头上缠着白布，一个个大呼小叫，“不得了啦，阎罗王来啦……”顺风领头，一个个往门外跑。

康鹏从门口探身进来说：“道士，你们不是会捉鬼吗？东洋鬼子在上海扔炸弹呢，你们跟我去上海，把日本鬼子给捉了。”

汪若梅也出来，见康鹏问道：“鬼没捉到，你怎么来了？”

康鹏说：“唉，我让你姐从上海给拖回来的。”

原来，汪琼去上海支援抗战，把支前物资送到前线，就去看望老同学康鹏。康鹏娶了宁波商行的小姐，小姐看不起康鹏，喊他江北佬，他在上海日子过得不开心，看见汪琼就说出一肚子的委屈，汪琼就劝他回扬州办厂，康鹏就找了个借口离开上海，跟着汪琼回了扬州。

汪太太见大姑娘平安归来，那份悬着的心总算落下来。晚上捉鬼这么一折腾，她一夜没睡好，思前想后决定去庙里出家。快天亮时，她早早起来给汪春灵位上了一炷香。大自鸣钟敲了几响，声声心惊。她没有惊动家人，收拾好东西，挟着小布包出门。天蒙蒙亮，大喉咙来上早班，她就叫大喉咙用独轮车推她去埂子街的愿生寺。

愿生寺大门朝西，进庙门前后三座殿，两侧和后边有许多斋房，供城里富裕居士居住。寺里改造得环境安静、清洁，门面虽不大，里头空间大，住了几百号人，大十三弯、小十三弯住的居士，也都寄名在寺里。

愿生寺同住着和尚、尼姑。现在愿生寺的可端和尚圆寂了，当家老尼是徐老虎的母亲徐老尼，她和汪太太早就相识，一直劝汪太太到寺里来做个伴。汪太太推开寺门，和尚、尼姑正在做早课，佛坛前众僧尼念着《大悲咒》，敲打木铎，围着观音菩萨像转圈子。二当家的认得她，就把她引进后面斋房。

一早上，汪琼和若梅两人还睡着，大脚急促地敲门，在门口喊：“大小姐、二小姐，快起来，大奶奶去愿生寺院出家了。”

汪琼说：“好好出什么家？”

汪若梅说：“大妈妈一出家，外人要说我们做子女的不孝顺。”

大脚说：“不要多说话了，快点去，等削了发就迟了。”

汪琼和汪若梅赶紧穿衣洗漱。汪天佑和玉珠听说妈妈出家，也慌了神，在堂屋里等着。众儿女一道赶往愿生寺。寺里头香烟缭绕，诵经声不绝，汪太太坐在蒲团中央，当家的徐老尼闭目念经，正准备给她剃发。

汪天佑走到埂子街，忽然不走了，找了一个肚子疼的借口，溜掉了。原来到巷子口他想起来当家老尼是徐老虎的妈妈，他杀了人家儿子，哪里有脸面去相见呢？汪太太和徐老尼在庙里相处融洽若母女一般，这是后话。佛门中哪有放不下的恩怨？

汪琼说："妈妈，你回去，你不是没儿女，在家里一样吃斋念佛。"

"你们回去吧，我已经跟老爷商量了，他说我到庙里，为子孙积德！"汪太太说。

汪琼说："妈妈，你这样，让我们怎么见人？"

汪若梅哭泣道："大妈妈，你就听劝吧。"

汪太太摇摇头头。

徐老尼说："女儿们，大妈妈在庙里，你们时常来看看她，你们子女这份心到了，就行了。万事随缘！"

佛门乐曲响起，香烟缭绕。徐老尼一剪刀下去，汪太太的头发就削了半边……

管家丁小同得知汪太太去寺里，就要大脚去告知沈福元。沈福元是汪太太的亲弟弟，娘家人。大脚就往小东门街去。这条街商铺林立，有共和春、中华饭店、祝三牛肉店、十里香汤圆店、林振兴鸡鸭店、酱禄炒货店等。

大脚走到粉妆巷头上，见布庄门口挤满了人，挤上前一看，门脸上的"福元布庄"匾往下落，升起新匾"吴家米行"，吴家富得意地看着、指挥着，沈福元两口子灰头土脸站着，失魂落魄。

吴家富看见大脚，说："老嫂子，看见玉珠告诉她，福元布庄的三间面铺和里头屋子，我们买下来了。米铺就开到这边了。市口好，客流量大，扬州人俗话，'小东门，人碰人'，旁边是小东门码头，船上米方便……"

大脚说："亲家公啊，米铺开在这块是好。福元布庄怎么不开了？"

"怎么开？吸大烟，一屁股债，要债的坐在家里等。我们是远亲，我替他还债。"

大脚吓了一跳，悄声问：“沈家家大业大，大烟就能把家当给抽空？”

烧灶的张三凑上来说：“沈家不是抽空的，经营不当，他把布庄库存的老土布低价买了，想等日本人进来进便宜的东洋布，结果日本人没进得来，他再进国货，进价比他卖得价高几倍。高进低出，怎么能不冲家呢？”

皮六插嘴说：“日本人让我们十九路军打败了，他的如意算盘也就落了空。”

大脚叹气道：“唉，人算不如天算。”

张三说：“你们亲家公这回捡了个大便宜，只花了五根大黄鱼，就买了沈家三间面铺和里头的屋子，全是七架梁的老杉木，大梁有缸口粗。”

皮六说：“搭住了，小狗掉粪坑里，肥死了。”

大脚想想不放心，就去布庄里看看，恰好迎面碰到沈福元两口子。他们见大脚，不好意思，头一低往家里走，里头孙铁嘴抱了只盆子出来，跟他们迎头撞，沈福元一把拖住说：“这个，你不好搬，这个是天山汉墓出土的官窑。”

“看你说的，我又不白拿你的。你开个价。”

“这个，少说五十块大洋，家里传家宝，最值钱的就这个了。”

“不要闹了，红园古董市场多得是，甘泉山挖墓的都先送到我门上。”

“我开了价，你还个价。”

“还什么价。今天福寿行我请客，所有开销，我支了。”

“再支也花不了五十块大洋。不卖了。”

沈太太说：“店铺都给人家了，一个破盆子！你不去，我去。孙铁嘴，我去抽两口。”

“败家的，你去，我也去。”

沈福元夫妻跟着孙铁嘴去福寿行抽大烟。大脚进里，沈家的红木家具全搬空了。大脚想，这个不能告诉汪太太，要是太太知道了，气得要上吊呢。她这一急，把告诉沈福元汪太太出家的事给丢到了脑勺后头。想想，沈家成了大烟鬼子，告诉他们又能怎样？

大脚抹抹眼泪，独自回了南河下。

右府街一路边开着几家大烟馆。大烟馆有个好听名字叫福寿行，墙上贴着美人像。沈福元两口子就差把家安进去，一早上开门进里，半夜三更才出来。沈家该当的当了，该卖的卖了，也就好些天没来。他们把店铺卖给吴家富，两口子又有了几文进账，首先就想到往福寿行里送。

门房见他们就说："沈老爷，今天又上水啦？"

上水就是有钱进账。

"讨债鬼，哪回差过你钱？"沈福元骂道。

看门的喊："沈老爷，老地方，两位。"

烟馆里烟雾弥漫。沈家有单间号子，夫妻俩迫不及待地上床，下人开柜子，取出烟具，两人对抽起来。老八级推帘子进来问："哪个要修脚的？"

沈太太说："我这儿起了老皮子，正要找你呢。"

老八级把小凳子放下，就来给沈太太修脚。老八级边修边说："沈老爷，我前些日子看到一个人，人家不许我说。我想你们又不是外人，家里人，怎么就不能说啦？"

"看见哪个了？"沈福元问。

"看见你家媳妇了。"

沈福元手中的茶壶"叭"掉到地上摔砸了，问："我家炮子子呢？"

"没看见，光看见你家媳妇了。"

沈太太坐起来，一把抓住老八级问："我儿子走掉后，我们去报社找过媳妇。媳妇说儿子去上海做生意了。后来，我们关心媳妇肚子里的孩子，就又去报社找她，报社的人说我家媳妇也去了上海……现在，媳妇一个人回来吧？你看见我孙子呢？"

"没有。我没有看到你儿子，更没有看见你家孙子。说了你不信，你媳妇不认我，非说我认错人。她跟我家小凤一起上小学、中学，一起长大，怎么能认错人？"

沈福元问："黄家妈妈，你说到哪儿能找到俞家姑娘？"

老八级说："这容易。这些日子汪家二姑娘要养了，俞冉芳跟你家侄女儿同学，相好，三天两头去看她，你只要守在五福巷头上就能找到。"

老八级虽是个浑人，这回俞冉芳的行踪却真让她猜对了。俞冉芳见若梅的产期临近，特地去蛋厂买了鱼罐头，去麦粉厂买的面条，拎着兴冲冲去看汪若梅。她刚走进巷子里，就被沈福元两口子给堵上。俞冉芳没有办法，看到了亲人，控制不住情绪，“哇”地哭了出来。俞冉芳告诉沈家人，沈越去年就牺牲了。沈福元两口子听到这个消息，立马就在巷子里瘫了下来。

夏风坐诊回来碰见，就拖着他们先到家里。夏风和周师母忙着沏茶，说些安慰的话。正说着，沈妈妈忽然发现沈福元不在，问：“福元呢？”

夏风说：“刚才跟着的，怎么就不见了？”

沈太太说：“要出事了，他没有哭，他要哭，就不得出事，快去找！”

众人都奔出去找，哪里还有沈福元的影子。

几天后，从大运河里浮上具尸体，黑衣黑裤。运河边上围了许多人去看。沈太太给钱呆头鹅，呆头鹅划船过去，又划了回来，不肯捞，说尸体竖在水里头。死人竖在水里头，不叫尸，叫煞，凶神恶煞的煞，煞是怨气太重，捞尸的不敢靠近。大家只有去天宁寺把弘元和尚请来在运河边放焰口、念经。和尚做道场，到了傍晚时候，尸体才横过来。

21 大舞台进新班主 琼花观出旧画师

运河里捞上沈福元的尸体，沈太太坐在尸体边上哭号，路人摇头哀叹。沈家连安葬的钱都拿不出，最后由商会出面安葬在小茅山。运河大堤底下往北几百米的小秦淮边上是大舞台，戏院里照常唱戏。人生就是这样，各人唱着各人的戏，各家念着各家的经。

今天苏小杨急得像热锅上的蚂蚁。苏家班有件大事，徒弟苏小芸初次登台，叫成师日。小芸跟苏小杨唱对台戏，若是赢得师傅，那么苏家班新的班主就诞生了。成师日是新人换旧人，长江后浪推前浪。苏小杨急着问："高妈怎么还不来？"

远远地听到喊："来了，来了。"

"今天是大日子，你怎么忙得虚虚吵吵的。"

"不得了，福元布庄的沈福元跳了运河，我在河边望呆，看捞人，耽误了时间。人捞上来，水泡得膀下来，腰有八仙桌那么粗，像头大白牛……"

"呸，晦气，今天不提这个事。"

高妈连说："掌嘴掌嘴。今天是小芸成师日，得好好绞面。"

高妈拿出绞面绳子替苏小芸绞面。绞面是绞脸上的绒毛子，一种成人礼。绞得苏小芸有些疼痛，高妈劝道："忍着些个，都疼。人啊，长大了，就像蛇蜕层皮。"

“高妈，我想到这么多年来，苏妈妈和汪爸爸对我的养育之恩，有些不舍得。谁定的规矩让我跟妈妈打擂台？我宁可输了。”

“小芸姑娘，你千万不要这么想，你要是输了，就是学艺不精，苏妈妈丢脸。大舞台这场子唱戏，吃的是青春饭，哪有老太婆占着戏台呢？这是祖宗传下的梨园规矩。”

苏小芸眼泪在眼里打转说：“高妈，道理我也懂，就是心里难过。”

“是啊，多好的姑娘。”高妈夸道。

大舞台戏迷、票友早早来赶场子，都想看看新推出的苏小芸长得什么样子。大家议论着，说这就是当年汪大少爷在大水湾花一百块大洋买的丫头，大少爷为抢这个丫头，得罪了弥陀巷的万爷，当年差点儿出人命。今天大家要看看这个丫头到底是什么样子，这一百块大洋花得值不值。

台的两侧，一边挂着苏小杨的牌子，另一边挂着苏小芸的牌子。比赛开始，苏小芸先行谢师礼。苏小杨坐在戏台中央，小芸上台，跪下，磕头谢师。台下裁判是康九海、余小奇和汪天佑。汪天佑戴着个假面儿，无疑最有权威。

戏台底下观众席上，有周师母、蛋黄子、黄大虚子、老八级、孙铁嘴、小李子、王奶奶、张三等大舞台的熟面孔。苏小杨拨弄琵琶，徐娘半老，但风韵犹存，技艺炉火纯青。而苏小芸年方十六，青春当时。

客人早早入座，嗑瓜子，喝茶，聊天。孙铁嘴说：“时辰到了。”苏小杨拨了二声弦，清一声，弹唱起清曲《拔根芦柴花》。

第二曲时，苏小芸上台，往底下行礼，众人喝彩。师徒俩共奏，演唱一曲《扬州月》。

苏小芸又独唱一曲《茉莉花》。

中场助兴，余小奇跳上台和老八级表演了一出扬剧《活捉张三郎》，引得众人大笑。

这边刚演完，高妈也跳上台助兴，唱清曲《乔奶奶骂猫》，指着底下的余小奇、黄大虚子、孙铁嘴一顿骂。

演出结束时投票，康九海投给苏小杨，余小奇投给苏小芸。众人目光对着汪天佑，此时汪天佑心潮起伏，犹豫了半天，最后投给苏小芸。

众人欢呼。大舞台新班主产生。

一早上，新北门城门一打开，讨饭的、农民、进城打工的、收粪便的、送菜的，纷纷进城。人群中，周小松蓬头垢面，他一路讨饭走回扬州。他走过辕门桥镜中天照相馆，看见门上贴着封条，正望呆，皮六拉着黄包车过来，骂道："让开，好狗不挡路。"

他走到盐司衙门口，看里面车辆进出，兵丁站岗，就绕到教场，又饥又饿，抱着头蹲在地上。忽然，"当"一响，一个铜钱扔到他面前，是卖臭豆腐的王奶奶收摊子，看他可怜扔给他。他拿着铜钱，去买了一个馒头啃起来。

他独自走在街道上，物是人非，好在没人认出他来了。这趟他能活着回来，算得上幸运了，沈越就永远回不来了。青山处处埋尸骨。他们参加的红十四军遭国民党军镇压，部队遭伏击，他被炮弹震晕，半夜醒过来，爬过死人堆，脱下军装，装扮成乞丐，一路向北……他流浪到兴化、宝应，又在江都的地主家打零工，干了半年，老地主死了，两个儿子分家，把他赶出门。

他想要死死在扬州吧，就一路乞讨回来。他看见大舞台苏家班举办成师日，想进去，给看门的拦住，骂道："滚，臭要饭的。想看戏，买票五角一张。"

他无奈，只好怏怏离开。他沿着埂子街，走到钞关码头。小蚊子正指挥着工人扛大包，丁小同上前，递一包钱给小蚊子，小蚊子立马对着工人喊："去汪家盐铺码头，大包五角，小包二角。"一帮工人拥过去，周小松走过，小蚊子一把抓住说："唉，要饭的，扛包，给现钱。"他想躲，小蚊子举起鞭子就抽。他无奈，只有在汪家码头上屈辱地扛着盐包。他想要是碰到汪家小姐，真是戏剧性的场面，想着竟苦笑起来……散工时，他收到一张小票子，拿着小票子，跑到教场的三六九门口，跑堂的嫌他脏，不让进，他只能在门口买了两个包子。

晚上，他坐在小秦淮河码头上，看船行在水面。老妓女坐在河边的石头上弹唱清曲《扬州月》。忽然，河面传来一阵笑声，他抬头一看，黄小凤正陪易君左、余小奇、子墨等一干文人墨客游船，只听子墨立在桥头吟道："月上柳梢头，人约黄昏后。”

周小松看着黄小凤，高声吟道：“杨柳岸，晓风残月，此去经年，应是良辰美景虚设……”

子墨惊叫道：“嗨，来看，叫花子也会吟诗，不得了，会柳词。扬州的叫花子都会吟诗作赋……”

黄小凤端着酒杯，站在船头摇晃着说：“这有什么了不起，凡是有井水处，皆能歌柳词。”

众人从教场码头上岸，一群叫花子拥上来。黄小凤掏出一把法币，有意地往周小松面前一撒。周小松站着，不为所动，而别的叫花子抢得满地打滚，一个个嘴里喊着：“观音奶奶，观音奶奶。”

黄小凤对众人说：“咦，这个乞丐不一般呢。”

余小奇说：“我就不信，哪有乞丐不要钱的？”

黄小凤拿出一张面值大点的法币对子墨说：“你去给他，看他要不要？”

子墨拿着这张法币上前，用法币在周小松面前晃来晃去。周小松一把抓过去。子墨哈哈大笑，对黄小凤说：“乞丐就是乞丐。人分三六九等，上等人不教自成人，中等人一教就成人，下等人教死了不成人。乞丐么，就是下等人。”

众人笑着往教场里走。周小松盯着黄小凤。黄小凤哪里认得他？周小松想当初就是为了黄小凤，冲冠一怒为红颜，他才和沈越去参加红军，在外头出生入死，想将来有一天当上将军，回到扬州，杀了董大嘴，抢回属于自己的黄小凤。可是，现在他的黄小凤在面前竟不相认，形同陌路。

周小松对着月光，展开这张法币看，嘴里念叨着：“钱啊，钱啊，为什么有那么大的魔力？”

第二天，周小松拿着昨晚上黄小凤给的这张法币，来到琼花观对面纸笔墨店里。跑堂的说：“去去去，外去要饭。”

周小松到柜台前，看着里面的笔墨，像是看到亲人。

跑堂的说：“花子，这个不能吃。”

周小松伸手去拿。跑堂的要动手打他。周小松从怀里拿出法币一晃，跑堂举起的手放下了，摇头叹道："是个文疯子。"

周小松不吭声，挑挑拣拣，挑了两支笔和几张半生宣纸，又挑了块陈墨和徽砚。那个徽砚看起来不起眼，脏兮兮的石头，丢在墙角，周小松识货，一眼看中。

跑堂的说："看不出，文疯子还蛮在行的。"

周小松买了笔砚纸墨，抱着，来到琼花观牌楼底下，摊开纸画了一幅秋荷图，摊在地上卖。很快，一个来给后土娘娘上香的香客看上，说："哎，高人，画得不错，一个银圆买了。"香客要他签名印章。他没印章，就画了个印章，给自己起了个名字，"六一山人"。他想到文章太守欧阳修在扬州叫"六一居士"，他就凑个"六一山人"。

从此，琼花观门口就有一个给人写字、画画的叫六一居士，他画的花鸟虫鱼、山水人物样样皆精。上香的香客都知道琼花观门口有一个大画师，大画师画的画接近于宋画，有高古味。扬州懂画的多，有人很远跑来看他画画，买他的画。有好事的问他的师承，他诳称自己是寺院里的，是弘一法师的弟子，是丰子恺的弟兄，又谎称和黄宾虹在何园画画多年，相互称兄道弟。

周小松赚了些钱，见好不知道收，结果终于被一个人认了出来。这个人是特务科长小滑子。特务科属花旗所警察局管，小滑子的上司是警长小李子。小李子知道小滑子贪赌好嫖，就想把他开除掉，说他没干成过一件正事。小滑子想保住饭碗，天天在街上四处瞎转，要为党国立功。他不放过一个陌生人，东打听，西张望。

一天，小滑子在九如分座喝茶，对面桌上的宫奇拿出一幅墨宝《岁寒三友》，给茶客欣赏，小滑子凑上去问："宫大爷，这墨宝在哪里淘的？几文钱？"

"小滑子，我不瞒你，不值几文，地摊上的，但是，我懂画，这个画家的水平，和吴昌硕、黄宾虹有的一比。"

"大爷妈妈，有这种事？我看看是哪个画的。"小滑子一看，"宫大爷啊，你走眼了，扬州这么大，哪个画得好画得坏，我小滑子就是活字典。扬州就没有一个叫六一山人的画家。"

宫奇把画一卷，收起来说："在琼花观门口，你去看去。"

小滑子吃了碗虾皮馄饨，就往琼花观赶来。周小松正埋着头画画，旁边围着一群人，小滑子一眼就认出来了，他喊了几个手下，把周小松押上汽车，送到了警察局。小滑子抓到共产党，终于立了大功，也保住了饭碗。

董专员下令嘉奖立功人员。小李子把奖励的十块大洋递到小滑子手上，悄声说："你小子，要钱不要命，当心你的脑袋。"

小滑子拿了钱说："李大爷，小的过一天算一天。共产党找我算账的时候，我还不知道在不在世上呢。"他一猫腰就跑了。

小滑子抓住周小松奖励了十块大洋的消息很快传开了，一直传到了老八级耳朵里头。老八级去翠园菜场买菜，几个人看到她都说，你家女婿给抓了。老八级骂了一条边："哪个瞎说八道的，我家小凤没有谈人，哪来的女婿？"

老八级回家，不想把这件事让女儿晓得，但是她天生管不住嘴。黄小凤睡到太阳竹竿子高才起来，在阁楼上化妆镜前打扮，抹口红，涂胭脂。老八级就告诉黄小虚子，喊得吵吵的："周小松回来了，听说是共产党，回来抢我家小凤，结果小凤没抢到，让特务科小滑子抓进打铜巷……"

黄小凤在楼上，听得真真切切。她下楼，老八级和黄大虚子都闭了口，黄小凤一句都没有问，高跟鞋"笃笃"地出门。黄大虚子看着女儿的背影问："没成让小凤听到吧。"

"听到她还不闹起来？"

黄小凤一脚就往打铜巷去。高墙院子里有两座砖瓦小楼，前面一座楼是大号房，几十个犯人关在一起。后面是小号，一个个单间，每个单间有一房洋铁皮的门。牢头小仁子看到黄小凤，认得是专员秘书，不敢得罪。

黄小凤说要见周小松。小仁子就在大号门口喊："周小松，有人探监。"咣当咣当，周小松披枷戴锁，满身血污，走到铁门前，后头跟着一群衣衫褴褛、蓬头垢面的犯人。

黄小凤在这群人中间找到了她熟悉的眼神。她喊了一声"小松"，眼泪就下来了。周小松痛哭流涕，把手伸出铁栅门道："小凤，救我！"

黄小凤对小仁子说："快，把这个人提出来。"

小仁子说："这个，这个？"

黄小凤眼睛一抡，小仁子知道不能得罪，打开铁门，让周小松在院子里与黄小凤见面。周小松衣不遮体，脚下是铁镣，黄小凤竟当着众人扑进他怀里。牢房里发出一阵欢呼。

黄小凤看完周小松，就回到县府办公室，把机要文件翻出来查阅，一查就查到了周小松的案本。她不动声色去找董大嘴。她进门往董大嘴对面一坐，把个双脚往办公桌上一跷，一声不吭。

“黄小凤同志，在办公室要注意形象。”董大嘴说。

“什么形象？我形象早就没了。我跟了你两三年了，扬州就这么大，人人都知道我是你的小老婆，姘头。姘头有形象吗？”

“小凤同志，这些是我们的私事，私人感情。这儿是办公场所，这儿是为党国效忠、天下为公的地方。两码事不能混淆！”

黄小凤忽然变了声调，娇滴滴地问：“专员大人，你看这两天《中央日报》了吗？陈乐之来江苏上任，整顿吏制，整肃官场，省民政厅厅长的妻子告发厅长重婚，陈主席立马把他拿下……”

“小凤，有什么要求，可以提嘛。一日夫妻百日恩，陈主席发动的治淮工程，委我重任，有好处我会想到你这个小乖乖的。”

“我不要好处，要你把我嫁了。再这么拖着……”

“好啊，我虽有点舍不得，但是，为了你的幸福，就得忍痛割爱。小凤，有目标吗？”

“当初，我认识你时，我有男朋友，我男朋友让你给打跑了。”

“噢，这是我的错。我想法子给你找回来。”

“已经找回来了。”黄小凤拉开公文包，将取的周小松案宗往桌上一扔，“你下手真狠，把他关在牢里。”

董大嘴把案宗拿起来一看问：“你说他？”

黄小凤拿出手帕捂着脸抽泣起来。董大嘴把卷宗往桌上敲打着说：“哎呀，麻烦呢。这人是共产党，准备杀头的。他一被抓住全交代了。他和沈福元的儿子跑到南通搞暴动，沈家儿子死了，他逃回来，隐姓埋名画画……他的案卷已上交到省里，不在我们江都县管辖……”

黄小凤一拍桌子，骂道：“少跟我来这一套。这个人，老娘要定了……”

“声音小点，声音小点。小乖乖，我想办法……”

董大嘴把周小松的案子拖着，压着，想等风声小了，再设法释放。这样总算保住了周小松一条命。牢房里给周小松开了个单号，允许在单号里自由活动，黄小凤隔三岔五就来看他，两人在单人号里度起了新婚蜜月。

22 汪若梅喜得贵子 俞冉芳怒报父仇

汪若梅听汪琼的话，要去红十字医院生养。周师母听说到洋医院，坚决反对，说洋人医院吃小孩。她说的是上代人传来的扬州教案。清朝同治年间，传教士戴德生在三义阁办了育婴堂，后来死了几个婴儿，寺庙里的人就传说传教士吃婴儿。这还了得，扬州一万多人包围了教会，手拿刀棒，投掷砖块，放把火把教会烧了。传教士戴德生老婆怀孕六个月，跳楼时摔伤了腿，多处骨折。后来教案被清廷打压下去。周师母在乡下，听的自然都是老皇历。

汪若梅进了医院。她见许多陌生人忙前忙后，就闹着要回家，要让高妈来接生，挨了汪琼一顿数落。汪琼说："过去在家里接生，有死过人的。在医院就不会，什么设备都有，万一有什么事，大出血啊，都可以急救输血。"

汪若梅想想有道理，就在医院住了下来。她接受体验，尿检，看医生套着白大褂走来走去，用听诊器摁在肚子上听婴儿的心跳。每天都有新生命来到这里，婴儿的每一声啼哭像是对这个世界的赞美。

医院隔壁是座教堂。星期天有人来做礼拜。她躺在床上能听到教堂的钢琴声和献诗班唱《赞美诗》：

欢乐女神，圣洁美丽，灿烂光芒照大地，我们心中充满热情，来到你的圣殿里，你的力量能使人们，消除一切痕迹，在你光辉照耀下，人们团结成兄弟，你的力量能使人们，消除一切痕迹，在你光辉照耀下，人们团结成兄弟！

7月的一天，她迷迷糊糊中听到歌声，许多白鸽围着她飞来飞去。她睁开眼睛。护士抱着一个男婴过来。汪若梅紧紧把孩子抱在怀里，自语道："孩子，孩子，我的孩子……"

孩子起名叫周运河。出生第三天，按扬州风俗，把他们母子接回家，请高妈上门来"洗三"。周师母煮了一锅鸡蛋，上了红色，分给巷子里邻居。小运河是男孩子，红蛋就送个单数，送九个。

高妈是接生婆，又叫稳婆。洗三事先备好一盆艾叶、花椒等中草药烧成的热汤，浴盆中放桂圆、长生果和各种金银饰物。高妈为婴儿洗澡时要剪脐带，这个在医院里已经剪了，所以她只管用艾叶烟熏灼脐带口，消毒杀菌，再用鸡蛋清在小运河额头和脸上擦摩，长大后不生疮疖。

洗三时要说吉利话。周师母拿花生递到小运河手中，说："长命百岁。"又用金银的项圈子逗孩子说："大富大贵。"小运河洗过澡，穿上"毛衫子"，再用一块"包被"把他包裹好，用红布带将双腿和手臂扎紧，不让他在"包被"里乱动。这叫"打衣包"。等弄好了，汪琼赶来，带了个秤，说着"称心称意"，来给小运河称体重。连着衣包一称是11斤，汪琼吓得说："不得命了，我生莎莎才6斤，小运河怎么11斤？"

众人全都笑了，高妈说："大小姐，哪有称重的连着衣包称的？我手托，就知道多重，小运河，9斤9两……"

汪若梅在床旁边搭了个摇窝子。小运河一双胖嘟嘟的小手向天空挥舞着，小嘴在她胸前像小猪似的乱拱，寻找着乳汁，口中发出"咿咿呀呀"的声音。她露出欣慰的笑。

满月这天，家家要办满月酒。汪若梅跟夏公公商量，周先生又不在家，不如不办酒，自家关起门来庆贺。但是，办洗三时街坊邻居收了红蛋，也都知道这天是小运河满月，所以，一早上，邻居就登门来闹吃“满月酒”。

巷子里别人可以不请，牛老三必须要请，今天，牛老三要上门替小运河剃胎发。剃胎发时，堂屋里是点红烛，桌上要铺红布、摆供品。牛老三以白酒代水为小运河润发，然后再剃。小运河把后脑勺或头顶心的一撮胎发留下，剃成“桃形”，叫作“百岁毛”；又剃去眉毛，使他长大后知道“眉高眼低”。周师母把剃下的毛发用红绿花线扎裹后挂在床头，让他戴一顶红布做成的“和尚帽”，可以得神佛护佑。

汪若梅坐月子期间，不作兴串门，不作兴到街坊邻居家。小运河满月剃头后，她就可以抱着孩子外出走一圈，叫“出窝”，又叫“见世面”。黄小凤前头带路，去的头一家就是黄大虚子家。

老八级说：“扬州风俗，要是让孩子将来好养，就得拜干妈。”

黄小凤听得此话，一把抱过小运河说：“若梅，我就是小运河的干妈。”

杨宝琴在一旁着急说：“我大老远赶来，就是想认干妈的，你倒抢了个先。”

小运河给他们折腾了一早上，肚子饿了，哭得哇哇的，汪若梅赶快抱着回家喂奶。周师母晾尿布，蛋黄子在洗尿布，夏公公推着摇窝子晒太阳消毒……

汪若梅看着八仙桌上的一堆三和酱菜和蛋厂的高邮鸭蛋，说：“宝琴，你来就来，带什么东西？”

“到厂里买的，供不应求，上海人坐在厂门口等。洋人也喜欢吃酱菜。”

周师母拿出院里晒的萝卜干说：“宝琴，你尝尝大妈腌的萝卜，保证比厂里的好。”杨宝琴捡一个放在嘴里说：“真好。什么时候来跟师母学习。”

汪若梅说：“妈妈做的梅干菜更好吃呢。梅干菜烧肉，胖大厨说这道菜他手艺不及妈妈。”

周师母笑说：“觉民最喜欢吃我做的梅干菜烧肉。你们说说，家里待着多好，他跑到北平去干什么，一去几个月了，充什么军，哪有老婆生孩子不回来的？”

汪若梅朝杨宝琴眨眨眼睛。杨宝琴会意地说：“谁让周先生是教务主任呢，教学上的事，就是任务重、责任大。”

周师母叹着气，摇着头，去厨房了。

黄小凤说："刚才师母在这块，我没好意思拿出来。杨宝琴买的这些东西，我忙得没有空上街，我给小运河一个红包。"

汪若梅说："快收起来，又不过年，要什么红包。"

黄小凤说："这个跟你没得多少关系，是我给我干儿子的。"

杨宝琴说："若梅花十个月工夫才得到的儿子，你一个红包就得到了，没这么便宜的。"

黄小凤说："杨宝琴，你都结了婚了，我对象还在天飞着呢。这个干儿子，你不许跟我抢。"

"不抢不抢……"杨宝琴看见汪若梅身上的衣裳旧了，"若梅，你看衣裳起褶了，也掉色了，拿到梅家染房染下色。你看我这一件，在梅家染坊染的，熨斗熨下子，跟新的一样。"

"有了小孩，哪有从前讲究，我都感到力不从心了。等小运河断奶，我就出来工作。"

送走了杨宝琴和黄小凤，下晚时候，汪琼急匆匆地赶来，神色慌张地说："俞冉芳，这个没魂大帝把孙发奎杀了。"

自从上回俞冉芳和汪若梅在小洞天吃饭，得知孙发奎回了扬州，打听到孙发奎拜天宁寺弘元和尚为师，她就想刺杀孙发奎替父报仇，可是几次都没找到机会。她找父亲的旧友帮忙，一个个都推托。

俞冉芳在《新报》上写诗：

一再牺牲为父仇，年年不报使人愁。

痴心愿望求人助，结果仍需自出头。

她写这首诗，大家也只是认为文人发发牢骚，没想到她一直追踪孙发奎到天津。当时冈村宁次要吴佩孚和孙发奎出任华北主政，吴和孙都拒绝给日本人干事，孙发奎就躲了到寓所附近寺院里。孙发奎在佛堂上香时，俞冉芳上前用枪顶住他。孙发奎是军阀，枪林弹雨过来的人，也不慌张，像是多年来一直在等着这一天，问："姑娘，你是？"

俞冉芳说："我是俞蔼如的女儿。"

孙发奎叹了口气，眼睛就一闭。俞冉芳往他胸口打了三枪，枪声惊动了寺院住持，住持对俞冉芳说："姑娘，佛门四大皆空，你为孙施主超度了。从前寺里规矩，你就在寺里削发修行，一辈子赎你杀戮罪孽。可现在是民国了，杀人要偿命，我们就要把你交给警察。"

就这样，俞冉芳被天津警察局逮捕，天津法院审理案情不果，后转送到南京老虎桥监狱。俞冉芳案子留下诸多疑点，她用的那把勃朗宁手枪从哪里来的一直成迷，有人说她是军统的人，只有军统才有这种枪。

俞冉芳刺杀孙发奎，震惊全国，各大报纸都做了报道，扬州城更是炸了锅。多数人认为，俞冉芳是孝女，是烈女，替父报仇。

汪琼说："要么上午就来了，拖到现在。我们女联成立了俞冉芳请愿团，你也签字吧，大家一起出力营救俞冉芳……"

23 梅花书院当园丁 闲话扬州惹风波

大户人家最讲面子，里子破了，面子也要撑。百姓人家开门老五样，一日三餐，一顿不能少。周觉民在美汉中学教书，工资可以养四口人，但是，他这一出走，工资没了，家里就没有了经济来源，汪若梅想想这样下去不是办法，就决定出去工作。

她最想当教师，在她心目中教师是神圣的，教书育人。现在家里的经济状况给她找到了当教师的借口，她对外公一说，外公也就同意了。梅花小学教师门槛是初中生，她是中学生，当然十分受欢迎。一早上，她换上一身干净衣裳，去剃头的牛老三摊子上剪了齐耳短发，往左卫街的梅花小学应聘。

梅花小学校址是从前的梅花书院。梅花书院曾经与岳麓书院、嵩阳书院、应天书院、白鹿书院齐名。明朝嘉靖年间国子监祭酒湛若水来扬州讲学，扬州贡生为他在广储门外建的“甘泉行窝”作为讲课的地方。到清雍正年间，扬州府同知刘重选与盐商马家恢复“梅花书院”，请著名桐城派文学家姚鼐来此任掌院。同治年间，梅花书院旧址让给了安定书院，梅花书院迁至左卫街的官房。1912年，这儿改为江苏省立第五师范学校。到1914年，师范学校迁到西门外牛大洼，这个旧址就改作梅花小学。

汪若梅来到门口。只见一座古雅的砌磨砖门楼，上嵌吴让之书写的“梅花书院”匾额。进门有一照壁，上刻“入礼门、树仁心、走义路”，进里，院落内有仁字碑、礼字碑。有一楠木大厅，厅前三面回廊，厅后接二进二层木楼，皆面阔三间，前后主房设置中门，前后贯通。再往里，有两座六角小门，嵌砖额浅刻篆写“文苑”“馨庭”。

她一下子被如此雅致的地方吸引了。她正发怔，杨宝琴喊她。杨宝琴领她往后面一间院子，里头是教师办公的地方。再后面有几排新式平房是学生教室，教室前有一个操场。面试安排在一间小教室里。走上讲台，仿佛回到了十多年前的小学，她在讲台上接受考试。有三个主考官，教务主任孔剑秋、督学肖珍、国文教师杨宝琴。

孔剑秋戴着圆眼镜，点点头说：“背首古典诗词吧。”

背诵古典诗词是她的强项，一下子背了十几首，什么《长恨歌》《琵琶行》《三吏》《三别》等。

肖珍问：“二小姐，你生活那么优越，为什么要来当小学教师？”

汪若梅说：“梁启超先生说，少年强，则国家强！中国要想新生，就得从娃娃抓起……扬州新女性，受过新式教育，应当自食力，勇敢走出家门，去回报社会，给孩子们新思想、新知识……”

肖珍和孔剑秋悄悄说：“听说汪老师刚生了小孩，丈夫去向不明，怀疑是共产党。我看思想危险分子，不适合当老师。”

孔剑秋说：“汪若梅是美汉中学毕业。她丈夫是她丈夫，肖督学，我们得把汪若梅跟他丈夫区别开来。她能讲好课，就是我们的好教师。”

肖珍又问若梅说：“你怎么看待共产党和国民党？”

汪若梅说：“共产党也好，国民党也好，枪口一致对外，抵抗日本人和洋人侵略，帮我们老百姓做事，让穷人过好日子。”

杨宝琴激动地鼓掌。

是否录用汪若梅？肖珍和孔剑秋争执起来，互不相让。最后决定无记名投票。决定无记名投票，其实就是把皮球踢到杨宝琴这儿。杨宝琴从小学同学们就给她起了个绰号马屁精，谁是头，她就拍谁马屁。她经常捎些小礼品给肖珍，肖珍把她看成是自己的人。

肖珍对杨琴挤眉弄眼，胸有成竹。可是，票投下来，两票赞成，一票反对。肖珍脸气得歪了，拔腿往门外走。杨宝琴和汪若梅是同学，在学校就是死党，当然要投赞成票了。

汪若梅被梅花小学录取。她走过学校操场，操场上正升旗，唱：“山川壮丽，物产丰隆，炎黄世胄，东亚称雄。毋自暴自弃，毋故步自封，光我民族，促进大同。创业维艰，缅怀诸先烈，守成不易，莫徒务近功。同心同德，贯彻始终……”

汪若梅听着，泪水流了下来，找到了她人生方向。

1932年秋天，汪若梅成为梅花小学的国文教师。她一早去上课，中午赶回来吃中饭、喂奶，下午再去学校上课，到傍晚放学回来晚上改作业，备课。日子清贫，但过得也算充实。

小运河出生一百天，风俗要办“百露酒”。恰好这天是星期天，汪若梅一早起来给院里花培土，刷马桶，晾尿布。夏公公拿个鱼竿去大运河钓鱼，在门口说：“若梅啊，今天过百露子，小运河要开荤了。”

小孩子过百露子后可以开荤，喝鱼汤、喝粥汤了。可是，这些天小运河夜里总是哭闹，有时一晚上不睡。周师母就敬“床公床婆”，在床头摆上瓜果供品，让她们母子跪拜。恰好一天关帝庙顺风道长得痛风到夏公公这边来抓药，夏公公就请顺风道长家来看看。

顺风说小运河被抱出门时，天目没有关掉，看到不该看的东西，受了惊吓，魂出了窍。顺风道长要汪若梅晚上回来“叫魂”，去小运河出门走过的地方，喊孩子的名字：“小运河回来哟……吓了家来哟……”。

汪若梅回来，听从夏公公的嘱咐，就去百家姓巷、东圈门，都喊过了，但是收效甚微，孩子晚上哭闹得更凶。夏风看了，又不敢用药，凡药三分毒，是药都有副作用。夏风又去把高妈请来看，高妈接生多，有经验。高妈把小运河抱起来，瞪着眼睛看，又对着太阳照了一照，说：“敬了床公床婆都不管用，就要到关帝庙请道符。”

周末，周师母要若梅去关帝庙见顺风道长，若梅不愿去。上回汪家把顺风请到家里跳大神，撵黄大仙，结果，顺风挨了汪琼一巴掌，为此耿耿于怀，发誓不上汪家门。周师母只好喊蛋黄子陪着，让皮六拉黄包车到关帝庙。周师母上高香，给足了香烛钱，弄回来一包道符纸。黄色道符纸上画着驱鬼符，顺风道士关照周师母把道符贴到大街小巷。

汪若梅抱了一包道符摆在包里。她放学时候就从丁家湾、小盘谷、苏唱街、十三湾、新胜街、北柳巷一路绕过来，贴到墙上、电线杆上。在学校里，汪若梅的这个装着道符的包被丁小毛发现，丁小毛没什么本事，但听肖珍的话，肖珍布置了她一项特别的任务，监督汪若梅。

丁小毛向肖珍报告，说汪若梅包里有传单。肖珍一想，这是个大事，当初她就不赞成接收她，碍于校长孔剑秋。如果汪若梅散布共产党传单，学校就名正言顺可以把她开除。

放学时候，肖珍叫上小滑子，一路跟踪汪若梅。他们看到汪若梅在拐角墙上、照壁上、朵墙上贴标语。小滑子刚要抓人，被肖珍拦住了，肖珍捡了一张落在地上的读道："天皇皇，皇皇，我家有个夜啼郎。过路君子读一遍，一夜睡到大天亮……"

小运河晚上哭闹，周师母就有些怪汪若梅去上班。周师母说："若梅啊，周家得了孙子，那是菩萨祖宗保佑。你不要去上班，上班起早贪黑的。觉民在学校，听人说钱拿得不少，我们省着点花，家里够花了。你一上班，孩子全交给我一个人……觉民每个月拿了钱，都要交给我一点，这几个月，怎么就没有呢？"

汪若梅一惊。她没想到周觉民每月都给母亲份子钱。她支吾着："妈妈，这就是我的不好了。觉民上个月的钱寄了，有你的份子，天佑和玉珠过生日出份子钱，同学向我借了些，手上就紧了。等下个月觉民寄钱回来时，我一并补给你。"

周师母不高兴了，说："若梅啊，我不在乎这几个钱。你是大户人家小姐，嫁到我们周家，我们小户人家，要学着节俭，哪有动不动把钱借出去的？不当家不知柴米油盐贵。"

若梅眼泪水在眼眶里打转说："知道了，我省着点。"

周师母去淘米做饭打开坛子，米见底了，抱怨说："听老八级讲，米又涨价了，法币又不值钱了。"

“妈妈，要买米得快些，北方来了难民，米就要涨价。”

汪若梅和周师母一道去买米。她们来到的吴家米行，米店门口聚了一群人，排着长队。周师母和汪若梅在后面排着，小癞宝出来下了门板，看见若梅，喊：“姑姑，快进来。”

汪若梅和周师母从后院直接进了里间。小癞宝说：“家里人，不用排队。”

周师母给了账房钱，买了一袋米往外走。她们相互搀扶着，刚走到门口，一个小乞丐冲上来，把周师母一撞一个跟头，米袋子一散，米撒出来了，顿时饿红眼的灾民冲了上来，大把抓米，往嘴里塞。小癞宝走路一扭一扭，出来制止，让饿极了的灾民撞一跟头。一群灾民拥来抢米，吴家富跑来拼命上门板，把灾民往外挤。

汪若梅赶忙把周师母扶起来，嘴里说着：“妈妈，米就让他们抢把，也算是救济穷人了。你不要伤到哪儿。”正说话，手上的小钱包让一个小要饭的抢了就跑，她想追，哪有小要饭的人影？

小李子领着警察赶来，灾民们疯狂逃跑，小李子挥着警棍打灾民。

汪若梅喊：“李警长，没得损失，算了……”

婆媳两个去买米，米没买到，钱又让抢了。汪若梅和周师母搀扶着往回走，走到巷口碰到老八级，老八级问：“母女两个逛街，怎么衣裳破了？”

周师母说：“不谈了，买米去的，米没买到，撞个跟头，钱也被抢了。”

“中饭吃什么？先到我家拿点米，改天还我。”老八级说。

“那就难为了。”周师母说。

老八级进门拿出一小袋米，汪若梅接过米问：“小运河干妈呢？”

老八级叹口气说：“小凤啊，大白天睡觉，晚上不睡，衙门里应酬。你说，二十出头的姑娘家，到现在没成家，我急啊！”

“小凤这条件，托高妈给她说门亲吧。”

“她不肯。我猜她想着那个周小松呢。”

“缘分天定。改天，我劝劝她。”

“就拜托了。我看就你最懂事、最孝敬。周师母，你家娶这么个媳妇前世修的。”

她们回到家，蛋黄子替她们照看着摇篮里睡着的小运河，见她们进来，说：“刚才哭，给他喝了米汤，睡了。”

这时，夏风笑嘻嘻进来，拎了条鱼说：“在大堤上，大喉咙捉的，这条鱼，跳到堤坝上的。”

周师母接鱼说：“题外损失题内补。”

汪若梅的国语组也就六个教师，在学校算是人最多的教研组。组长叫王老太，是个循规蹈矩的人；教师有马博士。马博士并非博士，因为有学问而人称博士，他北大毕业，是个迂腐子，和肖珍竞争督学受挫，就看破红尘，天天捧着线装书，头埋在书堆里。肖珍的丈夫二姨娘是一个猥琐的人，他和肖珍完全是按相反的模子定制的。丁小毛初小毕业，听话，拍马屁，她丈夫是个小偷，吃官司关在打铜巷，她隔三岔五要去探监。教师办公桌子对桌子，桌子中央是教材和学生的作业。汪若梅对面是杨宝琴。杨宝琴结婚后越来越胖，心宽体胖。

汪若梅头天上课，组里教师来听课，王老太认为她的教鞭放得位置不对，应当横着摆在讲台上，而她是竖着摆的。因为这个，王老太和孔剑秋商量，认为她虽说是美汉中学高中生，但缺少教学经验，刚刚走上讲台，就给她定了个助教的职位，当杨宝琴助手。汪若梅也不介意，毕竟有了正式工作。她早上七点赶到学校，先是晨读课，一节课后升旗仪式。一天六节课。国语课和算术课在上午，下午是公民训练、自然、体育等。每天学生放学后，教师有一个教研会，交流一天碰到的教学问题。每周一次督导训导会。学生到校必须穿校服，上身白衫，下身黑裙、黑裤。教师着装也讲究，必须整洁。新式学校里不允许体罚学生，不允许用戒尺打手心。

国语课的课本是新编的叫《开明国语课本》，主文是叶圣陶，插图是丰子恺，课文内容生动通俗，有童趣。比如，有课文叫《请问尊姓》：

明天，对门的徐先生来，看永儿的爸爸。永儿说：“徐先生，请问尊姓。”

课文的第一课叫《职业》：

猫捕鼠，犬守门，人无职业，不如猫犬。

第十一课《友爱》：

徐湛之出行，与弟同车。车轮忽折，路人来救。湛之令先抱弟，然后自下。

这些课文的内容和当年他们在江都县学有很大区别，学校里不再背诵《三字经》和《千字文》。

有一天，汪若梅正在家里备课，忽然，有人推门进来。这人戴顶破草帽，挑着一个担子，担子里一边是干柴，一边是一个大箩筐，筐里是青菜。

汪若梅问："你找谁？"

那人问："要买菜吗？"

汪若梅不高兴了，哪有卖菜的闯进人家里的？再说周师母已经去翠园桥菜场买菜了。她连说："不要，不要。"

但那人并不走，而是放下担子，把院门推上。汪若梅吃惊地看着那人，那人抬起头，汪若梅就扑了上去，原来是周觉民化装成农民混进城来。

周觉民赶紧把她抱到屋里，嘴里"嘘"一声说："小声点，这个巷子里的小滑子是特务，不能让他们发现。"

汪若梅点点头。两人抱了好长时间，忽然听到摇篮里有哭声，周觉民这才想起来他已经当爸爸了。他轻手轻脚到摇篮边，像是欣赏一件珍贵的艺术品一般地看着小运河。

小运河瞪着大眼睛，小脚乱蹬。汪若梅把小运河抱起，扯下尿布，要周觉民拿院子里晾绳上干净的来，给小运河换上。周觉民做得小心翼翼，把汪若梅逗得笑了起来。

汪若梅把小运河往周觉民怀里一塞，周觉民小心地抱着，一动也不敢动。

“若梅，你辛苦了。小运河都抓过周了，我才第一次看到孩子。”

“抓过周了。你知道抓的什么？”

“小运河虎头虎脑的，将来当个将军，抓的刀枪。”

“错了。你的儿子。龙生龙，凤生凤，老鼠的儿子会打洞，抓的纸和笔。”

周觉民大笑说：“周家教书先生的职业，后继有人了。”

“觉民啊，你回来就好。我一个人，又要带孩子，又要上班，忙不过来。哎呀，你看我，只顾说话了，我去给你做吃的。”

“不用了，若梅，我马上就要走。有同志在门外等我呢。”

“马上就走？你不和妈妈见上一面。”

“不能见。妈妈知道我回来，肯定不让我走。她守不住口，让巷子里的人知道，让小滑子知道就危险了。”

汪若梅生气地噘起嘴来，周觉民安慰她说：“若梅，你不要担心我，我过些日子还会回来的。我在盐城、大丰建立了革命根据地，建立了红色的苏维埃政权……”

“盐城、大丰在哪？远吗？”

“远。这些地方你这个大小姐不知道？当年你们汪家盐号收购盐的地方，产海盐的地方……”

汪若梅也不听他多说，朝他怀里一扑，周觉民把她抱上床，两人亲热了一回。汪若梅担心周师母回来，慌里慌张地穿衣裳，周觉民笑了说：“我们这哪像夫妻，都像是干坏事的了。”

“你坏，这不是全是你造成的？”

周觉民连声认错。他没有等到母亲回来，就匆匆走了。他走后，汪若梅就这么抱着孩子，怔怔地站在院子里。和丈夫相逢就是像做梦，忽然从天而降，现在醒来了，就消失了……

汪若梅在学校每一个月要向督学肖珍汇报丈夫周觉民动向。有一张表格，她填上“失联”。有时开教务会后，有半小时的党务会，即学校里国民党党员的会议，这时候就汪若梅和马博士两人退出来。汪若梅是无党派人士，马博士是社会党。

到节假日，如双十节、劳动节、中秋节、元旦等，社会各界对教育有捐助，学校就给教师发福利，教师排队领购物券。购物券如果是民间的，汪若梅就能顺利领到；如果是党部的，就没有她。但他们一开始也不知道这个福利到底来自何处，所以她必须排队，排到尽头，才能知道结果。

学校放寒假前的一波福利最大，各种购物券，鸡蛋、大米、洋布等。汪若梅挺高兴地站在队伍里，她排在校长孔剑秋后头。校长和教师一道排队领福利。孔剑秋还特地回过头来，关照她："拿到券，早些把东西买回来，听说有时有券也买不到东西了。"

汪若梅说："这么急？过年还有几天呢。"

杨宝琴在后面说："明天，我们就逛街，早点买回来。"

忽然，小喇叭响，督学肖珍喊道："各位老师，购物券是党国对教师的关爱，对教育的重视。日本人占我东三省，国难当头，我们当同心同力，报效党国……"

可是，到了汪若梅，发放货物的教工告诉她，没有她的名字。汪若梅知道没有她的名字的原因，但孔剑秋认为这是春节过年的福利，应当有她的，就去和肖珍理论，汪若梅已经骑上脚踏车默默离开了。

汪若梅在学校受气，汪琼却成为扬州风云人物。顾伯龄走后，汪家盐铺的生意和福运船行业务全落到她头上。她是个出色的社会活动家，但是花在经营上的力气不够，再加上青帮暗中捣蛋、苏北船运公司和福运门汽车站竞争，生意就十分艰难，入不敷出。

汪琼想把家里收藏的字画拿到银楼抵押筹款救急，等她打开保险箱，才得知道顾伯龄早偷偷地拿走了字画。

汪琼去银楼供贷，银楼派人对福运船行经营状况评估，没有一家肯贷款给她。她只好去达士巷的四明公所的银楼。这家银楼是宁波人开的，最大的股东是康鹏的岳父，康九海也是股东。汪琼就去找康鹏。汪琼在康鹏面前哭泣，康鹏就去找他老子康九海要贷款。康九海不肯，康鹏就扬言要用他的蛋厂来担保。康九海想，蛋厂本来就自家的，用自家的财产来抵押借自家的钱供贷给外人？但他素有老甲鱼之称，想了个主意，要汪家拿祖传梅瓶来做抵押。

汪琼走投无路，只好向汪若梅求助，她要借梅瓶抵押。汪若梅不懂经商，只听汪琼说贷款十万大洋，等到经营好转，还可以赎回梅瓶，抵押就相当于典当，她不忍心看姐姐破产，咬了咬牙答应了。汪琼抱住汪若梅喊："我的好妹妹。"

汪家梅瓶筹集到款项后，福运船行也渡过了难关，船行和盐铺生意都大有起色。她去上海支援抗战，又发起援救俞冉芳的活动，在扬州女性中成了风云人物，称为民国新女性的代表。

陈乐之当江苏省政府主席，到扬州视察发现了她这个人才，十分器重，夸她是巾帼不让须眉。陈乐之兄弟的CC系原来是把持国民党党务的中统，有"蒋家天下陈家党"一说，后来老蒋想削减陈氏对党务的影响，派他来当江苏王。这本来是权力斗争，可陈乐之偏偏没有失落感，省主席干得津津有味。

陈乐之上任发起成立"治淮委员会"，要彻底解决安徽、江苏两省历史上的淮水泛滥问题。扬州也是治淮工程的重要城市，为欢迎陈主席到来，大街小巷全都贴上标语："一定要把淮河治好！"陈乐之十分赞赏扬州的工商业，当时扬州的振扬发电厂、麦粉厂、三和四美酱品厂、蛋厂、荣光电池厂、戴春林、谢馥春、大德生、梅家染坊、苏北航运、福运门汽车站等企业全省出名，扬州的三把刀、澡堂子、扬剧和评话、玉雕、漆器又闻名全国。

1935年3月，陈乐之偕教育厅厅长周佛海、禁烟会常委叶秀峰等来扬州视察钞关的生活学校、省立扬州中学和缺口街戒烟所。他点名要汪琼陪同，在何园进餐。汪琼主动出击，敬陈乐之酒，洋河大曲她连喝三大杯。陈乐之连说："扬州女人不好惹！"汪琼趁机把扬州各界为俞冉芳的请愿的诉状递给陈乐之。

淞沪抗战爆发，南京国民政府准备迁都。陈乐之抢先将镇江的部分机构迁至扬州。省教育厅编审室主任的易君左就随先头部队过江，临时在扬州中学内办公。易君左人称龙阳才子，他写了一本游记《闲话扬州》，交上海的中华书局出版。这本书稿落到了上海滩扬州人阮五太爷手上。阮五太爷是太傅阮元的后代，他看了《闲话扬州》很反感，将书寄给《扬州新报》。书中写愿生寺住持可端与富婆私通的丑闻，又有侮辱扬州妇女的文字。

汪琼认为易君左不是个好东西，恩将仇报，他每次来扬州，都得到热情款待、前后作陪，而书里有许多污辱扬州女性的文字，如文中写道：扬州之所以出名，一是风景好，二是出盐，三是产女人，全国的妓女好像是由扬州包办。扬州杨柳特多，全是水乡不见山的影子，所以人性轻浮活动，女性尤然。汪琼就组织发起声势浩大的“扬州人民追究易君左法律责任代表团”（俗称“扬州究易团”），社会名流各界代表参加，上诉至江苏地方法院，控诉易君左、中华书局侮辱扬州人人格，在法庭，汪若梅陈词：“易君左故意诽谤，妨害百姓，已昭然若揭。现扬属妇女，已嫁者受其家属歧视，有女者不能嫁，教师也不能当，乃至将来全体妇女失业无所依归，前途岂堪设想？我受扬属七县妇女的委托，自知责任重大，请法庭对扬属妇女生活生存加以援救，将易君左等依法严惩，以平民愤！”

旁听席上的群众骚动起来。有的喊：“将易君左关押起来！”有的喊：“打死这个小杂种！”黄大虚子、老八级、小滑子、皮六、小蚊子、王老太等群情激愤。最后一直惊动到陈乐之。易君左辞去了在江苏省教育厅的职务，在《新江苏报》上刊登了一则启事道歉。后来，有人出了个上联：易君左闲话扬州，引起扬州闲话，易君，左矣。公开征求下联，征到下联：林子超主席国府，连任国府主席，林子，超然。

扬州究易团获胜，汪琼的名声在全国大噪，去南京参加全国各届团结抗日会议。据说在南京开会时，陈乐之都是让汪琼先说。汪琼讲过话，董大嘴才捞到讲一两句。青帮万把钩知道汪琼得到陈乐之的赏识，亲自上门送拜帖子。青帮也不敢骚扰福运船行，船行的生意也越做越好。

24 姐妹情深共度难 师生相逢又添烦

汪琼听说妹妹在学校挨欺，她火暴脾气，立马就去找到余小奇责问："民国讲究公平竞争。我妹妹高中生，那些初小的都是正式教师，高中生反而是个助教？"

余小奇知道汪琼的厉害，不敢得罪，装着不知，当着汪琼面拍桌子骂肖珍。汪琼走后，他把肖珍叫去骂了一顿。肖珍挨了余小奇的骂，知道汪琼是省主席的红人，哪敢得罪？她不敢怠慢，领着孔剑秋亲自上门慰问。他们把汪若梅没有领得到的年终福利送上门，大包小包，又把江都县颁发的小学教师证交到汪若梅手上，从助教转正为教师。

汪若梅一头雾水，不知道怎么忽然间转变这么大，前两天在学校排队排到跟前领不到的，转天就亲自送上门。她问孔剑秋是怎么回事，孔剑秋说："你管怎么回事，学校送上门你就拿到。"

众人走后，周师母从屋里出来，小心地问："若梅啊，今天来的都是大官吧？"

汪若梅伸出巴掌说："巴掌大的官。"

"哎呀，你看，他们带了这么多东西，有米、油、茶食。这个黄刀纸是什么？"

"供应券，凭这个券，就可以买布、糖、酒。"

"从前周觉民父亲教私塾，也没有这个券，只是从财主家赏些人情。财主家送一条肉，有的送一筐黄豆。好日子让你们赶上了。"

学校里教师转正或者评上先进都要请客，大家等了半天，见汪若梅没有动静。汪家小姐不缺钱啊，王老太知道杨宝琴和她是同学，就要杨宝琴提醒她。其实她早就盘算这件事。请客有句俗话，“任有一村，不少一个”，她大小姐心高气傲，看不起肖珍、丁小毛、二姨娘这些人，现在要她低声下气去请他们吃饭，一百个不自在。

杨宝琴提醒说：“若梅啊，你要是不请客就坏了规矩。”

汪若梅一声不吭。

杨宝琴急了说：“要么我来请吧，就算是你请。”

汪若梅脸一沉，说了一句：“你请客，跟我请客有什么关系？”

杨宝琴叹一口气。若是换着别人，两人的友谊小船就翻了，但她知道汪若梅的脾气，犟牛，任性，也只好不再提这件事。

汪若梅上班经过辕门桥街和左卫街、右府街。这些是扬州最繁华的街道，新开了许多商店和娱乐场。她对这一切无动于衷，脑子里要么想着小运河，要么想着周觉民。家里老人要照应，孩子要养，学校里那么多学生要教，哪里再能分出心来？

莎莎也进了梅花小学，中午不回家吃饭，若梅带着她在学校里吃食堂。现在她从盐商家的大小姐完完全全改造成一个职业女性和家庭主妇。家庭主妇担当起家庭的生活重担，职业女性要应付复杂的社会环境。学校并不像她想的是人间净土，同样是一个名利场。

一天晚上，下着毛毛雨，汪若梅想等雨停了再回去。她在办公室批改作业，忙到八点多。骑车往回走，在左卫街上法国梧桐树底下看到一个人在寒风中冻得瑟瑟发抖。她一看是二姨娘，赶紧停车打招呼。

二姨娘看到汪若梅，有些不好意思，嘴里支支吾吾。正说着话，从大舞池里欢声笑语走出一群人，肖珍挽着余小奇，后头是宫奇两口子、子墨等人。一群舞女打扮得花枝招展，浪声浪语。她赶紧骑上车走了。

她把看到的告诉杨宝琴。杨宝琴神秘地说：“这个有什么大惊小怪的？肖珍是余小奇的姘头。余小奇爱去大舞池跳舞，二姨娘就骑脚踏车送肖珍到大舞池门口。他在外头等，肖珍在里头陪。大舞池里欢天喜地，大舞池外寒风瑟瑟……”

汪若梅叹了口气说："二姨娘怎么说也是国立师范毕业的，也是个教师，怎么这么点儿尊严也不要了？"

"尊严是有钱人的事。肖珍家是里下河农村的，在城里混了个初小，无才无德，凭什么当上督学？他们心里一本账算得清呢，只要能弄到权和钱就行。在他们眼里，尊严是可以上秤称的。"

"呸！"汪若梅一脸不屑，"师者，传道授业解惑也……"

汪若梅渐渐熟悉了周围的教师和学生。梅花小学校长孔剑秋、国文组长王太老和马博士、杨宝琴等，都是正派的教师。梅花小学是个民办学校。民国时许多知识分子都信奉教育救国，像晓庄师范的陶行知、美汉中学的俞蔼如等，他们自发筹款办的学校。

孔剑秋知道汪若梅擅长写诗歌散文，知道她是"后冶春诗社"成员，就让她负责学校的诗歌课外兴趣班，丁小毛给她当助手。有一天，丁小毛拿出一些字画给汪若梅和马博士看，问值多少钱。

原来周小松关在打铜巷牢房里有单号房，他在里面天天画画写字，丁小毛丈夫在牢里烧饭，把周小松纸篓子里的垃圾收集起来，丁小毛去探监，就把这些字交给丁小毛，告诉她可以卖大价钱。丁小毛半信半疑，就把字拿出来给他们看。马博士看了半天，指着周小松的字悄悄告诉汪若梅说："周小松书法了得，深得金农的精髓。"

扬州人没有不知道金农的，是扬州八怪之首，书法造诣成就最高。他首创的漆书"金农墨"浓厚似漆，写出的字凸出于纸面，所用的毛笔像扁平的刷子，蘸上浓墨，行笔只折不转，像刷子刷漆一样。这种字看起来粗俗简单，无章法可言，其实有磅礴的气韵。

汪若梅爱好书法，就要马博士指点一下周小松书法的妙处。马博士说："你看，用笔率真，随心所欲，点画浪藉而又笔墨醇厚，粗头烂服之间，透出苍逸稚拙之趣。……"

他们这边谈，丁小毛听不懂，就催问："你们两位就说说，这字能值多少钱？"

马博士反问丁小毛说："你看这个字如何？"

"我看，像我的学生写的，秃头秃脑，笨手笨脚，不知道好在什么地方，这也叫书法？"

马博士说："你说对了。你都看不中，能值什么钱？"

丁小毛气得把一堆字纸一团，往纸篓子里一扔。汪若梅知道马博士使坏，也不好说什么。这时，丁小毛给他们讲了一个奇闻：每到周末，黄小凤就拎着大包小包到牢里来陪周小松，两个人在牢里住单间，过上夫妻小日子。

在牢房里过上夫妻小日子，也算是个奇闻。哪知道纸包不住火，这个事让老八级知道了，到打铜巷牢房门口骂街："死不要脸的，在牢房里也勾引我家闺女？黄小凤，跟我回家，你再不回家，我就死在牢门口……"

小仁子出来训斥道："骂什么？再在这儿胡闹，把你也抓进去。"

老八级说："我是黄小凤妈，找黄小凤。"

小仁子说："在里面，和周小松干那个事呢。"

老八级问："干什么？"

小仁子说："在里头生米煮成熟饭了。"

老八级号啕大哭。

12月，日本人侵略华北搞"华北自治"，全国发起了"一二·九"抗日救亡爱国运动，扬州举行集会和示威游行，声援北平学生的斗争。扬州中学和美汉中学集会，去镇江省政府请愿，反对"华北自治"，省教育厅厅长周佛海与学生谈判。这么一闹，梅花小学就放假了，也算是对学生爱国行为的支持。

过小年的时候，下了一场小雪。周师母问："若梅，今个怎么不去学校？"

"大冬大似年，家家吃汤圆，先生不放学，学生不把钱！"

周师母说："大冬早过了，这是过阳历年。"

汪若梅应付着说："阳历年放三天假。"

她没有跟周师母说外头的学生罢课，说多了，万一师母问起周觉民来，问东问西的，麻烦。这时候，大成子领着女儿小翠上门。大成子挑着个担子，担子里捎了山芋和雪里蕻。小翠一进门就帮助她喂小运河吃饭。

"姐姐，小运河多大了？"小翠问。

"一岁多了。"

“怎么断奶了？”

“我奶水少，又要上班，就给他提前断了。”

“我们乡下，男孩子到三四岁才断奶呢。”

“我晓得的，把奶当零食，当茶食。”

“姐姐，我马上要进城里了。你要是有什么事忙不过来，喊我来帮忙做。”

“小翠，你进城就好了，经常来帮帮我。”

原来大成子上门来请夏风去吴家富米店当中保。大成子把事情一说，夏风就生气了，说：“大成子，这是害人啊，你把小翠往火炕里推啊？”

“夏公公，我也是没有法子。租吴家富的地，这几年发大水，收成不好，欠了田租。”

汪若梅说：“你家欠田租，我去找哥哥嫂嫂说说。”

大成子说：“小翠就算卖到他家当丫头吧。”

夏风看着给小运河喂粥的小翠问：“小翠姑娘，终身大事，你要想好了。”

小翠说：“夏公公，想好了，我听父亲的。”

夏风见劝不住，只好跟大成子去当中保。他们转过几条街，来到吴家米铺。吴家富和太太早早坐在大堂，吴太太手捻佛珠。他们见到夏风来了，赶紧站起来相迎，让出中间的太师椅，因为论辈分，夏风还应当长他们一辈。

小癞宝一瘸一拐从里屋走出来，穿一件新的皮马夹，笑眯眯地盯着小翠看。大成子把一筐雪里蕻放下来，跪行礼说：“吴老爷，我来请个早安！”

吴家富说：“大成子，我们是亲家了，你就不用客气，一起坐着喝茶吧。”

小翠站着，低着头。吴太太上前，在小翠边上走来走去，看小翠健壮，又看看胯部、臀部，眼睛笑成一条缝说：“哎，好姑娘。进了门，我们就当女儿待。”

吴家富说：“大成子，夏公公在这儿，你就放心吧，到我们家吃的穿的，什么都不缺，比跟着你受苦好过多啦。”

“老爷说的是。”

吴太太问：“小翠，过了年多大？”

大成子答：“过了年十九。”

吴太太说："比小瘢宝大五岁。女大五，抱金虎。"

大成子不敢和东家平起平坐，就在桌边蹲下来，袖着手，把头往粗布衣裳里一缩。夏风说："叫你坐，你就坐，这叫上台盘。"

大成子说："蹲着好，蹲着自在。"

吴家富叫账房先生拿出字据给夏风看。夏风说："我当保人，有一句多余的话还是要问，大成子，你可是自愿的？"

"愿意。"

"小翠，你可愿意？"

"愿意。"

吴家富说："那就说定了，头年的账就清了。你来，在账本上签个字、画个押。"

大成子说："吴老爷，我不会写字。"

夏风说："画个押也行。摁个手印。"

大成子摁手印。

吴家富说："小翠在这儿，要守规矩，照看好小瘢宝，等到小瘢宝过十八成丁，就把婚事办了。"

"听吴老爷吩咐。"

吴家富使一眼色，吴太太弄出一小袋米来说："我们是自家人，这米带回家过年吧。"

大成子磕头谢恩。

吴太太说："留下来吃个饭吧。"

大成子说："不了，家里等米下锅呢。"

吴家富说："这雪下的，我也不留你。"

大成子把一筐雪里蕻留下，抄起手，背着一袋米踏着小雪走了……

夏风看到大成子走，也抄着手跟着走。吴家富想留也留不住。夏风回到家，把事情经过说给周师母听，周师母大骂吴家缺德。

夏风问："我七十多的人了，若梅啊，你说我干这个保人，是不是缺德了？"

汪若梅说："大成子家穷，没有办法啊！周先生说，将来的社会，就没有这个事了。”

周师母听到汪若梅提起周觉民，气得把碗放下抱怨道：“觉民这孩子，也太不像话了，运河生下来到现在，都还没有回家看上一眼？”

汪若梅吓得不敢吭声，更不敢提周觉民回来过的事。

瑞雪兆丰年。门外传来阵阵爆竹声。天下小雪。汪太太坐轿子从庙里回家过年。汪家大门和盐号铺面挂了一条边的红灯笼。汪天佑听见玉珠喊妈妈回来了，从南院推开窗答道：“妈，快点进屋，外头冷。”

汪太太进大堂侧屋，去佛堂上香。上过香，进自己屋里。苏小杨见妈妈回来，知道不便留在这儿，说：“妈妈回来了？我要回避一下子。大妈妈难得回来，不要弄个不高兴。”

“吃了早中饭再走。我叫车子送你回去。刚才我们奏的那一段如何？”汪天佑道。

“尺八气重，难有乐器相配。你试着用箫配配，如何？”

汪天佑笑着说：“这个谱子太古了。尺八源自中国，宋之前就大盛，元朝后就消失传至日本。上次宫奇和我争辩，这回我把这个弄清爽，给他好好上一课。尺八传到日本，日本兴武士道就多出肃杀之气。而我整理出的这个古曲，取自《诗经·国风》的《鹿鸣》，酒宴中嘉朋相会，其乐融融，万物复苏，天地祥和……”

后院大喉咙推着独轮车送冰过来，木头车轮压在石板上“吱吱哑哑”响。丁小同和呆头鹅上来，帮助把冰块往冰窖里搬。一会儿，巧云和张邋遢进前院，送来红桥羊肉。大脚忙着厨房里做菜，上祭品。

丁小同转到厨房间说：“祭品不能放厨房，不净。摆到后院凉房里。大妈妈人呢？”

大脚说：“进门，头件事是上香，上了香就上马子*。现在人在马子上呢。”

“大妈妈讲究。中午做的什么菜？”

---

* 马子：马桶。——著注

“老规矩，八碗八碟。”

“你要准备些素的。”

“准备了，芝麻糖汤圆、炒豌豆、水芹菜……”

下午，汪若梅抱着小运河回来。大妈妈看到小运河，喜欢得不得了，又是亲，又是抱。汪若梅买了一筐茶食点心给大妈妈。

大妈妈说：“若梅啊，你买这些做什么，把钱都花了。我在庙里吃素，你带回去给夏公公和周师母吃吧。”

“大妈妈，我给你买的茶食是小觉林的素食，上素油。”

到了傍晚，盐码头上传来汽笛声，汪琼从上海回来了，又买了两艘小火轮。只见汪琼红光满面地进来，在门口喊：“妈妈，若梅，看我新买的汽车。”

大妈妈说：“出去看看啊！”

玉珠扶着大妈妈，众人来到门口，见运河大堤上，从河码头的小火轮上缓缓开下一辆白色小汽车。

当晚，全家聚餐，供祖宗。吃过晚饭，汪若梅正准备回五福巷，汪琼把她领进后花园，打开片石居的山洞门，点蜡烛。里头新砌的石门，挪开石门，里面一个小龛。汪琼招手要她过来看。汪若梅看见梅瓶端庄地供在石头台上。

“梅瓶回来了？”汪若梅惊喜万分。

汪琼点头说：“我把它赎回来了。你是拿回去，还是藏在这儿？”

汪若梅想了想说：“姐姐，就摆在这儿吧。”

汪琼点点头，合起石门，出了山洞，来到后花园的“水中天”亭子里。两人坐在凉亭上说话。

汪琼说：“若梅，上次多亏你，梅瓶帮了大忙，我才得翻身。我劝你把小学教师辞了吧。小学教师有什么当头？一个月才十几块钱。你帮我料理船行，工资我给你开教师的双倍。”

“好姐姐，做生意，我哪有这个本事？”

“本事都是逼出来的。日本人要侵略我们，国家许多物资要从上海、南京往内地转移，船行生意忙不过来。我这次又买了两艘小火轮，我要把生意做大，让顾伯龄没脸进这个家门……我打听到了，他在广州，在政府里当官。他捎信说要回来，我说你就别回来了。哼！还有脸回来……”

“姐姐，姐夫上回走，不能全怪他，他来报信说要抓周觉民。他也是为了自保，才跑的。”

“我才不信呢。你姐夫就是个花花肠子。我当年幼稚嫁给了他。这个挨千刀的。你看，生意这么忙，我又是妇联主席，又是船行老板，盐铺的事也落在我头上……”

“盐铺的事，哥哥不问吗？”

“大少爷，游手好闲，嘴上跑火车，哼小曲，他能问事？”

“姐姐，当教师虽说辛苦，我已经习惯了。我看到这些孩子心情就好。周先生这一走，也不知什么时候能回来。上面两个老人，小运河又小……”

“好妹妹，只有你才知道姐姐的委屈！”

汪琼抱着汪若梅，眼泪流了下来。

过完年，新学期开学。学校挂着横幅：“欢迎新同学！”戗牌写着：“欢迎领导莅临指导！”一群小学生背着小书包，排队进校门。

汪若梅挽着莎莎的手进学校，把莎莎送到二年级班上。她回到办公室，桌上摆放着新教材。她翻看教材，这学期任务蛮重。上学期，她搞的诗歌课外兴趣班，活动搞得有起色，这学期许多学生报名加入，昨天教务会结束后孔剑秋把她留下来，特别谈了诗歌兴趣班的活动。

她就想今年围绕着“我是扬州人”这个主题，组织学生写爱国爱家乡的诗。她准备组织学生参观瘦西湖、史公祠和双忠祠，准备在“九·一八”东北沦陷日搞诗歌朗诵会。她正看着教案，杨宝琴从后面蹿上来，吓了她一跳。

“若梅，年一过，你比从前精神多啦！”

“是吗？我怎么不觉得？”

“一定有好事。瞒着我？”

“我能有什么好事？”

杨宝琴看看四周没人问：“周先生过年有消息吗？”

“没有。”

她们正说着话，肖珍进来高声说：“各位老师，明天组织各班学生去省八中树人堂看‘一二·九’救亡爱国书画展。汪若梅老师，诗歌兴趣班同学也要去……”

第二天，汪若梅领着学生刚走到省八中门口，就碰上画展的开幕式，校门楼子上拉着横幅：“归国华侨梅曼爱国书画展”。

汪若梅吓了一跳。她揉揉眼睛，确定没有看错。学生在校门口列队。她再往前一看，红地毯，主席台上嘉宾有董大嘴、梅尔宜、余小奇等。只见梅曼一身紫色旗袍，头发梳了高高的鬏，站在台子最中央。

梅曼致辞。汪若梅羞得低着头，梅曼说的什么，她没有听得清，大概说在法国，这几年学习西洋画，在上海美专教授西洋画，什么中西结合，什么刘海粟、徐悲鸿等。她说画了这批画，表达自己热爱和平和故乡……

汪若梅偷眼看去，梅曼变得年轻漂亮、气度非凡，一看就是见过世面有品位的知识女性。而她自己这几年忙得就像个市井老太婆，她若是和梅曼站在一起，立刻就被比得矮下去，若是让周先生再在她俩中间选择，还不知道会选择谁呢。

她怀疑梅曼这次回扬州搞画展是针对她，要证明自己比她优秀。她恰好看到杨宝琴过来，一把抓住杨宝琴说：“哎呀，我肚子疼，你先替我领着学生。”

杨宝琴傻傻地问：“要不去医院？”

“去什么医院，我吃了脏东西，屙肚……”

汪若梅赶紧低着头往回走。这时候，她听到身后一阵笑声。她一直跑回家。她到镜子前一照，发现自己真得老了许多。自己若是跟梅曼站在一起，真是天壤之别了。

25 瓜田李下招闲言 洁身自爱斗淫贼

马博士一手捧着个紫砂茶壶，一手拿着一本朱熹的《四书集注》，摇头晃脑地说：“生不逢时，若是早生一百年，肯定中个状元。”

汪若梅最近惶恐不安。她听说梅曼回来，同学们给老师接风洗尘，聚会了几趟，每回她都找借口推辞。她叹口气说：“是啊，我也是生不逢时。若是在古代，父母之命，媒妁之言，儿女之间也少了许多烦恼啊！”

“你看，我们找到共鸣了吧！”

“马老师，你和我共事一年多了。你说我是不是一个不合时宜的人？”

“我看，你是太有主见了。你生活在你的内心世界里，这天下有多少人，早已没心没肺……”

马博士有一个绰号叫“戏篓子”，他是大舞台教场的常客，写过戏曲评论发在著名的刊物上。易君左都知道扬州有个戏篓子。马博士爱看扬剧，汪天佑有什么动静，汪若梅不知道，他知道，时不时地告诉汪若梅，她哥哥最近又唱什么戏了。

“这世上，别人都快快乐乐，而我却忧心忡忡。”

“汪老师，我烦心时就看戏。人生如戏。一看戏，一切就看轻了。”

“是啊，从前大舞台看戏、南京大戏院看电影，哪场少得了我？这几年家里老的老，小的小，有好些日子没去了。最近有什么新戏？”

“有好戏。我这儿有两张大舞台戏票，给你留了一张。你不要惊慌，为什么给你留一张票？扬剧《昭君出塞》，你哥哥创新的新剧目。”

汪若梅笑道：“我哥哥又弄出新名堂了？我真要去看下子。”

晚上，汪若梅料理好家务，早早吃过晚饭，穿了一身整洁的衣裳，去大舞台看戏。戏票对号入座。她先坐下，一个好位置。一阵开场锣，大幕拉开时，马博士匆匆赶来，坐在她旁边。台上又一阵锣鼓，小四扣子的二胡响起，拉得回肠荡气……

她忽然感到脑勺后头头皮发痒，回头一看，上头有一排包厢，余小奇和肖珍正钩着头，对她指指戳戳。她忽然明白过来，自己太冒失了。丈夫不在家，怎么可以跟一个男人出来看戏呢？有瓜田李下之嫌。现在坐在戏院里自己岂非有口难辩？

汪若梅赶快站起来，对马博士说：“马老师，我想起来，孩子奶没有喂呢。我不看，先走一步。”

马博士惋惜地说：“哎呀，你这也太马虎了，正戏还没有开场呢。”

汪若梅顾不得多说，匆忙逃出戏院。

第二天下午，她正在批改作业，肖珍来找她。肖珍按惯例询问周觉民下落，做着记录，说要向教育厅和省党部汇报。汪若梅也就一一作答。忽然，肖珍话锋一转说：“若梅啊，我比你长几岁，我也是为你好。这个周觉民是共产党，将来是死路一条。你听说了吧，国军在江西湖南剿匪，取得重大胜利，赤匪打了败仗，四处流窜。周觉民这么长时间不回来，会不会打死了呢？你可以改嫁，我们校党部支持你。”

汪若梅大惊。她没料到肖珍会对她说这种话，一时没反应过来，一声不吭。

肖珍见她不吭声，以为有希望，说：“我看，马博士就不差，北大才子，他现在还单身呢。扬州从前就讲贾家马家，马家是扬州大户。他家在小十三湾有三进房子的单门独户……”

汪若梅把作业往桌子上一扔说：“肖督学，请你自重。我是有丈夫的人。”

“哎呀，你就不要装了。你们在大舞台看戏，大家都看见的。”

“放屁，你以为人人都像你？”

汪若梅把桌上改好的一沓作业砸向肖珍，站起来，跑出办公室。她受到极大的污辱，含着眼泪跑回家。回到家，跑到自己屋子里，关上门，一头扎倒在床上，哭泣起来。

小运河刚刚学走路，看到妈妈回来，喜从天降。他见妈妈也不搭理他，径直走到房间里关上门，就去敲打着门，嘴里喊着："妈妈，妈妈。"

周师母过来说："乖乖，妈妈上班呢，没有下班。"

小运河依旧不折不饶地敲门喊妈妈。周师母来抱他，他哇哇哭起来，指着门喊妈妈。汪若梅听到外间里小运河的哭泣，她擦拭了眼泪，开门出来。周师母吓了一跳说："若梅，你什么时候回来的？我说小运河怎么哭着要妈妈的。"

汪若梅说："学校放学早，我就回来了。"

汪若梅抱着小运河到屋里。她感到从来没有过地强烈想念周先生，盼他早点回来。她抱着小运河说："小运河，你捎个信给爸爸，叫他早点回来……"

晚上，她为平息自己内心的波澜，摊开纸抄起《心经》。她写得一手的好唐楷。

窗外，夏公公在院子里拉起二胡《长相思》。她不知道外公在想谁，想外婆？想女儿？

她抬起头，一轮圆月挂在远处的树梢上。

汪若梅最怕见的人是梅曼，可她偏偏找上门来。梅曼听说汪若梅有了孩子，就主动上门看看小运河。前年在上海，她从康鹏那儿得知周觉民和汪若梅结婚，一人跑到黄浦江边哭了一场。她把珍藏着的和周觉民的照片撕碎撒入江中，告别她的初恋。震旦大学里有一个教油画的法国人，比她大二十多岁，梅曼和他结婚一起去了法国巴黎。她当起那个法国画家的助手，自己也学习西洋绘画。后来那个法国人因车祸去世了，她又回到上海。这时候她已经是小有名气的画家，就在刘海粟创办的上海美术专科学校教书。

日本人侵略中国，占领东北，淞沪抗战，激发了她的创作热情，她创作了一批爱国题材的油画。梅尔宜想见女儿，要她回扬州搞个人画展。这么些年四处漂泊，回到家乡看望父母和同学。她从学生们嘴里得知周觉民逃出扬州，汪若梅在梅花小学教书，一人在家苦苦地带孩子。梅曼想若是当年她嫁给周觉民，汪若梅的命运就是她的命运，她竟又同情起汪若梅来。

梅曼找了个空闲，打扮一番，特地上门来看看。她凭着记忆走到汪若梅家。周师母问："你找谁？"

梅曼犹豫了一下，她希望周师母能认出她来。但周师母看了半天，一脸迷惑，盯着她看。梅曼内心就生出感叹："连周师母都不认识我了。"

梅曼问："师母，汪若梅在家吗？"

周师母说："是啊，在家，她抱小运河出去走走。你进来坐，一会儿就回来了。"

梅曼犹豫着进了门。她环视小院子，院子虽小，收拾得干干净净，铺着鹅卵石的地面，水池里养了几条红鲤鱼。沿着屋檐一路边摆着花盆，爬墙虎沿着墙根铺在墙垛上。她忽然觉得她不应该来打搅别人平静生活。周觉民虽然不在家，汪若梅竟生活得如此镇定从容，这是她难以做到的。周觉民选择汪若梅，她一定有她过人之处。

梅曼把给小运河买的玩具留下来，有木头做的玩具枪，有毛绒熊和大白兔奶糖。梅曼说："师母，你捎个信，我改天再来看若梅吧。"

"哎呀，平常她在家不出门的，今天怎么一出去这么长时间。你留下一道吃饭吧。"

"不了，改天来。"

梅曼离开了汪家。其实，汪若梅早在巷子口就看到梅曼了。她吓得没敢回家，抱着小运河躲在黄大虚子店里。汪若梅坐在店里，两只眼睛紧张地盯着窗外。梅曼来的时候下黄包车，高跟鞋磕击路面的声音，早就吸引了路人的目光。她又看着梅曼离开才松了口气。

大虚子店里很热闹，胖大厨、牛老三和老八级三个人在抬杠子。他们抬杠子拖着汪若梅来评理，就没有谁注意她的表情变化。

老八级说："二小姐，你评个理。扬州三把刀，胖大厨说要跟我比胆大，就请你评评，哪个胆子大？"

"怎么个评法？"汪若梅看着梅曼上黄包车。

胖大厨说："扬州三把刀最出名的是厨刀。厨子胆最大。乾隆下扬州，忽然想吃蟹黄汤包。蟹黄汤包的馅讲究，要用蟹黄、肉圆加肉皮冻子。一时间，哪有这些呢？我们厨子就用吃剩的蟹黄狮子头、烧杂烩的汤。本来要倒进泔水缸喂猪的，就这么做成馅心。哪晓得乾隆吃了，夸肥而不腻，鲜美得很。我们这是欺君，胆子大不大？"

"胆子的确不小，喂猪的喂了皇上，还了得！"

牛老三说："你别听他吹，厨子连乾隆的面都没见到。我们剃头的不但见了面，还用刀子在皇上脸上划来划去，最后还吃了我们一通空心拳。"

老八级说："若梅，别听牛老三吹。他们剃头的在皇上面前转来转去，没个正经位置。我们扦脚的皇上赐座一品，坐下来后挖他的肉，剥他的皮，放他的血，铲他的骨头。"

"这个什么意思？想行刺皇上？"

"给乾隆皇帝挑鸡眼子。"

汪若梅笑道："这么说，说个公道话，三把刀还是修脚刀最胆大。"

众人正在闲聊，黄小凤风风火火地回来。她一见小运河，一把抢过抱着，亲着喊："小乖乖，给干妈亲亲。"

汪若梅嚷道："你才回来，我要回去了，出来转了半天。"

"着什么急，找你有话说呢。"黄小凤拖汪若梅去她屋里。黄裁缝家把邻居家一个小院子买下来，里面拓出几间，弄了个小院子给黄小凤住。黄小凤拿出一张电影票说："晚上，我请你去南京大戏院看电影。票紧张，打破头才弄得到。金嗓子周璇和赵丹演的《马路天使》。"

"怪不得前天在学校，杨宝琴跟我炫，说她看了三遍，唱那个《四季歌》给我听。"

"死胖子都看三遍。你天天在家带孩子成家庭妇女了。若梅啊，我们班上当年，你可是第一美女。"

"哎，什么美女。小运河怎么弄呢？他要玩到很晚才肯睡。"

"我干儿子当然要带到，让他也看看电影，将来当个电影明星。"

晚上，汪若梅抱着小运河去南京大戏院。戏院门口站了许多军警。她们早早进场，找了座位坐下。汪若梅听到身后有笑声，笑声又是那么熟悉。她抬头一看，汪琼和梅曼陪着个军人在看电影，那个军人戴着个大军帽。

黄小凤站起来，跟汪琼招手。汪若梅赶紧低着头，她怕梅曼看到她。这时候电影开映了，场里灯一黑，救了她。

汪若梅悄声问黄小凤："那个军官是哪个？"

"你做梦都想不到吧？我们班上出大官了。康鹏。"

"天啊！康鹏。康鹏当了什么官？"

"苏北剿匪副总司令。"

汪若梅感叹道："死胖子，命运捉弄人啊！他那么胆小的人，竟然进了行伍，当总司令。"

电影开场，小运河先是好奇，盯着看，看着看着就睡着了。周璇唱《四季歌》："春天到来百花香，大姑娘窗下绣鸳鸯……"底下，汪若梅跟着哼，这一哼不要紧，把小运河的尿哼出来了。一泡大尿，浇得她一身。

电影放了一半，又停电了，电影院里一阵口哨声，一片黑暗，一会儿，灯亮了。

汪若梅趁机对黄小凤说："小运河这泡尿，弄得一股臊气味。我先走了。"

黄小凤说："这么好电影，怎么不看？"

汪若梅说："改天，小凤，我请你再看一遍。"

汪若梅匆忙离开电影院，其实是为了回避梅曼。

没几天，汪琼捎信给汪若梅说俞冉芳无罪释放回来了，继续在报社编报纸。她们约了在富春花局给俞冉芳接风。汪若梅和杨宝琴一放学就往富春去。富春花局在得胜桥巷子里，老板爱种花，痴迷花卉盆景，所以叫花局，门口一副对联：春风十里扬州路，物换星移变沧桑。

富春里头有四个堂口，一进门是乡贤祠，对面是义冢地，后面是土地庙，再进去是大成殿。四个堂口各有讲究。乡贤祠和义冢地多是扬州社会名流聚在一起喝茶的地方，土地庙是工商业者居多，读书人和教师就在大成殿。

她们进了大堂，不知在哪个厅。杨宝琴说汪琼做东，汪琼是老板，那包房肯定定在土地庙。她们就先进去喝茶。跑堂的问喝什么茶。杨宝琴说："这还用问，喝富春的当家茶。"富春当家茶是自制的魁龙珠，茶取自花局里自家种的珠兰，浙江的龙井，安徽的魁针。

一会儿，汪琼来了。跑堂的认识她，知道老板来了，就上茶点，送上热气腾腾的千层油糕、翡翠烧卖、三丁包子、蟹黄汤包。这几样都是富春的特色。汪若梅上了一天课，肚子饿，也不管斯文，抓了个翡翠烧卖吃，说："好几年没来富春了。唉，还是父亲在时领着我们两姐妹来吃早茶。"

杨宝琴说："汪琼可是天天来，把富春当家里厨房了。"

"我哪里愿意天天来？做生意应酬，没得法子。哎，俞冉芳怎么拿架子，到现在也没到？"

"会不会摸错地方？"

"怎么会呢？坐了一年牢，不可能脑子坐呆了，连富春在什么地方都不晓得吧？"

杨宝琴说："俞冉芳最要感谢的是汪琼。刺杀了孙发奎，多大的事，惊动了蒋"总统"。汪琼组织扬州的妇女救援会写联名信，费了多大的劲，才把她保下来。"

汪琼说："我们是有功劳，但是也有别的说法，说俞冉芳是军统的人，她的勃朗宁手枪是军统给她的。也有人说，杀孙发奎是蒋"总统"的意思……所以，这里头复杂呢。马上俞冉芳来，我们不提这个事。"

正说话，皮六扛着大包进来，把包放下，对着外头喊："俞小姐，找到了，在土地庙。"

汪若梅问："皮六，跟谁说话？喊得吵吵的？"

皮六说："几位菩萨姐姐，我跟俞大小姐说话。她非要说你们在大成殿，说几位小姐是个文人，文人都在大成殿。"

汪琼说："她死脑筋啊，文人也会变成武人。我这不变成商人了吗？"

汪若梅问："咦？俞冉芳来吃个饭，怎么弄个大包来？是不是给我们的礼物？"

杨宝琴说："她哪有这么大方？我翻翻看。"

包一扯开，里面是一堆小孩的衣裳，还有山芋干、馒头片。一会儿，俞冉芳进来，手上搀着个三四岁的小男孩。这个男孩长得虎头虎脑，一副乡下孩子的样子，进门也不叫人，瞪着个大眼睛好奇地看屋里的人。

汪琼看着这个乡下小男孩问："这乡下孩子哪来的？"

俞冉芳还没有说话。这边汪若梅已经上前把孩子抱在怀里，眼泪扑簌簌往下掉了。原来俞冉芳刚刚从南通乡下赶回来，没顾得上回报社和家里，就直奔富春茶社。小男孩是她和沈越的儿子沈红旗。当年生下这孩子，他们就把孩子寄养的农民家里，俞冉芳出狱后想孩子，就去南通乡下找，终于让她找到了。农民把孩子养到三四岁，有感情，舍不得让孩子走，俞冉芳好说歹说，给了一笔抚养费。

大家见到沈越的儿子，唏嘘感叹不已。汪若梅把小红旗抱着坐在腿上，拿包子给他吃。这小红旗和若梅有缘，不吵不闹，安安静静地坐着。

俞冉芳说："若梅，小红旗跟你有缘呢。我抱在腿上，他不得安生，闹着要下去，在你那儿，一动不动。"

若梅说："给我做干儿子吧。明天带到我家去，让他跟小运河一起玩。"

大家攀起几个孩子的岁数。莎莎是1928年生的，属龙，6岁；小红旗是1930年生的，属马，4岁；小运河是1931年生的，属羊，3岁；杨宝琴家的也是属羊。

她们在富春喝茶吃糕点。俞冉芳听说汪若梅在学校搞了个诗歌兴趣班，就跟她约稿，说报社要出学生爱国诗歌专栏。汪若梅负责的诗歌兴趣班已经有一百多学生。她回到学校，就把学生调动起来，搞"小学生爱国诗歌"征集。学生们踊跃投稿。她从中精选了八十多首诗，在《新报》专栏上刊登。哪知刊登出来影响很大，教育科要把这些诗出一本书，发给扬州市民和各个学校，宣传爱国、爱扬州的思想。

汪若梅曾帮周觉民办过刊物《新写作》，编这本诗集并不难。她配上插图后交给学校。没多久，书终于出来了，印得很精美，可是《小学生爱国爱扬州诗文集》主编竟然变成了肖珍和余小奇，汪若梅忙了半天连个名字都没有。天底下竟有这么不要脸的人，赤裸裸剽窃他人的劳动！

汪若梅气不过，拿着书去找孔剑秋。孔剑秋知道这件事他管不了，吓得躲了起来。马博士告诉她："这本诗集影响太大了。《中央日报》《南京日报》《扬州新报》都做了报道。宋女士在抗日动员会上点名夸赞这本书。肖珍是主编，出了名，马上代表扬州教育系统的爱国积极分子去南京开会呢。你这是为他人作嫁衣！”

汪若梅回到家，想想气不过，写揭发信给余小奇和董大嘴。但是，石沉大海。没有谁肯出头替她说话。肖珍知道汪若梅揭发她，暗中很得意，心想你写信告状的那两个，都是我胯下败将，敢奈何我？

周三下午教研活动时，肖珍当着全体教师面说：“有的教师，把学校成果和学生成果据为己有。没有学校，你有什么成果？你只能待在家里洗尿布。你要出名，要把你的名字写上去，你想没有想到，你是匪属，政府能允许吗？我是代表我们学校才当主编的。”

马博士劝汪若梅：“人在屋檐下，不得不低头。”

汪若梅放学回家的路上，听到丁小毛对王老太说：“汪若梅，她虽是大户人家的小姐，名声不好，听肖珍说她丈夫原来是她老师的男朋友，后来汪家二小姐横刀夺爱，抢去的……”

王老太批评丁小毛：“汪若梅丈夫又不是小孩子，说抢就抢过来？人家是夫妻，我们是外人，讲话嘴上积点德。汪若梅一个人带孩子，又要工作，我看她很贤惠。”

丁小毛辩解道：“王老师，这话不是我说的。我也是听肖督学说的。”

汪若梅听得头嗡嗡响。她想上前理论，咬牙忍了这口气。她一进家门，小运河就跟她闹，要麻花子。原来她答应下班给孩子买麻花和麻团。她在学校里受了气，就把这件事给忘了。她一气之下，踢了小运河一脚。

小运河从来没见妈妈对他这么凶，吓得哇哇大哭。周师母不高兴了，赶紧抱起小运河抱怨道：“有什么不高兴的事也不该拿孩子撒气。”

汪若梅哭着跑出门……她跑到古运河边。运河里南来北往的船只，像是匆匆的过客。这里是她熟悉的地方，小时候，就在运河边奔跑、玩要……她的教师梦破灭了。

在她的心目中，校园是一块圣洁的土壤，教师是人类灵魂的工程师，教书育人，传道解惑。可现实中，学校竟让这些男盗女娼霸占了，许多有良知的教师只能忍气吞声。

汪若梅想孔剑秋是一个诗人、一个有良知的校长，可是为这件事却躲着她。她要上门去找校长谈谈。

孔剑秋家在北柳巷。她推门进去，孔剑秋正灰头土脸地做炭炉子。汪若梅只得上前帮他做炉子。她找了个坏芭蕉扇扇火。孔剑秋的疯子老婆痴痴呆呆地坐在院子里傻笑。汪若梅看疯子，虽说是疯子，孔剑秋把她收拾得干干净净。一个男人能这样，又这么多年，她对孔剑秋不由地生出敬佩。

汪若梅对疯子努努嘴问："最近怎么样？"

"刚吃了药。春天时，菜花黄，病人狂，这时候最容易发病。我一刻不能离。"

"孔校长，你真不简单。"

"是啊，谁都不简单，人啊，活着就是考验你的意志。若梅老师，你也不简单啊。周先生不在家，两个老人，又是孩子，又要工作，你哪样都做得不得话说。"

"我先生不在家，我就被欺负，就差到头上屙屎了。"

孔剑秋揭开锅盖，一锅菜搭饭，说："若梅老师，你要是在我这儿吃饭，我就领你出去吃。我家里乱。"

"我不是来吃饭的，我是来讨公道的。讨不回公道，我这个教师也不想当了。"

"若梅啊，你是个好教师，当年我竭力要求留下你的。你辞职，人各有志，我不强留。学校有三十个教师，你能讲出对三个教师有意见，占到百分之十吧，我就同意你辞职。"

"我还真的讲不出三个。但肖珍这种人品也配当教师？"

"肖珍能代表广大教师吗？你看，我的生活状态，老婆是疯子，这么多年，我又不抛弃她。我一抛弃，她就死了。我影响过工作吗？哪天不是第一个进学校？我们当教师为什么？为的孩子们。十年树木，百年树人。孩子才是我们中华民族的希望。肖珍剽窃你的成果，让她剽窃去好了。书出来，同样有益于社会，对吧？有什么不好？她剽窃，是她人生的污点。佛教里讲因果报应，难道不知？"

"孔校长，你讲的对，但是，我咽不下这口气。"

"没有什么气咽不下，只在于你心胸有多大。你如果不想当教师，辞职，没人拦你，你若是为肖珍辞职，我就觉得不值了。她算什么呢？她明地里是督学，暗地里没有比她可怜的了，她只是余小奇手中的一条狗罢了。”

“上梁不正下梁歪，根子就出在教育科长余小奇那儿。我编诗集，他们根本没有沾边，怎么厚颜无耻盗取别人成果？”

“余小奇就不是教师，只是个商人。民国初期，社会爱国人士共同捐款办了这所梅花小学，梅花香自苦寒来，希望为国家培养栋梁之材。余小奇投资参股，后来又侵吞财物。董大嘴来扬州接到省教育厅督察的指示，来查点学校账目。余小奇慌了，让肖珍勾引董大嘴，这样才逃过一劫。你看，学校是不是挺乱的。但是学校教学不乱吧，学校依然正常运转，多少孩子有学上，接受新文化教育，对不对？”

“是这样。”

“梅花小学这个平台，虽然有瑕疵，但是我们不能因为这个就拆台，要利用这个平台教书育人。荷花出淤泥而不染，我们教师做到洁身自爱，便能桃李不言，下自成蹊。”

孔剑秋的一番话，让汪若梅豁然开朗。这么多天来的困惑、苦痛、烦恼，烟消云散。她擦拭眼泪说：“孔校长，我明白了……”

26 女侠托孤下南洋 二女情真救周郎

汪若梅从孔剑秋家里出来，心情好多了，后悔起刚才脾气不好，踢了小运河一脚。她听说教场新开了一家书店叫“世界书局”，这是上海世界书局的分店，书店里有连环画小人书，其中一套小人书《西游记》最出名，她要给小运河买一套。

这几年安逸了，扬州的夜生活也丰富起来，有人说是又一个康乾盛世了。教场里茶楼、酒肆、书场、卦馆、杂货店、玩杂技的，应有皆有。辕门桥教场和南京夫子庙、北京天桥、上海城隍庙同样著名。她从教场北边雀笼巷进去。雀笼巷是玩雀子集中的地方，一进巷口，就听见八哥、百灵、画眉，绣眼等各式各样的鸟儿娇啼婉转。

再往里面走就是书场，有醒民、永乐、柳村、鹿鸣等。书场门口悬着木牌子，上写“谈古论今，醒世良言”。书场西边有塔状的望火楼，有五层楼高，有专人在楼顶上瞭望，哪里有火情，楼上就敲铜锣，就有义务的青年队员拿着救火的水龙头、水车、木桶去救火。

望火楼底就是世界书局，门口有拉洋片的、看西洋景的、卖抖抖翁的、耍猴把戏的、玩木人戏的。她进书局，一摸口袋，钱带少了，她的钱只够买一个黄桥烧饼。这时肚子也饿了，她就出门买了个黄桥烧饼坐在木椅上吃。玩木人戏的小六子收摊子，从她面前过。小六子是她小学同学，汪若梅看到救星了。

“小六子，哪里走？”

“哎哟喂，二姑娘。”

“小六子，我要去书店买小人书，身上没带钱，你有多少，先拿出来。明天到学校门口我再还你。”

“好的，二小姐，我有多少给多少，就这么多了。”

汪若梅数了数，也够了。她就跑进书店，买了一套连图画《西游记》，64开本。她见还多出几块钱，就又买了张乐平的《三毛流浪记》。她就爱看小人书，先就坐在书局椅子上，像个孩子看得津津有味。

忽然，人吵吵的。书场里散场子了。汪若梅想想时间不早了，就赶快往家里走。路两边的酒楼正营业，灯火辉煌，有月明轩、如意园、九如分座、小觉林、老龙泉等。她看见董大嘴、黄小凤等正站在酒楼门口送客寒暄，就匆忙回避。这个社会就是这么闹闹腾腾的，我汪若梅行得端正，又烦什么心呢？学校也就是一个社会罢了，教师凭的个良心，荣辱皆过眼云烟。

到了5月份，江苏省教育厅增加小学教员待遇，小学教员最低月俸：甲等资格20元，乙等资格18元，丙等资格16元，丁等资格14元，戊等资格12元。汪若梅评定为乙等，每个月有18元大洋。她拿到工资，给周师母2元，谎称是周觉民寄回来的。她又给夏公公2元。她每月存4元钱，另外10元就用于家里的日常开销。

一天，俞冉芳忽然上门，神色慌张说来辞行，要去南洋。汪若梅问她到南洋干什么，俞冉芳不肯说。

“好妹妹，我有样宝贝，放在别人那里不放心，想放在你这儿。”

“什么贵重的东西放在别人哪儿不放心？”

“太贵重了。我最贵重的宝贝。”

“好吧，你信得过妹妹，我也就收了。”

“你收了？不许反悔。”俞冉芳就走到院门外，往巷子里招手。

门外进来一个脏兮兮的小男孩，像是从泥堆里爬出来。男孩见到汪若梅就笑着喊：“干妈妈。”

小红旗经常来汪若梅家玩，和小运河也很熟，全家都很喜欢他。汪若梅笑着指着小红旗说："这是你放到我这儿的宝贝？好吧，这个宝贝干妈妈收了。"

"若梅，小红旗就放你这儿了。我代沈越感激你。"

俞冉芳提到沈越，她怎么能拒绝呢？汪若梅抱怨道："冉芳，你再忙，你看，小红旗衣裳都破了。你们当母亲的就知道出人头地，在外头风光。我不是说你一个人，昨天汪琼也被我说了，晚上让莎莎一个待在家里……莎莎听话，不敢说，孩子在家害怕，到学校全告诉我了……"

她们这边说着话，小红旗早已跑到屋里跟小运河玩了起来，就听得屋里两孩子的笑声。

汪若梅叹口气说："早去早归。小红旗一来，加上莎莎，我要带三个孩子了。"

"妹妹，我什么都不说了，我有急事，我先走了。"

俞冉芳把小红旗的换洗衣裳、玩具、小人书，往汪若梅屋里一放，就匆匆走了。汪若梅进屋，小红旗头都不抬，跟小运河两人一人一本小人书，正全神贯注地看着。

汪若梅一想，不对，俞冉芳这么火急火燎，肯定是有重要的事。汪若梅就和周师母商量，这段时间夏公公被请到高邮和宝应给人诊病去了，就让小红旗先睡夏公公的床，等夏公公回来，再在周师母屋里搁一张小床。

夏公公跑到高邮宝应去干什么呢？原来地方上流行一种怪病，初发时战栗，后发热、头痛、不能言语，一刻钟即毙，传染迅速。江苏卫生厅把这个病列在各疫之上，组织南京医学院专家会诊。西医竟对这个病束手无策。陆秀峰向省主席陈乐之推荐扬州中医夏字门，陈乐之拍板点名要夏风出诊。夏风那套望闻问切、开药方、熬中草药，竟然手到病除。夏风给中医长了脸。《中央日报》《南京日报》《医学报》都做了报道，扬州中医扬眉吐气，全国出名。

等到夏风出诊回来，汪若梅把小红旗的事一说，夏公公说："俞冉芳看来是改嫁了。嫁到南洋去了。"

"改嫁哪能不要孩子？"

"她肯定瞒着男方呢。"

"这怎么瞒得了？"

“唉，瞒一天是一天啊。”

汪若梅想了想，觉得俞冉芳性格好强，不是那种瞒瞒掖掖的人。她认为俞冉芳摊上大事了。俞冉芳这一走，就杳无音信，汪若梅就渐渐相信了夏公公的判断。她就承担起小红旗母亲的担子。

新年头上，小红旗报名上了梅花小学一年级。结果上学第一天，小红旗就跟同学打了一架。原因是他到班上有同学问他父亲是谁，沈红旗说不出来，同学们嬉笑他，说他不知父亲是谁。沈红旗和他老子一个脾气，一个打几个，立马在后面教室里打成一团。

班主任王老太把沈红旗拎到办公室，说要让小红旗退学。汪若梅悄悄把王老太喊到办公室外头，把沈红旗的身世一讲。王老太和俞蔼如是旧交，据说曾经暗恋过俞蔼如。她听说是俞家后人，立刻改变了态度。沈红旗正惊慌着，怕老师赶他走，王老太匆匆跑上前把他一抱，流着泪喊：“红旗啊，你就喊我奶奶吧。”

小红旗忽然有了亲人，“哇”地哭了。

没过几天，汪若梅算是见识了小红旗的厉害。原来小红旗在南通农村里长大，性子野，不受拘束，后来俞冉芳带他到扬州，俞冉芳在报社，整天东奔西跑，又顾不上，他就成了一个野孩子。半夜里，周师母慌里慌张跑来叫醒汪若梅，说床上小红旗不见了。汪若梅吓得赶紧起来，发现被窝空着，院门虚掩着。半夜里，汪若梅只得起来找人……到了天快亮，小红旗不知从什么地方又冒了出来，原来他半夜里跑回家去拿弹弓。大家虚惊一场。

有一天，汪若梅正在办公室改作业，马博士慌里慌张地进来悄声说：“出大事了。”

“什么事？”

“你可不能出卖我，说是我说出去的。”

“那我就不问了。世上本无事，庸人自扰之。”汪若梅拿起茶杯，喝茶。

“这个事跟你关系大呢，我不说出来，我心里堵着。”

“那你就说啊！”

"唉，豁出去吧。"

马博士告诉他， 警察局来人打听汪若梅的情况，镇江也来人了，好像说周先生被捕了。汪若梅手中的杯子掉到地上碎了。她最担心的事终于发生了。马博士赶紧拿扫帚来扫打碎的杯子，劝她托个知根知底的人打听一下。

汪若梅顾不得许多，把下午的兴趣小组活动取消了。她去找黄小凤，黄小凤在机关里消息灵通。到了晚上，黄小凤回出信来，周觉民被捕了，国民党军在苏北剿共，周觉民的部队被打散，他躲在老乡家下给叛徒出卖……据说人关在南通的监狱里。

汪若梅一时间没了主意，家里出了大事。她回家把事情告诉大脚。大脚找来丁小同商量。丁小同从前跟南通盐铺商业往来，就找朋友托关系，打听到了一个熟人在南通当监狱长。他们就瞒着汪家上上下下，在福运门汽车上车，沿着镇扬公路到了镇江，从镇江坐火车到无锡，又从无锡坐汽车到南通，一路转车，到了南通已经是第二天中午。

他们赶到监狱。监狱长告诉他们来迟了一步，人刚刚押往南京老虎桥去了。

监狱长说："我们这边捉到共产党，就在监狱院子里就地枪毙。这个周觉民命算保下来了。从上海来了个有来头的女的，找了绥靖公署康副司令。康副司令把这个姓周的作为共产党领导人物，转押到南京，估计可以暂时保住一条命……"

汪若梅问："这个康副司令，可是叫康鹏？"

监狱长说："是啊，南通绥靖公署司令，军营就在附近。你找到他最好。"

汪若梅就跟监狱长借了辆车往军营去。在车上，丁小同说："没想到这么快汪琼就来过了。"

"你怎么知道汪琼来过？"

"监狱长说，来了一个有来头的女人救了周觉民。跑这么远的路来救周觉民，而且能够调动起康家少爷，不是汪琼，还能有谁？"

汪若梅忽然想到一个人。她知道不会是汪琼，汪琼救周觉民不会瞒着她。只有这个人会来救周觉民。汪若梅看着车窗外，没有说出这个人。她不想让丁小同知道。

早春二月，田野里泛着绿色。一路上河网纵横……绥靖公署驻军的司令部在一个废弃的纱厂里。民族工业不景气，许多纱厂都倒闭了，厂房就成了驻军的营房。门口有荷枪实弹的警卫。汪若梅向卫兵通报了姓名。卫兵进去报告，一会儿出来，卫兵出来说，康司令去上海了。

汪若梅抬头看着前方那座白色的小楼房。她隐隐觉得康鹏就在这个楼里。康鹏已经不再是那个天天早上到盐号门口接她们姐妹上学的死胖子了，也不是那个一起在大麒麟阁库房里偷吃京果粉子的顽童。人家是康副司令了，手上有军队、有枪，也学会了杀人，学会了升官发财。

女人的直觉很灵。此时康鹏正在小白楼里的窗户后头看着营门外。他看着站在那里一个孤单的小人影，指着窗外对梅曼说："汪若梅来了。"

梅曼走到窗口，凝望了一会儿，拉上窗帘说："别见她。"

半个月前，梅曼就知道周觉民被捕的消息。她知道这是死罪，也知道这世上只有她能救周觉民。汪若梅一个小学教师是救不了周觉民的。她不能见死不救。她不想让初恋情人就这么死了。她要让周觉民看到，是她梅曼救了他。梅曼就从上海赶到南通绥靖公署，见到一身戎装的康鹏。

康鹏说："我救不了周觉民。总司令说，宁可错杀一千，不可放过一个。"

梅曼盯着康鹏的眼睛说："你让周觉民死在你手上？你让我看着他死吧。"

康鹏知道，他不能让周觉民死在他手上。周觉民是他的老师，又是汪若梅的丈夫，周觉民要是死在他手上，他一辈子会生活在同学们的唾弃中。他想救周觉民，但是不愿轻易向梅曼表露出来。

"你想见他吗？"康鹏问。

"想。"

"你去让他写个脱党声明吧。"

梅曼信心满满地来监狱见周觉民。当年她就是为了要周觉民写脱党声明，两个人谈崩了，最后没能走到一起。但是现在情形不同了。周觉民成了阶下囚，已经没有资本与她讨价还价了。但是，梅曼估计错了。周觉民态度依旧十分坚决。周觉民说："梅曼，我们那么多同志牺牲了，我不会背叛我的党。"

梅曼在周觉民面前哭哭啼啼了半天，也没有能感化他的铁石心肠。她垂头丧气地回到康鹏办公室。康鹏没有问她劝说周觉民的情况，这一切在他的预料中。周觉民被捕后，康鹏在审讯室与周觉民交谈过，康鹏讲了国内形势，说共产党得天下的可能性就是零。南方剿共取得决定性胜利，共产党只有少部分人到了陕北，妄图投靠苏联，共产党在中国大势已去了。可是，周觉民说，共产党并不是要得天下，而是要为实现人民的民主和自由，要实现民族独立，共产党是一种信仰。

周觉民还要继续讲，康鹏打断了他说："你是我的老师。我是个商人，商人就是谈生意，谈赚还是赔。你跟着共产党，就是赔了，还要赔上生命。"

康鹏和周觉民的谈话不欢而散。他寄希望于梅曼，他从梅曼的表情上就看出了相同的结果。当天晚上，康鹏招待梅曼去江边吃河豚和江鳗。两人在朝江楼喝了两瓶红酒，都喝得差不多了。康鹏说共产党人就是河豚，有毒，他劝梅曼放弃对周觉民的幻想。

康鹏酒喝多了，他告诉梅曼，毕业后，他去上海宁波商行里上班，父亲为了生意上的结盟，逼他娶了商行老板的女儿，结婚后，夫妻俩感情不和。后来，他在上海又碰到了汪琼，汪琼劝他回扬州发展，他投资了蛋厂、麦粉厂，当了股东，上海的婆娘又闹着要他回上海。到上海后，他加入了国民党青年团学习班，在班上，他被省党部选中，任命为第二区绥靖公署副司令……

康鹏送梅曼回到酒店。梅曼十分担心康鹏会杀了周觉民，她抱住康鹏说："康鹏，我求你，不要杀周觉民。"

"你放心，我不想让汪若梅这么早当寡妇。"

康鹏转过身来。他已经好久没有接触女人了，他抱起梅曼，把梅曼扔在了床上。两个人如干柴烈火，滚在了一起。事情过后，第二天，酒醒了，梅曼就留在康鹏身边，过起了同居生活。

梅曼也隔三岔五去给周觉民买换洗衣裳、生活用品，去狱中探望。她一直幻想着周觉民能回心转意。康鹏把周觉民的情况汇报了省党部，把周觉民列为共产党高级干部押往南京。

汪若梅赶来的当天，周觉民刚刚押走。梅曼与康鹏有这种特殊的关系，当然不想让汪若梅看到。她感叹，她应当忘记周觉民，可是无论是和康鹏睡在一起，还是当初嫁给那个法国人，她的心中只有周觉民。这次周觉民能保住性命，救他的人不是他妻子汪若梅，而是我梅曼。想到这个她露出了微笑。

再说汪若梅和丁小同跑了一趟南通，大老远跑来，没见到周觉民。她家里有老人和孩子，只跟学校请了三天假，不敢多逗留，匆忙又赶回家。回到家，又挨周师母数落了一番，说她丢下孩子出去这么多天。

汪若梅眼泪往肚里咽。她几天没睡好，经常半夜里被噩梦惊醒，梦到周觉民满脸血立在床前。

她天天去报摊上买报纸看，想从中找到周觉民的消息。

1936年12月12号，“西安事变”爆发。很快，国共双方和谈，宣布联合抗日……

汪若梅问坐在桌子对面的马博士：“国共联合抗日是什么意思？”

马博士说：“就是说，国民党和共产党又成一家了，共同对付日本人。”

“那么，我先生呢？”

“如果没有被国军杀掉，就不会死了……”

汪若梅顿时看到了希望，像阳光刺穿云雾。

27 大年三十“八大样” 正月十五“上花灯”

1937年春节，扬州下了一场大雪。大年三十晚上，夏风和孩子们在院里堆雪人。小红旗和小运河头上套着两上纸牛角，来年就是牛年了，他们要头上长角。小红旗铲雪堆雪，堆了个雪人。夏风捧着个茶壶在一旁指导说：“小红旗啊，雪人没有鼻子不行。”

小运河正啃着胡萝卜，夏风抢过胡萝卜，往雪人脸上一戳，就有了鼻子。小运河一怔，高兴地喊：“妈妈，雪人长鼻子了。”

小红旗说：“还有呢。”他捡两颗煤球往雪人脸上一摁，装上两颗眼睛。

汪若梅从厨里端菜过来说：“哎呀，雪人真是有鼻子有眼了。快洗手上桌……”

两个孩子洗手，坐到八仙桌上。周师母和汪若梅把菜摆好。夏公公坐上岗子*。

“你们记得，今天是八大样，”夏公公筷子指着菜，“四冷四热。四个冷菜是咸蛋、香肠、莴笋、尖花萝卜，四热菜是炒大粉、炒鳝丝、炒苋菜、炒河虾。”

---

* 上岗子：指饭桌上正对着门的位子，也就是上座。——编注

汪若梅又端菜上来说："还有呢，四大碗。"

小运河认得一个，说："烧鸡子。"

夏风说："对的，红烧鸡、红烧黄鱼、红烧牛肉、红烧蹄髈。"

小红旗问："什么蹄髈？就是猪脚爪子。"

夏风说："猪脚爪子，斯文的说法叫蹄髈，过年了，要讲斯文。"

周师母端着芋头进来说："什么都涨价，法币不值钱了。我要若梅少弄些菜，她不听，弄了一桌子。大年三十晚上吃芋头，一年四季不会愁。有了豆腐，来年能陡富……"

汪若梅说："明天还有呢，明天是豌豆头，平平安安；水芹菜，路路通；鱼，年年有余。"

夏风说："周师母啊，若梅有了教师工作，我们全家吃鱼吃肉不要愁！"

周师母说："多亏她呢。觉民过年也不回来。哪有过年不回家的？"

汪若梅说："觉民从北京捎信说，学校里要有人守班。"

夏风说："会回来的，来来来，觉民的酒，小运河代喝。"

夏风用筷子蘸了点酒，塞到小运河嘴里，小运河辣得直叫。

沈红旗哈哈大笑，嚷："夏公公的公公，我也要喝。"

汪若梅说："哪有夏公公的公公这叫法？"

夏风说："叫得不错啊，我是你公公，孩子怎么叫？公公的公公，是他自己发明的。"

街上传来阵阵爆竹声。除夕夜守夜，全家吃过饭，聚在堂屋里剥花生、嗑葵花子，听夏风讲故事。到了半夜，听得巷道里有打更的敲着竹筒子喊："正时了，正时了……"

汪若梅说："正时了，你们两个给我睡觉。"

两个孩子玩到这时候也累了，就去屋里睡觉。汪若梅去厨房拿了两只鸡蛋开门给打更的。这是风俗，年三十晚上，家家都开门给打更的点儿东西，给的人家多了，就算是打更的一年来的收入。打更的喊："周太太，祝你发财！来年交好运！"

送走打更的，回到屋里，周师母把周觉民父亲周义云老夫子像供在堂屋里拜。

汪若梅供上鸡鸭。周师母说：“保佑觉民早点儿回家。若梅啊，把老夫子的孙子弄出来磕个头。”

汪若梅就进屋抓小运河，小运河正在床上打滚，她就挟出来，摁到供桌前给祖宗磕头。小运河调皮，一蹿钻到桌肚里，躲猫猫。汪若梅四处捉他说：“捉住你这个小革命。”

夏风拿了个红封子进来说：“给红封子了。”

小运河听说给红封子，马上钻到夏风跟前，伸出小手。夏风说：“先去给你祖宗磕头，再拿封子。”

小运河只得乖乖磕了三个头，从夏风手上拿过封子，又钻到屋里去了。夏风就去周师母屋里给小红旗封子说：“任少一村，不少一个。”

周师母关照说：“小运河啊，明天早上才能拆封子，先摆在枕头底下压枕头。”

汪若梅就在门口小茶桌上摆上“小八件”，这是给明天上门拜年的大人孩子吃的茶食，有眉公饼、太师饼、黑麻、白麻、菊花饼、一条线、小佛手、小苹果等。

小红旗从周师母屋里拿着红封子跑出来看热闹，看到这么多零食，就想动手抓。汪若梅打他的小手说：“明天客人上门，给客人吃的。”小红旗咽咽口水，打个哈欠，回自己屋里。

汪若梅回到自己的厢房，见小运河躺在床上，看床头她和周先生的结婚照。她上前揭开小枕头，见底下藏着红封子，有一片云片糕、两颗黑枣、一块洋钱。汪若梅用纸把吃的隔开来说：“不要把枕头弄上油。”

她才说过，小运河就把云片糕给塞到嘴里了。

外间，夏风守夜，坐在堂屋里的长条凳上，拉起二胡《长相思》……

汪若梅坐到窗前，点上蜡烛，摊开宣纸，在纸上画梅花。梅花画好，就在一旁题了一首诗：

泪湿孤枕月添愁，寂寞二分明月楼。
月照天涯风尘客，犹忆相偎月下牖。

写罢，泪水沾在脸上。小运河悄悄起来，躲在她身后问：“妈妈，你怎么哭了？”

若梅一把抱住小运河说：“没哭。油灯熏得。”

年初一早上，就听得周师母在堂屋里喊：“四喜圆子好了。”

汪若梅推小运河说：“快起来，吃四喜圆子。”

“什么叫四喜圆子？”

汪若梅替他边穿衣裳边说：“四喜圆子啊，有蔬菜、豆沙、芝麻糖、肉糜，这叫四喜。”

“吃圆子喽！”

“别忘了，给祖公公和奶奶拜年！”

小运河把衣裳套在头上，跑到堂屋里。周师母端圆子进来，摆在八仙桌上。小运河一跪说：“祝奶奶长命百岁，身体健康，年年发财！”

周师母笑道：“年年发财就免了，身体健康就好。”

小运河跑到院里。夏风在小井边上漱口。小运河喊：“祝祖公公长命百岁，开张大吉，百年好合……”

夏风嘴里插着牙刷，笑道：“什么乱七八糟的，就长命百岁，别的免了。”

忽然，有人敲门。

小运河喊：“拜年的，送压岁钱的来了。”

汪若梅在屋里喊：“小运河，家来吃圆子。大年头上，瞎说什么？”

夏风说：“墙上贴了，百无禁忌，童言无忌！”

周师母喊：“若梅，一大早就有人上门拜年了。作兴你开门。”

汪若梅兴冲冲地跑出来开门说：“我来开门，开门大吉！”

打开门，她吓一跳，只见门口沈太太不吭声，抄着手，坐到门槛上。汪若梅喊：“舅母，快进来吧。”

沈太太不吭声，坐在门槛上不动。小红旗跑过来。他哪里认识沈太太，哪里知道这是他奶奶。他伸着头看热闹，做鬼脸儿。小运河也探头，夏风把他小头一打，拖到屋里说：“进去吃圆子。”

汪若梅说：“舅母，进屋里吃圆子吧。”

沈太太依旧坐着不动。汪若梅只得赶快进屋，盛了碗四喜园子出来递给她。沈太太就埋头在门口吃了起来。

汪若梅把夏公公拖到厨房悄声问：“公公，沈红旗是沈太太孙子。沈太太不晓得这个事，我犹豫，这话能不能说？”

夏风说：“不能说，这是天大的事。这个话要说，也得由俞冉芳说。俞冉芳不说，你不能说。说出来，有什么纷争，不好弄。”

汪若梅点头。她出来时，竟看见小红旗在沈太太面前安静地坐着，而沈太太痴痴地看着小红旗。

周师母从里屋出来给沈太太拿了只小板凳，让她坐在凳子上吃。汪若梅就又进里屋跟夏风商量。

“把两块大洋给舅母吧。”

“给她，马上就送到大烟馆里。”

“那怎么办呢？”

“把一袋山芋给她。”

她去厨房地窖里取出一袋山芋给沈太太。沈太太看着山芋，摇摇手，不肯要。她指着门口一个闲着的泡菜坛子。

若梅抹抹眼泪说：“舅母，你看什么，要，就拿。”

沈太太站起来，抱着泡菜坛子走了。

周师母问：“沈太太要泡菜坛子干什么？”

夏风叹了口气说：“唉，快了，她拿到街上换钱，去抽大烟。”

“大过年的，怎么不进来坐？怎么说也是自家亲戚。”

“听人说，得了淋病了。唉，过不多久了。她不肯进门，怕遭人嫌……”

周师母双手合十：“阿弥陀佛。”

汪若梅眼里含着泪。忽见小红旗手上玩着一个玉牌子。汪若梅大惊问：“小红旗，这玉牌子哪里来的？”

小红旗说：“刚才奶奶套在我脖子上的。”

汪若梅接过玉牌子一看，大惊，赶忙拖夏风到一旁悄声说："公公，她给小红旗的玉牌子是舅舅家传家宝贝和田玉，上面雕了龙凤。舅母又不知道小红旗是她孙子，莫名其妙就把这个传家宝贝挂在孩子脖子里？"

夏风想了想说："你舅母快了，来的是个魂。"

有传言，年三十晚上，徐凝门桥一个老太太冻死在雪地里没人问，大年初一，警察局找工人埋到平山堂前的荒坟场。死的这个老太太是不是沈太太不得人知道，从此就再也没人见过沈太太了。

这边沈太太刚走，五福巷里的一群孩子跑上门拜年。周师母赶忙进去拿压岁钱，一个孩子一个铜板、一片云片糕。小红旗和小运河也加入孩子队伍里，去巷子里滚铁圈。一群孩子滚着铁圈，奔跑在巷道里，发出金属的"咣咣"声。

小运河跟着小红旗后头跑，一头撞到一个穿长袍的人。小运河跌了个跟头。长袍人把他抱起来问："疼吗？"

小运河不吭声，见是陌生人，就回头往家里跑。那人随着小运河也往屋里来。汪若梅正在院里燃煤炭炉子。炉子里烟太大，她用力就把炉子拎到门口。小运河从她的胳肢窝钻进院子。烟熏得汪若梅淌眼泪水，她哪里注意到小运河和穿长袍的人。她用力扇着扇子，鼓风，吹火。

长袍人从后面抱住她。她吓了一跳，回头一看是周觉民，惊得说不出话来。长袍人放下手中的柳条箱。汪若梅把扇子往地下一扔，扑到周觉民怀里。

小运河从院里探出头，看见这人抱着妈妈，吓得"哇"地哭出来……周觉民指指小运河，汪若梅一抹眼泪说："运河。"

周觉民高兴地上前抱起小运河。小运河有些害怕。周师母和夏风听到声音迎出来。小红旗和院里的一群孩子见家里来了陌生人，一个个要拥进来看热闹。周师母说："去去去，你们先回家去，明天再来玩。"

一群孩子被撵到门外。这群孩子呼啸着，从巷子里往北，杀往东关街。他们去和另一伙孩子会合。

小运河好奇地打量着来人。周觉民从怀里变出个风信子，在小运河跟前晃晃。

小运河抢了就跑，跑出门，追小红旗他们去了……

年初二，风俗迎婿日，家家户户女儿女婿回娘家。

一早上，汪天佑站在门口伸懒腰。汪太太年前从寺院里回来，吃了年夜饭，见家里冷冷清清的就仨人。她想挨到初五，过小年再回到寺里。她去给放生池里的鱼喂食，说：“玉珠，你快些。家里中午就不安排饭菜了，我吃几个包子就饱了。”

玉珠匆匆从屋里出来说：“汪琼和若梅中午说好，都回来呢。”

汪太太说：“回来干什么？迎婿日，一个姑爷也看不见。让她们自己忙自己的。我给莎莎和运河买的灯摆在哪儿？”

“摆在你屋里桌上。”

汪天佑哼着曲喊：“玉珠，快点。我下午要唱堂会呢。”

一顶轿子停在门口。玉珠上轿。刚上去，又下来了。

“怎么拖拖拉拉的？”汪天佑问。

“我们一走，两个小姑子到现在还没家来，妈妈就落个单，我有些不放心。我想再陪妈妈一会儿。”

汪太太知道玉珠贴心，跑到门口说：“玉珠，你不要管我。我在自己家里头。你代我向亲家问好。”

“好的。”玉珠崴着小脚，又爬到了轿子上。汪天佑在前头早就坐上黄包车跑了。

汪琼收拾好包裹，拎着坤包喊：“莎莎，快些。外婆等得急了。”

莎莎苦着脸说：“爸爸什么时候回来？”

“不回来了，死在外头了。”

莎莎“哇——”哭了起来。汪琼上前粗暴地把她一挟，往门口候着的皮六黄包车上一塞。皮六一边拖车一边说：“莎莎，过年不作兴哭，哭了，就收不到压岁钱了。”

汪琼把个红封子交给皮六说：“皮六，吉利钱，大年头上用你的车。”

车到汪家门口。汪琼大包小包往屋里走：“妈，我回来了。”

莎莎下车，看见门口一只小白狗跟着，就唤狗过来。小狗讨喜地上前。汪琼过来说："哎哟，脏死了，小草狗，快进屋去喊外婆。"

莎莎说："我要小狗，小狗好可怜，没有爸爸妈妈。"

"不要瞎说，大过年的。"汪琼拖莎莎进屋。

莎莎哭喊："小狗，小狗。"

汪太太听见哭声，出来责怪汪琼："大过年的，让莎莎哭。乖乖，有什么事，跟外婆讲。"

莎莎说："外婆，小狗可怜，没有爸爸妈妈。我要。"

汪太太笑道："阿弥陀佛，救狗一命，也胜造七级浮屠。好的，外婆做主，把小狗抱家来让莎莎养。"

莎莎破涕为笑说："外婆，给小狗起个名字吧。"

汪太太说："过年，恭喜发财，就叫广财吧。"

莎莎喊："广财！广财！"

小白狗摇着尾巴快乐地上前。莎莎在院里逗小狗玩。汪琼去厨房把事先做好的菜又热上一遍，把菜搬上桌。汪太太手捻佛珠坐在上岗子。汪琼看看太阳说："若梅怎么到现在不回来？菜都上桌了。"

"她要把家里夏公公和周师母的饭菜弄好。小运河比小狗还顽皮，哪有莎莎乖啊。"

莎莎蹲在一旁问："外婆，这个小狗生了小狗，我是不是也当外婆？"

汪太太笑得前俯后仰。汪琼笑得捂着肚子。这会儿，大门开了，汪若梅兴高采烈地喊："妈妈，我回来了。"

汪琼说："咦，从来没见若梅声音这么高过，有好事上门了。"

汪太太说："就等你们回来开饭呢。"

小运河冲进来喊："外婆。"

莎莎抱着小狗给小运河看说："叫广财。"

小运河喊广财，小狗摇尾巴。这边大人说话，那边莎莎说："外婆给你买了洋玩具。快跟我去。"

两个孩子抱着小狗往后进里跑，他们跑到汪太太屋里，小运河拿了桌上的玩具枪，莎莎抱着洋娃娃。小运河拿着玩具枪，手指一扣扳机，“嘚嘚嘚”响。两个孩子又从后院冲进大堂。小运河用枪对着大家喊：“举起手来。”

众人正吃惊，一个男子用围巾遮着脸，把小运河枪一缴说：“缴枪不杀。”

汪琼和汪太太惊惶失措，不知这个从天而降的是何人。小运河上前抢枪喊：“爸爸，枪拿来。”

周觉民扯下脸上的围巾喊：“大妈妈好！”

汪太太高兴地说：“怪道若梅进门兴高采烈呢，原来觉民回来了。”

“我也奇怪呢。”汪琼说。

“昨天才回来的。我说你就在家里息着吧，他说大妈妈回来了，一定要过来看大妈妈，给大妈妈拜个早年。”

“回来好，回来好。”汪太太一迭连声地说。

汪琼说：“国共合作抗日了，二次合作。觉民啊，你也不用东躲西躲了。”

“是啊！总在外面跑，家里全丢给若梅。唉，走的时候，若梅大肚子，回来小运河都能打酱油了。”

“阿弥陀佛，我一早上上香，菩萨就保佑了。你们说，灵不灵？”

“灵！”众人夸道。

周觉民的归来让稍显冷清的汪家大院一时间充满欢声笑语。吃过年饭，汪若梅和大脚收拾碗筷，周觉民陪着汪太太说话。

“大妈妈在庙里好吗？”

“好。从前以为在庙里就是烧香念佛，在庙里能学到东西呢。前些日子，弘一法师来扬州，孙阆仙拉着我去陪同。”

“弘一法师就是李叔同先生吧？”

“是啊。”

“那可是才学兼优的高人，诗歌、音乐、绘画、戏剧皆通。他早年留学日本，后来回上海。我在上海做学生时见过他一面呢。”

“是啊，那么个有学问的人，最终也归了佛门。我们陪他去文峰寺，他当场写了一首诗，我还记得呢。”

汪若梅抹着桌子说：“妈妈，你也会诗了，念来听听。”

汪太太细想着说：“想起来了——文峰塔上看扬州，远近楼台壹望收。一片琼花犹在眼，二分明月仍当头。西湖瘦媚金山小，法海清凉古寺幽。白塔五亭桥畔柳，古城点染更风流！”

若梅汪琼赞道：“好诗！”

汪太太接着说：“我们去了高旻寺。高旻寺前三条河流，三条水龙，三河两岸河埂为六条陆龙，加起来共九条龙。当初皇帝都看上了，这是九龙之地。康熙、乾隆下江南将行宫选在高旻寺。寺里当家来果大和尚造化深啊！从前寺里放焰口，经忏、普佛，来果老和尚把它革除了，要大家一心地参禅，明心见性。高旻寺成了禅宗道场。来果大和尚把高旻寺那些经忏法器、经本，通通送掉了……孙阆仙居士介绍几个去皈依，来果和尚就问，‘你有没有吃素？’几个居士说还没有吃素。来果和尚说，‘哦！没有吃素，你回去吃三年素再来皈依。前些日子，梅尔宜姐姐从上海回来。老太太让侄女儿陪着，给寺里供养七条上好大黄鱼。”

莎莎插嘴说：“黄鱼好吃呢。我也要吃。”

“不是吃的黄鱼，是大金条。要来果和尚打她三个香板。老和尚没肯打。老和尚喝道，‘香板之下出祖师，我香板是要打够祖师根性的人。你这业障凡夫要我打香板还不够资格！你拿多少黄鱼来，我都不会打你的。”

汪琼说：“来果和尚真严格。”

“正是，佛门，哪一样都不能马虎。梅尔宜家也算是扬州数得上的商户，他家姐姐在上海有金店。梅家女儿回扬州，到我们愿生寺捐赠了两幅西洋画……”

汪若梅和周觉民对视一眼，问：“梅曼回来了？什么时候的事？”

“就前些日子。那天我轮执，负责接待八方香客。”

忽然，周觉民身后一人冷冷喊道：“周觉民，你好大胆。”众人一惊。回头一看竟是汪天佑。汪天佑刚从戏场上下来，脸上套了个大画脸，手指摆了一个二指剑式，一条腿悬起，就要开唱。

汪太太骂道：“讨债的，吓了人家一跳。你大过年的，不在你丈人家吃饭，跑回来做什么？玉珠呢？”

周觉民一看是天佑，大笑，赶紧站起来拥抱。

汪天佑说：“玉珠在那边吃饭。我气得跑回来了。我那丈人土地主吴家富，缺了大德。我大过年上门，他弄了乡下姑娘小翠，留在家里当童养媳。他跟我商量过两年给小癞宝和小翠成家。你说小癞宝能结婚吗？这不是害人家吗？”

“唉，缺德啊！”汪太太骂道。

汪琼问：“玉珠怎么说？”

“怎么说？和老子顶了一句，就不敢吭声了。”

汪若梅说：“玉珠嫂子太厚道，太纵容。”

汪琼说：“是懦弱。”

汪天佑说：“这件事上，我是非分明，你们怪不得我。觉民，走，走，到我屋里聊聊，好几年没见了。我屋里有上好魁龙珠。”

屋檐底下挂着“南局”的匾。汪天佑指给周觉民看说：“南局唱城里，北局唱乡下。”进屋，大厅板壁上挂着董其昌的山水画，两侧是虚谷的花鸟，进里沿墙根摆着古筝、古琴，墙上挂着琵琶和一幅汪天佑与苏小杨的戏装合影照。再推门是一间雅室，屋中央是茶案。他们落座，炭炉子烧起茶来。

汪天佑说：“快坐。我和你有话说，和顾伯龄谈不拢。”

周觉民看看室内赞道：“好雅致。山不在高，有仙则名；水不在深，有龙则灵。斯是陋室，惟吾德馨……”

“我这可不是陋室，而是雅居。来，先品上好魁龙珠。味道如何？和富春的一比？”

“味道与富春的不同。”

“哈哈，只有你能品出。区别在于用水，我这水是专门去江边上取的江水。”

“大舅子，这难不倒我。当年乾隆皇帝称之为三省茶。魁龙珠集三省之妙品，色香味三绝，眼鼻舌三清。古有一日三省之典故，故成三省茶。乾隆赞之‘一水煮三省，香透九重天’。”

“果真难不倒你。”

汪天佑拿出桌上一沓稿子说："妹夫，你有学问的人。我写了一篇《清曲考论》。清曲始于元代，成于明，盛于清，人称广陵清曲、扬州小曲、扬州小唱等，有六百多年历史。演唱者分'阔口'和'窄口'，阔口指男性模仿女性声腔，窄口指男性用原声腔，均以字行腔，注重腔韵和发声。伴奏的乐器用二胡、琵琶等丝弦乐器和敲打檀板、瓷盘、酒杯……一些绝技再不抢救就要失传了，如'碰酒杯'，打出'金鸡报五更''凤凰三点头'的节奏；'敲瓦碟'则是用筷子敲击瓷盘，用于伴奏……我拿手的有《黛玉悲秋》《秦雪梅吊孝》《小寡妇上坟》等悲怨、哀伤的曲目。最近正在创作《黑牡丹》《朱买臣休妻》《九腔十八调》《清和天气》《十杯酒忆多情》《清荷叶上》《风儿呀》《苏三起解》《拷红》等。我唱一段你听听。"

"好，我听一听。"

汪天佑拉起二胡，自拉自唱："风儿呀，你把我刮到他那里去，会会我冤家……"

周觉民赞叹道："太好了，可惜可惜。"

"可惜什么？"

周觉民悲伤地说："可惜要打仗了，日本人要打来了。我这双拿笔墨的手，要去拿抢了。国家没有了，人民成了亡国奴，民族文化就要惨遭摧残啊。你能保存多少就保存多少，能创作多少就创作多少，留给后代吧……"

他们正聊得投港，汪若梅闯进来，硬把周觉民拖走。汪若梅抱怨："外公和妈妈在家里着急，菜都上了桌了，你们两个，改天再交流。"

汪天佑摇头晃脑唱着曲，送到大门口。

大年初五，扬州人称过小年。周师母和汪若梅在堂屋里包饺子。小运河在旁边学着弄。周师母说："年初五，赶五穷。吃饺子，捏小人嘴。"她在小运河嘴上捏了一下。

小运河抗议道："我是小嘴，不是小人嘴。"

一会儿，院子里砸进许多煤球团子。大家吓了一跳。周觉民赶紧到门口看，只见小红旗一脸的泥灰，手上拿两根竹竿子挥舞着，正和黄小明、老巴子等一群孩子打群架。周觉民赶紧分开他们，撵走那群孩子。

小红旗愤愤不平，嘴里念念有词说：“大爸爸，不是你分开，我把他们全部斩于马下……”

周觉民大笑说：“真乃一员虎将也！”

傍晚时，周觉民闻到一股扑鼻的香味。他推开窗户，窗口的那株梅花傲雪盛开。

“若梅，窗外树影婆娑，暗香浮动呢！”

汪若梅赶紧凑上来说：“梅花开了。记得当年你送母亲来看病，在窗台下种的。”

“怎么不记得？”周觉民一时兴起，摊开纸笔，画了一株梅花，题诗一首：“庭前一树梅，寒多未觉开。只言花似雪，不觉有香来。”写上“为爱妻汪若梅题”。

汪若梅看这幅画很喜欢，说：“我拿到店里裱起来挂上。”

周觉民看着外面飘飞的雪花说：“丰年好大雪，珍珠如土金如铁。唉，一到过年，我就想到许多穷人。他们日子怎么过？‘穷年忧黎元，叹息肠内热’。想到年年国土沦陷？想到那些牺牲的同志，心里就难受……”

汪若梅什么也没说，从后面温柔地抱住他，紧紧地抱住，像是怕失去……

夜里，汪若梅一觉醒来，见灯还亮着。她披衣上前，看周觉民在灯下写文章。汪若梅替他把火炭盆挪近，把棉袄披在他身上。

“明天，闹元宵吧？”周觉民问。

“是啊，小运河闹着要逛街看灯呢。”

“我也好久没上街逛逛了。”

“会不安全吗？”

“我们注意些。”

一早上，小运河喊：“吃面了。”

他们从屋里出来，看见周师母和夏公公。周师母在挑面，说：“快吃面，上灯圆子落灯面，正月十五过小年。圆圆满满，顺顺畅畅。”

“好，圆圆满满，顺顺畅畅。”

周觉民见面里埋了个荷包蛋，就挟给周师母。

周师母说：“个个里头都有呢。”

小运河一挑说：“我里头是个小蛋。”

小红旗一挑说：“我里头有两个蛋。”

小运河问：“为什么我的蛋小？”

夏公公笑着说：“呆瓜，你的，比你爸爸的好，你的是鸽子蛋。”

众人埋头吃面。小红旗第一个吃完，把碗往桌上一推，拔腿就往门外跑。汪若梅喊：“你上哪去？我们马上去逛灯呢。”

小红旗嚷道：“我去教场听说书。”

夏公公说：“由他去。我也去听说书，从书场里再把他擒回来，来个钟馗捉小鬼。”

小运河也想往门外跑，周觉民一把抓住他的领子拎起来说：“你陪爸爸逛街，让你骑花马，坐飞机。”骑花马就是骑在周觉民脖子上，坐飞机是坐在周觉民脚上。周觉民把脚挑起来，让他在空中晃荡。

十三上灯，十八落灯，十五是高潮，称元宵节。古诗《望江南百词》中说：“扬州好，灯节庆元宵。绛蜡满堂家宴集，金龙逐队市声嚣，花鼓又高跷。”

扬州上灯热闹。辕门桥街，有兔子灯、西瓜灯、元宝灯、荷花灯、蛤蟆灯、龙灯、船灯、麒麟灯、寿星灯、琉璃灯。

七乡八里的人全涌进城来，城里新开通了一条十余里的城中斜道，人称“湾头到钞关，一路没得弯”。从江都乡下湾头起点，范家庄、五里庙、董家庄、洼子街，过东关浮桥、田家巷、观巷街、罗丝弯、湾子街、打铜巷、犁头街、砖街、达士巷、埂子街、钞关，街上，演木偶戏的、玩杂技的、卖水仙花的、卖黄桥烧饼的……

大光明书场，王少堂在讲《水浒》，康国华讲《三国》。大舞台，苏小芸、苏小杨唱扬剧《秦雪梅吊孝》。永宁泉浴室，康九海、夏风、孙铁嘴等躺在床上喝红枣汤。丰乐下街小滑子、皮六、孙铁嘴在砸铜板赌钱。埂子街，小广鸡和一群妓女在揽客。码头上，丁小同、大喉咙、呆头鹅在猜拳喝酒……

城里七街八巷沉浸在麻将声中，“哗哗”的洗牌声。扬州一正月，万户洗牌声。余小奇、肖珍、梅尔宜、董大嘴、老八级、黄大虚子、张三、李四、牛二，到处是牌桌子，一张张打牌的脸……

最热闹的要数南京大戏院放电影《十字街头》，人山人海。青年们走在街上嘴里哼着《十字街头》的小曲：

> 春天里来百花香，朗里格朗朗里格朗。和暖的太阳在天空照，照到了我的破衣裳，朗里格朗朗里格朗。穿过了大街走小巷，为了吃来为了穿，昼夜都要忙，朗里格朗朗里格朗。没有钱也得吃碗饭，也得住间房，哪怕老板娘作那怪模样……

1937年的春节是扬州十年来最热闹的春节。扬州民族工商业日渐繁荣，百姓也日渐安居乐业。这时候，没有谁能料到就快大祸临头了。日本人磨刀霍霍。日本军国主义者认为如果再不侵略中国，等中国强大了，他们就失去侵略中国的时机了。战争的阴云在太平洋上空聚集。

小秦淮河的河水流入古运河，又流入长江，又流入大海。河水泛出血红色。

夜晚，灯火辉煌，运河里超度亡灵的莲花灯比人间的灯火烧得更旺。这座城市沉醉在享乐之中，只有周觉民这些极少的人能感受到“山雨欲来风满楼”。他们忧心忡忡，承受着觉悟者的孤独。

走在辕门桥大街上，周觉民戴着宽边大礼帽和墨镜，穿着长袍马褂，让小运河骑在肩膀上。汪若梅时常碰上熟人、学生家长、邻居，就与人点头招呼，张家长李家短地聊天，有时拖着一说就半天，周觉民就驮着小运河在一旁转悠。

小运河的眼睛骨碌碌转个不停，盯着卖棉花糖的、卖麦芽糖的。有卖炒货的，用小杯子勺瓜子。汪若梅买瓜子，一角钱十勺。周觉民看有个背木夹子卖香烟的，买了一包哈德门烟。

小运河看他们都买了东西，自己没有，哭闹起来，指着一个捏糖人的。周觉民和汪若梅只得随他去看。那个捏糖人的捏粉孩子，摊子旁围着一群看热闹的。他把五颜六色的粉团儿捏成小胖孩，面孔雪白，头发乌黑，红衣绿裤。他看一眼汪若梅，几下子，捏出汪若梅娇态盈盈的样子。

小运河看得目瞪口呆，大喊：“是妈妈，是妈妈。”

捏粉孩的又捏了个小运河和周觉民。周觉民掏出两个铜板，买了这三个粉孩子。

小运河小心翼翼地接过粉孩子，爸爸妈妈和他。他如何舍得吃，当宝贝捧着。

28 分道扬镳自主张 同仇敌忾共救亡

他们走到镜中天照相馆门口，见门上换了招牌，变成“六一裱画店”。汪若梅觉得奇怪，就站在门口往里张望。店门忽然打开，黄小凤从店里出来倒水。小运河骑在周觉民脖子上眼尖，张口就喊：“干妈。”

恰巧周小松也从店里出来。四个人就碰了照面。周小松赶紧拖他们到屋里坐。屋子新刷了墙壁，装扮一新，中央有个茶水炉子，炉上烧水，锡皮管子出气通到窗户外头。他们把大衣脱下来，晾在衣架上，围着火炉子取暖。

黄小凤端来桂圆银耳汤说：“小运河啊，一人一碗，里头有冰糖呢。”

若梅说：“哪来的冰糖？今年学校只分了半斤姜糖。我去新百货买冰糖，说缺货。”

“上海带回来的。”黄小凤抱起小运河，“哎呀，我儿子眼睛尖，看到我就喊干妈。给妈妈抱抱亲亲。”

周觉民问：“小松，你什么时候回来的？”

汪若梅说：“小松，你开了裱画店，前两天觉民画了幅画，你给裱裱吧。”

“拿来就是。裱画是顺便弄弄，主要写字画画。”

汪若梅看到大厅中央有一张大案子，案子上铺着毛毡，上面有一堆周小松写的字。她扯出一张，把纸摊开读道：“夹道依依十里遥，路人回首认前朝。春风未惜繁花童，犹费工夫长柳条。”

周觉民站起来，走过来欣赏，点头说：“罗隐的诗。好字！”

“小松，你字写得越来越好了。你在我们学校里有个崇拜者马博士，他说你的字是金农的漆书。”

周小松笑笑说：“黄慎说过，画好字不好，如同好花伴烂草。”

周觉民笑道：“小松是批评我字写得生疏了，我也来露两手。”

“哪里，随口说的。”

周觉民拿起毛笔蘸墨，随手写了一首鲁迅的诗：“灵台无计逃神矢，风雨如磐暗故园。寄意寒星荃不察，我以我血荐轩辕。”

小运河喝了银耳汤，喝个碗底朝天，就往案上爬。周觉民就说：“若梅，你和小凤抱孩子去教场转转。我和小松谈点事。”

黄小凤说：“走，我正愁没人陪我逛街呢。儿子，干妈请你去吃豆腐脑。”

汪若梅看了周觉民一眼，她知道他们要谈点正事，就领着孩子出门。屋里安静下来。周觉民走到窗口，警惕地看看外头。周小松沏了杯茶来说：“堂哥，喝茶。”

“喊我政委，我以组织名义找你谈话。”

周小松低下头，不吭声。

“你在报上公开声明退党。你知道这件事的严重性吗？这是叛变革命！”

“革命，革命，我够了，我只想画画，写字，做个普通人。我成不了革命者。”

“任何人都不是天生的革命者。革命者要有革命信念。国民党和共产党商谈二次合作，一致枪口对外，抵抗日本帝国主义侵略。你不应当沉湎于字画，沉湎于二人世界，要投身到抗日救亡中。”

“当初我革命，为什么？为得到小凤。现在小凤已经跟我在一起。抗日，那是蒋委员长的事。我只想活着。我只想做一条太平狗。那天……我们的部队遭遇围剿。我们趁黑逃跑。沈越没了。我们回头去找。他倒在河沟里，脸色苍白……我们草草地一埋，没顾得上祭奠，敌人就又杀过来了。许多人在眼前死去，胳膊断了，血从弹孔往外涌……周围是痛苦的号叫……我看着生命，瞬间消失了，永远消失……”周小松埋头哭泣起来。

周觉民一拍桌子说："够了！你这个怕死鬼！"他掏出手枪对着周小松。

"打死我吧，我声明退党，但我没有叛变，没有出卖组织。我不想革命了。我只想画画，结婚，生个儿子……我想过普通人的生活。"

周觉民叹了口气，收起枪说："你只是革命的同路人。许多革命者，为了人民的利益，为了公平和正义、理想献出生命。有一天，我也可能牺牲，你可能活着，你活下去看到我们同志所开创的事业……"

"我活不过眼前，还谈将来吗？我逃回扬州，隐姓埋名，在琼花观地摊上画画，最后还是让人认出来了。他们把我关进打铜巷，是小凤救了我……我和小凤在一起不容易……我求组织放过我，让我像普通人一样过日子……"

周觉民站起来，拂袖而去。

新学期开学，汪若梅上完头两节课，早早回家买了一沓报纸、一篮子菜。她把菜交给周师母，问："觉民呢？"

"躲在屋里。"周师母放下手中缝补的衣裳，进厨房做中饭。

汪若梅进屋，见炭盆里火灭了，上来添炭。她发现周觉民晾在椅背上的那条红色毛线围巾旧了，她想起这条围巾是当初刚认识时送给他的，这么多年他一直用着这条围巾。

"觉民，我给你买条新围巾吧。"

"不，这条挺好的。我用习惯了。"

"这条我要珍藏起来，压在箱子底下，等我们老了，翻出来看看。围巾代表身份，旧了，人家不说你，要说我这个做老婆的。"

"子曰'耻恶衣恶食者，不足为谋'。我们的理想是，'大庇天下寒士俱欢颜'。"

汪若梅给周觉民添茶说："你别整天写啊写的，知道你学问大，外面太阳多好，出去晒晒太阳。"

周觉民站起来，伸了个懒腰说："娘子的建议必须采纳。"

周觉民往屋外走。早春的太阳把院子照得明晃晃的。他躺在藤椅上，小木凳上堆着汪若梅刚买回来的报纸。周觉民拿起报纸看起来，忽然一拍椅子说："反常，太反常了。"

汪若梅在院子里喂鸡，吓了一跳，问："又什么事？把鸡都吓着了。"

"你过来。"周觉民指着《江苏日报》说："你看，时局是不是很反常？日本新内阁抛出'平等'待华政策，林铣十郎施政演说中称'日华关系除政府外，还将扩大民间接触，融合两国国民感情，使邦交明朗化，以期依靠日华合作互助。实现东亚安定'，外相佐藤声称'以前日本对华外交有充分加以检讨之必要'。天底下真有放下屠刀立地成佛的事？"

"这里面有什么名堂？"

"我认为这里有着更大的阴谋。你再看，日华北驻屯军也奉命对华北当局采取'友善'态度，拨给宋哲元二十九军一个营三八式野炮。张自忠还应日本之邀率团前往日本，参观日陆海空三军联合军事演习……"

"那么，日本放弃侵略中国了？"

"你认为有这种可能？"

"或者人家当家的天皇发起菩萨心呢。"

"日本军国主义日益膨胀，绝没有你讲的这种菩萨心。我们不能被他们迷惑。"

"日本人不知怎么想的，他们把他们国家建设好，我们把我们国家建设好，两不相扰，就像邻居之间，远亲不如近邻，邻居好，赛金宝。"

"政治斗争是残酷的。"

"我就是妇人之见。父亲在世时教育我，若梅啊，你读再多的书，都别忘了你的本职工作是相夫教子。我这两天总做噩梦，就担心你出事。告诉你一件事，我这个月那个没来。"

"会不会怀上了？"

"真坏。你一回来，就把我弄怀孕，多丢人，学校里同事知道，非笑话死了。"

"这说明夫妻恩爱。要是和平年代，我们天天待在一起，那了得，一年一个，生出一个部落的人，然后这个部落的人啊，一心一意地为天下贫苦人干事？”

“声音小点，别给妈妈听见。就你得意了。我不想生了，一个孩子已经够我受了。”

“算一下，要是真怀上，就得12月份生。”

“上回小运河出生，你不在跟前，这回啊，你哪儿也不许去。”

“好好，一定听你的，我好好侍候月子……”

他们正说话，小红旗从门外冲进来，门“咣当”一声。汪若梅吓了一跳，喊：“慢点，慢点……”小红旗后面跟着黄小明、老巴子几个孩子。

小红旗喊：“妈妈，不得了，有妖怪了！城里来了许多妖怪！”

“大白天，活嚼蛆！”

“真的。真的。”一群孩子齐声嚷。

周觉民说：“不要慌，慢点说，在哪儿碰到妖怪了？”

“新胜街，《孙悟空大闹天宫》上的妖怪，长着黄头发，绿眼睛，胳膊全是毛，还有的妖怪黑不溜秋，像炭炉里钻出的，讲话咿咿呀呀叫。”

若梅大惊说：“觉民啊，怎么会有妖怪？”

周觉民说：“什么妖怪？你听孩子一说，他们看见外国人了。”

汪若梅哈哈大笑。

孩子们说的妖怪是美国空军第五飞行大队，也就是飞虎队。扬州人称飞虎队队员叫东方红武士。他们住在新胜街的绿杨旅社和大陆旅社。扬州市民好奇，像看稀奇动物似的拥去看热闹。他们说教场说书的把《西游记》和《封神榜》里的妖怪招来了。

绿杨旅社门口有一副对联：绿窗春静留佳客，杨柳风和似故人，刻在红木上。美国人拍照，要花大价钱把对联买回去，绿杨旅社老板爱国，说多少钱都不卖，这是招牌。

孙铁嘴知道这件事，组织人扛着屏风、木匾、漆器、瓷板送上门来，卖给美国人。美国人哪里见过这些东西，当着宝贝。孙铁嘴从扬州国立师范请来洋文教师，告诉美国人，这些都是几千年前的宝贝。

小运河闹着要看妖怪，汪若梅就只好抱着他去新胜街。她远远看见孙铁嘴向高个子美国人兜售青铜佛像。那个美国人脖子上套个照相机。

孙铁嘴说："看看，唐代的佛像，日本人要来了，我怕日本鬼子抢去，才卖给你们。螺丝头，水波发，大耳下垂，袒露胸肌，这是袒右肩式，这是我们从送桥汉墓里挖出来的……"

美国女记者问："会不会造假？"

孙铁嘴说："造什么假？后人也造不出来。我要骗你，我是你孙子。"

汪若梅看不下去插嘴说："孙铁嘴，你胡说，唐朝的佛像从汉墓里挖出来？汉在前，唐在后，你哪朝哪代都没有搞清楚呢。"

"二小姐，好汉不挡光棍财路，我混两文过日子，你不要来戳鳖脚*。"

"你不作兴，人家美国人来帮我们抗日的，我们反而来蒙人家钱财，这叫发国难财！"

美国记者听得懂中文，听汪若梅这样说，就把掏出的钱包塞回兜里。孙铁嘴急了说："你别信他们的，我要是骗你，我就是孙子！"

皮六插话："别信他的，他姓孙，孙铁嘴，就是孙子。"

众人大笑。

孙铁嘴弄个没趣，见汪若梅在，知道蒙不了外国人，灰溜溜走了。

又来了几个外国女人，和那记者说话。一个金发女人看见汪若梅抱着孩子上前说："多可爱的宝贝！"

几个女人也拥上来看，问："几岁了？"

汪若梅要小运河自己说。小运河说："五岁。"

金发女人掏出巧克力请小运河吃。小运河拿在手上不敢吃。这时，小红旗又领着黄小明、老巴子这群孩子赶来看热闹。

小红旗喊："妈妈。"

汪若梅见小红旗头上一头汗，就放下小运河，给小红旗擦汗，抱怨道："跑慢点，一头汗。衣裳不要弄脏了，弄脏了不得换。"

---

* 戳鳖脚：江户一带方言，指揭人短、背后使坏或者挖墙脚等意思。——编注

小红旗点头。

金发女人问："这也是你儿子？"

"是啊。"汪若梅说。

"哎呀，多好，你这么年轻，有两个儿子。"

这群外国女人把巧克力分给孩子们。小红旗和老巴子一个个伸出小手，每人一块。金发女人弯腰盯着汪若梅的鞋子看。汪若梅穿一双丝绸布鞋，鞋面上是蛋黄子绣的金芙蓉。汪若梅说："这是平底布鞋。"

金发女人指着鞋面上绣的金芙蓉说："太美了！"

她把一双又黑又粗的皮靴亮给汪若梅看，问："换吗？"

汪若梅笑道："不换，不换。"

一旁卖油煎豆腐干的王奶奶说："那是她的陪嫁，怎么能换？"

几个外国女人又往油煎豆腐干摊上凑过去。小红旗扯汪若梅的衣裳，手上拿着咬了一半的巧克力说："妈妈，这个糖难吃死了。"

老巴子咬了一口，吐出来说："洋鬼子的难吃死了。"

那个美国记者发现捏粉孩子的，就上前拍照，招呼金发女人说："这是吃的糖。"众女人惊呼，然后拍照。捏粉面人看见外国人围着他，来了精神，变魔术似的，从袖子里捏出美国大兵。

众人又惊呼："My God！"

金发女人说："这是东方的米开朗基罗！"

捏粉糖人的说："我不叫米缸里的鸡鹅，叫王二。"

众女人和捏粉孩子的王二合影，闪光灯一闪一闪。王二挑起担子就跑，抱怨说："不卖了，不卖了，没弄到几文钱，魂让拍去了，吸到纸上了。"

汪若梅问小红旗："疯了半天，肚子饿吗？"

小红旗点头。汪若梅就领着这群孩子转身到王奶奶油煎豆腐摊吃油煎豆腐。王奶奶正在收摊子，赶洋人走。王奶奶嘴里叽咕道："不卖了，收摊了……"

汪若梅上前问："王奶奶，生意上门，这么早收摊子？"

"不卖了。若梅啊，洋鬼子吃了这个碗，碗里就有味道了，回去用石碱都洗不掉。”

“哪有这个道理？他们跟我们一样都是人，不是妖怪，那是嚼舌头。我们有人长得胖，有人长得瘦，有人长得白，有人长得黑，长相不同。”

“不一样，身上味道能把人熏得晕过去。你说黑，哪有这么黑？炭炉子里爬出来的？你说白，哪有这么白？像是吊死鬼，一点血色都没有。孙铁嘴说洋人流出来的血是白的，像豆浆。”

“王奶奶，你别听孙铁嘴胡说八道。美国人来帮助我们打东洋人。他们都是好人。”

“若梅啊，有你这么一说，我也放心了。”

“你不要这么早收摊子，这块，一、二、三、四、五，五个小讨债，一人弄一碗……”

汪若梅回家，把在新胜街看到的说给周觉民听。周觉民笑得前倾后仰。

明年是周觉民30岁生日，扬州风俗“男不过30，女不过40”。汪若梅想这些年周觉民跑东跑西，也没有给他过个像样的生日。就想给他29岁生日按大生日办。

生日这天，汪太太专门从庙里赶回来，由玉珠陪着，早早到汪若梅家。汪若梅请了两个同事，马博士和杨宝琴。汪琼说好了来的，到了时间要大脚捎信，来不了啦。日本侵略中国战事日紧，汪琼参加宋女士组织的抗日妇女救国会，船行的船忙着转运战争物资。

汪若梅端菜上桌说：“姐姐以国事为重，我理解。”

周觉民从书房出来说：“妈妈，嫂子，我劝若梅不要办这个生日。全民族都忙于抗日，哪有心思过生日？”

汪太太说：“这是两码事。生日要过，抗日要抗。我们庙里也捐款了，我啊，把去年攒的零花钱全捐了。”

玉珠说：“我天天在家里弄花啊草啊，思想都不及妈妈进步了……”

周师母端红烧狮子头上桌说：“亲家母，你尝尝我烧的狮子头，和胖大厨烧的比比。”

汪若梅说："妈妈，你陪大妈妈坐上岗子。你陪她说话，厨房里有大脚婶呢。"

小运河跑来喊："外婆。"

小红旗也喊："外婆。"

小运河说："是我外婆。不是你外婆。"

小红旗说："就是我外婆。"

小运河苦着脸说："妈妈，妈妈给你喊了，外婆你也要抢……"

众人大笑。

周觉民说："小运河啊，妈妈没有讲孔融让梨的故事吗？"

汪若梅笑道："讲了。"

小运河说："好吧，红旗哥，我外婆就是你外婆。"

汪太太摸了摸若梅的肚子。

汪若梅说："妈，早呢，才两个月，哪有肚子？"

汪太太说："我听玉珠讲了。我在菩萨跟前替若梅求求，菩萨保佑再送若梅个大胖小子。"

周师母说："小子有了，这回，要个姑娘。"

"对，还是姑娘贴心。你看我那个儿子，昨天讲得好好的，陪我来吃生日酒，一早上，人影子没了。"

夏风拿着报纸，从外头进来。夏风说："我先洗个手，一个病人，拖得我回来迟了。"

汪太太说："夏公公，你辈分最高，上岗子留给你呢。"

夏风洗过手过来，坐在上岗子。他手上拿了张《扬州新报》，抖动手上的报纸说："你们不要作声，我读段报纸给你们听。'福运船行董事长汪琼女士，扬州妇女抗日的楷模，巾帼不让须眉，国难当头，汪女士日日夜夜工作在船码头上，组织船只抢运国家军用物资……市民们称她是当代梁红玉。'"

汪太太骂道："呸，以为我老太婆没文化，我要去报社找他们。梁红玉从前是个戏子，青楼女子，后来从良。古戏上演的。"

夏风说："没料到，汪太太懂历史，骂得在理。"

周觉民笑道："记者比喻不当。妈妈也别往心里去，人家写报道，冲好心去的……"

"哎呀，什么报纸。这东西最害人。那年北伐军进城，也是报上报道汪琼，说她是北伐军女战士，比成替父从军的花木兰。后来孙大帅回来了，冲家了，汪琼吓得一个人跑到南方去了……"

汪若梅端菜上来说："鲢鱼头烩豆腐，这是外公的手艺。"

周师母说："亲家母吃素。若梅啊，可有什么素？"

汪若梅说："备着呢，新鲜马兰头、枸杞芽、香椿芽包春卷。妈妈，全是用的菜籽油，一滴荤油都没放。"

汪太太说："这几样，我最爱吃的。"

杨宝琴和马博士是新客，周觉民陪着他们说话。马博士告诉周觉民梅花小学的故事。周觉民说他还是要回到学校教书，现在家里就若梅一人工作养全家，拜托马博士和杨宝琴对汪若梅多多关照点。

杨宝琴说："若梅还要人关照？都是她关照我们。"

周觉民见汪若梅进厨房，眨着眼睛说："大小姐脾气，要人关照。"

周觉民和马博士都好酒量，两人一人一瓶大麦烧子酒。

汪若梅抱怨道："你们两个，少喝点，脸喝得像猴屁股。"

众人笑。夏风说："难得，就让他们喝个尽兴。"

周觉民辩解道："马博士是你的同事，他到我家喝酒，我不让他喝个尽兴，人家会说你省酒待客呢……"

小运河从来没见过家里有这么多客人，特别兴奋，扒了两口饭，钻到桌肚子里，跑到房间拿出正月十五上灯买的面粉人，喊："外婆，你看，这面人有爸爸、妈妈和我。"

汪太太说："捏得真像，活灵活现。"

周师母说："一直舍不得吃，摆着看。"

夏风说："这是辕门桥街粉团师傅王二的手艺。这捏粉团的老子辈有故事呢。"

小红旗喊："祖公公讲故事了。"

众人安静下来，听夏风说故事。

“周扶九小气出名。他听说镶门桥街捏粉团面塑捏得像，就去找师傅给他捏，说捏得像就给一块银圆。面塑师傅捏好了，周扶九后悔这一块银圆，就说面人的脸上气色不像他，没肯要。捏面塑的想想气，就在面塑上加捏了一个枷锁套着，插在摊子上，天天在街上游街。扬州城就这么大，哪个不认识周扶九呢，就有人告到周扶九跟前说你有面塑人披枷带锁游街呢。这个晦气啊！周扶九又不好去找人家，你说不像你的，怎么好说就是你呢？他没办法，出了一块银圆，让他媳妇去把这个面塑买回来了。”

小红旗大笑，说：“活该！小气鬼，喝凉水！”

29 周郎抗日赴前线 梅曼托孤崇节堂

众人给周觉民庆贺生日，大家有说有笑，吃得正欢，忽然有人敲门。汪太太说："我看啊，不是汪琼，就是天佑。"

周师母乐呵呵地跑出去开门，院门一开，吃一惊，一个陌生的女人站在门口，挺着个半大的肚子。周师母老眼昏花地问："姑娘，你找谁？"

那个女的有点害羞，说："师母，是我，我找觉民。"

周师母有些慌了，匆忙走回来喊："觉民，门口有人找你。"

周觉民正和马博士闹酒，一惊，问："咦，找我？"

周觉民一见是梅曼，马上就喊汪若梅出来。杨宝琴听说梅老师来了，也是吃了一惊，出来相迎。

梅曼说："我已经吃过了，顺路来看看。你们吃吧。"

汪若梅说："梅老师，要么你和觉民进我屋子里坐坐，喝会儿茶。"

梅曼犹豫了一下说："好吧，我刚好要和觉民谈点事。"

堂屋里，众人继续喝酒吃饭。周觉民陪梅曼进了厢房，在里面谈事。汪若梅进去送上茶。不一会儿工夫，梅曼和周觉民出来。梅曼跟大家打招呼，说还有点事，先告辞。梅曼走后，杨宝琴和马博士也走了。这样，屋里就全剩下家里人。

汪太太问玉珠："刚才来的女的是谁？面熟，一时间想不起来。"

"梅家染坊的大小姐。"

汪太太大吃一惊，眉头紧皱说："想起来了，上回去寺里送画，我还陪着的，这回怎么挺个大肚子了？大肚子不作兴上人家门。"

玉珠说："他们两家关系好，新派就不在意这些。"

客人走了，周觉民告诉汪若梅，梅曼周末约他们去冶春喝茶，周觉民答应下来了。汪若梅问有没有说有什么事，周觉民说没有，只是约了喝茶，估计她在国外久了，回来想叙个旧。汪若梅对此疑疑惑惑。

到周末，天下小雨，临出门时，汪若梅忽然变卦，说肚子疼，不想去。时间也定好了，周觉民不能让梅曼在那儿空等，汪若梅就催周觉民单独去。其实，她还是怕见到梅曼，觉得尴尬，就找了借口来推辞。

周觉民上趟和梅曼见面是在南通监狱。梅曼跑去救他，周觉民对她心存感激。他们在冶春坐下，梅曼告诉他，她怀孕了，很无助。梅曼说自己在扬州，有家不能回家。以梅家在扬州的地位，女儿挺个大肚子，又没有结婚，哪里丢得下这个脸呢。

梅曼出门都裹起来，戴大墨镜、口罩。梅曼说，她在扬州待不下去了。但是，她想把孩子生下来。周觉民吃惊地问孩子的父亲是谁，梅曼不肯说，周觉民就不好再问。

孩子的亲生父亲是康鹏。梅曼现在联系不上康鹏了。怀孕后，她去南通找康鹏，人家告诉他，康司令调往顾作同部队，在南京布防，准备跟日本人打仗。

梅曼想，找到康鹏又能怎样呢？康鹏有老婆。而梅曼也快三十的人了，她舍不得把肚里的孩子做掉。她信基督教，认为堕胎是会下地狱的。她要把孩子生下来。

梅曼去周觉民家，实在是感到无助。她希望这时候有谁来帮她一把，至少把这个孩子生下来。她不愿意周觉民知道孩子的父亲是康鹏。那次去南通，她有一种自信，认为她能夺回周觉民对自己的爱。周觉民只要脱党，他们就可以重新在一起，可以远走他乡。她一直认为她比她的学生汪若梅优秀，她能给周觉民汪若梅所不能给的，但现在她绝望了。

周觉民和汪若梅的生活平淡，但真实，这种小日子是梅曼一直渴望的。梅曼低头喝茶说：“日本人就要打来了。日本人要打来，中国顶不住三个月就要灭亡。我要去国外，要去美国。欧洲也不安全，也要打仗。只有美国安全。”

周觉民问：“那孩子怎么办？”

“生在国内。”

他们交谈时断时续。梅曼不说，周觉民就不问。周觉民希望梅曼提出什么问题，这样他也好和若梅一道帮助她，但她不愿说。他们在茶楼看着北城河上小船划过，看着夕阳落在河对面的树梢。

周觉民很晚才回来，脸色凝重。汪若梅见他脸色不好，也就不想多问。

汪若梅想当初梅曼跑到南通去救觉民，怎么说都是恩人。她尊重他们的感情，但也自信，相信丈夫对她的感情忠贞不贰。

1937年7月7日，卢沟桥事变，日本侵华战争全面爆发。街头报童喊着：“《中央日报》《大公报》《扬州新报》，日本侵略中国，炮击卢沟桥和宛平城……”

日本人攻打上海了。日本军攻下上海后，军舰沿长江上溯，炮击两岸船舶、港口……

陆路上，日本军队前进，唱着《爱马进行曲》*……

国民党军浴血抵抗。一路上目睹乡村城镇在战火中成为废墟……

扬州蜀岗西峰俞家山山脚下，临时弄了个公墓。牺牲的飞行员骨灰暂时存放在公墓里。翠园桥教堂约翰牧师来为死者祷告。

教堂钟声在古老的街道回荡，蓝天上飞起一群鸽子……

扬州城失去了往日的繁华，人们失去了笑容，忧心忡忡。

人们已经嗅到战场上血腥的气味。

---

* 《爱马进行曲》：日本侵华战争中日军鼓舞士气用的军歌之一。——编注

新胜街停着一排黄包车，车夫手臂上套白色膀套子，套子上画着小红十字。车夫日夜停在这儿驻守，伙食由江都县府安排，凌晨时，他们就把东方红武士拉到文昌阁的跑马场。那里停着美国军用吉普车，吉普车把飞行员拉到西郊俞家山的飞机场。飞机冲上蓝天，跟日本人作战。

到了下午，黄包车又从文昌阁把武士们拉回绿杨旅社和大陆旅社。如果飞行员受伤，就把伤员拉到新北门对面的天宁寺。寺里设有战时医院。

皮六亲眼所见，早上拉出去的飞行员，下午拉回来时，已经受伤，有的竟然死在他的黄包车上……皮六一脸的汗水，车子停在新胜街头上，就见孙铁嘴、小滑子、老八级、黄大虚子、张三、李四等来打探情况。

皮六竖起三个手指头，说："今天死了三个。"

孙铁嘴问："这么说，美国洋人跟日本洋人打起来了？"

皮六说："这回美国洋人是帮我们的，支援我们抗战，人家是为我们流血牺牲……"

黄大虚子问："我看，美国人厉害，日本人打不过来吧？"

皮六说："听说，这要看蒋总司令怎么布兵排阵了。"

孙铁嘴说："若是布个诸葛亮的八卦阵，日本人就打不过来了。"

小滑子问："皮六，拉飞行员一天多少钱？"

皮六说："一天一块钱。"

小滑子说："一天一块钱，搭住了。一个月，不要弄到三十块钱了。"

皮六说："我这回明白了，国家没有了，钱有什么用？这就像锅里凿个洞，粥全漏掉了。"

胖大厨挑着担子过来喊道："蛋炒饭，扬州炒饭。"伙食费由县府食堂出，车夫一人一碗。车夫坐在旅社台阶上吃，吃过了，胖大厨再把碗收走。

"咣当"，皮六打碎了一只碗。

胖大厨说："皮六啊，一碗饭不值几文，一个碗值几文，你要赔我。"

皮六说："胖大厨啊，你不要这么小气，我告诉你，日本人一个炸弹扔下来，你饭店里的所有碗就全震碎了。那时候，你找哪个赔？"

胖大厨说："皮六乖乖，你这回为国家做事，这个碗就不要你赔了。"

汪若梅收拾书本教案准备去上课。她一开门，门口站着个挑担子卖菜的。卖菜的问："周先生在家吗？"

周觉民听到声音，赶快走出来。他和菜农一见面就拥抱起来。汪若梅怔着站在一旁。周觉民对汪若梅介绍说："若梅，我给你介绍，这是马老二，自己人。"

马老二笑着说："汪小姐，我和觉民在一起好多年，就像弟兄。"

汪若梅赶紧回头给他们烧茶。

马老二说："弟妹啊，这菜啊，路上就差让难民抢了。新出地的青菜小萝卜，还有南瓜……"

小运河跑来，搬了个南瓜，滚起来，四处追。

周觉民说："若梅啊，看看家里有什么旧衣裳，给马大哥拿到乡下送人。"

马老二说："太好了，乡下十几岁的孩子还光屁股呢。"

汪若梅赶紧进屋，翻箱倒柜找起旧衣裳，弄了一包。她留神听周觉民和马老二谈话。原来周觉民和马老二受共产党指示，组织了江都抗日救亡团，他们要发动群众抵抗日本侵略。

周觉民还拿出一张地图，摊开，指给马老二看，说："如果日本人按长江沿线进攻，我们配合国军主力，只能沿着长江沿线阻击他们……"

马老二说："这一片太大，具体位置要事先建筑工事。"

"你知道日本人从几圩上岸？只能打运动战了。上级指示配合国军主力，以消耗日军为主。"

"我回去就召集大家开会，传达精神。"

"提醒同志们，日本人武器先进，火力强。这不同于以往的战斗，十分残酷。"

汪若梅把整理出来的衣裳扎了个包，塞进菜筐里，说："你们先聊，我去上课了。"她匆匆赶到学校。

杨宝琴看见她抱怨说："你怎么才来？"

汪若梅说："我三四两节课，没有迟到啊！"

“迟什么到？今天停课了。”

“停课？”汪若梅吃了一惊。

从这一刻，她真正感到日本人要来了。

王老太进来宣布开会。国文组教师开会讨论，日本人打进来了，教师去留的问题。每个人都要表态。原来江都县接到省教育厅的通知，扬州师范学院、省八中、美汉中学要组织向内地搬迁。

马博士说：“日本人来了，我就待在家里，听天由命，哪儿也不去。我一个教书的，他要杀就杀吧。”

杨宝琴说：“你是男的，我们女的呢？你没看报纸，日本人在东北、在华北，强奸妇女……”

丁小毛说：“何止强奸，弄去当慰安妇。”

二姨娘说：“听说，日本人用活人做试验，割人的器官……”

孔剑秋进来说：“各位老师都在。国家兴亡，匹夫有责。我们和省八中、美汉中学的一些教师组织了教师抗日宣讲团，你们有愿意报名的，到肖珍那里报名……”

汪若梅问：“孔校长，你在宣讲团吗？”

孔剑秋说：“我想在，没办法，家里老婆丢不下，疯子，总得有人照看……唉！”

汪若梅问：“宣讲团离开扬州城？”

杨宝琴说：“我问过肖督学了，宣讲团去苏北里下河，再去皖南和皖北。”

汪若梅用手指指肚子说：“真急人。”

杨宝琴说：“若梅，我是不敢留在城里，日本见到女人就奸，不管老少。”

马博士说：“我看啊，扬州十日，嘉定三屠，在劫难逃啊！”

汪若梅说：“我一点主意也没有了。”

忽然，肖珍进来喊道：“你们不要再开会了。教师都放假，去街上购买生活用品。米店、布店、鞋店大抛售。商家怕日本人来把店里东西抢了，生意不做了，换成钱逃命。”

马博士悲壮地说：“我哪儿也不去，生做扬州人，死当扬州鬼。”

王老太说：“书呆子，生也好，死也好，米要买的，没米吃，就全家饿死……”

汪若梅匆匆往家里赶。一路上，商店门口都是人，抢购物品。她进门，见周觉民正把生活用品往他的柳条箱里摆。

汪若梅问："先生啊，你又要去哪？"

周觉民把汪若梅抱得坐到椅子上说："若梅，我们江都特支成立了江都抗日宣传团。我是团长，同志们都在等我呢。这回也不走远，就在扬州附近，一有空就回来……"

汪若梅低着头说："周先生，我现在心里害怕。我今天去学校，学校停课了。许多学校都往内地转移。你不在家，我一个女人，这么一堆人，我怎么办？"

"你不要虚。日本人也许打不过来。顾作同将军和唐生智将军都说与守地共存亡。蒋总司令正调兵遣将。我们也要做个防范，多买些柴米油盐酱醋贮备在家里。我去江都组织了抗日救亡团，过两天就回来看你。"

"你去，我不拖你后腿。保卫国家是男人的责任。"

"真是我的好娘子。"

"那我先去买米，贮存些食品。"

汪若梅去厨房拿了米口袋，拎着米袋子去吴家米铺。小东门桥街吴家米铺门口排着长队。警察局的小李子在维持秩序。小李子用喇叭喊："政府通知，不许哄抢粮食，不许哄抬米价。每人限购十斤。"

肖珍、杨宝琴、丁小毛、马博士几个人也在排队买米。他们看到汪若梅像看到救星。

肖珍喊："汪老师，快来，看到了吗？牌子上写，各人只许买十斤。"

"肖督学，十斤，够几天了。"汪若梅说。

肖珍把汪若梅拖出队伍说："你笨啊，日本人一进城，米店就关了，要是半年不开，就饿死人了。吴家米铺老板是你亲戚，你去说说给我们多买一点。"

"我说说看，这么多买米的，让人家听到，大家一闹起来，又不好弄了。"

"我们小声点。你快去说说。"

小翠正在店面帮忙，看见汪若梅来喊："姨娘，你买米，说一下，我送过去。"

汪若梅上前，悄声对小翠说："学校老师想要多买些米。"

小翠说："米都快卖完了。你快跟我到后门去。"

汪若梅赶紧叫上肖珍几个，从小东门桥码头下去，沿着河边一个单人巷走到吴家后院。一扇木门、汪若梅敲门，小翠把门拔开来。小癞宝守门，小翠用木铲子铲米。汪若梅找个柳筐帮助称重，每个教师弄了个三十斤。

肖珍说：“多亏了若梅。若梅，你就是我们的大恩人！我要怎么谢你呢？”

马博士说：“不用谢啦，你别给她小鞋穿就磕头了。”

肖珍说：“你这个书呆子。我哪敢给若梅小鞋穿？人家可是千金小姐。”

教师们背着米袋子，从米铺后门出来绕到前面，就见米铺在上门板，门口挂了个“告罄”的牌子。排队的一个个喊起来，用力敲打门板。吴家富出来挥手说：“今天没了，明天再看看吧。”

众人散去。汪若梅扛着米回到家。一进门，让周师母看见骂道：“若梅，你疯啦，肚子里有孩子呢。”

汪若梅直起腰说：“怕日本人进城，米店关门。”

周师母说：“觉民真不像话，买米这重活，哪家不是男人做？你就宠着他。”

“男主外，女主内。觉民啊，在为国家做事呢。”

汪若梅进厢房，屋里没有人，空荡荡的。那天周觉民画的梅花裱好了，挂在墙上。她知道周觉民走了。她看着挂在墙上的画，眼泪流了下来……

新胜街的天成旅社里住着成天闭门不出的梅曼。她挺着大肚子，在三楼阁楼的窗户看街上来来往往的行人，看美国飞虎队飞行员进进出出。产期一天天临近，她心情比谁都要慌张。她忽然感到在这座城里是那么孤独无助。她知道她不能再待在旅社了。

梅曼叫了辆黄包车，去新北门外，拎着箱子站在了崇节堂门口。崇节堂又叫寡妇堂，是孙阆仙创办的慈善堂，专门收留孤儿寡妇。她挺着肚子进去。管事的把她安置在小间里。

9 月，淞沪抗战爆发。她临产了。寡妇堂有专门的接生婆，好在顺产，母子平安。孙阆仙专门来探望她。

孙阆仙不认识梅曼，问道：“姑娘，你是哪里人？”

梅曼苦笑着说："我是上海人，上海打仗了。"

孙阆仙手捻佛珠说："阿弥陀佛！姑娘，你们母子平安，这孩子起个什么名字？"

梅曼说："没想好呢。"

"那就先想个小名叫着。"

"就叫来喜子吧。"

12月份，日本人进扬州城时，梅曼离开了寡妇堂，不知所踪。她在月头上就给来喜子断了奶。梅曼把来喜子裹在被窝里，在桌上留了一封信，上写"孙居士亲启"。

打扫卫生的阿姨听到来喜子哭，又找不到梅曼。门房说梅曼出去了，阿姨只好回来哄孩子，见桌上写给孙阆仙的信，不敢马虎，赶紧送给孙阆仙。孙阆仙拆开信一看，脸色都变了。

信上说来喜子是她和周觉民的孩子，她去国外了，把孩子拜托给崇节堂。信里还夹了一张银楼的兑票。孙阆仙哪里敢做主，把夏风叫来商量。

夏风想了半天，想起来，说这个女的这么说就是梅尔宜的姑娘梅曼。怪不得周觉民过生日那天，她挺着个大肚子找上门。

孙阆仙说："我听人说，周觉民在南通被抓进大牢时，这个梅姑娘去救过他。"

他们这么一说，对上号，就越像有这个事。孙阆仙说："这个事万万要瞒着汪若梅，若梅要是晓得，夫妻还不闹翻。"

来喜子的一切费用由夏风出。夏风花钱，在崇节堂给来喜子先找个奶妈帮着照看。

再说梅曼坐车跑到南京，她想想放心不下孩子，又从南京转回来。她躲到崇节堂门口。到傍晚时，打扫卫生的阿姨出来倒灰，她上前一把抓住，打听小来喜的事。阿姨告诉她，孙居士给来喜子专门找了个奶妈，一天里大德生夏神医来过几趟看孩子。孩子现在睡着了。

梅曼给阿姨一块钱，要阿姨把来喜子抱到门口来让她再看一眼。阿姨进里，一会儿，和奶妈出来，抱着来喜子。梅曼把孩子抱在怀里，哭了一场，最后又把孩子还给奶妈，跪下来磕了个头，转身要走。

阿姨拖住她问："姑娘，你大概说个你家在什么地方，哪里人。将来孩子大了，也好去找你啊。"

梅曼什么也没肯说，消失在凛冽的寒风中……

11月份，第五飞行大队开始撤离……

美汉中学、省八中等师生结队从西门撤离，打着包裹出城。学生悲壮地唱起《毕业歌》：

同学们，大家起来，担负起天下的兴亡！听吧，满耳是大众的嗟伤！看吧，一年年国土的沦丧！……

东关码头和钞关码头的商户开始逃难。大小车子、牛车、驴车、独轮车组成的车队从北门出发，往西北方丘陵地区去……

南门，大批国民党伤兵拥进城。天宁寺门口挂着“战时军医院”的牌子，运来大批伤员，伤员们横七竖八地躺在庙里……

钞关码头河边上，俞泽、杜燕组织的学生演出队在唱《松花江上》。

一声汽笛，汪琼、丁小同站在船头，指挥着福运船行船只装满战略物资离港……

30 换会长商人保命 生杏儿途中遇险

一阵急促的敲门声。大脚牵着莎莎，莎莎抱着小狗站在门口。大脚进门，无奈地说："若梅啊，汪琼去前线了。她要我把莎莎送到你这儿。"

"唉，我这个姐姐。小红旗、小运河在屋里剥花生呢，莎莎，你去跟他们玩。"

莎莎欢天喜地往屋里跑。屋里见来了新伙伴，一阵欢呼，就听见小红旗说："打仗最好玩，我们也不用上学了。"

莎莎说："我们玩扑克牌游戏。"

小运河说："我们在家里上学。"

三个孩子在屋里欢天喜地。

大脚悄声说："家里的话匣子里说，宋女士亲自去前线，受重伤，断了好几根肋骨。战争一打，没有小姐太太了，都是战士。汪琼上前线，我们都替她心悬到嗓子眼了。"

"唉，我要不是肚子里的孩子，我也跟姐姐去了。觉民也出去组织抗日了，这么多天一个信儿也没有。我也是心悬到嗓子眼呢！"

到晚上，夏风回来，见一屋子孩子说："好了，家里可以办个托儿班了。"

夏风在天宁寺忙了一天，帮助救治伤员，一手的血。他洗了半天，把若梅悄悄叫到屋里说："若梅啊，伤员一天比一天多，听说顶不住了。我们也要做个准备。"

"怎么个准备法子？学校许多人家全往内地跑了。我们家老的老，小的小，我又挺个大肚子，怎么办？外公你和师母哪里跑得动呢。"

"我不跑，我这么大岁数了，跑和不跑都过不了几年。我担心你和觉民，还有这堆孩子。"

"外公，我看我们不能跑，跑出去更不安全。日本人能把全城的人都杀掉吗？"

"这个哪个也不能保证。当年清兵屠城，扬州十日，全城就杀得只剩贾家和马家。"

"外公，我一点主张都没得，觉民又不在身边，你拿个主意吧。"

"我听伤员和当兵的讲，家里的好东西要埋起来，女的要装成丑八怪，这样子可蒙蒙日本人。"

"对的，家里首饰还有字画都要藏起来。"

"晚上你让孩子们早点睡，等他们睡了，我们再行动。孩子嘴上不加拴。"

汪若梅让孩子吃过晚饭，催孩子上床。周师母把门看风。她找了个高板凳，跟外公一起藏东西。汪若梅挺着大肚子，夏风不让她爬高。汪若梅和周师母在底下扶着凳子，夏风爬高，颤颤抖抖的。他们把首饰摆在小木头盒子里，藏在屋顶夹梁中间。字画用布裹了，藏在墙壁夹层里。三个人爬上爬下，一直忙到半夜。

夏风喝茶喘口气的工夫，汪若梅想起一件事。她担心起梅瓶。她把梅瓶放的地方告诉夏风。夏风说："藏的地方安全，但是不能让大少爷晓得。这个大少爷就是个败家子。国难当头，听说大少爷这几天却忙着赌钱。他跟宫奇在北城根的紫来轩茶楼下彩棋，押钱在茶楼里，到端午、中秋、春节，按一年的胜负来结账。紫来轩茶楼的老板人称茶炉西施。听人说大少爷看上这个女的，在这个女的头上花了不少钱。"

汪若梅听了，摇头叹气。

夏风说："若梅啊，像样的衣裳都不要穿了，找些旧衣裳穿。日本人进城，脸上抹上锅底灰。"

"旧衣裳都让觉民送给乡下马老二了。"

周师母说："要么，你就穿我的老棉袄、灯笼裤。"

第二天早上，几个孩子起来吃早饭，看见多出一个乡下老太太，一个个瞪着眼睛看。小运河第一个惊叫起来："是妈妈，是妈妈。"

众人大笑。

周师母担心日本人来抢吃的，就洗出几个泡菜坛子。他们把米、茶食、衣裳、盐放进泡菜坛里，让小红旗和莎莎搬到厨房放进地窖。这边才放好，外面有人敲门。小运河拿个扫帚，守住门喊："日本鬼子来了……"

夏风笑着说："哪有这么快。"

打开门，小翠小癞宝扶着吴家富进来。吴家富托着腰哼哼，夏风赶忙让他躺下。小癞宝抢着说："我爹爹挖地洞藏大黄鱼，用了力，跌个大跟头，腰扭了。"

夏风就扶吴家富到里面诊室，在台子上躺下，给他正骨按摩，按筋到位。小翠看到盆里一堆衣裳，就拿起来去东关街个园大门口的水井上汰。一条街的人都在那个老水井上汰衣裳*。

一会儿，又有人敲门。

汪若梅说："今天怎么这么热闹呢？"

打开门，玉珠崴着小脚进来。

"嫂子，你怎么来了？"

玉珠哭着说："天佑天天在北城根下棋，日本人要打来了，家里没个主，我这小脚往哪跑呢？我昨天对天佑说，他说的好，说你去找你爹，让他用牛车带你去乡下……"

汪若梅赶紧叫玉珠不要说话，用手指指屋里说："你爹在里面呢。"

"我爹怎么来了？"

"腰扭了。"

小翠汰衣裳回来，看到玉珠喊："姐姐，怎么来了？"

"来了，父亲哪里伤着了？"玉珠进屋看，"要紧吗？"

夏风说："没大碍，伤筋伤骨一百天，要疼些日子。"

---

* 汰衣裳：方言，洗衣服。——编注

吴家富见玉珠说："大丫头啊，你多晚子也不回家看你娘了。你娘抱怨说女儿养大了就不归家啦。"

"爸爸，我这边家里事多。我改天就回去看妈妈。"

汪若梅拖玉珠出门。玉珠问："妹妹，到哪去？"

"找哥哥去。"

紫来轩茶社在北城根关帝庙后头。茶炉西施涂脂抹粉，坐在柜台里嗑瓜子。今天汪天佑和宫奇比赛围棋。围棋从中国传到日本得到很大发展，叫棋道。日本棋手在中国无人能敌，只有一个少年天才吴清源杀得过日本人，被日本人带回去培养了。宫奇在扬州，把子墨、马博士、孙铁嘴几个高手全部都杀败了。现在他要杀最后一个高手汪天佑。

玉珠一早上就不让天佑出来下棋，但天佑必须要出来。在他心中，这是一场中日大战，关系到国家的荣誉。扬州的棋迷孙铁嘴、驼子、张三等都早早等在茶社，等着看中日大战。双方约了三局两胜。

汪天佑和宫奇前头杀了个平手。汪若梅进来时，正准备杀第三盘，要分个死活胜负。

孙铁嘴说："宫奇先生，日本人要打过来了。你这趟要是输了，要有个说法。日本人进城，你要叫他们不能杀人，不能抢东西。我们都是做小本生意的。"

"诸位都是多年朋友。我在扬州也生活这么久，承蒙各位关照。到时候，你们每家每户挂个太阳旗。他们进城时，我跟军队说说，不敢打保票，一定尽力。"

汪天佑说："好，就这么说定了。"

汪若梅上前喊："哥哥，日本快打来，天天在这儿下什么棋？"

"若梅啊，不下棋，又能如何？你哥能叫日本人退回去吗？"

"哥，你怎么这么没心没肺的，嫂子急死了。"

"急什么？"

茶炉西施上前说："哎哟，二小姐，汪家嫂子，来来，坐下喝茶。"

汪若梅环顾四周，急得一蹬脚说："都什么时候了，你们一个个醉生梦死！"

茶炉西施说："二小姐，我们平民百姓，你说这日本人打来了，我们能怎么办呢？我茶炉西施哪里及你家姐姐，那么风光，几条大船。我没文化，只会以茶待客。美国人来了，我是一杯茶；日本人来了，我也是一杯茶。"

孙铁嘴说："中国古话叫乐天安命。扬州还是扬州。日本人飞机大炮，他能把扬州搬到日本去？扬州还是扬州，还是风花雪月，吟诗作画的扬州。"

驼子说："孙大爷看得透彻。富春、九如分座好几家要搬走，人可以走，茶楼饭店怎么搬得走呢？"

宫奇说："你们不要着慌，我们最崇拜的鉴真大和尚，就是你们平山堂大明寺的和尚。我在日本棋院学棋，棋院里供的是黄龙士。黄龙士也是扬州围棋大师，我们称他叫十段。到时候，你们就说是鉴真大和尚的后人……"

驼子说："这个就浑说了，大和尚哪有后人？"

汪若梅骂道："你们一个个做大头梦，东洋刀往你脖子上一架，你就知道谁是主人，谁是奴才了！日本人还没来呢，你们先当亡国奴了。有多少热血男儿在浴血抗敌，你们这里一套一套的……"

玉珠看见若梅急得要掉眼泪，劝道："若梅，天佑在这儿，我也放心了，我们回去吧。"

汪若梅冲上前，伸手就把一局棋一捋，棋子散落一地。

孙铁嘴赶紧弯腰去捡说："大小姐，这是上好云子，老祖宗留下来的，我就这一副。"

汪若梅气得转身往外走。小滑子咚咚地上楼来，抱着一捆小旗子说："二小姐，别走，我有好东西给你们。"

茶炉西施问："小滑子，什么好东西？"

小滑子说："我这个东西好，比关帝庙顺风牛鼻子道士的符要灵。有这个宝贝，诸位放心，日本人来，保证你家里平安，比菩萨像还要灵。"

孙铁嘴说："小滑子，什么宝贝？"

小滑子拿出一沓日本东洋旗说："日本人进城，你往家门口一挂。出门上街，拿在手上就行了。"

孙铁嘴说："这玩意儿好，我要一个，几文钱？"

小滑子说："这是保命的，几文就行啦？一块大洋一个。"

孙铁嘴说："一个小旗子，卖一个大洋，小滑子，你杀过来了？"

玉珠说："我也拿一个吧。"

汪若梅拖她说："嫂子，我们走。"

玉珠回过头来说："天佑，买两个。"

一路上，路人行色匆匆，家家店铺关门打烊。她们走到黄大虚子店门口，店里出来一个人，吓得汪若梅以为碰到了鬼。只见老八级脸上涂抹着锅底灰，血红的大口。

"黄大妈妈，大白天的，你跑出来吓人啊？"汪若梅说。

"黄大妈妈，我以为哪个，吓死了，你这是从灰堆里钻出来啊？"玉珠说。

老八级说："汪家妹子，二小姐，日本人要来了。听说啊，专抢花姑娘。我这脸上抹了灰，他们就看不上啦。"

玉珠说："你都快当奶奶的人了，日本人哪看得上？"

"你没听说？日本人到村里，把个母猪奸了。"

"这是活嚼蛆。"

"二小姐，我防着点，不得苦吃。告你一件事，小凤给我锁在家里呢。"

"你锁她做什么？"

"那个董专员搞了个抗日服务队，要小凤一起跑到乡下去抗日。这在乡下要是让日本人抓住，脑袋还在头上吗？我没让她去……"

玉珠说："你家小凤还没有嫁人，你把她藏藏好。"

"就是啊！那周小松呢？"汪若梅问。

老八级一把鼻涕一把眼泪说："不要提那个挨千刀的。我家小凤就是让他毁了……"

一场龙卷风袭击了扬州，高邮湖上出现龙吸水，两条空中的巨龙把湖水吸到天上，引起湖啸，又把倾盆大雨浇到了扬州城里。高邮、江都、甘泉山许多房舍掀了顶，碗口粗的大树顷刻间就连根拔起……更坏的消息接踵而来，日本人占领了苏州城。扬州已经听到了隆隆的炮声了。

中午，两架从高港方向来的飞机，呼啸着飞过城市上空。人们仰起脸来看到了飞机上的太阳旗标志。

冶春茶社像往常一样正常开门营业，只是客人少了许多。北城河泛着墨绿河水，两岸枯柳残藤。冶春的青石板路一直延伸到丰乐上街，从街上走来许多有头有脸的商会人物，他们聚到冶春来议事。

康九海坐在香影廊窗口，看着窗外，端起小酒杯说："壶里乾坤大，杯中日月长。小酒一咪，我就是皇帝。"

驼子上前给他递个热毛巾把子说："皇帝都没了三十多年了，你说的皇帝是日本天皇吧？"

康九海说："驼子乖乖，不管是天皇地皇，你不能欺我年老眼花。五香蚕豆我数了两遍，一文钱三十个，今天怎么变成二十八个了？"

驼子对跑堂的伙计骂道："不中用的东西，康老爷的蚕豆也敢少，快补上。"

跑堂的笑嘻嘻地弄上两颗豆子，一声："来了……"

巧云的花船划过河来，在香影廊的窗口对里喊："新鲜莲藕……"

康九海站起来，对着底下喊："弄一盘上来。"

驼子对巧云喊："康老爷要一盘。"

巧云把莲藕放在小篮子里，用竹钩子递上去。上面把钱也递下来。隔壁桌上的梅尔宜跑过来，看了看莲藕说："新煮的，我也弄两盘。"

孙铁嘴和黄大虚子一张桌上吃早茶，有包子、蒸饺、干丝。上回，汪天佑跟宫奇比赛，让汪若梅把个棋捋掉了，汪天佑说影响了心情，当天就没有下。两个人今天又约到冶春，一边参与商会议事，一边下棋以决中日胜负。其实，他约宫奇来下棋是个幌子，梅尔宜要汪天佑把他弄来，是有重要的事情商量。

梅尔宜把一盘莲藕端过来说："下棋要补充营养。战况如何？"

宫奇说："战况吗？打到苏州了。"

"我问你棋的战况。"梅尔宜说。

"围棋是一招不慎，满盘皆输。不到最后，定不出个胜负。"

汪天佑说："你数数，你有几颗子？我都吃了你十颗了。"

宫奇说："你吃我的十颗是我的弃子。目数你也不占优。"

孙铁嘴说："大少爷，不要跟他斗嘴，直接把他拿下。"

黄大虚子说："驼子，我嘴里乏味，你给我上个蟹黄汤包。"

"这个，我要话讲在前头，五角钱一个，不是从前的二角钱一个。涨价了。"

"五角就五角。日本人马上要来了，有钱快点花，摆到五脏庙*里最安全。给我上两个。"

驼子冲伙计喊："天下第一高才，蟹黄包子两个。"

驼子给大少爷和宫奇续水。大少爷这边在数棋，众人一个个头凑上来。最后，孙铁嘴宣布："大少爷代表扬州，赢了，赢了一又二分之一子。"

众人欢呼。

宫奇说："厉害。我跟大少爷棋逢对手。"

驼子说："大少爷，我是个驼子，说话不讨喜，你不要怪我。这个棋上赢了，又作什么数呢？你看日本才多大的国家，就打到我扬州来了。我要不是驼子，就拿枪拿刀去跟日本人拼命。"

汪天佑喝了一口茶，拿白眼珠子瞟了驼子一眼说："驼子，你不要说大话。我们不是打仗杀人的料。我这双手，看到了吗？白白净净，细细嫩嫩，弹琴写曲的手，能去拿刀杀人吗？"

黄大虚子说："我也不是杀人的料，我是裁衣缝补的手。"

孙铁嘴说："你们说的都不是要紧的。我有个提议说给大家听听。这日本人来了，他不可能把扬州人全杀光了吧，一把火把扬州烧成灰，他们到哪块去玩呢？到哪里喝茶泡澡下馆子呢？日本人来，他也要统治。眼睛跟前最要紧的事，商会会长梅老板在这儿，请会长出面，跟日本人谈判。"

---

* 五脏庙：戏谑语，出自清朝张南庄所著滑稽讽刺小说《何典》第一回"五脏庙活鬼求儿，三家村死人出世"，指代人的身体。我国有些地方的方言中将吃饭称为"祭五脏庙"。有戏称说世间最大的庙就是五脏庙。——编注

梅尔宜站起来说："我是前任会长，去年我就辞了。孙老板讲的话在理，我们应当选个新会长，跟日本人谈判。谈好了，我们照样做我们的生意。我们这里最德高望重的前辈，就是康老爷子。康老爷子应该出山当会长。"

康九海说："你们把苦我吃，想叫我早点儿去小茅山啊？跟日本人谈判？哪是闹着玩的？日本一不高兴，东洋刀抽出来架到脖子上。"

孙铁嘴说："你们不要争了，这儿有个现成的人选，只有他能保扬州平安。"

驼子说："你说说，这个人本事不小，是哪个？"

孙铁嘴说："远在天边，近在眼前。"

驼子说："就你？"

孙铁嘴说："掌嘴！我看到日本人，话都不敢说，舌头打滚。我说的是宫奇先生。"

一阵沉默，忽然，大家鼓起掌来。

宫奇好奇地盯着大家望，问："你们说我？你们都是家财万贯，我客居此处，怎么能担此重任？我担当了，别人也不服啊。"

梅尔宜说："宫奇兄弟，我们想过了，商会会长职位没有比你更适合的了。一，你是日本人，会说日本话；二，你在扬州二十多年，算是半个扬州人。扬州人认你说话，日本人也认你说话。天底下还有哪个比你更适合的吗？"

宫奇说："不行，不行，不能开玩笑。商会会长历来都是家大业大大户，我是外来小本买卖。"

汪天佑说："宫奇先生，现在不是比谁家大业大，是比日本人给谁面子。你对扬州商家最有感情，这会长非你莫属。"

众人都说是。

宫奇还在推辞。忽然，康九海和梅尔宜双膝跪下说："我们两任商会会长，给你下跪了。"

宫奇吓一跳说："玩不起，快起来。"

汪天佑一把拖住宫奇说："下棋的时候讲好的，我要是赢了，我叫你干什么就干什么，输了，就听你的。我赢了，没得别的要求，你就当这个商会会长。"

宫奇笑道："我发现了，你们全串通起来，给我下了个套。"

扬州商会在日本人进城前，把会长的位置让给了一个对扬州有着深厚感情的日本商人宫奇，这也是他们的无奈之举。

12月中旬，一个惊心动魄的消息传到了扬州，人们用“砸锅了”来形容。日本兵从长江十五圩登陆……扬州城像一锅粥搅动起来。当年太平天国进城，他们不着慌；北伐军进城，也不着慌；日本人要进城，没有不慌的。

汪若梅也慌了。一早上，她挺个大肚子，看到街上人头晃动，全是出城逃难的，她就更慌了。回家一番装扮，去皮六家约了一起逃难，路上也好有个照应。

汪若梅想去城北乡下，去周觉民家老宅子里躲一躲。大成子在那里看家。三个孩子听说要去乡下逃难，当着是出门旅游，兴高采烈。这边都快准备出门了，莎莎添乱，把小狗丢了，三个孩子在院子里、巷子里找小狗，喊着：“广财，广财。”

周师母忙着腌咸菜，说：“刚才还在这儿的，少不掉。”

三个孩子正在着急，夏公公开门进来，小狗跟进来，欢快地跑到莎莎面前摇尾巴。夏公公说：“我去买早点，小狗就跟着，只好由它跟着了。”

莎莎看到小狗回来，高兴地给小狗子脖子上套绳子。小运河翻夏公公篮子，发现好多包子、烧饼，就闹着要吃。夏公公说：“你们三人一人一个。这是给你们跟妈妈路上吃的。”

小红旗问：“祖公公，我们为什么要去乡下？”

“日本人来了。”

周师母说：“夏公公，我哪儿也不去。”

夏风说：“你去帮着照看若梅啊，一路上，她是个大肚子，又拖着这三个讨债鬼。”

莎莎说：“我要把狗带上。”

夏风把一篮包子给周师母说：“用个布袋子扎起来，一路上就有得吃了。”

周师母捧着篮子进屋。夏风对三个孩子说：“你们过来，我跟你们开个会。你们出去逃难，奶奶眼睛不好了，老花眼。你妈妈大肚子。逃难的人多，你们不要弄得走丢了。走丢了，兵荒马乱的，人就找不到了。我从太上老君那里借来一样宝贝叫乾坤索，有了这个，你们就丢不掉了。”

小红旗嚷着："祖公公，快把宝贝拿出来给我们看看。"

"不着忙。"夏风拿出一根长长的细麻绳，让三个孩子钻进三个线圈里，系在腰上。孩子之间有个一米长的线连着，就系成一排。夏风让他们在院里走起来。三个孩子觉得好玩，笑个不停。

莎莎说："祖公公，我们又不是觑巴眼*，不会走丢了。"

"不怕一万，就怕万一。"

小运河问："祖公公，怎么没有把你也圈进来？"

"我在家里看门。"

小运河说："你不去，一路上没得人讲故事了。"

夏风说："那，我现在讲一个，给你在路上慢慢想。"

三个孩子喊好，呼啦全围着夏风坐成一圈。

"我就讲个觑巴眼的故事。有个觑巴眼出门打酱油。锁门的时候，眼睛不好，觑到锁上望，吧嗒锁一捏，把眼皮子捏进去了，痛得直叫。一个过路的听到叫声，过来问什么事。他就说把眼皮子锁到锁里了。过路的说用钥匙来开锁，哪晓得过路的也是个觑巴眼，结果把钥匙捅到那人鼻孔里了。觑巴眼直喊晦气。又有一次，觑巴眼去打油，打到油，路过小洞天，想坐下来吃碗阳春面。他怕把油瓶打了，想找个地方挂起来。看到墙壁上有个东西竖着，指望是个钉子，其实是个蜻蜓子，蜻蜓尾巴翘着，他把瓶子往上一挂，脸还没调掉，油瓶就打碎了。觑巴眼就跟胖大厨提意见，说这块应当钉个钉子。胖大厨不过意，赔了他两文钱。过了几天，觑巴眼又到店里，他见墙壁上一个黑的，以为又是上回那个蜻蜓，心头有气，悄悄上前，甩过来一巴掌，手打得血淋淋的。原来这是胖大厨钉的钉子。觑巴眼一天不顺，气呼呼地回家，在路上一头撞到甘泉路梧桐树，头上撞了个瘤。觑巴眼以为是个人，找到撒气的了，就骂起来了，说你这位仁兄，走路又不看到，把我撞了个瘤……"

小运河和莎莎笑得东倒西歪。正说着，汪若梅从外头回来。汪若梅穿着老棉

---

* 觑巴眼：方言，指近视眼，眼神不好的人。——编注

袄，脸上抹了灰，头上用白矾洗过，像是落了霜，看上去就像比周师母岁数还要大。

皮六的车子停在门口，往屋里喊："夏先生，再不走，要关城门了。"

夏风说："若梅，你和周师母、孩子们走。我老了，走不动了。日本人杀我这个老头子没用。"

"外公，你一人在家，万一有什么意外？"汪若梅说。

"呆丫头，我出门才有意外呢。"

小运河哭闹着说："我跟外公一起走。"

夏风指着阳台的猫说："外公在家喂猫。外公走了，猫不要饿死了？"

小运河无奈。

莎莎从屋里出来，挎了只篮子，用布盖着，招手喊小红旗。他们悄悄把小狗广财放进篮子里。汪若梅扎包裹。周师母背着个布袋子，里头放着夏风准备的包子、馒头。她和汪若梅搀扶着出门，三个孩子系在一根绳子上跟在后头。

他们出东圈门，加入逃难的人群。滚动的人流，家家牵儿拖女，扶老携幼。扬州十二城门敞开，人群往北门去，向城外流动。大喉咙独轮车上，一边坐着父亲，一边是老母亲。牛老三挑着剃头挑子，老巴子用绳子拴在后头。胖大厨扛着大包，小红拎着个小包。

逃难的人合成人流，滚滚地出北门，从竹西往东北方向黄金坝去。逃难队伍渐渐变成庞大人流……

下午，逃难的队伍逃到邗沟大王庙。大王庙是扬州的保护神，庙门前有一对石狮，主殿里供了两个吴王：正位为吴王夫差，副位为汉吴王刘濞。吴王夫差始开邗沟，吴王刘濞"即山铸钱，煮海为盐"。吴王旁边供有泥塑的玄坛赵公元帅和民间俗称的瘸腿财神，上悬"海甸清风"四个大字的匾额。神龛两旁的楹联为"一殿两王天下少，庙门朝北世间无"。

周师母和汪若梅领着孩子烧香。大王庙烧香很灵。殿前有一个石炉，无顶，把香扔进去就成了灰烬。炉底下有一水窍，天雨积水，有沙涨起水，像白银。大王庙也是扬州的财神庙。现在大家烧香，不求发财，只求保命。

到了傍晚时，众人走到黄金坝。一家老小走不动了，坐下来息息。众人围坐在一起。

小运河问：“奶奶，这个坝怎么叫黄金坝？有金子吗？”

周师母说：“哪有金子？坝名字叫黄金坝。”

汪若梅说：“这个坝，有故事呢。想不想听？”

众小孩喊：“想听。”

汪若梅说：“从前，这儿住着一个老奶奶，孤家寡人。这儿也住着一个叫黄金的孤儿，他心好就照顾着老奶奶。一年冬天，老奶奶想吃鱼，黄金就到河里捉住一条金鱼。黄金准备剁鱼，看见鱼流眼泪。黄金想这个鱼可怜，就放生了。只刮了三片鱼鳞，煨汤给老奶奶喝了。鱼在水里，回头对黄金说：‘我是龙王三太子，感谢你不杀之恩，今后你若有难，就来找我。’黄金就问如何找法，龙王三太子说：‘用你的红肚兜在水里晃三晃。’”

小运河听到这里，手伸到衣裳里，摸自己的红肚兜说：“妈妈，我有红肚兜。”

“是啊。有一年扬州发大水，眼看庄稼都要淹了，黄金就来找龙王三太子。三太子给他一根金棍，说金棍在水中一晃，水就定住了。就这么救了扬州城。后来龙王觉得奇怪，从天上朝人间一望，啊，原来家里的宝贝怎么在个小孩子手上。他就派虾兵蟹将来抢金棍。黄金就不肯给，就把金棍往嘴里一含，往肚里一咽。不得了，这么黄金就变成金人，朝下一倒，变成黄金坝，挡住了大水。”

正说着，忽然从北边拥来一大群人，一个个破衣烂袜。有个戴草帽的农民喊：“二小姐，周妈妈。”

汪若梅一看是大成子。周师母问：“大成子，你怎么跑出来了？”

“周妈妈，我不跑出来就不得命了。听说日本人从高邮湖东过来，就冲雷塘去，能不跑吗？”

“大成子，你这一跑我们怎么办呢？我们去乡下准备投靠你的。日本要进城了，我们想去家里老宅子避难。”

“老宅子，不提了。前两天龙卷风，把屋顶掀了。准备年前修修补补的，你们看，这日本人又来了。”

“大成子，你出来是去哪里？”

“我去城里啊，去城投靠我亲家吴家富。小翠在他家有两年了，我去混两天饭。”

这一下子，汪若梅失去了主张，不知道往哪里去了。她额头上虚汗往下淌，肚子里宝宝一天折腾下来，小脚蹬她的肚子，她肚子一阵阵疼痛。

周师母说：“若梅，喊皮六来商量下子。我看不如回去吧，死在家里比在外头充军好。”

小红旗听说喊皮六，就去坡子上把裹着被子睡觉的皮六喊醒：“皮叔叔，我妈妈喊你商量事呢。”皮六不敢耽搁，赶快跑过来。大家聚在一起商量。

汪若梅说：“皮六啊，我肚子疼得厉害，我担心要生了。”

蛋黄子说：“二小姐，这荒郊野外的，生下来怎么办？”

大成子说：“我看，我们赶快进城吧。我听人讲，日本人杀军人，我们又不是当兵的。回去邻里街坊有个照应。”

众人商量定了，他们就动身往回走。逃难的看他们往回走，问明情况，有的也往回走了。

皮六说：“二小姐，你坐到车上吧。”

汪若梅只好上车。汪若梅、蛋黄子、小运河、周师母挤了三个半人。皮六拖车，大成子、小红旗在后头帮助推。他们走到城北竹西，汪若梅只感到肚子疼得厉害。她咬紧牙关忍着。忽然，蛋黄子惊叫起来。汪若梅往底下一看，血水正沿着裤角往下淌……

周师母说：“不得了，羊水破了，要生了。”

皮六说：“前面那边有棵银杏树，底下有房子。我们去看看。”

众人往银杏树赶，果真树底下有三间草房。有一个胖婆婆在屋前草堆上堆柴火。皮六上前说：“菩萨奶奶，我东家小姐要生养了，要借个地方。”

胖婆婆一吓，放下手中的柴草，上前扶汪若梅进屋。胖婆婆让周师母烧大锅水。她把一铲子锅底灰垫到汪若梅屁股底下，洗了手，捋起袖子，就接生。胖婆婆对若梅说：“姑娘，人家生养，我在旁边给高妈当过下手看过。我接得不好，你们不能怪我。”

汪若梅连说："不怪，不怪。"

一小时的工夫，宝宝生了出来。胖婆婆用牙齿把脐带咬断，拎着宝宝的腿，倒悬着，拍屁股。拍第一下，婴儿没吭声。第二下，也没吭声。汪若梅、周师母、蛋黄子慌了。再拍第三下，用了点劲，婴儿"哇——"哭出声来。

众人脸上露出了笑。蛋黄子出来，告诉众人说："二小姐生了千金。"

三个孩子抢着问："什么千金？"

大成子说："千金，就是姑娘。你们有妹妹了。"

莎莎第一个开心地叫起来："噢，我有妹妹了……"

汪若梅就给孩子起小名叫杏儿，大名周银杏。因为胖婆婆家门口有一棵银杏树，她和孩子遇到贵人得救，杏儿谐音幸儿。她希望扬州平安，大家能逃过此劫，也希望杏儿给她带来幸运。

31 万福闸劳工丧命 南门街玉珠投井

汪若梅生了杏儿，大成子和皮六一家领上小红旗先回城里报信。莎莎哭着要和妹妹在一起，周师母、小运河、莎莎三个留下来，留在胖婆婆家。她们和大成子约好，若是扬州不屠城，孩子满月就来接她们回家。

日本兵没有进城，土匪黑头先进了城。当年抢劫汪家的黑头又混进扬州城。黑头的姘头就是紫来轩茶楼的茶炉西施。孙铁嘴常来茶楼喝茶，爱贪小便宜，茶炉西施就挑拨黑头去抢了铁嘴典当铺。孙铁嘴以为日本来了，结果日本人还没有来，先被抢个精光。

夏风待在家里留守，城里闹黑头，他早早关门，用木桩子把门顶起来，又加了一道木杠。半夜里，有人敲门“咚咚”响。夏老爹哪里敢开门，一头钻到被窝里。大成子和小红旗敲半天，没人开门。小红旗顽皮，要大成子托着他，翻墙头进院子。夏公公听到屋顶上有脚步声，更加害怕。有人跳进院子喊“祖公公，祖公公”，夏风吃了一惊，发现是小红旗。

小李子和小滑子去家家户户门上推销膏药旗竟发了笔财。夏风知道日本人惹不起，也花一块大洋买了旗子插在门上。有些逃出去的，又陆陆续续地回来。

一天，大脚哭上门来，披麻戴孝，把夏风吓了一跳。大脚来找汪若梅，才知道汪若梅已经逃出城了，她在门口不肯进门，说：“夏公公啊，我是丧主，不作兴进门。

有话我在门口说。福运船行冲家了，小火轮在镇江让日本人的炮舰给轰沉了。”

“你怎么得到这个消息的？”

“前头小火轮装的学生和抗日宣讲团先走了，后头三艘船装的物资。日本炮艇盯着打，打沉了两艘。我家丁小同一看就剩他一艘了，也是红了眼睛，说跑不跑是一回事，速度没日本炮艇快，还是要被击沉。他要呆头鹅和船工跳到江里逃命，他一个人开足马力掉头向日本炮艇撞去。他把个日本炮艇给撞沉了……可怜啊，我家里当家的和日本人同归于尽了……呆头鹅跳到江里躲在芦苇丛里捡了一条命，他跑回来告诉我，他亲眼看到的……”

“大脚妹子，人死不能复生。丁小同是英雄啊，扬州有几个人能像他把日本人船给撞沉了？了不起啊，了不起啊！”

“是啊，小同，丢下我一个了。”

“大脚妹子，汪家大小姐呢？”

“呆头鹅说了，小同把日本炮艇撞沉了，也就保住了前头汪琼他们的那艘船。那艘船上有汪琼、董大嘴和扬州中学、美汉中学的教师、学生。后头的事，他就不晓得了。”

“大少爷晓得这件事吗？”

“大少爷，他不能算人。家里出这么大的事，日本人要来了，他天天去茶楼下棋。”

“大脚妹子，日本人要来了。刚才你说的话，不要再在外头说。丧服也不能穿，万一日本知道了，要报复的。”

“夏公公，你说的有道理。我在家里穿，出门就不穿了。”

1937年12月14日，日本川井联队开进扬州城。马靴和东洋大马踏着古城的街道，唱着《爱马进行曲》，从利津门进城，沿东关街、辕门桥街、缎子街、小东门街、甘泉路，到了省八中对面的红楼驻扎。宪兵司令部就设在红楼。

日本兵进城时，宫奇领着商会梅尔宜等百十号人，手拿太阳旗在城门口迎候。宫奇一口日本话，全家穿日本服装，留一撮仁丹胡子，一眼就看出是日本侨民。进城指挥官川井密大佐看了宫奇日本盐业株式会社的牌子，露出笑脸，伸出大拇指。

众人看到日本人露出笑脸、伸出拇指，悬着的心就放下了。城里头的百姓纷纷拥向翠园桥的基督堂，寻求洋人和上帝的庇护。约翰站在教堂门，忧心如焚。

教堂钟声响起。教堂门口挂上红十字会旗，里头挤满难民……老八级和黄大虚子也去教堂避难。

孙铁嘴说："你两口子怎么到教堂来了？你们信佛，怎么不去庙里？"

黄大虚子说："听人说，教堂是洋人的，日本人不敢动。"

孙铁嘴说："这时候就晓得到教堂了？你在外边说教堂吃婴儿、喝人血。"

黄大虚子说："这时候，顾不得了，管他们吃什么，保命要紧。"

小滑子看见教堂里一对铜烛台，趁人不备，用布一包，塞进怀里。

教堂里虽说人山人海，老百姓个个慌里慌张，但信徒们并不慌张，他们相信耶稣会保佑他们。钢琴声响起，唱诗班唱起赞美诗……美妙的歌声让众人平静下来。许多人因为当天听了赞美诗，听了洋歌，从此信了洋教。教堂里面唱着歌，外头马路上源源不断地走着日本兵。

到了下午，人们放下的心又悬了起来。原来日军得到情报，说天宁寺是战时医院，闯进寺里。队长小野挥着雪亮的东洋马刀。日军堵死后门，对寺里逐间房屋搜索。他们在地藏殿和观音殿里发现了几个穿僧衣的可疑的人员。队长小野把和尚的袈裟扒开，发现了他们的肩头老茧和枪伤……天宁寺当家和尚弘元当场被刺穿咽喉。撞钟和尚悟民被小野一马刀身首异处。日本人从寺里搜四十多个没来得及撤退的伤兵，全部枪毙在天宁寺门口。

消息传出，全城震惊。

愿生寺里，汪太太和众多僧尼和避难的人挤在堂里高声念《金刚经》，香烟缭绕，诵经声不绝……

日军进城，一部分扬州人躲在家里大门紧闭，一部分逃出城外，一部分躲在各个寺院里。扬州城形如空城，看不到人影子。街上到处是日本兵岗哨。

没几天，一个消息在城里传得炸开锅了：日本人在南京，见到人就杀，杀的尸首堆成了山，妇女被强奸，连八十岁老太太和十岁的孩子都不放过。日本人把人往江里赶，死的人无数，岸边上堆着死尸，长江里的水都染红了……

听到南京屠城的消息，扬州人更不敢外出了，街上空无一人。

日军驻扬州的司令川井密大佐是个中国通。他接到命令要把一批军用物资运到仙女庙。川井密把警察局小李子和小滑子找来，要他们找民工来搬运。小李子和小滑子领着人，沿着各条巷子敲锣喊话："城里的青壮年听到，皇军招民工，给钱管饭……"他们喊了两天，一个民工没有招得到。川井密发怒说再招不到民工就杀人！

小滑子给川井密出了个坏主意。原来教场里有个望火楼，城里有民间组织的救火队，有人在望火楼值班，哪个地方发生火情，就敲楼上的大锣，救火队员就会赶来救火。日本人就在教场书店"世界书局"放起火来，火光冲天。当天烧老虎灶的张三值班，赶快敲锣。张城隍、李土地等从四面八方赶来救火。水火无情，城里老宅子一家连着一家，一当火情，天大的事都要放下先救火。一下子赶来五百多人救火，其中有许多看热闹的。

救了火，大家刚想停下休息一会儿，教场就被日本兵围得水泄不通。日本兵说捉当兵的，一个一个甄别，只要是青壮年全部留下，一共捉了四百六十多人，命令他们运送军用物资到仙女庙。

仙女庙在城东二十多里，中间经过大运河、头道河、二道河等。四百多壮丁排队运送物资到仙女庙，日本人管了一顿饭，干完打发回家。众人松了一口气，一路往回走，一路议论，觉得书局这把火烧得奇怪，像人为放火。

众人返回走到万福桥。万福桥有日本兵把守，忽然看见许多人排队往桥上拥来，不管三七二十一，一阵机枪狂扫。那些民工哪里想到日本人会杀他们？可怜张三、张城隍、李土地等众人，一下子死伤了二百多人。这就是著名的万福桥惨案。惨案传到城里，家家哀歌，户户痛哭，去万福桥收尸认尸的人在马路上连成一片。

老甲鱼康九海听到这个事，坐不住了，找梅尔宜商量。他们约在埂子街的小山园浴室。在这个地方洗澡的多数是社会下层。小山园进门有一天井，天井里晾晒浴巾、垫褥、草席。浴室每天下午开张，路边上和天井里摆着乡下农民进城的独轮车、挑菜担子，木桩子上拴着毛驴。

浴堂里有大通铺。康九海和梅尔宜找了个僻静的角落，那些农民也不认识他们，两人下过水池，盘腿坐在铺上，面对面谈起来。

康九海说："老弟啊，就剩我们两个啦。汪春、顾春元、沈福元几个都去阎王老爷那里报到了。"

"唉，这日本人来了，我们生不如死啊，头挂在裤腰带子上。"梅尔宜说。

"扬州城这么多人，日子要过啊。"

"等光复吧！"

"光复是光复的事，眼前的事不能让日本人天天这样杀啊？万福桥死了二百多啊。"

"老哥，汪春在世时就说你是个甲鱼，点子多，你想出个法子。"

"法子是现成的，但是要有人肯去做。有时候要担个骂名呢。"

"你说说啥？"

"我们几个要拖住宫奇，他是日本人，要想法子跟日本司令官搞好关系，联络感情，这样子，我们就能说上话，至少么日本人少杀几个人啊。这样子杀下去，今天杀二百，明天杀五十，人都杀光了呢。"

"怎么联络感情？"

"我听人说，日本人喜欢吃富春包子，喜欢泡澡堂子。从前他们是野人，后来鉴真大和尚去教化才开了窍。我们也来让他们开开窍。"

"大爷妈妈，你这个主意，不得人敢去做。光复了，就是汉奸。你看到吗？秦桧到现在还跪在岳飞墓跟前。这个操祖宗八代挨骂的事，我不做。"

"我晓得你不做，有个人能做，这个人要说动了，作用要比你我大得多。"

"哪个？你就直说。"

"汪大少爷。镇江已经成立了自治委员会，负责跟日本人打交道，维护地方治安。我们让汪天佑当自治委员会会长……"

梅尔宜一想，汪家是扬州的大户。大少爷毕竟年轻，愣头青，将来就是背黑锅，也只是汪家来背这口锅。康九海人称老甲鱼，果真名不虚传，这么缺德的主意都想得出来。梅尔宜连忙说："这个主意高明，高！"

第二天，汪天佑在茶楼下棋，梅尔宜和康九海、宫奇几个进来，一左一右，把他一挟，不容他不答应，就拖往小红楼。川井密见过宫奇，他们都是北海道的同乡。川井密见宫奇领着地方乡绅求见，正求之不得，连忙请进来喝茶。

宫奇向川井密介绍染坊梅老板、钱庄康老板、盐铺汪老板。川井密以为宫奇来要谈什么重要的事，没想到宫奇开门见山，说来以棋会友，引见扬州第一棋手汪天佑与川井密切磋棋道。宫奇打听到川井密是个棋迷，业余五段，进驻扬州后，闲着就自己一个人打谱。听说有人上门来下棋，川井密立马就去卧室拿来随身携带的围棋，跟汪天佑下了起来。

路上，宫奇就关照汪天佑，这个棋要赢，赢了日本人棋，什么话都好说，若是输了，他看不起你，底下的话就不好说了。所以，下棋的时候，汪天佑不敢马虎，连赢川井密两局。川井密忽然站起来，把众人吓了一跳。在一旁看棋看得打瞌睡的康九海就差吓尿出来。

川井密向汪天佑鞠了两个躬，表示认输。

汪天佑早年留学过日本，会说几句日本话。他见有机可乘，便说："川井密先生，扬州是鉴真大师的故乡，希望城市、商会、百姓能得到保护。"

川井密说："我们为建立大东亚共荣来的，来帮助你们建设国家。扬州有过李白、欧阳修、杜牧、曹雪芹……我们要建一个王道乐土。"

汪天佑说："我们商人对政治不感兴趣。我们不希望扬州发生像南京那样的事。"

在一旁看下棋的日本军官小野咆哮起来，拔出刀，嚷道："你说什么？污蔑我皇军？"

川井密训斥道："退下！"

汪天佑说："扬州是黄龙士的故乡。我是个唱戏的。中国人待客，有朋自远方来，不亦乐乎！"

宫奇趁机说："对，有朋自远方来，不亦乐乎。川井密将军，你到扬州，商会请你参观历史名胜古迹，如何？"

川井密说："太好了。'腰缠十万贯，骑鹤下扬州。'"

几个人出了红楼，约好明天领川井密参观名胜古迹。康九海和梅尔宜说："这几天觉没睡好，陪川井密参观的事，就全权拜托宫奇和汪大少爷了。"

汪天佑杀败日本人，心情正高兴，一口答应下来。

梅尔宜悄声对康九海说："这个大少爷要死了，日本人是侵略者，他说'有朋自远方来，不亦乐乎'，这要是光复了，要是党军来了，非砍掉脑袋。"

康九海说："大少爷嘴上跑火车，你不能认真，这个话，不能往外说。"

第二天，宫奇早早来喊了汪天佑去陪川井密大佐逛城。川井密也做了防范，一路上宪兵开道。警察局的小李子、小滑子跟着日本兵跑前跑后。他们第一脚先到了琼花观。

汪天佑给川井密讲琼花观的来历，讲"维扬一株花，四海无同类"。观门口有大石牌坊，上匾额书"蕃釐观"三字。道士出门迎接。日本兵皮靴踏在古老石阶上。道士介绍说："石牌坊是明代所建，左右两根石柱，雕刻日月形状，左为赤乌，象征着太阳，右为玉兔，象征着月亮。"道士又介绍说："主殿三清殿。供奉后土神女的后土祠，当年隋炀帝琼花观内赏琼花。"

琼花观无双亭下，刻着欧阳修的诗。川井密读了起来："琼花芍药世无伦，偶不题诗便怨人。曾向无双亭下醉，自知不负广陵春。"

众人第二站去平山堂。川井密欣赏着对联："衔远山，吞长江，其西南诸峰，林壑尤美；送夕阳，迎素月，当春夏之交，草木际天。"他们欣赏起两江总督刘坤一题的"风流宛在"。

小野在一旁笑道："字写错了。"

川井密解释说："'流'字少了一点，而'在'字却多了一点，是说做人，少一点风流，多一点实在。暗含双关。"

"嗨！"小野伸出拇指赞叹，"将军对中国文化如此熟悉。佩服！"

川井密吟诵对联："晓起凭栏，六代青山都到眼；晚来对酒，二分明月正当头。"

汪天佑领川井密参观欧阳修祠，又名六一祠。汪天佑吟颂道："平山阑槛倚晴空，山色有无中。手种堂前垂柳，别来几度春风？文章太守，挥毫万字，一饮千钟。行乐直须年少，尊前看取衰翁。*”

平山堂作陪的老和尚吟道：“三过平山堂下，半生弹指声中。十年不见老仙翁，壁上龙蛇飞动。欲吊文章太守，仍歌杨柳春风。休言万事转头空，未转头时皆是梦。”

川井密问：“这是谁的诗？”

老和尚说：“苏东坡的诗。”

第三站游瘦西湖。他们坐了巧云的船，从九曲池至熙春台，过莲花埂的五亭桥，到小金山，又到大虹桥。一路上，汪天佑来讲解。瘦西湖原来叫保障湖，与杭州西湖相媲美，但清瘦过之，所以人称“瘦西湖”。

二十四桥，又叫廿四桥。出自唐代诗人杜牧诗句“青山隐隐水迢迢，秋尽江南草未凋；二十四桥明月夜，玉人何处教吹箫”。二十四桥由落帆栈道、单孔拱桥、九曲桥及吹箫亭组成。

湖一侧有月观，赏月的地方。月观坐西朝东，前临开阔的湖面，每当皓月东升，天上水中的两个月亮交相辉映。

他们从大虹桥上岸。川井密竟也知道“虹桥修禊”。据说川井密是日本早稻田大学毕业，专业是古典园林建筑设计。他游览过瘦西湖，回去就一病不起，把自己关在屋里，几天不见人。后来有一次与汪天佑下棋时说出真心话，他被中国古典建筑的精妙折服，感到很自卑。

日本人占领扬州后，汪天佑当上自治会会长。没几天，从北方淮安开来一支队伍，驻扎到扬州，叫保安大队，后改名皇协军。保安大队接受南京自治委员会领导，成了日伪时期扬州的统治者。

汪天佑当会长，陪宪兵司令川井密下棋，可是没几天，日本人送给这个会长一份大礼。

---

* 出自欧阳修《朝中措·平山阑槛倚晴空》。——编注

日本人进城了，扬州市民在惊心动魄、惶恐不安中度过前几日，一个个关门闭户，黑灯瞎火。后来渐渐街上有人走动了。汪天佑照样出门下棋，倒也显示出一份从容镇定。他一出家门，玉珠就吓得去上高香，不知道他还能不能再进家门。就这么折腾了几天，好好地外去，完完整整地回来，心也就渐渐安定下来。

那天早上，她出门淘米，看到运河大堤上有人走动，河里船也驶了。她心安了下来，就惦记起大妈妈。玉珠跟大妈妈最有感情。她小脚，大妈妈也小脚，平常她们两个在家里做伴。她不像两个姑子，是新派女性，在外头跑东跑西。现在日本人进城了，大妈妈不知道在寺里怎么样，也不知寺里是不是有东西吃。

她上了一炷高香，去放生池弄出一只乌龟，搬到门口运河里放生，嘴里念念有词说："菩萨保佑，保佑汪家平安！保佑全城百姓！"然后就去屋里准备了两袋京果粉和一盒绿豆糕，又捡了几个馒头扎在花布包里，套上鸳鸯绣花鞋，迈着小脚步行去愿生寺看汪太太。

走到大街上，行人稀少，像是太平无事。她刚走到仁丰里巷子口，看见前面两个日本兵，扛着长枪过来。玉珠一吓，转身就走。

日本兵喊："站住。"

玉珠慌得跑了起来。日本兵追。她小脚，哪里跑得过日本兵？乱跑乱撞，跑到了南门街。南门街家家闭户，她敲门求救，人家开门一看后面是持枪的日本兵，哪个敢开门救她？"扑通"，门又关上了。

日本兵就追上来，用刺刀对着她。玉珠吓得面对着墙壁，不敢转身。两个日本兵没见过小脚，叽叽咕咕指着小脚议论起来，动手去摸她的小脚。

玉珠格外慌乱了，两脚乱踹，一只绣花鞋脱落。一个日本兵抢过小绣花鞋摆在鼻子上闻。

玉珠哪里遇到过这种事，羞愧无比，看见旁边有一口井，就跑过去"扑通"跳到井里，井口馒头滚了一地，就听得井底传出一声："天佑，我走了。"

玉珠跳井身亡的时候，汪天佑正在和川井密下棋，茶社里留声机播放日本音乐《樱花》。忽然，他二指捏着的棋子掉到地上，摔碎了。

一早上，一声凄凉的唢呐声打破了古城的寂静。

汪家出丧。街道上行走着出丧的队伍，像一条白龙，穿街过巷。玉珠人缘好，街坊邻居涌出家门，出来给她送丧。灵车，黑旗，白幌，唢呐，长号……

汪天佑内心对玉珠有无限的愧疚，他披头散发，着白衣，唱着嘶哑的清曲，曲调悲壮：

风儿呀，你把我刮到他那里去，会会我冤家……

32 苟且偷生当良民 劫波犹在报平安

杏儿满月的当天，大成子找了辆牛车来接汪若梅回城。她们告别胖婆婆，千恩万谢，约好等安稳下来，接胖婆婆去城里住上几日。她们去银杏树底下的小土地庙上香，说杏儿在竹西生的，要感谢竹西的土地公公婆婆。

一路上，大脚告诉汪若梅这些日子扬州发生的事。汪若梅听说玉珠嫂子和管家丁小同死了，在车上哭了一回。

北门城门口有日本兵和保安队站岗，拿着长枪检查过往行人。进城的人排长队，汪若梅听排队进城做工的人谈话。

瓦木说："大兄弟啊，日本人来了，你也进城？"

木工说："不进城，全家喝西北风啊？没得法子啊。"

日本兵叫住木工，把木工的斧头没收了。

木工说："大爷，收我斧头，那是我吃饭的家伙。"

日本人听不懂他说什么，亮出明晃晃的刺刀对着他。

木工喊声"大爷妈妈"，也不进城了，回头走了。

大成子把路条给日本兵看，日本兵一挥手放他们进城。

汪若梅问："大成子，你给日本人看的什么东西？"

“路条。大少爷当自治会会长，自治会发的路条。”

“这么说，天佑给日本人做事了？”

大脚说：“也没见他出门做事，整天在家里唱曲。玉珠死了，对他打击很大。”

“唉，大脚婶，我这个哥糊涂啊，日本人躲还躲不过来呢，哪能给日本人做事。这是砍头的罪啊！”

牛车一路颠簸，一直把他们送到东圈门门楼子底下。众人下车。大成子去吴家米铺送米。汪若梅抱着杏儿往巷里走，碰到拎马桶出来倒粪的蛋黄子。蛋黄子一高兴，手一软，马桶滚得多远的，她也不顾，上车要帮着抱杏儿，喊道：“二小姐家来喽，二小姐家来喽。”

巷子里牛老三、胖大厨、黄大虚子、老八级、皮六一个个出来看。小红旗第一个跑出来，后面跟着小运河、小红、老巴子、黄小明一群孩子。夏公公跟在后面喊：“小红旗啊，跑慢点个。这回你的队伍又壮大了？”

汪若梅回到家，杏儿哭着要喝奶。她这边刚准备喂奶，就听到有人敲门。小红旗在门洞里往外一望，见来人扛着日本旗子。

小红旗喊：“日本人来了。”

这一声，屋子里乱成一团，汪若梅赶紧扯上衣裳，往脸上抹锅底灰。

夏风听到门外喊：“夏先生，我是警察局小李子。”

夏风对汪若梅说：“不作忙，虚里虚招的。小李子。”

门打开。小李子扛着日本太阳旗进来喊：“平安无事喽！”送了一面膏药旗给小红旗。

夏风问：“小李子，你这是上门做什么？”

“日本人和自治会吩咐，到各家各户讲清楚，日本人不杀人了。”

“日本人不杀人，要各家各户去说？是不是不杀人我们要去感激一下子？”

“说不杀人，就是叫各家商铺开张大吉，开门做生意。”

汪若梅出来说：“小李子，你知道日本人什么时候走啊？”

“二小姐，日本人大部队走了。宪兵队住在小红楼，说是不走，长期驻扎在这儿。”

“我们要恭喜你啊，警察局给日本人做事了？”

“二小姐啊，我也是不得办法，刀架在脖子上。说有维持会，大大小小的事，日本人都来指挥警察局。扬州城治安得靠我们来维持。没得人出来维持治安，黑头来了，上回把孙铁嘴的当铺抢了个精光……”

“日本人杀这么多人，就白杀了？”

“大爷妈妈，二小姐啊，这个话不能在外头说。”

吴家富正在下门板。店门板才落下，门前就拥挤着买米的。吴家富喊：“老规矩，排队。”

呼啦，队伍一拖就十来米长。小癞宝瘸着腿出来挂出招牌。

买米的嚷道：“米价怎么一开门就翻了个跟头？”

“没办法，日本人来了。”

有人喊道：“日本人来了，你米价就涨这么高？是你引来的吧？”

“掌嘴。乡下收不到米了，全征用当皇军军粮了。”

有人说：“不买了，太黑心。”

“不买好。日本人说了，限量供应。你到时候捧着金子，也买不到米。金子能当饱吗？你三天不吃饭看看？”

想离开的人，又低头回转来。

小李子扛着日本旗子过来，对吴家富说：“快，把旗子插上。没日本人的旗子保佑着，一会儿灾民涌进来，就把你店给抢了。”

“我女儿玉珠才让日本人逼死，你就让我挂他们的旗子，我心有不甘！”

小李子说：“吴老板，忍着吧。忍字心头一把刀，难受吧，但能保命。”

吴家富抹抹眼泪说：“说的也是，插上吧。”

米店插上日本旗。

南河下响起了一阵鞭炮声。好几户商家开门探头出来打探情况。卖黄桥饼的黄二问：“日本人来了，也放炮仗？”

开棺材铺的二喜子说："日本人自己放的鞭炮。"

"鞭炮声从哪儿传来的？"

"从南河下汪家盐铺。"

一些开店的想打探风声，一齐涌往汪家盐铺来。盐铺门口挤满了人。一个扎着红布的新招牌挂在盐铺门柱子上，上写"苏北盐业株式会社"。众人不明白什么叫株式会社。

孙铁嘴就在一旁给大家讲解："株式会社就是股份公司，是日本称法。这回汪家盐铺日本人宫奇当大股东，汪家少爷当二股东。盐铺做大了，跟日本人做生意，要发大财了。"

二喜子问："发大财好事啊，怎么没看见汪家少爷的人影子？"

张邋遢说："别听他们胡说，日本人来就能发大财？日本人来，只有你二喜子的棺材铺可以发财。"

汪家盐铺码头上，码头搬运工人站成一队，听小滑子训话。

小滑子指着宫奇说："这位是苏北盐业株式会社总经理宫奇先生，想混口饭吃的，就留下，不想干的，滚蛋……"

工人扛盐包上了日本汽船……

盐铺门口，市民排队买盐。盐铺挂起牌子：凭良民证，每人每月限购半斤。

胖大厨抗议道："这么点盐怎么够？我开饭店的，这么些盐，开不下去了。"

王奶奶说："扬州从来不缺盐，怎么日本人来了，这盐反而紧张起来了？日本人把盐当饭吃？"

孔剑秋说："日本缺盐，这些盐里能提炼出打仗用的成分。各地的盐都往日本运。淮北的盐从连云港运出，火车装，大铁船运。日本人低价收购盐，掠夺我们的资源呢。"

高妈说："打记事起，就没有过缺盐的事，这年头，怪事就是多。"

王奶奶说："我听打铜巷瞎子说，日本人是从海上来的，鱼变的，吃咸水，就得往水里放盐，没盐啊，就又变成了鱼。"

高妈说："怪不得不讲人话，讲话叽叽歪歪的……"

辕门桥街的六一裱画店门口，肖珍在门口喊，黄小凤从里头推开格子窗，探出头来问："肖督学，一早上打扮得像个蝴蝶，去见哪个？"

"我都老太婆了，你才是花蝴蝶呢。快点个，三缺一。"

"街上不得再杀人吧？"

"皇军鼓励打牌，提倡大东亚共荣新生活，就是提倡打牌。"

周小松在屋里套了件西装，打上领带，皮鞋锃亮。黄小凤穿着高跟鞋，套上旗袍。两人挽着胳膊出门打牌。肖珍拦了两辆黄包车。他们坐车去丁家湾的余小奇家，那里成了他们打牌的聚点。余小奇把大厅里挂的"厚德载物"和"澄怀象"换成了"王道乐土"和"大东亚共荣"。

余小奇、肖珍、黄小凤、周小松坐在牌桌上，"哗哗"洗牌。二姨娘在一旁看下头。

肖珍说："只要让打牌，管他东洋人，还是西洋人。"

余小奇说："小酒照样喝，小牌照样摸，这就是王道乐土。"

周小松问："肖督学，我邻居家问梅花小学什么时候开学。"

肖珍说："这要问余老爹了。"

余小奇说："维持会说了，顶多一个月，各个学校都要开学。最近出了件大事，小凤啊，你可要把持住。"

"什么事？要我把持住。"

"董大嘴，董专员死了。"

"他死了，跟我有什么关系？"

"董大嘴死了，跟我家小凤有什么关系？他早就该死了！"周小松说。

"你们说没得关系，我就不说了。"

周小松说："没得关系，但听到他死了，就想听听怎么死的。"

"说出来吓死你们。这个董大嘴领着抗日宣讲团在乡下，让日本人抓住了，当场活活地把头皮剥了下来。"

"后来呢？"黄小凤问。

"还后来呢，头皮剥下来，人就死了，有什么后来？"

黄小凤猛地站起，跑到门口，“哇”地哭出来了。

肖珍说：“小松啊，你不要吃醋。人嘛，毕竟有点感情呢。”

余小奇停下手中的牌说：“说了个坏消息，再说一个好消息。前天宫奇把宪兵司令川井密大佐领上门了。川井密大佐是个中国通，爱中国画。我给了他几幅扬州十小的画，把他高兴坏了。我答应引见他去见扬州当今最大的画家六一山人。日本人看上你的画，你的地位立马就升上去了。”

周小松说：“余校长，当年我和小凤在学校闹，小凤家里就嫌我穷。日本人喜欢上的我字画，你就是我再生父母。我去小凤家，用钱砸老八级和大虚子，一直砸得他们主动把小凤给我送上门。”

黄小凤用手拍揩着嘴说：“我已经给你送上门了。”她打出一个九饼。周小松一推牌：“和了。”

一天，莎莎和小运河正伏在院子里的荷花缸上看金鱼，汪若梅晾杏儿的尿布，一个满脸是灰的乡下女人扎着黑布头巾走了进来。汪若梅正奇怪着，就听莎莎喊：“妈妈……”

寒冬腊月，天寒地冻。晚上汪若梅早早打发几个孩子钻到被窝里，给每个人配了个小热水焐子。她和汪琼睡，汪琼抱着杏儿。汪若梅坐在床上给周觉民织毛衣。

汪琼说：“过两天，我要去给玉珠、丁管家上坟，烧点纸。”

“丁管家的尸首找到了吗？”

“哪里找得到？大脚把他的衣裳帽子在小茅山埋了个衣冠冢。这个事情一点不能声张，让日本人知道了我跟大脚都不得命了。那天日本人的炮艇在后头追。我们已经沉了两艘。丁小同一看，再这样下去全要被击沉，他掉头往日本炮艇撞过去。日本人也没有防备，这一撞，‘轰’的一声，我在前头船上看得清楚，两个船半个船身就没有了……他救了我们一命啊！”

“丁管家，大脚婶，这么多年，就是我们家里人。大脚去竹西接我，告诉说玉珠这回死了，哥哥也伤心。他在玉珠坟前跪了一天，哪个劝都不走。他告诉大脚，说他一辈子不再娶了。”

“哥哥啊，良心发现。我们船到六合上岸，江都抗日宣讲团团长是董专员，我是副团长。我们听从南京逃出来的人讲，南京屠城了，死的人堆成山。南京不能去了，我们就往北，到了大仪，又到送桥……我们就在宝应、高邮、江都乡下宣传抗日。我们还跟农民学会扭秧歌，‘夹东来，夹东来……’我们每到一村，四乡八壤的农民就跑来看演出。他们在稻草堆上坐成一堆一堆地晒太阳。我和俞泽、杜燕表演话剧《放下你的鞭子》，我们唱《渔光曲》……”

汪琼轻轻哼起《渔光曲》：

……轻撒网，紧拉绳，烟雾里辛苦等鱼踪!鱼儿难捕租税重，捕鱼人儿世世穷。天已明，力已尽，眼望着渔村路万重;腰已酸，手已肿，捕得了鱼儿腹内空!……

汪琼一哼，像是哼摇篮曲，早把杏儿哼睡着了。汪若梅把杏儿摆到摇窝在里头。汪琼继续说：“那天，我们在江都打谷场上表演，村头响起枪声。日本兵和保安队把村子包围了。村民四处逃散。我们也跟着跑。董大嘴问杜燕皮箱，皮箱里是我们筹集的抗日捐款，杜燕这才想起丢在打谷场上了。这么一说，我们就叫俞泽他们先走，我和董大嘴回打谷场找箱子。我们刚到打谷场，日本人就把打谷场包围了。打谷场上剩下的都是村子里的老弱病残，跑不动。一个放牛的老大爷把我一拖，拖到牛棚里，让我躲到牛棚的草料堆里。刚好牛棚顶上有个天窗，看到打谷场上。保安队长，那个侉子，举起我们丢在打谷场上的演出道具……日本兵拖出一个老头，就是一刀。人群里发了慌，哭成一片。哪个看过杀人？众人都回头看董大嘴。侉子上前把董专员拖出来，把他捆到歪脖子柳树上，把头皮给剥下来了……这个董大嘴这么多年没干什么好事，但死的时候蛮有骨气的。头上有血，他竟哼唱起来：‘落魄江南载酒行，楚腰纤细掌中轻。十年一觉扬州梦，赢得青楼薄幸名……’反反复复唱了几遍，直到断气。”

“后来呢？”

“第二天，日本人走了。我们才敢出来。就这么草草地把他埋在打谷场后头的小树林里。一箱子钱也给日本人抢走了。我们怎么办呢？我化装成农妇，混进城……”

“这么一说，我更担心是周觉民了。一点儿消息都没有。”

汪若梅忧郁地看着窗外，一片漆黑。

1938年虎年春节，扬州人照样过年，只是少了往年的繁华热闹。寒风中，街上挂着灯笼，插着大大小小的膏药旗。城门口、红楼、盐司衙门、文昌阁增加了许多岗亭。模范马路的岗亭子换成了日本兵。钞关码头和福运门码头上，日本人架了机枪。

年前，小癞宝和小翠扛了一袋子米上门。小癞宝说：“我爸爸说了，夏公公家添丁添口的，要我送袋子米来，讲好不收钱。”

“哎呀，小癞宝会说话啦。”夏风笑着说。

小癞宝自豪地说：“成大人了。明天请夏公坐上岗子喝喜酒，后年抱个大儿子。”

小翠骂道：“你跟哪个结婚？在外瞎嚼舌头。”

他们正说着话，巧云和张邋遢上门，送来湾头猪头肉和黄钰老鹅。巧云说：“日本人来了，张邋遢生意不做了，这些是老主顾送的，自己家里留着吃。我们想到若梅不容易。若梅啊，玉珠走了，你要把大妈妈照应好。”

汪若梅说：“是啊，劝她回家过年，她不肯，说家来就想到玉珠。今年就在庙里了。”

“唉，人啊，假得很。”

“日本人畜生啊。要不是日本人打过来，哪有这些事呢。”

“是啊，我叫我家张邋遢，熟食摊子不摆了。日本人最喜欢吃我家猪头肉和老鹅，我们不做给他们吃，他们出再多的钱我们都不卖，在家里休息。这个也叫抗日。”

张邋遢插嘴说：“小滑子跟日本人干事，狗日的也来敲竹杠，说要记账。我小本生意不记账，他跟我把枪掏出来，我一只手把他扔到北城河里了……巧云劝我，不作这个气，我摊子不摆了。”

巧云问小翠："刚才进门的时候，你们吵什么呢？"

小翠就把前因后果说给巧云听。她在吴家做了三年丫头，没有要一分工钱。吴家富要她嫁给小癞宝，这不是把一辈子毁了吗？

巧云本来就侠义，一听气冲脑门："若梅啊，这个吴老板是你家亲戚，你要说说他，这么缺德的事不能做啊。"

汪若梅说："夏公公都说过了。现在是民国，出台了婚姻法，婚姻自由，不能强迫。强迫就是拐卖妇女和儿童，犯法的。"

小癞宝噘嘴说："又不是我要娶小翠，是我老子要的。"

"你不娶，你老子强迫你啊？"

巧云见小翠老实能干，十分喜欢，拉着小翠的手，要小翠做她干女儿。巧云说："小翠啊，你跟我划船吧。我们当船娘的，哪里愁过吃愁过穿？吃百家饭，穿百家衣。什么大人物，上了我们的船，就乖乖听话，否则就不客气。"

小癞宝插话问："怎么不客气法子？"

小翠骂道："呆瓜，不客气就翻船了。"

腊月二十四送灶，俗称"老年根"。夏风和孩子们贴门联，放爆竹。周师母用面团子做的宝塔糖，让灶神爷上天说好话。小运河问夏风："祖公公，灶神爷有故事吗？"

"有。灶老爷姓张，人称张郎。家里有钱，从小娇惯任性，长大了成了浪荡子弟。他老婆贤惠，经常规劝他。他哪里听得进去，嫌老婆管得太多，一纸休书，将老婆赶出家门。张妻被休后无颜回娘家，便投河自尽，后被一穷汉救起，为报救命之恩，便嫁给穷汉。后来穷汉家日渐富裕，过上小康生活。而张郎家却日益衰败，最后当了要饭的。一天，张郎讨饭到前妻家，前妻一见是原夫，便将其领到厨房，盛上肉、饭让他吃。张郎羞愧难当，心想，当初如听老婆的规劝，也不致潦倒如此！有何脸面立于人世？于是，一头钻到锅膛里烧死了。玉帝见他最后尚能知错认错，便封他为灶神。腊月二十四不炕（烘）鞋子。**'灶老爷本姓张，不是烧鞋底，就是烧鞋帮'**。"

小红旗问："奶奶说要吃宝塔糖，什么意思？"

"灶神爷今天要上天宫向玉皇大帝汇报人间的事，为灶神送行叫送灶。'灶老爷上西天，有一句说一句'。送灶供品上有讲究，一大碗糯米饭，一碗酒糟子，让灶老爷吃后嘴粘起来不多说话。宝塔糖让灶老爷吃了嘴甜，多说好话。灶饭讲究，碗上面要做成馒头形，四周粘上花生、白果、栗子、莲子、枣子，叫'五谷丰登'。"

扬州送灶有"官三民四，龟五痞六"一说。讲当官的或当兵的，还有姓熊的和姓马的，在二十三送灶；普通老百在二十四送灶；戏子、妓院在二十五送灶；地痞流氓二十六送灶。送灶这一天家里大扫除，俗称"掸尘"。所谓"有钱没钱，干净过年"。

晚上送灶时，夏公公用金纸做成元宝。在纸上写"东圈门五福巷夏家……全家老幼七人，叩谢玉帝保佑平安"……然后点燃蜡烛，烧上线香，将酒泼洒在地上，向灶神叩拜，再焚化写在金纸上的《灶疏》。

送灶过后接近年关。夏风叫几个孩子不要在外头玩，说送过灶后债主上门。"你们出去串门，人家当着讨债的给吓住。"

到了除夕晚上，有人敲门，小红旗和小运河把门堵住不让开。

汪若梅说："红旗，有人敲门，你不开门吗？"

小红旗说："祖公公说了，送灶过了，上门的是要债的。"

汪若梅笑起来说："要债的，也要让人进屋喝口水啊。"

汪若梅打开门，见马老二挑着担子进来。马老二进屋，反手就把门关上。小红旗一见，忙往屋里跑喊："祖公公，不得了，要债的挑担子上门。"

夏风笑道："那，要快点把好东西藏好。"

马老二担子里有水芹菜，扬州称叫路路通，还有番瓜、山芋，还有一筐子鸭蛋。汪若梅和夏风陪马老二进里屋说话。两个孩子好奇，要跟进来，让汪若梅赶到门外。

马老二说："周政委让我稍回来的。他很好，要你们放心。"

汪若梅悬着的心放了下来问："他忙什么呢？"

"周政委领导我们抗日。我们成立了江都抗日宣讲团，在农村宣传发动群众，锄汉奸，打埋伏……”

“哎呀，他没事，我们就放心了。”

夏风说：“若梅啊，把杏儿抱出来，给马先生看下子，回去也好说给觉民听啊。”

汪若梅进屋，把睡着了的杏儿抱出来。杏儿觉被吵了，哭得“哇哇”的。汪若梅抱怨道：“怎么不上台盘？哭得哇哇的。”

马老二笑道：“哭得越响越好，将来是个赛小伙。”

他们要留马老二吃年夜饭，马老二担心关城门，早早就要走。汪若梅知道不宜挽留，就去屋里整理出给周觉民织的毛衣和几件冬衣，让马老二捎给周觉民。

除夕晚上，汪若梅得知周觉民平安，全家快快乐乐过了个年。

33 梅花香自苦寒来 屠刀底下难教书

大年初一早上，杨宝琴和马博士上门拜早年。杨宝琴说：“汪若梅，学校通知了，新学期学校照常开学。肖珍当上自治会副会长，升官了，约好初六在菜根香办酒，国文组教师全部参加。”

汪若梅一想说：“宝琴，份子钱我出，我孩子要吃奶，我去不了。”

马博士说：“肖珍小心眼，你若是不去，她能记恨你一年。你当心她给小鞋你穿。”

汪若梅不乐说：“我是真的去不了。”

汪若梅没有参加肖珍荣升治安会副会长的酒宴，得罪了肖珍，她认为汪若梅看不起她，不把她摆在眼里。日本宪兵司令部要求各所学校上报可疑人物，肖珍就把汪若梅报上去了，说汪若梅丈夫是抗日骨干。

开学第一天，汪若梅刚进校门，宪兵司令部的日本人和警察局的人就找到她。在校长室里，孔剑秋吓得汗直往下掉。川井密手摁在东洋刀上。听说日本人只要发现抗日可疑分子，立马拖到蜀岗西峰的死人坑活埋，有的抓进小红楼喂狗。

汪若梅从容镇定。川井密问她丈夫去了哪，汪若梅说早就失踪了，多少年没见了。警察局长小李子是老扬州，和汪家多年街坊邻居，同情她，对川井密说：“司令大人，民国的时候，去汪若梅家查户口，她丈夫就失踪了。”

川井密说：“这女的狡猾……”

小李子说：“这女的是会长汪天佑的亲妹妹，千真万确。”

川井密和汪天佑是棋友，听说汪若梅是汪天佑的妹妹，脸上顿时堆出笑。他手一挥，叫放人。川井密指着肖珍说：“你想当治安会会长，我明白，但是你不能陷害汪先生。你的，良心坏了！”

肖珍一听，立马瘫倒在地，地下还落了一摊尿。

汪若梅捡了一条命，格外小心谨慎。新学期，学校和从前一样，早上升国旗、唱国歌，学生照常上课。可是学期上到一半接到通知要换教材。教材是从满洲国运来的，人手一册。汪若梅拿到一看，傻眼了，从小学一年级的教材就宣扬“王道”“皇道”和“神道”，鼓吹“日满亲善”“王道乐土”“民族协和”等口号。有一个“国民训”，要求学生背诵，其中第一条说：“国民须念建国渊源发于唯神之道，致崇敬于天照大神，尽忠诚于皇帝陛下……”

学校里教师炸开锅，学生家长也有意见。肖珍说有意见可以去小红楼提。小红楼是宪法兵队驻地。

王老太开教研会，领着大家讨论教材如何教。

马博士说：“这个教材问题很多，比如讲满洲史、东洋史和西洋史，偏偏不讲中国史。教材里把我国东北四省*从中国版图分裂出去。这是胡说八道，没法教学生。”

杨宝琴说：“教材讲日满一体、王道乐土，其实是日本对中国文化侵略。我们讲这个教材，误人子弟，害人子弟，将来要挨骂的。”

汪若梅说：“我们是民国，教材里要我们崇敬‘天照大神’，那是日本天皇始祖。尽忠于满洲国皇帝，共建‘大东亚共荣圈’。这个满洲国皇帝是民国赶下来的溥仪皇帝，这不是又回到清朝吗？”

王老太说：“孔校长讲，使用满洲教材是日本宪兵队和治安会下达的任务，但

---

* 东北四省：这里指的是当时的行政划分，即辽宁、吉林、黑龙江、热河。——著注

是嘛，我们可以讲课时根据情况灵活机动。”

马博士问：“怎么个灵活机动法？”

王老太说：“你平常脑子蛮灵的，要我教啊！”

王老太这么一说，大家也就心领神会。上课时，课桌上摆着满洲国教材，教师不按教材教。汪若梅趁机给学生讲古典诗词。讲扬州诗人张若虚的《春江花月夜》和姜白石的《扬州慢》。马博士给学生讲《封神榜》，杨宝琴讲《聊斋志异》，只有丁小毛胆小，按照满洲国教材讲。

学生家长检查学生功课，发现换成满洲教材，闹到学校，要求孩子退学。家长怕得罪日本人，就强调丁小毛老师讲课差，要求退学费退校。肖珍找丁小毛谈话，丁小毛就把国文组不按满洲教材讲课的事告了密。

肖珍既怕日本人追责她督学不力，又不愿惹众怒，她每天午间操后，佯装各个班检查一遍，也算是交差。

清明节，汪家兄妹去小茅山墓地给父亲扫墓，给玉珠上坟。小茅山墓地增加了许多新坟，上坟祭扫的人络绎不绝。他们在坟上插柳条，祭花，上供品，烧纸。

天下起雨。汪春墓前当年他们种下的两棵雪松已经有房子高了。他们就在地上铺上纸，坐在树底下躲雨。

汪琼说：“党军进城的时候，父亲闹黑头死了。这日本人进城，玉珠也死了。汪家这几年，怎么这么不顺？”

汪若梅说：“书上说，国破家亡，现在才体会到国破家亡的滋味。”

“妹妹，我这回真是破产了。日本人把三条船炸沉了，一条也给党国征用了。这么多年的奋斗，就落了一场空。”

“姐姐，听人讲等光复了，日本人走了，国家要赔偿你呢。”

“这到猴年马月？这几天，那些死去的船工家人上门来。我也没办法，只好拿出家当来补贴人家。人家是一条人命，也不是三文两文能打发的。我跟哥哥这边也借了些，哥哥可能是拿了盐铺的钱，替我挡了一阵子。”

汪天佑说：“妹妹，我借你的钱，不是盐铺的，是我的私房钱。丁管家死了，玉珠死了，我对日本人寒了心。盐铺让我当二股东，谁都知道盐铺是让日本人给抢占了，现在叫苏北盐业株式会社，跟我们汪家没有关系。有人已经警告过我，日本人把中国的盐买回国，提取工业原料。我要是掺和在里面就是汉奸，将来就像秦桧，弄得跪在西湖边上。我早就脱了干系。”

汪琼说：“你晓得轻重就好。你还当什么治安会长，跟日本人下棋，将来都要清算的。”

“我这个治安会会长是商会梅老板加到我头上，让我出头来保护扬州商会。我要梅会长他们给我写了字据，将来可以拿出来作证明。日本人看不起我们中国人，称我们是支那人，狂得狠。我下棋，把日本人下败了，把川井密和宫奇都打败了，这是为民族争光……”

“你到北城根的紫来轩茶社找那个茶炉西施，那就是一个烂货，把扬州女人脸都丢尽了。紫来轩成了日本人常去的鬼混的地方，近朱者赤，近墨者黑。”

“我现在就在家里唱戏，别的地方都不去。我把南局扩大，把后院腾出几间屋子唱戏。苏小杨照顾我，也搬到南局来住了，花局里的事情全交给她徒弟苏小芸。”

“你不要在玉珠墓前提苏小杨，玉珠咽不下这口气。”

“玉珠坟上的花，就是苏小杨买的，怎么咽不下气？”

“姐姐，哥哥现在的确不去紫来轩了。”汪若梅说。

“你怎么知道的？”汪琼问。

“这个……”汪若梅不肯说。汪天佑低着头，不吭声。

原来马博士是个戏迷，也是南局的成员，一有空就去南局里唱戏。据马博士讲，有一回，汪天佑去紫来轩找茶炉西施。这个茶炉西施脚踏几只船，有一个相好的是仪征天柱山的土匪黑头。汪天佑跟黑头照上面，黑头打了汪天佑几个耳刮子。汪天佑哪敢跟土匪斗？从此就不去紫来轩了。后来有一天，茶炉西施找上门来讨茶钱，众人听到茶炉西施和苏小杨为争汪天佑在院子里吵了一架。茶炉西施说黑头打汪大少爷，不是为了她，是为汪家的梅瓶，那个梅瓶是假的，黑头为这个差点把命丢在上海。

杏儿过百露子要办百露酒，让孩子开荤。汪若梅对周师母说，日本人来了，死了这么多人，各家都有各家的心事、各家的难处，就不请客办百露酒了，几个孩子受日本人侵略的惊吓，跟着大人吃不少苦，不如趁着百露子，又是初春，全家出门踏青。几个孩子听说出门玩，都叫好。大人也就随着孩子，定在三月三这天出门。

初春早晨，莺歌燕舞，鸟语花香。全家大大小小早早起来，梳妆打扮，准备冷食，路上吃的。三月三不作兴生火起灶，就把前天就做了碎菜包子、豆沙包子，摆在盆子里，打了一个包。

一早上出门踏青的人很多，城门口有保安队检查过往行人。他们有维持会的路条子，一路通顺，从新北门出，沿着十里柳堤向北，绕过平山堂观音山，到蜀岗西峰。路两旁是桃红柳绿，河坡上大片迎春花，地上白花花的荠菜花。

这一路，从早上走到中午，走了三个多种头，一路走，一路逛。半路上，又碰到皮六和蛋黄子、高妈等。大家做个伴，一起说说话。

高妈问:“若梅，周师母怎么没出来？”

“她在家里留守，看家呢。”

“出来转转，外头风景多亮堂，不要整天待在家里。”

“是啊，脱不了身。”汪若梅把杏儿的头巾拉拉好，怕孩子吹风。

“当年夏先生托我给你介绍对象，一眨眼，孩子都这么多了。都是洋医院接生的啊？”

“哪里这么多孩子，我就两个。这个是小红，胖大厨家的，今天看我们出门，也跟出来一起玩。这个是小红旗，嗯，我大街上捡到的。这个是我儿子小运河，这个是杏儿。跑在前头拿风筝的，是姐姐家的莎莎。”

“怪不得的。我说哪来这么多孩子。”

小红跑过来喊：“汪老师，这边全是荠菜，白花花的。”

若梅说：“要认清楚些，不要把野草挖回去，草苦呢。”

“知道。”小红答应一声。

众人挖荠菜。

小运河喊：“晚上吃荠菜春卷呀，荠菜春卷……”

莎莎的小狗在草地上欢快地跑着。

高妈说："春天，什么都新鲜，不光是荠菜、马兰头、枸杞芽、香椿芽……"

蛋黄子说："是啊，在乡下，好吃的更多。夏公公，你见多识广，扬州山又不高，这儿为什么叫蜀岗？"

夏风说："有来头啊。**扬州三山不过头**。哪三座山呢？禹王庙的巫山，蒋家桥的倚山和大水湾的康山。不过头，就是这三座山没有一个人高。山不高，岗高。岗高到什么程度？**蜀岗上平山堂，远山来与此堂平**。远山再高，到了这里，平起平坐。远山，远处江对面镇江的金山。蜀在哪里？在四川，坐火车也要做上好几天。古人说扬州的山是四川山脉的延续，地底下通着。说有一个四川和尚在寺庙里把个瓢掉到井里，后来这个和尚到了平山堂大明寺，在天下第五泉打井水，把那个瓢捞上来了……"

汪若梅说："外公，蜀岗茶叶出名吧？"

"是的，辕门桥绿杨春茶叶店，专卖平山蜀岗茶。扬州茶味道像四川蒙顶山的茶。蒙顶山在四川雅安。有人说因为这个，才称平山这块叫蜀岗。"

"这么说，叫蜀岗就有几种说法了……"

他们正说着话，小运河跑来喊："妈妈，干妈在那边呢！"

众人顺着小运河手指的方向一看，蜀岗西峰草坪上，有个望春台，台上拉横幅写着"中日亲善六一山人书画展"，展台底下聚着一群人。汪若梅看清楚横幅上的字，想回避已来不及了。几个孩子风似的钻到人群前头。台上周小松留了一头长发，像个道士，穿着道袍，装扮得神仙模样，正泼墨挥毫，两旁嘉宾有川井密、子墨、宫奇、梅尔宜等人。

周小松对川井密说："司令官大人，松、竹、梅，岁寒三友。扬州八怪，竹画得最好的数郑板桥，若说梅花，汪士慎、金农画得好。梅有蜡梅、冬梅和春梅，味道各不相同。我画的是冬梅，梅中压雪。"

川井密问："这个梅花可以画，这个雪，如何画的？"

子墨在一旁说："你没见到，他用矾水点染的。"

川井密点头说："原来如此，中国画博大精深。"

周小松说："墨分五色，泼墨、点染皆是技法。扬州的画先驱当数大涤子苦瓜和尚石涛……”

子墨摇头晃脑吟诗道：“石涛有诗，‘怕看人间镜里花，生平摇落思无涯。砚荒笔秃无情性，路远天长有嗟叹。故国怀人愁塞马，岩城落日动边笳。何当遍浇梅花树，头白依然未有家’。”

梅尔宜说：“石涛在扬州家喻户晓。我也吟一首。‘诸方乞食苦瓜僧，戒行全无趋小乘。五十孤行成独往，一身禅病冷于冰……’”

汪若梅看着，心生厌恶。日本人来了，哪有这个闲情逸致？这几个有头有脸的人物皆成了马屁精。周先生在忙抗日，他们在忙着讨好日本人。想到此，她就准备离开。

黄小凤正跟宫奇的老婆代子在聊天，小运河跑到黄小凤跟前扯她衣角喊：“干妈。”

黄小凤一看小运河，吃了一惊，就找到了汪若梅。汪若梅这回走不掉了。黄小凤风光满面，拖着汪若梅介绍认识宫奇代子。

黄小凤说：“若梅啊，小松的画日本人特别欣赏，专门为他举办画展。川井密要请他们去日本搞画展呢。”

汪若梅不吭声。她想提醒小凤要小松别跟日本人走得太近。但是宫奇代子在旁边，这个话就说不出口。他们这边说话，那边小红旗和小运河调皮，竟跑到台上去看周小松画画。莎莎的小狗也蹿到台上。小运河捉小狗，把一碗墨水撞翻，泼到周小松刚画好的画上。在场的人惊呼，已经来不及了。周小松很懊恼，大喊：“谁家孩子？”

军曹小野拔出军刀喊：“八格牙路……”

汪若梅知道孩子闯祸了，冲着周小松喊：“我的孩子。”

周小松一见是汪若梅，赶紧笑脸，拦住小野说：“太君息怒，我的孩子，多多得罪。”

汪若梅上台，一手一个，把小红旗和小运河拖下台。小运河脸上手上全是墨汁。

汪若梅说：“小凤，改天聊，我送这几个没魂大帝回家。”

回到家。汪若梅罚小运河跪板凳。小运河昂着头，不服气。

周师母说："若梅啊，孩子顽皮，就算了吧。"

汪若梅说："妈妈，你不知道，今天要不是小凤在，小运河命就不得了，日本人把刀拔出来了。"

小红旗喊："日本人是侵略者！"

汪若梅说："大人的事，关你们什么事？"

小运河嘴里还硬，说："他们是坏人。"

汪若梅急得骂道："再瞎说，把你嘴扯了。"

夏风劝道："小运河啊，别让你妈着急。"

屋子里，杏儿在外头吹了风，一阵阵啼哭……汪若梅进去换尿布，喂奶。周师母把换下来的尿布拿出去洗，吓唬道："再哭，再哭麻虎子来了。"

杏儿果真不哭了。

小运河跪在凳子上做鬼脸子，问夏公公："祖公公，什么叫麻虎子？"

夏风说："这个麻虎子故事好玩啊，你要先跟你妈妈认错，我就讲给你听。"

小运河想想了，点点头，在屋子外头喊："妈妈，我认错了。"

汪若梅心烦气躁，哪有心思管他们，说："认错就下来。"

小红旗喊："小运河，下来听故事。妈妈要你下来了。"

夏风见汪若梅心情不好，招手要两个孩子出来，到院子里，给他们讲故事。

"这个麻虎子，是隋炀帝的大总管叔谋。隋炀帝到扬州看琼花，命令麻叔谋开挖大运河，几十万民工都归他管。麻叔谋长着大胡子，他每天夜里都要吃一个婴儿。他命令部下夜里到外面偷孩子，听他哪个村庄有婴儿啼哭，就抢过来煮得吃。老百姓给他起了个绰号叫麻虎子。所以，现在婴儿哭，提到麻虎子，孩子就不敢哭了。"

小运河问："麻虎子现在还在吗？"

夏风说："还在吧。"

小运河吓得直吐舌头。

到了天黑，汪若梅吃过晚饭，觉得这几天心情烦躁，就在灯下抄写《心经》。

她在药店里听孙阆仙说，只要抄写《心经》，整个人心就静下来了，这世界再乱也与自己不相干。

街上不时传出警笛声，巡逻队的脚步声……

巷子里有人在门口喊："陈皮、龟壳、枸杞、百合……"这声音有点儿熟悉。时常有乡下采中药的，知道夏公公是中医，上门来卖药材。汪若梅赶快去开门，门一开，卖药材的一把拉住她。

汪若梅吓了一跳，才看清是周觉民，扑到周觉民怀里。周师母听到响声出来，见儿子回来，就去关上门。

周师母说："我出去买点吃的，家里什么菜都没有。"

周觉民说："就吃扬州炒饭吧。这么晚出去不方便。"

若梅说。"我来做。看看我的手艺。"若梅炒蛋炒饭，然后用猪油、酱油、味精做出一碗汤。周觉民奇怪问："这是什么汤？"

"神仙汤。"

周觉民吃了一勺说："好，这个神仙汤里面都放的什么宝贝啊？"

汪若梅笑弯了腰说："这个配方祖传的，保密，里面放的东西可多呢。"

周觉民扒了两口蛋炒饭，忽然把碗放下说："快，我要看看女儿，都过了百露子了，我还没看一眼呢。我这个做父亲的不称职。"

汪若梅赶紧去里屋抱杏儿。杏儿刚睡着，抱出来弄醒了，有被窝气，扯着嗓子哭闹着。汪若梅赶紧敞开怀喂奶，嘴里说："乖乖，看哪个回来了，这个是爸爸。"

杏儿嘴里叼着奶头，哪里还管爸爸，眯着眼睛吮吸起来。

周觉民看着女儿说："我真有福，有儿子，又有女儿，将来革命事业有接班人了。"

汪若梅气得抱着孩子避到一边说："整天革命革命。两个孩子出生，你都不在身边。"

周觉民说："若梅，这是我的错，等赶跑日本人，我哪儿也不去，陪着你。"

汪若梅一笑："这，还差不多。"

汪若梅喂饱杏儿奶，把孩子放回摇篮里。她看看几个孩子，小红旗横七竖八睡在周师母屋里，小运河睡在夏公公脚头。她踮着脚回到厢房。周觉民坐在床头。汪若梅往他身上一靠，两人抱在一起，亲了会儿嘴。汪若梅把周觉民一推说："我觉得你有心事。"

周觉民说："若梅，跟你说个事。明天一早，我就要走。"

汪若梅噘着嘴说："就这么一晚上，你还不如不回来呢。"

"我和几个同志悄悄进城。我们进城来执行任务。日本人疯狂屠杀同胞，制造了南京惨案，许多同志都牺牲了。斗争形势更加残酷，中华民族到了危险的时候，我们随时有牺牲的危险。若梅，如果我发生了意外，你一定要坚强，把孩子抚养成人。"

汪若梅扑到周觉民怀里说："不许这样说，让人天天担惊受怕。"

周觉民紧紧抱着汪若梅。他内心有中许多愧疚，知道这个女学生为他所付出的，他没有尽到做丈夫的责任。周觉民忽然想到梅曼，觉得他跟梅曼分手是明智的，梅曼肯定忍受不了他这样形影无踪。汪若梅貌似柔弱，但内心有股强大的力量，坚忍地默默承担了一切。

他摸着熟睡中的杏儿说："将来，赶跑日本人，我们的孩子生活在和平中，就不用担惊受怕了。我走了后，你要学会保护自己。"

汪若梅说："你走到哪里去？万一有什么事，我好去找你。"

周觉民犹豫了一下说："我们在苏北建立抗日武装，打击日本侵略者和保安队。我们的抗日武装在农村连成一片……"

汪若梅倚在觉民怀里。他们说说话，一会儿传来鸡叫声，窗外泛白。周觉民起来。汪若梅有一种不祥的感觉，抱住他不让走。

"不，我不许你走。"

周觉民轻轻拨开她的手说："若梅，有什么事情要联系，你就去找船娘巧云。我们不能像周小松那样安于当亡国奴。这是一场民族的灾难。记得在史公祠吗？"

"记得。"

周觉民说："数点梅花亡国泪，二分明月故臣心。"

汪若梅轻轻吟诵起王渔洋的诗："梅花岭外夕阳时，步屧重来有所思，异代衣冠余蔓草，千年伏腊只荒祠。芜城落日人烟杳，瓜步清秋戍角悲。萧瑟西风松柏树，春来犹发向南枝。”

早上，汪若梅帮着小运河套衣裳，催他起来上学，忽然听得外头“轰隆”一声响，地动山摇，屋顶上的灰都震得落了下来。周师母慌慌张张地喊：“若梅啊，快出来，是不是地震啦？”

汪若梅一吓，赶紧去抱着杏儿跑到院子里。小红旗睡眼蒙眬，被从被窝里拖了出来。小运河在院子里跺脚。

门外听到脚步声。夏风去开院门，跟门外人说话：“皮六啊，是地震啊？”

皮六说：“夏公公，从运河码头传来的，不像地震。”

小运河说：“妈妈，是打雷，打雷就不用上学了。”

汪若梅骂道：“做你的大头梦，赶紧回屋穿衣裳，想得美。”

小红旗开心地笑着指着小运河说：“做你的大头梦。”

汪若梅一进办公室，杨宝琴匆匆跑进来说：“汪若梅，你知道吗？早上出事了。日本人的大船，装满了盐，让人炸了。”

“怪不得一早上，跟打雷似的，‘轰’一声。”

“被炸的日本船在你们汪家盐铺码头，听人说你家盐铺的门面房也炸塌了。”

“我家盐铺早就关了，炸的是日本人的株式会社。”

“管他谁的会社，房子炸塌下来了。房子是你汪家的。你啊抽空回家看看，有没有人伤着。”

“上完课，我赶快回去看看。”

马博士走过来说：“你最好不要回去。早上我上班时，那里被日本宪兵围了个里三层外三层。你别回去找麻烦。”

“我不放心我哥哥。”

“你哥哥不得事，我看他站在运河大堤上，跟日本人说话呢。”

“那就好。”

上课预备的铃声响了，她赶紧夹着教案进课堂。她今天给学生讲《梅花》，这是她自己自作主张选的一首歌：

梅花梅花满天下，越冷它越开花。梅花坚忍象征我们，巍巍的大中华，看哪遍地开了梅花，有土地就有它，冰雪风雨它都不怕，它是我的国花。梅花梅花满天下，越冷它越开花，梅花坚忍，象征我们，巍巍的大中华……

第二节课时，校长孔剑秋灰头土脸走到门口，对她招手。汪若梅走出教室问："孔校长，什么事？"

"肖督学找你去。"孔剑秋看看四周，"不得了啦，特高科小滑子也来了，说有人看见周觉民回来了。"

汪若梅问："他们怎么说的？"

"你要咬定不知道，听说日本人的船让炸了，怀疑周先生带抗日游击队干的。你千万不能承认，承认了就是死罪了。"

汪若梅感激地点头。她走到校园后面一座小黑楼里，肖珍办公室在二楼。她进门，小滑子正跟肖珍窃窃私语，门口站着两个穿黑衣裳的人。肖珍见汪若梅进门忙介绍："汪老师，进来，请坐。这位是特高科科长。"

小滑子说："二小姐，门口邻居，老熟人了。"

汪若梅问："小滑子，找我有什么事？你那个癞头疮好了吗？"

小滑子脸一红说："癞头疮好了，我这回是公干。"

汪若梅想不明白，这个街头赌鬼，穷得比要饭的还要穷的二流子，先是当上警察，日本人一来，又当上特高科科长。这世道真是乾坤颠倒了。她主动提癞头疮好没有好，其实是揭小癞子疮疤，告诉他你不要忘了你几斤几两。小癞子当然明白，说他是公干，表明他现在是政府的人了。

肖珍说："汪老师，特高科找你了解情况。我们是人民教师，要诚实做人。有什么你就说什么吧。"

"汪老师，今天一早，日本人的船停在汪家盐铺码头让人炸了，你知道吗？"

小滑子问。

“我怎么知道？汪家盐铺早就关门了。小滑子，我们住一个巷子里，你又不是不知道，我大门不出二门不迈，天天不是学校，就是家里带孩子，我哪有心思管你什么桥什么船的？”

“这个事情，二小姐你要关心一下子。不仅日本人船让炸了，你家盐铺的老宅子，三门面铺也让炸塌了。”

“小滑子，你上门查户口的，你不知道吗，嫁出门的姑娘，泼出门的水。我住在东圈门五福巷。”

“周先生回来了吧？”

“我丈夫离家五六年了。你看到他回来了？”

小滑子一笑说：“离家五六年，那你这个女儿哪来的？”

“这个，也是你们特高科管的吗？”

“二小姐，我叫什么？人称小滑子。扬州城有事能瞒得了小滑子？日本人算是慧眼识英雄。你不要以为你不说，我就不知道。我只要把你儿子叫来，小孩子不会说谎吧？”

汪若梅一惊，心想，这个小滑子太缺德，竟在孩子头上做文章。她想起昨晚周觉民回来，小运河和小红旗已经睡着了，周觉民也只是去屋里看了孩子一眼，没有吵醒他们。

汪若梅怒目圆睁说：“小滑子，做人给自己留条后路。街坊邻居这么多年，你当官了，何苦相逼呢？”

“不是我逼你，日本人逼我。”

小滑子递个眼色给肖珍。肖珍出门，一会儿，小运河一脸木讷地给喊到办公室。小运河以为自己犯了什么错误，一路走，一路低头，心里慌慌的。他进门见妈妈在，心想这个错误犯得不小，把妈妈都叫来了。

小滑子笑嘻嘻地掏出一块糖给小运河。小运河看了看汪若梅，若梅板着脸，没有一丝笑容。小运河一惊，就不肯接糖。

肖珍上前对小运河说：“小运河同学，做一个好学生，要说实话。老师考考你，你爸回来了吗？”

小运河听到爸，“哇”地哭出来，说：“我有爸爸，我爸爸会回来。我爸爸在打坏人。”

肖珍说：“我知道你有爸爸，谁说周运河同学没爸爸？”

小运河说：“班上同学说的。”

肖珍说：“我们把爸爸找来给他们看看，看他们谁敢胡说。小运河，你看到爸爸了？”

小运河先摇头，然后又点头，说：“看到了。”

汪若梅大惊。

“在哪？”肖珍问。

“在墙上，墙上有我爸爸和妈妈的相片。妈妈经常看，我也经常看。”

肖珍看看小滑子，小滑子看看肖珍，两人面面相觑。

小滑子似乎心有不甘，问：“小运河，你昨天看到爸爸了吗？”

小运河说：“我梦到爸爸了，爸爸在打坏蛋。”

小滑子一怔，连忙堆起笑脸说：“二小姐，我不为难你。汪家是扬州的大户，我们攀都攀不上，哪敢得罪。”

“肖督学，没有别的事，我就走了，我要上课呢。”

“你去吧，你去吧。”肖珍一脸笑。

汪若梅牵着小运河的手，转身出门。她走过狭窄的楼道，迎面丁小毛上楼跟她打招呼，她没有理睬，她头脑里是肖珍和小滑子阴险的笑。这些同事、邻居，表面上一脸笑，可心比蛇蝎还要毒，刚才她若是有周觉民的把柄落在他们手上，这些人为了蝇头小利，就会置她于死地。人心险恶。

她的理想是教书育人，当了亡国奴，屠刀底下的学校已经容不下她了。

34 出城报恩土地庙 绿杨精舍慰安妇

汪若梅回到家，莎莎忽然蹿出来，吓了她一跳。莎莎不讲话，把她往屋里拖，汪琼正坐在床头打毛线。汪若梅一怔说："咦，姐姐，你怎么来了？"

汪琼见汪若梅，神色慌张地问："警察局找你了吗？"

汪若梅就把上午在学校发生的事一说。她隐瞒了周觉民昨天晚上回家的事。

汪琼说："警察局也找我了。小李子透信给我，有人举报到日本人宪兵队，说我们福运船行的船运输军用物资，参与抗日。我想想害怕，万一日本宪兵找上门怎么办？我就干脆躲到你这儿来了。"

"好吧，你就在这里住些日子。小滑子住在这个巷子里，你不要冒出去让他看到。这些流氓无产者可不是周先生说的无产阶级，而是白眼狼，忘恩负义，唯利是图。"

"好妹妹，我就担心连累你。可是，我去哪里呢？离了家，我走在街上，无处可去。"

莎莎告状说："姨，我在家天天吃面条，好些天没吃肉了。"

汪若梅就责怪汪琼。汪琼说："我就是怕动，像得了忧郁症，有时在床上一睡一天。"

汪若梅就赶紧拿了菜篮子，去菜场赶晚市，买了鲫鱼，称了半斤猪耳朵。汪琼就在江若梅家住下来。当晚，全家高兴，夏风喝了二两小酒，说："今天小快活一下子，听说日本人的船给炸了。"

汪若梅担心大人讲的话让孩子听到，就赶紧用筷子敲碗喊："小运河、小红旗、莎莎，别磨磨蹭蹭的，快吃，早点上床睡觉，明天上学起不来……"

孩子们吃过饭，汪若梅在厨房洗碗，又听到敲门。夏风打开门，小李子和小滑子领着警察进门。小滑子额头上贴个日本仁丹膏药，头上扎一根白带子，一身日本人打扮。

夏风喊："小李子，这一会儿吃饭时候，警察串什么门？"

小李子说："夏老爹，没得办法，上面交代登记户口，办良民证。将来出门都要有良民证。"

汪若梅听得清楚，就有意高声喊："小滑子，你这个装扮，人不人，鬼不鬼的，我们邻居也要提防些你呢。"汪若梅喊话是让屋里的汪琼回避。

"二小姐，你就不知道了，这个最时髦。"

"熟门熟路的老邻居，半夜三更查户口？"

小李子苦着脸说："二小姐，小滑子现在官当大了，特高科科长。从前我是他头儿，现在他是我头儿。他要什么时候查，我就什么时候跟着查。你就多原谅些吧。"

若梅说："他就这么高，矮冬瓜一个，怎么说是特高？"

夏风说："小滑子，你这打扮我都认不出来了。我以为是日本人呢。这日本人一来，你祖宗都变了。"

汪若梅这边给警察报人口，小李子跟夏风说话。

小李子说："皇军搞人口登记，发良民证。今后上街买粮食、买盐，出个城都要良民证……"

这边登记完了，小滑子窜进屋里东张西望。小滑子上回来就注意到堂屋里的中堂。上回挨了黄小凤一顿骂，没看清楚是谁画的。他听孙铁嘴讲，一幅扬州八怪的画在上海能卖十块大洋，这回他就想看清楚是谁的画。小滑子站在画跟前，眼睛瞪得像牛眼睛。

夏风说："小滑子，你窜到屋子里做什么？"

小滑子说："看看，夏老爹，堂屋里的横幅山水不丑，哪个画的？"

夏风说："说出来能吓死你，小滑子，这是石涛的《淮扬洁秋图》。"

"拿下来看看啊。"小滑子就挪了张条凳，爬到凳子上去够画。

汪若梅闯进来问："小滑子，你这是干什么？"

小滑子说："这个石涛的画，我想拿回去临摹。我现在学好了，没事就在家练字练画，借几日再还你。"

汪若梅说："小滑子，不好动。"边说边抽动椅子，小滑子"扑通"摔个跟头。

小滑子说："二小姐，你当我不知？周觉民是共产党。日本人最恨共产党，这什么时候？命值钱，画值钱？"

汪若梅说："命也值钱，画也值钱。"

"谁这么狗仗主人势？"汪琼忽然闯了出来。

小滑子一吓说："大小姐也在。"

汪琼说："小滑子，你想当画家，先要看自己是不是当画家的料。你过来，看看这画上写的什么字，读给我听听？"

小滑子说："这个……这个……写得一团一团的，哪个认得。"

汪琼说："你字都不认得，当什么画家，你分明是上门来抢劫吧？"

"大小姐，我就是看看，没有想要。"

"我让我妹妹背给你听。"

汪若梅背诵道："爱生民民不戴，人倚世欲天不载。天人至此岂无干，写入空山看百代。百代悠悠甚渺茫，空山对客较短长。"

汪琼说："小滑子，知道这话是什么意思吗？"

小滑子说："这……哪个晓得。"

汪琼说："学画字为先，你先回家识字写字，等你识了字，再做你的大头梦吧。"

小滑子悻悻离去。

汪琼住在汪若梅家半年，到了快过年的时候，晚上姐妹俩在屋里闲聊。汪若梅说："姐姐，杏儿都一岁了，有个恩人一直没去报答，心里不安。生杏儿时，逃难竹西，在胖婆婆家住了一个月。快过年了，我想上门去看看人家。胖婆婆一个人，有什么不便接到城里接到家里来过年。"

"应该的，人要知恩图报。你能记得胖婆婆住的地方吗？"

"大成子接我回来时，一路上我留了神，能记得。"

汪若梅把心事跟周师母一说，周师母也说作兴。这样周师母准备了些年货，三和四美的酱菜，蛋厂的铁皮罐头，又买了两斤盐。日本人控制盐，买盐要盐票，汪若梅找汪天佑走后门才买了两大包。她们挑了个周末，汪若梅抱着杏儿，全家出城。

她们从北门出。城门口，日本人和保安队检查通行证。汪若梅和汪琼出示良民证。周师母挟着一大包礼品跟着，后头跟着欢天喜地的莎莎和小运河。

一个保安队问："干什么去？"

"回乡下老家。"周师母说。

"包要打开来检查。"

周师母就打来包袱。

保安军问："盐？哪里来这么多盐？"

汪琼说："就两包，家里开盐铺，带到乡下给病人吃。"

正说话，忽然一队保安军回城，前头牛车上拖着好几具尸体。保安军就催她们赶快把包裹扎起来让开道路。她们被撵到路旁边，站着等部队进城。

一个军官骑在马上，耀武扬威。汪若梅扯了扯汪琼说："姐姐，那个人不是孙发奎手下的侉子吗？"

汪琼一看，脸色都变了，悄声道："出门怎么碰到这个倒霉星。"

当年汪若梅回扬州船上被搜查、汪琼在三汊河被扣留、俞蔼如被杀和日本人在乡下捉住董大嘴活剥头皮……全是这个侉子干的坏事。

汪若梅说："我们还是躲着点。"

她们就把头避到一边，站得远远的。从前北门桥桥头上停着许多牛车马车独轮车，等城里人出来雇用，汪若梅她们等了半天，也没见一辆车子。她们向路人打听，路人说："你是老皇历了，日本人来了，这些车夫就息业了。车夫里有几个壮年，去年在万福闸给打死了，谁还敢再做这个生意？”

汪若梅一听急了，没有车子，这么一家老小哪里走得动路？少说也有十里路。她们商量准备回城，远处有一辆车子过来，汪若梅一看是进城收粪的李四。李四是张邋遢的徒弟，汪若梅认得，就上前拦住说：“李四兄弟，认识我吗？”

“二小姐，怎么不认识？”

“这个是我姐姐汪琼。”

“大小姐啊，大小姐欠我人情呢。”

“我又不认得你，怎么欠你人情？”汪琼问。

汪若梅想起来说：“姐姐，李四说得对的，当年孙发奎反扑，是李四用粪车送顾伯龄出的城。”

“对啊。二小姐记得呢。我冒着杀头，送出西门大街。”

“李四啊，你既然说了，我就记得这个人情。这个人情有空要还的。”

“汪家姐姐，别当真，我就是这么一说。”

“李四兄弟，又有事要麻烦你。我们全家要去竹西看个亲戚，这块一辆车也没有。”

“二小姐，你们家的事就是我的事。你等我把粪桶卸下来。”

李四就把收粪车上的粪桶卸到桥头边上，又去河坎上薅草，在车上铺上草。等忙好了，就请他们上车。几个孩子见有牛车坐，欢天喜地地爬上车。

汪若梅有点不过意说：“李兄弟，耽误你收粪了。”

“二小姐，收粪不急一时。”

小红旗和小运河抢着喊：“叔叔，我们住在五福巷，下次你去，我把屎厕给你。”

众人大笑。

牛车向郊外去。一路上，荠麦青青，田里油菜泛绿。他们一路走，一路说话，走了十里地，远远看见老银杏树。可是众人奇怪，银杏树底下没有人家，只有一个小土地庙。

汪琼问：“会不会摸错了？”

周师母到土地庙跟前看香，回头说：“若梅啊，不会错，这个香还是我一年前上的呢。香是汉河高旻寺里求的平安香，我记得我点了三炷，放了一捆在这儿，让别的上香的救个急。你看，这一捆在这块，没有动呢。这个小红布是我扎的。”

汪琼说：“若梅，会不会房子拆了？胖婆婆搬家了？”

“我看看，要是拆了房子，要有个地基。这块地基怎么没有呢？”汪若梅跑到银杏树下，竟看到自己那天的手印。那天她在皮六车上大出血，手上全是羊水，她痛苦地走到树底下，疼得她用力抓下的一块树皮，手摁在树上就留下了血手印。

“不会错，就这棵树。”

周师母说：“若梅啊，不要找了，就是土地庙里的土地奶奶显灵救了你啊！赶快去上香磕头。”

她们这趟出城没找到恩人胖婆婆，全家就在那个土地庙前上香磕头。

这件事后来在五福巷传得沸沸扬扬。

一天，汪若梅放学经过黄家裁缝铺。门口放爆竹，噼里啪啦。黄小明、小红旗、巴子几个孩子满地里抢爆竹，打得滚在一团。汪若梅急得喊：“小红旗，衣裳刚洗的……”

老八级笑逐颜开地走来说：“若梅啊，我家小凤当官了。家里庆祝，就弄爆竹放放。”

“人家过年过寿放爆竹，你家里好，当官也放爆竹。”

“我们小户人家，从前让人家看不起。我是有意让街坊邻居看看，我们家也出人头地了。”

“小凤现在当的什么官呢？”

“这回官当大了，比董大嘴时在衙门里的官大，翻了几个跟头。日本人任命的妇女会长。”

“这个会没听说过，在哪里上班呢？”

“绿杨旅社里头。”

汪若梅一听，吓了一跳。她记得前些天在学校，杨宝琴跟她聊天，说日本人缺了大德，在扬州弄了个慰安妇所，摆在绿杨旅社里头。黄小凤难道干起这种缺德的事？汪若梅不想惹是非，匆忙回家。

若梅一走，老八级进屋对大虚子说：“小凤当官，我不能天天给人家捏脚，让人家笑话。哪天有空，我要去小凤那玩玩。女儿风光，老娘就要享受享受。”

大虚子说：“去，不要乱说，给女儿丢脸。你怎么说也是干部家属。”

过了几天，老八级挑了黄道吉日，一番打扮，往头上抹香油，往脸上涂粉，打扮得花里胡哨，叫了辆黄包车，到了新胜街的绿杨旅社。旅社换了招牌，改名叫绿杨精舍。

老八级对门口站岗的兵丁说：“我是黄小凤的妈。我来看看她。”

一个兵丁把老八级带上楼，带进一间办公室。办公室墙上挂着日本天皇像。老八级知道这是黄小凤的办公室。她不敢乱动，坐在沙发上，左等不来，右等不来，就想四处走走。

过道里，听见女人的叫声，老八级沿着过道走下楼。一队女人列队而行，手上拿着饭盆。老八级正看得好奇，忽然，一个日本人用枪指着她，用枪尖叫她站到队伍里。老八级连忙赔笑脸。那日本兵给她一巴掌，把她打得晕头转向。有人一推，她就站在了那群女人队伍中。

老八级解释说：“我是黄小凤妈。”

日本人听不懂中国话，见她乱嚷，又给一巴掌，嘴角打出血来。

这一队女人是日本从朝鲜运来的慰安妇，正排队接受体检。黄小凤也穿着白大褂，只露着一双眼睛，忙着替日本人检查慰安妇。

日本兵用刺刀对着老八级，要她脱光。老八级哪愿意当着日本男人的面脱个精光？但是十分害怕，她看着别的女人脱衣裳，也只好跟着脱。她刚脱光，自来水的凉水就没头没脸地冲过来，淋得她一身的水。她们水淋淋地站成一队，往前行，接受体检。

一个日本兵指着老八级说：“太老了，太老了。”

老八级羞得无地自容。

黄小凤一看，大惊：“妈，你怎么在这儿？”

老八级哭道：“我来看你的，让他们稀里糊涂抓进来了。”

黄小凤赶忙向日本人解释，结果老八级衣裳找不到了，只能弄一块毯子裹着，带回黄小凤的办公室。

老八级说："丢死人了，我这个老身子，你爸看过，还没第二个男人看过，今天那么多男人都看了，让他们白看了。"

黄小凤说："白看便宜你了，跟那些朝鲜女人送到楼上当慰安妇！"

老八级抹着眼泪说："丫头啊，你就当的这么个女官？"

35 哭夫君为国捐躯 恨姐姐认贼作夫

1939年春天，省扬中转移到上海附近，育才小学、东关小学等几所学校停课了。学校规定从一年级开始学习日语，把日语作为主修课。宫奇代子聘用到梅花小学教日语。汪若梅上晨读课，学生叽叽哇哇的，可她一句也听不懂。

一天，汪若梅经过教室，丁小毛在讲课，小运河和几个孩子在讲台后面罚站。她不知道发生了什么事。等到下课，丁小毛回办公室，她就询问孩子犯了什么错误。

丁小毛说："汪老师，我正要找你。你再忙，孩子的学习要督促。他们背五十音图，几个孩子就是不背，考试抽查，全不及格。"

"孩子不背，可以说服教育。你让他们站在后面罚站，这是体罚学生。"

"罚站算什么体罚。你问问，哪个教师没有要学生罚过站？"

"什么五十音图？我没听说过。"

"学日语的五十音图，这个教学任务学校统一安排，又不是我定的。"

"学什么五十音图？不就是要让孩子当亡国奴吗？"

"这个，你别跟我说。肖督学怎么交代，我就怎么去做。肖督学会上说了，教师抱怨当亡国奴，去找重庆的蒋主席抱怨，别找学校。"

两个女人在办公室里你一句我一句，争吵起来。宫奇代子进来劝道："汪老师，日语五十音图很重要，这个掌握了才会语音，然后才是背单词。这些要记忆的，学生怕苦，在我们日本，学生罚站是常事，不能算体罚。”

汪若梅不想和这个日本人多纠缠。她气得走到办公室外头。马博士悄悄跟出来说：“汪老师，人在屋檐下，不得不低头。”

“我们是中国人，他们能把我们变成日本人？”

“这是殖民教育。这里已经是日本人的殖民地了。日本人在我国满洲、台湾，还有高丽都推行殖民教育。”

“我看学校不如关门。”

“怎么能关门？学生要上课，教师要吃饭。那么多男儿都忍了，你一个女人，忍了吧。”

有一天，学校组织去天宁寺看画展，去了才知道，是什么“中日亲善画展”，展出周小松的画。周小松十分风光，又是剪彩，又是贺词。汪若梅看到学生们对来往的客人行礼，对日本宪兵鞠躬，内心受到震动。她又看到小红旗和莎莎兴高采烈的样子。她想，孩子们行礼的是什么人？是侵略者。孩子们的父亲正用生命与侵略者战斗，而孩子们却向侵略者行礼？

天下着小雨。她打了个伞，去小苎萝村找巧云。她记得周觉民走的时候说，有什么特别的事就去找巧云。她抹着眼泪，把在学校里受的委屈告诉巧云。她说想辞职，要巧云转告周觉民，帮她拿个主意。

没几天，巧云送鱼上门，悄悄告诉她，周先生说了，学校是和日本侵略者斗争的重要阵地，不能放弃。日本人在中国长不了。

周觉民还用毛笔给汪若梅写了两个字：“坚忍！”

汪若梅拿着周觉民写的字，就像是看到了丈夫站在跟前说话。她忽然明白，大家都在战斗，船娘巧云都成为秘密交通员了，她不是孤立的。

一晃就到了端午节。小院子里牡丹芍药都盛开了。夜里，小运河在梦中哭泣起来，吓了汪若梅一跳。

周师母喊："若梅，小运河是不是做噩梦？把他弄醒过来。"

汪若梅摇醒小运河："小运河啊，这么大了，还做噩梦？"

小运河说："妈妈，刚才麻虎子来吃我和妹妹。"

若梅笑道："麻虎子早就烧成灰了，没有了。"

就在此时，邵伯湖边，周觉民领导的抗日游击队正在急行军。日本人和侉子的皇协军包围了石柱山，围剿抗日武装。石柱山的抗日武装从前是土匪黑头，就是去汪家抢夺梅瓶的。日本人打来后，这些武装没有当皇协军，而是加入抗日的行列。日本人围剿黑头，周觉民接到上级命令前去救援。恰好巧云从城里送物资来。周觉民就写封信让她捎给汪若梅：

若梅爱妻，为夫一世漂泊，皆为国为民，当日一别，不知何时能见。家中上有老人，下有小……全托于你一人，实为心不忍。……若梅妻，结婚十年，相守只有五年。生，不能相迎，老，不能相送，愧对爱妻……

周觉民写完信，就领着队伍出发了。

再说两天后，一天早上，汪若梅去翠园桥买菜。菜篮里放着油条、烧饼。马路上有人喊："快去龙头关看日本人杀人了。"

汪若梅吃一惊，也不理会。她买了早点，又去酱菜店买了些咸小菜。她忽然想到周觉民，心里怦怦跳。从翠园桥去龙头关走南柳巷和埂子街，她就跟着人往龙头关来。

龙头关又叫钞关码头。远远地，看见人头攒动，关口站着几个拿刺刀的日本兵。墙头上贴着布告，布告前拥着许多人。她又往前走近，看见关口门券旁的旗杆上悬着一颗人头。她凑到布告前看。布告写着：

大日本皇军剿灭石柱山赤匪，斩获匪首周觉民首级，悬首示众！

汪若梅再仰头看旗杆上的人头，一个跟头栽倒，昏了过去。

几个日本兵端着刺刀上前问："什么情况？"

高妈也在人群里，一看是汪若梅，赶快说："我闺女，我闺女看不得杀人，吓得。"

一旁张邋遢过来，把她扶到埂子街的墙角。高妈急得说："怎么办？这又要出一条人命了。二小姐家里有几个孩子呢。"

张邋遢说："奶奶，用豆腐浆喂下子。"

高妈见到菜篮子里有豆浆，拧开瓶盖子喂她。一会儿，汪若梅醒了过来，睁着眼睛，痴痴的，什么都不说。张邋遢叫了辆黄包车，扶汪若梅上车，一直送到五福巷。

张邋遢扶汪若梅回家。汪若梅坚决不肯，挥手要张邋遢先走。

张邋遢说："二小姐，我送你进屋。"

汪若梅摇头说："你先回吧。"

张邋遢看看已在门口，叹了口气，先走了。

汪若梅在门口抹了一会儿眼泪，佯装没事，进屋。小红旗和小运河抢上来拿豆浆和油条。汪若梅把菜放进厨房，独自一个去屋里，静静地坐着，脑子里空空的。

她起来翻抽屉，拿出昨天周觉民托巧云刚刚捎回来的信：

若梅妻，结婚十年，相守只有五年。生，不能相迎，老，不能相送，愧对爱妻……

她头脑中出现打铜巷算命瞎子竖起的五根手指头，自言自语："五年，五十年？在一起，只有五年。"

她想起和周觉民谈恋爱时，周觉民领她去寻门，他们寻到龙头关，周觉民开玩笑说，他的头要挂在关上，他就是一条龙了。当时她气得拔腿往家里跑。她在前头跑，周觉民沿着小秦淮河在后头追……

汪若梅猛然惊醒，自言自语道："命？这是命吗？不，这不是真的。周先生昨天才给我写的信，不是真的……"

她就这么痴痴地坐在屋里。杏儿一早上没有喝奶，饿得哭了起来，她听到哭声，赶紧上前抱起来喂奶，可是发现杏儿哭得更厉害。原来经过这一惊吓，她竟挤不出一滴奶了，受惊吓断了奶。杏儿的哭声惊动了周师母。她赶紧把杏儿抱出门，看到周师母站在院子里，就站在门口发怔。周师母上前抱过杏儿说："若梅啊，我不是说你，一早上，你像丢了魂。"

汪若梅痴痴站着，看见院子里的芍药，想起外公说的，芍药在中药中叫"可离"。她疯狂地跑到地里，用手一把把把芍药揪起来，扔在地上，嘴里念叨着："可离，可离……"

几个孩子在堂屋里听见响动，都出来看。夏公公和周师母也都看着她。

周师母喊道："若梅啊，你疯了啊，扯花干什么？"

夏风明白了什么，说："周师母啊，让她扯吧。这花在院里不吉利。"

汪若梅转身进屋，关上门，扑到床上。她嘴里念叨着："觉民没事，这是假的，这不是真的……"

汪若梅坚信周觉民活着。夜深了，她在油灯下展开信纸，给周觉民写信：

觉民：胃病最近好了吗？忙，就别给家里写信了。孩子都很好……

泪水打湿了信笺。她把写好的信装进信封，摆在抽屉里，用一根红线捆着。

她感到心里闷得慌，想出去走走。清秋的天空，一轮朗月。当初和周觉民在长江小火轮上相遇，后来他们办《新写作》刊物。周觉民受伤来家里养伤。他们谈论文学艺术，谈五四新文化运动。他们一起赈灾，给灾民舍粥。那天晚上，周觉民贸然约她去御码头和史公祠，后来两人一起寻门，主动向她求婚……一幕幕，像电影一样，在眼前重现。

运河边，那个老妓女孤独地弹着琴，想着远方的人……

汪若梅站立在河边，她告诉自己，这是敌人的圈套，周觉民不会死。

五天后的一个晚上，巧云上门，拎着那个熟悉的柳条箱。此时她最不愿意，最怕见到的就是巧云了。如果周觉民出事了，找她的一定是巧云。巧云抓住她的手，什么也不说，陪着她流泪。汪若梅已经明白了一切。

灯下，她看着屋里与周觉民的结婚相片，看着挂在墙上周觉民画的梅花，为她写的诗：“庭前一树梅，寒多未觉开，只言花似雪，不悟有香来。”

汪若梅提笔写下：

噩耗传来惊魂散，悲痛欲绝恨绵慢。

不知天命与乱世，抑或应谶遭罹难。

誓抚遗孤成国栋，家破不忘救河山。

前赴后继英雄气，尽除奸恶报君安！

汪若梅对周师母和孩子隐瞒了周觉民牺牲的消息。

1940年3月，缺口模范岗亭上拉着横幅：“庆祝南京国民政府成立！”汪琼在家里跟黄小凤、周小松、子墨打麻将，麻将声“哗哗”。

子墨当上了《扬州新报》主编，正大谈汪海田建立的“东亚联盟中国同志会”，一边摸牌一边说：“真了不起，不费一兵一卒，从日本人手上，把丢失的国家和领土又全要回来了……”

汪琼说：“要得回来？你以为日本人是大善人？”

黄小凤说：“日本人来了，我们家生活比从前好。要不是日本人打来，小松现在还关在打铜巷呢。日本人才是真正欣赏小松画的人……”

汪琼叫一声“和了”，“哗”地将牌一推，说：“你们是好了，我弄得个一无所有。”

正说着，忽然大脚跑进来喊：“大小姐，不好了，日本人把家里围住了。”

众人停下手。汪琼说：“怎么围到这边来？”

大脚说：“不知道。小滑子来了。”

这时，小滑子进来了，低三下四说：“汪大小姐，好啊！”

汪琼说：“小滑子，我跟你特高科井水不犯河水，什么风把你吹来？”

小滑子说：“东风，你看，门口这位。”

门口站着一个人，戴着墨镜，手里拿着一个洋娃娃玩具。众人正疑惑，莎莎从屋里跑出，扑上前喊："爸爸……"

小滑子说："恭喜啊，顾伯龄先生，新任江都维持会会长，南京国民政府任命的。"

汪琼抓起一把麻将砸向顾伯龄，骂道："滚，我不认识你。"

众人哈哈大笑。

子墨上前说："顾兄，恭贺！你们夫妻团聚，我们这就先告辞。你们别后重逢，好好亲热亲热。改天我做东，宴请各位！"

黄小凤说："顾主席回来了，哎呀，这回有个当家做主的了。"

众人寒暄一番，纷纷离去。

顾伯龄回来，汪琼大闹了一场。闹归闹，毕竟是夫妻，当晚两口子就睡在了一张床上。

顾伯龄把南京国民政府委任状摆在案台上，欣赏着说："汪主席任命顾某江都县维持会会长，总算对我有个交代。汪主席拉着我的手说：'伯龄弟，任重道远，民族大计系于一身！'"

汪琼冲上去，把委任状摔在地上，骂道："呸，狗屁！当汉奸，祖宗八代要挨骂。"

顾伯龄赶紧上前捡起说："娘子，不要耍小孩子脾气嘛。我知道你委屈。船让日本人炸了，我们失去了一个福运公司，国民政府这不是还我一个江都县长吗？"

"还好意思说。你就是日本人脚底下的一只蚂蚱，教场里演的木偶戏，哄孩子的傀儡……"

"娘子，你听我说。中国现在打败了，这是事实，是你我能改变的吗？不能，就像当初满族人入关。日本人会统治中国吗？他们统治得了吗？中国这么大？日本人统治不了，中国的事情还得中国人办，是不是？天下大乱，老百姓陷于水深火热之中，这时汪主席说话了。我们以民族大义为重，来管理国家。你日本人就是客人，客人待不长，改天就要送客。那些不明真相的群众，你让他去骂吧，汉奸，狗腿子，千古骂名。为国家牺牲个人之名，又有何惧？"

"强词夺理，汉奸！周觉民刚刚死于日本人屠刀下，管家丁小同杀身成仁，舍生取义。有血性的男人都拿起枪与日本人战斗，你怎么说也是北伐英雄，怎么说也是读书人，竟然沦落如此？"

“感情冲动能救国家吗？义和团打败洋人了吗？治理国家，拯救百姓，需要理性！理性！”

“顾伯龄，我跟你说清楚，你是你，我是我！这么多年，在广州，一点消息都没有。听人说你在日本有个老婆？”

“外人的话也能听？我有老婆，回来干什么？”

“这还差不多。你听着，你当汉奸，别把日本人往家里领。我只算是跟你同居，不承认夫妻关系。”

“一日夫妻百日恩，哪是你承认不承认的？娘子，我可对你日思夜想啊！”

顾伯龄拎出一只小箱子打开，翻出一堆小金条，笑着说：“钱有了，官也有了，娘子却不认我了？我没当陈世美，你却当了武则天。”

汪琼上前把装小金条的箱子一收说：“你当你的官，家里的钱，我管家。”

“好，好，娘子说了算！”

汪琼来给汪若梅报信，说顾伯龄回来了。她约汪若梅出去走。两人走到运河边，她们小时候经常上学放学的小道，道两旁杂草丛生。运河里多了许多船只，一派繁忙的景象。扬州好像从日本人侵略的惊慌失措中缓过神来，开始有条不紊地过起小日子。

夕阳挂在天边，河面上洒上金光。汪琼抱怨道：“这个俞冉芳，把孩子往你这儿一丢，就什么也不管了。”

“我都不知道她到哪里去了。”

“有人说在重庆看到过她，也有人说云南看到过她，估计嫁人了。”

“小红旗一直喊我妈妈。我担心啊，她回来，小红旗不认她。”

“活该。女人啊，还是要有自己的家。你事业再红火，家破碎了，七零八落，孩子又不认你，总归不幸福。若梅啊，你要为自己想想，周觉民这一走，你两个孩子怎么办？我看你就改嫁吧。”

“觉民他没死。”

“若梅，人要面对现实。生活有时就那么残酷，你刚过三十，日子长着呢！”

“觉民走了，我和别人又没有感情，怎么在一起生活？”

“什么感情，男人和女人待在一起，时间久了，感情也就有了。我和伯龄有感情吗？现在，他回来了，为了莎莎，为了这个家，只好凑合。”

“姐夫不应该给日本人做事。”

“他是给南京国民政府做事啊！”

“国民政府在重庆，南京是伪政府，这个任命不算数。”

“什么真伪，我们老百姓谁能说得清？国家让日本人占了，中国人要吃饭、要做事，总得有人出来做事，总不能谁都像哥哥关起门来拉琴唱曲。你姐夫一回来，扬州不又重新挂上青天白日旗？伯龄说这是曲线救国。”

“姐姐，你怎么这么糊涂！”

运河上，一声汽笛，一艘大船驶过。船上挂着青天白日红旗，旗下有一布片，上写“和平反共建国”。

“姐姐，你知道那船上装的什么？”

“盐，销往日本。”

“日本人低价收购，掠夺我们的盐，掠夺我们国家的资源。南京的国民政府是在日本人刺刀下的政府，能维护我们国家？你知不知道，莎莎今天没去学校。”

“莎莎怎么啦？”

“她躲到我那儿，哭着不去学校，在学校里同学骂她汉奸。”

“我们家孩子是汉奸？我们家为了抗日牺牲还少吗？福运船行的三条船全炸沉了。扬州谁家有资格这样说我的孩子？”

“老百姓的口，堵不住的水。”

36 小翠逃婚当船娘 强征民女下南洋

吴家米铺张灯结彩，给小瘢宝和小翠成婚。高妈主持婚礼，苏家班来唱堂会。客厅里聚满了来吃喜酒的。吃喜酒出份子礼的可以拎一小袋子米回家作为回礼，城里吃白食的张城隍、李土地全都赶来揩油水。

孙铁嘴拎着一小袋子米坐在椅子上说："高妈，你主持丧事的，办白事，怎么也办起红事来了？"

高妈说："日本人来了，不讲究了，红白丧喜我都办。"

吴家富说："孙掌柜，现在红白不分了，哪个便宜，我就请哪个。"

康九海说："这年头，讲究不起来。高妈，跟你约下子，我的丧事就你来办了。"

高妈说："康老爷，这个话不作兴说。你活得好好的，再活个百把年，怕是我赶不上办你的丧事了。"

康九海说："日本人拿刺刀站在我家门口，我出门洗澡都怕啊，哪一天就让人家给捅了。"

吴家富说："康老爷，不会的，顾伯龄回来当会长了，有个说话管用的扬州人了，再说顾伯龄还是你的晚辈呢。"

康九海说："呸！汪春要是活着就得气死！前几天他领着小滑子到我门上，问我儿子去了哪，我说，死了。”

这时，夏风说：“吴老爹，时辰也到了，怎么还不开始呢？”

“各位，对不住，我今天要等一个重要的客人，苏北盐业株式会社新掌柜宫奇先生。宫奇来替我家小瘸宝主持婚礼！”

康九海说：“吴老爹，你儿子结个婚，怎么弄个日本人来主持婚礼？这个也不作兴。这个酒，我不喝了。”

“康老爹，我也是不得办法。你又不是不知道，他们在育贤街鸿记米行里设了‘粮食管制委员会苏北办理处’。我们米店里米由他们统一分配供给。我不把他弄好，我这个米铺，一粒米都不得卖了。”

新郎小瘸宝得意地玩着胸口的红花，流着口水。他坐在大堂里一刻闲不住，一会儿捉猫，一会撵狗。吴家富叫高妈看住他，不让他瞎动。

高妈说：“新郎官大活人，怎么看得住呢？”

“加你两吊钱，你给我看过这阵子，也就一刻工夫。”

高妈就负责看小瘸宝。一会儿，小瘸宝要往新娘屋里跑，高妈拖住说：“大爷妈妈，这个使不得。时辰没到，不能见新娘子。”

小瘸宝说：“新娘子会跑掉。”

“跑不掉，你就放心吧。二门闩着呢。”

“高妈，跑掉，你就找不到了。”

小瘸宝发了疯似的往屋里撞，高妈着急喊呆头鹅和大喉咙把小瘸宝摁住，摁在椅子上不让动。小瘸宝为什么这么着急呢？原来他虽说腿脚不好，但耳朵超乎常人灵敏，他听到了新娘屋里有动静。

小翠在屋里坐着，一脸的无助。那天若梅和干妈巧云答应帮她，但是马上就要拜堂成亲了，也不见有什么动静。她盖着红盖头，抽泣着。忽然，屋顶瓦响，有人在天窗上喊：“小翠，小翠。”

小翠慌忙扯下盖头，一看，是张邋遢从屋顶天窗揭下的洞里伸出头。

小翠喊：“干爹。”

张邋遢从天窗扔下绳子说：“拴在腰上。”

小翠犹豫了一下，把绳子拴在腰上。张邋遢力大，把她拉出屋子。他们在屋顶上，从这家屋顶跳到那家屋顶。老城的平房屋顶搭着屋顶，巷子头上有风火墙，屋顶上都是通连着的。他们就从小东门街跑到了埂子街，有一堵矮墙，张邋遢跳下来，接着小翠。巧云船在小秦淮河码头边上等着，他们上了船。

小翠说："干妈。吴家富找不到人，肯定会去你家找。他晓得你是我干妈。"

巧云说："不愁，先躲到若梅家。小癞宝天天要去看病，吴家富想不到会躲在若梅家，躲在眼皮子底下。"

小翠叹口气说："能躲到什么时候呢？"

巧云说："先躲过这阵工夫再说。"

再说吴家，宫奇领着夫人来参加婚礼。高妈喊："贵人到，时辰也到！"

门口就放起爆炸，噼里啪啦……

高妈推门进来喊："小翠，拜天地了。"一看，屋里空的。高妈主持了一辈子婚礼，也没见过这场景，她慌里慌张跑出来喊："吴掌柜，天塌下来了。新娘子哪去了？我主持一辈了婚礼，没见过拜堂时新娘子不见了的。"

吴家富进屋说："会不会在床后头蹲马桶？"

小癞宝也进来找媳妇，他转到床后拎出马桶说："没在马子上。"

吴家富气得跺脚。

老八级这边喊起来："不得了，新娘子跑了。"

余小奇说："这个喜酒吃不起来啦。"

众人都怔住了。

吴家富脑子灵，遇事竟也不慌，出来说："昨天拜过堂了，喜酒照吃。来，开席。"

夏风说："这个结婚，没得新娘子，我活了八十岁，还是头一回。"

众人嬉笑着，喝酒。宫奇致辞，谈了一通中日亲善、友好邦交之类。

苏小芸和汪天佑唱起堂会，演出一段名剧《捉放曹》。

汪若梅正在吃晚饭，有人敲门。周师母开门，巧云和张邋遢弄进一个人来，头用衣裳裹着。小红旗和小运河好奇，要看什么人。杏儿也闹着要看。汪若梅把他们全撵到院子里，把人引进厢房。巧云把布扯下来，一看是小翠。

小翠一身鲜艳的红衣裳，新娘子装还没有来得及脱。她往若梅跟前一跪说：“若梅姨，救救我。”

周师母说：“小翠啊，什么事啊？”

汪若梅说：“我就知道有这么一天。你跑到这边，吴家富找来怎么办？”

周师母说：“小翠啊，躲得了一时，躲不了一世啊！”

巧云说：“过些日子，等风声小下来，我接小翠去当船娘。”

周师母叹气说：“小翠，从小就心好。小癞宝来看病，找到小翠怎么办呢？”

汪若梅说：“小癞宝不进我屋里。他来，小翠就躲我屋里。”

过了没几天，吴家富送小癞宝来看病。汪若梅听到敲门，去门缝里一看，吴家富和小癞宝站在门口。汪若梅赶紧敲窗子，告诉在屋里叠衣裳的小翠。小翠听到东家来了，赶紧躲到汪若梅床后头的帘子里。这里头有一个马桶，外人不作兴进来，小翠就坐在马桶上，听外头的动静。

汪若梅拿了剪刀，在院里剪梅枝。她使了眼色，夏风喊：“哪个啊？”

门外头小癞宝的声音：“夏公公，我来看病的。”

夏风问：“小癞宝啊，今天来得早啊。怎么，你媳妇没送你来啊？”

吴家富垂头丧气地说：“媳妇，不谈了，跑了。”

“这么多天，没找到吗？我以为闹闹就要回来的。”

吴家富说：“满城里找，到警察局报过案了。我给局长小李子和小滑子都打点过了。全城贴了告示。我怀疑船娘巧云拐跑的。小翠又不认得别的人，就拜了个干妈巧云。”

夏风问：“去巧云家找过吗？”

吴家富说：“丑丢大了。巧云大白天蒙着头睡觉，我推门以为小翠，被子一掀是巧云。张邋遢把我拎起来，说我大白天掀他老婆被子……我，老脸丢尽了。”

汪若梅说：“你啊，这是活该。小翠多好的姑娘。造孽啊！”

吴家富说：“若梅，这话我不愿听了。小翠是她老子大成子卖给我的，愿买愿卖，又不是我抢的！她在我家，名义上和小癞宝结婚，我们把她当姑娘看，吃好的，穿好的，怎么是造孽呢？”

汪若梅说：“大成子差你钱不错，民国不作兴买卖妇女。你们这种勾当，按理说要送官。”

吴家富说：“若梅，我不跟你说，你读过洋书。我们乡下就是这个理，几百年了，就这个风俗。小翠的事轮不着你们小辈说我，一家不管一家的事。”

汪若梅说：“我们就是没有这个亲戚，我也可以说。”

夏风说：“若梅啊，不吵了，小翠这不是跑了吗？人家自己反抗了。”

吴家富说：“小翠不会跑。我怀疑是有人把她拐跑了，人贩子多呢。”

汪若梅说：“你让小翠做你媳妇，问过小翠乐意吗？婚姻自主，人身自由。你这个弄法就不要再上我的门。”

吴家富难看地说：“我请夏公公给小癞宝看病，又不是不付钱，你怎么这个脾气？”

汪若梅其实有意找碴，毕竟小翠躲在家里。她有意跟吴家富吵架，把个吴家富气走了，吴家富拖着小癞宝说：“走，我们回家。不康复了，不娶媳妇康复有个屁用！”

吴家富出门，汪若梅赶紧跑到门口，把门“砰”地关上。

吴家上上下下找小翠找得个扬州城底朝天，而小翠在汪若梅这儿过着她这一生最愉快的日子。白天，汪若梅领着孩子去上课，家里的事她全包了。晚上，就陪汪若梅说话，做伴。

汪若梅在灯下织围巾，小翠问：“若梅姐，给谁织的？”

“给觉民。”

小翠一怔，坐在若梅旁边说：“我小时候，识过字。那时周先生在家里办识字班。我们家穷，没有钱交学费，上不起学。周先生不收钱，找我爸爸，要我去读书。周先生人真好！”

若梅说：“等觉民回来，我们就去农村，办一所学校，让农村孩子都有书读。”

小翠点头。小翠懂事，知道周先生牺牲，汪若梅不能接受这个事实，如果接受了，她的精神就会崩溃。她只好点点头。

小翠说：“若梅姨，今天干妈来过了，她要我去她那边撑船。”

“你在家撑过船吗？”

“撑过，撑船，还有划木桶。我们在邵伯湖上捞菱角、摘鸡头、放鸭子……我们乡下的小孩从小就跟水打交道，走水路。”

“我担心吴家富会找过去。”

“干妈说，给我化装起来。我想去干妈那里，又舍不得这头。若梅姨，你去上课，家里这么多事，周师母忙不过来。”

汪若梅沉默了一会儿说：“小翠，你去你干妈那里学门手艺吧，将来一辈子靠手艺吃饭呢。外公说再过几天就不去坐诊了，年纪大了，忙不动了，就在家里待待。这样家里不缺人。你去吧。”

小翠抱住汪若梅说：“好姐姐，你们救了我一命，我来世只能变牛马报答了。”

“快别说来世了，不吉利。”

汪若梅含着泪水，走到窗前。窗外一轮明月，梅枝横疏。

夜深了，月光下，窗前，她又在油灯下给周觉民写信：“觉民，我新写了一首诗，你有空看看。”

汪若梅对月吟诗：

泪湿孤枕月添愁，寂寞二分明月楼。

月照天涯风尘客，寄语明月永相守。

汪若梅沉浸在痛苦中时，汪琼却春风得意，觥筹交错。汪家大院里灯红酒绿，欢声笑语。门口有皇协军站岗。汪宅的格局也与从前大不一样，一进唱戏的南院成了一个喝茶看戏的茶社，二进当年汪春和大妈妈生活起居的地方改成了特高科。后花园里有个小食堂，专门从日本请来的厨师做日本料理。有日本客人来，川井密和宫奇就把客人安排到汪家后花园的“水中天”听堂戏。

日本人在扬州驻军也就一个联队，但是麻烦不断。那些远离家乡的日本兵思念家乡，内心痛苦，看不到希望，三天两头就有士兵自杀。从1938年到1941年间，前前后后日本兵自杀的就有二十多人，剖腹的、跳楼的、吞子弹的都有。川井密大佐挨了南京司令官的训话，就找顾伯龄商量。顾伯龄出主意，让日本兵听戏。他们搞中日亲善的演出来调节士兵和侨民的生活。顾伯龄去找汪天佑，讲好把汪家“水中天”戏台用来演戏。前厅是堂会的南院，一脚就到了后花园。苏家班的姐妹也不用去大舞台了。

再说从前青帮和顾家汪家有仇，当时为争夺码头和水运生意弄得不共戴天，后来由上海张仁奎张爷和阮五爷出面作调停，双方化干戈为玉帛。最近，顾伯龄和万把钩由上海方面牵线，合作做起生意。他们把上海、江苏、浙江的物资往国民党统治区倒腾。顾伯龄负责扬州沿江一线放行。这种生意汪伪的上层也在悄悄做，瞒着日本人。因为这层关系，万把钩就经常是顾伯龄家的座上宾，经常出入汪家大院。

有一天，万把钩在“水中天”看戏，一眼就看见汪琼。汪琼打扮得珠光宝气，十分耀眼。他就上前主动讨好，敬酒：“顾太太，精神啊，先生一回来，就是不一样。”

“万帮主，你笑话我老太婆子吧。”

万把钩哈哈大笑说：“顾太太，顾先生是扬州的父母官，你们可要照顾兄弟们。顾太太，你还欠我的一份人情呢。我要不说，你就不一定知道。”

“你要说给我听听。我汪琼是个知恩图报的人。”

“我本来不想说的，但又怕烂在肚子里。当年仪征土匪黑头抢了你家的梅瓶，黑头拿梅瓶去上海找阮五爷帮忙，把梅瓶出手换日本人洋枪洋炮。你知结果怎么了？那梅瓶是假的，景德镇一块钱就能买两个。黑头挨了阮五爷两个耳光，命差点丢在上海滩。黑头回来寻机报仇。大少爷那阵子跟北城根的茶水西施打得火热，这西施是黑头的相好的，后来碰上了，黑头要把大少爷拖到仪征石柱山去撕票。扬州城是我们的地盘，轮不到黑头猖獗。我提着盒子炮就去了……我啊，救了大少爷一命。”

“你救了我哥，这个情，我欠你的，我认你这个哥哥。哪一天，我们船行复兴，一定好好合作一把。”

“好，一言为定。我们喝了这杯洋河酒。洋酒、红酒、茅台，都不及我们的洋河大曲。干！”

戏台上，苏小杨弹琵琶，演唱《燕双飞》：

燕双飞，画栏人静晚风微。记得去年门巷，风景依稀。绿芜庭院，细雨湿苍苔。雕梁尘冷春如梦，且衔得芹泥，重筑新巢傍翠帏。栖香稳，软语呢喃话夕晖。差池双剪，掠水穿帘去复回。魂萦杨柳弱，梦逗杏花肥，天涯草色正芳菲。楼台静，帘幕垂。烟似织，月如眉。其奈流光速，莺花老，雨风催，景物全非。杜宇*声声唤道：不如归！……

汪琼和万把钩谈得火热，两人碰杯，引起正陪宫奇聊天的顾伯龄注意。他招手叫小滑子到跟前问："那个光头戴墨镜的是谁？"

小滑子说："青帮扬州的舵主万把钩。"

"弥陀巷的万把钩？"

"是，是，不好得罪。"

顾伯龄一笑说："扬州，除了日本人，谁都得听我们的。小滑子，你小子也太没志气了。"

汪琼先喝了红酒，又和宫奇他们喝了些日本清酒。这边万把钩过来又喝了两杯洋酒大曲，一会儿，酒往上冲，她站起来，站不稳，摇晃着，去后院上厕所。在自己家里，她很熟悉，穿过耳门就是后花园，后花园里有厕所。她去厕所，蹲了一会儿，又吐出些酒渣，忽然听到呻吟声。她一惊，酒醒了一半。

她走出厕所，往有声音的地方走。后花园里安装了路灯，她沿着石子路，绕过河塘，到了后院墙边的片石居，这是一片太湖石垒起的假山。忽然，山洞里伸出一只手来，她吓了一跳，再一看山洞门口有个牌子，"特高科看押所"。她从敞开的石隙，看见几个人悬空吊在铁索上，满头满脸的血……

汪琼吓得惊叫一声。她赶紧往回走，身后的痛苦呻吟声不绝于耳。

汪家后花园，她们姐妹儿时欢乐玩耍的地方，如今变成了人间地狱。

---

* 杜宇：杜鹃鸟的别称。——编注

1941年夏天，蝉鸣蛙声，喜鹊登枝。小翠报恩，一定要带汪若梅全家游玩瘦西湖。一早，汪若梅领着孩子到翠园桥，从翠园码头上了船。几个孩子欢天喜地。杏儿是生平第一次游瘦西湖。

小翠自从跟着巧云当船娘，一番化装，竟也没人认识她，吴家富一钱如命，从来不出来游玩。这么过了大半年，大家也就心安下来。

小翠的船是个小画舫，船中央有张桌子，桌子上摆着瓜子、葡萄、枇杷等零食。小红旗和小运河坐在船头，把脚伸进水里。杏儿手里抓着枇杷，只恨眼睛不够用，东张西望。

汪若梅说："小翠啊，你这一身船娘着装，没得人认得出来了。"

"是的，干妈特地把我从头到脚都换了。我现在说南京话，不说扬州话。上船客人多数是南京、镇江来的。我就跟客人学会的。客人问我哪儿人，我就说是南京大萝卜。"

小运河喊："我要吃萝卜。"

若梅说："呈嘴，船上哪有萝卜？小运河，你不要就想着吃，记得写作文，游瘦西湖。"

小运河说："我正用眼睛观察呢。妈妈，写作文，能写小翠姨吗？"

若梅说："不能写。"

小红旗说："可以写，游记，可以写人、写景。"

汪若梅说："这回不能写，下回就能写了，这回，你就写你们和妈妈、弟弟、妹妹游瘦西湖。"

船划过御码头，又过卷石洞天，进西园曲水，到了大虹桥。过了虹桥，湖面宽敞，风景如画，格外美丽。杏儿指着河岸的柳树说："妈妈，树，好看。"

汪若梅说："你也知道好看。这叫长堤春柳。"

小红旗装着秀才的样子问："可有个说法？"

小翠说："有啊，有诗为证，'两堤花柳全依水，一路楼台直到山'。"

汪若梅说："好啊，你们几个孩子，有什么问题，问小翠阿姨。"

一会儿，船前头出现一座小山，小运河问："小翠阿姨，这是什么地方？"

“这叫小金山。说有一回扬州大明寺大和尚和镇江金山的和尚闲聊，镇江和尚说：‘青山也厌扬州俗，多少峰峦不过江。’就是说扬州山少。大明寺和尚就跟他下棋打赌。”

小运河问：“什么棋？”

汪若梅说：“你舅舅天天下的围棋。”

小翠说：“对啊，下围棋。大明寺和尚棋高一着，赢了。金山寺和尚就把金山让出来，称这个叫小金山。里头有个对子叫：‘弹指皆空，玉局可曾留带去；如拳不大，金山也肯过江来。’”

小运河说：“那边那个桥好看啊！像个大庙。”

“是啊，这叫五亭桥，又叫莲花桥，全世界就这一座呢。”

游船一直游玩到黄昏，夕阳西沉，湖面洒满金光。小翠摇橹回城。小船经过北门桥，迎面驶过来一艘大画舫，船头端坐一个日本尺八大师，在吹奏尺八，船舱里坐着周小松、黄小凤、子墨等，船尾站着负责保卫的小滑子。

尺八浑厚，肃杀的乐声，像尖锐的钢刀，夹在风声中，吹落岸旁的柳叶。乐声穿过林梢，惊飞草丛里的白鹤……

小运河眼尖喊起来：“干妈，干妈。”

汪若梅赶紧捂他的嘴，说：“别喊，没看见吗，干妈陪客人呢。”

小运河说：“我想坐干妈的大船。”

正说话，这边的喊声惊动了对面船上的小滑子。小滑子拿起东洋望远镜往这边船上望，一望，这边船上的人就全部清清楚楚了。汪若梅这一家大大小小，他全认得，这个船娘面生，但看得出，这个船娘和汪若梅家不是一般关系。他们不像普通雇用的船。

小滑子想到几个月前吴家米铺老板托他寻找小翠的事。他脸上露出不怀好意的笑，自语道：“踏破铁鞋无觅处，得来全不费工夫！”

再说日本人从东北、朝鲜运来强征的慰安妇，送到绿杨精舍，从周边赶来的日本驻军，轮番进楼上房间，然后又排队离开，新胜街半夜三更都听得见女人的叫声。

一天早上，王奶奶去新胜街头上摆油豆腐摊子，就听见“扑通、扑通”两声，从绿杨精舍的五楼窗户里飞出两个人，一头扎在街道的青石板路上，顿时留下两摊血。后来警察局传出消息，一个日本军曹来绿杨精舍寻求性安慰，没想到安排给他服务的女人竟然是他在日本的未婚妻。两人相拥而泣，第二天早上，就从楼上跳下自杀了。

日本人转运来的慰安妇接到命令运往南洋，但是自杀了一个，就差一个名额。川井密和小野商量，担心司令部追查此事。小野把小滑子叫来，要特高科抢一个民女来充数，川井密担心抢扬州当地的民女会引起公愤，引发社会动荡。小滑子一笑，说他有办法。

小滑子想到那天在游船上看到小翠。小翠算是失踪人口，失踪了半年了，抢小翠去充数，就神不知鬼不觉。

那天，月亮正好，小翠船靠在瘦西湖畔桃花坞，坐在船头哼着小曲，幻想着美好的明天，忽然，岸上闯来几个黑衣人，用麻袋把她从头一罩，小翠想反抗，嘴让对方塞住了。

这批慰安妇要转运到南洋，日本人怕漏了风声慰安妇会逃跑，就早早把她们关进汪家后花园的特高科牢房。众多慰安妇拿着包裹排队，脱光，轮流体检。小翠从没有在陌生人面前脱过衣裳，惊惶失措，大闹。一个日本兵上前，对她一阵打。慰安妇讲朝鲜话，黄小凤听不懂，忽然，她听到一个扬州口音喊："放我出去，放我出去……"

黄小凤吓了一跳。她走过去，小翠认识黄小凤，一把抓住她手说："我是小翠，我让他们抓来的……"

黄小凤一惊，看看四周是几个来接货的日本兵，但听不懂中国话。黄小凤对小翠点点头，答应出手相救。黄小凤从后花园出来，到了前院。她看见大脚去给大少爷屋里送菜，就一把抓住说："大脚婶，日本人抓了小翠。"

"哪个小翠？"

"吴家富家的。"

"不是跑了吗？"

"哎呀，我也说不清，你快去告诉若梅。迟了，日本人就把她送到南洋当慰安妇了。"

"什么慰安妇？"

“就是当妓女。”

大脚一吓，盆掉到地上“咣当”一声，说：“大爷妈妈！”

汪若梅接到大脚报信，就去找汪琼。汪琼就去屋里叫醒顾伯龄。顾伯龄不相信日本人会抢扬州女子去南洋当慰安妇，慰安妇都是从朝鲜和日本转运来的。

汪琼说：“伯龄，你是扬州的维持会会长，若是日本人抢扬州女子当慰安妇，你就是千古罪人，要断子绝孙的，扬州人要扒你祖坟。”

顾伯龄认为事情重大，就和汪琼到汪家大院。汪若梅身份特殊，不方便去，先回五福巷。顾伯龄赶到时，恰好小野押着慰安妇上船。小野把慰安妇的名册与前来接人的日本军官交换，两旁全是举枪的日本宪兵。

顾伯龄看见川井密和小野，点头哈腰说：“太君，有人说，这里面有个扬州姑娘，能否核查清楚？”

川井密说：“顾会长，没有，绝对没有，都是从朝鲜运来的。”

顾伯龄说：“求太君核查一下。”

汪琼说：“川井密先生，这里面有一个是我家亲戚妹妹，我请你把她放了。”

川井密指着一个日本军官说：“南京方面已经验收，这时候就是他们的人。”

汪琼说：“川井密先生，听说你欣赏中国文化，这些女人如果是你的姐妹，是你的母亲，你如何……”

小野恼怒起来，拔出刀骂道：“八格牙路，大日本皇军为大东亚圣战，贡献几个女人，也是她们应尽的义务。”

顾伯龄赶紧上前说：“中日友善，扬州是大日本帝国的后方，川井密兄，希望你顾及我们维持会的主张。”

川井密哈哈一笑，头也不回，向汽船招手致敬。一声汽笛，日本大铁船开走。

船舷铁窗里，小翠在哭泣……

汪琼转身离开。顾伯龄从后面追上来，汪琼一口吐沫吐到他脸上，骂道：“你就是日本人的一条狗！日本人眼里，你连狗都不如！”

当天晚上，汪琼跑到小茅山父亲的坟上，哭了一晚。

37 承志堂烈女爱国 都天会汉奸献媚

时间到了1942年春，日本帝国主义在扬州宣扬“王道乐土”“大东亚共荣”，但是，许多人家已经吃不上饭了。日本人规定，6岁以下60岁向上，不供应粮食计划。汪若梅家两个老人、三个孩子，六口人，有粮食计划的只有汪若梅一人。周觉民被列为失踪人口。学校里分发救济粮，汪若梅属于匪属分不到。这样，她的日子过得日渐艰难。

吴家米铺虽说和汪家是亲戚，也拿不出粮食来救济。米铺都归设在育贤街的鸿记米行“粮食管制委员会苏北办理处”管理，江都县衙里设了田赋征收处，以储存米粮，供应日军战时军需。

在学校，汪若梅被列为监控人员。特高科在各所学校里有专人收集教师言论。美汉中学一个教师讲课，宣传抗日给抓了。教师上课，特务在门口转。国语课上，汪若梅不愿讲满洲教材，自我发挥，给学生讲古诗文，讲姜白石的《扬州慢》：

淮左名都，竹西佳处，解鞍少驻初程。过春风十里，尽荠麦青青。自胡马窥江去后，废池乔木，犹厌言兵。渐黄昏，清角吹寒，都在空城。杜郎俊赏，算而今，重到须惊。纵豆蔻词工，青楼梦好，难赋深情。二十四桥仍在，波心荡冷月无声。念桥边红药，年年知为谁生。

她讲道：“……春风十里，借指昔日扬州的最繁华处。胡马窥江，金兵两次南下，扬州都遭惨重破坏。二十四桥，在扬州西郊，传说有二十四美人吹箫于此。桥边红药，二十四桥又名红药桥，桥边生红芍药。……一弯冷月、一泓寒水，二十四桥相伴，桥边的芍药花虽然风姿依旧，却是无主自开，不免落寞。尤其‘二十四桥’二句，愈工致，愈惨淡，可谓动魄惊心。”

汪若梅讲得声情并茂，学生们听得一个个泪流满面。

日本人在学校推行殖民教育，常有“日本友好团”来小学交流，学校操场上拉起“日中亲善友好”的横幅。有一回，中日联欢演出，日本学生表演扇子舞、伞舞，唱《富士山》，演奏《樱花》。本来演出报幕说汪若梅老师朗诵《春江花月夜》，可是她一身素服上台，如丧考仳，朗诵起《过零丁洋》：

辛苦遭逢起一经，干戈寥落四周星。
山河破碎风飘絮，身世浮沉雨打萍。
惶恐滩头说惶恐，零丁洋里叹零丁。
人生自古谁无死，留取丹心照汗青。

日本访问团的小学生听不懂中文，一个劲地鼓掌。宪兵司令中国通川井密一脸不乐，问小滑子：“台上的，什么人？”

小滑子说：“汪家二小姐。周觉民老婆。”

川井密点头说：“顾主席的小姨子，汪天佑的妹妹，扬州美女……”

本来节目安排中日同学合唱《北国之春》，汪若梅在后面插上节目，中国学生齐唱《中华民国颂》：

青海碧草原，一眼看不完，喜马拉雅山，峰峰相连到天边，古圣和先贤，在这里建家园，风吹雨打中耸立五千年……

南京伪国民政府发起“新国民运动”，举办“大东亚圣战太平洋成绩巡回展”，汪若梅给学生编排有扬州地方特色的舞蹈《杨柳青》和《采荷花》，拒绝演出有宣传侵略战争的内容。可是肖珍看了要把舞蹈改成日本神乐和雅歌，说：“我们要让前线士兵感到亲切，到扬州就像是回到日本。”

汪若梅说：“肖督学，你讲的舞蹈我们不会跳，你跳给我们看看？”

“这有什么难的？就是踮着脚，走碎步。”肖珍表演起日本扇子舞，一不小心滑了个跟头。众人大笑。

一天，肖珍欢天喜地说：“告诉大家一个好消息。我们学校被南京国民政府定为中日友好模范学校，扬州自治会和教育局决定给所有的教师加工资以示奖励，每人加两元钱……”

底下传出稀稀落落的掌声。丁小毛对周围的人说：“太好了，涨工资了。”

汪若梅心想，国恨家仇，丈夫被日本人杀了，小翠给抓去当慰安妇，我还在什么中日友好模范学校教书，这不是讽刺吗？她站起来对丁小毛说：“你们涨你们的工资，我回家带孩子，照顾老人去了……”

汪若梅走出校门，一阵轻松。学校对面右府街新开一家水仙花理发店，她就进去做头。她听人说洗头做头能改变人的运气，祛一祛晦气。理发店拿了个彩色日历牌给她看，上面有各式各样的发型，她就指着大卷发说：“给我做个大波浪吧。”

她一边做头，一边从理发店镜子看校门口。她要等孩子放学，领着孩子们一起退学，她不能容忍孩子们接受日本人的殖民教育。

放学时间到了，学生像出笼的小鸟，从校门里蜂拥而出。她远远就看见小红旗和小运河跟着一个卖橘子的。汪若梅追在后面，听他们唱：“橘子卖得真便宜，孩童看见笑嘻嘻，定要婆婆买几个，回家骗骗小弟弟……”

汪若梅喊：“小运河。”

小运河回头说：“妈，买两个橘子吧。”

汪若梅一摸口袋，给了理发钱，就没有分文，说：“回家吧。我们从今往后不上学了，在家里上学。”

两个孩子听说不上学了，欢呼雀跃。

听说汪若梅辞职的消息，孔剑秋找上门来。他拎了一包麻油馓子、几个麻团。馓子是给周师母的，麻团分给三个孩子。小运河上来拿麻团，孔剑秋说：“小运河，你这学期的成绩我全知道，比上学期退步了，是不是？”

“是的。”

“听同学反映，说你上课做小动作。是不是？”

周师母在一旁说：“哪能不动的？又不是木头人。”

汪若梅说：“你别护着他。我正为他烦心呢。小红旗就不要我烦，玩归玩，在班上成绩第一名。莎莎姐姐也考上美汉中学了，在班上成绩也好，就小运河贪玩。”

“不过，小运河也有进步的地方，上回，年级讲故事比赛，他得了第一名。”

“我也奇怪，他怎么会讲故事的？我也没教他。”

小红旗说：“小运河瞒着妈妈，跟祖公公去大光明书场听说书，他当然就会讲故事了。”

“怪不得呢！”

小运河说：“我长大了去说书。王少堂说《水浒》，康国华说《三国》，我最喜欢听《皮五辣子》……”

汪若梅气得骂道：“五二歹鬼，好的不学，去去去。”她把小运河赶到门外头。周师母知道孔剑秋上门谈事，就招呼几个孩子去厨房里吃蚕豆。

孔剑秋笑着说：“若梅，孩子小呢，这就是儿童天性。我问问你，今天怎么忽然辞职了？又不跟我事先商量一下？”

“孔校长，日本人杀我们的同胞，侵略我们的国家，这时候谈什么中日友善？我担心孩子在这种环境里成长，丧失民族自尊心。我是考虑了再三，才决定辞职。两个孩子也退学。我在家里教他们。”

孔剑秋听后低头沉默不语，停了好长时间问：“周先生牺牲了，你一个人带三个孩子，经济上能承担吗？”

“怎么不能承担？那么多扬州平民百姓能生活，我也能生活下去。”

“匹夫不可夺其志。汪老师，你是一个有骨气的女性，我十分尊重你。我尊重你的选择。告诉你一个消息，太平洋战争爆发了，美国人参战了，日本人日子不好过了，估计在中国不会久。”

“是啊，赶走了日本人，我就回学校。那时候，孔校长可不能不要我啊！”

“只要我是校长，我亲自上门来接你。唉，遗民泪尽胡尘里，南望王师又一年。”

汪若梅辞去工作，当起家庭主妇，洗衣淘米买菜。她从菜场回来，走到巷道口，见小运河哭泣着，脸上全是泥。巷子里一群男孩舞棍子，用煤炭灰打仗，脸上手上全黑的。再看小红旗像个非洲黑人酋长，手中挥舞着木棍，后面跟着一群孩子，有黄小明、老巴子、小红几个。汪若梅喊一声站住。几个孩子还算听话，一个个倚着墙站成一排。

“你们也都不上学了？”汪若梅问。

小红旗抢着回答说：“他们全失学了。学校关门了，老师都跑了。”

“你们这是跟谁打仗？”

小运河告状说：“我们跟东关街上的小八子、小老哼打仗。”

“他们把老巴子头砸了，我们去报仇。”小红旗说。

“报仇呢？你们都回家，洗洗干净，看你们娘老子回来，不打你们……”

几个孩子一哄而散。晚上吃过晚饭，汪若梅布置孩子背诵唐诗，一个人背诵两首诗，奖一本小人书、一根麻花子。汪若梅跟夏公公周师母商量，巷子里这群孩子失学了，天天打架斗殴，东奔西跑，日本人一来把孩子的学习给耽误了，她说：“外公，我想把这群孩子弄回家来，办个私塾，教他们读书识字。”

周师母说：“若梅啊，你不能多这个事。巷子里几个都是调皮大王。家里有三个了，哪里再有精力管外头的？”

“这些孩子不读书，将来没文化，这是日本人希望看到的。孩子在一起，只要管理得好，就不闹了。”

夏风说："若梅，若是这样做了，那就是积了大德。"

周师母听夏公公这么说，也就答应了。当晚，汪若梅去巷子里一家一户地跑，劝说他们把孩子送来读书。

老八级问："若梅啊，要不要交学费？"

汪若梅说："学费全免。"

听说汪若梅在家里办私塾，孩子学费全免，家家户户喜出望外。第二天一早，陆陆续续就把孩子送了过来，呼呼啦啦坐了一院子。汪若梅在窗台底下搁了个小黑板，把家里的条凳做学生的课桌，每人一个矮爬爬凳。她根据学生年龄，几个年级同时上。

巷子里送来三个，家里三个，六个孩子本来就熟，来学习又有人陪得玩，个个积极性很高，也听话。一会儿，小院里传出琅琅的读书声。

小运河背《喜欢》："**猫欢喜，一只老鼠到嘴里。狗欢喜，两根骨头丢在地。鸡欢喜，三个小虫一把米。羊欢喜，四面都是青草地。人欢喜，五个朋友在一起……**"

汪若梅要老巴子数数，问："今天，来了几个朋友？"

老巴子数："五个。"他把自已给漏掉了。

同学们笑了一回。

汪若梅说："对，六个同学，六个朋友。在一起，好好学习。"

汪若梅上课时，院子里的老人也来听来看。他们静静地坐在墙根。牛老三替夏风刮脸说："孩子们读的，跟我们小时候听到的不一样。"

夏风说："是啊，我们小时候《千字文》《三字经》《今古贤文》，孩子们读的是新文。"

"怪不得，我们那时字是竖过来的，现在都横过来了。"

"字，祖宗传下来，哪敢乱改，那是书的排版印刷变了。读古书的，读多了，好点头。读新书的，读多了，好摇头。点头是听话，说'好'，摇头是不听话，说'不'。这就是书排印造成的原因。"

"噢，怪不得现在的孩子都那么拗。你跟他说东，他偏偏西……"

学生们齐声读《什么时候好？》：

什么时候好？春天早晨好。看不厌，听不了，园里鲜花树上鸟。什么时候好？夏天早晨好。月光淡，星光小，绿柳枝头风袅袅。什么时候好？秋天早晨好。叶半红，花半老，点点露珠沾百草。什么时候好？冬天早晨好。雪在山，冰在沼，满瓦霜花白皓皓……

到了下午，学生放学回家走了，院子里又安静下来。

夏风说："名不正，则言不顺，事不果。若梅啊，既然在家里办个私塾，就得起个好听的名字。"

汪若梅想了想说："外公，我看就叫承志学堂。"

夏风问："承哪个志啊？"

汪若梅看见周师母过来，赶紧摇手，示意夏风不谈这个事。夏风心里明白，也就不说了。周觉民牺牲，汪若梅知道，几个孩子不知道。夏风在大德生听病人说的，也早就知道了，他装着不知道，不提这个事。全家也就瞒着周师母和孩子们。

当晚夏风写了个红纸，"承志学堂"，贴在大门上。

汪若梅在家办"承志学堂"的消息传遍了东圈门和东关街。五福巷是南北通巷，南头是东圈门，北头是东关街。大家议论纷纷，天底下有这么个好事，教孩子读书识字不收钱。大家一打听是汪家二小姐，汪家是大户人家，格局自然不同。

没几天，高妈领着五个拖鞋纳袜、鼻涕拖拖的孩子上门。高妈说："若梅啊，家家听说你做善事，东关街这几个出名的调皮大王，家里头知道我跟你熟，求我把他们送来，请你教他们识字。"

小红旗喊起来："妈妈，不能收他们，他们有跟我们打仗的小八子和小老哼呢。"

老巴子说："对，是我们的敌人。"

小运河说："先投降，说'大王在上，受小的们一拜'，'东关街好汉投奔东圈门好汉'，这才能收。"

汪若梅骂道："你们这几天书读到鼻孔里了？大家过来，你们一起读书，就是一个班的同学，就是好朋友，相互帮助，友爱，不许称王称霸。"

东关街这群孩子的头是小八子和小老哼。几个孩子全低头不吭声。

汪若梅说："大家一起拥抱，从此成为好同学。"

小红旗这边一百个不乐意，但是妈妈的话又不能不听，一个个低着头上前拥抱。汪若梅想这群孩子都是捣蛋鬼，听说书的听多，脑子里全是《三国》《水浒》《西游记》《说唐》，汪若梅就想给他们讲《安徒生童话》《丁丁历险记》。民国了，孩子们将来总要走向世界。

汪若梅给这群孩子上的第一堂就是看小人书。这些小人书都是她在教场"世界书局"买的。小人书讲的都是外国故事，这样就开阔孩子眼界。她看小人书不够，想到小东门桥的书摊子可以租小人书看。她就去小东门桥，掏钱租了一堆回来。

十几个孩子有小人书看，安安静静，不吵不闹。东关街的几个大妈不放心孩子，偷偷跑来躲在门外从门缝里往里望。这一望传开来了，说承志堂二小姐，长得就像观音菩萨，连翻筋斗的孙猴子见到她都安稳下来……

汪若梅悄悄找孔剑秋，说了自己了办私塾。孔剑秋很支持。汪若梅说想给学生买些课本。恰好梅花小学从前有叶圣陶编的民国小学教材摆在仓库里，就答应卖些给她。她也顺便给学生买了些习字簿。

汪若梅骑脚踏车去梅花小学弄教材，就布置一堆作业，让十来个孩子各自做作业。她有些不放心，要夏公公替她看着些。结果老师一走，这些孩子又横眉竖目起来。他们打了几场仗，一直没分出胜负，一个个蠢蠢欲动。最先发难的小运河跟小老哼打了起来，两个人打得板凳都翻了，在地上打滚。

夏风一见，赶紧上前拉架，把孩子们分开。夏风问什么事打起来的，小老哼不吭声。

老巴子说："他跟我抢桌子。他一个人弄那么大的地方，挤得我没地方了。"

小老哼说："他在凳子上划个线。楚河汉界，不许越线。我刚才不小心越线了，他就把我掀了个跟头……"

夏风一听说："你们都给我坐下来，我先考考你们，你们知道扬州最有名的大画家是谁吗？"

同学们齐声答："郑板桥。"

"对，我就讲个郑板桥的故事。郑板桥在外地人当官，有一回，他家里人写信给他，要他回家来主持公道。郑板桥打开信一看，原来他家亲戚和邻居家为砌院墙争吵起来。郑板桥就回了一封信：‘千里来书只为墙，让他尺把又何妨！万里长今犹在，不见当年秦始皇。’同学们，懂不懂这首诗的意思呢？”

小红站起来说：“这首诗就是说，邻居之间要相互谦让，不要自私，只想自己。”

“对，说得很好。”夏风说。

小运河说：“祖公公，我错了。”

小老哼也说：“我也错了。”

“你们知道错了，就要罚站。”

没一会儿，汪若梅回来，给学生带来了教材和作业本子。一个个同学欢天喜地。汪若梅见小老哼和小运河站在那里，低着头，就问什么事。夏风就把他们争凳子打架的事一说。

汪若梅叫同学都坐下来说：“同学们，你们不要争一个凳子、一张桌子。我们国家都让日本人占领了。你们好好学习，将来为国争光，把我们国家从日本人那里夺过来，那才是大英雄。”

小红旗说：“对，那就是天下第一条好汉李元霸。”

小运河说：“是岳飞。”

“对，是岳飞。”

汪若梅说：“大家一起背诵岳飞的《满江红》。”

> 怒发冲冠，凭栏处、潇潇雨歇。抬望眼、仰天长啸，壮怀激烈。三十功名尘与土，八千里路云和月。莫等闲，白了少年头，空悲切。靖康耻，犹未雪；臣子恨，何时灭。驾长车，踏破贺兰山缺。壮志饥餐胡虏肉，笑谈渴饮匈奴血。待从头、收拾旧山河，朝天阙……

夏风在一旁听得激动起来，主动要给同学们唱一曲《满江红》。

在二胡苍劲的乐曲声中，夏风唱起昆曲《满江红》……

扬州每年农历六月初六要在凤凰岛举办都天庙会。维持会想打造伪政权统治下的歌舞升平、安居乐业景象。这一届，顾伯龄亲自主持，一帮人抬着都天大帝巡行，一路上驱逐瘟疫，保佑来年五谷丰登。

绿纱大轿里端坐着“都天大帝”，前边鸣锣开道，后边仪仗执事，旗牌伞盖。队伍中间有游乐表演，表演十番锣鼓、花担子、舞龙、舞狮、跳大头娃娃、跑旱船、踩高跷等各种杂戏。

游行队伍汇聚文昌广场。今年增加了一个项目，选美女。扬州市民听说选扬州美女，一个个都拥到广场上热闹。

黄大虚子说：“以为日本人来庙会就不搞了，信了日本的神，没想到日本人也来供奉我们的都天菩萨。”

小李子说：“这是顾伯龄的功劳，维持会维持得好。这架势不比往年搞得差。”

孙铁嘴说：“日本司令官都来了。日本人最崇拜扬州神仙了，唐朝时派遣唐使来扬州拜师学艺……”

高妈说：“铁嘴啊，照这么说，这日本人来扬州，是认祖宗八代的？”

小李子和维持会的人给每个看热闹的群众分发“中日亲善”标语和日本的膏药旗。最后顾伯龄上台宣布选美结果：黄小凤获得头牌，苏小芸次席，第三名就是船娘巧云。

底下有人喊：“蛮公正的。台上那个戴眼镜丑八怪是哪个？”

大喉咙喊：“丑八怪是梅花小学督学，开后门上去比的，没得人投她票……”

高妈说：“这个丑丢大了。听我老婆子说一句，这个评美女不算数，真正漂亮的人家没来参加。”

皮六说：“我知道高妈说的哪个，你说是汪家小姐。”

小李子凑上前说：“汪家小姐往上头一站，哪里轮得到黄小凤拿头牌……”

康九海说：“大户人家，周正人家的姑娘，哪个参加这个比美？这是从前大舞台唱戏的、画舫里出来的、堂子里出来的，才参加比美女，拿头牌，接客的时候价格就上个档次……”

大虚子骂道：“老甲鱼，时代不同了，你这个话，我不愿听，你这么说我家小凤是堂子里出来的？我家小凤是美汉中学洋学堂的高中生……”

康九海和黄大虚子两人争吵起来，你一句我一句，好在人多，把他们分开来。

底下热闹的是看美女游街。美女披红戴绿，斜挎着一根绸缎，头上凤冠，装扮成都天菩萨座前的送财童子。队伍敲锣打鼓从三元巷走到东圈门头上。几个孩子听到锣鼓声，闹着要出门看热闹。

小运河嚷：“妈妈，我要去看。”

汪若梅说：“不许看，有什么看？”

小运河说：“邻居他们都去看了，黄小明、老巴子、小红也都去了，凭什么我们不能去？”

“他们少根筋。”

周师母说：“若梅，孩子好个热闹，你就让他们去看看。”

汪若梅说：“妈，我们家和日本人有仇，这是日本人奴化教育，这些人一点儿血性也没有。”

汪若梅拿了个条凳，往院子门口一坐。三个孩子看看没指望，一个个只好回到屋子里翻小人书。

杏儿上前，怯怯地问：“妈妈，什么叫都天菩萨？”

“这个，妈妈讲给你们听。都天菩萨叫张巡，唐朝人，是个书生。他进京赶考，途经我们扬州凤凰岛，无意中听到五个瘟神谋划往井中散疫祸害百姓，他将这个消息告诉村里百姓。可是大家都不相信。他便毅然投入井中，以身试毒而死。后来唐朝皇帝封张巡为水神。对扬州老百姓来说，居家过日子离不开水井。每年六月初六祭祀，消灾去除瘟疫。”

38 中元节杏儿中邪 东圈门若梅剃头

六月六过后就到了七月半中元节。中元节是大节。老百姓俗称鬼节，佛教称盂兰盆节，道教称地官生日，扬州人这天一般在家里打牌，称“鬼节不打牌，死了没人抬”。

上午，汪若梅晒衣物，“七月流火，九月授衣”，过完中元节天气要转凉了，晒衣，备秋衣。下午，夏公和周师母出门打麻将，巷道里一片麻将声。她不打麻将，只爱读书写字，就关在屋子里抄《心经》，抄了一半，站在窗前，一阵发呆。

秋高气爽，她看着窗外的蓝天白云，院子里树梢鸣叫的麻雀，朗读起《诗经·唐风·葛生》：

……予美亡此。谁与独旦！夏之日，冬之夜。百岁之后，归于其居！冬之夜，夏之日。百岁之后，归于其室！……

她读这首诗表达对丈夫周觉民的思念。杏儿在旁边瞪着大眼睛问：“妈妈，你读的什么诗？”

“女儿，这是《诗经》上的，等你上学，妈妈教你。”

小运河和来喜子跑进来喊：“妈妈，老巴子他们去关帝庙玩了。关帝庙在做道场呢。我们想去看看……”

汪若梅想想，上回六月六都天庙会没让孩子出去玩，孩子最近关在家里读书，也该散散心了，就答应带孩子一起去关帝庙上香。

出门前，周师母过来悄悄说：“若梅啊，把杏儿丢在家里吧。中元节，听人说鬼全放出来，孩子小，阳气不旺，会中邪呢。”

汪若梅笑道：“妈妈，你这些都是封建迷信。有我在呢。”

汪若梅就领着孩子出门。她关照晚饭不回来了吃了，在教场吃汤圆。他们去北城根关帝庙，逛小秦淮河，转教场，一直玩到天黑才回来。几个孩子高兴坏了，兴高采烈。

小运河买了一把桃木剑，进了院子，一阵挥舞，嘴里喊着：“急急如律令……”

夏风打牌回来，问道：“几个没魂大帝去哪了？”

小运河说：“去看关老爷的青龙偃月刀了。”

晚上，天下起了雨。昨天滚圆的月亮不见了，天井里水声哗哗，积了一汪子水。到了九点钟时，大人孩子都酣睡了。普通百姓人家保留着“日出而作，日落而息”的习惯。汪若梅去夏风屋里偷了一支哈德门烟，关起门来抽。

她在灯下给周觉民写信：

觉民，又是盂兰盆节了。你在哪里？孩子都很好，家里什么不缺，就缺你了……

床上，杏儿不时发出哼哼声。汪若梅去给她盖被子，一摸头，吃了一惊，把额头碰上去滚烫的，杏儿小脸烧得通红，她睁开眼说：“妈妈，头疼！”

汪若梅去里屋叫醒周师母说：“我抱杏儿去医院。孩子发烧了。”

周师母说：“我去叫皮六的黄包车吧。”

汪若梅给杏儿穿衣裳。一会儿，皮六的车子来了。她抱着杏儿上车。街上冷冷清清。远处，传来一阵枪声……

他们赶到红十字医院。医院里站着许多岗哨。一个日本军人被抬进来，血滴在台阶上。医院里忙碌起来。一会儿，听人说，宪兵队长川井密大佐遇刺了，被炸断了一条胳膊……她只好抱着杏儿坐在大堂，等好长时间，有个医生招手要她进去。

医生给杏儿量体温说："没办法。日本人让人打了黑枪……"

这时，一个当兵的端着刺刀进来问："有良民证吗？"

汪若梅一摸说："没有带。孩子生病，作忙了，哪记得带良民证？"

当兵的说："没有良民证，不许看病。"

医生问："你在哪里工作？能叫个熟人来作保吗？"

汪若梅说："我没工作，在家。"

医生现出为难的神情，指指日本兵说："不行啊，我也没办法。日本人遇刺了，刚做完手术，锯了一条胳膊……查得严。"

汪若梅想孔剑秋家就住在北柳巷，就在医院附近。她就抱着杏儿出了医院去孔剑秋家。雨哗哗下，小巷里流着水。她敲门。一会儿，孔剑秋出来，见汪若梅，问清情况，就拿着良民证陪她来医院。

孔剑秋递上良民证。医生问："在哪工作？"

孔剑秋说："梅花小学。"

医生问："你是孩子父亲？孩子要打针。"

孔剑秋一怔，看着若梅。汪若梅朝他点点头。

"是，是孩子父亲。"

杏儿打了针，睡在医院里的小病床上观察。汪若梅坐在旁边守着。孔剑秋隔着床坐着。

"孔校长，又打搅你了，你回去吧。你明天还要上课呢。"汪若梅歉意地说。

"你一个人，怎么忙得过来？"

"忙得过来。"

"汪老师，这么多年，我们知根知底。去年，我老婆疯子掉到运河里淹死了，有人替我介绍几个，说实话，我总觉得不适合……"

"孔校长，你找个能照顾你的，就行啦……"

孔剑秋叹了口气。他说的话是给汪若梅暗示，但她却浑然不觉，证明她并没有这种想法，孔剑秋明天要上课，就只得走了。

忙到下半夜，医生来看杏儿，说可以抱回家去休息，开了些药。汪若梅回家，又挨了周师母一阵埋怨："我关照你鬼节不作兴出门转流尸。杏儿这是碰到脏东西了，中了邪……"

杏儿进门，又哭起来，说肚子饿，汪若梅赶忙去厨房给她煨米汤，一忙就忙到天亮。

到了11月份，从北方涌来大批灾民，拖家带口。灾民们在码头和运河边搭起简易的棚子，从城市排出的垃圾里讨生计。河南大旱，饿死人了，有的地方人吃人，把孩子煮得吃。有的上千里路逃荒过来，有的在路上就死了……

码头上，工人扛米包，米包破了，撒下些米，一群小要饭的蜂拥上去，拼命抢米，抢到就往嘴里塞，小蚊子领着打手挥舞鞭子抽打，小要饭的被打得鬼叫。

街坊邻居聚在一起，谈大灾荒。巧云恰好路过说："灾民在乡下把菜地的菜全吃光了，比蝗虫啃得干净。主家拿着扁担想打，下不了手。是人啊，又不是虫子，人不饿急了会这样吗？"

高妈说："皇帝那阵子，十天能吃上肉，民国那阵子，十天能吃上豆腐，现在，天天吃菜泡饭，肚子里都清汤寡水的了……"

周师母和老八级一个个听得直抹眼泪。

牛老三说："要买米就得抓紧，听说米还要涨价呢。"

周师母听邻居这么说，就匆忙回家拿着米袋子去买米。吴家米店门口排长队。饥民在门前捡掉下的一粒米吃。周师母从小癞宝手上买了米，塞在怀里藏着，像是抱着个宝贝，回到家，闩上门，再把一小袋米倒进坛子里。

汪若梅在堂屋里排桌子凳子，收拾屋子等学生来上课，见周师母从厨房里出来说："妈妈，你上街买米，没让抢啊？"

周师母说："从后门进去跟小癞宝买的。走在街上，藏在怀里。教场王奶奶的米就让抢了。王奶奶被要饭的推一个大跟头，米抢了，人也没有救得过来……"

"可怜啊，我们小时候天天去教场她摊子上吃油煎豆腐呢。唉，就这么死了。"

“我想多买些，吴家富脸色就不好看，说米量是日本人限定的。小癞宝说听他爹爹说，你不上班了，让学校开除了？”

若梅一边洗衣裳，一边说：“我不上班是不想受日本狗腿子的气。我的事不要他吴家说三道四……”

汪若梅走出堂屋，去院子里把院门敞开等学生上门。承志学堂改成上午上课、下午打烊。下午，各家的孩子要在家里帮着大人做事。她也要做些家务。自从辞职，她失去收入，全家吃老本。夏公公年纪大了，在大德生坐诊三天打鱼两天晒网，也赚不到钱。周师母总以为周觉民在外地寄钱回来，时常教育汪若梅，当家要知柴米贵，要懂得节省。汪若梅有苦说不出，只能默默忍受着。

为补贴家用，她想出门做工，赚点生活钱。她跟夏公公商量，想去大德生药店上半天班。夏风说：“药店，别的人能去，你不能去啊！日本人在药店和医院都安排了特务。”

汪若梅说：“家里的私塾又不赚钱，别的吧，我什么也不会。”

周师母说：“听人说，你姐姐家现在风光，要么你上门跟她讨点活做。”

“妈妈，你糊涂啊。她们风光是给日本人做事。我把梅花小学辞掉，就是不想给日本人做事。”

夏风说：“周师母，若梅从小性格就犟，她们亲姐妹性格不同，汪琼丈夫当日本人的会长，家里有钱了，汪琼不上门，若梅就不会上她的门。”

汪若梅笑道：“还是外公了解我。我是人穷志不短。”

周师母说：“若梅啊，我倒是发现一个好活计，可以赚钱。”

“什么事？”

“巷口剃头的牛老三生意可好了。上海南京的客人都来找他剃头。扬州三把刀就有剃头刀。我看你跟他学个剃头，往后夏公公、孩子剃头也都不用花钱了。古人说，有门手艺就不挨饿。”

“好，学剃头好。妈妈，我不好意思开口，万一给人家回下来多难看？听说拜师学艺，有一套规矩呢。”

“老皇历，拜师学手艺，要有人举荐。要找个荐人。我去找老八级商量，让老八级当个荐人。她八级货，万一牛老三不肯收你当徒弟，也不伤着脸面，就当着她瞎多事。”

汪若梅说：“好啊，就试试吧，有事做总比闲在家里好。”

吃过午饭，周师母放下碗筷，稍稍打理了一番，出门去成衣铺。她刚进门，还没有捞到说话，就听得门外笑声一片。黄小凤和宫奇代子领着几个日本女人来做和服。几个日本女人对着镜子试衣裳，边试边说话，叽叽哇哇，周师母一句也听不懂。

“满意吗？”黄大虚子问。

宫奇代子说：“满意，夸你手艺好，说要送你去东京呢。”

“我们中国人只去南京，不去东京。”

黄小凤忙得也不跟周师母打声招呼，正春风得意，陪着日本人。她们出了门上了三元路口的小汽车。老八级站在门口相送，笑逐颜开。一条街的店铺，家家都站在门口看西洋景。

开酱行的姜老太说：“老八级丫头带大生意上门了。”

卖黄桥烧饼黄二说：“唉，养儿不如女。黄小凤让他老子赚了不少钱。”

黄家生意好，人手不够。蛋黄子来帮忙做零活。周师母站在一旁看蛋黄子针线活。老八级问：“周师母，你眼睛看得见吗？我家里忙得缺人手。你要是看得见，来帮着做些针线活。”

周师母说：“人老了，穿针穿不上了，都是喊若梅来穿。黄大妈妈，我上门是来托你一件事呢。”

周师母把汪若梅学剃头的事一说。黄大虚子在一旁说：“学剃头也是学门手艺，征得师傅同意，择吉日良辰正式拜师。要下馆子，呈上见面礼，师傅给徒弟回礼，叫衣包借牒，这么弟子就算入室了。师徒关系若父子，一日为师，终身为父。”

就这么，在老八级的撮合下，汪若梅拜牛老三为师学剃头。剃头挑子两头热。挑子上挂着牌子“御赐一品刀”。搭一布帘，上写：“来时乌头宰相，去时白面书生”。牛老三一边给客人剃头，一边给新收的徒弟汪若梅讲解要领。

牛老三说："剃头最难的是刮头。要用热毛巾焐，水分掌握要好，刀在客人头上万万要小心……"

一边，牛老三给客人剃头。一边，汪若梅用一个冬瓜，在旁边练习刮皮。学了半个月，终于满师，可以给客人剃头了。五福巷头上，牛老三挑子边上又多出一个剃头凳子。

汪若梅给客人剃头，给女客做发。第一个客户是老八级。老八级做完头对着镜子照照说："不丑，呱呱叫。"

汪家二小姐给人剃头，若在平常就是满城风雨的大笑话。日本人来了，特殊时期，老百姓都没有闲工夫谁来笑话谁，更没有人敢炫富。夏风看看不忍心，劝汪若梅不要剃头，不雅致，让人家笑话。后来汪若梅告诉他，一天能剃上一块钱，一天剃了三十个头。夏风听说一天赚得比他坐诊还多，也就认了。

一天，肖珍和二姨娘逛街，购买了一堆商品，大包小包。二姨娘骑自行车搭着肖珍。他们从三元巷骑到东圈门头上。肖珍说："我想去弄个头，听人说汪若梅给人剃头了，我想去寒碜她。"

二姨娘说："说寒碜多难听，去照顾她生意。这女的教师不当，到街上剃头。唉，汪春要是活着也气死了。"

他们下车，行到门楼子底下，远远看见汪若梅的剃头摊子。肖珍上前故作惊讶地说："唉讶，我当谁，汪老师啊。"

汪若梅手上正忙着给小老哼剃桃子头，没工夫理她，嘴里应付着："肖督学啊。"

肖珍把一块钱往挑子上一摆，指着画片上的上海女人发型说："汪老师，照顾你生意，钱，多给点，给我做个螺丝头。"

"好的。"

汪若梅给小老哼剃着桃子头，肖珍两口子在一旁欣赏着。等她剃完了，肖珍就往长条凳上一坐。汪若梅给她系上大毛巾围子。肖珍装着同情地说："唉，汪老师，你美汉中学的高才生，没想到教师不当，到街上剃头。"

"剃头有什么不好，凭手艺吃饭，吃良心饭，昧良心的事不做。"

“什么叫昧良心？你姐夫当维持会主席，官当的比哪个都大，我们算什么，小鱼小虾。”

汪若梅把剃刀在皮布上荡了几荡，荡得雪亮，一刀子下去，就把肖珍剃成阴阳头。肖珍看到镜子里的头，尖叫起来，喊道：“汪若梅，你什么意思？”

若梅冷笑道：“没什么意思，这个头型适合你。”

二姨娘在一旁看见，尖声尖气地叫着：“没王法了！一个剃头的，我老婆是督学。”

这一喊，过路的都来看热闹。

姜老太说：“什么督学，上次选美落选的丑八怪。”

牛老三在一旁做拦停说：“这个头，我赔。若梅啊，我们剃头的，不管别人是什么，来剃头的就是个头。”

二姨娘冲上前要跟汪若梅打架，牛老三胳膊一拦，二姨娘跌了一个跟头。牛老三说：“徒弟学艺不精，有话跟师傅说。”

肖珍指着自己的阴阳头给路人看说：“大家评个理，这是学艺不精吗？”

这一喊，就把路上巡逻的小李子给喊过来了。肖珍拉着小李子评理，小李子把剃头挑子上的一块线退给肖珍说：“剃这个头，钱就不给了。”

肖珍说：“那我这个头，怎么办？”

小李子说：“弄个帽子戴上就好了。”

看热闹的皮六说：“戴上绿帽子就好了。夫妻两个各戴一顶绿帽子。”

众人大笑。

肖珍一把拽住小李子问：“你这个警察长，断的什么案子？跟我去日本人那里说理。”

小李子把帽子往地上一扔，对着众人说：“街坊邻居都在这儿呢。谁想当警察谁是孙子！侍候人的差事，又得罪人……”

老八级说：“肖老师，这个头蛮好的，再把那半边剃了，就可以去尼姑庵了。”

黄大虚子骂道：“老八级，在这儿嚼舌头。肖督学有丈夫，怎么去当尼姑？”

“我只是打个比方……”

这边黄大虚子家两口子吵嘴，那边肖珍拽住小李子，汪若梅早就拍拍屁股回家烧中饭了……

有一天，杨宝琴跑来看汪若梅，她悄悄告诉说在街上看到俞冉芳。汪若梅说不要是看错人了，杨宝琴赌咒发誓没看错人。汪若梅想俞冉芳回扬州，怎么可能不来看儿子小红旗呢？当真小红旗是我生的？

汪若梅把这个心思悄悄告诉夏风。夏风劝她说，俞冉芳是个实在人，她不上门，一定有不上门的道理。

汪若梅就叫周师母晚上听着点门，夜里会有人来。果然没几天的，夜里一阵轻微的敲门声。夏风以为是刮风，来顶门，门外推门进来一个人，把夏风吓了一跳。周师母探头一看果真是俞冉芳。俞冉芳慌里慌张，进门把门关上，直奔汪若梅屋里。

夏风对周师母说："若梅会算命了，她算出夜里有人上门。"

周师母不乐地说："她能算到我儿子什么时候回来，我就信她。"

夏风顿时不敢搭腔。

汪若梅见俞冉芳回来，就去屋里叫小红旗。小红旗已经上床睡觉了，迷迷糊糊地给叫醒，一肚子不乐。汪若梅辞职后，想自己辞职不能把俞冉芳儿子学习给耽误，就找人帮忙，把小红旗弄到省扬中。莎莎在省扬中上高一，红旗上初一。

小红旗看到俞冉芳，怔住了。俞冉芳五六年没见儿子，一见眼前站着个小伙子，一时也怔住了。母子两个怔在那儿。

汪若梅说："红旗，喊妈妈啊，你妈妈来了。"

小红旗懒洋洋地喊一声："妈。"

俞冉芳眼睛湿润了说："若梅啊，你看我这个母亲不称职，孩子都长这么大了，个子比我高了，都快不认识我了。我真不知怎么谢你！"

"大恩不言谢。"小红旗对着汪若梅说，"妈妈，我明天一早要上课呢，我睡觉去了。"

"去睡吧，中学里抓得比小学紧。"汪若梅说。

"若梅，小红旗先是寄养在南通农民家，后来就跟我在一起一年，再后来，就全跟着你了。在他心中，你才是他妈妈。"

"小红旗内心热着呢，他哪天都想你。你平安归来就好啦。说真心话，你把他接走，我真有些舍不得。"

"不接，这孩子就是你儿子。若梅，周先生牺牲，我在重庆知道的。我们俩都成了寡妇。"

"你不是说去嫁人了吗？"

"我什么时候说我嫁人了？"

"你不嫁人，儿子放在我这儿，自己神秘兮兮地失踪？"

"若梅，我一直瞒你。我要说了，就违反组织规定。"俞冉芳压低声音，"我在秘密从事抗日，上司是重庆方面。我回扬州一个多月了，都没敢上你门，我怕连累你们，连累孩子。今天外头刮风，我看人少，才半夜三更跑来。"

"这么晚了，你就睡在我这儿吧。"

"不行，我要走。若梅，这一点钱，一点心意，你收下吧。"俞冉芳掏出一沓钱交给汪若梅。

汪若梅也没客气，把钱收到抽屉里："这么晚，你一个女人家？"

俞冉芳从腰里掏出枪，给汪若梅看："我有这个。"

39 若梅崇节助孤儿 伯龄敛财留后路

孙阆仙听说汪若梅从学校辞职在家里办私塾，夏风来坐诊时，她就和夏风商量。恰好崇节堂里有个学校，有十多个孩子，从前聘了个教师，生病回乡下了，现在正缺个教师。

孙阆仙说："夏公公，我的意思请汪若梅来上课。崇节堂都是孤儿寡妇。若梅善良，不计较钱多钱少，适当给一点让她补贴家用。"

夏风说："孙居士，你糊涂了。你忘了来喜子？"

"怎么忘呢，前天我还去看来喜子的。"

"我怕若梅知道这件事。"

"若梅怎么知道呢？这个事情也就你我两个人晓得。"

"哎，我这外孙女，灵着呢。"

他们说的来喜子是梅曼和康鹏的儿子，梅曼出国前留信给孙阆仙，谎称孩子是周觉民的，孙阆仙和夏风信以为真，瞒着汪若梅抚养来喜子。

他们商量来商量去，若是找教师也只有汪若梅最适合。夏风就等汪若梅收工回来，把孙阆仙的崇节堂要聘她当老师的事一说，汪若梅一口就答应。汪若梅说："寡妇堂，我就是寡妇，我去寡妇堂当老师，再适合不过了。"

崇节堂是孙阆仙牵头创办的慈善堂，在苏北地区很出名。堂子在新北门外，全堂有五列号房，分日、月、共、照、筠五列。五列号房分着九十多个小间，一间一户人家。进门有一个大荷花缸，主堂有红木桌椅、条几、花瓶、字画等。虽说是寡女堂，里头十分雅致，不缺生活情调。

堂里办了一个小学，免费给孤儿们上课。吃饭、上课时，都有人敲木梆子，一日三餐较简单，有糙米饭和酱菜。崇节堂的小学属于非正规的慈善学校，教育局管不过来，教学自主独立，完全由教师自做主。崇节堂里头教室、教具一应俱全，有十多个孩子，因为没有教师，就天天放鸭子，在堂里面四处乱窜。汪若梅这边有十来个孩子，这样两边合在一起就算一个班，分成几个年级，在一个教室里上课。

崇节堂虽然不能和梅花小学相比，但是汪若梅在这儿不受气，堂里的大铁门一关，鬼都不上门，她在里面想怎么讲课就怎么讲。前排是个男生，叫来喜子，跟杏儿同龄，七岁多，她就让杏儿和他坐在一起。这个来喜子很乖巧、很聪明，讲什么诗词一会儿就能背下来了。

一天，汪若梅发现来喜子穿的衣裳是小运河小时候的，她觉得奇怪，她就喊小运河来看。小运河也说是他穿过的，问来喜子衣裳哪来的，来喜子说是老爹爹给的。这个老爹爹是谁？汪若梅问来喜子老爹爹的样子，来喜子说，有个山羊胡子，戴着副眼镜。汪若梅明白了，一定是外公。

汪若梅跟保育员打听来喜子的来历。保育员告诉她，来喜子没有父母，从出生就一个人在寡妇堂里了。汪若梅说那来喜子就是个弃婴。

保育员支支吾吾说：“有人来照应，像有来头的。有时孙大善人来看这孩子，有时是大德生的夏神医来照看。夏神医来的趟数最多……”

汪若梅一惊。外公照看来喜子，为什么瞒着自己？这里一定有秘密。她不动声色，下课后，来喜子的屋里，在屋子里找到了许多家里小运河的旧衣裳、小人书、玩具。

回到家，汪若梅问起夏公公小来喜的情况，夏公公装聋作哑，最后挡不过去，只好承认小来喜子是梅曼的孩子。汪若梅一惊。梅曼的孩子，凭什么我外公去照应呢？汪若梅想起那天周觉民过生日，梅曼挺着个大肚子上门。难道这孩子与周觉民有关系？她脑子里“嗡”一声。

上课时，她看着来喜子发怔。她总觉得周觉民在她身后看着她。来喜子长得不像周觉民。她拿来喜子跟小运河比较，也不像，但来喜子长得像梅曼，常言说儿子像妈。汪若梅想，要是周先生还活在世上，她知道来喜子是周先生瞒着她跟梅曼生的儿子，就会大闹一场，她会不许周先生回家，把周先生的书从家里扔出去。但是，丈夫已经牺牲了，她想找个人发泄，都不可能了。日本人杀了丈夫，丈夫身首异处。汪若梅曾经托警察局小李子打听周先生首级埋在什么地方，小李子一直不肯讲。其实日本宪兵拿周先生首级喂狗了，这个事小李子不敢告诉她。

哥哥大少爷告诉她，听茶炉西施讲，石柱山土匪黑头为感念周先生的救命之恩，在仪征石柱山给周觉民砌了一座无头墓，说日军攻打石柱山时，周先生带着游击队去支援时遭遇埋伏牺牲，日本人割了他人头挂在龙头关。

汪若梅想等日本人走了，她要带着孩子，带上来喜子，去给丈夫上坟。丈夫牺牲了。周觉民的孩子就是我的孩子。汪若梅见崇节堂里虽是孤儿寡妇，堂里的几个孩子都有母亲，只有来喜子无父无母，由保育员照顾，她就想把来喜子接回家。

汪若梅哭着对夏公公说："我不知道便罢，我知道了，把周先生的孩子一人放在孤儿院里，周先生会怪我的。"

来喜子和杏儿坐一条凳子，两个孩子十分友好，走路都手拉着手。

汪若梅问："来喜子，跟老师回家，天天跟杏儿妹妹在一起，好吗？"

"好！"来喜子高声答道。

每天放学回家，汪若梅让孩子排成一队，队伍过了东关街，就只剩下家里的这几个，汪若梅带他们去教场世界书店买了小人书。他们又去大麒麟阁食品店买金刚脐子。大麒麟阁是康九海家的，康九海恰好在店里，他见汪若梅牵着来喜子，就问："二姑娘，这个孩子是小运河？"

汪若梅给他一一介绍说："站在门口的高个子是小运河。这个是杏儿，这个是来喜子，这两个八岁。"

"这个来喜子是什么时候生的？生的是个双胞子？"

"这个么，来喜子是朋友家的孩子。"

康九海抓住来喜子的手说："唉，康鹏不孝，我到现在还没有抱孙子呢。汪春这块都有孙子、有孙女儿。我没你父亲有福啊！”

“康老爷，怎么这么说？我爸爸走得早，你活得还这么精神。”

康九海是出名的小气鬼，可是一看到来喜子，竟有些反常，他到店里，拿了一个月饼，给来喜子。他对汪若梅说：“这个月饼不要钱，算我送的。”

汪若梅就叫来喜子谢谢康老爷，来喜子忽然往地下跪，给康九海磕了个头。汪若梅和店里的员工都吃了一惊。

康九海做梦也想不到这个来喜子是他的孙子，这是他和孙子见的唯一的一面。

一天，汪若梅领着孩子放学回家，走到彩衣街，见街道两边簇拥着许多人，隐约间有音乐声传来。他们就站在路边上看，只见一队日本兵在前头开道，后面的日本人穿着白衣裳，头上扎着白带子。汪若梅一看是宫奇和宫奇代子，宫奇手中捧着个骨灰盒，正低头慢行，骨灰盒上是太阳旗，后头吹号的乐队演奏的是日本歌《樱花》。

旁边路人说：“是宫奇的二儿子，在南洋被打死了。宫奇的大儿子两年前在长沙被打死了。”路人甚至发出唏嘘感叹。

汪若梅吃了一惊。这不是日本侵略者的下场吗？这场战争不仅给中国人带来了灾难，也给日本人带来了灾难。

一天，夏风躺在藤椅上听话匣子。话匣子就是收音机，一个女人声音：

扬州在绥靖公署顾伯龄领导下，对周边地区进行了清乡，战功卓著……

1942年后扬州城的日本驻军只有三十多人，里头有一半是朝鲜人，他们驻扎在盐司衙门。扬州主要是皇协军，也叫“和平建国军”，有三千人，归绥靖公署司令顾伯龄和侉子领导，占领城区和部分郊区。北片高邮、宝应、兴化、泰州的大片农村，在抗日武装手中。仪征石柱山在土匪黑头手中，土匪黑头也是一支抗日的队伍。

太平洋战争爆发后，日本人要打通中国南北干线，想把中国作为战略后方。日军和皇协军就对周边地区实行清乡。顾伯龄和侉子的皇协军经常扑空，就烧毁民房，抢劫粮食、猪、羊、鸡鸭等，作为战利品。

夏风气得把话匣子一关，骂道："顾伯龄，非把他老子气得从墓里钻出来！"

忽然，有人敲门。汪若梅正在院子里修花草、搭丝瓜架子。她放下手中剪刀去开门，门口站着宫奇和太太，他们对汪若梅鞠躬，低三下四。

"有什么事？"汪若梅问：

宫奇鞠躬说："我夫人有病，想请夏先生诊治。"

若梅说："我们家不给日本人看病，请你去日本人医院吧。"

宫奇说："我在中国多年，知道中医神奇。夏先生是祖传治杂症的专家，无论如何，求夏先生给看一看。"

宫奇代子也给汪若梅鞠躬说："拜托了。"

汪若梅就要关门。这时，夏风过来，推开门说："宫奇先生，请进来说话。"

汪若梅瞪大眼睛看着夏风，心想外公糊涂了，怎么能给日本人看病？夏风看着汪若梅说："若梅啊，在医生眼里，只有病人。宫奇先生，请进吧。"

汪若梅不高兴地站在一旁。宫奇夫妇进院里，夏风请他们坐下，交谈一阵过后，给宫奇夫人搭脉、开方子，说："你去大德生，拿这个药方，过七天再来复诊。"

宫奇说："谢谢，夏先生。我知道汪老师丈夫的死。我两个儿子也死在战场上了。我们日本人啊，命中注定要孝忠天皇。我很爱中国……"

夏风说："这场战争对中国人、对日本人，都是大灾难啊！"

宫奇紧握住夏风手说："是啊，是啊。大灾难啊！夏先生如此大度！"

宫奇代子看见小运河和杏儿，给了两个东洋玩具娃娃。两个孩子十分高兴，争抢起来，一人抢了一个。宫奇前脚出门，汪若梅气不打一处来，看见两个孩子在抢玩具娃娃，一把夺过，扔到炉子里。小运河怔在那儿，杏儿"哇"地哭了起来。

夏风无奈地摇摇头，悄声对小运河说："等妈妈出门，跟外公去听评书。"

小运河问："王少堂讲《武松》讲到哪一段了？"

夏风说："血溅鸳鸯楼了。"

夏风领小运河出门听说书，来喜子听见，也闹着要去。汪若梅说："来喜子，你作业没做好呢。"

来喜子说："妈妈，听完书再回来把作业补起来……"

汪若梅听来喜子喊她妈妈，心一软了，叹了口气说：“早点回来做作业。不许在外头打架。”

孩子们出门，院子里顿时安静下来。汪若梅回到厢房，看着墙壁上挂着的她和周觉民的结婚照片。她看见外间有一包夏风抽的骆驼牌香烟，就拿进来，关上门，在屋里抽烟。她刚抽一口，就呛出眼泪来。

她把自己关在屋子里，也不开灯，看着周觉民的相片。她坚信周觉民没有死，被组织上派到一个重要的地方去了……

周师母做好饭菜喊：“若梅，出来吃饭。”

她关紧门，不开。黑暗中，她眼里含着泪水。周师母敲门不开，只得摇摇头。

太平洋战争爆发后，顾伯龄知道日本人绝无胜算，南京国民政府成为全国声讨的伪政府，他这个绥靖公署司令是扬州头号汉奸，上贼船易下船难，就给自己盘算后路。他想战争失败唯一可以去的地方就是日本，他现在就拼命捞钱，发战争财。

收音机里南京广播电台，汪海田发表《新国民运动总动员》：

……沦陷区的人民不要问享受多少自由，只要问贡献多少力量。要把个人的片面上统统收起来，换成一个协力的自由……

自从小翠被抓到南洋去当慰安妇，汪琼就如梦方醒，看清了日本人的侵略本质，看清了丈夫奴才的嘴脸。她每天要喝醉酒才能睡去。她发酒疯，跌跌撞撞，把酒泼到顾伯龄头上，顾伯龄赶紧站起来躲开，跺着脚说：“娘子，又喝多了。”

“多了，贵妃醉酒啊。可惜，你不是霸王，你是一条狗！”

顾伯龄房间里摆着收罗来的古董字画。他灭了灯，坐在黑暗里，坐在这堆古董字画里。这才是他唯一的幸福。当年他怀着救国救民之志行刺徐老虎，以身许国，渴望着成为救民于水火的英雄，而今完全变了另外一个人，变得连他自己都不认识。他把这一切归为现实，归为成熟。

最近他从孙铁嘴那儿得到消息，汪琼曾把汪家的梅瓶抵押给康九海。康九海给他五块大洋，让他找人制了个赝品，这么说来，康九海还给汪琼的就是赝品。顾伯龄要汪琼告诉他梅瓶的藏处，要拿出来看看。汪琼一口回绝。如何能把康九海的真品要回来呢？顾伯龄终于心生一计。

一天下午，康九海老规矩在永宁泉浴室泡澡。他正闭着眼睛享受，有人敲他的脚。他以为是修脚捏脚的二小伙，说："二小伙啊，替爹爹把脚上老皮子刮下子。"

忽然，挨了一巴掌，听见小滑子的骂声："下了棺材，就不用天天刮老皮子了。"

康九海一吓，睁开眼，眼前站着凶神恶煞的小滑子。几个人把康九海一架就走。康九海喊："我衣裳。"

小滑子说："要什么衣裳，都快死的人了。"边说边拿了条浴室毛巾往他下身一裹。

跑堂的说："大爷妈妈，毛巾不能拿，老板要扣我钱呢。"

小滑子一巴掌骂道："五年前，我澡资差一铜板，你告诉老板把我赶出去。告诉他，杀过康九海，回过头就来杀你们。"

跑堂的吓得跌在地上。

康九海七十大几了，可怜被拖到汪家大院后院的特高科牢房，被摁在座位上。他上气不接下气哼着说："滑大爷啊，拖我来做什么？你把我一脚头拖到小茅山去……"

"不作忙，让你见一个人。"小滑子说。

两个特务把康九海架到铁门边上，看另一个铁栅栏里吊着一个打得遍体鳞伤的人。小滑子问："你认得这个人吗？"

"不认得。"

"康鹏，中统大员，从事反日，被我们抓住了，让你见上一面，晚上就要送到日本宪兵司法部小红楼喂大狼狗。"

康九海一下子跳起来，圆睁双眼，大喊："我的儿。"

吊着的人嘴里哼哼一声。

小滑子说："康老爷，我念你跟我家老爷子相识，我老爷子给你家送过菜，你也过年过节赏赐过两文，我才把你抓来，让你父子见上最后一面。你想不想救儿子？"

“这个还用说吗？用我这条命换。”

“你这条命跟你儿子命，在日本人眼里不值钱。你要想救你儿子，我领你去见一个人，你去求他。”

“好的。”

康九海直点头。特务架着康九海到顾伯龄办公室。康九海一见顾伯龄，知道儿子有希望了，他跟顾伯龄老子顾春元称兄道弟。康九海光屁股啷当，往地下一跪说：“大侄子，看着我与你丈人，与你父亲的兄弟交情，放了我儿子吧。”

“康鹏是日本人抓住的，手上有两条人命，两条日本人的命。”

“我出钱买他这条命。”

“不好办啊。日军司令爱中国文化，看中汪家的梅瓶，听说梅瓶在你家？”

“哪个活嚼蛆。梅瓶是抵押在我家钱庄，你老婆汪琼后来赎回去了。”

“赎回去的是个假的，你狸猫换太子，真的还在你手上。”

“天打五雷轰。我拿祖宗八代发誓，我不作兴做这种事。”

“人家称你老甲鱼，名不虚传。”顾伯龄一拍巴掌，从另一间屋里走出孙铁嘴。

康九海一见孙铁嘴，回身把大围巾毯子往身上一裹说：“顾家少爷，什么也别说，钱财身外之物。我就家去拿梅瓶，求你把我儿子放了。”

康九海把梅瓶藏在祖宗祠堂里的暗室里。他领小滑子等回家取出梅瓶，立了手续，就又跟来见儿子康鹏。顾伯龄打开箱子一看，果真是梅瓶。他看看孙铁嘴，孙铁嘴不敢马虎，用东洋放大镜觑上去看了半天说：“这个是真的。”

康九海说：“小龄子，东西真的，把我儿子还我吧。”

顾伯龄说：“好，小滑子，领他去见他儿子。”

小滑子把康九海领到片石居的牢间里，到了吊在铁栏上的人跟前。铁栏上的人转过身，竟然是个呆子，压根儿不是康鹏。

康九海气得骂道：“顾伯龄、小滑子，你们不得好死！”

康九海骂完这句，脚一踹，一个跟头死了。

40 小运河上屋揭瓦 夏公公入地归西

汪若梅在崇节堂教了半年书，到了1944年下半年，孙阆仙去世，崇节堂失去了资助，办不下去了，堂里的住房家家自谋出路，学校就停了。这段时间，汪若梅失业在家，教几个孩子读书，自己做些家务。

这些年，老百姓从最初的惊慌失措变成了麻木不仁，他们适应了亡国奴的生活。教场的书照样说，大舞台的戏照样唱，南京大戏院和大上海电影院电影照样放。

苏家班本来是唱扬剧，赶时髦唱起《夜来香》和《支那之夜》*。这些流行歌曲从上海传过来。上海有什么新鲜玩意儿，一脚就传到扬州。孩子们像他们父辈一样，放学了也是往教场和大舞台钻。小运河领着来喜子和杏儿钻到大舞台看舅舅汪天佑唱戏，他们对门房说是大少爷外甥，门房就放他们进里。

周师母和高妈两个去大舞台听戏，一眼就看到小运河，骂道："放学不回家做功课，在这儿玩。"

小运河一见奶奶，顽皮，钻到人群里，一眨眼不见了。周师母追赶着，骂

---

* 《支那之夜》：抗日战争时期辱华电影，由李香兰主演，主题曲与电影同名，先于电影发表。这部电影辱华色彩严重，在上海上映时改名为《上海之夜》，但仍然遭到广大华人的强烈抗议。——编注

着……祖孙两个从舞台里面追到舞台外头。小运河看到一棵老柏树，三下两下爬上树梢。底下，来喜子和杏儿喊："哥哥，上边有喜鹊窝。"

小运河把书包挂在树梢上，爬到高枝上去够喜鹊蛋。树枝压得乱颤。周师母追出来看见喊："快下来，乖乖肉，跌断腿，命不得了……"

小运河不理，掏了几个雀蛋。

周师母喊："没魂大帝，喜鹊妈妈回来，急死啦，把窝里的蛋掏了。老祖宗，快下来，你妈妈家来了。"

小运河听到妈妈回来，从树上下来，一跳跳到屋顶上，从这家屋顶走到那家屋顶。周师母看不见人，只好一手一个，拖着来喜子和杏儿回家。

周师母进门，小运河躲到自家屋顶上学猫叫。

杏儿喊："奶奶，哥哥在屋子上。"

周师母喊："小祖宗，下来。"

小运河在上面喊："不下来。"

周师母喊："你妈妈回来，你命没得了。"

小运河不理，躲在屋顶上看起小人书。周师母在底下急着骂："小乖乖，快点下来。你是三天不打上房揭瓦！"

小运河太顽皮，汪若梅只得找孔剑秋帮忙，把小运河送回梅花小学读五年级。肖珍见汪若梅送儿子来上学，暗自高兴，想终于找到了报复的机会。她就把小运河安排在自己班上。她背地里告诉学生，说周运河父亲是土匪。学生听说小运河父亲是土匪，就都远远地躲着他。小运河在班上很孤立，没有朋友，肖珍又经常借检查功课找他的茬儿，把他拖到教室走廊上罚站。

放学时，一群男同学跑出来对小运河喊："小土匪，小土匪。"

小运河冲上去打架。对方十几个孩子把他摁在地上，打得鼻青脸肿。肖珍把他拖到办公室说："把你妈叫来，叫不来，你就不要来上学。"

小运河就把书包挎在脖子上，歪戴帽子走出校门。他在街上闲逛，一个人跑到运河边上玩，在河边上看人钓鱼，帮人捡鱼。钓鱼的收竿时送他一条大鲫鱼，说："小朋友，早点回家吧，天快黑了。"

小运河高兴地拎着鲫鱼回家。

早上上学时，小运河装着若无其事，背着书包离开家，汪若梅喊住说：“给你两毛钱，记住，肚子饿，买烧饼吃。”

小运河点头答应。他一出门，绕个弯，就去了大光明书场听说书，拿两毛钱买门票。说书的正说扬州评话《皮五辣子》：

皮五辣子到了家，把脚一跷：“奶奶，我回来了，你看看！”

“新鞋子嘛，哪个替你做的？”

“我的相好的做的……今天我穿着这双新鞋子，走进一条巷子，巧哩，碰到你的徒弟。”

“我有什么徒弟？”

“你上过吊，人家也上吊，不是你的徒弟嘛。”……

小运河笑得龇牙咧嘴，但是肚子饿得咕咕叫。中午，他玩得不归家，怕回家妈妈发现他逃学，就去运河边闲逛。在汪家盐码头上，几个小要饭的在玩纸牌，小运河就和他们交上了朋友，一起玩纸牌。

小要饭的绰号“一撮毛”，头上只有一撮毛。一撮毛把码头上堆的麻包抠个洞，从里面掏米，把偷得生米给小运河吃。小运河看着一把生米问：“米没煮，怎么吃？”

一撮毛拖他到河边上，扯一堆枯草，点起来烧，把米放进一个破铁锅里。一会儿，锅里的米发出噼里啪啦的响声。他们就往草上撒尿把火浇灭，就抓铁锅里的米吃。小运河吃了一把，美味无比，又香又脆。

一撮毛告诉他，这叫炒米。一撮毛听说小运河在学校挨老师欺负了，就要去给他报仇。他们躲在校门口，看见肖珍骑脚踏车进学校，一撮毛就跟进去，把肖珍的车胎给戳破了。结果，一撮毛被学校看门的给逮住送到警察局。

小运河看见一撮毛被抓，急得不知如何是好。可是一撮毛什么都不怕，还朝他做鬼脸子。没一会儿，一撮毛就被放了。据一撮毛讲，在警察局吃了两记耳光，警察局里的人都认识他，他是那里的常客。

小运河通过这件事，认为一撮毛是一条好汉，不出卖朋友。他们就在运河边上结拜为梁山兄弟："不求同年同月同日生，但求同年同月同日死。"

再说晚上汪若梅检查小运河功课，发现作业没做，问他题目又不会，就气得打小运河的手说："你说，你上课干什么了？作业一片空白。"

竹尺打得小运河手心通红，小运河咬紧牙关不吭声。

杏儿在一旁，怕妈妈再打哥哥，主动拉着若梅说："妈妈，我读书了。"

若梅叹口气说："读吧。"

杏儿背道："鹅鹅鹅，曲项向天歌，白毛浮绿水，红掌拨清波。"

汪若梅夸道："你看看，妹妹比你懂事。"

汪若梅这边才骂过小运河，去厨房洗碗，再回来时，杏儿和来喜子又斗了起来。桌上一盏小油灯，杏儿和来喜子抢起油灯来，都往自己面前挪。

杏儿说："油灯是我家的。"

来喜子说："那你送我去崇节堂，我不要待在你家。"

杏儿说："你羞不羞，昨天吃我妈妈买的油条。"

来喜子说："你妈妈也是我妈妈，我叫过妈妈了。"

汪若梅听见吵嘴，进屋来。他们也都不吭声了。汪若梅一看桌上油灯全在杏儿一边，责怪道："你啊，妈妈昨天刚给你讲了孔融让梨。"

杏儿主动把油灯往来喜子跟前一推，一会儿，两个人又好起来了，两个人你一句我一句地背诗。

有一天，孔剑秋找上门，告诉汪若梅小运河几天没去上学了。汪若梅当时就急了，说早上看着孩子好好的背书包上学的。孔剑秋叫她不要急，不要怪孩子，是肖珍拿孩子撒气。汪若梅就要去学校找肖珍理论，孔剑秋劝说找孩子要紧，不上学就不上学，日本人长不了……肖珍这些人没有好下场。

汪若梅一想，孔校长说得对，学习不在一时，当前找孩子要紧。她看见杏儿和来喜子趴在窗台上正看着她，从两个孩子的眼神里知道两个孩子知道哥哥在什么地方。

汪若梅就对杏儿说："杏儿，你告诉妈妈，哥哥在哪？"

杏儿小声说："妈妈，不要说我出卖哥哥的。哥哥在运河边上跟人家钓鱼。"

"运河那么长，在哪儿呢？"

来喜子说："哥哥说了，他在的地方有诗为证，'天下三分明月夜，二分无赖是扬州'。"

汪若梅和孔剑秋两人对视一眼，就明白了是徐凝门桥。

他们去徐凝门找孩子，见大街上贴着"新国民运动"等标语。孔剑秋说："汪海田政府发起的'新国民运动'。右府街和打铜巷里福寿堂全让砸了，贴了禁烟大封条，有人说是维持会跟青帮争地盘。青帮全靠大烟馆、妓院、码头上收地盘钱。"

"这么说，这回得罪了黑道。"

"听人说这回是特高科小滑子占了上风，小滑子和小蚊子争北城根的茶炉西施，小滑子有日本人撑腰，小蚊子被打断一条腿……"

他们说着话，走到达士巷。达士巷是乐器一条街，街上有大大小小乐器店，现在变成了卖日本货的一条街，一阵阵日本音乐从店铺里传出来，有日本清酒酒店、艺妓馆。从敞开的店门，看到里面日本艺妓拿着手巾、扇子、刀、伞、拐杖等表演……

从酒店里走出一群人，喝得东倒西歪，一人搂一个日本艺妓，汪若梅一看，有顾伯龄、子墨等人。她赶紧一拉孔剑秋，从旁边的小十三湾巷子拐进去。

汪若梅问："孔校长，刚才没看错，是我姐夫吗？"

"是的。没看错。"

"要死了，他搂着个日本女人。我姐姐要知道，不把天闹掉下来。"

"你姐夫跟着日本人混，将来你姐姐受到连累，就是掉脑袋的事了。"

"唉，是啊。自从顾伯龄给日本人做事，我就跟他们家没得联系了。家里这几年手头紧，我宁愿在街上给人剃头，宁愿绣灯草画卖钱，也不上他家门。"

"若梅，我知道你有骨气。我有一句话不知当讲不当讲，我讲错了，你就当我没有说。"

"孔校长，你一直照顾我，你有什么话还不直说？"

"周先生去世这么几年了，你孤儿寡母的。我也替你想，你上有两个老的，下有两个小的，你要是改嫁，也难嫁出去。我老婆死了后也就我一个人，搬到我那里，我也好对你有个照顾……”

“孔校长，快别说了。我从来没有想过改嫁。觉民没有死，还活着，等日本人走了，他就会回来的……”

孔剑秋叹了口气，他知道汪若梅这话不管是真是假，总算回绝了他。他想这世上再也遇不到像汪若梅这么好的让他动心的女人了，他对汪若梅的爱慕一直藏在心里，想通过关心赢得她的心。他仰面看看小十三湾巷子顶上弯弯绕绕的一线天，心想这一切只能听老天安排了。

孔剑秋怕汪若梅在意刚才的一番话，就转话题说：“汪老师，你见到小运河，不要责怪他。孩子没错。”

汪若梅点点头说：“孔校长，你回去吧。我能找到孩子。我们走在一起，街上熟人多，人家看到会说闲话。”

孔剑秋想想说：“也是，那我前头就回学校，你从丁家湾插到徐凝门桥。”

汪若梅在桥洞里找到睡着的小运河。她没有骂孩子，牵着小运河的手回了家。

汪若梅让小运河在家里读书，她负责检查功课。她要是出门，就把小运河锁在屋里。

早上，周师母出门买菜，夏风在院里晒太阳，见周师母出门了，招手叫汪若梅过来。若梅在他旁边坐下。

夏风问：“觉民的事，你妈一点也不知道？”

“嗯，问了我几趟，觉民什么时候回来，寄钱回来了吗。我说，寄了，我给些钱给她，说这是觉民关照给的。她说，若梅啊，要省着用，觉民在外头赚钱不容易……要存些钱，将来给小运河娶媳妇……”

“总瞒着，也不是一个事，总有一天会知道的。”

“我能怎么办呢？瞒一天算一天。她要是知道了，立刻就倒下来，家里又多了病人。外公，算命的说我和觉民，伸出五根手指头。我当时想有五十年夫妻命，多好，后来觉民出事了，我一算，我跟他待在一起的日子加起来也就五年。你说这算命的，怎么就这么准呢？”

“命啊，只有天知道，算命哪能算得出来？我看，是巧合。算命就是玩的江湖。若梅啊，我老了，你看看要是有相巧的就改嫁吧。外公看你一个人生活，挺难的！”

“哪有相巧的呢，我的心全给了觉民了，你叫我再给谁呢？”

夏风看着太阳说：“天下熙熙皆为利来，天下攘攘皆为利往。我的那些老朋友，一个个都走了，俞蔼如走了，汪春走了，孙发奎走了，沈福元走了，康九海也走了，孙阆仙走了，快该轮到我啦……”

若梅说：“您？哪能，外公长命百岁呢！”

忽然，夏风对着太阳说：“汪春啊，你来做什么？”

汪若梅感到奇怪，喊：“外公，外公……”

夏风不吭声，闭着眼睛睡着了一般。

若梅高喊：“外公，外公……”

周师母回来，见汪若梅抱着夏风在哭，一问情况，说：“阿弥陀佛，你外公这是睡过去了。菩萨保佑，善终啊！”

汪若梅给外公办完丧事，过了六七，才算喘上一口气。大妈妈又在庙里捎信，说想看看小运河和杏儿，汪若梅就领着两个孩子去愿生寺。

他们走到富春门口，富春刚出笼的小笼包子在路口叫卖，小运河和杏儿的眼睛就盯上去了，汪若梅就给他们一人买了两个肉包子，也给周师母和来喜子买了。

多子街，又叫缎子街，集中了许多绸缎店和土布店。店里布削价打折。汪若梅想天冷，就排队买几尺布，给周师母做棉衣，再扯上几尺给庙里的大妈妈。她在这儿排队，要小运河和杏儿站在旁边不要走远。

街头有许多小要饭的追着人乞讨，一撮毛追着一辆黄包车乞讨，小运河跑过去，把自己的包子给一撮毛。两个人是拜把子兄弟，攀谈起来。

汪若梅扯了几尺布，出了布店，看见兄妹俩。再看杏儿荷叶包的包子，就剩下一个了。汪若梅说：“你们两个吃得快呢，几个大包子就全下肚了？”

小运河点头咂嘴说：“好吃。”

杏儿也跟在后头咂嘴说：“好吃！”

汪若梅斥道："这几个包子是给来喜子的和奶奶的。你们全吃了？"

小运河和杏儿不吭声。

一会儿，他们走到曹李巷。杏儿问："妈妈，这个巷子怎么叫曹李巷？"

小运河说："这个巷子里住着个曹操和李逵，就叫曹李巷。"

汪若梅说："胡说八道。这里有个旌忠寺，寺里有文选楼。《文选》又叫《昭明文选》，有个皇太子萧统组织人编的。隋朝时，曹宪住在这个巷子里讲《文选》，他有个学生叫李善，也住在这个巷子里讲《文选》。这个巷子因为曹宪和李善两个名人就叫曹李巷。"

过了曹李巷，去埂子街就到了愿生寺。寺里汪太太正在听讲经，出来见过两个孩子，塞了红包，又进里念佛去了。他们往回走，走到辕门桥，小运河眼尖，看见黄小凤从黄包车上下来，汪若梅想回避，已来不及，双方一照面。

黄小凤说："若梅，你看我忙得，杏儿都这么大了。"

小运河喊："干妈。"

"哎呀，我儿子也大了，快有我高了。若梅啊，都到门口了，去我家坐坐。"

"不了。回家还有一堆事。"

"老同学怎么也这么生疏了？"黄小凤上前挽着汪若梅的手就往家里拖。

从前的裱画店，因为这几年周小松的名头大，改成"国立八怪研究院"的牌子。汪若梅进屋，见里头变得很奢华，一套红木家具，大玻璃缸鱼池，墙壁上挂着他们两口子与达官贵人的合影。

汪若梅和孩子坐在沙发上，黄小凤捧出瓜子、糖果、点心。两个女人闲聊。一只小金毛狗过来摇尾巴，小运河和杏儿玩起小狗，两个孩子随着小狗去了厨房。黄小凤给汪若梅看她从上海买回来的各式各样时髦衣裳、高跟鞋。衣裳和鞋子摆了一柜子。黄小凤拿出一个零碎布条子，问汪若梅是什么。

汪若梅说："这什么啊？丁丁挂挂的。"

"叫比基尼，游泳时穿的。"

"丑死人了，肉也遮不住，屁股露在外头。"

"就是讲究屁股露出来。这是收音机，东洋货。这个是照相机……"黄小凤波斯献宝，把一样样新玩意儿拿出来炫耀。

汪若梅问："这些洋玩意儿多少钱？"

"几百块钱。不过，我家小松一张画，钱也就回来了。我家小松画卖到日本，扬州不卖。扬州文人相互拆台，一个看不起一个，乌眼鸡似的。日本人喜欢小松的字画。上回在南京展出，冈村宁次司令官要了两幅。日本人不来，我家小松就人才埋没了。"

"这么说，还盼着日本人来啊？"

"也不是这个理。人啊，要灵活些。我去汪琼家打牌，老宅子改成洋房了，里头东洋家具，焕然一新。你住在五福巷里头，那个老房子住了几辈人了，也该弄个洋房住住。"

"我不做这个大头梦。我丈夫是日本人杀的，我这辈子就把孩子培养好。我们做母亲的培养孩子是第一责任。母亲是孩子的启蒙老师，一个女人再神气，若是心不放在孩子身上，就不称职……我从小失去母亲，我知道母爱的重要……"

忽然，厨房传来碗子掉到地下破碎声。她们赶紧跑到厨房，只见小运河、杏儿正在偷吃蛋糕，嘴上、手上、脸上全是奶油。

汪若梅生气骂道说："你看，你看，把阿姨家弄的。"

黄小凤笑说："没关系，吃，吃。"

回到家，汪若梅脸沉着，罚小运河和杏儿跪在板凳上，说："一点骨气也没有，到人家偷东西吃。"

小运河说："我没偷。"

杏儿说："我饿。"

汪若梅用小柳条打小运河屁股说："说谎，饿，刚吃了两个包子，饿就可以偷？"

杏儿哭着说："别打哥哥，哥哥把包子给小要饭的吃了……"

41 裁缝铺楦房言祸 康少爷街头撒钱

黄大虚子裁缝店生意越做越红火。扬州三把刀的剪刀本来就出名，南京镇江的有钱妇女都赶来做旗袍和服。家里生意一好，地方就嫌小了。大虚子对老八级说：“你去跟若梅说说，她外公走了，前进房子空下来了，问她卖不卖？她要是卖，我们买下来搬去住，门面房就拓下来了，多两间开个面料铺子。”

“这个好主意。小凤隔三岔五就带有钱客人上门，客人来了，坐的地方都没有，寒碜，让人家笑话。”

“若梅家败了，一个寡妇家，住那么大屋子有什么用？你去，好好说。现在房价低，没人买房了，有钱都买地、买金条、买米了。”

“宜早不宜迟，我这就去。”

老八级来敲门，周师母开门，老八级问：“师娘，若梅呢？”

“上街买米去了。”

“我找你谈个大事。”

“谈大事要等若梅回来。”

“先跟你说说，等她回来，你再说给她听。我家老头子看中你前面两进房子。夏先生走了，也空下来了，我们想买。”

周师母笑着说：“谈不起来。周觉民回来，房子就不多了。我儿子要书房，老了养个花，小运河大了，也可以在这边成个家。”

老八级说：“师娘，你还蒙在鼓里。你儿子三年前就让日本人杀了，头挂在城门口。”

周师母骂道：“呸，你个八级货，哪有不卖房子，咒人家死人的？你要挨报应。”

“哎呀，怪我多嘴。师娘，若梅回来，不要说我来过了。”

“你这张嘴，就不要上我家门。”

周师母把老八级推出门，“砰”一声，把门关上。周师母想想，有些疑惑，儿子这几年出去，也不回来，让汪若梅一个人在家里，这里有些不对头。她就想去找亲戚周小松那里打听一下，亲戚家不能不讲真话。

周师母拿了个竹篮子出门，直奔周小松家的辕门街。周师母到门口，一扇大玻璃门，透过玻璃，黄小凤正在喂鱼。她就敲玻璃门。黄小凤看见，过来开门。周师母进去，如刘姥姥进大观园。屋里奇石异草，养了一只南洋鹦鹉，鹦鹉见人进来就叫：“恭喜发财！”

黄小凤问：“师母，有事吗？”

“我找我侄儿小松。”

黄小凤就对屋里喊：“小松，出来。”

周小松正在屋里画画，手上拿了支毛笔就出来了。他见到周师母，吓一跳，问：“婶婶怎么来了？”

周师母有些慌张问：“小松啊，你跟我讲实话，觉民去了哪？”

“婶婶，你听到什么？”

黄小凤悄悄对小松说：“汪若梅瞒着婶婶呢。”

“这瞒得住吗？快到门口看着，不要让特高科的人看到。”

黄小凤就到门口把风。

“婶婶，你要挺住，大哥三前年让日本人杀了。”

“小松，你不能诳我。”

“婶婶，哪有咒大哥的？我跟大哥又没有仇。”

周师母就觉得天旋地转，眼看着就要往地上倒。黄小凤上前赶紧扶住。周小松拿了个椅子扶周师母坐下。

周师母忽然说："小松啊，我怎么什么都看不见了？"

黄小凤吓一跳，用手在周师母眼前晃，周师母没有反应。

周小松说："不能在这儿出事，快去喊汪若梅来。"

汪若梅买菜回来，刚走到巷子口就碰到黄小凤，黄小凤拖住她去店里。一路上，黄小凤告诉汪若梅大致情况。汪若梅知道周觉民的事是瞒不住了。汪若梅扶着周师母说："妈，回家，有话家里说。"

"他们说，觉民让日本人杀了，真的假的？"

"假的。"

"我也说是假的。觉民过些日子就回来了。"

回到家，进了门。周师母反复那句话："觉民让日本人杀了，真的假的？"

"假的。哇……"汪若梅哭了起来，一肚子委屈，一直压抑着的痛苦，终于释放出来。

周师母扶着墙，到若梅跟前，抱着她说："女儿啊，你瞒着妈这么多年了，妈知道你心里苦，你哭出来吧！"

1944年冬，立冬就下了场雪。北方寒流南下，天气来得比往年格外寒冷。日本人在战场上打了败仗，疯狂掠夺物资，粮食、煤炭、盐、衣料、木材全列为战略物资。街头米店排着长队。庙里和道观里的和尚道士，都没有米下锅了。许多学校关门。

汪若梅一早上起来扫雪。小红旗早上赶去上学。小红旗说在学校吃不饱，汪若梅给他准备了两个馒头塞进书包。

几个孩子也都起来了，喝稀粥，一人一半粥里的糊巴子。周师母眼睛瞎，看东西像是隔着块白纱布。她舍不得汪若梅一个人忙，早上起来，这里那里慢慢地做着活，全凭记忆和手摸。

汪若梅说："妈妈，什么都涨价了，吃的东西比去年涨了一倍。"

"这又要饿死人了……今年又没有闹灾，怎么吃的就涨价了？"

“听说被日本弄到南洋去了。日本人跟美国人在南洋打仗。听人说我们中国的部队也出国打日本人了。”

“活该。这日本人自己的国家不待，跑到人家里干什么？”

“妈妈，平常，人都说黄金首饰、古玩宝贝值钱，现在没得饭吃了，才知道最值钱的是米。人三天不吃饭就饿死了……”

“若梅啊，你这一说提醒了我。家里要是没钱买米，就把我的金耳环卖掉吧。”

“妈妈，我们家里没有到这个程度呢，挨一天算一天吧。”

几个孩子挨饿，也就乖了许多，各干各的。来喜子捧一本书抄写课文，杏儿站在屋檐底下背《看花》：

> 我看见红花白花。两只脚，踏踏踏，嘴里唱，啦啦啦。路上看见好姐姐，头点点，手拉拉，转过身来，走到花树下，一边看看花，一边说说话。快乐呀，快乐呀。红的花，白的花。我们站在太阳下，没有风来吹，没有雨来打……

杏儿的清脆的声音传到院子外头，传到巷子里。

汪若梅和周师母商量说，大妈妈在庙里也没有东西吃了，人们平常到庙里去奉献，现在自己家里没得吃了，就顾不得庙里了。周师母就把昨天准备好的馒头、咸菜、萝卜干包扎好，放进篮子里。

周师母说：“若梅啊，弄好了，送过去，把篮子再带回头。”

汪若梅看了一看篮子里的东西答应了一声。

“问大妈妈好。你问她，我眼睛不好，寺里要不要。”

“妈，你说什么？”

“我去寺里，也可给家里减少负担。”

“妈，你哪里都不去许去，我要你陪着呢。”

汪若梅看见小运河用小刀削弹弓，生气说：“小运河，我出门，你在家里默写《爱莲说》。”

小运河说："早就透熟了。"

"熟透了？你在黑板上默给我看看？"

小运河放下弹弓，到小黑板上写起来，一手好字。只写了一会儿，他喊道，"妈妈，粉笔没了。"

孔剑秋刚好进门，说："粉笔没了，我就给小运河送粉笔来了。"

汪若梅说："孔校长，上回小运河做的数学卷子，得了多少分？现在五年级的数学、计算题，我做得出来，应用题有的就不会了。"

孔剑秋说："汪老师，小运河的数学卷子，我从头到尾认真看过了。你别说，他虽顽皮，数学一百分。"

小运河听到高兴地喊："一百分，一百分。"

若梅说："不许骄傲。"

孔剑秋说："对，骄兵必败！"

周师母拄着拐棍从屋里出来说："孔老师来啦，在这儿吃饭吧。"

"不了，师娘，学校里还有事。眼睛好些吗？"

"好不了啦，老了，眼睛看什么都模糊了。"

"师母，想开点，日本人，长不了。"

"日本人杀了那么多中国人，要遭报应。"周师母抱着簏子，去门口剥花生。

孔剑秋说："这院里的梅花，长得真好，都打花骨朵了。"

"这梅花是我结婚那年，觉民种下的。花啊草啊，外公在的时候天天打理。院子小，也种了些小青菜、西红柿、黄瓜。今年还收了不少山芋呢。"

"采菊东篱下，悠然见南山。"

他们说了一阵话，孔剑秋就先走了，汪若梅送到门口。她进屋，准备去寺里看大妈妈。周师母拽住她衣裳说："若梅啊，患难见真情。我看这孔老师人真好，年年来看我们。我听老八级说，孔老师是单身，疯老婆前些年跳河了。"

"是，去年的事了。"

"我看，他对你有意思。"

"妈，瞎说什么。我家里这一堆人，嫁给谁都会拖累人家的。我不动这个心，安心服侍好妈妈你，再把几个孩子抚养成人。国家有难，小家也有难，等将来打败日本人，觉民的仇报了，我再谈改嫁吧。”

“我知道你心里只有觉民。可是，人要认个命吧。死了死了，活着的还要活下去。当年觉民父亲去世，我也曾经动过改嫁的心，后来就想等觉民长大再说吧，再后来想等觉民成家再说吧，这么左等右等就等成老太婆了。”

“妈，那我就不改嫁。周觉民是为国家捐躯，是英雄。我是英雄的妻子，孩子是英雄儿女。”

周师母叹了口气说：“若梅啊，我一直还怪你，说怎么不见觉民寄回来的钱，我冤枉你了。你也一直瞒着……”周师母流着泪。

汪若梅也流泪，拿起篮子说：“妈，你看着小运河，不许出门一步。我去寺里看大妈妈去了。”

周师母说：“好，早去早回，孩子听话呢。”

汪若梅刚出门，又回转过来，进屋子悄悄爬到堂屋八仙桌上，把墙壁上的一幅夏公公留下来的石涛《淮扬洁秋图》摘了下来。这几天，她心里已经想好了，这段时间是最艰难的时候，全家要挺过去。从前大户人家遇到难处，不跟人开口借钱，而是把家里值钱要么卖掉兑现，要么送到当铺。

汪若梅看过大妈妈，就绕到右府街铁嘴古董铺。孙铁嘴看过画，知道真迹，答应先替汪若梅找个下家。等找到下家了再来成交。到腊月里，家家开始备年货了，汪若梅手头紧，正着急，接到孙铁嘴的口信说找到了一个下家。

汪若梅讲清楚，什么人都可以卖，不卖给日本人。孙铁嘴一口保证，绝不是日本人，扬州的一个玩家。

汪若梅夹着画进孙铁嘴当铺。孙铁嘴验过货说：“二小姐，你坐着，我进里屋。里屋的买家不愿见人。”

汪若梅就坐在堂屋等，她知道这一行，买家不愿见人的事也是经常的。孙铁嘴夹画进里屋，把画递给周小松看。周小松认真地看着画，爱不释手，赞不绝口。

周小松说：“千万不要说是我买的。”

孙铁嘴点头。最后石涛这幅画以五十块大洋成交。汪若梅拿了钱准备走，孙铁嘴喊住她说："二小姐，我的二层抽头没有拿呢。"

汪若梅无奈，给了孙铁嘴十块大洋。这四十块大洋也够全家过一个充足的春节了。汪若梅前脚走，孙铁嘴又进屋找正在赏画的周小松说："周先生，我的二层抽头没拿呢。"

周小松又数出钱，给了孙铁嘴。周小松说："孙铁嘴，你算替我做了一件好事。石涛的《淮扬洁秋图》，无价之宝。你看，淡墨轻染的远景，水天相接之处，极目远眺，留下广阔的想象空间。这首怀古诗，书法功底了得，苦瓜和尚书法，独树一帜。这幅画扬州的山水，后世无人可比啊！"

汪若梅拿了钱，一脚就去辕门桥街上办年货。她去吴家买米，去煤炭店买煤球，去姜老太酱行备油盐酱醋。她还去大上海百货公司买大白兔奶糖、济南洗衣粉、香皂等，又去南北货商店买了几包炒货，花生、葵花子、番瓜子、西瓜子等，又去翠园桥称五花肉，回家烧红烧肉。她悄悄给自己买了一包仙女牌香烟。有的时候，苦闷到极点时，她就抽支烟。

回家的路上，在巷头上见到皮六，她就托皮六去红园花鸟市场选几盆花和松柏盆景。大户人家再怎么寒碜，也要顾及脸面，春节要过得像模像样。

中午，院子里摆着盆景，厨房里闻到肉香。三个孩子跑到厨房门口，兴高采烈地喊："吃肉了，吃肉了……"

腊月二十三，外头零零星有鞭炮声。黄小凤忽然上门，拖她去富春茶社喝茶，汪若梅推辞不掉，只得随她去茶楼。汪若梅刚坐下，黄小凤就出门，一会儿，就听得门口尖声尖气、洋腔洋调的声音："二小姐，你好啊？"

汪若梅回头一看，见《新报》报社的主编子墨油头粉面、西装革履地进来。她就奇怪怎么在茶楼碰上这个人。这时黄小凤又闯来，说："哎呀，大主编在正好，你陪若梅聊聊。我家小松打牌三缺一，叫人来叫我。若梅啊，你们才子才女，好好聊聊。"黄小凤说完就往门外跑。

汪若梅想叫住她，黄小凤人影子都不见了。这时候，她肚子里明白了几分。她也不惊慌，说："哎呀，大诗人，久仰。"

子墨色眯眯地说："早听说二小姐才貌双全，绝世美女，今天一睹芳容，小生佩服得五体投地。"

汪若梅笑道："你都五十多了，怎么还小生？我该喊你前辈。"

子墨有些不自在，说："今天特地请二小姐，我想和你探讨扬州文化。不知能否赐教？"

"我哪有文化？我就是在家孝敬老人、抚养孩子的家庭主妇罢了。"

"哎，谁不知二小姐名门之后、美汉中学校花？当初为了爱情，留洋的梅家小姐与你竞争，都败给了你。我今天托小凤约你出来，实在高攀啊！"

汪若梅听他说到梅曼，说得像是她凭才华抢了梅曼的先生，一肚子不快，脸色就不好看。汪若梅，说："大主编，你有什么，就直说吧。"汪若梅想让这个虚伪的文人把肚子里的厄水倒出来，她再一口回绝，也就完事了。

可是，子墨偏偏要吊书袋子*。他拉开皮包的口子，指着里头一堆纸，说："这里头全是我的扬州文化研究，你看是纸，其实是钱，是名。书中自有黄金屋。小生从《南京日报》社下派到《扬州新报》当主编，一晃也四五年了。我这一生漂泊不定，如杜牧《遣怀》所言：'**落魄江湖载酒行，楚腰纤细掌中轻。十年一觉扬州梦，赢得青楼薄幸名。**'扬州文化底蕴深厚，藏龙卧虎，像大学士阮元、《说文解字》的大徐小徐、注《文选》曹宪和李善，人才荟萃啊！清乾嘉学派了得，常言说吴学最专、徽学最精、扬州之学最通。**无吴皖之专精，则清学不能盛；无扬州之通学，则清学不能大也。**任大椿、焦循、汪中、阮元，个个了得；宝应的二刘，刘台拱、刘宝楠；高邮二王的王念孙、王引之……"

"子墨先生，我家孩子快升中学了，我要回去烧饭，实在对不起。"若梅站起来就走。

子墨说："别走啊，我才说个开头。"

汪若梅早就没了人影。

---

* 吊书袋子：指运用"引用"的手法大量列举书名、人名、经典故事等引经据典，给人以学识渊博，仿佛有个大书袋装满了书，随用随倒。此处贬义，讽刺子墨卖弄。——编注

汪若梅一路匆匆往家里赶，煨的黄豆还在炉子上呢。她一路骂黄小凤："八级货，妈妈老八级，生个女儿小八级。你也太小看我了，我怎么看得上子墨这类舞文弄墨之徒？"

在她眼里，子墨之流也就是比常人多读了几本书，吊书袋子，附庸风雅。他们所谓的著书立说也就是东抄西凑，再加些文人的矫揉造作罢了。"我丈夫为国捐躯，几个孩子要培养，老人要照顾，我的这种生活状况在子墨这类人的书中得不到任何精神给养，甚至一点儿活下去的安慰都得不到。"他们的书在汪若梅眼里就是谎话连篇。

她先生周觉民也是读书人，也是个文人。但周觉民有信仰，为了信仰可以付出生命，周先生是在行动中体现他的文化价值，宣传新思想，反对封建文化，办《新写作》杂志，亲自上前线抗日，冒着敌人的枪林弹雨，这才是真才学，才是扬州男人的脊梁骨。她和周觉民的婚姻虽说短暂，但是"曾经沧海难为水，除却巫山不是云"。她怎么会爱上子墨这类俗物呢？

她一路想着周觉民，不知不觉就走进五福巷，到了家门口。忽然，来喜子从屋里窜出来，看见她就喊："妈妈，爸爸回来了！"

这一声就像晴天霹雳。"周觉民回来了？"她瞪着眼睛看来喜子，立在原地不动，脚像生了根。

来喜子吓坏了，问："妈妈，怎么啦？"

"谁回来了？"

"爸爸回来了。"

汪若梅疾步往屋里走，推开院门，见院里站着个高大的背影。她一看背影就知道不是周觉民。这人戴着宽边黑礼帽，灰色风衣，一双高筒皮靴。那人转过身来，原来是康鹏。

汪若梅恼怒地白了来喜子一眼，高声对院子里围着康鹏的孩子们说："哎呀，康叔叔怎么来了？这是妈妈的中学同学。康鹏，你来也不打声招呼，你看家里乱的。"

小运河得意地对来喜子说："我说不是爸爸。我记得爸爸的样子。"

杏儿说："我也记得一点点。"

康鹏对汪若梅说："我从附近经过，就顺道过来看看。你怎么变戏法似的变出这么多孩子？”

汪若梅从刚才的惊诧中缓过神来，羞涩地说：“你笑话我了。什么变戏法，哪个不是十月怀胎，日日哺育。我啊，哪及你们风流潇洒。只能在家里养孩子呢。”她招呼几个孩子：“来来来，一个个小讨债，我给康叔叔介绍一下。”

来喜子指着屋里的大包小包说：“康叔叔拎了这么多包来，我就以为是爸爸回来了。”

“不知不怪。”汪若梅指着小运河，“这个是我家大的，到现在还顽皮，不懂事。丫头是小的，日本人来的那年生的。这个叫来喜子，他是……”汪若梅犹豫起来，吞吞吐吐。她想说是是梅曼的儿子，但是，这样就扯上周觉民，又会生出许多闲言碎语，“来喜子是我家亲戚家的孩子。”

“我说哪能一下子生出这么多。”康鹏笑道。

当天晚上，康鹏就在汪若梅家吃晚饭。汪若梅去东关街买熟食。周师母下厨房。康鹏陪几个孩子玩耍。他打开捎来的包裹，大包小包全是大麒麟阁的茶食。几个孩子哪见过这么多茶食，咽着口水问：“叔叔，你是不是把茶食店全买家来了？”

周师母听说过康鹏，大麒麟阁的少爷。她从一旁插话说：“扬州最大的茶食店就是康少爷家的。”

康鹏说：“周师母，已经许多年没人喊我少爷了。”

晚上，在院子天井里摆了小方桌。几个孩子吃了凤凰桥的猪头肉、猪耳朵边子，一个个心满意足，吃过饭各自洗各人的碗，回屋里休息。汪若梅和康鹏继续喝小酒聊天。汪若梅很久没沾过酒，今天她喝上一小杯，只是陪康鹏。她给康鹏倒酒，劝他多喝两杯。

康鹏小酒下肚，打开话匣子，说日本人占领上海，国军溃败，他所在的汤恩伯的部队打散了，他们撤到重庆，部队改编，他就退伍做起生意。他回扬州是做物资生意。汪若梅问起他家里人。他说他老婆去世了。怎么去世的？康鹏不说，汪若梅也不便追问。

她问康鹏去没有去看汪琼。康鹏脸色大变，说一回扬州就去拜访汪琼，恰好碰到他们家里吵架。他在楼下大厅，就听得楼上砸东西。他一口茶都没有喝得上。大脚送他出门时说，劝他今后不要再上门。大脚说当年汪琼和康鹏订过娃娃亲。现在汪琼和顾先生天天吵死，就不适宜上门。

康鹏看着汪若梅说："若梅，你说说，我们从小一道长大，大脚说的这是什么理？"康鹏仰头喝干杯中酒，脸涨得通红。

汪若梅给他夹菜压酒，叹口气说："各家有各家的难处啊！"

"我们在外漂泊打拼，日日夜夜思念家乡，可是回到家乡，物是人非，甚至一个亲人都没有，好同学都不能往来。你说这个家乡有什么意思？"

"怎么说话啊？我不是在吗？"

"对，对，我酒多了。若梅，我刚才在你家里转，见夏公公诊室的屋子空着。我最近手头有些货物，放在别处不放心，想过两天放过来，你看如何？"

"屋子大小你见了，只要不是值钱的，尽管放过来。值钱的，没人替你看管。"

"不值钱的钱。"康鹏笑道。

康鹏看看手表，见时间不早了，就摇晃着去屋里拎包要走。恰好来喜子出门到菜园子里撒尿，汪若梅就喊："来喜子，你送下子康叔叔，送到东圈门头上就回来。叔叔酒多了，别让他在巷子乱转迷了路。"

来喜子一口答应，拎起裤子跑上前，搀着康鹏的手。两人一大一小出了院门。这天底下有谁知道他们是父子俩呢？命运就是这么捉弄人，好拿尘世间的凡人们开上天大的玩笑。

汪若梅就收拾起小桌子上的碟子、盆子，抹桌子。来喜子气喘吁吁跑进来，把一沓子法币递给她说："叔叔给的。"

汪若梅一看，正面是孙小头，即孙中山，背面是双桅船，一张张10元的法币，一沓子少说有大几百块钱。她疑惑为什么刚才康鹏不直截了当把钱给她，而要出门后让来喜子捎回来呢？她问："来喜子，康叔叔说什么了？"

"没说话。妈妈，叔叔酒多了。我看他从包里拿出几沓这么多的钱，有的扔到黄大虚子家的院子里，有的撒到胖大厨家窗户里。他还给了一沓子给一个要饭的……"

汪若梅大惊失色，心想要死了，也没见他酒多，好好出门走的，钱再多也不能大街上四处撒钱。她又看看来喜子，怕这孩子脑子有问题，在说胡话。

没几天，康鹏上门，把几麻包的货物堆进夏公公的空屋子。汪若梅不敢马虎，在门上锁上老虎锁。她看康鹏，神色轻松自然，就不直接提那天晚上来喜子说的大街上撒钱的事，而是绕着弯子试探了一句："康鹏，你前天在我家里，酒喝多了吧？"

"没有多，这么点酒算什么？我后来还去三衣阁泡澡，又去南京电影院看了晚场电影呢。"

汪若梅见他如此一说，悬着的心也就放下了。

42 半夜鸡叫诳城门 杀鸡儆猴闹鬼宅

1944年冬，大街上排着长队购物。有钱买不到东西了。

周师母说天天吃山芋嘴里没味道，汪若梅就到东圈门姜老太酱行排队买三和酱菜和臭豆腐。队伍像一根长辫子拖着。她拿了两块大荷叶包着豆酱从店门里出来，就听得头顶上“嗡嗡”的声音，一抬头就见天上几个黑色的大鸟飞过，在街道上投下移动的黑影。

她暗想，乖乖隆地咚，这是什么东西？街上两旁店铺里的都跑出来喊：“飞机扔炸弹了，快躲。”就听得“轰隆”的爆炸声。街上人四处乱跑，有人说：“飞机掉下来了……”

汪若梅一阵心慌，又要打仗了。她赶紧往家里赶。

再说几个孩子正在屋里看书，听得“嗡嗡”声，来喜子跑到院里喊：“飞机，飞机……”小运河课本一扔，也跑到院子里看。杏儿跑出来时，让门槛一绊，跌了个跟头。

院门外头有猫叫，杏儿说：“哥哥，一撮毛来了。”

小运河推开门缝，看到一撮毛站在门外。汪若梅出门时怕孩子跑出去玩，就从外头把门上了锁。一撮毛对着门缝喊：“运河，飞机掉下来了，在西门外大街。我们去看看……”

“等下子。”小运河跑到汪若梅房间，站在凳子上，推开对着巷道的一扇窗户。他趴在窗台上和一撮毛说话。他正要翻窗户出去，来喜子和杏儿拖住他两条腿。

来喜子和杏儿看着小运河说：“哥哥，我们也想去看。”

小运河就把来喜子托住，翻窗子出去，再托杏儿出去。一撮毛在外头负责接人。周师母在院子里剥毛豆，听得响声问：“运河啊，什么响？”

小运河喊道：“猫。”

翻出窗户，外头是五福巷。几个孩子一溜烟就出巷子，从彩衣街往西门街跑。他们出了西门，又向北往城西北方向念四桥去。他们走了一个多小时，到了西郊俞家山的飞机场。飞机场现在荒废了，一片荒地。只见前方一个大物在冒烟。他们就跑过去。

一架飞机冒着烟，碎在地上。小运河就跑上前，去拿飞机里的铁片子。来喜子和杏儿拔飞机管子，一个人拔了一根管子。一撮毛捡了个飞行员的眼镜戴着。忽然，远处有汽车声，一队汽车开来。

一撮毛喊：“快跑，宪兵来了……”

几个孩子拔腿就跑。他们跑到瘦西湖的河荡里，一撮毛领着他们捉田鸡，捉到田鸡就用柳树枝穿起来。他们在水塘边采柳树枝，做成柳树枝的帽子，一人一顶帽子。来喜子和杏儿捉小虫子，塞到皮管子里。

四个人又跑到瘦西湖畔的牛大洼。牛大洼北边是省立第五师范学校，日本人来的时候，学校迁走了，只剩下一排排灰色的楼房。一撮毛说能捉到蟋蟀，捉到金头、银头。几个孩子就去一间间空教室里，窗台下底下翻砖头，捉蟋蟀。从教室里蹿出一只大灰猫，把杏儿吓得哭出来。

一会儿，太阳就偏了西。来喜子拉拉小运河说：“回去吧，妈妈要骂了。”

四人就往回走。杏儿玩了一下午，走几步，息一会儿，走不动。小运河就背着她。

天说暗就暗，等他们走到城门口，城门关上了。城里晚七点就关城门，实行战时管制。几个孩子慌了，进不了城，就沿着城墙转，想找到哪个城门没有关的。他们从城西走到城南，城门全关了。

早春时节，太阳一落山，气温就降下来了，又刮起北风。

再说汪若梅回到家，打开门喊几个孩子，没人应。周师母说：“小运河说猫叫，后来三个孩子就不见了。”

汪若梅到房间里一看，要死，凳子上有脏兮兮的脚印，她告诉周师母说：“他们几个翻窗子出去玩了，回来不给他们晚饭吃。”

汪若梅也没着急，以为几个孩子出去玩玩也就回来了。可是左等不回，右等也不回，等到天黑，她就着急了。小运河和来喜子是男孩子，杏儿女孩子，才十岁，怎么也玩得不归家呢?

汪若梅就去巷子里家家问，都说没见到。胖大厨家的小红说在店里抹桌子的时候，看见他们几个跟着一个小要饭的，一起向西边彩衣街去了。汪若梅没办法，就请胖大厨、皮六、牛老三几个帮着满城里找孩子。

汪若梅沿着运河边寻找喊：“运河，杏儿，来喜……”

汪若梅找了一圈，心想或许孩子已经回到家了，就拖着疲惫的身躯回到家。周师母告诉她说：“若梅啊，别急。刚才皮六、胖大厨、牛老三都来过了……孩子不会少的。”

一会儿，天上飘起毛毛雨，汪若梅在院里看天，又不放心起来，又撑着个伞出门，沿着小秦淮河去找……

走过河边，有一对恋人走过，她想起当年和周觉民在小秦淮河边散步，周觉民送她回汪家的情景，眼泪像断了线的珠子落下来。走到小东门桥，路滑，她跌了个跟头。爬起来，站在桥头，看着桥下的乌黑的流水，她耳朵里忽然响起周觉民写的信：

> 若梅爱妻，为夫一世漂泊，皆为国为民，当日一别，不知何时能见?家中上有老人，下有……全托于你一人，实为心不忍。……若梅妻，结婚十年，相守只有五年，生，不能相迎，老，不能相送，愧对爱妻……

她忽然想跳河，自言自语道：“觉民，我随你去吧……”忽然，从底下河边上一艘小棚子船里传出婴儿的啼哭声，她已经倾向桥下的身子收住了。“不，不，不，我是烈士的妻子，我要坚强，我要把孩子抚养成人。我不能死，我死了，孩子怎么办? ……”

回到家，她怎么睡得着呢？坐在灯下，桌上有一本杜牧诗集，她随手一翻，翻开一页读着：

暮云收尽溢清寒，银汉无声转玉盘。

此生此夜不长好，明月明年何处看。

停电了。她点上小油灯，灯火苗在跳，一蹿一蹿。屋顶上，老太爷学人走路，这里敲敲，那里敲敲。汪若梅点上香，哭着说："老太爷，你不帮我，还欺负我。我容易吗？"

顿时，屋顶上没有了声音。

汪若梅打开抽屉，拿出那天买的一包仙女香烟，独自抽起烟来。她一口气抽了三根，咳嗽得眼泪水淌下来。一会儿，她伏在桌上，迷迷糊糊睡着。

梦中，一支部队打回来了……周觉民、沈越走在队伍里，打着工农红军的旗帜。她在人群里欢迎队伍，拼命喊："觉民，觉民……"可是，周觉民像不认识她，她急得哭了下来，就惊醒了。外面，传来阵阵鸡叫。

她站起来，走到院里，东方露出鱼肚白。忽然，听见敲门声，她打开门，门口站着小运河、来喜子、杏儿和一撮毛。来喜子和杏儿手上拿着橡皮管子，几个孩子脸上黑不溜秋的。

汪若梅抱着住杏儿就哭了。

杏儿拿出一个山芋，说："妈妈，吃吧。"

"这山芋哪来的？"

"城门口炕山芋的给的。"

汪若梅擦拭眼泪说："你吃吧。"

汪若梅看着一撮毛。小运河说："妈妈，他叫一撮毛。"

汪若梅问清了一撮毛是个孤儿，从小流浪，是去年小运河逃学，在徐凝门桥桥洞里交的朋友，就留一撮毛吃早饭。吃早饭时，汪若梅也问清了孩子们这一夜的情况。

他们在南门城门外蹲了一夜。有一个炕山芋的茅草棚，炕山芋大爷心好，让他们进棚子睡在一堆稻草上。炕山芋的告诉他们，鸡一叫城门就开了。小运河坐着看天色，天才有点儿发白，他就跑到城门口学鸡叫，看门的听到鸡叫，就起来开门，门一开，他们就跑进城了。

汪若梅说："小运河这是学孟尝君出函谷关，你们都是鸡鸣狗盗之徒了。"

汪若梅看一撮毛头上害了头皮癣，就用剪刀把他头上的一撮毛剃掉，剃了个和尚头。她让他去洗澡，趁他洗澡时，把他脱下的衣裳全扔了，翻箱倒柜找出小红旗的旧衣裳给他穿，虽说有些大，但毕竟干净。

汪若梅又去了一趟大德生药房，称了些黄麻、蛇床子、防风等几味中药，用生姜熬汤，给一撮毛擦洗。擦洗时激人疼，但一撮毛坚强，一声不吭。汪若梅对孩子们说："一撮毛现在头上没有一撮毛了，你们今后都喊他毛毛，不许再叫一撮毛。"

一天，毛毛对汪若梅说："妈妈，我头皮不痒了。我走了。"

"你去哪里？"

"我去街上要饭。"

"毛毛，你别去要饭了。妈妈这儿有得吃你就有得吃，你在这儿跟着小运河他们读书吧。"

毛毛哭了下来。

康鹏货物存放在汪若梅家，他时常过来取货，又存放进新的货。汪若梅对他存放的东西从不打探，东西进了夏公公屋里，她就"叭嗒"锁上老虎锁。

一天晚上，康鹏来请她去菜根香酒楼吃蟹黄狮子头。她指着屋里的孩子说："你看我怎么脱得了身呢？"

"你放手，他们就更乖。你不能总窝在家里吧？日本人走了，你还得出来工作，接触社会，对吗？"

汪若梅想想有道理，问："酒楼还请了什么客人？"

"没有，就你和我。"

汪若梅就进屋里梳妆打扮，套一身新衣裳，换上绣花鞋，出门跟康鹏坐上黄包车往教场去。他们在二楼临街的窗口坐下。这儿可以看见镇门桥大街上的人来人往。康鹏点了一桌子菜，蟹黄狮子头、红烧鳗鱼、炝河虾、爆炒虾仁、河蚌菜心等，都是她爱吃的。汪若梅一个劲地抱怨菜点多了，吃不完浪费。康鹏说这是难得的机会，人生半世，能在一起饮酒交心的朋友越来越少……

汪若梅见他如此盛情，也就动了心思。康鹏老婆去世了，他的初恋汪琼嫁给顾伯龄，他这回三天两头上我的门，是不是对她有什么想法呢？周觉民牺牲后，她若是改嫁，康鹏倒是一个合适的人选。他们青梅竹马，同窗十载，相互间知根知底。孔剑秋这些年一直关心自己，但他就是个长辈，像是个大哥哥，她不习惯和孔剑秋这种老夫子过日子。至于梅花小学的马博士、报社的子墨，这些人她压根儿就不会考虑。或许，正因为这样，她才答应出来赴康鹏的宴席。她只和周觉民一道出来吃过饭，康鹏这次就算第二个人了。

康鹏几杯酒下肚，滔滔不绝地讲起他这十几年的人生经历。康鹏的经历在汪若梅听起来，就像看一场时尚的西洋电影。康鹏毕业后，康九海送他去上海的宁波商行，又在父亲的安排下娶了商行董事的女儿。他在上海滩当起寓公来。后来参加国民党青年团培训班，再后来被任命为苏北剿匪副总司令。抗战爆发，南京沦陷……他现在经常往来于上海、重庆之间……康鹏说：“国家沦陷了，民若草芥，钱再多，有什么用？钱买不来生命，买不来感情……”

汪若梅听得连连点头。她对这些深有同感。两人同病相怜，都觉得找到了知音，有共同的语言。当年，他们风华正茂，朝气蓬勃，美汉中学的优秀毕业生，踏上社会才十几年的工夫，沧海桑田，已经看破红尘，变成饱经风霜的老人。

从此，康鹏一有空闲就来五福巷，领着汪若梅去小东门的南京电影院看电影，去大舞台看戏，逛辕门桥的新上海百货店。康鹏每回来都给孩子们捎金刚脐子和蜜三刀，给周师母捎京果粉。他还给汪若梅从上海购回一套西洋女式西装。这段日子，汪若梅像是一脚踏在云里雾里，飘浮在半空中，直到有一天，她迎头被泼了盆凉水，才忽然惊醒过来。

那天晚上，月光明亮。康鹏来约她坐游船赏月。他们从新北门上船，去瘦西湖，又在平山堂脚下的老邗沟转了圈。船划回城里时已经深夜。康鹏坐在船头抽洋烟斗，汪若梅依偎在他宽大肩膀上。他们沉浸在一湖支离破碎的月光下，幻想着明天的生活。

时间仿佛回到1927年以前，那时她是汪家盐铺的二小姐，这是康家银楼的大少爷，小姐少爷，花前月下，衣食无忧，他们就像是来人世间享受生活的宠儿。忽然，枪声大作。

康鹏吓得一惊，烟斗掉在船板上。枪声是从天宁门弥陀巷方向传来的。密集的枪声中夹着手榴弹的爆炸。他急忙招呼船家靠岸。他们从券石山洞靠到岸边，从后面跟上一艘小船也靠了岸。小船上下来两个黑衣人。康鹏和他们说着话。一会儿马路上跑来一队军人。他们说着什么。汪若梅听不到他们的谈话，但从密集的枪声看，扬州城出大事了。枪声比当年党军和联军在城里交战更猛烈。会不会是周觉民领导部队打回来了？她很快否定了这种想法。想到周先生，想到牺牲的丈夫，她的心又乱了。我怎么把孩子们丢在家里呢？我这么晚出来约会周先生会不会责怪我？

她正胡思乱想的时候，康鹏过来说："若梅，我有急事要离开扬州一段日子，等我回来，我会去找你的。"

"你在外头小心，保护好自己。"

"你放心。我过些日子就回去。我让人送你回家。"康鹏压低声音，"日本人正在清剿弥陀巷的青帮，打死了许多人。你要多保重！"

几个黑衣人护送汪若梅回家。晚上，她躺在床上翻来覆去睡不着，忽然一阵心惊，暗恨自己糊涂。康鹏绝不是普普通通的商人，一个商人哪能派出这些黑衣人送我回家？还有上回来喜子说康鹏大街上撒钱的事。汪若梅提醒自己已经不是成天幻想的小姑娘，她是失去丈夫的寡妇，是两个孩子的母亲，人到中年。康鹏一定有许多事瞒着她。

有一天，汪若梅出门。几个孩子在家里找东西吃。他们把周师母存的当作菜配料的银杏果扔到锅堂里，"叭"，炸出白花花的肉来，一个个分享着，说着心中关于吃的梦想。

小运河说："世界上最好吃的东西是康叔叔捎来的茶食。"

来喜子说："康叔叔要是我爸爸就好了。我可以天天吃茶食。"

"不知羞，大馋猫。"杏儿刮着鼻子羞来喜子。

小运河说："来喜子的意思就是康叔叔的茶食好吃，比麦芽糖、红烧肉、咸鱼干还要好吃。”

“哥哥，康叔叔还有几麻袋茶食，妈妈给锁在夏公公屋子里了。”

几个孩子听杏儿这么一说，眼睛发亮，口水都要流了下来。他们跑到小屋门口，看门上碗口大小的老虎锁，一个个抓耳挠腮。毛毛成天在码头上混，偷过东西，自然点子多。“我有办法。”毛毛跑进屋里，找出半截铁丝，斜着眼睛，用铁丝捣锁芯。他三弄两弄，“吧嗒”一响，锁竟弹开了。

几个孩子进屋，夏公公的手术台上摆着三个小麻袋。他们打开包，哪有什么吃的？全是一沓一沓码得齐齐的“孙小头”。孙小头就是孙中山头像。相对于当年北洋时期发行的袁世凯的袁大头而言，百姓俗称孙小头。他们把一沓法币掏出来，折叠小飞机，在院子里飞。毛毛和小运河折叠出一堆纸角子，在院里拍纸角子。

再说汪若梅去找杨宝琴，杨宝琴丈夫在广陵刻印社上班，她想弄些文字的活在家里校对，赚点钱。可是杨宝琴告诉她，刻印社就差关门了，哪有什么活？她一路往回走，一路正为钱发愁。

她一进家门，一屋子的钱，满地的钱。她捡起来一看，脸都吓白了。她这头为钱愁，可家里的院子里、菜园里、屋子里、树枝上到处都是钱，像是从地里长出来的，从风中刮过来的。小运河手上抓着一把钱，正和毛毛摔纸角子。

她慌忙顶上门，问明情况，领着孩子把钱全捡起来，叠整齐，码好，又放回麻包里。她关照孩子这事不许在外头说。

汪若梅想康鹏在她家存放的货物竟然是钱！你有钱不摆在你家的铁保险柜里，摆到我这个孤儿寡妇家是什么企图？康鹏的形象变得狰狞起来……

有一天，汪若梅正在忙家务，忽然一个女孩子跑进来。女孩子个子比她还要高，汪若梅吓了一跳，一看是莎莎。莎莎已经是十五岁的大姑娘。莎莎看见汪若梅，张开大嘴“哇”地哭了下来。汪若梅以为出了什么事，赶紧拖她坐下来说话。

莎莎一个劲地哭着说：“爸爸妈妈打架，家里东西都砸了。妈妈在家里哭着要上吊……”

汪若梅想汪琼多强势的人，怎么闹着要上吊？又一想，今天是汪琼的生日。

汪若梅说："莎莎，你看姨娘忙的，把你妈生日都忘记了。今天是你妈生日呢。"

她们去巷头上叫了辆黄包车，往南河下去。车子经过镶门桥大街，她进绸缎庄买了两条真丝围巾，对莎莎说："我买了两条丝巾，一条给大脚婶，一条给你的。"

"姨，我知道你穷，你留着吧。"

"莎莎，姨再穷，纱巾买得起。你大姑娘了，要会打扮。"汪若梅替莎莎把纱巾围在脖子上。

黄包车又往前走到大麒麟阁，汪若梅下车买蛋糕。店员拿出一只大生日蛋糕，一元钱。汪若梅一摸，兜里只有几角钱，一下子窘在哪儿。她忽然想到隔壁有一家亨德利钟表店，就到亨德利，退下手表递上去。

店员以为她来修表，问："小姐，表有什么故障？"

"不是故障，我想把这个表当了，你看能值多少钱？"

店员看看表，又去里间叫出老板。老板看着手表，用放大镜凑到灯下看，伸三根指头说："小姐，你是急用钱吧？我也不欺你，这个表值三块钱。若是新的，值三十块钱。"

汪若梅咬了咬牙说："成交吧。"

她们买了蛋糕上车，一会儿，车子就到了顾家。顾伯龄把家里旧宅改造成中西结合的小洋房，进里有草坪，有停车场。大脚开门把她们迎进门，对楼上喊："大小姐，若梅来了。"

楼上一个有气无力的声音说："叫她上来吧。"

汪若梅上楼。敞式木楼梯铺着地毯，上楼一个宽大的房间是卧室，卧室里一组欧式沙发，有一个壁炉，墙壁上挂着几副西洋油画，屋子一侧挂着十字架、圣母圣婴像。

汪若梅上楼，在沙发上坐下来。她奇怪，只听到汪琼的声音，看不到人。沙发的茶几上，乱七八糟放着哈德门烟、仙女牌香烟、花露精香皂、牛牌香皂、丽美人化妆品、洋手电筒、菊牡丹蚊香、北平啤酒、青岛啤酒，墙角摆着高尔夫球杆。她正四处找汪琼，忽然，汪琼套着白睡衣，从床肚子底下爬了出来，她眼神迷茫，脸色苍白，披头散发。

汪若梅吓得站了起来。

大脚上来也不惊怪，平静地问："二小姐，喝茶喝咖啡？"

汪若梅说："咖啡。大脚婶，给你买的纱巾。"她把纱巾系在大脚脖子上。

大脚说："若梅啊，你来，又乱花钱了，给我买什么纱巾，又买这么大的蛋糕。"

汪琼冷冷地说："这世上还有人记得我的生日。"

汪若梅说："要是不看到莎莎，真把姐姐的生日忘了。成天瞎忙。夏公公走了，周妈妈眼睛又不好，三个孩子在跟前……"

汪琼面无表情地去上厕所。家里有西式厕所，抽水马桶。汪琼进厕所，把门一关。

大脚一把抓住若梅说："你来了就好，这家里要出大事了。汪琼好个小麻将，成天把些五二歹鬼的人弄家来打麻将。有报社的子墨、青帮万把钩、周小松家两口子、宫奇家两口子。我劝她不要和这些人往来，汪琼说这些人都是文化人。我家小同说过，坏鬼都是有文化的。子墨打牌，为一张牌，跟万把钩杠上。万把钩人家躲还躲不过来呢，打了子墨一巴掌。子墨就跑到你姐夫跟前嚼舌头，说大小姐跟万把钩相好，你姐夫就信了他的鬼话，心中有了东西。听人说你姐夫跟青帮万把钩暗地里做生意，把物资运到重庆，又把重庆的物资运回扬州、上海、南京。本来生意做得好好的，中途杀出个程咬金，康家少爷上门做生意来头更大，就挤了万把钩的生意，双方就结下了梁子。前些日子，小滑子特高科发现青帮走私药材给重庆，日本人包围了小弥陀巷，皇协军打了一夜，弥陀巷的尸体摞得有一人高……这个顾伯龄缺德啊，把万把钩的人头寄家来，大小姐以为从上海寄来的礼物，打开来一看，一个血淋淋的人头，吓了个半死……就这么，你姐姐受了惊吓，脑子有些不灵光了，半夜里起来，拿个布条子要上吊……说话颠三倒四。我晚上不敢睡觉，在楼底下听着上面的动静……"

"我姐夫呢？"

"不敢归家，一回来，汪琼就拿个大花瓶砸过去……家里的东洋留声机、钢琴，全砸了。"

这时，听到厕所里水响。汪若梅问："上厕所怎么上这么长？大脚婶，你敲门问问。"

正说着，忽然汪琼光着身子从厕所里跑出来，水淋淋地站在汪若梅面前，手里拿着一把刀说："妹妹，我这个身子脏，你用刀帮我剐剐。"

汪若梅吓得目瞪口呆。

大脚一把夺过刀说："大小姐哪里脏，干净呢……"

汪若梅和外公行医多年，一看就知道了汪琼患了精神疾病，让顾伯龄弄个死人头给吓得把魂魄丢了。她当年和外公治过这类病，一时间还好不了，要慢慢调理。后来，她就去大德生抓药，用夏公公传下来的秘方配制定痫丸、温胆汤，帮助汪琼豁痰开窍。药材中有紫石英、黄芜花、牵牛子、礞石、白矾、石菖蒲等，又配了些扶正固本的人参养荣丸，帮助清心泻火的牛黄、橄榄、硼砂等。

汪琼不来月经，大脚有些慌，来问若梅。若梅说这是吃中药造成闭经，不着忙，看看再说。中药治疗有些效果，汪琼睡眠好了些，但是效果并不明显，汪琼常有反复，经常莫名其妙地吵闹、大哭。她只要一睡上床，眼睛一闭，眼前就出现万把钩血淋淋的人头张着嘴咬她。一到晚上，汪琼她就躲到衣裳箱子里，睡到厕所地板上，睡到沙发肚子里。她拉着汪若梅手，要她相信她看到的，她说徐老虎、汪春、玉珠、丁小同、董大嘴排着队在家里游走，一会儿东，一会儿西。汪若梅要是不信，她就急得眼泪直淌……

43 俞冉芳滴血除奸 汪若梅踹门发丧

家中闹鬼，顾伯龄吓得不敢归家，他一回家，汪琼就说见到鬼，吓得钻进床肚底下。没办法，他只好住进汪家大院。他把绥靖公署迁到大院里，白天在厢房里办公，晚上睡在当年汪琼的二楼闺房。

大院二进的主屋是特高科办公的地方，片石居成了牢房。前进院子是唱戏的南院，住着大少爷，院外盐铺挂着“苏北盐业株式社会”的招牌。汪家的私家宅院成了不伦不类的魔窟淫窝。

绥靖公署早已名存实亡，顾伯龄躲在里头不敢出门。上回他把万把钧的人头弄回家吓汪琼，事后就有些后悔，发觉上了子墨的当，他要找子墨算账，子墨吓得躲到南京去了。

绥靖公署以通共罪名剿灭青帮，幕后是重庆方面操纵。有一天，顾伯龄接到南京汪府密令，要他接待一个客人。当康鹏站在他面前时，第一直觉子报父仇的来了。他为索回汪家梅瓶设计害死康九海，现在康九海的儿子站在他面前。他和康鹏交谈中发现康鹏并不知道害死他父亲的内情。康鹏直言不讳地说，在商言商，他是来让大家发财的。他们当然是串通起来发财。

原来康鹏是国民党中统要员，负责把汪伪地区的物资运往后方，又从重庆携大量伪钞来制造汪伪地区的通货膨胀。汪伪政府中许多高官与他们暗中勾结，一是发战争财，二是与重庆方面合作给自己留条生路。这种送上门的机会，顾伯龄怎么会放弃呢？他就充当起康鹏在扬州的保护伞。之前他们倒卖贩运物资是与青帮万把钩合作是小打小闹，现在与康鹏的中统合作，就是靠上大码头，自然就断了青帮的这条钱。万把钩发现顾伯龄随风使舵，断了他们的财路，就在小滑子面前扬言，要把顾伯龄害死康九海的事告诉康鹏。顾伯龄一直担心的事终于发生。他最担心的这件事让日本人知道，走私物资涉及方方面面的利益，南京方面，上海方面，重庆方面。他得到上面的指示，先下手为强，就动了灭万把钩的狠心。表面上看，好像是争风吃醋、情感纠纷，怀疑万把钩曾经勾引为汪琼，实质上是利益，各方面的利益争着发国难财。

本来剿灭弥陀巷青帮是日本人和侉子的皇协军干的，万把钩是皇协军打死的，他把人头卸下来，犯了大忌。人家都说是绥靖公署顾伯龄杀了万把钩，青帮门规森严，有仇必报。万把钩在扬州办过武馆，徒子徒孙若干，上海和扬州的青帮都下了必杀令，要取他人头。

扬州日本宪兵剿灭青帮轰动一时。家家户户吓得不敢出门，都说日本人在南洋吃了败仗，杀红了眼，乱杀人了。康鹏见事情闹大，赶紧跑回重庆避风头。

顾伯龄灭了万把钩就去康家找康鹏摆功。管家说康先生去上海了，交给他一只紫檀的木匣子。顾伯龄回家打开匣子，里头是一沓子证明，证明康鹏曲线救国，保护重庆物资过境，暗中服务于中统。康鹏出具了中统任命顾伯龄为扬州地区特别联络员的委任状。顾伯龄合上木匣子，长舒一口气。他知道日本人失败后，这个木匣子里的东西可以保住他脖子上的脑袋。

抗战后期，戴笠军统在各地刺杀汉奸，汪海田遇刺受伤，张啸林、周凤歧、季云卿等纷纷遇刺身亡。顾伯龄得到消息，军统特务已经把他列入刺杀名单，就只在汪家大院和日本宪兵司令部小红楼之间行动，要是外出，一定警备森严，特高科全体出动，几十个黑衣保镖，每人都挎着盒子炮。

汪若梅天天去给汪琼治病抓药，汪琼像个僵尸，一句感激的话没有，也不知道出钱，有时还发小姐脾气，把药泼到汪若梅身上。大脚提醒顾伯龄，汪若梅生活拮据，要顾伯龄送些钱给二小姐，表示感谢。她们虽是亲姐妹，但汪琼嫁到顾家，就是你顾家的太太。

一天，日本司令官太太从南京到扬州游玩，晚上在教场吃饭。饭桌上黄小凤拍马屁，说她家裁缝铺旗袍做得好，顾伯龄看看晚上保卫不方便，就说明天白天再去。黄小凤说家里关门迟，晚上客人少，晚上去更方便。司令官太太也急着要做衣裳，闹着吃过饭就去。几个女人一起哄，顾伯龄也只有随了她们。

一行人走到东圈门门楼子底下。顾伯龄发现几个陌生的面孔，就留了神。忽然，门楼子上一阵乱枪，顾伯龄的帽子给打飞了，他滚到炕山芋的火炉子底下才保了一条命。他随身的几十个特务和刺客枪战，刺客人少，借着夜晚撤退了，有两个在后头掩护的，一个受伤被抓住，一个跑进五福巷。日本司令官太太倒在地上，血往外冒泡子。小野领着日本宪兵队赶来增援，把东关街和东圈门街围得像个铁桶。

他们在黄大虚子裁缝店里突击审讯受伤的刺客。小野把熨斗在火上烤得通红，烙在刺客胸口，皮肤发出吱吱声，烤出人油来。刺客挺不住，一声声惨叫，交代他们是军统除奸队，跑进巷子里的是队长俞冉芳。刺客说了这些就头一歪死了。

小滑子知道俞冉芳和汪若梅是同学，俞冉芳跑进五福巷失踪，一定在汪若梅家，他立功心切，领着特务去搜查汪若梅家。

汪若梅正在家辅导孩子读书。上回几个孩子出城玩，关在城门外，孔剑秋劝她还是让孩子到梅花小学读书，她一个人在家盘不住他们。三个孩子全是插班生，汪若梅就利用晚上给他们补习。忽然响起一阵枪声。她开始以为是放爆竹，听到枪声一发一发地响，就知道是打枪了。巷道里一阵脚步声，接着又是一阵脚步声。五福巷在摇晃。停了一会儿，一阵急促敲门声。

“轰”的一声，门给踹开，闯进一队日本宪兵，端着刺刀对着她。紧接着小滑子领着几个黑衣人进来，搜查屋子。孩子和周师母吓得抱成一团。

宪兵让所有人集中站在院子里。

汪若梅问：“小滑子，半夜三更的，这是干吗？欺负我们孤儿寡母？”

小滑子问：“你的老同学俞冉芳在哪里？”

“俞冉芳在哪里，我哪知道？”

“俞冉芳刚才刺杀日本人。她跑进五福巷里就消失了。你说这五福巷里面，谁和她熟悉呢？除了你汪若梅，有第二个人吗？”

“那，那你就搜吧。”

“我搜出来，谁都保不住你们了。”

小滑子亲自搜。他从前就是小偷，江山易改本性难移，今天终于寻得机会。他一间一间屋子地搜，翻箱倒柜。他看到周师母抽屉里的银手镯，悄悄塞进兜里；又看到夏公公屋里有些发黄的线装书，以为是古董，找了个布袋子装进去；他去汪若梅屋里，几幅汪若梅的画，他也弄不清好坏，也悄悄装进布袋里。

小滑子撬开夏公公诊室的门。小运河吓得扯汪若梅衣裳。汪若梅把小运河的嘴一捂，叫他别吭声。这一会儿汪若梅叫苦不迭，心想康鹏啊，你害人啊！三麻袋的钱弄出来，我就是跳进运河也洗不清。可是一会儿小滑子出来，拍拍手上的灰，笑嘻嘻的什么也没说。她更加一头雾水。

司令官太太送到红十字医院，人早就死了。司令官太太遇刺身亡，扬州宪兵司令川井密大佐当然脱不了干系，他问明司令官太太为什么晚上来东圈门，就怀疑是黄小凤下的套。他搜查裁缝铺时搜出董大嘴的大相片，董大嘴是国民党江都县专员，宣传抗日，给剥了头皮杀了，黄小凤是他的机要秘书，这样黄小凤就更加成了嫌疑人，川井密把黄小凤押去小红楼关起来。

小滑子没抓到人，向川井密报告说：“俞冉芳跟院子里汪家熟悉，汪家已经搜查过了，没有。”

川井密看着巷子口地上的血说：“把汪家的人统统赶走。那个刺客已经受伤，她会出来向汪家求救。你的人埋伏在汪家，只要刺客出来就来个瓮中捉鳖……”

小滑子会意，又领着特务跑到汪若梅家赶人。汪若梅说：“小滑子，你检查过了，地都让翻了一遍，怎么又来呢？”

“太君说了，你们必须离开这里……”

“深更半夜的，我们老的老小的小，去哪里？”

汪若梅的话说了一半停下来。几个日本兵冰冷的枪口对着她。她知道没什么道理可讲，就扶着周师母，几个孩子一个牵着一个出门，一群黑衣人在院子里埋伏下来。汪若梅暗中祷告俞冉芳千万别来找她。

汪若梅忽然明白了俞冉芳来扬州为何不和她联系、为何不领小红旗走。她又明白当初传言俞冉芳刺杀孙发奎时的勃朗宁手枪的来历、俞冉芳为什么把小红旗摆在她这儿失踪许多年……原来俞冉芳是军统的人，这个从小一起长大的姐妹，就是当代的红线女和聂隐娘，是一个女侠。

汪若梅一家老小出了五福巷走到门楼底下时，看到几个皇协军正在扛尸体，几具尸体在地上横七竖八。杏儿吓得躲到她怀里，她抱起杏儿，用手捂住杏儿的眼睛。她站在三元巷街上，想有两个地方可去。一是汪琼家，可顾伯龄是汉奸，她不去汪琼家。另一个是回汪家大院。他们走到大院门口，她看到门口插着日本旗子和伪政府的旗子，忽然就不想进去了。

她领着全家往东走，到运河边的徐凝门桥。一撮毛和小运河对这里很熟悉，一撮毛说："妈妈，这里是我的地盘，我们住桥洞里吧。"

汪若梅想想也只能这样了，带着大家一起住进了桥洞。

天亮了，经过了一夜折腾，汪若梅一摸口袋，一分钱也没有。几个孩子肚子饿得咕咕叫，小运河、来喜子说："妈妈，我们书包在家里，怎么去上学？"

汪若梅想想，周师母咳嗽了一夜病又犯了，就叫孩子们等着，她回去给孩子拿书包。她匆匆往家里赶，小步跑到到了家门口，见门口有两个黑衣人守着。汪若梅说要进去拿些东西，两个黑衣特务就是不肯。

特务说："特高科说了，要上司同意，你才能进屋。"

汪若梅苦苦协商，特务就是不允许。特务说："你别让我们为难。我们放你进去，我们就要掉脑袋。"

汪若梅灰心丧气，无奈地又回来。但是，她从那两个特务不让她进屋知道日本人没有抓住俞冉芳，这对她来说是一份庆幸。几个孩子看到汪若梅回来，迎上前。汪若梅说："孩子们，你们就这样去上学吧。中午饭，你们找杨宝琴阿姨，就说我让她给你们安排午饭。"

几个孩子怕上课迟到，匆忙就走。

杏儿小声对汪若梅说："妈妈，奶奶刚才吐血了。"

“你们上学去吧。我陪着奶奶。”

孩子们走后，汪若梅问：“妈妈，你怎么样？”

周师母说：“若梅啊，我做梦梦到觉民了。”

“梦到什么？”

“梦到他当了大官，把我们全家接到一座洋楼里，做了一桌子菜，有一碗红烧肉、一碗烧鹅、一盆鲢鱼头烩豆腐……”

“妈妈，你咯血了。我们去医院看看吧。”

“我不去。我都七十多了，人生七十古来稀，我不去医院……我要去找你外公，你外公给我开个药方……”

汪若梅知道周师母神志不清了。

她们全家在桥洞里住了一个星期。她天天回家去，门口的特务还是不让进门。她想领着全家住到哪个朋友家，巧云家？杨宝琴家？孔剑秋家？但是，她很快就全否定，她觉得这样会连累人家，小滑子他们会趁机敲诈勒索。她咬咬牙，哪儿也不去，谁也不找。

几个孩子在学校没有书包，没有书和作业本，笔也没有，老师就告诉孔剑秋，孔剑秋一询问，才知道汪若梅全家给赶出门住到桥洞里，他们就跑到桥洞里来探望，给汪若梅送来了吃的用的。

一撮毛发动小乞丐，在运河边上捡了许多芦苇，在桥洞底下搭起了一个简易棚子。

小红旗听说妈妈被赶出来，晚上就不住在学校，来看护全家。小红旗备了一根棍子，睡在棚子门口当守卫。

哥哥回来了，大家也安心了许多。夜里，杏儿做噩梦喊：“妈妈，妈妈。”

汪若梅惊醒，抱着杏儿睡觉。

天亮时，小运河喊：“妈妈，奶奶手冰凉的。”

汪若梅赶紧一摸，发现周师母早断了气，老人家一不声不响地走了……

运河边，响起汪天佑悲怆的声音：“风儿呀，我的风儿啊……”

一早上，皮六、胖大厨、牛老三、高妈等街坊邻居抬着周师母的尸体回五福巷。众人抬着尸体站在门口，站岗的小特务见到死人，怕沾晦气，一个个直躲，孔剑秋和杨宝琴跟特务交涉。

一会儿，小滑子来了，牛老三威胁说："小滑子，扬州风俗，死人要在家里摆三天发丧。你做人不能太缺德，连死人都不放过。哪天我给你剃头时，剃头刀可没长眼睛。"

小滑子说："这个，这个……"

汪若梅一身白衣上前，小滑子吓得直躲，她一脚踹开门，众人把周师母抬进屋里，吹鼓手"呜呜哇哇"地吹唱起来……

家里像是遭了浩劫，抽屉里的首饰全没了，相片画框歪在墙上。夏公公屋里康鹏存放的三麻袋钱不知所踪。

特务在汪家守了一个星期也没有见到俞冉芳的影子，小滑子因为偷了汪若梅家东西，又偷了三袋伪钞，才故意刁难，迟迟不让汪若梅归家，他原本想放把火掩盖罪证，周师母一死，也打乱了他的主意。

汪若梅告诉巷子里的人家里进了贼，街坊邻居都骂小滑子将来不得好死！

44 小盘谷邋遢杀敌 小洞天若梅证婚

苏唱街从前唱昆曲班子住的地方，有扬州浴室，向东就到了丁家湾。丁家湾有小盘谷，是清朝两江总督周馥修建的私家园林，园内假山奇峭，溪谷幽深，石径盘旋，所以叫“小盘谷”。小盘谷里有楠木花厅，从南京上海来的日本人经常在里头寻欢作乐。收音机里传来声音：

天皇夫妇参拜靖国神社。举行大招魂祭奠。神社供奉着自明治维新以来为日本帝国战死的军人及军属……

川井密领着众人高呼：“天皇万岁，大日本帝国万岁！大东亚共荣！……”

今天日本音乐家尺八大师特地来扬州拜访汪天佑，切磋技艺。众人喝着日本清酒，听戏。台上苏小芸弹琵琶唱清曲，苏小杨弹古筝伴奏。尺八大师敬汪天佑酒：“尺八是我们日本传统音乐，希望能传到中国。”

“先生，尺八源自中国。”

“汪先生，尺八在中国早就没有了，又如何说是中国的？”

“尺八是唐朝由绍兴寺僧张某传入日本。中国自元朝后，外族入侵，尺八在中原消失。”

尺八大师站起来说：“口说无凭，先生可否吹奏一曲？”

汪天佑示意大师先请。

尺八大师敛衣盘腿坐下，吹奏起日本名曲《鹤的巢笼》。吹奏毕，众人鼓掌。尺八大师看着汪天佑。汪天佑站起，从木匣里取一把古旧的尺八，竹身因年代久远，包裹着紫铜色的包浆。他敛容屏气，对台上使了个眼色，吹起《鹿的远音》，苏小杨古筝伴奏，苏小芸以箫相和，源自《诗经》的古老乐曲穿越时空，在楠木花厅屋梁间环绕着……演奏毕，尺八大师“扑通”一声跪倒在地，流着泪说：“神曲，神曲！请赐教！”

“先生请起，这曲可追溯到上古《诗经》的名篇《小雅》里的《鹿鸣》，‘呦呦鹿鸣，食野之苹，我有嘉宾，鼓瑟吹笙。吹笙鼓簧，承筐是将，人之好我，示我周行。呦呦鹿鸣，食野之蒿，我有嘉宾，德音孔昭’。”

尺八大师邀请汪天佑和他合奏，一个奏鹿，一个奏鹤……

再说底下听戏的军曹小野见尺八大师如此尊敬中国人，心中不快，就低头猛喝酒。一桌子有几个日本浪人，趁机起哄，唱起日本民歌《拉网小调》，一边唱，一边捋胳膊，赤足跳起拉网舞。

小野端着酒杯摇晃着上台，要苏小杨喝酒，苏小杨说不会喝酒，小野就动手拉扯，要强灌，嘴里说着：“大日本皇军，要你喝是给面子，不能不喝……”

浪人起哄说：“小野君是东洋之花！”

忽然，一只强有力的手挡住小野。在大厅里帮助打点杂事的张邋遢伸出碗口粗的胳膊说：“太君，我来陪你喝。”

“好，你要怎么喝？”

“这样，太君，这个清酒，不够劲，喝我们的洋河大曲？”

小野拔出东洋刀，喊道：“喝，我们地上这五瓶，你先喝五瓶，我陪你，一杯一杯喝……”

张邋遢怎么会在小盘谷打杂？原来他真实身份是共产党地下党，他的家是共产党的联络站，上级组织派他在这个日本人聚会场所收集情报。他见日本人调戏苏小杨，汪天佑又软弱胆小不敢站出来，就挺身而出。

张邋遢拿了两坛洋河大曲，开坛盖说："我先喝一坛，抵你那五瓶？"

几个日本浪人喊好。张邋遢一仰脖子，把一坛酒给灌下去了。日本浪人不相信一坛酒就能这样一口气喝下去，上前讨了半碗，喝了一口，眨巴着眼睛说："酒，好酒！"

汪天佑说："洋河大曲江淮第一家！取之美人泉，在黄泥老窖里酿造，要窖藏七年才老熟……"

小野喊道："来，为大日本皇军干杯！这美人泉，就是我们大日本的。"

张邋遢和日本浪人一杯抵一杯喝。刚才一坛子酒，他也有些醉了，再一喝，就有些控制不住自己。他练武出身，功夫了得，一把把小野拎起来说："这酒是西楚霸王项羽洒酒滴泉而成的……西楚霸王，那可是力拔山兮气盖世……"

东洋之花小野被张邋遢像小鸡子似的提着，恼羞成怒，抬起东洋刀一刀刺进张邋遢胸口。张邋遢看着胸口的血往下淌，酒醒了。众浪人也安静下来。只见张邋遢也不拔插在胸口的刀，一只手抓住小野的脑袋，活生生一拧，小野头一歪，脖子被捏断，当场死了。

几个东洋浪人冲上来，三把武士刀同时戳进张邋遢的身体。张邋遢依旧不倒，双手各抓一个日本兵脖子，一捏，"咔咔"又死了两个。

川井密拔枪射向张邋遢，张邋遢血如泉涌。

川井密恼羞成怒，又要射向台上的苏小芸和苏小杨，汪天佑急忙上前拦住。川井密要射汪天佑，这时，尺八大师冲上前拦住川井密说："这几个人要留着，我要带他们回日本，要带他们觐见天皇陛下……"

大脚跑来告诉汪若梅大少爷要跟日本人去日本了，汪若梅就随大脚往福运门码头赶。一路上，大脚告诉她小盘谷发生的血案，告诉她汪天佑和苏家戏班子的命是那个尺八大师保下来的，条件是跟他去日本。听扬州人说，见天皇是假的，把他们弄到日本当劳工才是真的。日本人在各处抓了许多劳工……

汪若梅赶到船码头时，汪天佑和苏家师徒已经上船。

汪天佑站在船头，眺望南河下街，回望汪家大院。大门，飞檐……他不知道自己能否活着回来。忽然，他跑下船，跑到踏板上。踏板用铁皮包裹着，他把双手塞进铁皮子里，一用力，八根手指齐齐“咔”地全部折断了……血从手上直往下滴。

尺八大师从船上跑过来，可是已经迟了，他看着没有手指头的汪天佑，向汪天佑鞠了一躬，叹了口气说：“汪君，何必如此？”。

船头上，苏家师徒目睹了这一切，哭喊：“天佑……师傅……”

汪天佑站在码头上，目送着船离港……

汪若梅赶紧上前扶住哥哥。汪天佑全身颤抖着，汪若梅看到他的两只手上八个指头挂在手掌上，皮里露出白森的骨头，赶紧和大脚把他送到医院。

后来，汪天佑在汪若梅家养伤，上药、消炎、打石膏，在汪若梅的精心照顾下，总算保住了命，在汪若梅家住了一个多月，伤势稳定下来后，回到汪家大院。

汪天佑的结局：

黄昏时，汪天佑坐在运河边，拉起了二胡《长相思》……

一天，一只篷船靠岸，巧云走过来坐在他旁边。后来，巧云把汪天佑接走，他从此一直和船娘巧云生活在一起，住在小苎萝村。巧云想起瞎子给她算的命——她这辈子要嫁个少爷。

瘦西湖里，总能看到巧云的船头坐着拉二胡的大少爷，乐声在湖面回荡……

黄小凤的结局：

黄小凤先是关在小红楼。因为案情重大，川井密就把她送到南京宪兵司令部关押。黄大虚子和老八级把家里这几年的积蓄拿出来，凑了五百块大洋，送到南京日军司令部去取保，可是，钱留下了，人没有放出来。

周小松通过子墨找关系，找到日本司令官。那个日本司令官也是个中国通，周小松就把从汪若梅那买的石涛的《淮扬洁秋图》送给司令官，保住了黄小凤一条命。周小松和黄小凤不愿回扬州，留在南京夫子庙画画，南京人都知道夫子庙有个画家，叫六一山人。

1945年春天，扬州城在黎明前的黑暗中。

过完年，新学期开学，几个孩子又要上学了。汪若梅领着一撮毛去报名，孔剑秋指着他问："怎么又多出一个？"

汪若梅笑说："悄悄生的啊！"

汪若梅和孔剑秋讲好，让一撮毛插班上二年级，跟来喜子和杏儿在一个班。一撮毛十四岁，一般孩子在这个年龄都上初中了，他为难地说："妈妈，我岁数大了，我就不去上学吧，难为情呢。"

汪若梅说："孩子，你将来的路还长呢，哪能不上学？"

来喜子上前说："哥哥，你跟我们在一个班，你个子高、力气大，就没人敢欺负我们了……"

几个孩子去学校报过到，回到家高兴得在院里跑来跑去，唱：

小嘛小二郎，背着那书包上学堂，不怕太阳晒，不怕风雨狂，只怕先生骂我懒呀，没有学问，就无颜见爹娘。朗里格朗里格朗格里格朗，没有学问，就无颜见爹娘……

汪若梅看孩子们衣裳又旧又脏，有些犯愁。她想了想，让孩子把衣裳脱下来，叫他们今天在家，不许出门。她拿着这几件旧衣裳去东圈门，到梅家染坊。她想把衣裳染一下，这样就又成新的了。她要让孩子们穿着新衣裳上学。

梅尔宜坐在柜台里。

汪若梅说："梅叔叔，两个孩子的几件旧衣裳，要上学了，染一染。"

梅尔宜说："若梅啊，一晃下子，多少年没见了。我听人说了，你不简单，一个人带着几个孩子。这个钱，我就不收了。"

"不行，一定要收的。"

"钱是身外之物啊。我跟你父亲多年交情。若梅啊，我也不瞒你，当初小曼和周觉民谈恋爱，我反对，这门亲事才没成。这么多年，小曼在国外，心里总惦着你们。她不知道觉民去世，写了一堆信，要我转交给你们。你说我怎么个交法？"

“梅老师是好人。”

梅尔宜进后面里屋，过了好一会儿，拿着一沓信出来。

“若梅，小曼过些日子要回国。她问起来，你就说我信交过来了，替我圆个谎。”

“这个，这个……”汪若梅有些为难。

“若梅啊，就是个人情。人啊，看透彻，万象皆空。”

“好，那，我就替觉民收下。”

汪若梅回到家，看着梅曼写给周觉民的一堆信发呆。她没有勇气拆开，用布包好，把信放进抽屉里，嘴里念叨着：“梅老师，你回扬州时，我把来喜子还给你。”

晚上，汪若梅又去了一趟染坊，把染好的衣裳拿回来，趁着梅尔宜不在，把钱交给了柜台上掌柜。回到家，几个孩子已经睡了，她把衣裳晾起来。第二天一早，汪若梅叫醒四个孩子，把衣裳分给各人。

“孩子们，你们看，妈妈给你们买的新衣裳。”

几个孩子一看，高兴地说：“这么多新衣裳。”

“是吧。你们怎么报答妈妈？”

孩子们齐声说：“好好学习，天天向上。”

小运河穿上新衣裳，一摸口袋，摸出一个小铜板，问：“妈妈，新衣裳里我的铜板怎么在兜里？”

汪若梅笑道：“从旧衣裳跑到新衣裳里的。”

“我的小纸花也从旧衣裳里跑进来了。”杏儿摸出口袋里的纸花，也喊起来，“就是颜色变了，不是从前的颜色了。”

院里，几个喜鹊在树枝上叫。

汪若梅说：“你们看，大喜鹊在院子里树上做窝，家里要有好事了。”

中午几个孩子放学回来，一个个欢天喜地，唱着新学的歌：

山那边的天，是明朗的天，山那边的人民好喜欢，民主政府爱人民呀，民主政府的恩情说不完。呀呼嗨嗨，一个呀嗨，呀呼嗨呼嗨，呀呼嗨嗨嗨……*

汪若梅一听，大惊失色。这是延安解放区的歌，从前周觉民回来也唱过。汪若梅把小运河叫到一旁问："小运河，谁教你们唱这个的歌？"

"学校老师教的。"

"学校老师教的？不许唱这个歌。"

杏儿问："妈妈，为什么不许唱这个歌？"

汪若梅说："这歌现在不能唱。等日本人走了，再唱。"

小运河说："杨宝琴老师教的，同学们都唱。"

"嘴犟，就不许唱。"

几个孩子见妈妈生气，一个个吓得不敢吭声。

1945年4月，扬州城涌进许多伤兵。老百姓纷纷议论，说侉子的皇协军去清乡，在三垛河挨了伏击，死了许多人，侉子被打死了。听说是新四军十八旅在三垛河打的伏击。

汪若梅听说侉子被打死了，在家里上香，说："报应，报应！"

1945年5月。汪若梅上街买菜，听说纳粹德国宣布无条件投降，日军在太平洋战场节节败退……晚上，她等孩子们都睡着了，就在灯下写信给周觉民。

她要把这些好消息写到信上，把信放在抽屉里，自言自语道："日本人赶走了，觉民，你就回来吧……"

晚上，几个孩子吃过晚饭，她在厨房洗碗，胖大厨家的小红来了。小红已经十六岁了，出落得像个大姑娘。

小红说："阿姨，我爸爸喊你去我家。"

---

* 在那个年代，黎明的曙光照亮了江南一带，人们将《解放区的天是明朗的天》改成《山那边的天是明朗的天》公开传唱。——编注

“有什么事吗？”

“我爸爸说你去就知道了。”

汪若梅一指屋里的小运河说：“这几个小讨债鬼，刚才闹着要去教场玩，我怕我出门他们跑出去玩。”

“阿姨，我在这块陪他们，帮你看着。”

“好啊！”

汪若梅收拾了一番，出门去巷子口的小洞天。胖大厨在门口张望着，等汪若梅来。汪若梅进门问：“胖师傅，什么事？”

胖师傅望了望店门口，一把拖她进门，把门关上了。

“胖师傅，你怎么弄得神经兮兮的？”

“二小姐，进里屋说话。”

汪若梅进了里屋。这是一个开间，旁边一侧有厢房，胖大厨招手要汪若梅进厢房。汪若梅有些犹豫，但是胖大厨为人憨厚，多少年前就是汪家私厨，她没有多想，进了屋。厢房里点了两根红蜡烛，桌子上摆了几样菜、一瓶葡萄酒。

“胖师傅，你这是干吗？”

“有人要见你。”

“谁啊？”

“二小姐，这么说吧，我今天结婚，想请你来做个证婚。”

“胖大师傅，这是件大事啊，要多喊几个街坊邻居来热闹一下子。”

“不能喊，这件事只能你晓得。我把新娘子领出来你见一见。”胖大厨到卧室里牵出新娘子，这新娘子穿着一身大红绣花衣裳，头上盖着红盖头，往桌子一侧坐下，低着头不说话。

“胖师傅，结婚是好事，你搞得鬼鬼祟祟，不要是抢得来的新娘子？”

胖大厨笑道：“是啊，从天老爷那里抢得来的。”

胖大厨对着新娘子说：“老婆，我掀盖头了。”

新娘子一阵笑。胖大厨把盖头一掀，汪若梅不禁目瞪口呆——眼前的新娘子竟然是俞冉芳。

原来那天俞冉芳率军统除奸队行刺顾伯龄，顾伯龄动作快，躲到炕山芋炉子下捡回了一命。他们打死了日本司令官太太，特务人多，刺杀小组很快被包围，俞冉芳和一个战友掩护大家撤退，被流弹击中受伤跑进五福巷，本来她想往汪若梅家跑，走到小洞天门口跑不动了，就闯进饭店，跌倒在大堂。

胖大厨正在忙着，听到枪声，看见一个人倒在大堂，翻开一看是俞冉芳。胖大厨认识她，这时候，她已不能讲话了，赶快把她扶起，拖进屋里，藏进米缸里。胖大厨见地上全是血，清洗已经来不及了，他灵机一动，立马拿起刀杀了一只公鸡，公鸡脖子上往外冒血，在屋里乱蹿，血流一地。

小滑子进来问有没有人进来，胖大厨回答说没有，小滑子看胖大厨在杀鸡，一地的血，就招呼手下快出去追。后来被捉的除奸队员供出俞冉芳，小滑子知道俞冉芳和汪若梅是同学，自然把注意力集中在汪若梅家，而忽视了胖大厨。

俞冉芳在胖大厨家躲了一个多月，他对她关怀得无微不至，拿消炎药，清洗伤口，煨鸡汤。胖大厨是她的救命恩人。一天夜里，俞冉芳支撑着起来解溲，看见堂屋里胖大厨在破木板上披一件破布睡，她感动地说："你就睡床上吧。"

胖大厨说："不能啊。"

俞冉芳说："我这条命是你救的。说什么。"

俞冉芳把胖大厨盖着的破布扔到锅堂烧了。她这么多年独身，胸中怀着国恨家仇，最近胖大厨捎来消息，侉子被新四军打伏击杀了，她欣慰苍天有眼，杀父的两个仇人孙发奎和侉子全被杀了，就想过平常人的生活。

俞冉芳跟胖大厨学手艺，学做淮扬菜。淮扬菜博大精深，胖大厨教她做狮子头、鲢鱼头烩豆腐、大煮干丝……胖大厨为人风趣幽默，豁达大度，每天睡觉前，还给俞冉芳讲故事，俞冉芳像是回到了童年，回到了父亲怀抱。

胖大厨比俞冉芳长十五岁，今晚他们把汪若梅叫来，是要汪若梅替他们证婚。汪若梅喝了证婚酒，胖大厨和俞冉芳喝交杯酒。喝干碗里的酒，俞冉芳掏出手枪，打开水缸盖，"扑通"一声把手枪扔进了水缸，说道："俞冉芳，江湖人称小秋瑾，从今后，金盆洗手，过我的小日子了。"

45 盂兰盆节祭亡灵 西门菜场迎光复

1945年7月，人们看到胜利的曙光，日本人在太平洋战场节节败退，日本人纷纷撤离中国。

美国飞机开始轰炸日本本土。苏联正式对日宣战。

打铜巷的算命瞎子走过南河下的青石街道，敲着竹筒唱《板桥道情》：

老渔翁，一钓竿，靠山崖，傍水湾，扁舟来往无牵绊……

这几天汪琼格外烦躁，有四个月没来月经了，开始她以为是吃汪若梅给她配的治疗精神疾病的中药的缘故。可是，后来她又出现呕吐症状，肚子明显隆起，乳房也胀得疼，一挤竟挤出乳汁，她一下子慌了，去红十字医院检查，一查，当场就傻了，她怀孕了，而且已经有五个月。汪琼恨得牙痒痒的，骂道：“顾伯龄，我非宰了你！”

大脚劝她说：“五个月，就生下来罢。”

汪琼要大脚去找顾伯龄。顾伯龄已经半年不归家了，也赶巧，大脚在汪家门口碰到顾伯龄正上汽车，一把拖住他，告诉他汪琼怀孕的事。

"本来想回家一趟，现在更不能回了，回去，汪琼要杀了我。"顾伯龄说，他把一个小紫檀木匣子交给大脚，要大脚交给汪琼，"告诉她，我去上海了，将来保命的时候，就把这匣子打开。"

大脚只得怀揣着木匣子回来，放在汪琼面前，将顾伯龄的原话告诉汪琼，汪琼把木匣子往墙角一扔，骂道："鬼话！夫妻本是同林鸟，大难来时各自飞。他跑了，把我扔下不管……我要把肚里的孩子打掉……"汪琼已经预感到大难临头，她要大脚准备了些祭品，叫了皮六的黄包车，去小茅山汪春和汪太太的墓地上坟。汪太太是去年刚去世的。汪琼在父母墓前哭了一回，又去玉珠的墓上上坟，哭着说："姐姐，当年我要是让日本人打死了就好了，我就可以在墓里陪你，就不要再受这个罪……"

大脚跟着来，给丁小同上坟，回过头来劝了汪琼半天，汪琼说："我要不是因为有莎莎，今天就在这儿死了，去地底下陪父母亲呢。"

她们回来的路上，过辕门桥大街，看到街上市民在抢购物品，都说国军和美国人要打回来了，扬州城又要打仗了……

汪若梅挎着个篮子，在翠园桥菜场排队卖菜，被人挤来撞去一番终于挤到前头，却看到店门上门板告罄，她疲惫地站在街心，整理零乱的衣衫。

几个买不到菜的人又匆忙往西门跑，高妈喊她："若梅啊，西门外大街有得卖呢……"汪若梅应了一声，只得往西门去。众人出了西门，只见西门外大街的路边一排边的有农民摆摊卖菜，把菜藏在屁股底下的袋子里，怕人抢，面前只摆一棵青菜、一棵葱、一根韭菜、一个山芋，一棵一棵地谈价格，像在从事黑市交易。

街头，乞丐捡起地下的菜叶子就往嘴里塞，有的往树底下一躺仰着睡觉，有的一睡就起不来了，睡死在老槐树底下。

城门口，伪兵成群结队，岗哨也没了，城门上的日本旗子和青天白日忠义救国旗让人扯得像个破布条子。一群黑乌鸦蹲在墙垛上晒太阳，看着街上的行人。

汪若梅正跟摊贩为一个土豆讨价还价，忽然，听到有人喊"二小姐，二小姐"。她回头一看是大成子，大成子偷偷摸摸掏出一个南瓜说："拿回家吧。"

汪若梅掏钱，大成子不肯要。

“大成子，我不能要你的。”

“二小姐，我们乡下，有地有水，饿不死人。城里啊，这房子，这首饰，不能当饭吃啊。”

“是啊。”

“二小姐，你家乡下的地里，屋前屋后有些空地，我种了些菜，都可以收了。我弄到城里来给你卖。”

“好啊，我刚好闲着。”

他们商定每天一早大成子送菜进城，汪若梅在西门外大街等他，就在街上摆地摊卖菜。几个孩子听说妈妈在城门口卖菜，一放学也跑来帮忙。他们既卖了菜，自已家里也有得吃了。

汪若梅填饱了肚子，也忘不救济邻里，她给蛋黄子家三棵青菜、师傅牛老三两个山芋、小红半截黄瓜、老八级一个南瓜、高妈家两个冬瓜，都没肯要钱。

一天，新四军连长马老二化装成农民进城侦察，他上回就见到汪若梅摆菜摊了，没有方便相认，这回从家里捎了些吃的过来。汪若梅领着杏儿卖菜，她要上厕所，就去二道河边上的小树丛里，杏儿帮着看菜摊。

马老二问杏儿：“你是杏儿？”

杏儿奇怪地问：“你怎么知道我的名字？”

马老二说：“当然知道啦，我还知道你叫周杏儿呢。你妈妈呢？”

杏儿瞪着大眼睛说：“妈妈去河边上屙屎了。”

马老二哈哈大笑说：“这个是秘密，不能往外说的。”

杏儿吓得忙用小手捂嘴。

马老二把一个袋子往菜摊子上一放，说：“你妈妈来，交给她。”

杏儿点头，马老二摸了摸她头就走了。

汪若梅回来问：“这袋子哪来的？”

杏儿说：“有个叔叔丢下来的。”

汪若梅慌忙打开袋子，只见里面有山芋、萝卜，还有一个信封。她打开信封，见里面是几张钱票，紧张站起来回头找人。

杏儿说："妈妈，那人是走了。"

"是大成子叔叔吗？"

杏儿摇头。

汪若梅眼里似乎看到一点希望。她每天早早就来卖菜，眼睛警惕地打量路上的行人。她想那个丢下袋子的人一定还会再来，那人给她的信封里有钱，这肯定和周觉民有关。

有一天，她正在卖菜，小运河背着书包跑来喊："快去看，日本人扫地了。"

她匆忙收起菜摊子，牵着杏儿手往城里赶。许多人都往城里赶，去看热闹。她们过了文昌阁，只见三元巷两边挤满了人，有大约一个班的二十多个日本兵，脱了军装，头上缠着白布，上身裸露，四人站成一排，拿着大扫帚在扫马路，路两旁市民议论纷纷。

"奇事，日本人给我们扫马路了！"

"宪兵队的。小红楼宪兵队的牌子摘了。"

"我看啊，要有大事发生了……"

第二天，1945年8月15日。四处人声鼎沸，城里响起鞭炮声，大街上人们争相呼叫："光复了，日本投降了！"

商会、市民，省扬中、美汉中学、梅花小学的师生拥上街头，欢庆抗战胜利。各学校放假，欢庆胜利！城里比过节还热闹，日本的膏药旗不见了，大街上全是青天白日旗。

河水拍打着古运河，河畔杨柳轻拂，巷道里二胡乐曲中的城市一片宁静。家家户户准备着过中元节。

小运河和一撮毛从外头玩得满头汗，风风火火地跑进门。来喜子和杏儿坐在小矮凳子上吃蚕豆，小运河在杏儿碗里抓了一把抢去吃。

杏儿哭闹着说："哥哥坏！"

小运河闻到香味问："妈妈，这么香，有好吃的？"

一撮毛问："谁过生日？"

汪若梅说："菩萨过生日。明天是盂兰盆节。家家要供菩萨，祭祖宗。"

一撮毛说："我家没有祖宗。"

汪若梅笑道："没有祖宗，你哪里来的？"

小运河说："我妈妈说了，你到我家，我家的祖宗就是你的祖宗了。"

杏儿问："妈妈，什么是痰盂子节？"

汪若梅笑骂道："呸，还痰盂子呢，是盂兰盆节。"

汪若梅把一碗玉米棒头端到桌上说："趁热吃，一人一根，大成子叔叔从乡下摘的，新鲜！

汪若梅要孩子们早点儿睡，明天早上去看放河灯。她忙完家务，就出门去胖大厨家。俞冉芳和蛋黄子正在店里忙着扎河灯，汪若梅也帮着扎。上元节有个风俗，在河灯里写上逝去亲人的名字，放进运河里，河水把纸河灯漂到遥远的地方，带去亲人们对逝者的思念。

俞冉芳说汪若梅字写得好，要她写。汪若梅写着写着就哭了来。她写上母亲、父亲、外公、周师母、周觉民、玉珠、孙阆仙、丁小同、张邋遢，俞冉芳也流着泪写沈越、沈福元两口子，写俞蔼如……

她们正写着，老八级来了，问："若梅和冉芳也都在这儿，我想问问，我要不要写上我家小凤？"

汪若梅说："哪个说小凤死了？小凤没死你写什么河灯，这不是咒她吗？"

老八级说："活不见人，死不见尸，我们白白的五百块大洋扔下水。"

胖大厨说："听人说她和周小松在南京夫子庙，在给你生外孙子呢。"

第二天一早，汪若梅领着孩子们去文峰寺。运河边上高高矗立着文峰塔，一早上，寺门大开，僧人吹奏着唢呐，行法僧人六人一队，持手铃开道。大和尚手执大鼓，众僧人敲打着木鱼、引碧、铛于、铪子、小手鼓等，诵着《大悲咒》。

文峰塔前设了一个净坛，行"引魂"仪式，读黄纸写好的疏文，引鬼魂入坛。又诵《心经》《往生咒》等。

今年的主持是德高望重的高旻寺大和尚来果。来果大和尚在"会榜"上用朱笔一点，开坛完毕，众人就在寺里听人诵经。几个孩子哪里坐得住，一溜烟跑出寺庙大门，到宝塔湾河边玩耍，看人钓放生鱼。晚上，孩子们又聚到寺里来，跟着大人看和尚“普施”，放“焰口”、烧法船、烧灵房、放河灯……

汪若梅家的河灯特别多，有十几个。哪家放得多，也就是哪家死的人多。

汪若梅寻死寻活地在河边痛哭了一回，俞冉芳怕她伤心后失足跌到河里，死拖活拉，把她拖到岸上。

小运河、一撮毛、来喜子忙着放灯，河灯顺着水流，往三汊河方向漂，远的能漂到长江里。

运河水面风平浪静，水面漂着无数的河灯，又叫荷花灯，这种灯荷花瓣形，灯笼内点着蜡烛。

小运河问：“妈妈，为什么要放河灯？”

“放河灯是渡水中的落水鬼与孤魂啊……”

他们又在岸边烧起毛昌纸。家家户户烧纸，运河边上，一簇一簇的火光。汪天佑在汪家码头上，唱起清曲：“风儿呀……”苍老嘶哑的声音在空中回荡。

过完中元节，汪若梅又去西门菜场等送信封的人，哪有人影？她越来越心焦起来，回到家，就痴痴坐在窗口发怔。抗战胜利了，周觉民若是没有牺牲就一定会回来，这一刻，她心情格外沉重了，幻想在慢慢破灭……

她看着院里当初和觉民一起种植的梅花树，如今枝繁叶茂，树干都有碗口粗了。院墙上，牵牛花爬满墙头，小院里花团锦簇，阵阵花香，老母鸡引着一群小鸡在啄食。这么多年，她就像这只老母鸡，带着这群孩子……

她起身翻出床铺底下的柳条箱，当初他们因为这只箱了结了缘。她又从屋顶上的红布包里取出一副玉镯戴上，这玉镯是结婚时周觉民给她的，日本人来的那年，她和夏公公把玉镯藏到了房梁上。

她坐在床头，在油灯下看着手镯，杏儿睡在旁边，说：“妈妈，真好看。”

她把玉镯给杏儿看：“这是你奶奶给你爸爸，你爸爸给妈妈，将来，妈妈给你。”

杏儿看着手镯说：“好看，妈妈自已戴。”

汪若梅抹抹泪说："妈妈就天天戴上。今天过节。"

"妈妈，什么节？"

"日本人投降的节日！"

杏儿说："明天，学校要游行呢。"

汪若梅到小运河屋里转了一圈，见几个孩子都在熟睡。她走到书案前，摊开纸，用毛笔写道：

伫潇潇暮雨水潺潺，枯苇伴孤舟。悲凉风凄切，梧桐冷落，湿破残楼。是处哀鸿满目，罹难几何忧？泪如邗江水，无语常流。不忍登高临远，忆层楼望夫，悲思难收。恍喃喃自语，何必苦孤留。赴流水，苦尽归走。恨悠悠，撒手世间休。嗷嗷待，孩儿尚小，独自凝愁。

汪琼家，大门被撞开，一群学生冲进来一阵乱砸，对着汪琼喊口号："打倒汉奸！"

汪琼说："我不是汉奸！"

一个学生上前甩了她一耳光，骂道："在日本帝国主义的统治下，扬州有几个人像你生活得这么奢侈？你不是汉奸是什么？你丈夫顾伯龄是最大汉奸！"

"他是汉奸，我不是！"

学生从屋里把披头散发的汪琼往门口拖，大脚在门口慌忙拦着说："行行好，小姐怀孕了。"

学生说："怀的是日本种吧？"

众学生押着穿睡衣的汪琼到街上游行，游街队伍走出南河下，到福运门码头。路边上有几个学生冲上前，揪住汪琼头发，三下两下给她剃成了光头，又插上"大汉奸顾伯龄老婆"的牌子。

汪琼用力捡起落在地上的一捧长发，发疯似的喊："打倒汉奸顾伯龄！"

文昌阁广场，汪琼、肖珍等人站一排，在台上接受市民声讨批斗。肖珍也被剃了光头，插着“文化汉奸肖珍”的牌子。肖珍恰好站在汪琼旁边，她低声说：“大小姐，你也弄来批斗啦？”

汪琼看了一眼肖珍，骂道：“你算什么东西，也配跟我说话？”

肖珍冷笑道：“我算什么？和你一样，汉奸。”

汪琼说：“我南河下的，你里下河的，能一样吗？”

南河下是扬州有钱人生活的街道，是老扬州贵人区。里下河是指苏北农村。肖珍是从兴化农村进城的，这时候的汪琼虽然已经让人把头发剃光了，却依旧抱着地域歧视。

肖珍吐一口痰在地上说：“呸，我们头都让人剃成鬼头，你还南河下北河下呢！”

汪琼也没心思和肖珍斗嘴，只见台下群情激愤，老百姓恨不得冲上来剥了她的皮。批斗后，组织游街，这些汉奸被用绳子拴着，肖珍脖子上还让人挂了一双破鞋。汪琼呢，让人在后头插了把扫帚，意思是说她是个扫帚星。她听到路旁的人对她指手画脚地骂：“……大汉奸顾伯龄的老婆，手上沾满中华儿女的血！……”不时地会飞出一个鸡蛋、一个山芋、一块煤炭渣子打在她头上，她一脸的灰，嘴角额头都是血。

这边游行批斗汉奸，那边西门城门洞开。部队列队进城，前头美式坦克和军车开路，后面一长队的军人。学生和市民夹道欢迎，梅花小学学生表演节目，小运河卖力地敲打着一面大鼓，杏儿在队伍里跳彩带舞……

汪若梅挤在人群里，看到小运河，高兴地招手。小运河看见妈妈也在人群里，格外用力打鼓，卖弄着鼓技，神气活现。

忽然，大脚跑来喊：“二小姐，不得了啦，大小姐给剃了光头，挂着牌子，让人拖着游街呢……”

汪若梅赶紧跟着大脚跑，跑到文昌阁，批斗的人群已经散了。

汪若梅看见巧云，巧云说：“若梅啊，你怎么才来？大小姐让学生拖着游行，学生用鸡蛋砸，我替他挡了几个，你看这身上弄的。”

“我姐呢？”

“刚才还在呢。我们街坊一起说好话，学生才撒手。”

文昌阁散场后，汪琼低着头急行，穿过三元巷，来到翠园桥基督教堂，含泪看着教堂尖顶上的十字架。今天不是礼拜天，教堂里没有人，她推开门，独自一人走进去，走到主坛前跪下。

她内心满是忏悔！教堂钟声响起。不知什么时候，老约翰站在她的身后替她祷告："孩子，世人都犯了罪。在神的面前，人都是有罪的！愿主原谅你吧，孩子……"

46 甄汉奸琼花凋谢 传梅瓶母子相会

夜半更深，一个人影悄然溜进汪家后院的片石居。他对这里很熟悉，山房里是特高科关押犯人的地方。这人便是小滑子，他早就发现那个暗室了，碍于顾伯龄，一直不敢下手。现在，顾伯龄跑了，他打开暗室，把香龛上供的梅瓶用床单包起来挟在怀里。

回到家，小滑子把梅瓶藏到床肚里，从枕头底下掏出一块大洋，哼着小曲去北城根的茶楼喝花酒。这几天，学生忙着抓汉奸，没抓到他，他躲在姘头茶炉西施的茶楼。小滑子当特高科长时和小蚊子争茶炉西施，他还打断了小蚊子的一条腿。这几天，小滑子总来喝茶，又不出钱，茶炉西施早就恨他一个洞，就把小滑子的行踪告诉了小蚊子。

自从万把钩死后，小蚊子就当了青帮新舵主，小滑子从前是他青风堂的手下，欺师灭祖，打断过他一条腿，日本人投降了，小滑子失去了靠山，小蚊子正全城捉拿小滑子。

小滑子一进门，茶炉西施说："巧了，滑爷，有人找你呢。"

小滑子一怔，就要掏枪，但见小蚊子和几个壮汉从门两边出来，一把抓住他的胳膊，下了他的枪。几个壮汉一人操一条胳膊，把他架了起来，转身就走。

小滑子喊："蚊大爷，带我去哪？"

“带你去见一个人。”小蚊子说。

小滑子被带到弥陀巷，巷子里供着舵主万把钩灵位，小蚊子把小滑子摁在灵位前。原来小滑子当初曾经投靠青帮，归小蚊子的青风堂，后来小滑子当了特高科科长，有日本人撑腰，不把青帮放在眼里，再后来皇协军清剿弥陀巷，小滑子打头阵，听从顾伯龄吩咐割了万把钩的人头放在匣子里寄给汪琼。在青帮眼里，小滑子犯的是欺师灭祖的大罪。

小滑子跪在万把钩灵前，知道这回死定了。死还算小事，还会死得很惨。小蚊子宣读帮规，给小滑子定了个凌迟，就是一片一割肉，他的屎尿顿时屙到了裤子上。

小蚊子给祭台上香，点上粗蜡烛，高声道：“帮主在上，青风堂堂客小滑子，欺师灭祖，出卖帮众……”

小蚊子拔出刀，“小滑子，你这么臭烘烘的，我拿你祭奠，不吉利。”他对手下道，“你们把他扒光，去后头用水冲干净，再来……”

几个壮汉就押着小滑子到后院的天井，打上井水盖，一桶一桶往小滑子身上冲洗。小滑子看见墙壁上有个狗洞，顾不上多想，一头扎了进去，没命地往前爬。几个大汉来拖，他全身是水，滑手，没拖得住，小滑子这一爬竟钻出了狗洞。狗洞外头就是北柳巷的小秦淮河。壮汉苦于身子粗壮，这个狗洞钻不出去，赶紧从前院绕，这一绕，时间就耽搁了，竟让小滑子跑了。

再说扬州光复，国军进了扬州城。汪琼被学生拖去游街回来，在家里待了几天，等候政府发落。她打开收音机，听南京政府对收复敌占区和惩治汉奸的政策。听说国际战争法庭要在东京审日本战犯，汪琼听得心惊胆战。

这几天，肚子里的孩子也不安分，半夜里她肚子疼得抽筋，就盘算着打胎。顾伯龄把她害惨了，如果没有顾伯龄，战争前，汪琼慰劳抗战将士，船行运送战略物资，三条船毁于战火，这个经历足以使她成为扬州的抗日女英雄。然而这个顾伯龄把她全毁了。

一天，忽然门口传来汽车声、马靴声，一队全部武装的国军闯进院子，上楼。

皮靴踏在楼板上，整座小洋楼都摇晃起来。她扶着沙发站起来，笔直地站着。她知道这一天迟早要来。

站在她面前的人，让她吃了一惊，是上校军衔军官俞泽。俞泽是俞冉芳的弟弟，当年日本人打来，她领着俞泽、杜燕等扬中美汉的学生组成抗日救亡宣讲团，团长是江都县专员董大嘴。后来董大嘴牺牲，被日本人杀了，她和俞泽他们走散。

她想至少俞泽知道她的那段历史。

俞泽礼貌地向她敬了个礼。现在，俞泽是扬州甄审委员会负责人，他对汪琼宣读了南京国民政府公布的由行政院拟定的《处置汉奸案件条例草案》及国民参政会通过的《汉奸自首条例》，规定汉奸范围为“伪政府组织官员”与“一切伪教育、文化、宣传机关，及伪党部和社会团体”。

俞泽说：“我们代表国民政府，对你在抗日期间的所作所为甄审，请汪女士配合。”

军人上前给汪琼给戴上手铐，押上军车……

审讯室里，汪琼坐在屋子中间的椅子上，两台落地台灯的灯泡对着她，灯光打在她脸上，眼前一片刺眼的白光。汪琼想这大概就是阎罗殿，定了罪后，小鬼就会拖她去滚钉板、下油锅。

俞泽问：“顾伯龄的下落你真不知道？”

汪琼摇头。

汪琼脑里出现多年前在南京监察院，也是在同样的审讯室，对方审问她：“你参加北伐军的目的？和顾伯龄什么关系？”

这一切惊人地相似。此刻，她把这一切归为命。她和妹妹不同，她总是在折腾。当年，她参加北伐军，逃出扬州城，南下广州经商，回来办船行、组织妇女会、声讨易君左、援救俞冉芳。支援一二·九抗战，她在日军炮火中前线劳军，一发炮弹打来，一个年轻的小战士为保护她而牺牲，那个孩子倒在她怀里，嘴里往外冒血。运输转移战略物资，她的船队被炸沉，丁小同开船冲向敌舰……

汪琼从椅子上突然栽倒。她昏迷了。几个军医进来对她施救，告诉俞泽说：“这个女人怀孕了。”

俞泽合起手中的卷宗，说：“根据法律，对审判时怀孕的女人不适用于死刑……”

汪若梅赶到汪琼家，只见屋里一片狼藉，大脚在杂物堆里翻找着什么，说："顾先生走的时候，给了一个木匣子，关照说里头有救汪琼的东西。汪琼把盒子随手就一扔。人一上了岁数，脑子就是不灵了，我记得放在什么地方的。"

"大脚婶，别着急，慢慢找。或许这个能救汪琼的命。"

大脚在杂物堆里翻找，终于找到一个紫檀木的小匣子，高兴地喊："二小姐，找到了，找到了。"

汪若梅赶紧上前把盒子打开，里头有一封信和一沓证明文件。

这封信是顾伯龄的《自白书》，说他当维持会主席是为党国"曲线救国"，而那一沓证明，正是康鹏写的证明顾伯龄当维持会期间暗中释放抗日人士，其中有从上海过境的重要人物，有放行重庆方面购买的枪支、药品的证明等，还有康鹏代表总统任命顾伯龄为扬州地区特别联络员的证书。

汪若梅去设在甘泉路的江都县县衙，找到俞泽，把信和证明放在俞泽面前。

俞泽说："姐姐，这件事责任重大。我们一道去趟南京，把这份材料交给中央党部去审核。康鹏就在南京。"

"我姐姐怀孕了，享有怀孕妇女不适用死刑的条例。"

俞泽派了一辆美国军用吉普车。他陪汪若梅一道赶往南京。他们去中统见到康鹏。康鹏签署了一份文件，由俞泽带回扬州。有这份文件，汪琼就可以无罪释放了。

康鹏留汪若梅在南京待上一天，他要陪她逛秦淮河和夫子庙。他们乘游船，吃小吃，逛商店，到晚上住进南京最有名的钟山宾馆，富丽堂皇的大厅，里面进进出出的都是政界军界的达官贵人。

康鹏定的房间十分豪华，有卧室、客厅和西洋洗漱间。墙壁上挂着西洋油画。宾馆里的摆设按着西方风格。汪若梅哪进过这种场合？她更没有进过什么宾馆。她显得局促不安。若不是感激康鹏救了姐姐汪琼，她早就跑回扬州了。

她心中另有一个担心的事，就是把康鹏存放的钱给弄丢了。她支支吾吾说："康鹏，有件事，你不会弄怪我吧。寄存在家里的三麻包钱让小滑子给抢走了。"

康鹏似乎才想起寄存货物的事，"噢，那是伪钞。伪钞流往日占区是经济战，扰乱敌方市场。经济战也是抗战的一部分。"

“这么说，那钱抢走了，不会有事吧？”

“没关系啊。你等于还为我们的经济战做出贡献了。”

汪若梅听康鹏这么一说，恨自己无知，心里的疙瘩也就化解了。他们喝茶聊天。屋里的落地西洋大钟当当地敲了几响。汪若梅一看已经是夜里十一点。

“康鹏，谢谢你陪我。时间不早了，你回去休息吧。我明天回扬州。”

“若梅，在南京多待几天，我陪你玩玄武湖，紫金山，明孝陵……好玩的地方多呢，日本人投降了，我们应当好好享受生活，再也不用担心生命安全了……”

“下一回吧。我这趟走得匆忙，孩子都没有安排好。几个孩子在家里着急呢。”

康鹏起身把汪若梅一抱说：“今晚，我为你开得总统套间。我陪你……”

康鹏话没说完，汪若梅甩手给他一耳光，“啪——”康鹏被打得怔在原地。汪若梅也怔在那儿。她这辈子哪里打过人，刚才竟本能地给了康鹏一耳光。

康鹏一脸羞愧，深悔一时莽撞。“你早点休息呢。”康鹏匆匆出门。

康鹏这几年也算是阅人无数，在上海、重庆经常出入于风月场。他风流浪漫，大把花钱，那些交际花们纷纷倒在他的床上。他初恋汪琼，后来娶宁波商行的小姐，再后来梅曼。康鹏这几年在风月场上屡屡得手，从没碰过钉子，就给他一个错觉，认为天下的女子都是唾手可得。他计划今晚在南京最好的钟山宾馆，和汪若梅共浴爱河，可是这一记耳光，扇醒了梦中人。他明白了，汪若梅到现在，也只是把他看作发小，看作同学。

第二天一早，康鹏来送汪若梅，陪她吃早餐。他们像是昨天晚上什么事也没有发生。他们都努力忘记昨天的事，忘记昨天的那记耳光。康鹏把汪若梅送到中央门火车站，她坐火车到镇江，又从镇江坐客车到扬州。她回家时已经天黑了。

再说她前天走得匆忙。几个孩子等妈妈回来吃晚饭，等到天黑也不见妈妈的人影。恰好俞冉芳吃过晚饭过来串门，她见四个孩子大眼瞪小眼，苦着脸坐着。她就把他们领回家，领到小洞天一人一碗扬州蛋炒饭。俞冉芳不放心汪若梅，战争刚结束，兵荒马乱的。她就去找弟弟俞泽，俞泽刚从南京回来，就把汪若梅去南京找康鹏的事一说，说康鹏留汪若梅在南京了。

俞泽说：“姐姐，我看康鹏喜欢上汪家姐姐了。”

“呸！汪若梅怎么能嫁给这个花花公子？”俞冉芳骂道。

再说汪琼释放回家后，自己悄悄跑到医院去打胎，医生说孩子五个月了，打胎有危险，拒绝给她打胎，她回到家，躺在床上，要大脚去找高妈，大脚隐隐知道她想做什么，就拖着，汪琼急得眼泪直淌，把白床单剪成布条子系在床框上，闹着要上吊，大脚慌了，赶紧去东关街找高妈。

高妈摸着汪琼隆起的肚子说：“不能啊，五个月了。”

汪琼说：“求你了，十个月也要打掉。”

高妈说：“孩子成形了，我做了，就要下地狱。”

汪琼一把抓住她的手说：“你不替我打掉孩子，一生出来，孩子就进了地狱。小汉奸！汉奸的儿子……”

高妈对大脚说：“五个月也打过，大姑娘私下怀孕，可是大姑娘体质好，大小姐这个体质，刚从牢里出来……”

大脚问：“有没有把握啊？”

“没有。”高妈摇摇头。

大脚又劝汪琼说：“大小姐，生下来，送人。巧云说想抱一个孩子呢。”

汪琼说：“大脚婶，你是看着我们姐妹长大的，我是误嫁中山狼了，顾伯龄这人没良心的，我替他承担汉奸的罪名，还要替他生孩子？”

大脚叹气。

汪琼急了说：“你们不做，我就投河去算了。”

高妈叹口气说：“我明天去大德生买红花草，你可要经得起疼……”

汪若梅被请回梅花小学教书，新任校长杨宝琴向教师们宣布说：“汪若梅老师从今后就是我们国文组组长。她丈夫为抗日牺牲了，汪老师独自抚养孩子，孝敬父母，是我们扬州女性学习榜样，是扬州新女性的骄傲！”

众人鼓掌。

课堂上，汪若梅给同学讲梅花。她在黑板上挂上周觉民画的那幅梅花，背着手在讲台上背诵陆游的《梅花》：

驿外断桥边，寂寞开无主。
已是黄昏独自愁，更著风和雨。
无意苦争春，一任群芳妒。
零落成泥碾作尘，只有香如故。

她痴痴地望着窗外，眼角挂着泪珠，自言自语道：“零落成泥碾作尘，只有香如故。”

杏儿看妈妈走神了，悄悄喊：“妈妈，妈妈。”

汪若梅一惊，回过神来，问：“还有同学知道写梅花的诗吗？”

来喜子举手，站起来吟诵道：“《梅》，王安石。墙角数枝梅，凌寒独自开。遥知不足雪，为有暗香来。”

一撮毛举手起来吟诗：“君自故乡来，应知故乡事。来日欹窗前，寒梅著花未。”

杏儿举手站起吟诗：“《山中雪后》，郑燮。晨起开门雪满山，雪晴云淡日光寒。檐流未滴梅花冻，一种清孤不等闲。”

小老哼、老巴子几个孩子也都读了诗。虽然日本人占领期间这几个孩子失学在家，但有汪若梅办私塾，孩子们的学习并没有耽搁。她露出欣慰的笑容，看着杏儿，眼前出现当初周觉民吟诵这首《山中雪后》的情景：

梅岭，史可法墓前，他们散步。周觉民看着雪中的梅花，吟起这首《山中雪后》。

汪若梅泪流满面。

高妈给汪琼打胎出了意外，大出血，她痛苦地呻吟着，挣扎着喊：“快，快叫若梅。”

高妈赶快止血，哪里止得住？那血像从水龙头一般往外淌。高妈慌了神，手足无措，直说：“大脚啊，快叫人，止不住了。”

大脚慌忙往外跑……

汪若梅赶来时，床前的地上积着一大摊的血，她扑上前抱着汪琼，汪琼还没有断气，瞪着眼睛盯着屋顶。她知道妹妹来了，用最后的力气说："若梅，梅瓶在贮水池底下通道的木箱里……"说完这句话，她就闭上了眼睛。

上回顾伯龄害死康九海，讨回了真梅瓶，告诉汪琼真相。汪琼先还不信，后来顾伯龄遇刺，他更加感到青帮和军统不会放过他，就告诉汪琼真梅瓶藏在哪。顾伯龄逃走后，汪琼左思右想，认为顾伯龄讲的是真话，康九海这些商人唯利是图，是出名的老甲鱼。大出血时，汪琼知道命保不住了，她坚持着最后一口气，要把这个梅瓶的秘密告诉汪若梅。这是关系到汪家全家的梅瓶，关系到她祖先的荣誉。她说完这句话，就闭上了眼睛。

给汪琼办完丧事，汪若梅独自在家门上门打开木箱，只见梅瓶静静地躺在箱子里。她抚摸着霁蓝釉白龙纹梅瓶，手感肥厚莹润，瓶腹部一条龙追赶一颗火焰宝珠，龙环绕瓶身，龙首上仰，颈部细长，长髭飘拂，飘动的火焰云纹大气磅礴……

她想到那天晚上父亲把她叫到屋里说的话："这个梅瓶是汪家家族的荣誉，也是当年扬州繁华的见证。你全力存好梅瓶，将来或传给后人，或等到开明盛世交给国家吧。财富是天下人的财富，可不是我们一家的财富……"

泪如泉涌，这一切历历在目，仿佛就如昨日一般。

1946年春天。汪家院子梅花盛开，小鸟鸣唱。莎莎已高中毕业，考上了南京中央大学。小红旗上了省扬中高一，品学兼优，做了学校的学生会主席。小红旗住校，周末回来住，回来看妈妈俞冉芳和干妈汪若梅。

女侠俞冉芳挺着个大肚子，当上了小洞天的老板娘，胖大厨在厨房里头忙，她照应外间的客人。汪若梅去小洞天吃饭，俞冉芳告诉她，《新报》来找她几次，要她到报社去当主编，她拒绝了。

若梅很奇怪，说："冉芳，新社会了，我都出来工作了。"

俞冉芳幸福地摸着肚子，笑着说："国民党和共产党总有一天又要打起来。我啊，国恨家仇都报了，我就想当我的老板娘，将来把肚子里的孩子生下来。"

小运河上美汉中学初小，一天，他放学回来，喊："妈妈，我今天在学校展览室看到你和姨妈受表扬的奖状。我还拿回一张相片，是一个老师给我的。”

汪若梅一看，是一张当初全班同学的合影，不禁想起拍相片那天的情形。

小运河指着相片中的梅曼说：“妈，这是我们学校的教导主任，她捎信说过两天来看你呢。”

“噢！梅老师回来了。”

“妈，你们认识？”

“她也是妈妈的老师。”

来喜子和一撮毛拍着篮球进来喊运河哥哥去打球去，几个孩子去打球了，汪若梅看着来喜子的背影若有所思，不知道自己是否有勇气把来喜子交给梅曼。母子之情是人的天性，她不能隐瞒这个秘密，但是，她又怕这个秘密又揭开另一个秘密。

星期天下午，汪若梅喊来喜子，给他换上刚洗的干净衣裳，说要领来喜子去冶春吃包子。来喜子乐坏了。小运河、一撮毛、杏儿也都闹着要去，汪若梅说：“你们都待在家里，今天只带来喜子一个人去。”

来喜子见兄弟妹妹都不去，就说：“妈妈，哥哥妹妹不去，那我也不去了。”

汪若梅笑着说：“你要去。我们给他们一人买一个包子带回来。”

来喜子这才答应去。

黄昏，汪若梅坐在冶春香影廊。她让来喜子坐在对面桌子吃包子。她看着檐廊外北城河里的游船、美丽的船娘，想到王渔洋诗中的“红桥飞跨水当中，一字栏杆九曲红。日午画舫桥下过，衣香人影太匆匆”。是啊，衣香人影太匆匆……

梅曼出现时，四目相对，她们都感到了岁月的沧桑。汪若梅指着梅曼额头的一根白发说：“梅老师，你有白发了。”

梅曼捧着汪若梅的脸说：“你好意思的，你看你的眼角都起褶子了。”

两人相视而笑。

她们喝茶聊天。汪若梅拿出一沓梅曼写给周觉民寄的信，用红绸裹着说：“我没有拆开，给你收藏着。”

梅曼手颤抖着接过信。听了汪若梅的经历。梅曼哭了说：“若梅啊，我误解你了。我啊，总想着自己，想着小我。国破家亡，你和我们祖国患难与共，你才是扬州最美的美女……”

汪若梅招手对面座位上正低头吃馄饨的来喜子过来，来喜子一脸茫然：“妈，你们谈话，我就在那边桌上坐。”

汪若梅指着梅曼说：“来喜子，喊妈妈。”

来喜子一脸木讷地看着梅曼。

梅曼惊讶地站起来，低声道：“来喜子？”

汪若梅点头。

梅曼抱着来喜子泣不成声：“我去崇节堂找了，人家说里面的人前几年都散了。我就去找孙阆仙，说孙居士也仙逝了……”

汪若梅悄声问梅曼：“来喜子是你和觉民的？”

梅曼一怔，过了半天，哈哈大笑，在汪若梅耳边悄声说：“康鹏的。”

汪若梅用力打了梅曼一拳，抱怨道：“你真坏！”

古运河上，巧云划着船。河水发出“哗哗”的响声，汪天佑坐在船头的板凳上拉二胡，拉的是《撒稍子撩在外》*……

（完）

2018年3月3日

---

* 《撒稍子撩在外》是一首扬州民歌、情歌。撒稍子是指秧田里的一种杂草，扬州西部的庄稼人喜欢叫成“莎郎子”，“撒稍子”是“莎郎子”的谐音。——编注

图书在版编目（CIP）数据

扬州美女 / 申维，江源著．-- 南京：江苏凤凰文艺出版社，2019.6
ISBN 978-7-5594-3655-9

Ⅰ．①扬… Ⅱ．①申… ②江… Ⅲ．①长篇小说－中国－当代 Ⅳ．①I247.5

中国版本图书馆 CIP 数据核字（2019）第 079295 号

扬州美女

申 维 | 江 源 著

选题策划	盛世肯特
出 品 人	柯利明 林苑中
责任编辑	白 涵 刘洲原
特约编辑	侯娟雅 颜嘉仪 王凤君
装帧设计	吴 倩 丁子翛
责任印制	法成海
出版发行	江苏凤凰文艺出版社
	南京市中央路 165 号，邮编：210009
网 址	http://www.jswenyi.com
印 刷	江苏汇文彩色印务有限公司
开 本	710 × 1000 毫米 1/16
印 张	32
字 数	485 千字
版 次	2019 年 6 月第 1 版 2019 年 6 月第 1 次印刷
书 号	ISBN 978 - 7 - 5594 - 3655 - 9
定 价	69.80 元